人世间的美好似乎全都降临在了她身上。

——《爱玛》第一卷 01

* 图为简·奥斯汀肖像，由卡桑德拉·奥斯汀（简·奥斯汀的姐姐）绘制于1804年。

读客三个圈经典文库

经典就读三个圈　导读解读样样全

EMMA
爱玛
[英]简·奥斯汀 著
（1775—1817）
刘勇军 译
读客三个圈经典文库
经典就读三个圈　导读解读样样全
江苏凤凰文艺出版社
JIANGSU PHOENIX LITERATURE AND
ART PUBLISHING

图书在版编目（CIP）数据

爱玛 /（英）简·奥斯汀 (Jane Austen) 著 ; 刘勇军译 . -- 南京 : 江苏凤凰文艺出版社 , 2021.9（2022.3 重印）
（读客经典文库）
ISBN 978-7-5594-6076-9

Ⅰ . ①爱… Ⅱ . ①简… ②刘… Ⅲ . ①长篇小说 - 英国 - 近代 Ⅳ . ① I561.44

中国版本图书馆 CIP 数据核字 (2021) 第 120895 号

爱玛

［英］简·奥斯汀　著　　刘勇军　译

责任编辑	丁小卉
特约编辑	从卓如　　李颖荷
装帧设计	汪　芳
责任印制	刘　巍
出版发行	江苏凤凰文艺出版社
	南京市中央路 165 号，邮编：210009
网　　址	http://www.jswenyi.com
印　　刷	天津联城印刷有限公司
开　　本	880 × 1230 毫米 1/32
印　　张	13.5
字　　数	377 千字
版　　次	2021 年 9 月第 1 版
印　　次	2022 年 3 月第 2 次印刷
标准书号	ISBN 978-7-5594-6076-9
定　　价	69.00 元

江苏凤凰文艺版图书凡印刷、装订错误，可向出版社调换，联系电话：010-87681002。

EMMA

Jane Austen

JANE AUSTEN SOCIETY

President: Sir Sherard Cowper-Coles
Vice-Presidents: Richard Knight, Patrick Stokes

Charity No 1040613

21st July 2021

Dear Chinese readers of Jane Austen,

Novels set in the English countryside two hundred years ago may not at first sight seem to have much to offer modern China.

But, as you will soon see (if you do not already know), Jane Austen's genius is universal. She paints on a narrow canvas, with a fine brush, yet the truths she tells about our common humanity are for all people everywhere, for all time.

She "lets other pens dwell on guilt and misery", but describes our follies and foibles with humour and a sharp eye - and ear - for silliness. Her best characters are part of the collective consciousness of the civilised world. Which is why I am so glad Dook are bringing a new edition of Jane's works to China, and am pleased to commend it - and her - to you. Happy reading!

Sherard Cowper-Coles

---

* 简·奥斯汀协会主席 Sir Sherard Cowper-Coles KCMG LVO（古沛勤爵士）亲笔推荐信

JANE AUSTEN SOCIETY
简·奥斯汀协会

致中国的简·奥斯汀读者：

乍一看，两百年前描写英国乡村生活的小说可能对现代中国人来说毫无吸引力，但是你们很快就会发现（如果你们以前没有发现的话），简·奥斯汀的才华会吸引所有人。她在一张有限的画布上，用一支精美的画笔作画，然而，她笔下真实的人性，却是为所有人描绘的，无论何时何地。

她“让别的作者来描写罪行和痛苦”[1]，自己却用精准的眼光、敏锐的听觉，带着幽默感描写我们这些人和故事，化解这世间的愚行。她作品里最美好的人物，就代表着我们这个文明世界里的集体良知。

因此，我非常高兴三个圈经典文库推出了全新的奥斯汀作品，我也非常乐意向大家推荐这个版本——还有奥斯汀。

祝大家阅读愉快！

古沛勤爵士

（简·奥斯汀协会主席、英中贸易协会主席、前英国外交官）

2021年7月21日

---

1 出自奥斯汀《曼斯菲尔德庄园》第48章。——编者注

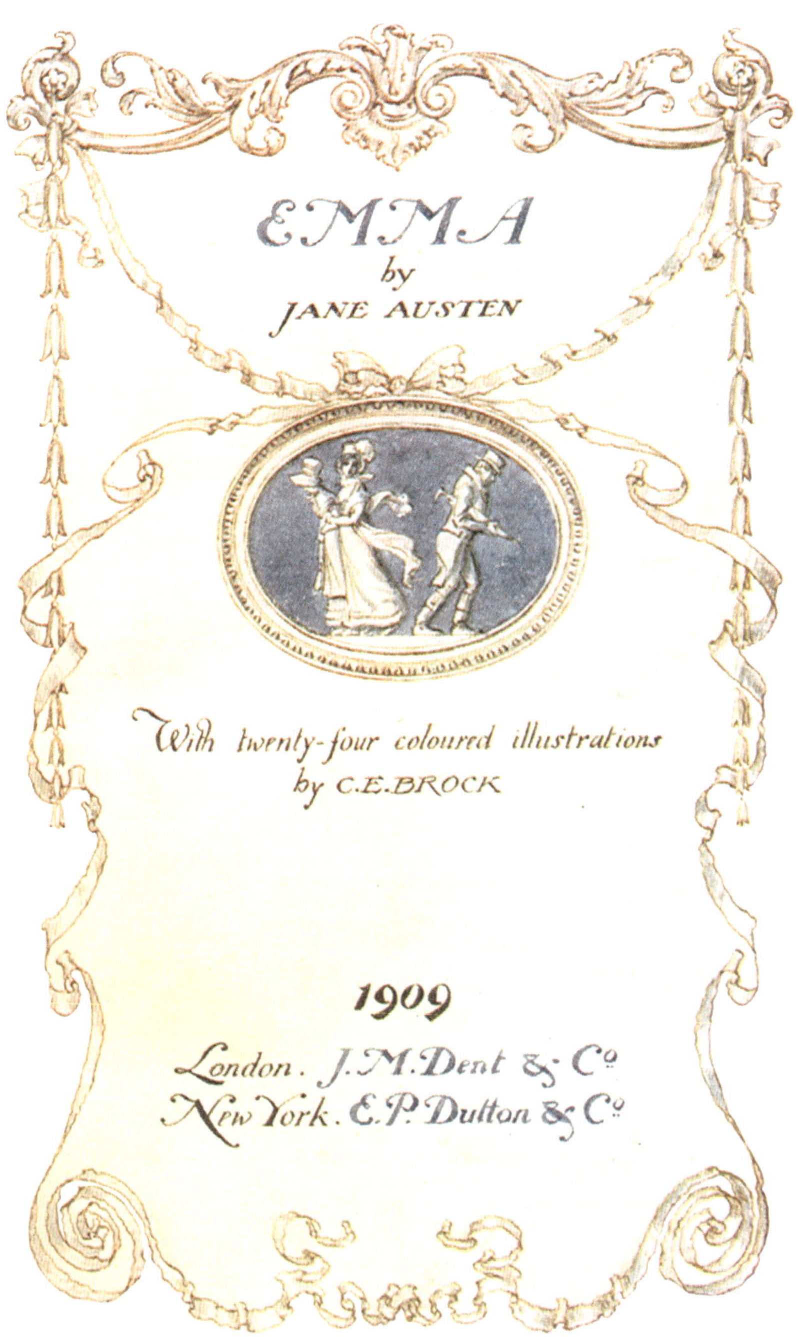

1909年英国插画大师查尔斯·埃德蒙·布洛克（1870—1938）为《爱玛》绘制的彩插

"I planned the match from that hour."

"从那时起，我就计划撮合他们两个。"

——第一卷 01

As she was so fond of it, it should be called her cow.

她很喜欢那头小母牛。

——第一卷 04

Frequently coming to look.

他不时过来看看。

——第一卷 06

He was very sure there must be a lady in the case.

佩里先生不明其意，却很肯定这事与一位女士有关。

——第一卷 09

"You and I will have a nice basin of gruel together."

“我们两个一起喝一碗粥。”

——第一卷 12

She... left the sofa.

她从沙发上站起来。

——第一卷 15

"Ma'am… do you hear what Miss Woodhouse is so obliging to say about Jane's handwriting?"

“母亲，你听没听到伍德豪斯小姐夸赞简的字写得好？”

——第二卷 01

He stopt... to look in.

他停了几分钟，向里张望。

——第二卷 06

"Ah, he is off. He never can bear to be thanked."

"啊，他走了。人家一谢他，他就不好意思了。"

——第二卷 10

"I have the pleasure, madam, of restoring your spectacles."

“我很荣幸替你修好了眼镜。”

——第二卷 10

What was to be done?

该怎么办才好?

——第二卷 11

"I see very few pearls in the room except mine."

“在这里，除了我，就没见有别人佩戴珍珠呢。”

——第三卷 02

The terror… was then their own portion.

如今轮到他们自己害怕了。

——第三卷 03

"I shall be sure to say three dull things as soon as ever I open my mouth, shan't I?"

“我一开口，准会说三段无聊的话，是不是？”

——第三卷 07

"Jane Fairfax! Good God! You are not serious?"

"简·费尔法克斯！天哪！你不是认真的吧？"

——第三卷 10

"My dearest, most beloved Emma, tell me at once."

"我最爱的爱玛……马上告诉我吧。"

——第三卷 13

She absolutely refused to allow me.

她断然拒绝了。

——第三卷 14

"Half an hour... shut up with my housekeeper."

"我想我就跟管家谈了半个钟头。"

——第三卷 14

There was no longer a want of subject.

他们就不缺话题了。

——第三卷 18

目　录

第一卷

财富，我不缺；工作，我不需要；上流社会的社会地位，也不是我心之所系。

我相信，没有几个结了婚的女人在夫家能像我一样说了算。

01

爱玛·伍德豪斯长得十分标致。她天资聪颖，家境优渥，生性乐观，人世间的美好似乎全都降临在了她身上。她在世上生活了将近二十一年，很少遇到难过和烦心的事。她是家里的小女儿，和姐姐两人深得慈父的宠爱。姐姐嫁人后，爱玛早早就成了家里的女主人。爱玛的母亲过世有些年头了，她的爱抚只给爱玛留下了模糊的印象。而一位优秀的家庭教师代替了母亲的位置，她对爱玛的好，不亚于一位母亲对女儿的疼爱。

泰勒小姐在伍德豪斯家一待就是十六年，她是家庭教师，更是这一家人的朋友。她非常喜欢两个女孩，尤其看重爱玛。她们就像一对亲密的姐妹。泰勒小姐性格温和，哪怕是在做家庭教师的时候，也很少管这管那，如今，师长的光环早已不在，她们像朋友一样生活在一起，互相关心。爱玛想做什么都由着自己的性子来，虽然她非常尊重泰勒小姐的意见，但大多数时候都是自己拿主意。

对爱玛而言，真正的麻烦在于她太任性，太容易高估自己。这些缺点让她少了许多乐趣，只是她尚未觉察到这种危险，也就没有视之为不幸。

但叫人难受的事情还是发生了：泰勒小姐嫁人了。不过这算不上什么伤心事，发生的方式也并不叫人生厌。没有了泰勒小姐，爱玛第一次体会到了悲伤的感觉。这位好朋友举行婚礼的那天，爱玛悲伤地坐在那里思索未来，这对她而言可是破天荒头一遭。婚礼结束后，一对新人离开了，饭桌上只剩下她和父亲，长夜漫漫，再也不会有第三个人来活跃气氛。父亲像往常一样，吃过饭便去睡了，爱玛只能独自坐着，怅然若失。

她的朋友肯定会有一桩幸福美满的婚姻。韦斯顿先生人品出众，身家丰厚，在年龄与举止方面更是堪称良配。爱玛对泰勒小姐这位好友向来大方无私，一直盼望这对璧人结为夫妇，还曾尽力撮合，想到这里，她不禁感到宽慰，但对她来说，这是一个糟糕的早晨。她每时每刻都念着泰勒小姐。回首往事，泰勒小姐是那么善良，她们十六年的感情跃入她的脑海。泰勒小姐从她五岁起就成了她的老师，教导她，陪她玩乐。在她健健康康的时候，泰勒小姐竭尽全力陪伴她，逗她开心；她每次生病，泰勒小姐便看护她。她对泰勒小姐充满感激。姐姐伊莎贝拉嫁人后就剩下她们两个，七年来，她们平等相处，彼此毫无保留，如今回想起来，更是倍感亲切，心中充满温馨。泰勒小姐是一个不可多得的朋友和同伴，她聪明，见多识广，性格是那么温和，人又是那么能干。她了解这个家里的一切，愿意关注家里的各种事务，对爱玛更是上心。她关心爱玛是否快乐，支持她的每个计划。泰勒小姐真心对待爱玛，爱玛也和泰勒小姐无话不谈。

爱玛要如何忍受这种变化？没错，她的朋友就住在半英里之外。但爱玛明白，离她们只有半英里远的韦斯顿太太和住在她家里的泰勒小姐是截然不同的。爱玛天生丽质，家里也很富裕，有很优越的条件，现在却极有可能饱受孤独之苦。她深爱着父亲，但他终究无法与她做伴。无论是理性的交谈，还是玩笑的话语，她和父亲总是聊不到一块儿。

伍德豪斯先生结婚的时候就年纪不小了，再加上他的身体状况和习惯，父女之间因年龄差异而造成的沟通难的问题更加明显。伍德豪斯先生从小到大体弱多病，不光很少活动身体，还不常转动脑筋，如此一来，他看起来非常显老。他这个人心地善良，待人更是和蔼可亲，不管他到哪里，都深受大家的喜爱，只是任何时候都没人称赞他的才能。

姐姐伊莎贝拉嫁人后并没有搬到很远的地方，只是住在十六英里外的伦敦，可惜爱玛不能每天都见到她。要熬过十月和十一月那么多漫长的夜晚，伊莎贝拉和丈夫才会带着他们年幼的孩子，回哈特菲尔德过圣诞，到时候家里人多了，爱玛也可以再次享受与别人交往的乐趣。

海伯里村很大，人口稠密，说它是个镇子也不为过。哈特菲尔德庄园有自己的名字，庄园里铺着草坪，栽种着灌木林，但依然是海伯里村的一部分。在这个地方，没有哪个人的家世比得上爱玛。伍德豪斯是首屈一指的名门望族，所有人都尊重他们。爱玛有很多熟人，毕竟她父亲对任何人都以礼相待，只是没有哪个人能代替泰勒小姐，哪怕只是对着别人半天，爱玛也难以忍受。生活中出现这样的变化，实在叫人难过，爱玛成日唉声叹气的，老是盼着一些不可能的事成真，等到父亲睡醒了，她才不得不打起精神。伍德豪斯先生情绪不好，需要有人陪。他是个神经质的人，容易消沉，凡是相处习惯的人，他都喜欢，一和他们分开，他就不开心，他厌恶任何形式的改变。而婚姻会带来各种变化，总是令他不快。他一点儿也不赞成大女儿的婚事，每次提起她，总是带着几分同情，虽然女儿和女婿感情很好。现在，他又不得不接受泰勒小姐的离开。他这个人有一点儿自私，向来不觉得别人会有与自己不同的感受，他愿意相信泰勒小姐这桩婚事不仅对他们不是好事，对她自己也是麻烦，照他看来，要是泰勒小姐一辈子待在哈特菲尔德，必然会幸福得多。爱玛尽可能保持微笑，快乐地谈天说地，免得父亲老是胡思乱想，可茶点送上来的时候，就没什么能阻止他把吃饭时说过的话再重复一遍了。

“可怜的泰勒小姐！真希望她能回来这里。韦斯顿先生竟然喜欢她，真是太遗憾了！”

“话可不能这么说，父亲。你知道我不会同意你的说法。韦斯顿先生是一个优秀的男人，为人幽默，又很讨人喜欢，他完全配得上一位贤妻。泰勒小姐应该有个自己的家了，你肯定不愿意她一辈子跟我们住在一起，忍受我这怪里怪气的脾气吧。”

“她自己的家！但她有自己的家，又有什么好处？这儿可比她家大上三倍，再说，亲爱的，你的脾气从来就不古怪。”

“我们应该常去看他们，他们也该常来这里串门！这样我们就可以时常见面了！我们一定得尽快着手准备了，要快点儿去看望那对新婚夫妇。”

“亲爱的，我怎么走得了那么远？兰德尔斯太远了。我连一半路程都走不了。”

“不是的，父亲，没人要你步行过去。我们当然是坐马车。”

“马车！可是，就这么一小段路，詹姆斯一准儿不乐意套车。况且到了之后，又该把可怜的马儿拴在哪里？”

“就拴在韦斯顿先生的马厩里呀，父亲。要知道，我们早就商量好怎么解决这些问题了。昨晚我们和韦斯顿先生谈过了。至于詹姆斯，不管什么时候，他都乐得去兰德尔斯，他的女儿就在那儿当女仆。我倒是怀疑他不肯送我们去别的地方。这事还是你促成的，父亲。你给汉娜找了个好差事。要不是你的举荐，可没人会想起她，詹姆斯不知多感激你呢！”

“我很高兴推荐她。这事办得不错，我可不希望可怜的詹姆斯以为自己受到了怠慢。我相信她会是个很好的仆人。那姑娘懂礼貌，谈吐又文雅，我对她很有好感。每次见到她，她总是彬彬有礼地问候我，态度很好。你让她到家里来做针线活的时候，我注意到她总是把门锁朝正确的方向转动，从不砰砰地大声关门。我很肯定她当用人会很优秀。可怜的泰勒小姐，有个人陪着她，让她可以经常见到，也算是很大的安慰了。你知道的，只要詹姆斯去看他女儿，泰勒小姐就能听到我们的消息。詹姆斯可以把我们的近况说给她听。”

爱玛想尽一切办法把这个愉快的话题维持下去，她想陪父亲下双陆棋，盼着父亲能熬过这个晚上，这样一来，她只要忍受自己的苦恼即可。不过才刚摆好棋桌，就来了一位客人，棋也不必下了。

奈特利先生是个聪明人，三十七八岁，他不光是伍德豪斯家的老朋友，和他们关系很亲近，还是伊莎贝拉的丈夫的哥哥，伍德豪斯家的姻亲。他住在离海伯里大约一英里的地方，常到伍德豪斯家做客，总是颇受欢迎。这一次，他是直接从他们在伦敦的共同的亲戚那里来的，因此受到了比平时更热烈的欢迎。他这回出门数日，今天很晚才回来，吃过晚饭后他就来到哈特菲尔德，告知爱玛父女，住在布伦瑞克广场的小两口一切安好。这会儿气氛愉快，伍德豪斯先生开心了好一阵子。奈特利先生性格开朗，这对伍德豪斯先生总是有好处的。伍德豪斯先生打听了许多关于“可怜的伊莎贝拉”和孩子们的情况，都得到了非常满意的回答。聊完之后，伍德豪斯先生感激地说：

“奈特利先生，你真是个大好人，这么晚了还来看我们。恐怕夜路不好走吧。”

“没有的事，先生。今晚的月色很美，天也很暖和，你家的炉火太旺了，我得躲远点儿。”

“但路上一定很潮湿，到处都是烂泥。但愿你没有着凉。”

“烂泥，先生！看看我的鞋子，连个泥点儿也没有。”

“好吧！太不可思议了，这里的雨可下得不小。我们吃早饭那阵子，雨下得很大呢，足足下了半个钟头。我本来还希望他们能把婚礼推迟。”

“顺便说一句，我还没有向你们道喜。我知道你们一定高兴极了，就没急着向你们道贺。但我希望一切都进行得顺顺当当。你们表现得怎么样？谁掉的眼泪最多？”

“啊！可怜的泰勒小姐！这件事太遗憾了。”

“可怜的伍德豪斯先生和小姐，请恕我直言，我实在说不出‘可怜的泰勒小姐’这种话。我非常尊重你和爱玛，但是，说到该依赖别人还是该独立这个问题，无论如何，让一个人高兴，总比哄两个人开心要容易些。”

“特别是其中一个又爱空想，又难缠！”爱玛开玩笑道，“我知道，你心里就是这么想的，要是我父亲不在场，你肯定把这话说出来了。”

“我相信你说得很对，亲爱的，就是这么一回事。”伍德豪斯先生叹了口气说，“恐怕我有时的确有点儿爱幻想，还很麻烦。”

“我最亲爱的父亲！你不会以为我或奈特利先生指的是你吧。不要胡思乱想了！不是的！我说的是我自己。奈特利先生喜欢挑我的毛病……我开玩笑呢，说个笑话而已。我们一向都是想说什么就说什么的。”

事实上，没有几个人能看出爱玛·伍德豪斯的缺点，奈特利先生就是其中之一，而会当面向她指出这些缺点的，唯有他一个。爱玛不太喜欢被人挑错，也清楚她父亲更不喜欢，因此不希望让父亲发现在别人眼里，她并非完美无缺。

“爱玛知道我从不奉承她。”奈特利先生说，“不过我无意批评任何人。泰勒小姐过去要侍候两个人，现在只取悦一个人即可，这对她有好处。”

“对了，你说想听听婚礼的事。”爱玛岔开话题道，“我很乐意给你讲讲，我们大家表现得好极了，每个人都很守时，打扮得体体面面的。没有人掉眼泪，也没人闷闷不乐。我们都很清楚，我们相距不过半英里，当然可以每天见面。”

“亲爱的爱玛默默忍受着一切。”她父亲说，“可是，奈特利先生，失去了可怜的泰勒小姐，她伤心极了，我相信她一定比她以为的更想念她。”

爱玛别开脸，想笑笑，她的眼泪却涌了上来。

“爱玛不可能不思念这么一个好伙伴的。”奈特利先生说，“要是我们真觉得她不想泰勒小姐，先生，那我们就不会像现在这样喜爱她了。可是她很清楚，这门婚事对泰勒小姐有多大的好处。她知道，泰勒小姐到了这个年纪，有了自己的家，是多么令人高兴的事，有人能让她过上舒心稳定的日子，对她来说是多么重要，所以，爱玛不会允许自己难过，她只会开心。见到泰勒小姐有了这么好的归宿，她所有的朋友一定都替她高兴。”

“你忘了有件事很值得我高兴，而且是相当高兴。”爱玛说，“这门亲事是我一手促成的。你知道，四年前，是我撮合了他们两个。太多人说韦斯顿先生不会再娶了，可我还是当了他们两个的媒人，事实说明我是对的，这对我来说是最大的安慰了。”

奈特利先生朝她摇了摇头。她父亲温柔地回答：“啊！亲爱的，但愿你以后不要再做媒，也不要说什么预言了，不管你说什么，最后总是会实现的。请你不要再撮合别人了。”

“父亲，我答应你不给我自己做媒，但撮合别人这事，我非做不可。世界上最好玩的事，莫过于此了！我这次做媒多成功啊！每个人都断定韦斯顿先生不会再婚了。韦斯顿先生一个人生活了那么久，就算没有妻子，他也过得挺自在，不是忙着在伦敦做生意，就是和这里的朋友们在一起，无论走到哪里，他总是讨人喜欢，他还那么开朗。韦斯顿先生要是不乐意，一年里连一个晚上也不会独自度过。啊，不！韦斯顿先生肯定不会再娶了。有些人甚至说，他在妻子临终时向她许诺不会续弦，还有人说他儿子和他儿子的舅舅不让他再娶别人。在这件事上，人们说什么的都有，我可一点儿也不相信他们那些废话。大约在四年前吧，有一天我和泰勒小姐在百老汇大街上碰见了他，当时下着毛毛雨，他很有绅士风度，专门跑去法默·米切尔家里给我们借了两把伞，这让我当时便下定了决心。从那时起，我就计划撮合他们两个。亲爱的父亲，既然这一次我成功了，你可不能要求我不再为别人做媒。”

“我不明白你所说的‘成功’是什么意思。”奈特利先生道，“只有努力了才能成功。如果你在过去的四年里一直在努力促成这桩婚姻，也算恰当而巧妙地利用了你的时间。对一位年轻的小姐来说，这么做还是很有意义的！但是，照我看，你所说的做媒是这样的：有一天你无所事事，便动了这样的念头，你对自己说，‘我觉得韦斯顿先生娶泰勒小姐，对她来说是件大好事’，后来，你时不时又对自己这么说。如果真是这样，你有什么资格谈成功？你有什么功劳？有什么值得骄傲的？你只是侥幸蒙对了而已，你只能这么说。”

“你从来没有体会过侥幸猜中的快乐和胜利感吗？那我太同情你了。亏我还以为你是个聪明人呢，毫无疑问，侥幸蒙对绝不仅仅是运气。总还是需要一些天赋的。至于你不同意我用‘成功’这个词，我怎么不知道自己没资格用这两个字呢。你说了两种可能，但我认为还有第三种可能，我既不是什么功劳都没有，也不是所有功劳都是我的，而是在这二者之间。要不是我鼓励韦斯顿先生到这里做客，要不是我给他许多小小的激励，要不是我解决了许多小问题，他们两个或许根本成不了。我想以你对哈特菲尔德的了解，一定能明白我的意思。”

“韦斯顿是个心胸坦荡的男人，泰勒小姐是个明白事理、质朴的女人，他们完全可以处理好自己的事。你非要插上一脚，不光可能对他们没好处，也许还会给你自己惹来麻烦。”

“只要能对别人好，爱玛就从来不为自己考虑。”伍德豪斯先生插口道，对于另外两个人的对话，他只是一知半解，“不过，亲爱的，请你不要再做媒了吧，简直就是胡闹，把好端端的一家人都拆散了。”

“父亲，我还要再做一次媒，就一次，是为了埃尔顿先生。可怜的埃尔顿先生！你也很欣赏埃尔顿先生的，父亲。我一定得为他物色一位妻子。在海伯里，就没有哪个女人配得上他。他都在这里住了一年了，他把家里布置得那么温馨舒适，要是他继续单身，可真就太可惜了。今天，他将一对新人的手握在一起的时候，我看得出他似乎有所触动，好像盼着自己也能觅得良缘！我觉得埃尔顿先生是个大好人，我想帮他，就只能从这方面入手了。”

“埃尔顿先生这个年轻人英俊帅气，当然为人也很好，我很尊敬他。不过，亲爱的，如果你想对他表示关心的话，就请他改天来家里吃饭吧。这个法子好多了。想必奈特利先生一定乐意见见他。”

“非常乐意，先生，任何时候都可以。”奈特利先生笑着说，“我完全同意你的看法，这么做的确好多了。邀请他来用餐吧，爱玛，招待他吃最好的鱼肉，最好的鸡肉，但是选妻子这事，还是留给他自己吧。毫无疑问，一个二十六七岁的男人，会照顾好自己的。”

02

韦斯顿先生是土生土长的海伯里人，出身于一个十分显赫的家庭。他家从上两三代开始跻身上流社会，积攒了雄厚的家财。他接受过良好的教育，但他早年继承了一小笔遗产，就瞧不上他的兄弟们所从事的普通职业了。再加上他活跃开朗，又喜好交际，便参加了郡里的民兵团。

韦斯顿上尉是大家的宠儿。军旅生涯让他结识了丘吉尔小姐。丘吉尔小姐来自约克郡的一个名门望族，她也爱上了韦斯顿。除了她的兄嫂，没有人对此感到惊奇。那对夫妇都是很高傲的人，自命不凡，他们从未见过韦斯顿，觉得妹妹与他相好，有损自家的门楣。

然而，丘吉尔小姐已经成年，名下还有一笔财产，虽然她的钱与家族的财富相比不过是九牛一毛。但她不肯听劝，坚持成亲，丘吉尔夫妇觉得颜面尽失，非常礼貌地与她断绝了关系。这桩婚事本就不般配，也就谈不上有多幸福美满。韦斯顿太太本应从婚姻中得到更多的收获，她的丈夫心地善良，性情温和，无论做什么首先考虑的都是她，以回报她与自己相爱的恩情。她还算是个有毅力的人，但谈不上十全十美。她有决心不顾兄长的反对，一心实现自己的愿望，可惜她的决心不够坚定，还是会因为兄长那不可理喻的怒火感到后悔，还情不自禁地怀念起昔日家中奢华的生活。他们衣食无忧，却依然与在恩斯库姆的日子相去甚远。尽管她对丈夫情深意切，可她既想当韦斯顿上尉的妻子，也想做恩斯库姆的丘吉尔小姐。

在外人尤其是丘吉尔夫妇看来，韦斯顿上尉结了一门好亲事，但事实证明他被这桩亲事害苦了。他们才结婚三年，他的妻子就去世了，他手头拮据，不仅经济状况不如婚前，还多了一个儿子要养活。不过，抚养孩子的负担很快就从他的肩头卸下了。这孩子的母亲久病不愈，使得兄嫂的态度缓和了不少，就这样，这孩子促成了亲人之间的和解。丘吉尔夫妇没有子嗣，也没有其他亲戚的孩子让他们收养，于是在小弗兰克的母亲去世后不久，他们就提出全权照顾小弗兰克。这位鳏夫心里自然免不了生出些许顾虑，不愿将孩子交予他人。但是，考虑到丘吉尔夫妇相当富有，会好好照料孩子，他还是将儿子交给了他们，就这样，他只需照顾好自己，尽可能让自己过上更好的生活即可。

韦斯顿先生希望彻底改变自己的生活，他退出了民兵团，改行经商。他的几个兄弟已经在伦敦打下了良好的基础，这对他而言是个不错的开局。他开了一家小商行，那里刚好有足够的工作给他做。他在海伯里有一所小房子，一有空闲，他就在那里度过。他一面从事有益的工作，一面享受社交的乐趣，日子过得愉快轻松，一晃十几二十年过去了，他存下了一笔钱，不仅可以买下他心仪已久的紧邻海伯里的一个小庄园，还足以让他娶一位像泰勒小姐这样没有嫁妆的女人，然后，他便可以凭借自己对人友好、爱交朋友的性格，舒舒服服地过日子了。

韦斯顿先生其实留意泰勒小姐有段时间了，但这毕竟不是年轻人之间轰轰烈烈的爱恋。他早有计划，要先买下兰德尔斯再成家，即使他看中了泰勒小姐，这个决心也没有动摇。他稳步前进，逐步实现了自己的目标。他发了财，买了房子，娶了贤妻，开始了新的生活，很有可能比以往任何时候都幸福。他从来不生闷气，哪怕是在第一次婚姻中。性格使然，他也不会郁郁寡欢。不过，他的第二桩婚姻必将向他表明，娶一个通情达理、和蔼可亲的女人，是多么令人愉快，也必定会向他证明，选择别人强于被人选择，让别人感激自己强于自己感激别人。

他做任何选择只需考虑自己即可，他的财产属于他个人所有。至于弗兰克，他的舅舅不再只是心照不宣地把他当继承人抚养，他们已经公开了收养关系，待他成年后就让他改姓丘吉尔。因此，弗兰克不太可能需要父亲的帮助，他的父亲对此毫不担心。他的舅妈是个反复无常的女人，把丈夫管得服服帖帖。不过，依韦斯顿先生的性格，他相信就算一个人再善变，也不会对弗兰克这么一个可爱的人刻薄，在他看来，弗兰克理所应当得到所有人的喜爱。他每年都去伦敦看儿子，视儿子为自己的骄傲。他在海伯里夸赞弗兰克是个优秀的年轻人，海伯里人听了也为弗兰克感到骄傲，还觉得他跟本地人差不多，十分欣赏他的优点，关心他的前途。

弗兰克·丘吉尔先生是海伯里人的骄傲，大家对他好奇至极，巴不得见他一面，不过海伯里人的称赞并未得到回应，弗兰克长这么大都没有去过那里。人们常说他会来看望父亲，但这样的说法始终没有成真。

现在，他父亲结婚了，人们都觉得他该来海伯里了，毕竟这是理所当然的事。无论是佩里太太同贝茨太太、贝茨小姐喝茶的时候，还是贝茨太太和贝茨小姐回访的时候，大家都对这件事持相同的看法。现在，弗兰克·丘吉尔先生是时候和他们见个面了，尤其是当人们知道他给继母写了信后，他们就更希望他能来了。有几天，人们每天早晨在海伯里串门，都要提到韦斯顿太太收到的那封大方得体的信。“想必你也听说了，弗兰克·丘吉尔先生给韦斯顿太太写了一份很得体的信。我知道那封信确实写得非常得体。是伍德豪斯先生告诉我的。伍德豪斯先生看过信了，他说一生中从未见过这么体面的信呢。”

那封信的确珍贵。韦斯顿太太对这个年轻人印象很好，他周到，很讨人喜欢，这足以证明他是个明白事理的人。如此一来，她这桩本就得到很多祝福的婚事就更令人满意了。她觉得自己是最幸运的女人，她活了这么久，很清楚人们也认为她很幸运，唯一遗憾的是远离朋友，不过朋友们都不舍得和她分开，对她的友谊从不曾变淡。

她知道大家一定经常想念她。一想到爱玛因为没有她的陪伴而失去了哪怕是一丁点儿的快乐，或者忍受了哪怕是片刻的枯燥，她都不免心生难过。不过，亲爱的爱玛并不是一个软弱的人。比起大多数姑娘，爱玛更能适应自己的处境，她头脑清醒，身上洋溢着活力，也很有毅力，面对小小的困难和艰辛，她的这些特质完全可以帮她安然度过。况且，值得安慰的是，兰德尔斯离哈特菲尔德很近，即使女性独自步行来往也很方便，韦斯顿先生性格好，家境也不错，那么在即将到来的季节里，他们一个礼拜完全可以有一半时间在一起消磨晚上的时光。

爱玛说到自己的事，大部分时间都在感激韦斯顿太太，只是偶尔说一两句表示遗憾的话。她很满意，而且不止满意那么简单，一看就知道她是那么快活。爱玛很了解父亲，但是每当父女两个离开韦斯顿太太在兰德尔斯的温馨舒适的家，或是晚上看着她在和蔼可亲的丈夫的陪伴下走上马车离开哈特菲尔德的时候，爱玛一听到父亲仍在同情“可怜的泰勒小姐”，就不免感到惊讶。然而，每次韦斯顿太太离开，伍德豪斯先生还是会轻轻叹一口气，说：“啊，可怜的泰勒小姐！她要是能留下来，一定很高兴。”

泰勒小姐再也不可能重返哈特菲尔德，伍德豪斯先生也不太可能不去怜悯她。但几个礼拜后，伍德豪斯先生的心情稍稍好转了一些。邻居们渐渐不再道喜，也不再有人希望他为了这样一件悲哀的事感到高兴。一直惹得他苦恼不已的结婚蛋糕终于吃完了，他自己的胃不适应油腻的食物，便觉得别人也和他一样。在他眼里，不益于他身体健康的东西，也不适合别人。因此，他诚恳地劝阻大家不要做结婚蛋糕，见劝说无果，便又苦口婆心地阻止人们吃蛋糕，他还曾不辞辛劳地同药剂师佩里先生商量这件事。佩里先生不光有头脑，还有绅士风度，他的频繁来访是伍德豪斯先生生活中的一大慰藉。收到伍德豪斯先生的求助，他尽管有点儿违心，但不得不承认，许多人可能不适合吃结婚蛋糕，也许大多数人都不适合，不过只吃一点儿并无大碍。这话正好证实了伍德豪斯先生自己的看法，他希望所有来拜访新婚夫妇的人都能听从劝告，然而，蛋糕还是被吃光了。直到蛋糕全没了，他那被好心肠牵动的神经才放松了下来。

海伯里有个奇怪的谣言，说有人看见佩里家的孩子们个个儿手里都拿着一块儿韦斯顿太太的结婚蛋糕，但伍德豪斯先生说什么也不肯相信。

03

伍德豪斯先生喜欢以他自己的方式交际。出于各种原因，他非常喜欢朋友们来看他。比如，他长期住在哈特菲尔德，天性善良；又比如，他有很多钱，有一栋大房子，还有个女儿，他可以随心所欲地安排他自己小圈子里的人来家里做客。他很少与这个小圈子以外的家庭来往。他害怕黑夜，也不喜欢大型宴会，只乐意接待按照他的喜好来他家里拜访的熟人，他不适合结交任何人。所幸在海伯里，和同在一个教区的兰德尔斯，以及相邻教区里奈特利先生居住的唐维尔庄园，都有不少与他合得来的人。在爱玛的劝说下，他不时邀请几位体面的朋友同他一道用餐，不过他更喜欢在晚上举办派对。除非他觉得自己不宜见客，否则爱玛几乎每晚都能为父亲找到牌搭子。

韦斯顿夫妇和奈特利先生是伍德豪斯家相识已久的至交，自然会前来。年轻的埃尔顿先生一个人住，却不喜欢独处，与其待在家里忍受空虚孤独的滋味，不如去伍德豪斯先生的雅致客厅里交际一番，还能见到他美丽的女儿那动人的笑容，像这样的特权，他是一次也不会放弃的。

除了他们，还有别人。来得最勤的当属贝茨母女和戈达德太太，每次接到哈特菲尔德的邀请，这三位女士几乎都会前来，而且要经常派马车接送她们，不过伍德豪斯先生觉得这对詹姆斯和马匹来说都不成问题。如果一年只让詹姆斯驾驶马车接送一两次，反倒是委屈他们了。

贝茨太太是海伯里一位前教区牧师的遗孀，年纪很大了，除了喝喝茶，打打夸德里尔牌，她几乎什么都干不了。她和她的独生女儿住在一起，过着极为清贫的生活。她是个与人为善的老太太，处境又是如此清苦，人们自然对她十分尊敬。她的女儿既不年轻也不漂亮，手里没有钱，也尚未嫁人，却受到了非比寻常的欢迎。贝茨小姐有这样糟糕的家境，本不该受到大家的青睐，她也没有过人的才智来弥补家世的缺陷，也无法唬住那些可能不喜欢她的人，让他们至少在表面上对她恭恭敬敬的。她更没有可以吹嘘的美貌或高超的智慧，她的韶华在平凡中悄然流逝，现在她人到中年，便全身心地照顾日渐衰弱的母亲，并竭力将微薄的收入花在尽可能多的地方。然而，她是一个快乐的女人，任谁提起她，都对她有不错的评价，正是她善良和容易满足的性格创造了这些奇迹。她爱每个人，关心每个人的幸福，可以敏锐地发现每个人的优点。她认为自己是一个非常幸运的人，才会有一位好母亲，有这么多好邻居和好朋友，有一个什么都不缺的家，她感到幸福无比。她生性单纯乐天，容易知足，常怀一颗感恩之心，这不光博得了别人的好感，也是她自己的幸福源泉。她很健谈，爱聊一些琐碎的事情，而这正合伍德豪斯先生的胃口，贝茨小姐正好可以陪他聊聊无伤大雅的闲话。

戈达德太太是一所学校的校长。那所学校不像神学院或某些机构，用华丽的辞藻吹嘘自己，声称执行新原则和新体系，一手抓才学的培养，一手抓道德的塑造。在这种地方，年轻的女士支付了高昂的学费，却失去了健康，养得一身虚荣。戈达德太太所在的是一所老式的寄宿学校，是真真正正地诚心教书育人、只需支付合理的学费就能学到很多东西的地方。姑娘们被家里人送到这所学校，接受一点儿教育，学成归来后也不会变成奇才。戈达德太太的学校享有很高的声誉，这可谓名副其实。人们都认为海伯里是一个特别有益健康的地方：校舍很大，设有一个大花园，她给学生们提供了许多有益健康的食物，夏天，她允许她们到处跑，冬天，她亲自为她们包扎冻伤的患处。因此，有四十个孩子两两一对跟在她后面去教堂，也就不足为奇了。她是个平凡的女人，身上闪烁着母性的光辉，她年轻时勤勤恳恳，现在觉得自己有资格偶尔休息一下，与朋友们一起喝喝茶。伍德豪斯先生对她很好，她便觉得欠了他的情，所以，每每接到伍德豪斯先生的邀请，只要有空，她就会离开她那挂着刺绣品的整齐客厅，拿出一些六便士，在他家的壁炉边上打打牌，也不计较输赢。

爱玛经常可以请到这几位女士，她很高兴自己有这个能力，毕竟这对父亲有好处。然而，就她自己来说，韦斯顿太太离开了这个家，是什么都弥补不了的。看到父亲过得舒畅顺心，她很高兴，同时，她也为自己把事情安排得井井有条而心满意足。但是，这三个女人安静而乏味，她不禁感到，如此度过的每个晚上，正是她早有预料且深深恐惧的漫长的夜晚。

一天早晨，爱玛坐在那里，心想晚上又要这么熬了。这时，戈达德太太派人送来一张便条，极为恭敬地请求允许她带史密斯小姐一同前来，这可谓一个非常受欢迎的请求。史密斯小姐今年十七岁，是个美人坯子，爱玛见过她几次，早就对她产生了兴趣。于是，哈特菲尔德庄园美丽的女主人回复了一封谦和诚挚的邀请，便不再害怕今晚难熬了。

哈丽特·史密斯是个私生女，几年前，有人把她送到戈达德太太的学校，最近经人安排，她不再是普通的学生，而是寄住在校长家里的寄宿生。关于她的事，人们只知道这么多。除了在海伯里交上的朋友以外，也看不出她有别的好友，她此前去郡里看望几个同她一起上过学的年轻姑娘，在那里住了很久，才刚回来。

史密斯小姐生得眉清目秀，恰巧是爱玛特别欣赏的那种美人。她个子不高，体态丰满，皮肤十分白皙，红润的脸蛋上嵌着一对蓝色的眼眸，浅色的头发映衬着端正的五官，脸上总是带着柔和的神情。晚上的活动还没结束，爱玛就已经被她的姿容折服，决心继续和她交往下去。

在与史密斯小姐的对话中，爱玛并不觉得她绝顶聪明，却发现她颇具魅力，她不害羞忸怩，还很健谈，谈吐绝不莽撞，整个人恭敬顺从，行为举止都很得体，似乎很高兴也很感激能受邀来到哈特菲尔德。而且，看到这里的一切物件都比她过去用过的高档，史密斯小姐自然而然地流露出了惊诧的神色，由此可见，她的判断力很强，也值得鼓励，她也应该得到鼓励。她温柔的蓝眼睛，以及与生俱来的优雅风度，都不应该浪费在海伯里的下等社会及其相关的阶层里，她结交的朋友都配不上她。刚刚和她分手的那些朋友，虽然都是好人，却只会妨碍她。她们都来自马丁家，爱玛对那家人的品性很熟悉。马丁一家租了奈特利先生的一个大农场，住在唐维尔教区。爱玛相信这家人很体面，她还知道奈特利先生对他们评价很高。不过他们一定很粗俗，缺乏教养，非常不适合跟这样一位姑娘亲近，毕竟只要再多一点点学识，再添几分优雅，史密斯小姐就可以成为一个十全十美的人了。她会关照史密斯小姐的，帮她提高自身的水平，让她远离不好的朋友，还要把她引入上流社会。她会塑造史密斯小姐的见识和举止。这一定非常有趣，当然也是一件大好事。以爱玛现在的生活，她有的是闲暇时间，她也有这个能力，因而，她来做这件事，再适合不过了。

她一边欣赏着那双温柔的蓝眼睛，一边不时说上几句，有时又倾听别人说话，还在心中盘算着这些计划，如此一来，晚上的时间似乎就过得特别快了。聚会的最终环节总是吃晚餐，以往她只是坐在那里，等待合适的时间安排晚饭，可是现在，她都没注意到，晚饭就已经摆好，饭桌也移到壁炉跟前去了。今天她格外心情愉快，认真地做好每一件事，她怀着真正的善意，对自己的想法感到高兴。用餐期间，她推荐众人食用鸡蓉和扇贝，为宾客分菜，她知道自己虽然有些急切，但客人们既想早点儿回家，又恐失了礼貌，所以会很乐意接受她的安排。

在这种情况下，可怜的伍德豪斯先生的感情就会陷入悲哀的矛盾之中。他喜欢铺桌布，他年轻时的风尚便是如此。但是，他认为晚饭对身体有害，所以一看到饭菜摆在桌布上，就不免感到难过。然而，他是个热情好客的主人，欢迎客人品尝每一道菜，但看到他们真的吃了，出于对他们的健康的关心，他又难免心生哀伤。

他充其量只会劝客人们和他一样，再吃一小碗稀粥，他这么说，实在有些自以为是。不过，看到女士们津津有味地吃着美味的食物，他只得不情愿地说道：

“贝茨太太，我建议你尝尝鸡蛋，煮得很软，一点儿也不会损害健康。塞勒最擅长煮蛋了，在这方面，谁也比不上他。要是别人煮的蛋，我可就不推荐了，但是你不用担心，你看，蛋很小的，吃一颗小鸡蛋，对你不会有什么害处。贝茨小姐，让爱玛来帮你盛一点点馅饼，一小块儿就好。全是苹果馅的。在这里，你不必害怕吃到不健康的食品。我不建议吃蛋奶糕。戈达德太太，喝半杯葡萄酒怎么样？就小半杯，再兑一杯水，怎么样？我认为这对你有好处。”

爱玛由着父亲说，但她自己用一种更令人满意的方式招待客人。尤其是在今天晚上，她很乐于让客人们尽兴而归。史密斯小姐非常开心，爱玛很高兴自己的一番心思没有白费。伍德豪斯小姐是海伯里的名人，史密斯小姐一想到自己要被引见给她，又是高兴又是害怕。但这位出身卑微的小姑娘在离开时满心欢喜，心中充满了感激，一整个晚上，伍德豪斯小姐都殷勤招待她，最后竟然还和她握了手，她真是欢喜极了！

04

哈丽特·史密斯很快就开始频繁地往来于哈特菲尔德了。爱玛行事果断敏捷，立即邀请她，鼓励她，并告诉她常来串门。随着二人渐渐熟稔起来，她们对彼此也越发满意了。作为一起散步的伙伴，爱玛很早就预见到哈丽特可能会很有用。在这方面，韦斯顿太太的离开使爱玛蒙受了很大的损失。她的父亲每次都只走到灌木林便回头，随着一年中时节的变化，他散步的距离也有长有短，但那儿的两段路都可以满足他的要求。自从韦斯顿太太结婚以后，爱玛的活动受到了太多的限制。她曾冒险独自去过兰德尔斯一次，但过程并不愉快。因此，现在有了哈丽特·史密斯，爱玛就可以随时请她来散散步。对于爱玛的种种优渥条件而言，这是又添了一大享受。爱玛与哈丽特交往越深，就越觉得她在各方面都十分出众，也越发坚定地要去执行自己种种好心的安排。

哈丽特确实谈不上聪明伶俐，但胜在性格温柔恭顺，有一颗感恩的心，没有半点儿自负，很希望有一个她尊敬的人来指引她的人生道路。她从小就懂得自尊自爱，这一点非常可爱，她喜欢结交优秀的伙伴，懂得鉴赏优雅和聪慧，这说明她本身并不缺乏品位，不过也不能指望她有很强的理解力。总之，爱玛极为确信，哈丽特·史密斯正是她需要的年轻朋友，正是她家需要的座上宾。她再也遇不到像韦斯顿太太这样的朋友了，绝不会有两个韦斯顿太太这样的人，爱玛也不想要两个这样的人。韦斯顿太太和哈丽特完全是两种人，她们给人的感觉截然不同。韦斯顿太太是个叫人爱戴的人，爱玛感激她，尊重她。而爱玛喜欢哈丽特，是因为自己可以帮助她。对韦斯顿太太，爱玛什么也做不了。而对哈丽特，她可以做一切。

爱玛帮助哈丽特的第一个尝试，是想方设法弄清她的父母是谁，可惜哈丽特对此全然不知。哈丽特对自己知道的事向来言无不尽，只是在这个问题上，问再多也是白搭。爱玛只好随心所欲地想象。但她万万不能相信，如果她是哈丽特，会打探不出真相。哈丽特缺乏洞察力，戈达德太太告诉她什么，她就听什么，而且深信不疑，从来不追根究底。

哈丽特的大部分话题都围绕着戈达德太太、老师、同学，以及平时学校里发生的事。此外，她能谈起的只有阿比-米尔农场的马丁一家了。哈丽特很惦记马丁一家，她曾在马丁家住了两个月，住得非常愉快，所以很喜欢聊起当时做客的乐事，还会讲起那地方有多温馨，有多奇妙。爱玛鼓励哈丽特多说话，听到另一个阶层的生活，爱玛觉得很有趣，也很喜欢年轻天真的哈丽特兴高采烈地说起马丁太太家有“两间客厅，她的客厅真不错呢。其中一间和戈达德太太的客厅一样大。她有一个跟了她二十五年的使女。他们养了八头奶牛，两头是奥尔德尼乳牛，一头是威尔士小母牛，那的确是一头非常漂亮的威尔士小母牛呢。马丁太太说她很喜欢那头小母牛。他们的花园里有一座凉亭，可漂亮了，到了明年，他们一家人会去那里喝茶。凉亭漂亮极了，非常大，容得下十二个人呢”。

爱玛听得有趣，一时间没有考虑更多。但随着她对马丁一家有了更深的了解，便不禁产生了一些顾虑。她一开始误会了，以为马丁一家总共四口人，包括母亲、女儿、儿子和儿媳。但是，哈丽特经常提到的马丁先生显然是个单身汉，而哈丽特一提起他，就称赞他秉性纯良。哈丽特没有提到小马丁太太，也就是说马丁先生尚未婚配。这家人如此好客，又对哈丽特这么周到，爱玛真担心自己这位可怜的小朋友有危险，要是没人好好提携她，那她可要永远沉沦下去了。

有了这样一个引人警惕的情况，爱玛面对的问题在数量和意义两方面都增加了。于是，她特意引导哈丽特多谈一谈马丁先生，哈丽特显然也乐得如此。哈丽特很乐意说起他们曾一起在月光下散步，傍晚一起愉快地玩游戏，还夸奖他脾气好，是个热心肠。“有一天，就因为我说很喜欢吃核桃，他就走了三英里路去为我摘了核桃，在别的事情上，他也总是乐于助人的。一天晚上，他专门把牧羊人的儿子带到客厅里，让他给我唱歌。我非常喜欢唱歌，他自己也能唱一点儿。我相信他很聪明，什么都懂。他养了一群羊，我住在他们家的时候，他的羊毛卖的价钱比郡里的其他人都高。我相信，每个人都对他赞不绝口。他的母亲和姐妹们都很喜欢他。有一天，马丁太太对我说……”哈丽特说到这里，脸突然红了，“……他是天底下最好的儿子。因此，她确信他结婚之后一定是个好丈夫。这倒不是说她盼着他结婚。她一点儿也不着急。”

“干得好，马丁太太！”爱玛心想，“你真有一套。”

到了哈丽特离开的时候，马丁太太非常好心，送给戈达德太太一只漂亮的鹅，那可是戈达德太太见过的最好的鹅了。一个礼拜天，戈达德太太把鹅杀了，请纳克小姐、普林斯小姐和理查德森小姐三位老师来家里用餐。

“我想，马丁先生除了专于他自己的营生外，并不是一个知识渊博的人。他不看书吧？”

“啊，是的！也不是——我也说不清——不过我相信他看过很多书，不过不是你喜欢的那种书。他看《农业报告》，还看一些其他的书，那些书就放在一个靠窗的座位上，他都是自己一个人读。但有时候，到了晚上，在我们玩牌之前，他会大声朗读《优雅摘要》，非常有意思呢。我知道他看过《威克菲尔德的牧师》，他从来没有读过《森林传奇》和《修道院里的孩子们》，要不是我提到这类书，他都没有听说过，但他决定尽快找来看看。”

下一个问题是：

“马丁先生长得怎么样？”

“啊！他谈不上英俊，不是那种俊朗的男人。起初我认为他样貌平平，可是现在我又不觉得他难看了。你知道的，时间一长，看着看着，就会觉得一个人顺眼了。但你从没见过他吗？他偶尔也来海伯里的，他每个礼拜去金斯敦的路上肯定经过这里，他经常从你身边过的。”

“也许吧，我也许见过他五十次了，却不知道他叫什么。一个年轻的农民，无论是骑马还是步行，都不可能引起我的好奇心。我感觉我绝不可能与自耕农这个阶层的人有任何瓜葛。如果是低一两个阶层的人，打扮得体体面面，说不定会让我感兴趣，我或许还希望能在某些方面帮助他们。但是，农民并不需要我的帮助。在某种意义上，他们不需要我的关注，而在其他方面，他们又不值得我关注。”

“这是当然。啊，是的，你根本不可能注意他。不过他确实认识你，我指的是眼熟。”

“我毫不怀疑他是个很值得尊敬的年轻人。我觉得他的确是，那么，我就祝他一切顺利吧。你觉得他多大了？”

“去年六月八日他二十四岁，而我的生日是八月二十三日，只差两个礼拜零一天，感觉怪怪的。”

“才二十四岁啊。那他还太年轻，暂时成不了家，他母亲不着急是完全正确的。他们似乎过得很舒心，如果她费了一番周折给他娶媳妇，那八成要后悔。六年以后，要是他能遇到一位善良的年轻姑娘，跟他来自同一个阶层，还有一点儿积蓄，那可太妙了。”

“六年后！亲爱的伍德豪斯小姐，那时他应该有三十岁了。”

“男人如果不是生来就有财产继承，那大多要到这个年龄，才能娶妻。我想马丁先生的财富全靠他自己去挣，手头是不可能宽裕的。我敢说，在他父亲死后，无论他能继承多少钱，无论家里的财产有多少是他的，都用来还债和买牲畜了。凭着勤奋和运气，他以后可能富裕一些，但他现在几乎不可能有任何积蓄。”

“的确如此。但他们生活得非常舒适。他们就缺个男仆，此外该有的都有了。马丁太太说明年要雇一个男仆。”

“哈丽特，不管他什么时候结婚，我都不希望你自寻麻烦。我的意思是说，最好不要跟他的妻子打交道。他的姐妹受过良好的教育，你和她们来往自然无所谓，可是，他要娶的人也许并不适合你去结交。你出身不幸，在结交朋友的时候就要特别小心。毫无疑问，你一定是好人家的女儿，你必须尽最大努力来证明你确实出身高贵，否则会有许多人以贬低你为乐。”

“是的，我想确实如此。不过，伍德豪斯小姐，我到哈特菲尔德来，你又对我那么好，我才不怕别人对我怎么样呢。”

“哈丽特，你很清楚有权有势的人有多大的影响力。不过，我要帮你在上流社会里牢牢地站稳脚跟，不必依靠哈特菲尔德和伍德豪斯小姐。我希望你建立长久优越的社会关系，为了达到这个目的，最好尽量少交些不入流的朋友。所以呢，依我说，等到马丁先生结婚的时候，你要是还在这个郡，我希望你不要与他的姐妹往来密切，不要与他的妻子成为朋友，毕竟他妻子可能是农民的女儿，没有受过教育。”

“可以肯定。是的。倒不是说我认为马丁先生找不到受过教育、很有教养的妻子。不过，我并不想反对你的意见，而且我相信我也不愿意认识他的太太。我将一直敬重两位马丁小姐，尤其是伊丽莎白。不再与她们来往，我会很遗憾，因为她们和我一样受过良好的教育。不过，他若真娶了一个无知粗俗的女人，要是有可能，我当然最好还是不要和她交往。”

爱玛一边听哈丽特说，一边留意她的情绪变化，并没有看到使人担忧的爱情的迹象。那个年轻人是第一个爱慕者，但她相信哈丽特无意于他。爱玛若是出于对哈丽特的友谊而做出任何安排，哈丽特做起来没什么难处，也就不会加以反对了。

就在第二天，爱玛和哈丽特走在唐维尔路上，居然遇到了马丁先生。他在街上步行，非常恭敬地看了看爱玛，然后带着发自内心的满足，望着她的同伴哈丽特。爱玛抓住这个机会仔细观察了一番。趁那两个人聊天的当口，爱玛向前走了几码，很快就用她那敏锐的眼光把罗伯特·马丁先生好好打量了个遍。他的外貌很整洁，看上去是个聪明的年轻人，但除此之外，他就没有别的优点了。要是把他和绅士们相比较，她估摸他在哈丽特心里的好印象一定会全部消失。哈丽特并非不明白什么是礼貌气度，她曾不由自主地注意到爱玛的父亲是那么彬彬有礼，感觉既钦佩又惊奇。而马丁先生似乎不知道何谓气度和礼仪。

知道不该让伍德豪斯小姐一直等，他们只聊了几分钟，然后，哈丽特微笑着向她跑过来，看样子有些激动，而伍德豪斯小姐希望她能很快镇定下来。

“真想不到会遇见他！太奇怪了！他说他没有从兰德尔斯绕道，而是走了这里，真是太巧了。他没想到我们会走这条路，他觉得我们大多数时候是朝兰德尔斯走。他还没有买到《森林传奇》，他上次在金斯敦时太忙了，完全忘了这回事儿，不过他明天还要去那里。真奇怪，我们竟然会遇到！伍德豪斯小姐，他和你想的一样吗？你对他印象如何？是不是觉得他长得很普通？”

“他是很普通，这一点毫无疑问，他的确是相貌平平。但是，与完全没有教养相比，长相就不算什么了。我不应该有太高的期望，我也没有太高的期望，但我想不到他竟然这么粗笨，连一点儿风度也没有。坦白说，我原以为他怎么也有一点儿文雅的。”

“确实如此。”哈丽特有些窘迫地说，“他确实没有真正绅士的温文尔雅。”

“哈丽特，我想自从你认识我们以后，也见过一些非常高雅的绅士了，所以，你一定也对马丁先生的不足深感震惊吧。在哈特菲尔德，有很多受过良好教育、有教养的男士。要是你见过这些人之后，仍然不觉得马丁先生是个很粗俗的人，也不好奇自己以前为什么认为他很好，我可真要奇怪了。你现在还没有感觉到吗？你不惊讶吗？我相信你一定很吃惊，毕竟他的样子是那么笨拙，语气也很唐突，还有他的声音，太难听了，我站在这里都能听到他粗声粗气的。”

“他自然不如奈特利先生，他不像奈特利先生那样风采卓然，走路的姿势也不好。他们两个之间的差距我看得很清楚，奈特利先生真是个翩翩君子啊！”

“奈特利先生的确气度不凡，把马丁先生和他做比较是不公平的。像奈特利先生这样儒雅的绅士，一百个人里也挑不出一个来。但你最近见过的绅士可并不止他一个。你觉得韦斯顿先生和埃尔顿先生怎么样？把马丁先生和他们两个比较一下。比一比他们的举止，看看他们走路、说话和沉默时的样子，你肯定能发现他们之间的区别。”

“啊，是的，区别真的很大。但韦斯顿先生年纪大了，肯定有四五十岁了。”

“就因为这样，他的良好举止才显得更有价值。哈丽特，一个人年纪越大，举止就越不可以粗俗，这非常重要。吵闹、粗鲁或笨拙这样的行为，会随着年纪的增加而变得越发刺眼和惹人厌。年轻时还过得去的东西，到了老年就讨厌了。马丁先生现在又笨拙又唐突，那他到了韦斯顿先生这个年纪，会成为什么样呢？”

“这很难说。”哈丽特十分严肃地说。

“不过猜也猜得到。他将成为一个粗俗的农民，对外表丝毫不在意，满脑子只会算计赚了多少，损失了多少。”

“会吗？那可太糟糕了。”

“他都忘了去打听你推荐的那本书，由此可见，他只是一门心思干活了。他一心只想着市场上的事，无暇思考其他，一个努力赚钱的人这么做，倒也正常。他为什么要看书呢？我相信他总有一天会发达，变得非常富有。他不识字，又粗俗，都与我们无关。”

“真奇怪，他居然不记得去买书。”哈丽特回答道。她说话的语气透着不快，爱玛觉得最好就此打住，便有好一会儿没再吭声。然后，她说：

“也许在某一方面，埃尔顿先生的举止要好过奈特利先生或韦斯顿先生。他更彬彬有礼，把他作为典型，或许更合理。韦斯顿先生坦率、敏捷，是个直脾气，大家都喜欢他这一点，他的脾气非常好，不过这是别人学不来的。奈特利先生直率、果断，还有一种很威严的气势，不过这种气势很适合他，他的身材、容貌和生活环境似乎允许他有这种威仪。不过，要是有哪个年轻人想学他的样子，那肯定叫人受不了。相反，我认为一个年轻人最好以埃尔顿先生为榜样。埃尔顿先生脾气好、开朗，喜欢帮助别人，还很文雅。我觉得他最近变得特别温柔了，哈丽特，我不知道他是否有意表现温柔，来讨我们两人的欢心，可是我觉得，他的态度比以前更温和了。如果他确实有意，那一定是为了取悦你。那天我不是告诉过你他对你的评价了吗？”

然后，爱玛重复了一遍她从埃尔顿先生嘴里套出来的对哈丽特的热烈赞扬，这些话现在说来正合适。哈丽特脸红了，微微一笑，还说她一直认为埃尔顿先生很讨人喜欢。

爱玛正是相中了埃尔顿先生，希望借他把那位年轻的农夫从哈丽特的脑子里赶出去，她认为这两个人登对得很。只是这一对太合适，太理所当然，太有可能配成佳偶，她撮合起来也不会有太大的功劳。她担心其他人也是这么想的，也都预料到了。然而，就在哈丽特来到哈特菲尔德的第一个晚上，她就盘算好了这个计划，这么说来，谁也不可能比她更早。她考虑得越久，就越觉得这是一件大好事。埃尔顿先生再合适不过了，他本人文质彬彬，没有下层社会的亲戚，与此同时，他的家人也不会对哈丽特可疑的出身持有异议。他能为哈丽特提供一个温馨的家，爱玛估计他有一笔相当可观的收入。虽然海伯里的牧师住宅不大，但大家都知道他有一笔足以自给自足的财产。爱玛对他评价很高，认为他脾气好，心地善良，是个值得尊敬的年轻人，有足够的社会经验，对这个世界很了解。

爱玛很满意埃尔顿先生认为哈丽特是个标致的姑娘，她相信，既然他们两个常在哈特菲尔德见面，就足以让哈丽特在他心里扎根了。至于哈丽特，毫无疑问，能得到埃尔顿先生的青睐，一定会对她产生很大的影响。他确实是个很讨人喜欢的年轻人，女士们只要不挑剔，都会钟情于他。大家都认为他长相英俊，对他的品格也是赞赏有加，不过爱玛除外，她觉得埃尔顿先生还是欠缺了几分儒雅，然而，一个姑娘只是因为罗伯特·马丁骑马去郊外为她找核桃就很满足，那埃尔顿先生的倾慕也一定可以征服她。

05

“爱玛和哈丽特·史密斯走得这么近，我不知道你有什么看法，韦斯顿太太，反正我认为这不太好。”奈特利先生道。

“不太好！你真的认为这不太好吗？为什么？”

“我认为她们两个都不可能给对方带来任何好处。”

“你这么说，我真的很惊讶！爱玛一定能帮到哈丽特。哈丽特成了爱玛关心的新目标，可以说对爱玛有好处。看到她们这么亲密，我开心极了。你和我的感觉是多么的不同啊！你居然认为她们对彼此不会有任何好处！奈特利先生，我们以后肯定会经常为了爱玛争吵，现在只是个开始。”

“你也许以为我是知道韦斯顿不在家，你只能靠自己，就故意来跟你吵。”

“韦斯顿先生在的话，肯定支持我，在这一点上，他的看法和我是一样的。我们昨天才谈到了这件事，都认为爱玛在海伯里有这样一个姑娘做伴，是很幸运的。奈特利先生，在这件事上，我认为你有失公允。你习惯一个人生活，不明白有人陪伴的好处。一个女人打从出生起就有其他女性陪伴，是一种安慰，对此，男人是无从评判的。我可以想象你对哈丽特·史密斯并无好感。爱玛应该结交出身高贵的年轻女子，哈丽特却偏偏不是。但是，爱玛希望看到哈丽特增长学识，如此一来，她自己也会多读书。她们会一起读书的，我知道爱玛会这么做。”

“爱玛从十二岁起就一直想多读书。我见过她在不同时期列了许多书单，说是要常常看里面的书，书单很不错，里面的书都是精挑细选出来的，书名排列整齐，有时按字母顺序排序，有时按别的什么规则。她十四岁时写了一张单子，我记得我当时认为那张单子证明她很有判断力，就把书单保存了一段时间。我敢说她现在也列了一个不错的清单。但我可不指望爱玛能坚持读书。任何需要勤奋和耐心的事，她都做不成的，她现在满脑子幻想，不可能定下心来学习。以前泰勒小姐都无法激发她，我肯定现在哈丽特·史密斯也不行。你怎么也劝不了她的，你希望她读的那些书，她能看上一半就很好了。你知道你管不了她。”

“我敢说，我当时是这么想的。”韦斯顿太太笑着回答，“不过，自从我们分开以来，我并不记得爱玛有什么时候不做我希望她做的事。”

“我真不愿意重提旧事。”奈特利先生充满感情地说。过了一会儿，他平静了下来。“可是我还是一个理智的人。”他马上又说，“我现在仍然能看、能听，也还记得过去的事。爱玛是家里最聪明的人，被大家宠坏了。她十岁时，就不幸地回答了她姐姐十七岁时都答不出的问题。她总是那么机敏，那么自信，伊莎贝拉却反应慢，一直怯生生的。从十二岁起，爱玛就成了家中的女主人，给你们所有人当家做主。她母亲是唯一管得住她的人，但她母亲去世了。她继承了她母亲的才能，在母亲面前，她肯定是服服帖帖的。”

“奈特利先生，要是我离开伍德豪斯先生家是为了另谋高就，并且要靠你的举荐，那可就糟透了。我想你是不会在任何人面前替我说一句好话的。想必你 直认为我并不适合我的工作。”

“是的。”他笑眯眯地说，“你在这儿更合适，你非常适合做妻子，做家庭教师就不适宜了。但是，你在哈特菲尔德的那段时间，一直在准备成为贤妻。你很有能力，却没能让爱玛接受完整的教育，爱玛反而对你产生了很深的影响，遇到有关婚姻的重要问题，你只会放弃自己的意愿，按照别人的吩咐去做。如果韦斯顿要我给他推荐一位妻子，我推荐的人一定是泰勒小姐你。”

“谢谢。给韦斯顿先生这样的男人做个贤妻，并不能说明我有什么功劳。”

“说老实话，我怕你的贤惠被浪费了，你准备好要忍受，到头来却没什么好忍受的。不过倒也不必绝望。韦斯顿的日子过得太安逸了，说不定他的脾气会变坏，要不然他儿子也会惹他生气。”

“但愿不会。不太可能的。不，奈特利先生，不要预言他儿子会给他制造苦恼。”

“我没有。我只是说说可能性而已。我并不会假装自己拥有爱玛那种能预言能猜测的天赋。我衷心地希望，那个年轻人拥有韦斯顿家的品德，以及丘吉尔家的财富。但是，说到哈丽特·史密斯，我对哈丽特·史密斯的评价还没有说完。在我看来，爱玛与她为伴，真是糟透了。她本人不谙世事，却认为爱玛洞察世间百态。她对爱玛事事迎合。更糟的是，她并不是有意这么做的。出于无知，她一直都在奉承。哈丽特处处讨好，时时都表现得愧不如人，爱玛怎么会认为自己还有东西要学呢？至于哈丽特，我敢说，她从与爱玛的友谊中得不到好处。哈特菲尔德只会让她自命不凡，轻视符合她身份的其他地方。她的确会变得举止文雅，但与和她一样出身的人相处，只会让她感到不自在。要是爱玛的引导能让人心智大增，或是让一个女孩理性地适应生活的各种变化，那才奇怪呢。爱玛只能给哈丽特带来表面一点儿好处罢了。”

“要么就是我比你更相信爱玛的判断力，要么就是我更关心她眼下能不能过得惬意，反正我对她们的交往并无异议。她昨晚看上去多愉快啊！”

“啊，你宁愿谈她的外表，也不愿讨论她的思想，是吗？很好。我承认爱玛的确好看。”

“好看！应该说明媚动人吧。你想想爱玛的脸蛋，再想想她的身段，还有人比她更称得上倾国倾城吗？”

“我不知道还有谁，不过我承认，我从没见过比她更赏心悦目的美人。但我是一个会偏心的老朋友。”

“她的眼睛美极了！是真正的淡褐色，亮晶晶的！她五官端正，神情是那么坦率，脸色白里透红。她多么健康啊，身高适中，身段凹凸有致，整个人亭亭玉立。她的健康不仅表现在她的青春朝气上，还体现在她的风姿、头脑和顾盼潋滟的目光之中。有时候，人们会说孩子‘很健康’。现在，爱玛经常让我觉得，健康的成年人就该是她那样的，她就是个可人儿。你说对吗，奈特利先生？”

“我觉得她的容貌的确没什么可挑剔的。”他答道，“我认为她与你所描述的确实一模一样。我喜欢看她，而且要表扬她，我认为她并没有因为自己的美貌而虚荣。她虽然明眸皓齿，似乎却并不以此为意，她的虚荣心是为了其他的事。韦斯顿太太，你说了这么多，可我还是不喜欢她和哈丽特·史密斯过从甚密，也依然担心这对她们两人都没好处。”

“奈特利先生，我同样深信，这对她们没有任何害处。亲爱的爱玛是有许多小缺点，可这并不妨碍她是个优秀的姑娘。到哪里去找这么好的女儿，这么善良的姐妹，或者这么真诚的朋友呢？找不到的。她拥有值得信赖的品质，绝不会引导别人去犯真正的错误，她自己也不会犯严重的错误。爱玛就算犯了一次错，也有一百次是正确的。”

“很好，我不会再为难你了。就让爱玛当她的天使吧，我把我的怒气咽回肚子里，等圣诞节约翰和伊莎贝拉回来了，我再和他们说。约翰是喜欢爱玛，但他的喜欢是理性的，脱离了盲目，而伊莎贝拉总是和他想的一样。不过他们夫妻俩也有不一致的时候，那就是他不会被孩子们搞得晕头转向。我肯定，他们会赞同我的意见。”

“我知道你们都非常爱她，不会对她不公正，也不会对她不友好。但是，奈特利先生，爱玛母亲有权说的话，我自觉也有资格讲。因此，请恕我直言，你如此讨论哈丽特·史密斯和爱玛的亲密来往，其实也没有任何好处。希望你能原谅，即便她们的亲密关系会给爱玛带来不便，可只要她自己觉得高兴，她也不会断绝这种往来，唯一有权管爱玛的就是她的父亲，但他也赞同爱玛和哈丽特交好。这些年来，提供忠告一直是我的职责，那么现在，奈特利先生，我尽最后一点儿职责，你不会感到惊讶吧？”

“一点儿也不。”他大声说，“我感谢你还来不及呢。你的忠告很好，会比你的其他建议有效得多，我会照办的。”

“约翰·奈特利太太容易担惊受怕，可能会为了妹妹的事而忧心。”

“你放心吧。”他说，“我不会强烈抗议，也不会暴露我的坏脾气。我对爱玛的关心，是出于真心的。伊莎贝拉仅仅是我的弟妹，我对她的兴趣还不如对爱玛，也许我对她从没有过多大的兴趣。人们对爱玛的感情中都掺杂着几分挂怀，几分好奇，我很好奇她以后会怎么样。”

“我也是。”韦斯顿太太温和地说，“我也很想知道。”

“她总把一辈子不结婚的话挂在嘴边，当然，这并不意味着什么。但我想她是还没有遇见她喜欢的男人。对她来说，爱上一个合适的对象，并不是一件坏事。我倒希望看到爱玛在坠入爱河的同时却不确定对方会不会回报她同样的深情，这对她有好处。可是这附近没有哪个人能叫她依恋，她又很少出门。”

“目前，似乎没有什么人能劝说她改变初衷。”韦斯顿太太道，“既然她在哈特菲尔德过得那么幸福，我可不希望她对任何人产生迷恋，那样的话，可怜的伍德豪斯先生就没有好日子过了。我并不建议爱玛现在就结婚，不过我向你保证，我并不反对爱玛嫁人。”

她和韦斯顿先生在爱玛的婚事上早就打好了如意算盘，此时却不想流露出来。兰德尔斯的这对夫妇对爱玛的命运有了种种期望，但暂时不希望惹人生疑。奈特利先生随后平静地转移了话题，说道：“韦斯顿觉得天气怎么样？会下雨吗？”韦斯顿太太因此确信，他对哈特菲尔德的事，没有什么可说的，也没什么可猜测的了。

06

爱玛十分肯定自己已将哈丽特的喜好引向了正确的方向，而且为她那刚刚建立的虚荣心树立了良好的目标。她发现，哈丽特比以前更清楚埃尔顿先生是一个非常英俊、气度不凡的男人。爱玛毫不犹豫地继续暗示哈丽特有多讨人喜欢，加深埃尔顿先生对她的爱慕；与此同时，她很快就相当自信地让哈丽特萌生出了尽可能多的好感。她深信，埃尔顿先生即便还没有爱上哈丽特，也很快就将坠入爱河。对他，爱玛没有什么可操心的。他会谈到哈丽特，对她赞不绝口。爱玛觉得用不了多久，这一对就将很自然地走到一起。自从哈丽特在别人的举荐下来到哈特菲尔德以来，她的举止有了很大改观，而埃尔顿先生也觉察到了这一点，这足以证明他对她的爱慕越来越深了。

“你给了史密斯小姐她所需要的一切。”他说，“在你的帮助下，她变得优雅又大方。她与你初相识的时候倒也是个美丽的姑娘，但是，在我看来，是你给她增添了魅力，使她天生的容貌多了几许动人。”

“真高兴你认为我对她有帮助，不过哈丽特只需要别人从旁点拨一下就够了，只需要一点点暗示即可。她天生优雅，不光性格温和，还那么天真烂漫，我做得并不多。”

“请恕我反驳女士的话……”殷勤的埃尔顿先生说。

“也许是我让她多了一些果断，还教会了她去思考以前没有想过的问题。”

“正是如此，我印象最深的，就是这一点了。她的性格果断多了！你真有一手。”

“我觉得这也给我带来了很大的乐趣，我从来没有见过性情这么温和的人。”

“我对此毫不怀疑。”他说这话的时候，激动地叹息了一声，语气中蕴含着无限的爱恋。还有一天，爱玛突然提出要给哈丽特画像，埃尔顿先生表示支持，爱玛得知高兴极了。

“哈丽特，你画过像吗？”爱玛说，“有没有坐下来让人给你画像？”

哈丽特正要离开房间，闻言停下脚步，带着天真的口气饶有兴味地说：

“没有……从来没有过。”

她一走远，爱玛就大声叫道：

“给她画一幅美丽的画像，那该是多么精美的收藏品啊！不管出多少钱买，我都愿意。我真想亲自为她画像呢。有件事我敢说你并不知道。两三年前，我酷爱给人画肖像，还给几位朋友画过，大家都认为我的画技还不差。但是，出于这样或那样的原因，我觉得给人画像索然无味，便放弃了。但是，只要哈丽特愿意坐下来给我画，我愿意一试。能给她画像，该多么有意思！”

“我恳求你一试。”埃尔顿先生叫道，“一定会很有意思的。伍德豪斯小姐，恳请你为你的朋友施展不凡的才能吧。我很清楚你画技高超，你怎么能认为我对此一无所知？这房间里不是挂着许多出自你之手的风景画和花卉画吗？韦斯顿太太在兰德尔斯的客厅里，不是也挂了一些无可比拟的人物肖像画吗？”

你说得对！爱玛心想，但这与画肖像画有什么关系？你对绘画一窍不通，不要假装折服于我的绘画技巧，还是去迷恋哈丽特的美貌吧。

“你既然这样鼓励我，埃尔顿先生，我相信自己一定会尽力而为。哈丽特的眉眼生得十分精致，画起来有些难度。不过，她眼睛的形状和红唇的线条极为特别，一定要多加留意。”

“一点儿不错，是要注意眼睛的形状和红唇的线条，我肯定你会成功。你一定要尝试一下。如果你这样画了，用你自己的话说，那这幅画确实将成为一件精美的收藏品。”

“不过，埃尔顿先生，哈丽特恐怕不喜欢画像，她对自己的美貌毫不在意。你有没有注意到她回答我的话？简直就是在说‘为什么要给我画像？’。”

“啊，是的，我的确注意到了，她的话并没有逃过我的耳朵。不过，我仍然认为你能说服她。”

哈丽特很快就回来了，爱玛立即提出为她画像。哈丽特有些顾虑，但在另外两个人的一再恳请下，她还是同意了。爱玛希望马上就画，于是她拿出一只画夹，里面装着她画过的却都没有完成的各种肖像画。他们一起决定给哈丽特画多大尺寸的肖像画最合适。她将许多只画了开头的画摆出来。有微型画像、半身像、全身像，铅笔画、蜡笔画、水彩画，她都一一尝试过了。她总是什么事都想做，在绘画和音乐方面，她只付出很少的努力，就能比许多人更有进步。她能边弹边唱，会用每一种风格画画，却始终难以坚持下去。她很想在各种方面都达到炉火纯青的程度，也本该可以做到，却全都失败了。无论是画画还是音乐，她都很清楚自己的能力到了何种程度。别人若觉得她技艺出众，她不会不愿意。别人高估了她的成就，她也不会心生忐忑。

每一幅画都有优点，越是没有完成，就越是出色。她的画风充满了生气，但是，即使她的画没那么多优点，或者比现在多上十倍，她的两个同伴也照样喜欢，照样欣赏。他们两个都是如痴如醉的。人人都喜爱画画像，况且伍德豪斯小姐一定会画得非常好。

“没有多少人让我画。”爱玛说，“我只能画家里人。这张画的是我父亲，那张也是我父亲。可是一想到要画像，他就很紧张，我只能偷偷摸摸地给他画，结果这两幅都不太像。你们看，这些全是韦斯顿太太。亲爱的韦斯顿太太，无论在任何时候，都是我最好的朋友。只要我有要求，她就坐下来让我画。这张是我的姐姐，我倒是画出了她那娇小玲珑的身材，把她的样貌也画得很像。要是她能多坐一会儿，我一定会画得更像。但她急着要我画她的四个孩子，总也不能安静地坐着。再来看看我给她的三个孩子画的像，从画纸的一边到另一边，分别是亨利、约翰和贝拉，这几个孩子都像是从一个模子里印出来的。她就盼着我给他们几个画像，我真的无法拒绝。但是，你知道，要让三四岁的孩子站住不动是不可能的，除了神态和肤色，不可能画得很像，要是他们长得比其他孩子粗犷一些，倒也容易画。这是我给姐姐的第四个孩子画的像，他还是个婴孩呢。我是趁他在沙发上睡觉时给他画的，你们看，他的帽徽跟真的一模一样。他舒服地垂着头，这一点也画得很像，我真为小乔治感到骄傲。沙发的一角也画得很像。这是我的最后一幅画。”她打开一张很棒的小尺寸全身素描画，画中是一位绅士，“这是我最后也是画得最好的一幅，画的是我的姐夫约翰·奈特利先生。这幅画只缺几笔就画完了，可我一气之下还是把它搁在了一边，还发誓再也不画肖像画了。我就是忍不住生气，我画那幅画，是下了很大功夫的，我画得非常像，我和韦斯顿太太都认为非常像，只是画得太英俊，太讨人喜欢了，但这只是小小的缺陷而已，结果，可怜的伊莎贝拉冷冰冰地说：‘啊，是有点儿像，不过你画得算不上好。’我们费了很大劲儿才说服他让我画。他这可是给足了我面子，总之，我是忍无可忍了。于是我没有把画画完，不然每天早晨从布伦瑞克广场来了客人，我还得因为画得不像而道歉。正如我说的，我发誓再也不画人像了。不过，看在哈丽特的面子上，或者更确切地说是为了我自己，而且现在也没有什么丈夫啦妻子啦在场，我只好再出山一次了。”

埃尔顿先生听了爱玛的话，似乎大为动容，也很高兴，他重复道：“你说得不错，现在没有什么丈夫啦妻子啦在场。正是如此，没有丈夫和妻子。”爱玛觉得眼前的情景非常有趣，甚至开始考虑是不是该走开一下，让他们两个独处。但是，她想画画，只得等一会儿再宣布告辞。

爱玛很快就确定了肖像画的大小和种类。她要画一张全身水彩肖像画，和给约翰·奈特利先生画的一样，如果效果令人满意，她就把画挂在壁炉架上方显眼的位置。

绘画开始。哈丽特的脸蛋红扑扑的，脸上带着微笑，生怕没法保持姿态和表情，她面向画家那镇定的眼睛，表现出青春可爱的神情。但是，埃尔顿先生在她身后坐立不安，看着爱玛一笔一笔地画着，搞得爱玛无法集中精神。她原本希望他能找个合适的地方，既能看到她画画，还不至于打扰到她，但她现在不得不结束这种局面，要求他到别的地方去。爱玛忽然想到可以让他读书。

“如果你能给我们读点儿什么，就太好了！那样我能自在一点儿，史密斯小姐也不会那么烦闷了。”

埃尔顿先生很乐意效劳。哈丽特听着埃尔顿先生读书，爱玛安静地画画。她得让他不时过来看看，不然的话，对一个情人来说就太残忍了。只待爱玛的铅笔稍稍一顿，埃尔顿先生就会快步过来看看进展如何，并且沉醉其中。有他在旁边鼓励，爱玛也觉得十分愉快，因为在他那写满倾慕的眼睛里，在别人还看不出像的时候，他就已经觉察出很像了。爱玛并不相信他的眼力，可是他的爱和殷勤却无可挑剔。

这次绘画可谓尽如人意。她对第一天画的素描十分满意，希望继续画下去。画很像，对姿态的呈现也惟妙惟肖。她打算修饰一下哈丽特的身材，将她画得更加高挑高贵，她深信，这幅画无论从哪方面看，都一定会成为一幅美丽的图画，并将挂在她事先想好的位置，而且一定会为她们两人都带来荣耀，既凝固了哈丽特的美，也展示了爱玛不凡的画技，同时还是她们二人友谊的见证。此外还有埃尔顿先生即将对哈丽特产生的感情，这样一来，这幅画就有许多其他愉快的联想了。

第二天，哈丽特又坐下来当模特。而埃尔顿先生按照应该做的那样，请求前来再次给她们朗读。

“当然可以。我们非常欢迎你。”

第二天仍是同样的殷勤和礼貌，同样的成功和满意，绘画的过程一直都这么顺利，画像很快就画好了。每个人看了画都很喜欢，埃尔顿先生则一直欣喜若狂，只要有人批评画不好，他都会为画辩护。

“伍德豪斯小姐弥补了她朋友唯一的缺陷。”韦斯顿太太对他说，丝毫没有想到她是在跟一个有情人说话，“眼神是画得最好的部分，但是史密斯小姐的眉毛和睫毛并不是这样的。她的五官就只有这个缺点。”

“你这么认为的吗？”他答道，“我不同意你的看法。在我看来，每个特征都极其相似。我一生中从未见过这么好的画像。你知道，阴影的效果是必须考虑的。”

“你把她画得太高了，爱玛。”奈特利先生说。爱玛知道的确如此，只是不愿承认。埃尔顿先生热情地补充道：

“不，不高，一点儿也不高。哈丽特是坐着的，这自然就呈现出不同的结果了，简而言之，画像和真人的高度是一样的。而且，还要保持比例。比例呀，透视收缩呀……不，画像和史密斯小姐的身高分毫不差，就是一模一样。”

“画得不错。”伍德豪斯先生说，“太成功了！亲爱的，你一向都画得那么好。你是我认识的人里画得最好的。只有一点不太合我的意，她好像是坐在外面，肩上只披了一条小披肩。别人看了，一定以为她会着凉。”

“可是，我亲爱的父亲，画的背景是夏天，温暖的夏日呀。看那棵树。”

“但是，亲爱的，坐在门外终归不安全。”

“先生，你说什么都可以。”埃尔顿先生大声道，“不过我必须承认，让史密斯小姐在户外画像是一个非常愉快的想法。这棵树画得无可比拟！如果换成其他的情景，就难以相称了。史密斯小姐神态天真，总而言之，真是画得好极了！我的眼睛都无法离开这幅画了，我从未见过这样好的画像。”

接下来要做的是把画裱起来，这就有点儿难了。必须马上镶框，而且要去伦敦，还要找一个精明的人去办这件事，这个人还要有值得信赖的品位。通常情况下，这些事都由伊莎贝拉去料理，但这次不能找她了，毕竟现在是十二月，伍德豪斯先生说什么也不会答应让她在十二月的大雾中出门。不过，埃尔顿先生一得知此事，问题就迎刃而解了。他总是那么殷勤。“把这个任务交给我吧，我将不胜荣幸！我可以随时骑马去伦敦。若是将这项差使交给我，那我真说不出有多高兴。”

“你人太好了！我真不忍心让你去办这事！真不愿意为了这样一份麻烦的差事连累你。”

埃尔顿先生听了爱玛的话，一再恳求，又再三保证，很快，他们就谈妥了这件事。

埃尔顿先生要把画带到伦敦，挑选画框，并指示工匠如何装裱。爱玛认为可以先把画包好，这样既能保证画的安全，又不会给他增添很大的不便，而他似乎最担心的是麻烦不够多。

“多么宝贵的画啊！”他接过画，轻轻地叹了口气说。

“这个男人太过殷勤，不像是坠入爱河的人。”爱玛心想，“话虽如此，不过想必恋爱有各种不同的方式。他是一个优秀的年轻人，非常适合哈丽特。按照他自己的话说‘正是如此’，但他确实会叹气，样子也有些憔悴，他太会恭维人了，要是他一直奉承我，我绝对忍受不了。我是他第二个要恭维的人，却也听了不少赞美的话。不过，他只是感激我撮合他与哈丽特而已。”

07

就在埃尔顿先生去伦敦的那天，爱玛又有了一个帮助朋友的大好机会。像往常一样，早饭后不久哈丽特就到了哈特菲尔德。她待了一会儿便回家去了，然后又回到哈特菲尔德吃午饭。她回来的时间比说定的早一些，看起来有些激动，神色匆匆的，说是发生了一件不寻常的事，要讲给爱玛听。过了一会儿，事情的始末就清楚明了了。她一回到戈达德太太家，就听说马丁先生一小时前来过，发现她不在家，别人也不清楚她什么时候回来，于是他留下他妹妹给哈丽特的一个小包裹便走了。她打开那只小包，里面除了有她借给伊丽莎白抄的两首歌，还有一封写给她的信。信是马丁先生写的，直言不讳地向她求婚。“谁能想到呢！我太惊讶了，一时间不知如何是好。没错，那的确是一封求婚信，写得非常出色，至少我是这么以为的。从字里行间，可以看出他似乎真的非常爱我，不过我也说不清楚。就这样，我以最快的速度赶来，找伍德豪斯小姐请教一下我该怎么办。”见到自己的朋友那么高兴，又拿不定主意，爱玛不由得有些惭愧。

“我敢保证，”爱玛叫道，“那个年轻人早打定了主意，即使没有机会开口询问，也不能有任何损失。只要有可能，他一定攀附权贵。”

“请你读一下那封信好吗？”哈丽特大声说，“求你了。你还是看看吧。”

见哈丽特催促自己，爱玛也不以为忤。她读了信，不禁深感惊讶，她真没想到这封信写得如此文雅。不仅没有语法错误，而且从结构来看，即便说是出自一位绅士之手也不为过。信中用词虽然朴素，却不矫揉造作，很有感染力，字里行间传达出了写信人的真挚情意。信虽然短，但表达出了理智和热切的爱恋，处处洋溢着大方得体，甚至蕴含着一种细腻的情感。爱玛拿着信，一时间没有说话，哈丽特则焦急地站在一旁等她出主意，只得“啊啊”两声，最后勉强说了句：“这封信写得不错吧？是不是太短了？”

“是的，确实写得很好。”爱玛缓缓地说，“哈丽特，这封信写得真好，从各方面考虑，想必一定是他妹妹帮他写的。那天我看见那个年轻人和你谈话，如果由他自己执笔，真的很难想象他能如此清楚地表达出自己的感情，但这封信又不像女人的文风。的确不是，写得太深刻、太简洁了，没有女人的拖拖拉拉。毫无疑问，他是个聪明人，想必有一定的天赋，能够敏锐而清晰地思考，拿起笔来，自然而然地能找到适当的语言来表达自己的思想。有些男人就是这样的。是的，我理解这种人的性格。精力充沛，坚决，有几分柔情，并不粗糙。哈丽特，我真想不到他写得这么好。”爱玛说着把信还给了哈丽特。

“啊。”哈丽特说，她还在等爱玛出主意，“那个……那我该怎么办？”

“你该怎么办！什么怎么办？你是说那封信吗？”

“是的。”

“你还有什么拿不准的呢？你自然得回信，而且要快。”

“是的。但我该说什么呢？亲爱的伍德豪斯小姐，你教教我吧。”

“不，不，这封信还是要由你自己来写的，我相信你会很恰当地表达自己的意思。最重要的是，不可以让对方难以理解。你的意思必须明确，不可以有疑问或异议。我相信，出于礼仪，你会表示你很感激对方的错爱，或是为了你所引起的痛苦而表达关心，这些话会自然而然地浮现在你的脑海里。你在写信的时候，不必为了他的失望而感到悲伤。”

“这么说，你认为我应该拒绝他？”哈丽特低下头说。

“应该拒绝他！我亲爱的哈丽特，你这是什么意思？你对此有疑问吗？我还以为……请你原谅，也许是我搞错了。如果你对回信的主旨有疑问的话，我自然是对你有误解的。我还以为你只是要就信上的措辞跟我商量呢。”

哈丽特沉默下来。爱玛略带矜持地继续说：

“你的意思是你要答应他。”

“不是的，我不是这个意思。我该怎么办？你说我该怎么办？亲爱的伍德豪斯小姐，请你告诉我该怎么办？”

“我不会给你任何建议，哈丽特，我不想插手这件事，你得根据自己的感觉做决定。”

“没想到他竟如此钟情于我。”哈丽特凝视着信说。爱玛又沉默了一会儿，但是，她忽然意识到，那封爱意浓浓的信太有蛊惑力，说不定会吸引哈丽特答应求婚，她觉得自己还是应该表明立场：

“哈丽特，我认为有一条原则走到哪里都适用，如果一个女人不确定自己是否应该接受一个男人，那就应该拒绝。如果想说‘是’却又犹豫不决，那就应该直接说‘不’。绝对不能抱着迟疑的态度接受一个男人。我比你年长几岁，作为你的朋友，我觉得我有责任对你说这些。但是，不要以为我是要影响你。”

“不会的，我肯定你心地善良，不会……但是如果你能教我怎么做最好……不，不，我不是这个意思，你也说过，应该打定主意，不可以犹豫，而且这是一件非常严肃的事。或许说‘不’，才算稳妥。你说我是不是应该拒绝他？”

“无论如何，我都不会教你怎么做。”爱玛和蔼地微笑着说，“你自己的幸福，只有你自己才能做出最好的判断。如果你喜欢马丁先生胜过其他任何人，并且认为他在你结交过的人中是最讨人喜欢的一个，那你还有什么好犹豫的呢？你脸红了，哈丽特。此时此刻，你有没有想到别的什么人符合这个条件的？哈丽特，哈丽特，不要欺骗自己。不要被感激和同情冲昏了头脑。那么，你现在想的是谁呢？”

情况十分有利。哈丽特没有回答，只是迷茫地转过身去，若有所思地站在壁炉旁边。那封信还在她手里，但她愣愣地扭着信纸，似乎对其毫不在意。爱玛心急如焚地等待着结果，不过心里仍然抱着强烈的希望。最后，哈丽特有些犹豫地说：

“伍德豪斯小姐，既然你不愿意给我意见，我只好自己尽力了。我现在打定主意了，我的决心下得差不多了，我要拒绝马丁先生。你认为我这么做对吗？”

“完全正确，非常正确，我最亲爱的哈丽特，你就应该这样做。你刚才犹豫，我不好说出心里的感觉，但既然你都决定了，我一定要立即表示赞同。亲爱的哈丽特，我真高兴你做了这样的决定。你要是嫁给马丁先生，我一定会失去你的陪伴，那我真难过极了。你刚才有一点点动摇，我则三缄其口，不愿意对你有任何影响。但是，我可能会失去一个朋友。我不可能去拜访阿比-米尔农场的罗伯特·马丁太太。可是现在，我永远都不会失去你了。”

哈丽特没想到事态如此严重，但这个可能性让她大为震惊。

“你不能来看我！”她喊道，吓得目瞪口呆，“不可以，这怎么能成呢。我从没想到这一点。那太糟糕了！幸好没到不可收拾的地步！亲爱的伍德豪斯小姐，与你为友，带给我那么多快乐，那么多荣耀，就算给我再大的好处，我也不会放弃你。”

“说实在的，哈丽特，若是失去了你，那我的心都要碎了。但这也是没办法的事。至于你，就是切断了你自己与上流社会的联系。那我也只能与你绝交了。”

“老天！我怎么能受得了？要是我再也不能来哈特菲尔德，简直就是要了我的命。”

“我亲爱的！你差一点儿就像是被放逐到了阿比-米尔农场！终其一生只能与粗俗的白丁厮混！真不晓得那个年轻人怎么有勇气向你求婚，他一定自以为很了不起。”

“我觉得他平时并不是个自负的人。”哈丽特说她的良心不能接受针对马丁先生的指责，“至少他是个大好人，我将永远感激他、尊重他，但这是另一回事，而且，你知道的，他虽然钟情于我，但并不意味着我应该……当然，我必须承认，自从我经常往来这里，也见过不少人。如果将他们的样貌和风度与马丁先生相比，那他根本没有可比性，这里的人全都英俊不凡，讨人喜欢。然而，我确实认为马丁先生是一位和蔼可亲的青年，对他评价很高。他对我如此深情款款，还写了这么一封信，可是，要我不再与你来往，我是无论如何也不愿意的。”

“谢谢你，谢谢你，我可爱的小朋友。我们永远都不分开。一个女人嫁给一个男人，不应该仅仅因为他向她求婚，或者因为他钟情于她，能写一封还算过得去的情信。”

“自然不行，而且情信还那么短。”

爱玛觉得自己的朋友有些小家子气，但只说了一句：“确实如此。如果丈夫是个土包子，你时时刻刻都会嫌弃他，可要是知道丈夫能写出一封像样的情信，那对你也算是一个小小的安慰吧。”

“是的，就是这样。会写信也没什么了不起，重要的是与合得来的伙伴在一起，才能永远快快活活，我决定拒绝他。但我该怎么办呢？我该怎么说？”

爱玛向她保证写回信很简单，劝她马上就写。哈丽特同意了，希望爱玛能帮忙。爱玛仍然不愿提供任何帮助，但事实上，每句话的构思都是她想出来的。为了写回信，哈丽特又把马丁先生的信看了一遍，不由得心软起来，因此，很有必要写几句斩钉截铁的话，才能让哈丽特坚持决定。哈丽特很担心会惹马丁先生伤心，还顾虑他母亲和姐妹会如何看待、如何说这件事，生怕她们认为她不懂感激。爱玛相信，要是那位年轻人现在来找哈丽特，她准会接受他的求婚。

然而，回信已经写好、密封，送了出去。一切都已尘埃落定，哈丽特安全了。她整个晚上都打不起精神，不过爱玛能体谅她有所遗憾，只好时而谈到自己的深情厚谊，时而提到埃尔顿先生，希望能给哈丽特一些安慰。

“他们再也不会邀请我去阿比-米尔农场了。”哈丽特悲哀地说。

“就算他们邀请你，我也舍不得跟你分开，亲爱的哈丽特。哈特菲尔德太需要你了，你不可以去阿比-米尔农场。”

“我也不想到那儿去，只有在哈特菲尔德我才开心。”

过了一会儿，哈丽特说：“如果戈达德太太知道发生了什么事，想必会大吃一惊的。我相信纳什小姐一定会很惊讶，因为纳什小姐认为她自己的姐姐嫁了个好人家，而对方其实只是个亚麻布商。”

“哈丽特，学校的教师能有多强的自尊心，多好的教养？我敢说，纳什小姐准羡慕你遇到了这样一个嫁人的机会。就连让这么一个人拜倒在自己的石榴裙下，在她眼里也是很了不起的。至于还有更出色的人倾慕于你，我想她是全然不知情的。目前，某个人对你青睐有加的事儿，暂时在海伯里还没有传开。到目前为止，我想，只有你和我两个人，从他的表情和举止中看穿了他的心思。”

哈丽特顿时双颊绯红，笑了笑，说她也不明白为什么会有人这么喜欢她。想到埃尔顿先生，她心中自然欢喜。但过了一段时间，她又为了拒绝马丁先生而心软了。

“现在他应该收到我的信了。”她轻声说，“不知道他们都在干什么。他的姐妹们知不知道呢，他要是不开心，她们也不会开心。但愿他不要太难过。”

“我们还是想想此时出门为我们办事的朋友吧。”爱玛大声说，“此时此刻，也许埃尔顿先生正在把你的画像拿给他的母亲和姐妹们看，告诉她们你本人是多么美丽。等她们询问了五六次之后，他才会透露你的名字。”

“我的画像！但他把我的画像留在邦德街了。”

“怎么可能！如果他这么做，就不是我认识的埃尔顿先生了。不，我亲爱又谦虚的小哈丽特，毫无疑问，这幅画要到明天他上马之前才会送到邦德街。那幅画整个晚上都会陪伴他，是他的慰藉，给他带来欢乐。他家人看了那幅画，就会明白他的心思，也会知道你，它会让他们之间弥漫着我们天性中最愉快的情感，引起他们强烈的好奇心和温暖的偏爱。他们一定会发挥想象力猜来猜去，该是多么欢乐，多么热烈呀！”

哈丽特再一次笑靥如花。

08

当天晚上，哈丽特留宿哈特菲尔德。几个礼拜以来，她有一半以上的时间都住在那里，后来还有了一间专属卧室。爱玛认为，目前最好尽可能让她和他们在一起，这么做最安全，也最能示好。第二天早晨，哈丽特必须到戈达德太太家待上一两个小时，并告知戈达德太太她还是要回哈特菲尔德，再住上几天。

就在哈丽特去戈达德太太家的时候，奈特利先生到了哈特菲尔德，与伍德豪斯先生、爱玛坐下来闲谈了一会儿。伍德豪斯先生本就下定决心出去散步，现在女儿说服他不再推迟。此时，经二人的一再请求，伍德豪斯先生只好不顾礼貌，留下奈特利先生，出门散步。奈特利先生并不在意虚礼，回答起来简短干脆；伍德豪斯先生则一再道歉，为讲礼貌而瞻前顾后，两个人形成了有趣的对比。

“奈特利先生，如果你能原谅我，并且不觉得我做了一件非常无礼的事，我想我就听从爱玛的劝告，出去散步一刻钟。外面阳光高照，我觉得最好趁着身体允许，去转上三圈。奈特利先生，我对你太失礼了。我们这些身体不好的人都觉得自己享有特权。”

“亲爱的先生，不要把我当外人。”

“我给我的女儿留下了一个极好的同伴。爱玛会很高兴招待你的。因此，我这就告辞，出去溜达三圈，进行我的冬季漫步。”

“这太好了，先生。”

“奈特利先生，我原想请你作陪，但是我走得太慢了，一定会使你厌烦。再说，你要步行到唐维尔庄园，还有很长的路要走。”

“谢谢你，先生，非常感谢。我现在也要走了，依我看，你还是尽早出门为好。我去给你拿件大衣，再为你打开花园门。”

伍德豪斯先生终于走了。不过奈特利先生并没有马上离开，他又坐了下来，似乎想多聊几句。他谈起了哈丽特，对她大加溢美之词，爱玛从未见过他如此夸奖哈丽特。

“我和你不一样，并不认为她有闭月羞花之貌。”他道，“不过她也算是个美人坯子，我觉得她的脾气很好。她的性格如何，取决于她和什么人朝夕相对。不过有人好好引导她，她会变成一个优秀的女人。”

“很高兴你这样想，但愿不缺能好好引导她的人。”

“好吧。”他说，“你就盼着别人恭维你，那我就告诉你，在你的帮助下，她确实大有长进。你让她彻底改掉了女学生式傻笑的毛病，的确值得夸赞。”

“谢谢。要是我觉得自己帮不上什么忙，那才真该羞愧呢。但是，并不是每个人都会在该夸奖别人的时候不吝赞扬，你就不经常夸赞我。”

“今天早上她来吗？”

“随时都可能到。她走了很久了，早该回来了。”

“肯定有事耽搁了，兴许是有人去找她。”

“又是海伯里的谣传！一群讨人嫌的浑蛋！”

“哈丽特也许不像你那样，觉得每个人都叫人生厌。”

爱玛知道这是不容辩驳的事实，因此没有作声。奈特利先生笑了笑，马上又道：

“我并不会假装知道时间和地点，但我必须告诉你，我有充分的理由相信，你的小朋友很快就将听到一个对她大有好处的消息。”

“是吗！怎么可能？什么样的好消息？”

“我向你保证，绝对是一桩大好事。”奈特利先生说，脸上依然挂着笑容。

“大好事！我能想到的只有一件事，就是有人爱上她了。是谁告诉你这件事的？”

爱玛估计八成是埃尔顿先生露了口风。奈特利先生有很多朋友，热衷于给别人提供忠告，她知道埃尔顿先生很尊敬他。

“我有理由认为，很快就会有人向哈丽特·史密斯求婚。”他回答，“而且，这个人无可挑剔，就是罗伯特·马丁。今年夏天，哈丽特去阿比-米尔农场做客，使他萌生了爱意。他热切地爱着她，希望可以娶她为妻。”

“他的确是个好人。”爱玛说，“可是，他怎么能肯定哈丽特愿意委身于他？”

“他就是很想向哈丽特求婚。这可以吧？两天前的晚上，他来到唐维尔庄园，跟我商量这件事。他知道我非常关心他和他的家人，而且我相信，他把我当作他最好的朋友之一。他来问我觉不觉得他这么早就成亲过于轻率，是否认为她太年轻了。简而言之，他是想知道我赞不赞成他的选择。他有点儿担心大家都认为她的社会地位比他高，特别是自从你把她栽培得如同变了一个人。他的这番话甚合我意，在我看来，罗伯特·马丁是最通情达理的人了。他说话向来有的放矢，坦率且直接，还很有判断力。他对我没有丝毫隐瞒，给我讲他的家世和计划，家里人打算怎么安排他的婚事。他是一个优秀的年轻人，作为儿子和兄弟，他都极为出色。我马上就建议他结婚。他向我证明他负担得起成家的花费。在这种情况下，我确信他做得再好不过了。我也称赞了那位美丽的女士，然后送他离开，他走的时候很高兴。即便他从前对我的建议不以为意，那现在他肯定对我很尊重了。我敢说，当他离开我家的时候，他一定认为我是他最好的朋友，凡事与我商量最好。这是前天晚上的事了。可以想象，他很快就会向那位女士告白，他昨天似乎没有求婚，那他今天去戈达德太太家，也并非不可能。哈丽特很可能是在接待客人，所以被绊住了，而且，她并不讨厌罗伯特·马丁。”

“请问，奈特利先生，”爱玛说，她听奈特利先生讲话的时候，大部分时间都一直在暗自发笑，“你怎么知道马丁先生昨天没求婚？”

“这是当然。”奈特利先生吃了一惊，说，“我并不清楚，但可以推测出来。她不是一整天都和你在一起吗？”

“好啦。”她说，“你告诉我这件事，作为回报，我也告诉你一件事。他昨天确实求婚了，他是写信来求婚的，但被拒绝了。”

爱玛不得不把这话重复一遍，奈特利先生才相信。他吃了一惊，面露不悦之色，脸都涨红了。他站起来，愤慨地说：

“那她就是比我以为的还要愚笨，那个傻姑娘到底要干什么？”

“哎呀。”爱玛嚷道，“男人们总是无法理解女人为何拒绝求婚。在他们看来，不管什么样的男人来求婚，女人都应该一口答应。”

“胡说八道！男人们并没有抱着这样的想法。但这是什么意思？哈丽特·史密斯竟然拒绝了罗伯特·马丁！如果真是这样，那她简直是疯了。不过我希望你搞错了。”

“我看过她的回信了。这事千真万确。”

“你看过了她的回信！那封信就是你的手笔吧。爱玛，都是你干的好事。是你说服她拒绝求婚的。”

“即便我这样做了，虽然我决不承认，我也不认为有什么不对。马丁先生是个很值得尊敬的年轻人，但我觉得他配不上哈丽特。他竟然向哈丽特求婚，真叫我吃了一惊。听你说，他似乎确实有些顾虑。遗憾的是，他竟然抛开了这些顾忌。”

“配不上哈丽特！”奈特利先生气哼哼地大声叫道。过了一会儿，他平静了一些，但还是非常不客气地说：“不，他的确与她不相配，不论是在见识上，还是在地位上，他都比哈丽特强太多了。爱玛，你太宠溺那个姑娘了，免不了有些盲目。哈丽特・史密斯有什么优点，从出身、性格或受教育程度，她哪里配得上地位比罗伯特・马丁更好的男人呢？没人知道她的父亲是谁，她本人也许根本没有财产，自然也没有什么体面的亲戚。她只不过是一所普通学校里的寄宿生。她既谈不上聪慧，也算不得见多识广。没人教过她有用的东西，她自己又太年轻、太单纯，什么也学不到。她在这个年龄，也不会有什么经验。她没有聪明的头脑，今后也不太可能得到有益的经验。她的脸蛋是标致，脾气也好，但仅此而已。我撮合这门亲事，唯有一个顾虑，那就是担心委屈马丁先生了，给他找了个不如他的配偶。依我看，从财产这方面来讲，他完全有可能娶一位更富有的姑娘，就算他想找一个通情达理的伴侣或是一个能帮得上忙的配偶，也不可能找到不如哈丽特的姑娘。然而，同一个坠入爱河的男人是讲不清道理的，我也愿意相信哈丽特不会给他带来麻烦。哈丽特的性情不错，跟着他这样上进的人，一定越来越好。我觉得结这门亲，得到好处的是她。有一点毫无疑问，我现在也不怀疑，大家必定会觉得是哈丽特交了好运，我还确信你会很满意。我立刻想到，你不会为你的朋友离开海伯里而感到遗憾，毕竟，她找到了一个这么好的归宿。我记得曾对自己说：‘即使爱玛那么偏爱哈丽特，也一定认为这是一门好姻缘。’”

“我实在奇怪，看来你是太不了解我了，才会说出这样的话来。什么！

马丁先生是聪明，是有长处，但也不过如此，也就是一个农夫，而你竟然认为他配得上我的闺中密友！她下嫁一个我永远不会结交的人，并离开海伯里，而我还不遗憾！真不明白你怎会以为我会这么想。我向你保证，我的想法完全不同。我认为你的说法一点儿也不公平，你对哈丽特的评价有失公允，我和别人都不会赞同的。他们二人比起来，马丁先生也许比较有钱，但他的社会地位无疑比她低。哈丽特的交际圈子远高于他。要是嫁给他，只能算是下嫁。”

“一个愚昧无知的私生女，嫁给一个体面、聪明的乡绅，竟然算是下嫁！”

“说到哈丽特的出身，虽然在法律意义上可以说她是个私生女，但这种说法在常识上却不成立。她不该为别人的过错而付出代价，她的社会地位也不该低于养育她的人。她的父亲无疑是一位绅士，而且是一位富有的绅士。她的零用钱很多，只要可以改善她的生活或让她过得舒适，一应费用从来都不曾少过。她是上等人家的女儿，这在我看来是毋庸置疑的。我想没有人会否认，她交往的都是上等人家的闺女。她的社会地位，比罗伯特·马丁先生高。”

“不管她的父母是谁，也不论管教她的是谁，他们似乎都不打算把她介绍给你所谓的上流社会。”奈特利先生说，“在接受了相当一般的教育之后，她被送到了戈达德太太那里，由着她自己发展，这么说吧，也就是要按照戈达德太太的规矩，结识戈达德太太的熟人。她的朋友们显然认为这对她来说已经够好了，事实是这的确不错。她自己也不期冀更好的境遇。在你与她交朋友之前，她对自己周围的人并不厌恶，也没有野心想要攀附权贵。夏天，她和马丁一家住在一起，过得非常快乐。那时，她没有优越感。如果她现在有了，也是由你灌输的。爱玛，你真不能算是哈丽特·史密斯的朋友。如果罗伯特·马丁不是确定她也对他有意的话，是绝对不会开口求婚的。我很了解他，他是个重感情的人，不会为了一己私欲随便向女人求爱。说到自负，他是我所知道的人中最不自以为是的人。毫无疑问，他得到了哈丽特的鼓励。”

面对这番话，爱玛决定还是不直接回答为妙，她重新开始了自己的话题。

“你是马丁先生的好朋友。但是，就像我之前说的，你对哈丽特不公平。哈丽特想嫁个好人家，而这并不像你所说的那么可鄙。她的确是个不太聪明的姑娘，但她的见识比你想象的要多，你不该这样轻视她的理解力。撇开这一点不提，假如她像你说的那样，唯一出众的只有漂亮的脸蛋和温和的脾气，那么我来告诉你，就凭她那张脸蛋和脾气，一般人都觉得不可多得，她的确是个可人儿，一百个人里，肯定有九十九个这么认为。除非男人在对待美的问题上比一般人所认为的更有哲理，除非他们爱的是见多识广的心灵而不是貌美如花的容颜，否则，像哈丽特这样可爱的姑娘，肯定有的是人爱慕和追求，她有权从很多男人中挑选，结一门好亲事。她的性情也好，这也不是无足轻重的优点。她的性情和举止确实非常和蔼可亲，她为人谦逊，还很讨别人的喜欢。要是你们男人不认为这样的美貌和性情是一个女人最大的长处，那我可就大错特错了。”

“爱玛，我发誓，听到你这样胡扯一通，我几乎要认同你的想法了。像你这样胡搅蛮缠，还不如不要讲道理了。”

“当然。”爱玛开玩笑地叫道，“我知道你们所有人都是这么想的。我知道，像哈丽特这样的姑娘，正是每个男人都梦寐以求的心上人，一见之下，就能让男人们着迷，满足他们的判断。啊，哈丽特完全可以挑挑拣拣。如果你要结婚，她就是最适合你的女人。她只有十七岁，正值豆蔻年华，刚开始与人结交，难道就因为她不接受第一次找上来的求婚，就该遭受非议吗？不，请给她一点儿时间，去见识一下吧。”

“我一直认为你们两个走得这么近，实在愚蠢至极。不过我从未对别人说起我的这个想法。”奈特利先生立刻说道，“但是，我现在明白了，这对哈丽特来说是很不幸的。你要这样吹捧她，向她灌输她有多美，有权挑挑拣拣，如此过不了多久，她就会认为周围的人都配不上她了。头脑愚笨的人若是虚荣起来，只有百害而无一利。年轻的女士很容易产生过高的期望，哈丽特·史密斯小姐的确很漂亮，但也可能不会这么快就有很多人向她求婚。无论你怎么说，有见识的男人都不会娶愚蠢的妻子，出身名门的男人是不会喜欢跟这样身份低微的姑娘扯上关系的。即使是最精明谨慎的男人，照样会唯恐在她的身世秘密泄露后，给自己招来不便和耻辱。让她嫁给罗伯特·马丁，她就会安安全全的，一辈子过体面幸福的日子。但是，如果你鼓励她嫁入豪门，告诉她只有嫁给有财有势的男人才能满足，那她余生就只能在戈达德太太家寄宿了，等到将来她绝望了，才会乐颠颠地接受老书法教员的儿子，毕竟，哈丽特·史密斯总是要嫁人的。”

“奈特利先生，在这一点上，我们的看法完全不同，多说也是无益，只能惹得我们两个火气更大。但至于让我同意她嫁给罗伯特·马丁，绝对不可能。她已经拒绝了他，而且拒绝得非常坚决，依我看，马丁先生是不会再来求婚了。无论结果如何，她都得承担拒绝他的后果。说到拒绝求婚，我也不会假装说我对她没有半点儿影响，但我向你保证，我或者其他人能施加的影响有限。他样貌平平，举止又是那么粗俗，即便她曾经对他有意，现在也不会了。我可以想象，她若没结识更优秀的人，倒是可以一直容忍他。他是她朋友们的兄弟，还煞费苦心地讨她的欢心。总之，她没见过更好的人，这对马丁先生来说是大大有利的，在她住在阿比-米尔农场的时候，并不觉得他讨厌。但现在情况变了。她现在知道绅士是什么样子了。只有受过良好教育、有风度的绅士，才配得上哈丽特。”

“胡说，简直是胡说八道！”奈特利先生叫道，“罗伯特·马丁很有见识，为人真诚，脾气又和善。他的内心温柔高贵，是哈丽特·史密斯理解不了的。”

爱玛没有回答，表面上装得高高兴兴，一副满不在乎的样子，心里其实很不自在，恨不得他立马就走。她并不后悔自己做过的事。她仍然认为，在女性的权利和教养方面，她比他有更好的判断。不过，一般而言，她习惯尊重他的意见，因此很讨厌他这么大声与自己争吵。见他愤愤然地坐在对面，她也很不舒服。这种令人不快的沉默持续了几分钟，爱玛试着聊聊天气，但奈特利先生没有接话。他在思考，最后，他思考的结果表现为以下这番话：

“罗伯特·马丁没什么大损失，如果他能这样想的话就好了。但愿他不久就会明白这一点。你在哈丽特身上有什么打算，你自己最清楚。但是，既然你毫不掩饰你对做媒的喜爱，那么，猜测一下你的观点和计划也不无不可。而且，作为你的朋友，我要提醒你，如果你撮合的对象是埃尔顿，那你的心思定然要白费了。”

爱玛笑着否认了这一说法。他继续说：

“不要打埃尔顿的主意了。埃尔顿是个好人，是海伯里一位很受尊敬的牧师，但他不太可能草率成婚。他和任何人一样，都清楚大笔收入的好处。埃尔顿说起话来也许感情充沛，但他做起事来可是非常理性的。他对自己的优点很清楚，正如你对哈丽特的优点很清楚一样。他知道自己是个非常英俊的青年，无论走到哪里，都受到大家的欢迎。只有男人在场的时候，他说起话来都是直言不讳的，由此我相信他绝不肯将就，委屈了自己。我曾听他十分起劲儿地说，他的姐妹们和一个名门贵族家的几位年轻小姐相熟，那几位小姐每人都有两万镑的财产。”

“非常感谢你。”爱玛说着又笑了起来，“如果我一心想让埃尔顿先生娶哈丽特，那还要多谢你让我知道这么多。但目前我只想把哈丽特留在我身边，说真的，我不想再当媒人了。兰德尔斯那对夫妇能结合是有我的功劳，但那样的好事不会再有了，我也该适可而止了。”

“再会。”奈特利先生说着站起来，突然告辞而去。他气恼极了。他能感到那位青年的失望，他还推动了这件事，因而羞愧难当。他深信爱玛在这桩事情中横插一杠子，更是让他大为恼火。

爱玛也很气愤。但是，比起奈特利先生，她不太清楚自己为什么恼火。她并不像奈特利先生那样，总是对自己有十分的满意，总是认为自己的意见全对，对手则大错特错。奈特利先生大步走开，心中的自我赞许比来找她的时候更强烈。不过，爱玛也没有多么沮丧，过一会儿等哈丽特回来，她就会完全恢复了。哈丽特离开很久了，爱玛开始有些不安。一想到那个年轻人可能在今天早晨到戈达德太太家去见哈丽特，为自己说好话，爱玛就开始担忧。她内心忐忑，主要还是害怕自己到头来白费心机。不过哈丽特开心地回来了，而且她去了这么久，也不是因为马丁先生，爱玛只觉得心满意足，还说服自己相信，奈特利先生想说什么就说吧，想怎么认为就怎么认为吧，她这么做，只是出于女人的情谊和感情，没什么不对的。

奈特利先生提到埃尔顿先生的情况时，爱玛确实非常担心。但是，她又想到奈特利先生不可能像她那样观察埃尔顿先生。不论奈特利先生如何吹嘘自己，他都既没有她这样的兴趣，在这种问题上也没有她这样的观察能力。况且，奈特利先生是在一气之下说出那番话的，并没有经过仔细思考，她有理由相信，他并不了解真相，只是愤愤不平，说了他希望成真的事而已。奈特利先生很有可能听过埃尔顿先生的心里话，而埃尔顿先生对爱玛则不可能如此毫无保留，埃尔顿先生在钱财的问题上也可能并不轻率，而是十分谨慎，但是，奈特利先生没有适当考虑到，一个人要是陷入了强烈的爱情，就不会在意所有这些私利的动机了。奈特利先生没有看到这样的激情，自然也想不到它的影响。但是爱玛看得太多了，因此相信，如许深情可以胜过合理的谨慎所带来的犹豫不决，而且，她非常确定，埃尔顿先生并不是个过分谨慎的人。

哈丽特愉快的神情和举止感染了爱玛。她回来之后，并没有想到马丁先生，而是一直在谈论埃尔顿先生。纳什小姐刚才对她讲了一件事，她回来后立刻高兴地给爱玛讲了一遍。佩里先生去戈达德太太家为一个生病的孩子诊病，纳什小姐见到了他。他告诉纳什小姐，他昨天从克莱顿公园回来时遇到了埃尔顿先生，让他大为吃惊的是，埃尔顿先生正在去伦敦的途中，要到明天才能返回，可当晚正好是去俱乐部打惠斯特牌的时间，埃尔顿先生以前一次也没有错过。佩里先生当下就表示了抗议，说埃尔顿先生牌打得最好，他若不到场，可就太糟糕了，还极力劝说他把伦敦之旅推迟一天，但佩里先生白费唇舌。埃尔顿先生决心继续赶路，还怪里怪气地说，无论有什么好处，他这次出门办事都不会推迟。埃尔顿先生还说，这是一件叫人艳羡的美差，他随身带了一件珍宝。佩里先生不明其意，却很肯定这事与一位女士有关，他就把自己的想法说了出来。埃尔顿先生但笑不语，高高兴兴地骑着马走了。纳什小姐把这一切告诉了哈丽特，还谈了很多关于埃尔顿先生的事。她意味深长地望着她说："我也用不着假装知道埃尔顿先生去办什么事，但我很清楚，不论埃尔顿先生倾心于哪个女人，在我看来，她都是世界上最幸运的女人。毫无疑问，在相貌和气度方面，埃尔顿先生不光英俊潇洒，还为人和善，谁也比不上他。"

09

奈特利先生也许可以和爱玛争吵，爱玛却不会和自己争吵。奈特利先生生了很大的气，过了很久才再次拜访哈特菲尔德。他们见了面，他那严肃的神情表明她还没有得到原谅。她感到抱歉，但并不后悔。相反，她的计划和行动越来越合乎情理，而且从以后几天的总体情况来看，她越来越满意了。

埃尔顿先生回来后不久，那幅裱了精致框架的肖像画就稳稳地送到爱玛手里，被挂在了大起居室的壁炉架上方。他站起来看了看画，照例叹息着赞美了一番。至于哈丽特，在她那年轻单纯的心灵中，对埃尔顿先生的感情变得越来越强烈。哈丽特不再记得马丁先生，每每想起他，也只是用他来和埃尔顿先生对比，凸显后者的明显优势。爱玛见到这样的情况，自然十分满意。

爱玛希望可以增进她那位小朋友的才智，便让她多读书、多交谈，但每次只读了开头几章，就推到明天继续读，聊天可比学习容易得多了。对爱玛来说，凭借想象力来塑造哈丽特的命运，可比费力地去提升哈丽特的理解力，或用无趣的实例练习，要愉快得多。哈丽特所做的唯一与文学相关的活动，也是为晚年生活所做的唯一心理准备，那就是收集各种各样的谜语，并将其抄录在她朋友爱玛剪裁的四开薄热压纸上，还会画上符号和装饰图案。

在这个文学盛行的时代，如此大规模的谜语收集并不少见。戈达德太太学校的首席教员纳什小姐至少写了三百条谜语。哈丽特最早就是从她那里得到了启示，希望在伍德豪斯小姐的帮助下，能收集更多的谜语。爱玛帮助她发挥创造力、记忆力和鉴赏力。哈丽特写得一手漂亮的书法，因此，无论是在形式上还是在数量上，这本谜语集都很可能成为最佳。

伍德豪斯先生和姑娘们一样对这件事兴致盎然，他常常回想一些值得她们收录的谜题。“我年轻那阵子，巧妙的谜语不胜枚举，现在却不大记得了，但愿我以后能想起来。”每每说到最后，他总是要加一句“少女凯蒂是个冷艳美人”。

伍德豪斯先生与好友佩里谈过此事，可惜佩里先生目前一个谜语也想不起来。但他希望佩里多留心，毕竟他去的地方多，一定会有所得。

他女儿倒是不愿意为了此事劳烦海伯里的才学之士，她只找过埃尔顿先生一个人帮忙，要求他想起什么真正好的谜题、字谜或谜语，都要贡献出来。看到他专注地回忆，爱玛十分高兴。同时，她又极其仔细地觉察到，他嘴里说的每个谜题，无不是在恭维女性。多亏了他，爱玛和哈丽特才有了两三个极为优雅的谜语。埃尔顿先生终于回忆起了一个众所周知的字谜，不由得欣喜若狂，便激昂地背诵了出来，可爱玛极为遗憾地发现，她们早已将这条谜语抄录在册了：

> 我的前半部分表示苦难，
> 我的后半部分注定要经历苦难。
> 我的全部则是最好的良方，
> 可以减轻并治愈苦难。

“埃尔顿先生，你为什么不自己写一条谜语给我们呢？”她说，“唯有这样，才能保证新鲜。这对你来说再容易不过了。”

“不不，我这辈子从来没有写过这类东西。我是最最愚笨的了！恐怕就连伍德豪斯小姐……”他停顿了一会儿，“……或者史密斯小姐，也不能给我半点儿灵感。”

然而，就在第二天，灵感似乎忽然而至。他来后将一张纸放在桌上，稍留片刻便离开了，据他说，纸上的字谜是他的一个朋友写给自己心爱的姑娘的。但从他的举止来看，爱玛立刻确定这谜语正是出自他本人之手。

“这条谜语并不是供史密斯小姐收藏的。”他道，“它是我朋友的作品，我无权将其公之于众。不过，也许你们并不反感一看。”

这句话与其说是对哈丽特说的，不如说是对爱玛说的，爱玛自然明白。埃尔顿先生有些不自在，他觉得与爱玛四目相对，比跟她朋友目光相对容易一些。过了一会儿，他就告辞了。

“拿去吧。”爱玛笑着说，把纸推向哈丽特，“这是给你的。你自己看吧。”

然而，哈丽特有些发抖，没法去拿。爱玛又向来喜欢争先，便把纸拿起来看。

献给一位女士

字　谜

我的前半部分彰显了国君的财富和排场，
大地之主！享有奢侈与安逸。
我的后半部分显示出了人的另一视角。
看哪，海中的君主！

但是啊！将两个部分结合起来，则出现逆转！
男人所夸耀的力量和自由，全都消失殆尽。
大地和海洋的主人，甘愿为奴，
女人，女人，独自统治。

你才智过人，很快就能猜出这个词，
愿你温柔的眼眸里闪出赞许的光芒！

爱玛扫了一眼字谜，思考片刻，答案便闪现在了她的脑海里。她又把谜面读了一遍加以确定，然后将纸递给哈丽特，自己则面带笑容，开心地坐在那里。哈丽特迷惑地盯着那张纸，盼着能猜出来，却不得要领。爱玛则心想：埃尔顿先生，真有你的。我可是见过比这更糟糕的字谜呢。答案是Courtship，这个词的意思是“求爱”，可泄露了你的心事。你这一招可真妙啊。你这是在试探，等于是在明说“史密斯小姐，请接受我的爱意吧。你猜出我的字谜，也就明白了我的心意”。

愿你温柔的眼眸里闪出赞许的光芒！

这不就是在说哈丽特吗？用“温柔”这个词来形容她的眼睛，再恰当不过了。

你才智过人，很快就能猜出这个词。

啊哈，这是称赞哈丽特聪明呢！这就更好了。一个男人这样形容她，一定是热切地爱着她呢。啊！奈特利先生，但愿这件事能给你一点儿教训，想必这能让你相信了吧。这一次，你不得不承认自己这辈子也有错的时候。的确，这是一个绝妙的谜题，而且效果非常好。现在，这件事就要发展到关键时刻了。

爱玛愉快地想着，如果不是哈丽特想不通谜语，急切地提了一些问题，她准会一直这么琢磨下去。

“答案是什么呢，伍德豪斯小姐？会是什么呢？我真想不出，一点儿也猜不出来了。可能是什么呀？伍德豪斯小姐，试着找出谜底吧。帮帮我吧。我从没见过这么难的谜语。是kingdom[1]这个吗？不知道埃尔顿先生的朋友是谁，而那位年轻的女士又是谁。你觉得这个字谜好吗？谜底是woman[2]吗？

女人，女人，独自统治。

是不是Neptune[3]？

看哪，海中的君主！

1 王国。——译者注

2 女人。——译者注

3 海神。——译者注

还是trident[1]，mermaid[2]，或者是shark[3]？不对，shark是单音节词。这道谜题一定很难，否则他也不会送来。噢，伍德豪斯小姐，你认为我们还能找出答案吗？”

“美人鱼和鲨鱼！你猜错了！亲爱的哈丽特，你在想什么呢？他把他朋友写的一道关于美人鱼或鲨鱼的字谜带来，有什么用呢？把纸给我，听好了。

“献给一位女士，意思是献给史密斯小姐。

“我的前半部分彰显了国君的财富和排场，大地之主！享有奢侈与安逸。

“这部分是court[4]。

“我的后半部分显示出了人的另一视角。

“看哪，海中的君主！

“这部分一看就是ship[5]，现在来看看最妙的一点吧。

“但是啊！将两个部分结合起来——你知道的，合在一起就是courtship——则出现逆转！

“男人所夸耀的力量和自由，全都消失殆尽。

“大地和海洋的主人，甘愿为奴，

“女人，女人，独自统治。

“这个恭维真是太恰当了！至于这道谜题的深意，依我看，亲爱的哈丽特，你应该不难理解。你轻轻松松地读一读吧。毫无疑问，这个谜语是为你写的，也是献给你的。”

哈丽特无法抗拒爱玛这番合情合理又叫人愉快的解读。她读了最后两行，竟有些飘飘然，心中溢满了幸福。她说不出话来，但她也不想说话。对她来说，只感觉就够了。爱玛替她说出了心里话。

“这一番恭维的含义是那么明确，又极为特别。”她说，“埃尔顿先生

1 三叉戟。——译者注

2 美人鱼。——译者注

3 鲨鱼。——译者注

4 王宫。——译者注

5 轮船。——译者注

的心思，我丝毫不怀疑。你就是他的心上人，很快就会出现确切的证明。我就觉得一定是这样。我就想我不会错。不过现在事情已经很清楚了。他的心意定了，总算遂了我对这件事的心愿。没错，哈丽特，这么久了，我一直盼着这事成真，现在果然发生了。你和埃尔顿先生之间的感情是最令人向往的，还是最自然的，我也无法分清。你们真是天生一对，门当户对！我太高兴了。亲爱的哈丽特，我衷心地祝贺你。任何女人得到这样的爱慕都会自豪，你们的结合只会带来好处，会给你想要的一切，比如一个体贴的丈夫，独立的生活，以及一个舒适温馨的家。到时候，你将结交真正的朋友，成为他们的中心，离哈特菲尔德很近，离我很近，那样我们就能永远这么要好了。哈丽特，对这样一种联姻，你和我都不会感到羞愧。”

一开始，哈丽特只能一次次地呼唤“亲爱的伍德豪斯小姐”，边说边温柔地拥抱了爱玛好几次。不过，等她们两个终于可以正常交谈了，爱玛清楚地意识到，只要是埃尔顿先生的长处，哈丽特都看到了、感觉到了，不仅充满期待，还深深记在心里。埃尔顿先生的优秀得到了充分的承认。

“你说的话总是对的。”哈丽特大声说道，“因此我不光认为，也相信和希望事情会有这样的结果。若非如此，我是不敢这么想的，我配不上的。埃尔顿先生大可以娶一位名门淑女！谁都会很乐意接受他，他是那么优秀。只想想那甜蜜的谜语吧：献给一位女士——天哪，多聪明啊！这真的是对我说的吗？”

“这是毫无疑问的，别人也不会有任何怀疑，这是必然的。你就相信我的判断，接受这件事吧。现在这只是一出戏的开场白，一篇章节的序言，正文很快就要来了。”

“这件事是谁也料想不到的。我敢肯定，一个月前，我自己都还想不到呢！可真是最最稀奇的事了！”

“史密斯小姐和埃尔顿先生相识，这的确很稀奇。你们两个一看就很合适，需要别人好好撮合一番才能成全好事，你们却水到渠成，这的确很不同寻常。你和埃尔顿先生是在机缘巧合之下走到了一起。你们二人堪称门当户对。

你们的婚姻会和兰德尔斯的那对一样美满。哈特菲尔德是有情人千里相聚的好地方，还能成全他们的好事。

“真爱的道路绝不平坦。

“哈特菲尔德要是出版《莎士比亚全集》，一定会对这句话加上很长的注释。”

“埃尔顿先生竟然真的爱上了我——偏偏是我！我与他并不熟，只在米迦勒节跟他说过话！他是那么俊朗，人人都尊敬他，就跟奈特利先生一样！大家都喜欢与他结交，每个人都说，只要他愿意，连一顿饭都不必自己一个人吃。一个礼拜有七天，他接到的邀请多到都去不过来了。他在教堂里也很出色！纳什小姐把他到海伯里以来讲过的所有经文都写了下来。天哪！回想起第一次见到他的时候，我居然并没有多想！那时候，听说他路过，我和艾尔伯特家的两姐妹就跑到前厅，从百叶窗里往外看。纳什小姐过来训斥了我们两句，让我们走开，她自己却向外张望。不过，她马上把我叫了回去，让我也看一看，她这么做真是太善良了。我们都觉得他很英俊！他还和科尔先生互相挽着手臂呢。”

“不管你的朋友是什么样的人，但凡有一点儿常识，都会认为你们佳偶天成。我们总不能把我们所做的事说给蠢人听。如果他们急于要看到你婚姻幸福，那么现在就有一个人，这个人性格和善，在各个方面都能带给你幸福。如果他们想让你安于他们选定的地方和圈子，你的婚姻也能满足这一点。如果她们唯一的目的就是要你嫁个好夫婿，那么，这桩婚事带来的可观的财富、受人尊敬的地位和身份的提升，也一定会使她们满意。”

“没错，确实如此。你说得真好！我喜欢听你说话。你什么都懂。你和埃尔顿先生一样聪明。这条字谜太绝了！就算我学习一年，也编不出这么好的谜语来。”

“他昨天推说不会编谜语，看他的态度，我就料到他要一显身手呢。”

“我真觉得这是我看过的最好的字谜。”

“我从来没看过目的这么明确的字谜。”

“这条谜语比我们现有的长一倍呢。”

“我认为长度算不得优点，这样的谜题一般都不会太短。”

哈丽特只顾着看谜面，根本没听到爱玛的话，她脑海里浮现了令人满意的对比。

“和其他人一样有很好的常识，在有话要说的时候可以坐下来写一封简短的信，是一回事；能写出这样优美的字谜，就是另一回事了。”她立刻两颊通红地说。

爱玛见哈丽特如此断然贬损马丁先生的信，只觉得十分满意。

“多么优雅的词句啊！”哈丽特继续道，“看看最后两行！但我该怎么把字条还回去呢，还是说我猜出来了？噢，伍德豪斯小姐，我们该怎么办呢？”

“交给我吧。你什么都不用做。我敢说，他今天晚上就会到这来，到时候我把字条还给他，我们会闲聊几句，你就不要加入了。你那温柔的眼眸，应该选择合适的时间暗送柔情，相信我吧。”

“噢，伍德豪斯小姐，真可惜，我不能把这个绝妙的字谜收录进我的书里！现有的字谜都及不上那条的一半好。”

“你大可以写进去，只消去掉最后两行即可。”

“啊，可那两行是……”

“……是最好的。的确如此。但那两句是留作私人欣赏的。你知道，不会因为你少抄两行，整个谜语就显得不完整。那两句话不会消失，意思也不会改变。然而，去掉这两行，就算不得挪用，只剩下漂亮华丽的字谜，就非常适合收藏了。毫无疑问，他不希望自己的热情受到轻视，也不愿意看到自己的字谜遭到忽略。对于一个恋爱中的诗人而言，这两方面的能力必须都得到鼓励，不然就两者都得不到鼓励。把书给我，由我来把这条字谜抄写下来，这样对你就没有影响了。”

哈丽特答应了，不过打心眼里不愿把这两个部分分开，她因此肯定，她的朋友抄写的算不上是爱情宣言。那两句话太珍贵了，并不适合公开。

“我绝对不会让那本书离开我的手。”她说。

“很好。”爱玛答道，“你这是一种很自然的感觉，而且这种感觉持续得越久，我就越高兴。不过我父亲就快来了，你不反对我把这字谜读给他听听吧。他听了一定会很开心的，他可喜欢这类东西了，尤其是赞美女性的。他对我们都很殷勤的，你一定得让我念给他听。”

哈丽特变得神情严肃。

“我亲爱的哈丽特，你不要过于在意这条谜语。如果你表现得太敏感，太急切，表明你知道了字谜的言外之意甚至是全部意图，你就会泄露你的感情，那就有失体面了。不要因为这样一点点的赞美就受宠若惊。如果他急于保守秘密，我在场的时候，他就不会把字条留下了。但他把字条推向了我，而不是你。我们在这件事上不要过于郑重了，即便我们不对这条字谜大加赞美，他也有足够的勇气继续下去。”

“啊，不。但愿我不会为了这件事闹笑话。你高兴怎么做就怎么做吧。”

这时，伍德豪斯先生走了进来，很快把话题引了回来。他又问了常问的那个问题：“亲爱的，你们的书写得怎么样了？有新鲜的谜语吗？”

“是的，父亲。我们有一条非常新奇的谜语读给你听。今天早上我们在桌上发现了一张字条，想必是仙女送来的，上面写着一条绝妙的字谜，我们刚刚抄录下来。”

爱玛按照伍德豪斯先生喜欢的方式，给他读了一遍，读得很慢，发音清清楚楚，反复读了两三遍，一边读一边对每一部分都做了解释。他听了非常高兴，而且正如她所预料的那样，伍德豪斯先生对结尾敬语更是赞不绝口。

“的确如此。说得很对。太对了。‘女人，可爱的女人。’亲爱的，那条字谜真是妙极了，我一猜就能猜出是哪个仙女送来的。爱玛，除了你，谁也写不出这么优雅的谜题。”

爱玛但笑不语，只是点了点头。伍德豪斯先生略加思索，轻轻地叹了口气，接着又说：

“啊，一看就知道你承袭自谁。你亲爱的母亲在这些事情上就很聪明，要是我能有她那样的好记性该多好。但我什么也不记得了，甚至连你听我提到的那个谜语也记不清了。我只记得第一节，但那个谜语有好几节。

少女凯蒂是个冷艳美人，
使我热情燃烧，又让我悲从中来。
我呼唤蒙面人来相助，
却又害怕他的到来，
因为，昔日他破坏过我的求婚。

“我只记得这些了，但整个谜语都非常巧妙。但是，亲爱的，你好像说过你已经知道那个谜语了。”

“是的，父亲，已经抄写在第二页上了，我们是从《优雅摘要》中抄录的。你知道的，那道谜语是加里克编的。”

“啊，没错，要是我能多记得一些就好了。

“少女凯蒂是个冷艳美人。

“这名字使我想起了可怜的伊莎贝拉。当初给她取名的时候，差点儿以她祖母的名字叫她凯瑟琳。但愿她下个礼拜就能来，亲爱的，你有没有想好怎么安置她？让孩子们住在哪个房间？”

“我都想好了，她当然住在自己的房间里，那个房间一直都给她留着呢。孩子们住育儿室，还跟平常一样，你知道的。为什么要有变化呢？”

“我说不清，亲爱的，可是她好久没来了，上次她来，还是在去年的复活节，而且只待了几天。约翰·奈特利先生是做律师的，真是太不方便了。可怜的伊莎贝拉！就这么和我们大家分开了，太叫人难过了。她回来的时候，看到泰勒小姐不在这儿了，该多难过啊！”

“父亲，她至少不会惊讶。”

“我不知道，亲爱的。我第一次听说她要结婚的时候，就非常震惊。”

“伊莎贝拉在这儿的时候，我们得请韦斯顿夫妇同我们一道吃饭。”

“是的，亲爱的，有时间的话，一定得请他们来。”他非常沮丧地说，

“她只住一个礼拜。什么都来不及做。”

“真遗憾，他们不能多住几天，不过这也是没办法的事。约翰·奈特利先生二十八号必须返回伦敦。父亲，我们应该感到庆幸的，毕竟他们来的这段时间可以一直和我们住在这里，不必抽出两三天到唐维尔庄园去。奈特利先生答应今年圣诞节不邀请他们了，不过你知道的，他们与他分别的时间可比我们久。”

“亲爱的，要是可怜的伊莎贝拉不在哈特菲尔德，而是去别的地方，那可真叫人难过。”

伍德豪斯先生决不允许奈特利先生邀请弟弟一家去做客，也不允许任何人带伊莎贝拉去别处，只有他自己可以留住伊莎贝拉。他坐着沉思了一会儿，说：

“可是我不明白可怜的伊莎贝拉为什么这么快就回去，他大可以自己回去。爱玛，我想我应该想办法说服她和我们多住一段时间。她和孩子们在这里，会很舒服。”

“啊，父亲，在这件事上，你可一直没成功，我想你是永远做不成的。伊莎贝拉受不了与丈夫分开。”

这是事实，不容反驳。伍德豪斯先生尽管心里不痛快，也只是无可奈何地叹了口气。爱玛看到父亲因为自己的女儿迷恋丈夫而心情不悦，便马上转换话题，希望能让父亲开心起来。

“等姐姐和姐夫来了，一定得叫哈丽特常常来。我相信她会喜欢孩子们的。我们都为孩子们感到骄傲，对吗，父亲？真想知道哈丽特认为哪个最漂亮，是亨利，还是约翰？”

“我也想知道她选哪一个。可怜的小宝贝们，他们来这里，该是多么开心啊。哈丽特，他们可喜欢住在哈特菲尔德了。”

“一定是这样的，先生，我认识的人就没有不喜欢的哩。”

“亨利长相精致，但约翰与他妈妈像是从一个模子里刻出来的。亨利是长子，他是以我的名字命名的，而不是以他父亲的名字。次子约翰是以他父亲的名字命名的。想必有些人奇怪为什么大儿子不以父亲的名字命名，但伊莎贝拉给他取名亨利，我觉得这挺不错，他确实是一个非常聪明的孩子。他们都非常机灵，有很多花样儿。他们会过来站在我的椅子旁边说，‘外公，能给我一根绳子吗？’有一次亨利向我要刀，但我告诉他，只有当了外公的人才能用刀。依我看，他们的父亲平时对他们太粗暴了。”

“你认为他粗野，是因为你自己很温柔。”爱玛说，“但如果你把他和其他的父亲相比，就不会觉得他粗暴了。他希望他的孩子们既活跃又坚强，他们淘气，他偶尔也责骂他们一顿。不过他是一位慈父，约翰·奈特利先生当然是一位慈父。孩子们都很喜欢他。”

“还有他们那个大伯父，他老是把他们朝天花板抛起来，看着怪吓人的。”

“可是孩子们就喜欢那样，父亲。他们最喜欢被抛起来。他们玩得可高兴了，要不是大伯父立下规矩得轮流来，那第一个保准不肯让另一个呢。”

“真搞不懂他们。”

“我们大家都是这样的，父亲。世界上的一半人都无法理解另一半人的快乐。”

上午晚些时候，正当两位姑娘准备分手，为下午四点的正餐做准备的时候，那位写出无可比拟的字谜的英雄又走了进来。哈丽特别开了脸，但爱玛还能像往常一样面露微笑接待他。透过敏锐的目光，爱玛很快就从埃尔顿先生的眼神中觉察出，他很清楚自己采取了主动，将骰子掷了出去。她估摸他是来看看事情怎样发展的。不过，他来这一趟，表面上是想问一问他晚上是否可以不来参加伍德豪斯先生的宴会，或者哈特菲尔德是否有需要他效劳的地方。如有，其他一切都必须让步；如若没有，他的朋友科尔常说起要和他一起吃饭，而且说得诚心诚意，他便答应只要有空就会赴约。

爱玛谢过他，但不能容许他为了她们的缘故而使自己的朋友失望，她父亲有的是牌搭子。埃尔顿先生再次询问，爱玛也再次谢绝。这时，他好像要鞠躬告辞，爱玛连忙从桌上拿过那张字条交还给他。

“这道字谜还给你吧，你太客气了，将字谜留下来给我们看，非常感谢。我们都很喜欢，所以我斗胆把这条谜语写进了史密斯小姐的集子里，但愿你的朋友不要介怀。当然，我只抄写了开头八行。”

埃尔顿先生肯定不知道该怎么应对。他看上去有些怀疑，像是很糊涂。他说了一句“不胜荣幸”，还扫了一眼爱玛和哈丽特，然后看见桌上那本打开着的书，便把它拿起来，非常仔细地看了起来。为了避免尴尬，爱玛微笑着说：

“你一定要代替我向你的朋友道歉。但是这样好的字谜真不该只有一两个人看。他写的谜语妙极了，准会得到全天下的女人的赞许。”

“我可以毫不犹豫地说……”埃尔顿先生这样回答，却踌躇了好一会儿，才继续说，“我可以毫不犹豫地说——我朋友的感觉像我一样——我非常肯定，他跟我一样，若是看到这一首饱含深情的简短作品受到如此赞誉，定会认为这是一生中最自豪的时刻。”

埃尔顿先生说完这番话便离开了。爱玛正盼着他快点儿走。他虽然人很好，有很讨人喜爱的品质，可是他说起话来总喜欢吹嘘一番，她听了就想笑。她跑开去笑个痛快，把美妙的快乐留给哈丽特去享受。

10

现下虽已是十二月中旬，天气却不算恶劣，爱玛和哈丽特两位年轻小姐便照常锻炼。第二天，爱玛去做善事，到距离海伯里不远的一户人家慰问，那家人很穷，有的还生了病。

去那家人住的独栋小屋要经过牧师公馆巷，这条小巷子与宽阔却有些不规则的大道呈直角相交，可以推断，埃尔顿先生的住所就位于这条巷子之中。她们先经过了几栋破烂的房舍，再沿巷子走四分之一英里，就能看到牧师住宅临街而立，这所房子很老了，算不上豪华。牧师住宅的位置并不算好，但经过现在主人的一番修缮，美观了许多。这两位朋友从旁边路过，肯定要放慢脚步，好好打量一番。爱玛这样说：

“那里就是了。总有一天，你和你的谜语集会去那里。”

哈丽特道：

“多么温馨的房子啊！多么漂亮！挂的是黄色窗帘呢，纳什小姐很喜欢这种颜色的窗帘。”

“我现在不常走这条路了。”两人往前走着，爱玛说道，“不过以后这里就会有吸引我的人了，我也会逐渐熟悉海伯里这一带的树篱、大门、池塘和修剪过的树木了。”

爱玛发现，哈丽特从来没有到过牧师住宅，因此十分好奇，很想进去一探究竟。见哈丽特这个样子，爱玛只能认为，这与埃尔顿先生觉得哈丽特聪明机敏一样，都是爱情的证明。

“要是我们能想出个理由就好了。”她说，“可我就是想不出什么像样的借口进去。我不能找他的女管家打听某个仆人的事，而且我父亲也没要我捎口信。”

她想了想，却想不出来什么好办法。两人沉默了片刻之后，哈丽特再次开口：

“伍德豪斯小姐，我怎么也搞不懂你为什么不结婚，也没有结婚的打算，毕竟你这么迷人呢。”

爱玛大笑两声，答道：

“哈丽特，光是我迷人，也不足以吸引我嫁人。我还得觉得别人有魅力才行，至少得有一个这样的人吧。我不仅现在不打算结婚，以后也没这个打算。”

“你是这么说，我可真不能相信。”

“我得遇到一个比我见过的任何人都优越得多的人，才会心动。”爱玛平复了一下心情，“你知道的，埃尔顿先生不在考虑之列，我对这样的人没有好感。我宁愿让我动心的那个人不出现。我现在过得很好。我若是嫁人，必定后悔。”

“老天！听一个女人说这种话，感觉可真怪！”

“一般女人结婚的诱因，到我这里就不存在了。说真的，要是我爱上了一个人，就完全是另外一回事了。但我从来没有对谁产生过好感，那并非我的风格，也不是我的天性。我想我永远也不会恋爱了。既然我没有爱慕的对象，那改变我的现状，岂不是太愚蠢了。财富，我不缺；工作，我不需要；上流社会的社会地位，也不是我心之所系。我相信，我在哈特菲尔德当家做主，没有几个结了婚的女人在夫家能像我一样说了算。我永远、永远也不会指望自己得到如此真心的疼爱，拥有如此重要的地位。别人的男人不会像我父亲那样，始终把我放在第一位，觉得我干什么都是对的。”

“可是，你最后会像贝茨小姐那样，成为老处女的！”

“你能想到的最凄惨的下场，也就是如此了，哈丽特。如果我觉得自己会和贝茨小姐一样，那么傻里傻气、安于现状，整天就知道笑，为人枯燥乏味，没有任何要求，逢人便把自己的事通通说出来，那我明天就会结婚。可是，悄悄告诉你吧，我相信，除了没有结婚这一点以外，我和她之间绝对不会有任何相似之处。”

“不过，你还是会变成老处女。那该多么可怕啊！”

“不要紧的，哈丽特，我是不会成为可怜的老姑娘的。只有贫穷才会使独身的人在慷慨的公众面前显得可鄙！一个收入微薄的单身女人必定是可笑又乖戾的老处女！还会沦为年轻男女的笑柄。可是，富有的单身女人总是那么受人尊敬，可以像一般人一样通情达理，讨人喜欢！乍一听，这种区别与世界的公正相违背，不符合常识。收入低，人往往就越发心胸狭窄，脾气很坏。一个人若只能勉强糊口，不得不生活在一个往往很底层的小圈子里，就可能缺乏文化素养，脾性乖戾。但贝茨小姐的情况又有所不同。她脾气太好，太蠢，因此我与她合不来。不过，总的来说，她虽然单身，手头又很拮据，倒很有人缘。当然她并没有因为贫穷而变得心眼很小。我完全相信，即使她只有一个先令[1]，也很可能送六便士给别人。而且没有人害怕她，这是一个很大的魅力。”

“天哪！但是你该怎么办呢？等你上了年纪，又该如何自处？”

“我还算了解我自己，哈丽特，我爱动脑筋，我的思维很活跃，有许多消遣。我不明白为什么我四五十岁时会比二十一岁时缺少消遣。女人通过眼睛、

1　一先令为十二便士。——译者注

手和心灵所做的活动，我现在怎么做，那时候也怎么做，总之不会出现什么重大的变化。即便我不常画画了，我大可以多读一些书。如果我放弃了音乐，那我可以开始编织地毯。至于感兴趣和感情投入的对象，对下层社会的人而言确实是一个很大的问题，这两点的缺乏有百害而无一利，未婚人士应极力避免，我则不必担心这个方面。我非常喜爱姐姐的孩子，很愿意照顾他们。姐姐有好几个孩子，完全可以让我投入晚年生活所需的各种感情。我会对他们抱有希望，也会为他们操心。我对他们的爱的确不如他们的父母，但让我安慰的是，我的爱也不至于像父母之爱那样强烈而盲目。我有外甥和外甥女，我可以找一个外甥女来陪伴我左右。”

“你认识贝茨小姐的外甥女吗？我知道你一定见过她很多次，不过你们彼此相熟吗？”

“啊，是的。每次她来海伯里，我们都不得不互相认识。顺便说一句，看了她，人们一定会打消对外甥女这种亲戚的喜欢。我对奈特利家那几个孩子的宠爱加在一起，也不及贝茨小姐对简·费尔法克斯的溺爱。光是听到简·费尔法克斯这个名字，大家就觉得烦了。她的每封信都要被读上四十遍。她对所有朋友的赞美都要被转述一次又一次。哪怕她只是把一件胸衣的式样寄给她的姨妈，或者给她外婆织一副吊袜带，那么整整一个月，你的耳边都会充斥这些消息。我希望简·费尔法克斯一切顺利，可我真是烦死她了。”

这时，她们来到了那户贫困人家的小屋，当即不再闲聊。爱玛富于同情心，她对穷人的关心和善良，她的忠告和耐心，同她的钱袋一样，都可以减轻穷人的困难。她了解他们的生活方式，能体谅他们的无知和所受的诱惑，对那些没有受过多少教育的人，她也不会不切实际地希望他们有高尚的品德。她总是可以同情他们的困苦，总是带着善意，通过自己的高超智慧为他们提供帮助。此时，她来探望的这家人十分贫穷，还有人患病，她在那儿待了很久，安慰他们，给他们提供了建议，然后，她走出了小屋，但这家人的情况给她留下了深刻的印象，她边走边对哈丽特说：

“哈丽特，多看看这样的事，对人有好处。同这些情况相比，其他的一切就显得微不足道了！我现在觉得，除了这些可怜的人，我今天什么都想不了了。可是，谁又能说得清，这一切要多久才能从我的脑海里消失呢？”

“说得很对。”哈丽特说，“可怜的人啊！这些事把人的心思都填满了。”

“说真的，这些印象将在我的脑海里萦绕很久。”爱玛说着，穿过低矮的树篱，沿着小屋花园里又窄又滑的小径走到尽头，翻过摇晃的台阶，又回到了巷子里。“想必一定会的。”她停下脚步，再一次看着这个不幸的地方，回想起了屋内更凄惨的情形。

“唉，肯定是忘不了的。”她的同伴说。

二人继续往前走。巷子里出现了一个小弯道，刚一拐弯，她们就遇到了埃尔顿先生，而且离得很近，爱玛只来得及说：

“啊，哈丽特，现下突然来了一个考验，要看看我们能不能一直想着那家人呢。”爱玛笑眯眯地说，“好吧，我希望我们能承认，如果同情能给受难者带来帮助和安慰，那么它已经完成了真正的使命。如果我们同情不幸的人，尽我们所能去帮助他们，那么剩下的，都是空洞的同情，只会使我们自己感到痛苦。”

哈丽特只来得及回答一句“啊，确是如此”，她们就走到了埃尔顿先生跟前。然而，那户贫穷人家缺衣少食以及遭受的苦难，还是成了他们碰面后的第一个话题。埃尔顿先生本来正要去拜访那家人，如今只好推迟，不过，对于他们可以做什么，应该做什么，他们兴冲冲地商量了一番。然后，埃尔顿先生护送她们回去。

“他们竟为这样一件事互相倾慕，在做善事的时候遇到了彼此，对彼此的爱意定然可以加深。”爱玛想，“就算他们互诉衷肠，我也不会觉得奇怪。我若是不在，他们一定会的。要是我不在就好了。”

爱玛很想拉开自己与他们之间的距离，不久便走到了一条一边地势稍高的狭窄小径上，留下他们两个走大路。但是，她在那儿走了还不到两分钟，就发现哈丽特出于依赖和模仿别人的习惯，也跟了过来，如此这般，另外两个人很快就会追上她的，这可不成。她便假称要调整一下半长筒靴的饰带，立刻停住脚步，同时弯下腰去，一个人占住那条小路，还请他们行行好，继续往前走，她就跟上去。他们依言前行，爱玛耗掉了她认为系鞋带该用的合理时间，然后，她又有了可以拖后的理由，不由得感到安慰。那户穷人家按照吩咐，打发了一个孩子提着大桶去哈特菲尔德取肉汤，现下这孩子跟了上来。爱玛与那孩子并肩而行，边走边与她聊天，还问了她一些问题，这是世界上最自然不过的事，或者说，她要想不显得刻意，那这就是最自然不过的事情了。这样一来，那两个人就可以继续走在前面，用不着等她。然而，她还是身不由己地赶上了他们。那孩子走得很快，哈丽特和埃尔顿先生则走得相当慢。她有点儿着急，毕竟他们显然正聊到了兴头上。埃尔顿先生兴致勃勃地说着话，哈丽特全神贯注地听着，看起来十分开心。爱玛叫那孩子先走，琢磨着如何才能落后一点儿，这时，那两个人回过头来，爱玛只得走到他们身边。

埃尔顿先生仍在说话，还在谈一些有趣的细节。爱玛不禁有些失望，她发现埃尔顿先生不过是在给他美丽的同伴讲述他昨天在朋友科尔家聚会的情形，她赶上来时，正好听到斯第尔顿奶酪、北威尔特郡、黄油、芹菜、甜菜根和甜点。

“当然，这样下去，他们很快就聊到更有意思的话题了。”爱玛安慰地想，“像是相爱的人之间的趣事，可以让他们了解彼此心意的事。我要是能再离远一点儿就好了。”

他们此时默默地一起向前走着，已经可以看到牧师住宅的木篱了，这时，爱玛突然下定决心，至少要想办法让哈丽特到牧师住宅里面去，便又谎称靴了穿着很不舒服，再次落到后面摆弄了起来。接着，她把饰带折断、敏捷地扔进沟里后，立刻恳求他们停下来，并且承认她实在无法走回家了。

“饰带断了一截，我不知道该怎么办才好。”她说，“与我同行，真是给你们添麻烦了，不过我希望自己的穿着不会经常出问题。埃尔顿先生，我不得不请求你允许我到你家，向你的管家要一点儿丝带或绳子，把我的靴子绑好，我好继续走路。”

埃尔顿先生听了这个提议，顿时开心起来。他殷勤周到地把爱玛和哈丽特领进家里，并且竭力把一切都安排得恰到好处。他将她们带入他常活动的房间，这个房间朝着房子的正门，后面直通另一个房间。两个房间之间的门开着，爱玛和管家一起穿门而过，欣然接受管家的帮助。她来时，那扇门半开着，她只能保持原样，还满以为埃尔顿先生会关上门。然而，那扇门并没有关，仍然半开着。她不停地与管家扯东扯西，盼着埃尔顿先生能在隔壁房间里挑起他自己的话题。有那么十分钟，她只听到自己的声音。再也拖不下去了。于是她整理好靴子，走到了前面的房间。

那对恋人一起站在一扇窗户旁。看样子事情很有眉目了，有那么一会儿，爱玛觉得自己的计划成功了，成就感油然而生。但情况远非如此，他尚没有表白心意。他非常和蔼可亲，非常讨人喜欢。他告诉哈丽特，他刚才看见她们走过，便去追上她们。他又恭维了几句，但没有表明心迹。

“这人太小心、太谨慎了。”爱玛想，“他一步步前进，不冒一点儿险，要等到有十成的把握才行动。”

不过，虽然她这次的妙计没有成功，但她还是觉得他们两个碰面后都很开心，这桩大好姻缘必定可以成事。

11

眼下，埃尔顿先生只能自谋幸福了。爱玛无暇成全他的好事，也顾不上催促他加快追求行动，因为她姐姐一家眼瞅着就要来哈特菲尔德了。爱玛盼着盼着，终于迎来了姐姐一家人，便将全部心思都放在了他们身上。他们要在哈特菲尔德住十天，在这期间，除了偶尔为那对恋人提供帮助之外，爱玛什么也不可能做，就连她自己也不指望可以在其他方面襄助一臂之力。不过，只要他们愿意，这段关系还是可以取得快速进展的。再说了，不管他们的心意如何，事情总得发展下去。她几乎有些不情愿抽空闲时间撮合他们了。对有些人来说，你为他们做得越多，他们为自己做得就越少。

约翰·奈特利夫妇来萨里郡的频率比以往低了很多，因此，他们这次来，大家比往常更兴奋。在今年之前，他们婚后一遇到长假期，就会来哈特菲尔德和唐维尔庄园，但是，今年秋天的假期，他们都带孩子去洗海水浴了。一连好几个月，萨里郡的亲戚们见他们的次数都不多，而伍德豪斯先生更是连一面都没见过。即使是为了可怜的伊莎贝拉，他也不肯到伦敦那么远的地方去。现在女儿一家要来住几天，他又是紧张，又是欢喜。

伍德豪斯先生担心伊莎贝拉旅途劳顿，他派自己的车夫赶着马车到半路去迎女儿一家后，又担心会累到马车夫和马。不过他完全没有操心的必要，十六英里的路程十分顺利，约翰·奈特利夫妇带着五个孩子和好几个保姆，安安全全地抵达了哈特菲尔德。他们到了后，场面热闹欢乐，许多人一起说话，欢迎声、鼓励声响成一片，然后众人散开，前往各自的房间，一时间吵吵闹闹，乱成了一团，要是换成其他场合，伍德豪斯先生的神经肯定受不了，但即使是现在，他也不能忍受多久。不过约翰·奈特利太太在哈特菲尔德，就遵守这里的方式，也很照顾她父亲的情绪，尽管出于做母亲的关怀，她很希望孩子们一到就能痛快地玩乐，马上就能自由自在，有人服侍，可以想吃就吃，想喝就喝，想睡觉就去睡觉，想玩就可以玩，但她并不允许孩子们总打扰伍德豪斯先生，也不允许不停地照顾孩子们的用人去打扰他。

约翰·奈特利太太长相标致，身段娇小，浑身散发出优雅的气质。她温柔娴静，和蔼可亲，感情很丰富，她爱自己的家人，对丈夫忠贞不贰，身为母亲的她钟爱自己的孩子，她对父亲和妹妹的爱仅次于对丈夫和孩子的爱。她从来不觉得他们身上有丝毫的缺点。她没有非常强的理解力，头脑也不算聪敏，在这一点上，她很像父亲，她的体格也与父亲很像。她自己身体孱弱，因而对孩子们过于谨慎，这也担心那也操心，搞得自己神经紧张。她像父亲喜欢佩里先生一样，喜欢她在伦敦的医生温菲尔德先生。这对父女还有一点很相似，那就是心地善良，对每一位老相识向来都十分尊敬。

约翰·奈特利先生身材高大，很有绅士风度，是个非常聪明的人。他的事业发展得很好，他本人非常顾家，个人品格很值得尊敬。只是他这个人有些拘谨，人缘不太好，有时候还会发脾气。他并非脾气暴躁，也不常无端发火，说他脾气暴躁是有失公允了。但他的脾气的确算不上无可指摘。的确，有了这样一个崇拜他的妻子，他天生的缺点也不可能不得到助长。伊莎贝拉的性情极其温柔，这对他的性格有很大的害处。他头脑清晰，反应敏捷，这正是她所缺乏的。他有时做事很粗野，说话也很刻薄。他那位美丽的小姨子对他并没有太多的好感，他身上的毛病通通逃不过她的眼睛。他对伊莎贝拉造成的小小的伤害，尽管伊莎贝拉自己从来没有感觉到，爱玛却可以立即感受到。如果他能多多讨小姨子的欢心，爱玛兴许会对他的缺点视而不见，但他永远以冷静和蔼的姐夫兼朋友的姿态对待爱玛，既不赞美，也不盲目。但是，就算他常常恭维爱玛，爱玛也无法忽视在她看来他最大的缺点，那就是他有时候对她父亲有失尊重和忍耐。在需要耐性的时候，他并不总是那么有耐心。伍德豪斯先生有许多怪癖，还容易烦躁不安，有时候，约翰·奈特利先生会理智地规劝他，或是尖刻地反驳几句。这种事并不经常发生。约翰·奈特利先生极为尊敬岳父，平时都很清楚该如何面对丈人。然而，爱玛依然觉得他不够宽待岳父。有时候，约翰·奈特利先生没有口出不逊，爱玛还是担心他会忤逆父亲，每每为此搞得自己提心吊胆，难以心安。不过，每次姐姐一家人来，约翰·奈特利先生一开始总是表现得体，况且他们这次只住几天，但愿大家可以客客气气地相处几日。大家刚坐好，伍德豪斯先生就忧郁地摇了摇头，叹了口气，给女儿伊莎贝拉讲起了哈特菲尔德自从上次她来后发生的凄惨变化。

“啊，亲爱的。”他说，“可怜的泰勒小姐……真叫人伤心啊！”

“是的，父亲。”她立刻同情地叫道，“你一定很想念她吧！亲爱的爱玛必定也是。对你们来说，这是多么悲惨的损失啊！我真为你们感到难过。我都无法想象，没有她，你们是怎么过日子的。这确实是一个可悲的变化。不过，我还是希望她过得很好，父亲。”

“亲爱的，她很好……但愿很好吧。我都不知道她在那地方住不住得惯。”

约翰·奈特利先生轻声向爱玛打听兰德尔斯是不是出了什么问题。

“不不，没有的事。我从没见过韦斯顿太太过得这么顺心，她看起来好极了。父亲只是说他自己很遗憾而已。”

“他们都很幸福。”约翰·奈特利先生回答得很得体。

“父亲，你们常和她见面吗？”伊莎贝拉问，她语气哀伤，与她父亲的心情十分配合。

伍德豪斯先生犹豫了一下：“亲爱的，我们不常见她，这跟我的希望相差太远了。”

“父亲，自从他们结婚以来，我们只有一天没见过他们。除了一天之外，每天不是早上就是晚上，或在兰德尔斯或在这里，我们要么见到韦斯顿先生，要么见到韦斯顿太太，通常都能见到他们两个人。你也许会想到，伊莎贝拉，我们在这里见他们的次数最多。他们来时非常非常友好，韦斯顿先生真的和她一样善良。父亲，你用那种忧郁的口气说话，会使伊莎贝拉对我们大家产生误解的。每个人都知道我们一定想念泰勒小姐，不过，大家也应该知道，韦斯顿夫妇确实用尽任何办法来见我们，以免我们过于思念她，事实就是如此。”

“本该如此。”约翰·奈特利先生说，“看过你的信，我就一直希望是这样。韦斯顿太太肯定想关心你们，这是毋庸置疑的，韦斯顿先生又是个好交际的人，空闲时间也多，这样一来，一切就水到渠成了。亲爱的，我常对你说，哈特菲尔德不会有什么大变化，你的担心是多余的。现在听了爱玛的话，你可以放心了。”

“当然。”伍德豪斯先生说，“确实如此。我不能否认，韦斯顿太太——可怜的韦斯顿太太——的确经常来看我们。可她每次都得离开。”

“父亲，她不走，韦斯顿先生会很难过的，你完全忘了可怜的韦斯顿先生。”

“我认为，确实应该考虑一下韦斯顿先生的感受。”约翰·奈特利愉快地说，“爱玛，我和你都得垂怜一下那位可怜的丈夫。我也是别人的丈夫，而你尚未嫁为人妻，我们都应该照顾那位丈夫。至于伊莎贝拉，她嫁作人妇这么久了，肯定知道有多容易把韦斯顿先生撇开。”

“亲爱的，你在说我？”他妻子大声道，她只听到了一部分他的话，所理解的也只有一部分，“你们在说我吗？我相信，谁也不会也不可能比我更拥护婚姻生活了。如果不是因为泰勒小姐离开哈特菲尔德这事叫人难过，那我一定觉得泰勒小姐是世界上最幸运的女人。至于忽视了韦斯顿先生，我认为他很优秀，有资格得到一切。我相信他是最最和善的人了。除了你和你哥哥，我真不知道还有谁的脾气能和他一样温和。我永远不会忘记，今年复活节，只要起风，他就带亨利去放风筝。去年九月，他在深夜十二点特意写信给我，说科巴姆没有猩红热，自那之后，我一直相信世上再也没有比他更好心的人了。如果说有谁配得上他，那一定是泰勒小姐。”

“韦斯顿先生的儿子呢？”约翰·奈特利说，“这次，他来了吗？”

“他一直没来过。”爱玛答，“大家都以为他会在他父亲婚后来，结果却是空等一场。最近没有人提起他。”

“可是，亲爱的，你应该说说他写信的事。”她父亲说，“他给可怜的韦斯顿太太写了一封信恭喜她结婚，信写得既大方又得体。她给我看了，我认为他的确写得很好。你知道的，是不是他自己要写信，这谁也说不上来。他年纪还小，而他舅舅……”

“亲爱的父亲，他已经二十三岁了。你都忘了，弹指一挥间，时间就过去了。”

“二十三岁！是吗？唉，真想不到他都这么大了。他才两岁，就失去了他可怜的母亲。时间过得真快啊！我的记忆力太差了。不过，他那封信写得好极了，韦斯顿夫妇看了都大为高兴。我记得那封信是从韦茅斯寄来的，日期是九月二十八日，开头是‘亲爱的夫人’，但我忘了信中的内容了。末尾的签名是‘F. C. 韦斯顿·丘吉尔’，这些我记得很清楚。”

“他多么讨人喜欢，多么得体啊！”善良的约翰·奈特利太太嚷道，“我相信他一定是个非常友善的青年。只可惜他并不和他的父亲一起生活，太可怜了！把孩子从父母身边带走，远离自己的家，真是难以想象的事！真不明白韦斯顿先生为什么将他送走。他可是放弃了自己的孩子啊！要是有人向别人提出这样的建议，我一定鄙视他。”

“想必从没有人对丘吉尔夫妇有好感。”约翰·奈特利先生冷冷地说，“但你不必以为韦斯顿先生的感受会跟你放弃亨利或约翰的感受一样。韦斯顿先生是一个简单、开朗的人，不多愁善感，他很务实，我想他的快乐大都来自社交，每个礼拜和邻居们相聚五次，一起吃喝，打打惠斯特牌。对家人之间的感情，或者说一个家能提供的东西，他并不十分在意。”

爱玛觉得这是在指责韦斯顿先生，心里不大高兴，本想反驳，但考虑后还是决定不去计较。如果可能的话，她希望能维持和谐的氛围。姐夫有着强烈的家庭意识，觉得有家就有了一切，在他看来，这是一种宝贵的荣耀。他鄙视一般的社交活动，也瞧不起觉得社交很重要的人。爱玛觉得自己有必要忍耐。

12

奈特利先生要来哈特菲尔德用餐，伍德豪斯先生却并不乐见于此，伊莎贝拉才刚到，他不喜欢有人打扰他一家团聚。不过，爱玛出于正义感，将这件事定了下来。她一方面是为了要奈特利兄弟两个见见面，另一方面是最近她和奈特利先生发生了争执，这次邀请奈特利先生，她自己也很开心。

她希望能和奈特利先生再次成为朋友，觉得现在是时候和好了，说重归于好其实有些言重。她当然没有错，他也绝对不会承认是他错了。让步是不可能的。不过，现在应该装作不记得曾争吵过。她想了个办法，希望能有助于他们恢复昔日的友谊：见到奈特利先生走进房间，她就哄姐姐最小的女儿玩。那孩子只有八个月大，可爱极了，这是她第一次来哈特菲尔德，在姨妈的怀里跳舞，她可开心了。这一招果然非常管用，奈特利先生一开始还板着个脸，对她爱搭不理的，但很快他就开始照常聊起孩子们，还从爱玛怀里接过孩子，表现得非常友好。爱玛心想他们这下又是朋友了，念及这个，她非常满意，行为不免莽撞起来。听到奈特利先生夸赞婴儿，她情不自禁地说：

“我对我的外甥女，你对你的侄女，我们的看法竟然一样，这是多么令人欣慰啊。至于男人和女人，我们的意见有时截然不同。但对孩子们，我发现我们从来没有意见分歧。”

“如果你能像对待孩子那样，对成年男女多一点儿合情合理的评价，跟他们打交道的时候，少受幻想的左右，少那么点儿心血来潮，那我们的想法每次都会一致。”

“可以肯定的是，我们之间但凡有冲突，一定是我的错。”

“是的。”他微笑着说，“而且这有很充足的理由。你出生那会儿，我都十六岁了。”

“那我们的差别实在是太大了。”爱玛回答，“在那十六年里，你的判断力无疑比我高明得多。可是现在二十一年过去了，我们的理解力难道不是接近了很多吗？”

“的确接近了很多。”

“但还是不够多，每次我们有不同的看法，我都不可能是正确的那个。”

“我依然比你多十六年的人生经验，再说了，我既不是年轻漂亮的姑娘，也不是被宠坏的孩子。好啦，亲爱的爱玛，让我们做朋友吧，不要再提这件事了。小爱玛，告诉你的姨妈，她应该给你树立一个好榜样，别总是重提昔日的恩怨。不然的话，即便她以前没错，现在这么做也不对。”

“那倒是真的。”爱玛嚷道，“千真万确。小爱玛，你长大以后一定要强过你姨妈。要比她聪明，但不要像她一样自以为是。好了，奈特利先生，我再讲一两句，就讲完了。我和你都怀着良好的意愿，而且我必须说，事实证明我的看法并没有错。我只想知道马丁先生是不是非常伤心失望。”

“他伤心极了。”奈特利先生简短地答道。

“啊！我真的很遗憾。来，跟我握手言和吧。”

他们刚刚热情地握过手，约翰·奈特利就出现了。一个说：“你好吗，乔治？”另一个说：“约翰，你怎么样？”两兄弟以纯正的英国方式互致问候，表面上看起来冷静到了近乎冷漠的地步，实际上，他们对彼此情深义重，在必要时愿意为了对方做任何事。

晚上很安静，气氛十分适合交谈，伍德豪斯先生拒绝打牌，只想与亲爱的伊莎贝拉舒舒服服地聊一聊。于是，这一小群人很自然地分成了两部分：一边是伍德豪斯先生和他的大女儿，另一边是两位奈特利先生。两边的话题完全不同，很少有重合的时候，爱玛只是偶尔和他们说上一两句。

两兄弟谈了各自所关心的事情和职业，但主要谈的是哥哥的事，哥哥比较健谈，总是他说得多一些。奈特利先生是地方治安法官，经常有法律问题请教约翰，最不济也有一些奇闻趣事讲给约翰听。与此同时，他还是一个农夫，管理着唐维尔自营农场，自然要讲讲来年每块田地种什么，再讲讲当地大小事情，弟弟也在家里住了很久，对家怀着很深的眷恋，对这些事情很感兴趣。挖排水渠，换篱笆，砍树，每英亩地是种麦子、萝卜还是春玉米，约翰虽然表面冷淡，但也很喜欢听。如果哥哥乐得留下什么话题供他询问，约翰就会十分急切地打听一番。

这边奈特利两兄弟谈得正起劲，那边伍德豪斯先生也与女儿聊得投契，心中时而涌起愉快和遗憾，时而被忧虑所缠绕。

“可怜的伊莎贝拉。”他慈爱地握住伊莎贝拉的一只手说，如此一来，她就暂时不能照顾孩子了，“你都多久没来了！你太久没回家了！一路上舟车劳顿，你一定累坏了！你必须早点儿睡觉，亲爱的，我建议你睡觉之前喝点儿稀粥。我们两个一起喝一碗粥。亲爱的爱玛，我们都喝点儿稀粥吧。”

爱玛绝对不会做这种提议，她很清楚，两位奈特利先生在这件事上和她一样，连一口稀粥都不肯喝，于是只吩咐准备两碗粥。伍德豪斯先生又讲了一些稀粥的好处，说搞不懂有些人为什么不是每晚喝粥，然后，他神情严肃，沉思着说：

“亲爱的，你秋天不来这儿，却去了南岸，那可太糟糕了。我一向不大喜欢吹海风。”

“温菲尔德先生极力推荐那个地方，父亲，不然我们是不会去的。他建议孩子们都该去，尤其是小贝拉，她的喉咙很不好，需要吹一吹海风，洗洗海水浴。”

“啊，亲爱的，佩里很怀疑大海对她是不是真有好处。至于我自己，我以前也许从没对你说过，但我早就完全相信，大海对任何人都毫无用处，有一次还几乎要了我的命。”

“得了吧，得了吧。”爱玛觉得这个话题很危险，便高声道，“拜托你们别再提起大海了。不然我不光要忌妒，还要痛苦了。我连一次海边都没去过呢！请不要提起‘南岸’这两个字。我亲爱的伊莎贝拉，我还没听你问候佩里先生，他可是一直惦记着你呢。”

“啊，好心肠的佩里先生，他怎么样了，父亲？”

“他还不错，但也不是很好。可怜的佩里有胆病，他没有时间照顾自己。他告诉我他没有时间照顾自己，这太惨了，可郡里总有人找他瞧病。依我看，附近是没有干这一行的人。不过，任何地方都没有他这么聪明的人。”

“佩里太太和孩子们还好吗？孩子们长大了许多吧？我非常尊敬佩里先生。希望能很快见到他。他见到我的孩子们，一定会很开心的。”

“我希望他明天就来，我有一两个重要的问题要问他。还有，亲爱的，无论他什么时候来，你最好让他看看小贝拉的喉咙。”

“我亲爱的父亲，她的喉咙好多了，我几乎不怎么操心了。也许是海水浴对她有莫大的好处，也许是温菲尔德先生开的擦剂有奇效，从八月以来，我们不时给小贝拉涂这种擦剂。”

“亲爱的，海水浴对她不见得有什么好处。如果我早知道你们需要擦剂，我就会跟……”

“我看你们好像忘了贝茨太太和贝茨小姐了。”爱玛说，“都没听见你们问起她们。”

“善良的贝茨母女啊……我真替自己感到惭愧。但你在信中基本上都会提到她们。但愿她们都很好。老好人贝茨太太，明天我就带孩子们去探望她。她们总是很高兴看到我的孩子们。还有优秀的贝茨小姐！多么好的人啊！她们现在怎么样，父亲？”

“总的来说，她们很好，亲爱的。不过可怜的贝茨太太大约一个月前得了重感冒。”

“那太遗憾了！但是，今年秋天患上感冒的人太多了。温菲尔德先生告诉我，他从没见过这么多人得感冒，病得又那么重，除非是大流感暴发。”

“确实有很多人感冒了，亲爱的，不过还没到你所说的程度。佩里说，得感冒的人是很多，但不像十一月那样严重。佩里觉得现在并不是感冒流行的季节。”

“是的，我知道温菲尔德先生也觉得现在不是传染季节，只是……”

“啊，我可怜的孩子，事实是，伦敦向来都处在疾病流行的季节。在伦敦，没有哪个人是健康的，谁也不行。不得已住在那里，实在可怕。伦敦那么远！空气还那么差！”

“不是的，说实在的，伦敦的空气一点儿也不差。比起伦敦的大多数其他地区，我们住的那一区的空气要好得多。亲爱的父亲，你可别把我们那一区和伦敦的大部分区域混为一谈。布伦瑞克广场那一带与别的地方不太一样。我们那儿的空气非常清新！我承认，要我住在伦敦别的地方，我是真不愿意。我对别的区域都不满意，也不放心让我的孩子们去住，我们那里的空气好极了！温菲尔德先生说了，说到空气，布伦瑞克广场附近一带绝对是最棒的。”

“啊，亲爱的，那里可比不上哈特菲尔德的空气好。你们也只能将就，但是在哈特菲尔德住上一个礼拜，就跟换了个人一样，看起来与从前全然不同。现在，我可不能说你们的气色都很健康。”

“听你这么说我很难过，父亲。但我向你保证，除了我一直都有的轻微的神经性头痛和心悸之外，我的身体非常好。如果说孩子们在上床前脸色有些苍白，那不过是因为一路上舟车劳顿，来到这里又很开心，就比平时稍微累了一点儿。我想你明天就会觉得他们的气色好一点儿了，我向你保证，温菲尔德先生跟我说过，他认为这次送我们离开的时候，我们的身体比往常离开时都要好。我相信，起码你不会认为奈特利先生脸色不好。”她说着把目光转向丈夫，流露出深情而焦虑的神情。

“一般吧，亲爱的，我不能说好话哄你开心。我觉得约翰·奈特利先生气色很差。”

“怎么了，父亲？你在跟我说话吗？”约翰·奈特利先生听到有人提起自己的名字，便高声道。

“亲爱的，父亲觉得你气色不好，我很难过。但我希望你只是有点儿累了。不过，你知道，我本来很想你在出门前找温菲尔德先生看一看的。”

“亲爱的伊莎贝拉，用不着为我的气色操心。”他急忙叫起来，“你好好照顾自己和孩子们，有病就去看医生，至于我的脸色，就不要太在意了。”

“你对你哥哥说，你的朋友格雷厄姆先生打算从苏格兰请个管家，来看管他的新庄园。对这件事，我搞不太懂。”爱玛嚷道，“有人愿意做这份工作吗？旧有的偏见会不会过于根深蒂固了？”

爱玛就这样谈了很长时间，而且很成功。当她不得不把注意力重新转向父亲和姐姐时，只听到伊莎贝拉亲切地问起了简·费尔法克斯，没有谈到其他比较糟糕的话题。爱玛平时对简·费尔法克斯没有好感，但此时此刻，她很乐意一起称赞她几句。

“简·费尔法克斯啊，她那么温柔，那么亲切！”约翰·奈特利太太说，“我很久没见过她了，只是偶尔在伦敦碰面。要是她来看她善良的外婆和优秀的姨妈，那她们一定非常开心！她不能再来海伯里，我还为爱玛遗憾呢。但现在坎贝尔上校夫妇的女儿结婚了，我想他们更是离不开她了。她要是能陪着爱玛，该多好啊！”

伍德豪斯先生完全同意，但又加了一句：

“然而，我们的小朋友哈丽特·史密斯也是一个非常可爱的年轻人。你会喜欢哈丽特的。她陪伴爱玛，真是好极了。”

“听你这么说，我真高兴。不过，还是简·费尔法克斯最有修养，最出众，而且与爱玛一样年纪。”

众人兴高采烈地谈论着这个话题，后面的话题也是在和谐的氛围中讨论的。但是这一晚，要避免激动的情绪是不可能的。粥来了，由此就有了许多话题，大家赞不绝口，还评论了一番，他们极为肯定，稀粥对各种体质的人都有好处，还大加批评很多人家都熬不好粥。伊莎贝拉列举了都有哪些人家不会熬粥，最近也是最显眼的例子就是伊莎贝拉在南岸雇用的厨子，伊莎贝拉雇的是一个年轻的厨娘，伊莎贝拉吩咐她熬上一锅美味细滑的粥，要稀，但不能太稀，可那个厨娘怎么也听不明白。伊莎贝拉盼着厨娘把粥熬好，也吩咐她把粥熬好，往往却还是喝不上像样的粥。她这番话是一个危险的开始。

“唉。”伍德豪斯先生摇摇头，牢牢注视着伊莎贝拉，温柔的眼神中流露出关心。这声叹息在爱玛听来，就像是在说：“啊，你到南岸去，受的罪可真是不少，太可怜了。光是说起，都叫人心疼。”有那么一会儿，她希望伍德豪斯先生不要谈这件事，希望他只默默地沉思一会儿，便继续享受细滑的稀粥。然而，几分钟后，他开口说：

“今年秋天你没有来这里，却去了海边，我会一直感到遗憾的。”

“可是你为什么遗憾呢，父亲？我向你保证，那儿对孩子们的身体大有好处。”

“就算一定要到海边，也最好不要去南岸。南岸是个对健康有害的地方。佩里听说你们去南岸，可真吃了一惊。”

“我知道许多人都有这样的想法，但这么想是错的，父亲。我们在那里都很健康，路上是有点儿泥，不过我们没有感到丝毫的不便。况且温菲尔德先生也说了，觉得那个地方无益于健康，实在是大错特错。我相信他是值得信赖的，空气好不好，他最了解了，他弟弟一家人去过很多次了。”

“真要去的话，你们应该去克罗默，亲爱的。佩里在克罗默住过一个礼拜，他认为那里是洗海浴最好的地方。他说那里有一片开阔的大海，空气非常清新。据我所知，你可以在那儿寄宿，寄宿的地方离大海很远，有四分之一英里，住起来很舒服的。你应该找佩里打听一下的。”

“可是，我亲爱的父亲，还要考虑路程啊，这两个地方的距离差距很大。一处可能有一百英里远，另一处只有四十英里。”

“亲爱的，佩里有句话说得好，若是健康受到威胁，其他任何事都应该退居次位。反正是要出门，是走四十英里，还是走一百英里，又有什么关系。与其跋涉四十英里到空气更糟的地方，不如干脆待在伦敦，哪里都不去。佩里就是这么说的。在他看来，这可以说是多此一举了。”

爱玛试图阻止父亲说下去，却是白忙一场。伍德豪斯先生说到这里，不出爱玛所料，她的姐夫开口了。

“如果没人询问，佩里先生还是不提供意见为妙。”他极为不悦地说，“他为什么要掺和我的事？我带我的家人去海边，他为什么有意见？佩里先生可以运用判断力，但愿我也能。我不需要他的药，也不需要他的建议。”他停顿了一下，神情变得越来越严肃，再开口的时候，语气冷淡，充满了讽刺，“如果佩里可以教教我，如何带着妻子和五个孩子走上一百三十英里，所需的花费并不比走四十英里多，也没有什么不便，我倒是乐意像他那样，去克罗默，而不是南岸。”

“不错，不错。”奈特利先生插话道，“确实如此。这确实是一个需要考虑的方面。但是，约翰，我刚才告诉过你，我打算把通往兰厄姆的路向右移一点儿，这样那条路就不会横穿农场的草地了，我认为做起来应该不难。如果会给海伯里的人带来不便，那就算了，但如果你还记得那条路现在的位置……然而，唯一证明的方法，就是去看看地图。你明天早上来庄园农场吧，我们研究一下地图，你给我出出主意。”

伍德豪斯先生听到有人如此刻薄地评价他的朋友佩里，心里十分不安。事实上，他自己的许多想法和言论都在不知不觉中受到了佩里的影响。不过两个女儿不停地安慰他，他的怒气总算渐渐消退了。况且那两兄弟一个立刻变得警觉起来，另一个也冷静了下来。于是，类似的争执没再发生。

13

约翰·奈特利太太这次回哈特菲尔德暂住几日，可以说是世界上最幸福的人了。她每天早晨带着五个孩子去看望老友，到了晚上，她就同父亲和妹妹聊一聊她白天都做了什么。她没有别的愿望，只希望时间不要过得太快。这次来哈特菲尔德是那么快活，除了停留时间太短，其他方面堪称完美。

一般说来，比起晚上，他们更多选择在早上与朋友见面。不过，有一天晚上他们要出门参加宴会，虽然正值圣诞节，却无法推辞。韦斯顿先生不接受任何拒绝，坚持邀请他们去兰德尔斯用餐，他甚至还说服伍德豪斯先生相信去吃饭总好过一家人分开。

伍德豪斯先生本来有个难题，他们一家人太多，马车坐不下，但他女儿和女婿的马车和马匹就在哈特菲尔德，如此这个问题就很容易解决，构不成疑问了。爱玛很快就让伍德豪斯先生相信，其中一辆马车上还能匀出个空位给哈丽特。

此外，只有哈丽特、埃尔顿先生和奈特利先生在受邀之列。宴会的时间尽可能早，人数尽可能少，任何事都要考虑伍德豪斯先生的习惯和爱好。

在这项重要活动的前一天晚上（伍德豪斯先生竟然要在十二月二十四日这天出门赴宴，绝对算得上大事件了），哈丽特来了哈特菲尔德，结果患了感冒，十分不舒服。爱玛本想留她在哈特菲尔德，但她坚持回家，让戈达德太太照料。第二天，爱玛去看望哈丽特，发现她无法去兰德尔斯赴宴了。哈丽特发了高烧，喉咙很痛，戈达德太太细心照料她，还说要请佩里先生来，哈丽特病得厉害，没什么精神，别人不让她去参加聚会，她也没有理由反对，但说到无缘这次愉快的派对，她还是掉了不少眼泪。

爱玛陪了她很长时间，在戈达德太太忙不过来时照料她。爱玛告诉哈丽特，埃尔顿先生若是知道她病了，一定非常难过，好叫哈丽特高兴一点儿。爱玛离开之际，哈丽特至少舒服了一些，甜蜜地想着埃尔顿先生去赴宴时一定很伤心，大家也一定会非常想念她。爱玛出了戈达德太太家，才走出不远，就碰到了埃尔顿先生。他显然正是要去戈达德太太家。他听说哈丽特病得很重，便过来探问，好将消息知会给哈特菲尔德。爱玛和埃尔顿先生一边缓步而行，一边聊着哈丽特的病情，走着走着，他们碰到了约翰·奈特利先生。他每天都去唐维尔，现在带着大儿子和二儿子正好回来。两个孩子的小脸蛋白里透红，看起来非常健康，可见在乡间跑一跑对身体有多好，等他们快步回到家，一定很快吃光烤羊肉和大米布丁。两拨人走在一起，爱玛又说起了她朋友的病情："喉咙又红又肿，烧得厉害，脉搏很弱，但跳得很快。戈达德太太说，哈丽特的喉咙很可能会很严重，她担心极了。"埃尔顿先生听了，一脸震惊地大声道：

"喉咙痛！但愿不会传染，千万别是那种糜烂性的传染病。佩里给她瞧过病了吗？你不要只顾着你的朋友，也该注意一下自己，我恳求你不要冒险。佩里为什么不去给她看看？"

爱玛并不担心自己，她保证戈达德太太很有经验，护理得很好，好叫埃尔顿先生不必过于担忧，然而，爱玛并没有完全打消埃尔顿先生的不安，她宁愿让他多一点儿担心，也不愿意让他抛开此事不提。于是，爱玛装着引起另一个话题，这样说道：

"天太冷了，太冷了，看上去像是要下雪了。如果是去另一个地方，或者其他聚会，我今天是真不想出门，也会劝阻父亲别冒险出去。但他既然打定了主意，似乎也不觉得冷，我也不愿意插手，免得让韦斯顿夫妇大失所望。不过说实话，埃尔顿先生，如果我是你，一定推辞不去了。我觉得你的声音有点儿沙哑。你想想明天要说多少话，又会多么累，我想，你今天晚上最好还是待在家里，多多休息。"

埃尔顿先生看上去好像不太知道该如何作答，事实也的确如此。这样一位美丽的小姐对他如此关心，他一方面甚觉满意，不愿拒绝她的任何建议，另一方面，他一点儿也不想放弃这次聚会。然而，爱玛过于急切，只顾着琢磨已经设想好了的构想，并没有听清他的话，也没看清他的表情，只是听到他嘟囔着附和"很冷，确实很冷"，便觉得心满意足。爱玛继续往前走，想到埃尔顿先生不必去兰德尔斯，晚上每隔一个小时就能派人去打听哈丽特的情况，心里不禁十分欣喜。

“你做得很对，”她说，“我们会代你向韦斯顿夫妇道歉的。”

但话音刚落，她就听到姐夫客客气气地提出，如果埃尔顿先生只是因为天气不好而拒绝赴约，那他可以在自己的马车里给他留一个座位，埃尔顿先生非常满意，立刻接受了提议。事情就这么约定好了，埃尔顿先生一定会去。他那英俊的方脸上从来没有流露出如此愉快的表情。他的笑容从未像现在这样灿烂。他望着爱玛，从来没有像现在这样欣喜过。

“唉。”她心想，“太奇怪了！我都为他找到借口了，他竟然还要去聚会，撇下生病的哈丽特不管！真是太奇怪了！但我相信，很多男人，尤其是单身男人，就喜欢外出就餐。出去赴宴能给他们带来无与伦比的快乐，是他们最大的消遣，被他们视为最尊贵的事，几乎成了他们的责任，为了赴宴，他们可以放弃一切。埃尔顿先生肯定也是如此，即便他是一个出色、可爱和讨人喜欢的年轻人，即便他深爱着哈丽特，却依然无法拒绝邀请，有人邀请他用餐，他就一定会出现。爱情多么奇怪啊！他觉得哈丽特聪明机智，却不愿意为了她放弃一次宴会。”

没多久，埃尔顿先生就与他们分手了，她不得不对他公平一点儿，能感觉到他临别时说哈丽特的名字确实饱含深情。他还向她保证，在再次与她愉快地会面之前，他一定会去戈达德太太家打听打听她那位美丽朋友的病情，并希望能带给她一些好消息。他叹了口气，笑了笑，那样子确实值得夸赞。

沉默了一会儿后，约翰·奈特利开口说：

“我这辈子还没见过比埃尔顿先生更一心想讨人喜欢的人。对他来说，只要和女士们有关，他就不遗余力。和男人们在一起时，他可以非常理性，一点儿也不做作，但在取悦女人时，他看起来就过于矫揉造作了。”

“埃尔顿先生的举止的确不完美。”爱玛答，“但是，只要一个人想讨人喜欢，就会有不周到的地方，这样的地方还不会少。一个人尽管能力平庸，做起事来却拼尽全力，就比一个能力卓绝却做事马虎的人更有优势。埃尔顿先生脾气好，心肠好，这就是他的优点。”

“是的。”约翰·奈特利先生带着几分狡猾的语气，马上说，“他似乎对你很好。”

“我！”爱玛答道，她吃了一惊，脸上却还是浮现出微笑，“你以为我是埃尔顿先生的目标？”

“我承认，我的确是这样认为的，爱玛。你即便以前没想过，现在也有必要考虑一下了。”

“埃尔顿先生爱我！这也太荒谬了！”

“我没那么说，但你最好仔细想想情况是否如此，然后相应地调整你的行为。我认为你对他的态度给了他鼓励。我说这些，是出于一个朋友的身份，爱玛。你最好观察一下周围的人，弄清楚你自己在做什么，打算做什么。”

“谢谢你。不过我向你保证，你完全错了。我和埃尔顿先生是很好的朋友，仅此而已。”她继续往前走，心想有人缺乏对情况的全面了解，就会犯错，还有些人向来自命不凡，必然闹出很多误会。见姐夫觉得自己是个盲目又无知的人，需要别人的忠告，爱玛心里很不是滋味。不过约翰·奈特利先生没有继续这个话题。

伍德豪斯先生下定决心去赴宴，天气越来越冷，他却无意退缩，最后，他准时与大女儿坐上他自己的马车，似乎并不比其他人更在意严寒的天气。他对这次外出满心好奇，觉得一定会在兰德尔斯过得非常愉快，也就顾不上怕冷了，何况他穿着很厚的衣服，也不觉得冷。然而，天气确实寒冷，等到第二辆马车行驶起来，天上已经飘起了雪花，天空阴沉沉的，似乎只要刮起一阵微风，天地间很快就将被白雪覆盖。

爱玛很快就发现与她同车的姐夫有些心情烦闷。天气这么糟糕还要出门，不光要准备很久，晚饭后还不能与孩子们在一起，实在叫人讨厌，至少不是件愉快的事。约翰·奈特利先生很不乐意跑这一趟，认为并不值得。在前往牧师公馆的路上，他都在发泄心里的不满。

“遇上这种鬼天气，还有人让别人离开自家的炉边去看他，这种人一定很是自命不凡。”他说，“他一定认为自己人缘颇好。我可做不出这样的事。

简直太荒谬了！下雪了！不让人们待在舒适的家里，这太荒唐了。有的人明明可以待在舒适的家里，却偏要往外跑，更是愚蠢！在这样一个晚上，我们若是有工作或有事办，不得不出门，肯定叫苦不迭。现在我们却一点儿不顾恶劣的天气，穿着比平时还单薄的衣服，自愿出门。而这种天气明明是在告诉人们要留在可以遮风挡雪的家里。我们现在要去另一个人的家里，在无聊中度过五个钟头，要说的话和要听的话无一不是昨日已经说过和听过的，而且明天还要再说、还要再听。现在天气阴沉，等我们回来，天气或许更糟。派四匹马，动用四个仆人，只是为了把五个无所事事、浑身发抖的人送到比家中更冷的房间里去，与比家里人更无聊的人待在一起。"

爱玛深知自己的旅伴必定习惯了别人取悦他、附和他，她却无法说上一句"确实如此，亲爱的"。但她已经下定决心，不作任何回答。她不能顺从他，却又害怕和他吵起来，只好保持沉默。她由着他絮絮叨叨，自己则关好窗户，裹紧衣服，把嘴巴闭紧。

目的地到了，马车掉转车头，踏板放了下来，埃尔顿先生立刻出来迎接他们。他穿着一身黑色礼服，打扮整洁，脸上带着笑容。爱玛很高兴，心想终于可以换话题了。埃尔顿先生总是尽心尽力，看起来非常开心。他那么殷勤有礼，兴高采烈，她不禁想，他肯定有关于哈丽特的好消息，和她刚才听到的消息有所不同。她曾在穿衣打扮时遣人去询问哈丽特的状况，得来的回复是："还是老样子，并不见好转。"

"我从戈达德太太那儿得到的消息，不像我希望的那样令人愉快。"她立即说，"我收到的回答是'没有好转'。"

他马上板起了脸，声音充满了感情，答道：

"我正要告诉你来着，我在回家换衣服之前去了一趟戈达德太太家，得知史密斯小姐没有好转，病情反而加重了。我很难过，也很担心她，我还以为，早上你那么热情友好地去看望她，她会好一些。"

爱玛微笑着回答说："我相信我去看她，只能让她不要因为生病就紧张不安。但即使是我也无法让她的喉咙不再痛，天太冷了。你可能也听说了，佩里先生一直在照料她。”

“是的……我想到了……我没有……”

“他很了解哈丽特的病情，但愿明天早上会有叫我们两个都舒心的消息。但放心是不可能的。她不在，对我们今天的聚会来说，是多么悲哀的损失啊！”

“确实是很大的损失！的确是的，大家每时每刻都会想念她的。”

埃尔顿先生的这番话说得倒也恰当，确实值得尊重。但是，他应该多难过一会儿才对。只过了半分钟，他就说起了别的事，语气轻快愉悦，爱玛听了，只觉非常郁闷。

“在马车上包一层羊皮，是一个多么高明的方法啊。”埃尔顿先生说，“有了这样的预防措施，就不可能觉得冷了，多么舒服啊。的确，绅士的马车配上现代的发明，堪称十全十美。马车裹得密不透风，可以防止风吹雨打，一点儿冷风也进不去。这样一来，天气好坏就不重要了。今天下午太冷了，但在这辆马车里，我们一点儿也感觉不到严寒的侵袭。哈！飘小雪花了。”

“是的。”约翰·奈特利说，“想必要下大雪了。”

“正是适合圣诞节的天气。”埃尔顿先生说，“很应景啊。幸好昨天没下雪，不然就没有今天的聚会了，要是地上积了很厚的雪，伍德豪斯先生是决计不肯冒险出门的，不过眼下这已经不重要了。现在正是朋友们欢聚的好季节。在圣诞节，每个人都邀请朋友来自己身边，哪怕天气糟透了，也无所谓。有一次下大雪，我被困在朋友家一个礼拜。那真是一次无比愉快的经历。我本来只去一个晚上，结果却住了一个礼拜。”约翰·奈特利先生似乎无法理解这种乐趣，只是冷冷地说：

“但愿我们不会被大雪困在兰德尔斯一个礼拜。”

要是换在别的时候，爱玛也许会觉得这很好笑，但她看到埃尔顿先生竟然如此兴奋，只觉得震惊不已。他只顾着期待一场愉快的聚会，似乎全忘了哈丽特。

“我们就要烤上暖融融的炉火了。”埃尔顿先生继续说，“一切都会很舒服的。韦斯顿先生和太太都是可亲的人。韦斯顿太太值得十二万分的夸赞，韦斯顿先生殷勤好客，又那么喜欢交际，人人都觉得他是个大好人。这次宴请的人虽然不多，却都是精挑细选出来的，必定很有意思。韦斯顿先生家的餐厅只能招待十个人，就我而言，在这种情况下，我宁愿少两个人，也不愿多两个人。我想你会同意我的看法的。”他转身，轻轻地对爱玛说，“想必你一定会赞同我的话，不过奈特利先生可能习惯了伦敦的大宴会，也许不太能体会到我们的感受。”

“我不知道伦敦的大宴会是什么样子，先生……我从来不跟别人吃饭。”

“原来如此！”埃尔顿先生的语气里充满惊讶和怜悯，“真想不到身为律师，这么没有自由。好吧，先生，总有一天你会得到弥补的，到时候，你就可以不那么辛苦，多享受享受了。”

“我最大的享受，就是能安全地回到哈特菲尔德。”约翰·奈特利回答道。这时，他们穿过了韦斯顿先生家的大门。

14

约翰·奈特利先生和埃尔顿先生走进韦斯顿太太的客厅，都必须换上另一副表情。埃尔顿先生必须镇定下来，控制一下愉快的表情，约翰·奈特利先生则要压下自己的坏脾气。埃尔顿先生必须少笑一点儿，约翰·奈特利先生则要多笑一些，这样才能适合当时的场合。爱玛只需要表现自然，像平时一样高高兴兴即可。对她来说，和韦斯顿夫妇在一起，是愉快的享受。韦斯顿先生很讨人喜欢，而他妻子是爱玛在这个世界上最能推心置腹的人，不管是她还是她父亲，无论什么琐碎的事情、安排、疑难问题或是有什么高兴的事，爱玛总是可以毫无顾忌地向韦斯顿太太倾诉。韦斯顿太太不光倾听和理解，还总是那么感兴趣，可以听得懂。爱玛但凡说起哈特菲尔德，韦斯顿太太一定极为关切。日常生活中的快乐都来自这些小事，她们两个人围绕这些事聊上半个钟头，都觉得心满意足。

或许今天一天待在韦斯顿太太家里，都无法得到这样的乐趣，而眼下这半小时，更是不会有如此的欢乐。但是，爱玛一看到韦斯顿太太，迎着她的笑容，碰到她的手，听见她的声音，心里就很快活。她决定尽量少想埃尔顿先生的种种怪异行为，也不要去在意其他不愉快的事，尽情享受这次聚会。

众人在爱玛到之前就得知哈丽特不幸患感冒的消息了。伍德豪斯先生已经安全抵达，并且坐了很长时间，他把哈丽特的病情讲了一遍，还说了他自己和伊莎贝拉在来的路上所见到的情形，并告知主人家爱玛随后就到。最后，他满意地说起詹姆斯该来看看自己的女儿，正说到这里，爱玛一行人就到了。韦斯顿太太本来全神贯注地照料他，现在则可以转身去迎接亲爱的爱玛了。

爱玛本打算暂时抛开埃尔顿先生的事不想，却遗憾地发现，大家就座后，埃尔顿先生竟在她身边坐下了。他不仅坐在她的身旁，还总是乐呵呵地看着她，一有机会就热切地同她说话，爱玛要想忘记他不在意哈丽特的怪异行为，可就难了。爱玛不光不能忘记，还不由自主地嘀咕起来："难道真让姐夫说对了？这个男人该不会放弃了哈丽特，转而爱慕我了吧？太荒谬了，太叫人难以忍受了！"可是，他那么殷勤地对爱玛嘘寒问暖，那么关心她的父亲，那么为韦斯顿太太高兴。说着说着，埃尔顿先生又开始夸赞她的画，他非常热情，却又说不出半点儿真知灼见，活像一个热情的追求者，爱玛一忍再忍，才能保持礼貌。为了她自己，她不能表现粗鲁，为了哈丽特，她也只能客客气气，盼着他们两个还有发展的余地。但这并非易事。埃尔顿先生净说些无聊的废话，叫人难以忍受，爱玛很想听听别人都在聊什么。她听到韦斯顿先生正在讲他的儿子，一次次地说"我儿子""弗兰克"，根据听到的其他只言片语，爱玛估摸韦斯顿先生是在说他儿子要来了。但她还没来得及让埃尔顿先生安静下来，那个话题就结束了，她再提什么问题，只会叫众人尴尬。

爱玛确实决定终身不嫁，可是，弗兰克·丘吉尔先生这个名字总能让她深感兴趣。她常常想，如果自己非结婚不可，那无论是从年龄、性格还是地位上来看，弗兰克·丘吉尔都是最适合的人选，而自从他父亲和泰勒小姐成婚以后，爱玛的这种想法就更强烈了。从两家的关系来看，他似乎就是她的佳偶良配。照她估计，凡是认识他们的人，必定都觉得他们两个是一对璧人，她深信韦斯顿夫妇也有这样的想法。爱玛并不愿意受到弗兰克·丘吉尔的蛊惑或其他人的劝诱，放弃她认为比任何改变都更有利的处境，但她还是对他充满了好奇，很想见见他的真面目，见识一下他有多讨人喜欢，得到他的青睐是什么感觉，一想到朋友们都觉得他们是天生一对，她就心情愉悦。

爱玛心中洋溢着种种情感，埃尔顿先生的殷勤礼貌就显得极为不合时宜了。不过，让她感到安慰的是，她虽然心里气恼不已，表面上还是装得和和气气的。爱玛心想，韦斯顿先生是个直率的人，在她告辞之前，他肯定还会再提到弗兰克·丘吉尔来访的事。事实证明的确如此。到了用餐的时候，爱玛终于可以摆脱埃尔顿先生了，不禁心里美滋滋的。她坐在韦斯顿先生身边。韦斯顿先生忙着招待客人享用羊里脊肉，刚一有空，就对她说：

"再多两个人，就可以说是刚刚好了。真希望能在这里看到两个人，一位是你那个美丽的小朋友史密斯小姐，另一个是我的儿子，那样可就圆满了。想必你在客厅里没听到我告诉大家弗兰克要来了。今天早上我收到了他的信，说他将在两个礼拜后到这儿来。"

爱玛回话的时候表现出了恰如其分的喜悦，并表示完全同意韦斯顿先生的看法，要是弗兰克·丘吉尔先生和史密斯小姐能在场，这次聚会就完满了。

"从九月起，他就一直念叨着要来。"韦斯顿先生继续说，"他写来的每封信里都提到了这件事。但他支配不了自己的时间，他得讨好必须讨好的人，有些话我只对你说，那些人有时候就喜欢看别人做出很大的牺牲。不过这一次我确信，大约在一月的第二个礼拜，就可以在这儿见到他了。"

"那你该多么开心啊！韦斯顿太太很想见见他呢，她一定会和你一样高兴。"

"是的，她确实很开心，但她担心他到时候有事来不了。她可不像我一样相信他准能来。不过呢，她对那家人的了解，可不如我全面。你知道的——这事你不要告诉别人，我刚才在客厅里并没有提过，毕竟谁家里都有点儿秘密……那家人邀请几个朋友在一月去恩斯库姆做客，弗兰克能不能来，就看他们能不能按时到访了。他们准时到，他就不能来了。但我知道他们肯定推迟，恩斯库姆有一个地位高贵的贵妇人很不喜欢那些人。虽然每隔两三年都要邀请那些人一次，但每次总要延后几天。我对这件事有十足的把握。我相信一月中旬之前肯定能在这里见到弗兰克，就像我肯定会在这儿一样。但是你的好朋友——”韦斯顿先生说着朝桌边一点头，“——没那么好的奇思遐想，她在哈特菲尔德那会儿就欠缺想象力，也就无法估计想象的影响力，而我一向喜欢发挥想象。”

“有人对这件事还有怀疑，我真是很遗憾。”爱玛回答说，“但我赞同你的说法，韦斯顿先生。你认为他会来，我也会这么认为。因为你很了解恩斯库姆。”

“是的，我对他们确实熟悉，虽然我这辈子还没去过那个地方。那个贵妇人怪里怪气的！但是，为了弗兰克好，我从来不允许自己说她的坏话，我相信她非常喜欢弗兰克。我过去总以为她最喜欢的是她自己，不过她一直对弗兰克很好，当然只是以她自己的方式。她任性，反复无常，希望所有事都按照她的喜好来。在我看来，他能讨得她的喜欢，实在很有本事。有句话我不愿意说，可是她对别人都是铁石心肠，脾气又很坏。”

爱玛非常喜欢这个话题，来到客厅后不久，她就向韦斯顿太太提了起来。她先是向韦斯顿太太道贺，但又说，她觉得与弗兰克·丘吉尔先生第一次见面，场面一定叫人担忧。韦斯顿太太赞同爱玛的看法，不过她又说，若真能见到弗兰克·丘吉尔，哪怕叫人担忧，她也很开心。“我觉得他不一定来得了。我可不像韦斯顿先生那样乐观。我非常担心到头来还是空欢喜一场。想必韦斯顿先生已经把事情都告诉你了。”

“是的，他能不能来，似乎全要看那位脾气暴躁的丘吉尔太太，那我看这是最确定无疑的事了。”

“亲爱的爱玛！”韦斯顿太太笑着回答说，“一个人要是任性善变，哪里有什么确定无疑？”然后，韦斯顿太太转向并没有在听他们说话的伊莎贝拉，“你必须知道，亲爱的奈特利太太，无论如何，我们都不像他父亲所想的那样，非常肯定可以见到弗兰克·丘吉尔先生。这全要看他舅母的心情了。简单说吧，她高兴，他就能来；她不高兴，他就来不了。你们两个就如同我的女儿，我可以告诉你们真相。在恩斯库姆当家做主的是丘吉尔太太，她的脾气很怪。他能不能来，完全取决于她放不放他走。”

“啊，你说丘吉尔太太，她的大名每个人都听说过。”伊莎贝拉答，“一想到那个可怜的年轻人，我就特别心疼他。和一个坏脾气的人生活在一起，简直糟糕透顶。幸亏我们从来没有过这样的经历，那样的日子真的太惨了。她没有孩子，倒是件好事！要是她有孩子，那可怜的小家伙们受她的左右，该多么不幸啊！”

爱玛真希望能和韦斯顿太太单独相处。那样她就可以多听到一些关于弗兰克·丘吉尔先生的消息了。韦斯顿太太对她毫无保留，对伊莎贝拉却不会。她相信，韦斯顿太太绝不会对她隐瞒任何与丘吉尔家有关的事，只是不便透露对那个年轻人的看法，但爱玛可以想象出来。目前没有什么可说的了，伍德豪斯先生很快就在她们之后走进了客厅。他受不了晚饭后长时间坐着，感觉很受拘束。他既不好酒，也不喜谈话，便高高兴兴地去找与他投缘的人了。

趁他和伊莎贝拉说话的当儿，爱玛找了个机会说：

“这么说，你觉得你的继子这次并不一定来得了？那太遗憾了。万事开头难哪，这样的情况还是越快过去越好。”

“你这话不错。每次向后拖，总叫人不免担心以后还将一拖再拖。哪怕布雷思韦特家的人迟些到，我仍然担心会有其他理由让我们失望。要我说，一定不是他自己不愿来，必定是丘吉尔夫妇要把他拴在身边。他们这是忌妒。他们甚至忌妒他对父亲那么尊敬。总而言之，我不寄希望于他能来，但愿韦斯顿先生别那么乐观。”

“他应该来一趟。”爱玛说，“哪怕只能待几天，他也该来的。一个年轻人连这样的事都做不到，有点儿匪夷所思。若是个年轻姑娘落在坏人手里，倒有可能身不由己，不能见她想亲近的人。可是，一个青年竟会受到这样的约束，想与父亲待上一个礼拜都不成，就叫人难以理解了。”

“要想知道他能做什么、不能做什么，得先去一趟恩斯库姆，了解一下那对夫妇的作风。”韦斯顿太太答道，“判断一个家庭中任何一个人的行为，都应该采取同样的谨慎态度，但我认为，当然不能用一般的标准来评判恩斯库姆那家人。她从不讲道理，所有人都得听她的吩咐。”

“不过她倒是很疼惜她这个外甥，把他捧在手心里呢。她能有现在的一切，还多亏了她丈夫，她却不肯牺牲一星半点儿，好叫她丈夫过得舒心一点儿，还总是处处刁难，可她一点儿也不亏欠自己的外甥，却常常要受外甥的管制，以我对丘吉尔太太的了解，这都是最自然不过的事。”

“我最亲爱的爱玛，你自个儿性子温柔，就不要假装很理解脾气坏的人，也不要妄加评断，顺其自然就好了。我毫不怀疑他有时的确能左右他的舅母。不过呢，至于他什么时候可以做主，他自己也预见不到。”

爱玛听了，便冷冷地说：“除非他来，否则我实在难以满意。”

“他可能在某些问题上有很大的决定权，但在另一些问题上就不行了。”韦斯顿太太接着说，“来看我们这事儿，说不定他就做不了丘吉尔太太的主。”

15

很快，伍德豪斯先生便准备喝茶了。喝完了茶，他就提出回家。可是其他几位先生还没出现，他的三个同伴只好竭力分散他的注意力，不让他发现已经很晚了。韦斯顿先生健谈，又爱交际，并不希望看到聚会早早散去。不过，最后终于又有几个人走进了客厅。埃尔顿先生非常快活，是第一个走进来的。韦斯顿太太和爱玛一起坐在沙发上。他立刻朝她们走了过去，也没得到邀请，就自顾自坐在了她们之间。

爱玛盼着弗兰克·丘吉尔先生的到来，心情舒畅起来，也就乐得忘记埃尔顿先生之前的不当行为，仍像以前一样对他青睐有加。见他首先说起了哈丽特，爱玛便露出友好的笑容，准备听听他的说辞。

他表示自己对爱玛那位美丽的朋友感到极为忧虑，在他口中，哈丽特美丽、可爱，人又随和。“你知道了吗？从我们到兰德尔斯后，你有没有听说她的消息？我很担心，我必须承认，听说她病了，我实在吓了一跳。”他就这样得体地讲了好一会儿，并不太在意别人怎样回答，只是表达出他对喉咙痛这种病的恐惧，爱玛很是同情他。

但是，情况出现了反常的转折。突然间，对于哈丽特喉咙痛这事，埃尔顿先生似乎更担心的是爱玛，而不是哈丽特。他更为担心爱玛会不会染上这种病，而不是这种病会不会传染其他人。他开始恳切地请求爱玛暂时不要去探望病人，请求她答应他不会冒这个险，等他先去找佩里先生打听一下再做定夺。爱玛竭力想一笑置之，把谈话重新引到正题上来，可埃尔顿先生还是没完没了地对她大加关切。她不禁有些烦躁。有一点现在很明显，也是无法掩饰的，埃尔顿先生爱慕的对象是她，而不是哈丽特。若果真如此，那埃尔顿先生就是移情别恋，这可真是最最卑劣、最最可恶的行为了！爱玛有点儿压制不住心里的怒火了。埃尔顿先生转向韦斯顿太太，请求她的帮助。“难道你不支持我吗？帮我劝劝伍德豪斯小姐吧，让她在确定史密斯小姐的病是否传染之前，先不要去戈达德太太家里。她要是不肯答应，我可放心不下，伍德豪斯小姐最听你的话了，帮我劝她应允吧。”

“对别人那么细心，对自己却那么粗心！”埃尔顿先生继续说，“她知道我感冒了，就希望我今天待在家里好好休息，可她现在有可能染上溃疡性喉咙痛，却不肯答应不会以身犯险。这样公平吗，韦斯顿太太？你来做个评断吧。难道我没有权利抱怨吗？我相信你一定会好心支持我、帮助我的。”

埃尔顿先生这一番话说下来，言辞和神态都显得对爱玛极为关心，爱玛瞧得出韦斯顿太太有些吃惊，而她自己则是恼怒至极，感觉遭到了冒犯，一时间不知道该如何应对。爱玛只是凌厉地瞪了埃尔顿先生一眼，心想自己的眼神定然可以叫他恢复理智，然后，她从沙发上站起来，坐回了姐姐身边，把注意力都放在了姐姐身上。

她还没来得及弄清楚埃尔顿先生对她的责备有何反应，另一个话题马上就谈开了。约翰·奈特利先生出去查看天气，此时回到了房间。他告诉众人，地上积了一层雪，大雪还在下，又起了大风。最后，他对伍德豪斯先生说：

“对你们在冬季的社交活动来说，这可以说是一个充满生气的开端，先生。你的马车夫驾着你的马穿越暴风雪，还真是破天荒头一遭。”

可怜的伍德豪斯先生惊愕不已，连话也说不出来。但其他人都有话要说，有的深感惊讶，有的觉得这在意料之中，他们有的问问题，有的忙着安慰他人。韦斯顿太太和爱玛苦口婆心，只想使伍德豪斯先生高兴起来，让他把注意力从女婿身上移开，不再听他那位女婿乘胜追击，继续无情地絮叨。

“天气如此糟糕，你也知道很快就将降下大雪，却依然冒险出门，你的决心实在叫人钦佩，先生。”约翰·奈特利先生说，“大家也都知道即将下雪。我真佩服你们的勇气。我敢说，我们必定可以顺顺利利地回家。再下一两个钟头的雪，道路也不见得无法通行。我们有两辆马车，就算在荒郊野外刮起狂风，有一辆车翻了，我们还可以坐另一辆。我敢说，我们一定可以在午夜前平安抵达哈特菲尔德。”

韦斯顿先生用另一种得意的口吻，承认他也预见到会下雪，只是没有多言，以免伍德豪斯先生听了担心，嚷着要赶紧离开。至于会下多大的雪，或者要下多大的雪才会妨碍他们回程，那只是个玩笑而已，他反倒只怕路上并不难行。他盼着大雪封路无法通行，那样一来，他就可以把他们都留在兰德尔斯了。他热情友好，保证会把每个人都安顿好，还叫妻子同意他的说法：只要稍稍动一下脑筋，就能给所有人都安排一个住处。而他妻子并不知道该怎么做，毕竟她心里明白，家里只有两间空房。

“怎么办呢，亲爱的爱玛？我们该怎么办？”伍德豪斯先生发出了他的第一声惊呼，之后，他有一会儿都没吭声。他向爱玛寻求安慰。爱玛保证一切都将顺顺当当，那几匹马都是良驹，詹姆斯是个经验丰富的车夫，而且有这么多朋友在，听了爱玛的话，伍德豪斯先生总算恢复了一些精神。

他的大女儿和他一样惊慌。伊莎贝拉开始胡思乱想，生怕自己被困在兰德尔斯，而她的孩子们却在哈特菲尔德。她估摸现在路上肯定难以通行，只有喜爱冒险的人才能通过，可她觉得不能再耽搁，便急着把事情安排好，让父亲和爱玛留在兰德尔斯，而她和丈夫两人哪怕积雪阻路，也要立即出发赶回去。

“你最好马上吩咐备好马车，亲爱的。”她说，“我们马上动身，也许路上还不会太难走。真要是遇上糟糕的情况，我可以下车步行。我一点儿也不害怕。我不介意走完剩下的一半路。你知道的，我一到家就可以换鞋。我不会着凉的。”

“确实！”他回答说，“亲爱的伊莎贝拉，这真是全天下最稀奇的事了，你平时可是动不动就会着凉。步行回家！我敢说，你脚上这双鞋必定很结实，可以走回家，可马匹就要遭罪了。”

伊莎贝拉转向韦斯顿太太，盼望她同意自己的计划。韦斯顿太太只能表示支持。然后，伊莎贝拉走到爱玛面前。不过爱玛还没有完全放弃希望，希望他们一家人可以一起走。就在他们讨论这件事的时候，奈特利先生回来了。方才，他一听到弟弟说外面下雪了，就走了出去。此时，他告诉众人他去外面查看过了，无论他们是想现在走，还是过一个钟头再走，都不成问题。他沿着通往海伯里的路走了一段，发现积雪还不到半英寸厚，许多地方落雪很少，路面都没有变白。此时是在下雪，不过下得也不大，乌云正在散开，可见雪很快就会停了。他见过马车夫，他们都同意他的看法，觉得没什么可担忧的。

对伊莎贝拉来说，得到这样的消息真是莫大的安慰，爱玛同样为父亲感到高兴。伍德豪斯先生尽管神经紧张，还是立即放松了不少。然而，只要他还在兰德尔斯，他心里的惊恐就不可能消失。现在回家没有危险，他深觉满意，但是，就算别人再三保证，他也不肯相信留下来不会出问题。就在其他人你一言我一语地出主意的时候，奈特利先生和爱玛只用三言两语，就把事情定了下来：

“你父亲一直担心，你们干脆走吧。”

“我已经准备好了，就看其他人的了。”

“要我按铃吗？”

“是的。”

奈特利先生拉响了铃，吩咐车夫备好马车。又过了几分钟，爱玛只希望这次麻烦不断的聚会之后，可以看到一个讨厌的同伴在回家后能冷静下来，另一个可以恢复往日的好脾气和乐观性格。

马车来了，在这种场合，伍德豪斯先生总是人们最关注的对象，奈特利先生和韦斯顿先生悉心地护送他上了他的马车。可是，他一瞧见雪还在下，夜色也比他以为的还要阴沉，又开始提心吊胆，任由那两位先生再怎么安抚，也无济于事。“恐怕这一路上不会顺当。可怜的伊莎贝拉肯定会不高兴的，可怜的爱玛还要坐在另一辆马车上。我真不知道该怎么办才好了。两辆马车一定得尽可能离得近一点儿。”他吩咐詹姆斯一定要缓步慢行，等一等另一辆马车。

伊莎贝拉跟在父亲后面上了车。约翰·奈特利忘记了自己不该上这辆车，很自然地跟着妻子也上了第一驾马车。如此一来，爱玛便由埃尔顿先生护送着，一前一后上了第二驾马车，她发现车门一关，就只有他们两个亲密地同乘一驾马车了。要是没有今天的怀疑，这倒也不是什么尴尬的事，爱玛反倒乐得如此，毕竟可以跟他谈谈哈丽特，那四分之三英里的路程也就显得和四分之一英里一样短了。可现在她宁愿不要这样，她相信埃尔顿先生喝了太多韦斯顿先生的好酒，肯定要胡言乱语一番了。

爱玛尽量表现冷淡，借此约束埃尔顿先生的一言一行，还立即准备用平静而严肃的语气，谈一谈天气和今晚的事，可她刚说了两句，马车刚刚驶出大门，追上第一驾马车，她就发现自己的话茬儿被截断了，她的手被埃尔顿先生紧紧握住，她只得注意听埃尔顿先生热切地向她求爱。埃尔顿先生抓住了这个良机，向她表露出早已众所周知的浓情爱意，诉说了心中的希望、担忧和倾慕，还说要是遭到拒绝，他也不愿留在人间了。然而，他太自以为是，觉得自己这番爱恋是如此炽热，对爱玛的爱情是如此无与伦比、一往情深，一定会得到回报。总之，他要尽快让爱玛认真接受他。事情果然不出所料啊。埃尔顿先生本来倾心哈丽特，现在却毫无顾忌地宣称倾慕爱玛，毫无歉意，一点儿也不见羞怯之色。她试图阻止他，却徒劳无功。埃尔顿先生还是不停地说着，要将心里话全说出来。爱玛心中气愤，但一想到现在的情况，便决定克制自己，谨慎开口。她觉得埃尔顿先生做出这种荒唐事，有一半原因是喝多了酒，她只盼这一切只是暂时的。于是，她回答的时候带着既严肃又顽皮的语气，希望这是应付他酒后醉态的最好办法。

“我很吃惊，埃尔顿先生。在我看来，你是有些糊涂了，错把我当成了我的朋友，你若是有口信给史密斯小姐，我乐意转告。不过，请不要再对我说那些话了。”

“史密斯小姐！有口信给史密斯小姐！她和这件事有何关系呢！”他重复了一遍爱玛的话，语气是那么肯定，还装得不明白爱玛的意思。爱玛不由自主地立刻回答道：

“埃尔顿先生，你的所作所为着实不可思议！我只有一种解释，那就是你喝得昏了头，不然你不可能这样对我说话，也不会这样说哈丽特。请你自重，别再说了，我会尽力忘掉你所说的话。”

不过，埃尔顿喝的酒只够让他壮胆，根本没有影响他的思维。他完全清楚自己在说什么，对爱玛的怀疑，他提出了强烈的抗议，说他伤透了心。他顺便提到他尊敬史密斯小姐，不过是因为她是爱玛的朋友，却不明白为什么爱玛会提起史密斯小姐。他说着说着，又诉起了衷肠，急着从爱玛那里得到肯定的答复。

爱玛此时觉得埃尔顿先生并非酒后失态，而是朝三暮四、傲慢无礼，于是她不再顾及礼貌，如此答道：

“现在再也没什么可怀疑的了，你已经说得非常清楚了。埃尔顿先生，我的惊讶是无法用言语表达的。就在上个月，我日日亲眼见到你对史密斯小姐殷勤追求，如今你却对我表达爱意，你如此善变，我只觉得不可思议！请相信我，先生，你向我诉衷肠，我却一点儿也不高兴，半点儿满足也没有。”

“天哪！”埃尔顿先生叫道，“这是什么意思？史密斯小姐！我从来没有心系史密斯小姐，从来没有对她献殷勤，只是把她当作你的朋友，她是死是活，我都没有关心过。如果她的想法不是这样的话，那不过是她自己胡思乱想误会了我，我对此非常遗憾，真的非常遗憾。可是，我怎么可能爱上史密斯小姐！有了伍德豪斯小姐，谁还会相中史密斯小姐呢？不，我以我的名誉担保，我从来没有移情别恋。我的心里只有你一个人。我绝对没有对别人有过一丝一毫的好感。几个礼拜以来，我所说的和所做的每一件事，都是为了表达我对你的爱慕。你不能怀疑。不能！”他用巴结的腔调说，“想必你早就看出了我的心意，也明白我的一往情深。”

很难清楚描述爱玛听了这话后心里是什么感受。种种不快的感觉在她心中涌动，至于哪一种最强烈，则很难讲清楚。她胸中气闷，一时间无法作答。埃尔顿先生本就满怀乐观，而爱玛长时间的沉默在他看来则是莫大的鼓励，他又拉住她的手，快活地大声说道：

“伍德豪斯小姐，你真是个可人儿！请允许我来解释一下你这富有深意的沉默，这表示你早已明了我的心意。”

“不是的，先生。”爱玛嚷道，“事实不是这样的。我不但没有早知你的心意，到现在为止，我对你的看法，竟完全错了。而我本人非常遗憾你会钟情于我，这是我最不希望看到的事了。你爱慕我的朋友哈丽特，你追求她，的的确确是追求来着，见你这样，我开心极了，也全心希望你能成功。然而，倘使我知道哈特菲尔德之所以吸引你，并非因为哈丽特，我一定会认为你这么频繁地来往实属有欠考虑。难道我会相信你从来没有特意向史密斯小姐献过殷勤，从来没有对她有过一点儿感情？”

“从来没有，小姐。”他叫道，觉得自己受了侮辱，“我向你保证，我从来没有。我很看重史密斯小姐！史密斯小姐是个很好的姑娘，她若是能嫁个好人家，我也会非常高兴。我希望她生活美满，毫无疑问，有些男人也许不会拒绝她，毕竟每个人都有自己的水平。但我认为自己还没到需要将就的地步，我还不必绝望到认为自己找不到门当户对的对象，要自降身价接受史密斯小姐！不，小姐，我去哈特菲尔德完全是为了你。而你给我的鼓励……”

“鼓励！我给你鼓励！先生，你完全会错意了。我只把你看作我朋友的爱慕者。从别的方面来说，你对我来说至多是一个普通朋友而已。我真的很抱歉，但是，现在这样也不错，起码不会再错下去了。若是你继续这样，史密斯小姐可能要误会你的意思。也许她和你一样，都没有意识到你如此重视社会地位的差距。但事实上，失望只是单方面的，而且我相信也不会持续太久。目前我尚没有结婚的打算。”

埃尔顿先生气愤难当，一句话也说不出来了。她的态度如此坚决，他不可能继续恳求。两人之间的怨气越来越大，彼此都感到极度窘迫，却又不得不在一起多待了一会儿。伍德豪斯先生提心吊胆，两辆马车都走得很慢。若不是他们二人都气冲冲的，一定会感到极为尴尬。但他们直截了当，倒也免去了旁敲侧击的工夫。他们不知道马车什么时候拐进了牧师公馆巷，也没注意到马车什么时候停了下来，就突然到了牧师公馆的门口。埃尔顿先生一声不吭就下了马车。爱玛觉得有必要向他道声晚安。埃尔顿先生回了一句，只是态度冷淡而骄傲。过了一会儿，她乘车回到了哈特菲尔德，心里有股说不出的恼怒。

到了那里，她父亲带着十二分的喜悦迎接了她。伍德豪斯先生一直担心爱玛独自一人乘马车从牧师公馆巷回来很危险，可能是转过一个他想也不敢想的弯，况且车夫不是詹姆斯，而是个陌生人，记忆力还普普通通。仿佛只要爱玛能平安归来，一切就都能顺顺利利的了。约翰·奈特利先生为自己的坏脾气感到难为情，此时表现得既亲切又殷勤，还尤为照顾她的父亲，看起来即便不陪他一起喝粥，也会完全意识到稀粥对健康极为有益。对他们一家人来说，这一天就在宁静温馨的氛围中结束了，唯有爱玛除外。她从来没有如此心烦意乱，她费了很大的劲，才可以开开心心地专心对着家人，直到各自回房的时间到了，她才总算可以安静下来，把事情想想清楚。

16

爱玛的头发卷好了，她便打发走了女仆，坐下来思索发生的事，心里苦不堪言。现在的情况简直是糟糕透顶。她的如意算盘到头来落得了一场空！事态竟然朝着她最难以接受的方向发展了！对哈丽特来说，真是一个打击！这才是最糟糕的。爱玛是觉得痛苦和屈辱，可要是与哈丽特的不幸相比，就不算什么了。假使她犯的错误只影响她一个人，那即使她犯的错再严重，因为判断失误而丢人现眼，她也会欣然接受。

“如果我没有说服哈丽特喜欢上那个男人，我什么都甘愿忍受。他就算对我再放肆，我也不在乎……可怜的哈丽特！”

她怎么会被骗得这么惨！埃尔顿先生竟然声称从来没有喜欢过哈丽特……从来没有过！爱玛仔细回想过去的种种情形，只可惜思绪如同一团乱麻。她觉得是她先认为这两个人般配，然后尽力撮合他们。然而，埃尔顿先生的态度是模棱两可的，若不是他犹豫迟疑，她也不会有所误解。

那幅肖像画！他对那幅画表现出了那么大的热情！还有那条字谜！类似的情况还有许多。这一切都表明他钟情于哈丽特。那首字谜里分明写到了“才智过人”和“温柔的眼眸”，其实这两种描述都不恰当，既没有品位，也不符合现实，根本就是胡乱写成的。谁能猜得出这种愚蠢的废话呢？

爱玛确实常常觉得他对待自己的态度未免太过殷勤，最近这种感觉尤为明显。但她以为埃尔顿先生为人就是这样，是他在判断、知识和品位上存在着缺陷，证明了他并不是一直生活在上流社会中。他说起话来倒是温和有礼，可是有时候确实缺少真正的优雅风度。但是，直到今天以前，她都认为埃尔顿先生之所以感激和尊重她，完全是看在她是哈丽特的朋友的分上。

这事多亏了约翰·奈特利先生，不然她也不会留意，更不会想到这种可能性。不可否认，奈特利两兄弟对人和事都看得很清楚。还记得奈特利先生有一次和她说起过埃尔顿先生，说他相信埃尔顿先生绝不会随便娶妻，让她务必要多多注意。她一想到别人都看得出埃尔顿先生是何性格，自己却不甚明了，就不由得羞红了脸。这可真是奇耻大辱，事实证明，在许多方面，埃尔顿先生都与她所以为和相信的样子完全相反。他骄傲、自以为是，是个顶顶自负的人，他只顾自己的好处，很少关心别人的感受。

埃尔顿先生向爱玛表露衷肠，反而失去了她的好感，这实在有些异乎寻常。他的一番表白和求婚没有取得半点儿成效。爱玛并不在意他的真心，反倒因为他的种种希望而自觉受辱。埃尔顿先生一心想结一门好亲事，却忘乎所以，选中了爱玛，还自称爱上了爱玛，不过有一点倒叫她觉得安慰，埃尔顿先生并没有大失所望，不需要别人的安慰。他的言辞或举止当中并没有蕴含着真情实感。埃尔顿先生的确接连哀叹，口吐甜言蜜语，可是她很难想象出有哪个表情、哪种声调，会像他的那样，如此缺乏真正的爱意。她不必耗费心神去怜悯他。他不过是妄图提高自己的地位，变得更加富有。伍德豪斯小姐是哈特菲尔德的女继承人，拥有三万镑的身家，若是她不像他以为的那么容易追到手，他很快就会转移目标，去追求有两万或一万英镑的小姐。

可是，他竟然说爱玛鼓励她，还认为爱玛早已明了他的心意，认可他的目的，总之就是愿意下嫁于他！他竟然自认为与爱玛门当户对，在聪明才智方面也与她不相上下！他瞧不起她的朋友，只知道有人地位不如他，却无视自己的地位也比别人低，竟起了高攀之心，向她求爱！这是最令人恼火的。

也许指望埃尔顿先生能感到自己在才华和精神方面都及不上她，是很不公平的。正是因为存在着这种差距，他才意识不到。不过他必须清楚一点，论起地位和财富，她都比他优越得多。他定然心里明白，伍德豪斯是一个古老的家族，在哈特菲尔德居住了好几代，埃尔顿家族却籍籍无名。哈特菲尔德的占地当然不算大，只是唐维尔庄园的一个角落，而海伯里其余所有的地产都归唐维尔庄园所有。但他们有别的财富来源，在其他方面并不亚于唐维尔庄园。伍德豪斯家族在这一带早就享有极高的地位，埃尔顿先生不过是两年前才来的，他一门心思想挤入上流社会，除了职业上的交往之外，他没有任何走得近的人，除了因为身为牧师而彬彬有礼之外，他没有任何值得推崇的地方。然而，埃尔顿先生竟然以为她爱上了他，显然还深信不疑。在爱玛看来，埃尔顿先生表面上温文尔雅，内心里却自命不凡，她激愤地念叨了几句，却不得不停下，诚实地承认：面对埃尔顿先生的时候，她的确表现得顺从而亲切，礼貌而周到，像埃尔顿先生这种观察力平平、不怎么敏锐的人，自然意识不到她真正的意图，反而以为得到了她的爱。如果连她都错误地估计了埃尔顿先生的感情，那他因为自私而变得盲目，误会了她的心思，也就不足为奇了。

最先犯错的人是她，错得最离谱的人也是她。她如此积极地撮合别人，实在愚蠢，简直大错特错。把本该很严肃的事看得无足轻重，将本来简单的事情看成了诡计，确实太冒险，太自以为是了。她很担心，也很羞愧，决定再也不做这种事了。

“都是在我的劝诱下，可怜的哈丽特才深深地爱上了埃尔顿先生。”她想，“要不是因为我，她是不会考虑他的，若不是我向她保证埃尔顿先生喜欢她，她绝对不会带着希望，将一颗心托付给他，毕竟她是一个那么谦逊的人，就跟埃尔顿先生以前给我的印象一样。唉，要是我只说服她拒绝马丁就好了！在这件事上，我做得很对。我这么做是做对了，但我要是就此打住该有多好，就应该将剩下的事交给时间和际遇。我将哈丽特介绍给上等人，让她有机会吸引一个值得拥有的人，此外，我就不该再做什么了。但是现在，有那么一段时间，那个可怜的姑娘都要遭受心灵的煎熬了。我对她来说真是个不合格的朋友。即便她不会太过失望，我也想不出还有什么人适合她。威廉·柯克斯？不行，我可受不了威廉·柯克斯，他虽是个律师，却太年轻冒失了。”

她不再想下去，脸色微微发红，笑自己的老毛病又犯了，然后又陷入了更为严肃、更令人沮丧的思考中，想着已经发生过的、可能发生的和必然发生的事。虽然痛苦，但她还是要向哈丽特解释这件事，届时可怜的哈丽特一定伤心死了，今后他们两个见面时必定免不了一番尴尬。她思忖着埃尔顿先生和哈丽特还会不会往来，两人必定要克制情感、隐藏怨恨，还要尽量避免正面撞见，而这些事儿都很难。她又想了一会儿，只觉得心烦意乱，但终于还是上床去了，除了确定自己犯了一个大错，她什么都没想明白。

爱玛青春少艾，性格又是那么开朗，虽然夜晚心情郁郁，但那只是一时的，白天一到，她的精神马上振作了起来。清晨是一天的开始，洋溢着欢快的气氛，与爱玛十分相像，都充满了强大的行动力。只要没有痛苦到无法合眼的地步，等到睡醒睁开眼，痛苦一定会减轻，希望也会变得更为光明。

第二天早上起床，爱玛感觉比上床睡觉时放松了一些。她更愿意相信眼前的麻烦事将向好的方面发展，并且相信自己一定能从中摆脱出来。

有几点让她倍感欣慰：第一，埃尔顿先生并非真心实意爱着她，对她也没有十分亲切，拒绝了他，他也不至于万分失望；第二，哈丽特也不是个出众的人，感情不算敏锐，不会一直对某件事念念不忘；第三，除了他们三个当事人，没有必要将此事告知他人，尤其是无须让她父亲为了这件事有一时半刻的担忧。

爱玛想着想着，只觉得心神振奋。看到地上落着厚厚的积雪，她更觉得心情舒畅，不管什么情况，只要能使他们三个人眼下不必见面，她都乐得接受。

天气对爱玛最有利。今天是圣诞节，她却不能去教堂。伍德豪斯先生若是知道她想去教堂，一定很难过，她现在很安全，既不会产生不愉快和不适宜的想法，也不会勾起别人的这种想法。白雪覆盖着路面，冰雪时而上冻，时而消融，是最不适宜社交的天气了。每天早晨不是下雨就是下雪，到了晚上就开始结冰，一连许多天，她都乐得困在家里。爱玛与哈丽特只是写写信，互通往来，礼拜日与圣诞节一样，她也没去教堂，还不需要找借口解释为什么埃尔顿先生不露面了。

赶上这种天气，每个人都只能老实待在家里。爱玛相信父亲能从与亲朋好友的相聚中获得安慰，但看到父亲独自在家心满意足，很明智地足不出户，她也非常高兴。无论天气如何，奈特利先生总会来做客。她很开心听到父亲对奈特利先生这么说：

“奈特利先生，你为什么不像可怜的埃尔顿先生那样，也待在家里呢？”

这几天在家，若不是心神烦乱，爱玛本可以过得十分愉快，这种不与外人往来的日子极为适合她的姐夫，而他情绪如何，对他们一家人影响很大。他在兰德尔斯的坏脾气全都烟消云散了，在此后住在哈特菲尔德期间，他一直表现得客客气气。他总是亲切热情，不管说到谁总是夸个不停。可是，尽管怀着愉快的希望，眼下也可以一拖再拖，但爱玛始终要同哈丽特解释这件事，这件事犹如一团阴云笼罩着她，使她无法彻底放下心来。

17

约翰·奈特利夫妇没有在哈特菲尔德久留。天气很快就有所好转，要出门的人已经完全可以外出了。像往常一样，伍德豪斯先生劝大女儿带孩子们多住几日，却不得不眼睁睁看着女儿一家齐齐离开，然后哀叹可怜的伊莎贝拉命运不济：可怜的伊莎贝拉跟她所爱的人在一起度过一生，她满脑子都是他们的优点，对他们的缺点视而不见，总是天真无邪地忙碌着，或许从她身上，就可以看出女性真正的幸福是什么样的。

就在他们动身的那天晚上，埃尔顿先生遣人给伍德豪斯先生送来了一封长信。这封信用词文明，写得十分正式。埃尔顿先生在信中向伍德豪斯先生致以了最好的敬意，还声称："我打算第二天早上离开海伯里前往巴斯。在几个朋友的强烈恳求下，我只好答应去住几个礼拜。天气不好，再加上工作繁忙，我非常遗憾无法亲自向您道别。对您的深厚友谊，我会永远心存感激。如果您有什么吩咐，我很乐意效劳。"

爱玛真是又惊又喜。埃尔顿先生在这个时候离开正合她意。她佩服他能想出这个主意，不过对于他通知这件事的方式，她实在无法苟同。埃尔顿先生礼貌客气地给她父亲写了一封信，却一个字都没提到她，一看就知道他还在怨她。甚至连开头的问候也没有她的份儿。那封信通篇下来都没有她的名字，这样的变化太引人注目了。他在告别信中表示感谢，却过于严肃，据她估计，这种有欠考虑的做法必定立即引起她父亲的怀疑。

然而，事实证明爱玛多虑了。她父亲对埃尔顿先生突然要走的事感到极为惊讶，只顾着担心他能否平安到达目的地，并没有注意到埃尔顿先生措辞有异。这封信非常有用，晚上只剩下他们父女两个，这件事就占据了他们的思想，也是他们谈论的话题。伍德豪斯先生说起了自己的担忧，爱玛则兴致勃勃，像往常一样劝慰父亲，让他不要再担心。

爱玛已经下定决心，不再向哈丽特隐瞒这件事。她有理由相信哈丽特的感冒差不多好了，在埃尔顿先生回来之前，她最好多花点儿时间消除她的烦恼。第二天，明知是苦差事，爱玛还是去了戈达德太太家坦白真相。这还真是一件棘手的事。她不得不亲手毁掉自己辛辛苦苦建立起来的希望：本来很讨人喜欢的埃尔顿先生原来有着如此招人讨厌的性格。爱玛还承认，六个礼拜来，她在这件事情上的所有看法，所深信的一切，全都错了，是她判断失误了。

坦诚一切之后，她最初的羞耻又被勾了起来。见到哈丽特眼泪汪汪的样子，她觉得再也不能宽恕自己了。

哈丽特接受了现实，没有责怪任何人，这充分证明了她的性情是多么率真，她本人是多么谦卑，而此时，她的朋友爱玛觉得这些都是她的优点。

爱玛现在对淳朴和谦逊这两种品质推崇到了极点。一切可爱的东西，一切应当使人依恋的东西，似乎都是属于哈丽特的，而不是属于她自己的。哈丽特认为自己没有什么可抱怨的。能得到像埃尔顿先生这样的人的爱慕，是天大的荣幸，她永远也配不上他的。只有伍德豪斯小姐这种心地善良又对她这么好的朋友，才认为他们两个般配。

哈丽特的眼泪止不住地流着。她是那么悲伤，并不加以掩饰。在爱玛的眼里，哈丽特是那么高贵，那么叫人尊敬。爱玛听哈丽特说话，发自真心地安慰她、理解她。此时此刻，她真的相信在她们两个之中，哈丽特更为出色，若是她能学习哈丽特，一定会极为幸福，而光是靠聪明才智，根本得不到那样的快乐。

此时天色已晚，要想变得淳朴天真、懵懂无知，也来不及了。但是，爱玛离开哈丽特的时候，她从前下定的决心变得更坚决了：她往后余生都要谦虚谨慎，不让自己的想象力泛滥成灾。现在，除了孝顺父亲，她的第二要务就是让哈丽特过上舒心的日子，用给哈丽特做媒以外更好的法子来证明自己对哈丽特的深厚友谊。她要把哈丽特接到哈特菲尔德，善待她，想方设法找事情让她做，逗她开心，陪她读书，与她聊天，让她不再想起埃尔顿先生。

爱玛很清楚，还需要一段时间，这件事才能彻底完结。她认为自己通常对这类事情都没有正确的判断，尤为不明白为什么会有人对埃尔顿先生产生爱恋。但是，在爱玛看来，有一点是合情合理的：哈丽特还很年轻，心里的希望一下子全部破灭了，如此等到埃尔顿先生回来的时候，哈丽特也该冷静下来了，他们将可以像普通相识那样再次见面，哈丽特不会泄露心里的情感，对埃尔顿先生的感情也不会加深。

哈丽特真心认为埃尔顿先生十全十美，在人品和德行方面无人能及。事实上，她比爱玛预料的更热切地爱着埃尔顿先生。可是，爱玛觉得，若是感情得不到回应，人自然且必然要压抑这种情感，所以，她觉得哈丽特的单相思不会持续太久。

爱玛毫不怀疑，埃尔顿先生一回来，必定表现出明显且不容置疑的冷漠，若果真如此，她相信哈丽特不会认为只看看他或回忆与他有关的事就是幸福。

他们三个人都住在同一个地方，这一点绝对不可能改变，对他们每个人都没有好处。他们中没有一个人有能力搬离此处，也不可能改变自己的社交环境。他们难免遇见，并且只能随遇而安。

还有一点对哈丽特很不利，那就是她在戈达德太太学校的同学们的口气。学校里的所有教师和优秀的女学生都非常仰慕埃尔顿先生。唯有在哈特菲尔德，她才有机会听到人们以冷静的态度谈论他，讲出有关他这个人的令人反感的事实。在哪里跌倒，就该在哪里爬起来。爱玛知道，除非哈丽特不再伤心，否则她自己无法得到真正的安宁。

18

弗兰克·丘吉尔先生没有来。约定来访的时间快到之际，韦斯顿太太收到了一封信，印证了她之前的担心。弗兰克在信中称实在抽不出时间，“深感惭愧和遗憾，但仍然期待在不久的将来可以前往兰德尔斯”。

韦斯顿太太失望至极，事实上她比丈夫更为失望，尽管对于能否见到这位年轻人，她并没有抱太大的期望。然而，对生性乐观的人而言，虽说他们所期望的好事并不总是可以实现，但他们所感到的沮丧不一定与他们的期望一样强烈。他们很快会将眼下的失败抛到脑后，再度燃起新的希望。韦斯顿先生既惊讶又难过，但刚过半个小时，他就开始认为弗兰克两三个月后再来更好，到时候时节更好，天气也会更好。毫无疑问，弗兰克届时将可以多待些日子，但若是现在来，他肯定住不了几天。

韦斯顿先生这样想着，心情顿时舒畅了起来，韦斯顿太太则生性忧虑，料想以后弗兰克还是会一再推诿搪塞，迟迟不肯前来。她担心丈夫难过，她自己就更伤心了。

爱玛此时并不在意弗兰克·丘吉尔先生来与不来，只是担心兰德尔斯的那对夫妇会深觉失望。就目前而言，能否认识这个人，对她没有吸引力。她宁愿安安静静地待着，不受诱惑。不过，她还是应该表现得像往常一样，对这件事表示极大的关心，并且出于对韦斯顿夫妇的友谊，极力安抚他们。

爱玛第一个将这件事告诉了奈特利先生。对丘吉尔夫妇不放弗兰克离开的行为，爱玛不可避免地大声责备了一番，或者说她这么做，只是在装装样子。接下来，她又说了很多，只是每句话都不是她的心里话：她觉得萨里郡的社交圈子太窄了，弗兰克能来的话，肯定可以热闹一点儿，大家见到新朋友，一定非常开心，他来了，海伯里必定和过节一样欢乐。爱玛说到最后，又将丘吉尔夫妇评价了一番，可是奈特利先生的看法与她不一样。叫她感到有趣的是，他完全违背了自己的真实看法，使用韦斯顿太太的观点反驳起自己来。

“丘吉尔夫妇或许有错。”奈特利先生冷静地说，“可他要是愿意来，自然是可以的。”

“我不知道你为什么这样说。他当然非常希望来，只是他的舅父母不肯放他罢了。”

“我就不相信，他若坚持，会连来一趟的能力都没有。没有证据，我是不会相信的。”

“你可真怪！弗兰克·丘吉尔先生做了什么，竟让你认为他是个不近人情的人？”

“我并不认为他不近人情，我只是觉得他受身边人的影响，不在乎亲朋好友，只图自己高兴，对其余一切都不放在眼里。一对傲慢、放纵和自私的夫妇养大的孩子，必定也很傲慢、放纵和自私，人们不愿意见到此种情形，但这也很自然。如若弗兰克·丘吉尔想见父亲，总可以在九月到一月抽出时间。他这个年纪的人——他多大了？二十三四？——要做这样的事，总有法子的。总会有法子的。”

“这话说起来容易，你也想得太简单了，你一向可以自己做主。奈特利先生，对于仰人鼻息的难处，你是理解不了的，你不明白和脾气差的人相处是什么滋味。”

“一个二十三四岁的男人，既没有思想自由，也没有行动上的自由，简直难以置信。他不缺钱，也不缺空闲的时间。我们知道事实就是这样，他在这两方面都很充裕，乐得到王国里最闲适的地方消耗这两者。我们常听说他到海滨度假的消息，不久前他还去了韦茅斯。这证明他可以离开丘吉尔夫妇。”

“是的，他有时候的确可以。”

“只要他认为值得，认为有机会寻欢作乐，他就可以做到。”

“不了解别人的环境，就对他们的行为妄加判断，很不公平。没在一个家里待过，就说不清这家人有什么困难。我们应该先了解一下恩斯库姆，了解一下丘吉尔太太的脾气，再评判她的外甥能做些什么。他有时候或许能做很多事，有时候却不能。”

“爱玛，有一件事，只要一个人愿意做，总是能做成的，那就是尽责任。做这件事不必要心机，也无须讲策略，只要拿出有力的行动和决心就行了。照料父亲是弗兰克·丘吉尔的责任。看他做的那些承诺和他的信件，可知他也知道自己有这个责任。他愿意尽责的话，完全可以做到。他自觉有理，大可以立刻坚决地对丘吉尔太太说，‘只要你高兴，我随时可以做出牺牲，但我必须立即去见我的父亲。我知道，我这次不去向他表示敬重，他一定会非常伤心，我明天就出发。’他若能以男子汉一般的坚定口吻对她这么说，她必定不会阻碍他。”

“是的。”爱玛笑着说，“不过，说不定她就不允许他回去了。一个寄居在别人家里的年轻人，怎么可以这么说话！奈特利先生，除了你以外，谁也不可能认为会有这种事。在与你的处境正相反的情况下，你也会不知道怎么办才好。弗兰克·丘吉尔先生是由他的舅父母抚养长大的，由他们供养，他怎么可能站在房间中央，大声喊出这种话！你怎么会认为这么做是合情合理的呢？”

“爱玛，放心好了，聪明人不会觉得这有什么难，他会觉得自己是对的。当然，有头脑的人会把话说得恰当得体。有话直言对他有好处，可以让抚养他的人高看他一眼，更重视他，总比他一直含糊其词，使权宜之计要好。尊重可以加深感情，他们会觉得可以信任他。他们会认为，他们的外甥既然对父亲这么好，也一定会对他们好，因为他们和他以及全世界的人都知道，他应该去拜访他的父亲。他们的确卑鄙地使用他们的影响力一再阻碍他，但在他们心里，并不会因为他服从了他们的心血来潮就更喜欢他。每个人都尊重正确的行为。如果他采用这样的行事风格，有原则，始终如一，他们即便度量狭窄，也会依着他的。”

“我对此相当怀疑，你就喜欢让心胸狭窄的人屈从。有权有势的人要是度量小，想必一定会很膨胀，变得和王亲贵胄一样难应付。我可以想象，假如你——奈特利先生——被放在弗兰克·丘吉尔先生的位置上，你一定会按照你给他的建议去说、去做的，还可能取得很好的效果。丘吉尔夫妇也可能不会有微词。但是，你没有从小养成乖乖听话的习惯，也没有长期以来都得谦恭服从，不需要打破这样的习惯。他现在已经是这个样子了，你要他一下子彻底独立，不再按舅父母的要求对他们心怀感激和尊重，恐怕不是易事。他可能和你一样都很清楚怎么做是对的，但在特定的情况下，他就没法像你一样去执行了。”

“那就说明他并没有和我一样清楚什么是正确的。如果不能引起同样的行动，就不可能是同样的信念。”

“但是，每个人的处境和习惯都是不同的！让一个温和可亲的青年针对他打小就尊敬的人，我希望你能试着理解一下他的感受。”

“如果你口中那位温和可亲的年轻人是第一次下定决心，要为了去做正确的事而违背别人的意愿，那他就太软弱了。在他这个年纪，他应该已习惯于履行自己的职责，而不是琢磨权宜之计。我能体谅孩子的恐惧，可成年人还是前怕狼后怕虎，就不值得姑息了。他懂事以后，就应该振作起来，不能对他们言听计从。他们刚一试图左右他，让他轻视他的父亲，他就该出来反对。他要是早就奋起反抗，现在就不会有什么难处了。”

“我们对他的看法永远达不成一致，但这没什么特别的。”爱玛嚷道，“我一点儿也不认为他是个软弱的年轻人，我敢肯定他不是。一个人愚不愚蠢，韦斯顿先生不会看不出来，哪怕那人是他的儿子。他可能生性顺从、温和，不是你所谓的完美之人。我敢说他肯定是这样的，虽然这可能会使他失去一些好处，但会使他在其他方面得到补偿。”

“是的。他在该行动的时候却坐着不动，过着闲适享乐的生活，并且自以为非常善于为这种生活寻找借口，这都是他的长处。他可以坐下来写一封信，辞令绝佳，华丽的字句间充满了谎言，然后说服自己，他已经找到了世界上最好的办法来维持家里的安宁，还可以使他父亲没有任何借口抱怨。他的信让我恶心。”

“你的想法真是奇怪。每个人都对他的信赞不绝口。”

“想必韦斯顿太太对他的信就不太满意。一个女人有良好的判断力和敏锐的感觉，就很难被他的信取悦。韦斯顿太太处在母亲的位置，却不会因为母爱而蒙蔽双眼。正是因为她，弗兰克才更该来兰德尔斯，而她肯定更为强烈地感受到了这种疏漏。我敢说，她若是地位尊崇，他肯定早就来了。其实，他来不来都不重要。你认为你的朋友没有考虑过这些？你以为她不常思索这些事吗？不，爱玛，也许只有法国人觉得你口中那位温和的年轻人可亲，在英国他可称不上。他或许非常‘温和可亲’，非常有礼貌，也讨人喜欢，但他却没有英国式的体贴，不会顾及其他人的感受。所以说，他没有一点儿温和可亲的地方。”

“你似乎打定主意看不起他了。”

“我！一点儿也没有。”奈特利先生相当不高兴地回答，“我不愿意轻视他。我也像其他人一样乐意承认他的优点。不过，我没听说过他有什么优点，只听说过他个人体貌上的一些特别，比如长相英俊，为人圆滑，还长了一张能说会道的好嘴。”

“好吧，即便他这个人没什么长处，海伯里也会视他如珠如宝。这里可不常出现有教养而又和蔼可亲的好青年。我们不能要求太高了，偏要别人具备所有美德。奈特利先生，你难道想象不出来，他的到来将引起多大的轰动吗？整个唐维尔和海伯里教区到时候就只会关注一个话题，只会对一个人感兴趣，对一个人充满好奇，这个人就是弗兰克·丘吉尔先生。除了他，我们想不起别人，也不会说到别人。”

“请原谅，我实在忍无可忍了。若他是个健谈的人，我倒是乐意结识他。不过，如果他是个只会花言巧语的花花公子，我可没多少时间搭理他，也不会浪费时间琢磨他这个人。”

“依我看，他不管和谁说话，都和对方有差不多的品位，他愿意使大家都感到愉快，也有能力办到。和你，他会谈到务农；和我，他就会聊起绘画或音乐。他见什么人说什么话，他什么都懂一些，别人挑起的话题，他能跟着聊，同时他还能自己挑起话题，他可以处处得体，说得非常好。这就是我对他的看法。”

“依我看，”奈特利先生激动地说，“若真如此，他可就是个叫人受不了的家伙了！什么！他才不过二十三岁，却要周围人都以他为中心，要当别人敬仰的对象，那不就跟老到的政客一样了，利用别人的才能来彰显自己的优越，他到处奉承别人，让别人和他一比，都像个傻瓜！亲爱的爱玛，凭你的聪明才智，肯定也受不了这样一个人。”

“我不想再提他了。”爱玛高声道，“你就没说过一句好话。你和我都有偏见。你针对他，我则支持他。除非他真来这里，否则我们不可能达成一致。”

“偏见！我并没有偏见。”

“但我的偏见却很深，而且一点儿也不为此感到羞耻。我对韦斯顿夫妇的爱，使我对他有很深的好感。”

“他这么个人，我一辈子也不会想起。”奈特利先生带着几分恼怒说。爱玛并不明白他在气什么，但听了他的话，她还是立刻谈起了别的事情。

爱玛向来都觉得奈特利先生是个思想开明的人，可现在仅仅因为一个青年和他自己性格不同，就对青年产生嫌恶，根本就谈不上什么开明。她虽然常常都觉得他自视甚高，却从未想到他竟会如此贬低别人的优点。

第一卷　完

第二卷

为哈丽特谋幸福是好的，
不过明智的做法是少掺杂一点儿幻想。

01

一天早晨，爱玛和哈丽特在一起散步，爱玛认为那天关于埃尔顿先生的谈话已经够了。不管是为了安慰哈丽特，还是她自己赎罪，她都觉得不需要再谈起这个人了。因此，在回来的路上，她便很努力地摆脱这个话题。然而，就在她认为自己成功了的时候，这个话题又出现了。她说了一会儿穷人在冬天要吃很多苦，只听哈丽特哀怨地说："埃尔顿先生对穷人可好了！"爱玛听了，就知道还得另想办法。

此时，她们正好来到了贝茨母女家附近。爱玛决定去拜访她们，盼着人多起来，哈丽特就能忘记埃尔顿先生。去探望贝茨母女，总是有很多充分的理由。而且，她们也喜欢有人去看她们。爱玛很清楚，有极少数人老爱给她挑刺，觉得她有所疏忽，不常去贝茨母女家里走动，没有为她们那贫乏的生活做出应有的贡献。

奈特利先生多次暗示过她的缺点，爱玛也意识到了自己的一些不足，但她无论如何也不能打消一个看法：这对母女不光讨厌还很无趣，和她们在一起纯属浪费时间，还非常可能碰到常去贝茨母女家串门的海伯里的二三流的人，因此，爱玛很少与她们走动。但是，她此时突然下定了决心，绝不允许就这么从她们家门前走过，她向哈丽特提出了这个想法，还说据她估计，这个时候简·费尔法克斯是不会来信的，她们二人用不着担心。

这幢房子是一个生意人的。贝茨母女住在客厅所在的那层，只有一个中等大小的房间，在那里，两位客人受到了最诚挚甚至是最令人动容的欢迎。安静整洁的老妇贝茨太太拿着她的编织材料坐在房间最温暖的角落，她甚至想把自己的位置让给伍德豪斯小姐，贝茨小姐比较活跃，也更健谈，她对客人们体贴周到，关怀备至，几乎让客人们有些不知所措了。她一会儿感谢爱玛和哈丽特前来探望，一会儿担心她们两个的鞋子不够暖和，又忙着打听伍德豪斯先生是否安康，兴高采烈地向她们诉说她母亲的身体情况，其间还不忘从橱柜里取出甜糕。“科尔太太刚才来过，她起先只打算待十分钟，却和我们坐了一个钟头，她吃了一块甜糕，她人真好，还夸甜糕好吃。伍德豪斯小姐，史密斯小姐，你们也来尝尝看。”

一提到科尔一家，紧接着就会提到埃尔顿先生。他们来往密切，自从埃尔顿先生离开后，科尔先生还收到了他的来信。爱玛知道接下来会发生什么：她们将再次说起那封信，算算他离开了多久，见过多少人，还将赞赏他无论走到哪里都受人欢迎，司仪舞会肯定挤满了人。贝茨小姐就这么一直讲着，尽其所能地表示关心和赞扬，她常常抢先开口，以免哈丽特没话找话。

爱玛进屋时就准备好面对这种局面了。不过，她本想夸赞埃尔顿先生一番，就不再谈起任何烦人的话题，只是随便聊聊海伯里各位太太和小姐的事，说说她们的牌局。可出乎爱玛意料的是，接替埃尔顿先生成为下一个话题的，竟然是简·费尔法克斯。其实是贝茨小姐匆匆结束了埃尔顿先生这个话题的，然后，她突然提起科尔一家，又说起她外甥女写了信来。

“是的……埃尔顿先生，我自然明白……说起跳舞的事……科尔太太告诉我，在巴斯的舞厅里跳舞真的很……科尔太太真好，和我们坐了一会儿，还说到了简。她一走进来就问起了简，简真是讨人喜欢啊。每当简来这里住，科尔太太都对她好极了。我得说，简是个好姑娘，受得起别人对她的关心。所以，科尔太太一来就说起了简，她说，‘我知道你们最近不可能收到简的来信，还没到她写信的时候呢。’我立即说，‘但是，我们今天一早还真收到了她的信。’科尔太太显得很惊讶，我还没见过哪个人像她这么震惊来着，‘真的吗？’她说，‘太不可思议了。快说说她都写了什么。’”

爱玛马上表现得十分礼貌，饶有兴味地微笑着说：

“你们最近收到了费尔法克斯小姐的信？真是一件大好事。想必她很好吧？”

“谢谢。你真是太好了！”这位姨妈相信了爱玛的话，一边高兴地回答着，一边急切地寻找那封信，“啊，在这儿呢，我就说没有放在太远的地方。但是，你看，我无意中把我的针线盒放在了信上面，就把信遮住了，但是我刚才还把信拿在手里，所以肯定信纸一定在桌上。我把信读给科尔太太听了。她走后，我又给我母亲读了一遍，简一来信她就非常开心，总是听不够。所以我知道信不可能在远处，原来就在这儿，在我的针线盒下面。你人真好，愿意听听她都写了什么。可是，为了对简公平，我首先得为她写了这么短一封信向你道歉。你看，这封信只有两页，还不到两页，她一般都会写满整张纸，再竖着写半页纸。我母亲经常都搞不懂我怎么能认出她写的字。打开信的时候，她常常说，‘好吧，海蒂，现在我想该让你来辨认这些写成棋格行的字了。’是不是，母亲？我便告诉她，我相信，如果没有人替她读，她也一定可以认出每个字，我相信她一定会仔细推敲，直到把每个字都分辨出来。说实在的，我母亲的视力是不像以前那么好了，但她戴着眼镜仍然能看得很清楚，简直不可思议，真是谢天谢地！我母亲很有福气呢！我母亲的眼睛真的很好。简在这儿的时候常说，‘外婆，你现在都能看得这么清楚，我相信你以前的视力肯定好极了。你还做了这么多精细的活！但愿我的眼睛也能一直这么好。’”

贝茨小姐说得太快，不得不停下来喘口气。爱玛礼貌地称赞了几句费尔法克斯小姐的优美书法。

“你人真好。”贝茨小姐十分感激地回答，“说到字写得好不好看，你最会评判了，你自己的字就写得极好。我相信，就数伍德豪斯小姐的赞扬听了最叫人开心。我母亲听不见。你知道，她有点儿聋。”她对贝茨太太说，“母亲，你听没听到伍德豪斯小姐夸赞简的字写得好？”

爱玛听见自己那愚蠢的恭维话被重复了两遍，那位好心的老太太才听明白。与此同时，她琢磨着如何既能不听简·费尔法克斯的信，又不会显得失礼，她刚决定找个小借口岔开话题，贝茨小姐就又转向她，对她说了起来：

“我母亲只是有一点儿聋，你看，根本没什么。我只要提高嗓门，重复上两三遍，她就必定能听见，她习惯了听我的声音。不过呢，她听简说话总是比听我说话清楚，真是太奇怪了。简的确是口齿伶俐！不过，她不会觉得外婆比两年前更聋。在我母亲这个年纪，能这样就不错了。你知道的，她已经整整两年没来过这里了。这还是我们头一次这么久没见她，我跟科尔太太说过了，我们现在都不知道该怎么招待她才好。”

“费尔法克斯小姐要来了吗？”

“是的，就在下个礼拜。”

“真的！那可太好了。”

“谢谢。你太善良了。是的，她下个礼拜就来了。大家都很惊讶，也都说这是件大好事。我相信，她在海伯里见到朋友们会很高兴，他们见了她也会很开心。是的，不是礼拜五就是礼拜六。她也说不准是哪一天，因为坎贝尔上校不确定在哪一天用马车。他们真是太好了，会把她送到这里来！但他们总是那样好的，你知道的。没错，就是下个礼拜五或礼拜六。她在信里就是这么写的。正是为了这件事，她才在不常写信的时候写了封信来，一般来说，要到下礼拜二或礼拜三才能收到她的信。”

“是的，我原来也是这么以为的。我还担心今天听不到费尔法克斯小姐的消息呢。”

“你真是个好心人！不，要不是因为情况特殊，我们也不会知道她这么快就要到这儿来。我母亲可高兴了！她至少要同我们住三个月。三个月呢，她在信上是这么说的，很肯定，我待会儿读给你听。你看，事情是这样的，坎贝尔夫妇要去爱尔兰。狄克逊太太说服她父母去看她。他们本来打算夏天才去，可她急着现在就与父母见面。她在去年十月结婚之前，从未与他们分开一个礼拜之久。如此一来，住在不同的王国，就很不习惯。她给她的母亲写了一封很急切的信，也可能是写给了她的父亲，我也说不清她写给了谁，不过等一会儿从简的信中就能看出来了。狄克逊太太是以她自己和狄克逊先生的名义写的信，催请父母快点儿过来，他们会到都柏林去接，然后带父母去乡间宅第巴里克雷格——想必是个很美的地方。简多次听说那地方美不胜收——我是说，简是听狄克逊先生说的，我不知道其他人有没有对她说起过那里——不过，你知道的，狄克逊先生求婚的时候，一定会谈到自己家里——而简常和他们一起外出散步……坎贝尔上校夫妇要求严格，不允许他们的女儿常与狄克逊先生单独散步，对此，我们也不好责怪他们，狄克逊先生给坎贝尔小姐讲他爱尔兰家乡的事，简肯定都听到啦。简好像在信中写过，狄克逊先生给她们看过一些他家乡的画，都是他自己画的。我相信他是一个非常和蔼可亲、非常可爱的青年。简听了他的描述，便对爱尔兰产生了向往。”

这时，灵光一闪，一个疑问出现在了爱玛的脑海里：简·费尔法克斯，迷人的狄克逊先生，简不去爱尔兰。爱玛打算再套些话，便说道：

“在这种时候费尔法克斯小姐可以到这儿来，你们一定觉得很幸运吧。她和狄克逊太太那么要好，本应该陪同坎贝尔上校夫妇一起去的。”

“是的，是的，你说得太对了。这正是我们一直害怕发生的事。我们不愿意她去离我们那么远的地方住几个月，万一发生什么意外，她也无法及时赶来。但你看，事情朝着最好的方向发展了。他们——我是说狄克逊夫妇——非常希望她陪伴坎贝尔上校夫妇一起上路，还一再提出了这个要求。简在信上说，他们夫妇两个一起邀请她前往，言辞恳切，过一会儿你从她的信中就能听到这一段了。狄克逊先生十分在意这件事。他是个很有魅力的年轻人。他在韦茅斯救过简一命，那时候他们在海上举行派对，风帆之间有个东西突然转了起来，她一下子就被撞了出去，要不是他镇定自若，一把抓住她的衣服，简就掉进海里去了——我一想起当时的情形，就浑身发抖！——自从听说那天的事，我就很喜欢狄克逊先生了！”

“可是，尽管朋友们都迫切希望费尔法克斯小姐去爱尔兰，她自己也很想去那里看看，但她还是宁愿陪着你和贝茨太太吧？”

“是的，是她自己决定这么做的，完全是她自己选择的。坎贝尔上校和太太认为她做得很对，他们也本想建议她这么做的。的确，他们特别希望她能呼吸一下家乡的空气，最近她身体不像平常那么好了。”

“听到这个消息我很担心。我认为他们的判断是明智的。但狄克逊太太一定非常失望。据我所知，狄克逊太太的容貌并不出众……根本不能和费尔法克斯小姐相比。”

“不。你这样说实在是太好了，的确是比不上的。她们之间根本没有可比性。坎贝尔小姐相貌平平，不过性格文雅，很讨人喜欢。”

“是的，那当然。”

“简得了重感冒，可怜见的！她在十一月七日就病了——等我读给你们听就知道了——一直都没有痊愈。她这感冒缠缠绵绵，也太长时间了，是吧？她以前从来没有提过这件事，生怕吓到我们。她就是这么体贴的一个姑娘！处处为别人考虑！不过，她还没好利索，她的好朋友坎贝尔夫妇心地善良，便认为她最好还是回家休养，呼吸一下适合她的空气。他们相信，在海伯里待上三四个月，她的病就会完全好了。她现在身体不好，到这儿来当然比到爱尔兰去要好得多。没有人能像我们一样，把她照顾得妥妥帖帖。”

“在我看来，这是最理想的安排了。”

“所以，她下礼拜五或礼拜六就来了，坎贝尔夫妇下礼拜一就出发前往霍利黑德，从简的信上你就能知道了。太突然了！亲爱的伍德豪斯小姐，你或许可以猜到，我有多么激动！她要是没有生病就好了——但恐怕再见面时，她肯定瘦了，看起来病恹恹的。我身上发生了一件很不幸的事，我一定得和你说说。你知道的，我向来都是自己先看一遍简的信，再大声读给我母亲听，就怕信中有什么事让她担心。是简要我这么做，我也是次次照做。今天，一开始我也很谨慎，可是我一看到她身体不舒服，就吓坏了，脱口而出：‘天哪！可怜的简病了！’我母亲当时正全神贯注地听着，她清楚地听到了这句话，又是惊恐又是伤心。然而，当我读下去的时候，我发现情况并不像我一开始想象得那么糟糕。我就不那么担心了，我母亲也放心了。只是我无法想象我怎么能这么不小心！简要是不能很快好起来，我们就去找佩里先生。至于诊费的事，就不必考虑了。佩里先生那么慷慨大方，又那么喜欢简，我敢说他一定不肯收诊费，可是你要知道，我们可不能容许他这么做。他要养活妻子和孩子，不能把时间都浪费掉。关于简的信，我说了一些，现在我们来具体看一看吧。我相信她自己讲起自己的事，比我讲的要好得多。”

“恐怕我们得走了。”爱玛瞥了哈丽特一眼，然后起身说，“我父亲等着我们呢。刚进门的时候，我本来只打算待五分钟。我只是来看看而已，我不愿不问候一下贝茨太太就从门口走过去，结果待了这么久，而且过得十分开心！不过，现在我们得向你和贝茨太太道别了。”

贝茨母女极力挽留，但没有成功。爱玛回到了街上，她被迫听了许多事，实际上已经听到了简·费尔法克斯那封信的全部内容，但用不着听贝茨小姐读信，她还是很高兴。

02

简·费尔法克斯是个孤儿，是贝茨太太的小女儿的独生女。

步兵团中尉费尔法克斯和简·贝茨小姐喜结良缘的事在当时无人不知，他们夫妇两个恩恩爱爱，幸福美满，生活充满了希望。只可惜这场婚姻惨淡收场，费尔法克斯中尉在国外作战时战死沙场，他的遗孀终日伤心欲绝，患上了肺痨，最后撒手人寰，抛下了小孤女简·费尔法克斯。

简·费尔法克斯出生在海伯里。自从她母亲在她三岁那年去世之后，她就成了外婆和姨妈的财产、负担、慰藉和宠儿。看起来她很有可能永远都得住在海伯里，接受一个财力有限的家庭所能提供的教育，在她的成长过程中，她既没有人际关系的优势，也不会拥有什么提升自身地位的机会，她所有的只是天生一副甜美的外表、不俗的智慧，以及几个心地善良的亲戚。

但是她父亲有个朋友非常怜惜简，就此改变了她的命运。这位朋友便是坎贝尔上校，他非常尊敬费尔法克斯，认为他是一位优秀的军官和最值得尊敬的年轻人。有一次，坎贝尔上校患上了严重的斑疹伤寒，幸得费尔法克斯的照顾才得以痊愈，他便觉得费尔法克斯是自己的救命恩人。他在费尔法克斯离世的几年后才回到英国，却没有忘记这份救命之恩。他一回到英国，就找到了小孤女，开始照顾她。他自己已经成婚，仅有一个孩子存活了下来，是个女孩，与简差不多年纪。简成了他家的客人，一去就住上很久，博得了他们一家人的欢心。在简快到九岁的时候，由于坎贝尔上校的女儿非常喜欢她，加之坎贝尔上校也很想尽到身为朋友的一份心，便提出由他来负担简的全部教育费用。他的要求得到了应允，从那时候起，简就成了坎贝尔上校家的一员，与他们一家人住在一起，只是偶尔回来看望外婆。

坎贝尔上校有意培养简成为一名家庭教师，毕竟依靠从她父亲那里继承的区区几百英镑，她根本无法过上独立的生活。用其他方式供养她，又超出了坎贝尔上校的能力范围，他的薪资还算丰厚，却没有多少财产，况且这些钱全都得归他女儿所有。他希望送简去接受教育之后，她能有一份体面的工作以养活自己。

这就是简·费尔法克斯的经历。她遇到了贵人，坎贝尔一家都对她很好，她还接受了良好的教育。长时间与思想正派、见多识广的人生活在一起，她的心灵和头脑得到了磨炼，颇具文化修养。坎贝尔上校住在伦敦，有了一流老师的教导，即便是才能稍逊的人，也可以成才。简的性情和才能都十分出众，不枉坎贝尔上校出于友谊所付出的一切。在她十八九岁的年纪，假使这个年纪可以有资格教育孩童的话，她已经完全能胜任教育工作了。但是，她那么可爱，一家人都不舍得与她分开。坎贝尔上校夫妇不肯催促她去工作，坎贝尔小姐更是不忍心让她离开。就这样，互相分离的悲惨日子被一再延后。他们就当她还太年轻，不宜出去工作。就这样，简仍旧和他们住在一起，就如同家里的另一个女儿，分享着高尚的社交环境带来的种种合理的乐趣，既拥有了家庭，也得到了娱乐。只是未来如何尚是个未知数，但简是个聪明清醒的姑娘，知道这样的好时光很快就将结束。

简在美貌和学识方面都明显优于坎贝尔小姐，但坎贝尔一家人依然待她极好，坎贝尔小姐对她情深意厚，可见他们双方都很难能可贵。年轻的坎贝尔小姐对简的天生丽质不可能视而不见，坎贝尔夫妇也不可能感觉不到简天资更高。然而，他们依然住在一起，对彼此的尊重没有减少一丝一毫。后来，坎贝尔小姐嫁了人。在婚姻这个问题上，运气往往会使我们的期待落空，让平凡的人更具吸引力，出色的人却得不到关注。坎贝尔小姐刚与狄克逊先生结识，就得到了他的爱慕。狄克逊先生十分富有，是个很讨人喜欢的年轻人。坎贝尔小姐觅得如意郎君，快乐地组成了家庭。而简·费尔法克斯还要自己养活自己。

这件事是最近才发生的，坎贝尔小姐那位运气不佳的朋友近来还没有打算去独自谋生，不过她认为自己也到年纪该去赚钱养活自己了，她早已决定最迟到二十一岁。带着虔诚的见习修女般的坚韧精神，她决定在二十一岁时做出牺牲，不再涉足生活中的一切欢乐，放弃理性的社交、平等的交际、平静和希望，永远过着屈辱的苦修生活。

坎贝尔上校夫妇都是明理之人，不会反对简做这样的决定，尽管他们在感情上很舍不得。只要他们还活着，简就不需要出去工作，他们的家永远都是她的家。为了他们自己能过得舒适，他们也愿意把她留下来，但这样做未免太自私了。既然不可避免，那还是越早了结越好。也许他们开始觉得，不应该继续拖延了，让她远离她现在必须放弃的安逸和闲适的生活，才算更仁慈，更明智。然而，他们很疼爱她，一再找合理的借口不让那个悲伤的时刻到来。自从他们的女儿结婚以来，她的身体一直不太好，在她彻底复原之前，他们不允许她去工作。即便在最理想的情况下，也需要强壮的身体和正常的心态才能勉强完成工作，简现在身体孱弱，心态不佳，根本不可能胜任任何工作。

关于简没有陪伴坎贝尔夫妇去爱尔兰的事，她在给姨妈的信里说的全是事实，不过她可能隐瞒了一些真相。在他们离开的这段时间里待在海伯里，是简自己的选择。她希望在最后几个月自由的日子里，能与对她疼爱有加的亲戚一起度过。坎贝尔夫妇不管出于什么原因，都同意了这一安排，还说呼吸几个月家乡的空气，比去其他地方，对她恢复健康更有好处。所以，简肯定会来。海伯里长久以来一直盼着从未来过的弗兰克·丘吉尔先生能光临，现在迎来的只是两年未曾谋面的简·费尔法克斯，她带来的新鲜感肯定不如他。

爱玛将不得不在整整三个月的时间里与一个她不喜欢的人来往，可真叫人沮丧！到时候一定会做很多她不愿做的事，该做的事却做不了！她为什么不喜欢简·费尔法克斯，也许是一个很难回答的问题。奈特利先生曾说，这是因为爱玛在简身上看到了真正有才情的年轻女子是什么样子，而爱玛希望别人也视她为这样的人。她当时就迫不及待地驳斥了这种指责，但有时在自省之际，她的良心使她无法完全否认。可是，“我就是没法跟简熟稔起来，我也不知道是怎么回事，简总是表现得那么冷淡，那么矜持，不管她高不高兴，全都是那副冷漠的样子，而且，她的姨妈真是一说起话来就没完没了！就没人喜欢她！人人都以为我和她是闺中密友，就因为我们年纪相当，大家就认为我们肯定投缘。”这就是爱玛的理由，反正她是找不出更合理的情由了。

爱玛对简的厌恶本就没什么道理，而她认为的简所具有的缺点全都被她的想象夸大了，因此，每次她时隔很久再见到简·费尔法克斯，总觉得自己伤害了她。现在，时隔两年，简又要回来了，她的容貌和举止给爱玛留下了尤为深刻的印象，而这两年来，她恰恰一直在贬低简的这两点。简·费尔法克斯优雅大方，简直可以说是高雅了。爱玛本人非常看重一个人是否优雅。简身高适中，每个人都认为她很高，但不会有人认为她太高。简的身段玲珑有致，多一分则肥，少一分则瘦，她现下略带病容，似乎表明她还是有些过瘦了。爱玛情不自禁地感觉到简的容貌比她记忆中更添了几分美丽。简的五官谈不上端正，却有一种动人的美。简的眼睛是深灰色的，睫毛和眉毛都是黑色，任谁见了都忍不住夸赞几句。爱玛以前常常挑剔简的肤色，觉得她的面色有点儿苍白，但现在简的皮肤是那么白皙光洁，真是吹弹可破。简的美在于她整个人散发出的风雅之姿，爱玛根据自己的原则，不得不为之折服。不管是外貌的优雅还是心灵的高贵，爱玛在海伯里见得都不多。在海伯里，一个人只要不算粗俗，便可称得上优秀了。

简而言之，这次久别重逢，爱玛坐在那里，带着双重满足的心情望着简·费尔法克斯：一重是她很高兴，另一重是感觉自己是如此公平正义。她决定不再讨厌简了。爱玛将简的身世、处境和迷人的姿色都想了一遍，她还思考着简虽然优雅，命运却早已注定，将被迫离开怎样的生活，以后又将过怎样的生活。就这样，爱玛对简充满了同情和尊重。除了简身上每个众所周知又令爱玛感兴趣的细节，爱玛还自然而然地想到，简很可能十分仰慕狄克逊先生。若果真如此，那简下定决心做出的牺牲，就太可怜，也太可敬了。爱玛现在乐于相信简是无辜的，并没有插足狄克逊太太的婚姻、勾引狄克逊先生，也没有做过任何她一开始以为她做过的坏事。即使简爱上了狄克逊先生，那也是一种纯洁的感情，是她自己的单恋，并没有成功。说不定是简在和她的朋友一起与狄克逊先生来往的时候，不知不觉陷入了一场如同毒药一般的悲伤单恋。而出于最好、最纯洁的动机，简不允许自己前往爱尔兰，决意马上就开始辛勤工作，彻底地断绝与他的关系，也远离与他有关的人。

总之，爱玛在和简分手的时候，心中满是这种温和的情感，对简充满了一片柔情。在步行回家的路上，爱玛注意观察了一下四周，感叹海伯里没有哪个年轻人能带给简独立的生活，她不愿意把这里的人与简撮合成一对。

爱玛的这些感觉都很美好，却并不持久。她还没来得及公开宣称将与简·费尔法克斯做一生的好友，只是对奈特利先生说了句“她的确长得漂亮，可她的优点不只是美丽的容貌”，尚未纠正自己以往的偏见和错误，简就同她的外婆和姨妈在哈特菲尔德度过了一个晚上，一切便都恢复了常态。从前那些恼人的情况又出现了。简的姨妈仍像平常一样讨人嫌，更让人讨厌的是，这位姨妈一面赞赏简的才能是多么出众，一面又担心简的健康。他们既得听贝茨小姐描述简早饭只吃了一点点黄油面包，晚饭只吃了一小块羊肉，还得看她和她母亲展示她们亲手制作的新帽子和新针线袋。简又开始惹人生气。众人要听音乐，爱玛只得演奏一曲，在爱玛看来，简在她表演完毕所做的感谢和赞扬，只是故作坦率，还摆出一副很了不起的样子，不过是为了炫耀她自己的演奏更为出色。此外，最糟糕的是，简是那么冷淡，那么小心翼翼！根本不可能知道她心里在想什么。她裹着礼貌的外衣，似乎决心不冒任何危险。这样的简实在令人厌恶，如此矜持，让人不得不起疑。

简对任何事都三缄其口，对韦茅斯和狄克逊夫妇的事更是讳莫如深。她并不透露狄克逊先生的性格，也不评价他是不是一个值得深交的朋友，对这门亲事是否合适，更是不做任何评判。简很圆滑，对一切只是笼统地赞美，并不加以详述。然而，这没有给简带来任何好处。她如此谨慎，却只是无用功。爱玛看穿了简的心机，她最初的那些假设再次浮现了出来。也许简要隐瞒的不仅仅是感情的问题。或许狄克逊先生在简和坎贝尔小姐这对好朋友之间左右逢源，最终为了那一万两千英镑的妆奁，选择了后者。

简在其他问题上也同样缄默。她和弗兰克·丘吉尔先生曾同时在韦茅斯待过。大家都知道他们是认识的，但是，不管爱玛怎么旁敲侧击，也无法从简口中得知弗兰克是个怎样的人。

“他是不是长得很英俊？”

“我相信大家都认为他是个很不错的年轻人。”

“他随和吗？”

“大家都是这样认为的。”

“他看上去是不是个有头脑、见多识广的年轻人？”

“在海滨或是在伦敦，我和他都不是很熟，很难做出判断。要准确评断一个人的举止，非要经过长时间的相处不可，而我与丘吉尔先生不过是泛泛之交。我相信人们都觉得他风度翩翩，讨人喜欢。”

爱玛无法原谅她。

03

爱玛无法宽宥简·费尔法克斯。但是，同来参加派对的奈特利先生并没有看到任何恼怒和怨恨的迹象，只觉得这两位姑娘十分礼貌，举止得体。第二天早上，奈特利先生有事找伍德豪斯先生，便再次来到哈特菲尔德，还将整件事称赞了一番。由于伍德豪斯先生在场，奈特利先生说起话来不那么直白，但他说得很清楚，爱玛完全可以理解。他一向认为爱玛对简不公平，现在看到她的态度大有改善，非常高兴。

“昨晚的气氛极为愉快。”奈特利先生说，他刚与伍德豪斯先生谈完正事，后者表示听明白了，于是二人将文件放到一边。“真是愉快极了。你和费尔法克斯小姐给我们演奏了动听的乐曲。一整个晚上都悠然自得地坐着，由两位年轻姑娘招待着，一会儿听音乐，一会儿聊聊天，先生，我不知道还有什么比这更享受的事了。爱玛，我相信费尔法克斯小姐一定觉得昨天晚上很愉快。你处处安排妥当。她外婆家里没有钢琴，你却让她弹了那么多首曲子，我很高兴，她一定弹得很过瘾。”

“得到你的称许，我很高兴。”爱玛微笑着说，“不过，论起招待哈特菲尔德的客人，但愿我没有什么不足之处。”

“没有，亲爱的。”她父亲立刻说，“我相信你很周到。说到细心和礼貌，没人能及得上你的一半。要说有什么问题的话，那就是你太体贴了。昨晚的松饼……我觉得只给每人分发一次就够了。”

“没有的。”奈特利先生几乎同时说，“你很少有不足之处。不管是在礼貌举止上，还是在理解和领悟上，你都少有欠缺。所以，想必你明白我的意思。”

爱玛露出了调皮的神色，仿佛是在说“我很清楚你的意思”，但她只是说了句：“费尔法克斯小姐太拘谨了。”

“我早就跟你说过她是这样的……她是有一点儿拘谨。但是，你很快就会帮她克服应该克服的矜持和羞怯。但她若是出于谨慎，则必须予以尊重。”

“你认为她羞怯？我可看不出来。”

“亲爱的爱玛，”奈特利先生说着站起来，拣了她旁边的一张椅子坐下，“但愿你不会告诉我，你昨晚过得很不开心。”

“那倒没有。我很满意自己一直在问问题，一想到我从她那里得到的消息这么少，又觉得好笑。”

“我很失望。”奈特利先生只答了这么一句。

“我希望大家都度过了一个愉快的夜晚。”伍德豪斯先生以他那平静的方式说，“我就很高兴。有一会儿，我觉得火太旺了，但随后我把椅子往后挪了挪，只挪了一点儿就好多了。贝茨小姐和往常一样健谈，脾气也好，只是说话太快了。不过，她非常讨人喜欢，贝茨太太也是，她们的风格不同。我喜欢老朋友。简·费尔法克斯小姐是位很漂亮的小姐，真的是个美人儿，非常有教养。奈特利先生，有爱玛陪着她，她昨晚一定过得很开心。”

“没错，先生。爱玛也很高兴，因为有费尔法克斯小姐陪着她。”

爱玛看出奈特利先生有些焦虑，就想安抚他一下，至少让他暂时放心，便以无可置疑的真诚说道：

“她是个漂亮优雅的姑娘，叫人不能不注意。我总是望着她，心里羡慕极了。我真的从心底里同情她。”

奈特利先生十分满意，似乎都找不到合适的词来形容自己的心情了。他还没来得及回答，伍德豪斯先生因为记挂贝茨母女，便抢先说：

“她们处境艰难，太可怜了！实在太可怜了！我常常希望给她们送一点儿小小的礼物，一些非同寻常的东西，只是一个人能做的相当有限。我们杀了一头小肉猪，爱玛打算送她们一条腰肉或一条腿。那头猪很小，肉吃起来很嫩，哈特菲尔德的猪肉和其他地方的猪肉不一样，可猪肉终归还是猪肉。亲爱的爱玛，你得让她们把猪肉做成猪排，像我们一样煎着吃，那样没有油脂，告诉她们千万不可以拿来烤，吃了烤猪肉会消化不良。我觉得我们最好送给她们猪腿肉，你说呢，亲爱的？”

“亲爱的父亲，我已经把整块后腿肉都给她们送过去了，我知道你肯定希望这么办。你知道的，可以把腿肉腌起来，吃起来美味极了，猪腰肉可以马上就吃，随她们怎么做都成。”

“你说得对，亲爱的，非常对。我以前没有想到这一点，但这是最好的办法。腌腿肉千万不要放太多盐。如果不太咸，再煮得烂烂的，就像塞勒给我们做的那样，吃的时候不要吃太多，搭配一点儿煮白萝卜、一点儿胡萝卜或欧洲萝卜，想必不会有损健康。”

“爱玛，”过了一会儿，奈特利先生说道，“我有个消息告诉你。你喜欢听新鲜事，我在来这儿的路上就听到了一个，想必你会感兴趣。”

"新鲜事！啊，是的，我一直喜欢听新鲜事。是什么？你这样笑是什么意思？你从哪里听到的？兰德尔斯？"

奈特利先生只来得及说了一句"不，不是在兰德尔斯，我没去过兰德尔斯"，门就开了，贝茨小姐和费尔法克斯小姐走了进来。贝茨小姐一个劲儿地道谢，还带来了很多消息，都不知道先说哪一个了。奈特利先生很快就看出他已经失去了先机，那个消息不会由他的口说出来了。

"亲爱的先生，你今天早上好吗？亲爱的伍德豪斯小姐，我真是有点儿受宠若惊了。多么好的猪后腿肉啊！你太慷慨了！你听说那件事了吗？埃尔顿先生要结婚了。"

爱玛一直都没时间去想埃尔顿先生的事，此时，听到这个消息，她惊讶至极，不禁吓了一跳，脸也有些泛红。

"我要告诉你的，就是这件事。我想你会感兴趣。"奈特利先生说着微笑了一下，这也确定了贝茨小姐的消息是真的。

"可是，你是从哪儿听说的呢？"贝茨小姐高声道，"奈特利先生，你是从哪儿听说的？我收到科尔太太的字条还不超过五分钟——不，不会超过五分钟的，至多不过十分钟——毕竟我已经戴好了帽子，穿好了外衣，只等着出门了——我正准备下楼，再去找帕蒂说说该怎么做猪肉——简当时站在走廊里——是吧，简？——我母亲担心我们的腌肉盆不够大。我就说我下去看看。简就说了，'还是我下去吧？你像是有点儿感冒，而帕蒂一直在刷洗厨房。我刚说了句'啊，亲爱的……'，信就送来了。结婚对象是霍金斯小姐，我就知道这些，好像是巴斯的霍金斯小姐。可是，奈特利先生，你怎么会听说呢？科尔先生刚把这件事告诉科尔太太，她就坐下来写信给我了。霍金斯小姐……"

"一个半小时前我和科尔先生谈了些事情。我进去的时候，他刚刚读了埃尔顿的信，就直接把信交给了我，让我看。"

"好吧！这事太——我想，没有比这更令人感兴趣的新闻了。亲爱的先生，你真的太大方了。我母亲希望我代她向你致以最诚挚的问候和敬意，她非常感谢你，她说，你都让她有点儿受宠若惊了。"

“我们认为哈特菲尔德的猪肉比其他猪肉美味多了。”伍德豪斯先生回答说，“我和爱玛都很荣幸……”

“亲爱的先生，正如我母亲所说，我们的朋友对我们太好了。如果有人自己谈不上荣华富贵，却想要什么都能得到满足，我敢肯定，这一定就是我们。我们也可以说：‘我们命定要获得丰厚的遗产。’奈特利先生，这么说你真的看到那封信了——好吧——”

“那封信很短，就只是宣布了这个消息……但字里行间当然透着欢喜，叫人开心。”说到这里，奈特利先生饶有深味地瞥了爱玛一眼，“他很幸运，可以——我忘了他的原话是什么了——也没有必要记住他的原话。正如你所说的，他要和一位霍金斯小姐结婚了。看他的意思，我想这桩婚事是刚刚才定下来的。”

“埃尔顿先生要结婚了！”爱玛终于找回了自己的声音，“大家都会祝福他的。”

“他还很年轻，现在结婚有点儿早。”伍德豪斯先生如此评论，“他最好不要着急。在我看来，他本来就过得很不赖。我们总是很高兴在哈特菲尔德见到他。”

“伍德豪斯小姐，我们大家就要有新邻居了！”贝茨小姐兴高采烈地说，“我母亲很高兴！她说她不忍心看到那所可怜的牧师住宅连个女主人都没有。这确实是个好消息。简，你从来没有见过埃尔顿先生……难怪你这么好奇，想见见他。”

简的好奇心看来并没有那么强烈，她似乎并不投入。

“是的，我从没见过埃尔顿先生。”她回答，“他……他个子高吗？”

“谁来回答这个问题？”爱玛嚷道，“我父亲会说‘很高’，奈特利先生会说‘不高’，我和贝茨小姐则认为他身高适中。费尔法克斯小姐，等你在这儿再待一段时间，你就会明白，在海伯里，无论是在样貌上还是在才智上，埃尔顿先生都是完美的标准。”

“不错，伍德豪斯小姐，埃尔顿先生是最优秀的年轻人。可是，亲爱的简，如果你还记得的话，我昨天告诉过你他和佩里先生一样高。至于霍金斯小姐……我敢说，她必定是个出色的姑娘。他对我母亲极其关照……要她坐在牧师长凳上，好让她听得清楚一些，你知道，我母亲有点儿聋……不过不严重，但她还是有点儿听得不清楚。简说坎贝尔上校的听力也不太好。他以为泡温水澡可能有好处，但简说并没有持久的效果。你知道，坎贝尔上校简直就是我们家的大恩人。狄克逊先生应该是个很有魅力的年轻人，有资格给他做女婿。好人和好人相交，真是太幸福了——一直都是这样的。现在是埃尔顿先生和霍金斯小姐要成婚了。还有科尔一家，他们都是非常善良的人。佩里夫妇也是大好人……我想没有比佩里夫妇更幸福、更美满的一对了。我说，先生……”他转向伍德豪斯先生道，“我认为没什么地方能比得上海伯里，在这里可以结交到这么多的好心人。我常说，我们能拥有邻居们，真是太幸运了。我亲爱的先生，如果说我母亲最喜欢什么东西的话，那就是猪肉——烤猪腰肉……”

“至于霍金斯小姐是谁，性格如何，或者埃尔顿先生与她认识了多久，我想我们都无从得知。”爱玛说，“他们认识的时间应该不会太久。毕竟，他才走了四个礼拜。”

对于这件事，大家都一无所知。爱玛又想了一会儿，说：

“你怎么不说话，费尔法克斯小姐？不过我希望你对这个消息感兴趣。你最近听到也看到了许多这样的事，因为坎贝尔小姐，你肯定也参与了不少。现在你要是对埃尔顿先生和霍金斯小姐如此漠不关心，那可就没法得到原谅了。”

“待我见到埃尔顿先生，我敢说我会感兴趣的……我想我得先认识他，才能对他的婚事感兴趣。”简回答，“坎贝尔小姐结婚好几个月了，有些印象都模糊了。”

“是啊，伍德豪斯小姐，你说得对，他才离开四个礼拜而已。”贝茨小姐说，“到昨天正好四个礼拜了。他要迎娶霍金斯小姐了。啊，我一直以为他会在这一带找一位年轻小姐呢。其实我想过——科尔太太有一次悄悄对我说过——但我立刻说，‘不，埃尔顿先生是个非常出色的年轻人——不过——’总之，我认为自己对这种事看得不太准。我不愿意假装自己有这个能耐。实实在在摆在我面前的东西，我才看得到。但是，谁也不会奇怪埃尔顿先生有心追求……伍德豪斯小姐真是好脾气，由着我不停地说呀说的。她知道我无论如何也不会惹人厌烦的。史密斯小姐怎么样了？她现在似乎全好了。你最近有没有收到约翰·奈特利太太的信？她的孩子们个个儿都是小可爱。简，你知道我一直觉得狄克逊先生与约翰·奈特利先生差不多。我指的是他们的外表很像，个子高高的，脸上带着那种神情……而且都不怎么健谈。”

“你完全错了，亲爱的姨妈。他们两个根本没有相似之处。”

“那可太怪了！可是，要是没见过一个人，事先也断定不了他是个什么样的人，所以总是先产生一个看法，然后顺着这个看法去想。听你这么讲，狄克逊先生严格说来谈不上英俊了？”

“英俊！啊，不，他绝对谈不上英俊，他的样貌相当普通。我告诉过你他长相平平的。”

“亲爱的，你说过坎贝尔小姐不认为他长得普通，你自己也……”

“对我来说，我怎么认为都不要紧。我若是尊重一个人，便总是觉得他长得好看。我说他相貌平平，是因为我相信这是一般人的看法。”

“亲爱的简，我想我们该走了。天气看起来不太好，外婆会担心我们的。亲爱的伍德豪斯小姐，你太热心了，但是我们真得离开了。这确实是一个非常令人愉快的消息。我要绕道去一趟科尔太太家，不过也只能待上三分钟。简，你最好直接回家，我不愿让你在外面淋雨！我们都觉得她回海伯里后好多了，谢谢，我们都很感激。我不打算去拜访戈达德太太了，因为我真的认为她除了煮猪肉以外，对别的东西都不感兴趣。我们要用别的方法烹制猪腿肉。再见了，我亲爱的先生。噢，奈特利先生也要走了。那太好了！我相信如果简累了，你一定会好心地把你的胳膊伸给她，让她挽着。埃尔顿先生和霍金斯小姐就要喜结连理了，再见了。”

现在只剩下爱玛和父亲两个人。她一面听着父亲哀叹年轻人如此匆忙结婚，娶的还是陌生人，一面细细思索这件事。对她自己来说，这个消息不光有趣，她也乐见其成，毕竟这证明埃尔顿先生没有伤心太久。但是，爱玛为哈丽特感到难过，哈丽特一定会很伤心的，爱玛现在只希望自己是第一个向哈丽特报告这个消息的人，免得她猝然由别处得知。现在差不多是哈丽特该来的时候了。要是她在路上碰上贝茨小姐，可就糟了！开始下雨了，爱玛估计天气不好，哈丽特只能待在戈达德太太家里，毫无准备地听说此事。

阵雨下得很大，但不一会儿就停了。雨停了还不到五分钟，哈丽特就走了进来，她满脸通红，看起来有些激动，似是急急忙忙跑来的。“伍德豪斯小姐，你猜猜发生了什么事？”哈丽特一见到爱玛，就脱口而出，可见她内心十分不安。既然哈丽特已经受到了打击，爱玛觉得自己所能表现出的最大善意，莫过于仔细聆听了。哈丽特没有受到打扰，急切地把要说的话讲了一遍。“我担心下雨，担心随时都会下很大的雨，所以我半小时前就从戈达德太太家出发了。我觉得只要快点儿走，就一定能在下雨前赶到哈特菲尔德。可我走到给我做衣服的那个年轻女人的家门口，就想进去看看衣服做得怎么样了。我在里面只待了一会儿，但一出来，雨就下起来了，我不知道怎么办才好，只能以最快的速度跑起来，去福特商店避雨。”福特商店是一家主营毛织品、亚麻制品和男士服饰的联合商店，不管是规模，还是时髦程度，在当地都首屈一指。“我坐在店里，脑海里一片空白，足足坐了十分钟……然后，有两个人突然走了进来——这真是太奇怪了！不过他们常在福特商店买东西——进来的竟然是伊丽莎白·马丁和她的哥哥！亲爱的伍德豪斯小姐！你想想当时的情形吧。我感觉自己要晕倒了，我不知道该怎么办才好，我刚好坐在门边……伊丽莎白一眼就看见了我，但是他没有，他在忙着收伞呢。我肯定她看见我了，但是她立刻把目光移开了，也没搭理我。他们两个人一起走到店铺的远端，我一直坐在靠近门的地方。天哪，我太痛苦了！我当时的脸色一定跟我的长袍一样，惨白惨白的。你知道的，外面下着雨，我走也不能走。但我真希望随便在什么地方都好，只要不在那里。天哪，伍德豪斯小姐……最后，我想他还是转过头看见了我。不然他们兄妹两个也不会不去买东西，而是开始窃窃私语起来。我敢肯定他们在说我。我忍不住认为他一定是在劝说妹妹过来跟我说话——你认为是这样吗，伍德豪斯小姐？不久，伊丽莎白就走了过来问我好吗，似乎我要是愿意，她还会跟我握手。她面对我的样子跟以前不一样了。我可以看出她变了。但是，无论如何，她还是努力表现友好，我们握了握手，站着聊了一会儿。但我都不记得我当时说了些什么……我浑身都在发抖！我记得她说她很遗憾我们现在不常见面了，我觉得她说这话简直太好了！亲爱的伍德豪斯小姐，我真是痛苦万分！后来雨小了，我打定主意，不管遇到什么事，都不能阻止我离开——然后——你猜怎么？……我注意到他也朝我走了过来。你知道的，他走得很慢，似乎有些不知所措。他就这样过来，和我说了话，我也回答了。我站了一会儿，心里五味杂陈的，你知道，我也说不清那是一种什么感觉。然后，我鼓起勇气，说雨停了，我得走了。就这样，我走出了商店，也就走了三码，他就追了过来。他说，如果我去哈特菲尔德，最好绕道走科尔先生的马厩那里，因为近路上有很多积水。天哪，我还以为我要死了呢！我只得告诉他我很感激。你知道，我必须这么说。随后，他回到伊丽莎白身边，我便绕道马厩来了这里——我相信我的确是从那里过来的——可是我好像不知道自己身在何处，什么也不知道。噢，伍德豪斯小姐，我什么都愿意干，也不愿意碰上这种事。可是，你知道，看到他表现得那么友好，那么体贴，我还是很满足的。伊丽莎白也是一样。伍德豪斯小姐，跟我说说话吧，这样我也能好过一些。”

爱玛发自内心地希望这样做，只是无法立即做到。她不得不停下来，好好想一想。她自己心里也有些不舒服。那青年和他妹妹的言行，似乎都是出于真情，她情不自禁地怜悯他们。按照哈丽特所描述的，他们的行为举止非常有意思，既有受到伤害的感情，又有真正的体贴入微。不过，爱玛一直认为他们都是善良而可敬的人。可哪怕是这样，罗伯特·马丁和哈丽特也依然不般配。为此烦恼，实在是非常愚蠢。失去她，他一定感到难过……他们都会非常遗憾。毕竟，野心遭到了重创，爱情受到了打击。他们本来都希望通过哈丽特提升自己的地位，除此之外，哈丽特的话有什么用呢？哈丽特太容易高兴，又谈不上目光敏锐，她就算赞扬，又有什么意思？

爱玛竭力安抚自己，认为刚才发生的一切不过是小事一桩，不值得细想。

“事情发生的时候的确很痛苦。”她说，“不过你表现得非常好。事情都过去了，也许永远不可能——也不会——再发生第一次见面的那种情况了，你也不要多想了。”

哈丽特说“很对”，她“不会想了”，却仍然谈起这件事，没心情聊别的。最后，爱玛为了将马丁兄妹赶出哈丽特的脑海，不得不急忙将准备小心翼翼公布的消息说了出来。见到哈丽特依然很看重埃尔顿先生，爱玛不知道是该高兴还是该生气，是该羞愧还是该觉得有趣。

然而，埃尔顿先生的地位逐渐恢复了。听到他即将成婚的消息，哈丽特并不十分难过，她若是一天前或一个钟头前知道此事，必定会很伤心。但她现在，她很快就对此事产生了兴趣。她们就这件事进行的第一次谈话还没结束，哈丽特就滔滔不绝地说着那位幸运的霍金斯小姐，流露出好奇、惊奇、遗憾、痛苦和快乐等种种情绪，如此一来，马丁兄妹在她的脑海中就退居其次了。

爱玛开始为哈丽特与马丁先生这样见过一次面而感到相当高兴，这次见面不仅可以减弱第一次的震撼，也可以不用时时警惕会遇到这种事。以哈丽特现在的生活轨迹，马丁兄妹不主动去找她，是无法接近她的，而他们不仅没有这么做的勇气，也拉不下这个脸。自从哈丽特拒绝了马丁，他的两个妹妹还没有登过戈达德太太家的门。再过一年，他们不见面，就再也没有必要将他们两个配成一对，别人再怎么劝说也无济于事了。

04

有人身上发生了有趣的事，出于天性，人类总会对他们产生好感。一个年轻人，无论是结婚还是英年早逝，人们说起他来，必定带着善意。

自从霍金斯小姐的名字在海伯里第一次被提到以来，还不到一个礼拜，人们便通过这样或那样的途径，发现她在样貌和才智方面都十分可取，长得甜美可人，举止和才情都数一流，还极其和蔼可亲。等到埃尔顿先生回到海伯里，得意扬扬地炫耀自己即将迎来美好的前景，向众人告知霍金斯小姐的优点，却发现已经没有什么可说的了，只好讲了讲她的教名、最喜欢演奏谁的乐曲。

埃尔顿先生回来后是那么快乐。离开时，他以为受到了很大的鼓励，心里满是希望，到头来却遭到了拒绝，极为难堪和失望，不仅求不到门当户对的小姐，还要面对一个地位卑微的女人。他大为光火地走了，回来时则与另一个女人订了婚，这位小姐自然强过第一位，如此一来，得到的足以弥补失去的。他兴高采烈地回来了，踌躇满志，忙得不可开交，对伍德豪斯小姐毫不关心，对史密斯小姐更是不瞧一眼。

迷人的奥古斯塔·霍金斯美貌如花，具备通常意义上的所有优点，除此之外，她还拥有可以保证独立生活的财产，总数达一万英镑之多，这份财产不仅可以给人体面，也能带来几分便利。这件事给了埃尔顿先生扬眉吐气的机会。他不光没有放弃，还得到了一个拥有大约一万英镑财产的女人。他很快就摘取了奥古斯塔的芳心，在经人介绍相识后，他们马上就对彼此产生了情意，他给科尔太太讲述他们二人结缘经过时，觉得十分光荣。他们之间的关系发展得很快，偶然邂逅之后，他们一起去了格林先生家用餐，又一同参加了布朗太太举办的派对，奥古斯塔巧笑嫣然，脸上泛着红晕，对他的感情逐渐加深，她有些忸怩，有些激动，温柔的她很快就被他打动了。总之，用最通俗易懂的话来说，奥古斯塔愿意嫁给埃尔顿先生为妻，如此一来，虚荣和谨慎这两方面都得到了满足。

埃尔顿先生既抓住了实实在在的好处，又抓住了虚无缥缈的情感，将财富与爱情双双收入囊中，成了一个他本该成为的幸福的男人，他只谈他自己和他的事，等着别人来向他道贺，也做好了遭嘲笑的准备。他脸上挂着友善而无畏的笑容，与当地所有的年轻小姐谈天说地。而就在几个礼拜以前，他还带着谨慎的态度，殷勤对待这些姑娘。

婚礼很快就将举行，他们二人只需将婚事办得让自己满意，因此只做了必要的准备工作。当他再次动身去巴斯时，大家都期望他能带新娘返回海伯里，而科尔太太的眼神似乎没有否定这种期望。

埃尔顿先生这次只在海伯里待了几天，爱玛不常与他见面。不过，这足以使她感到第一次见面已经结束了，她的印象是：从埃尔顿先生的做派来看，他心里的怨气没有减少半分，而且和以前一样做作。事实上，她开始想知道自己为何以前觉得他讨人喜欢。爱玛一看到他，心里就很不痛快，便只好从道德的角度出发，将与他的见面视为惩罚和教训，以及一种对她的心智的有益的屈辱，否则，若是可以再也不见他，她真要谢天谢地了。她希望他一切顺利，但他的存在带给她痛苦。如果埃尔顿先生可以到二十英里外过他的幸福日子，那才真是再好不过了。

然而，他仍将住在海伯里，可他成婚后，这种痛苦必然有所减轻。许多徒然的担忧将可以避免，许多尴尬也可以缓和。有了埃尔顿太太，爱玛和埃尔顿先生的交往方式将发生改变。以前的亲密关系将悄然成为往事，他们可以再度礼貌地往来。

对霍金斯小姐，爱玛并不太在意。毫无疑问，霍金斯小姐绝对配得上埃尔顿先生。在海伯里人眼里，霍金斯小姐很有修养，长相也算标致，可与哈丽特一比，就显得十分平凡了。至于亲戚朋友这个方面，爱玛是完全放心的，在她看来，尽管埃尔顿先生大肆吹嘘，瞧不起哈丽特，可他在这一点上并没有得到好处。对这种事，真相总会浮出水面。她这个人怎么样，现在还无从得知，但她的身世如何，还是能弄清楚的。除了一万英镑的财产，她似乎并不比哈丽特优秀多少。她没有名望，没有高贵的出身，也没有有权有势的亲朋好友。霍金斯小姐是布里斯托尔一个商人的小女儿，上面还有一个姐姐。不过，貌似她父亲经商的收入十分有限，由此可知他在那一行中的地位不高。每到冬天，霍金斯小姐都去巴斯住一段时间，但她的家乡在布里斯托尔，而且是布里斯托尔的中心地带。她的父母在几年前去世了，但她还有一位从事法律行业的叔父。他没干过什么更体面的工作，众人只知道他是做法律这一行的。霍金斯小姐与叔父住在一起。爱玛估计他在某个律师手下听差，只是人太笨，一直无法升迁。他们一家人中最有出息的还是霍金斯小姐的姐姐，她嫁得很好，成了一位有财有势的绅士的妻子，居住在布里斯托尔附近，家里有两辆马车！霍金斯一家的情况就是如此，而霍金斯小姐的荣耀也在于此。

爱玛要是能把她对这件事的感受讲给哈丽特听，该有多好！就是听了她的话，哈丽特才爱上了埃尔顿先生。但是，唉！说服哈丽特忘记他，不是那么容易的。埃尔顿先生在哈丽特眼里是那么优秀，占据着她的整颗芳心，不是劝说几句，就能将他从她心里抹去的。也许可以用另一个人取代他，确实可以，再没有比这更清楚的了。哪怕是罗伯特·马丁，也完全可以。但她担心，没有别的办法能让哈丽特受伤的心痊愈。像哈丽特这样的姑娘，一旦爱上什么人，就是一辈子的事。现在埃尔顿先生回来了，可怜的哈丽特总要与他抬头不见低头见，免不了要更加难过。爱玛只见过他一次。但是，哈丽特每天必定见他两三次，或者正好赶上他离去，只能听到他的声音或看到他的肩膀，要不就是发生了什么事，使他一直留在她的幻想里，让她感到惊喜和猜想的温暖。此外，哈丽特还经常听到别人说起他。除了在哈特菲尔德，哈丽特周围的人不光认为埃尔顿先生十全十美，还觉得没什么是比讨论埃尔顿先生更有趣的了。因此，一切有关他的传闻和猜测，所有已经发生的或可能发生的，包括收入、用人和家具等，都在她周围传来传去。人人都对埃尔顿先生赞不绝口，哈丽特对他也越发敬重。她常听到人们谈论霍金斯小姐有多幸福，又看到埃尔顿先生坠入情网，便不由得深感遗憾，心中五味杂陈。埃尔顿先生从戈达德太太家走过的那副神气、头戴帽子的样子，无不证明他正在恋爱！

哈丽特如此摇摆不定，如果可以拿这件事起来打趣，还不至于伤朋友的心，也不会使自己感到自责，爱玛一定觉得十分可笑。有时，占据哈丽特整颗心的是埃尔顿先生，有时则是马丁兄妹。每一方都可能偶尔将另一方从哈丽特的心里挤走。埃尔顿先生的订婚缓解了哈丽特见到马丁先生后烦乱不安的心情。订婚一事给哈丽特带来的伤感，由于几天后伊丽莎白·马丁到戈达德太太家拜访，也减轻了几分。当时哈丽特不在家，但伊丽莎白给她留了一张字条，措辞令人动容，在表达浓厚情谊的同时，还夹杂着一点儿责备。在埃尔顿先生回来前，哈丽特一直琢磨这封信，反复思索如何回复，希望坦白一些她不敢坦白的事。但埃尔顿先生一来，她便无暇思虑其他了。他在海伯里期间，马丁兄妹被哈丽特抛到了脑后。在埃尔顿先生再次动身去巴斯的那天早晨，爱玛为了减轻一下这件事所引起的痛苦，觉得最好还是回访伊丽莎白·马丁。

这次拜访会得到怎样的接待，该做哪些事，怎样做最安全，都是爱玛思虑不定的问题。在受邀前往的同时却不理会那家的母亲和两个女儿，就显得不知感恩了。但与她们亲近，从前那种亲近的关系就有可能恢复！

爱玛思前想后，认为再没有比哈丽特回访更好的选择了。不过，必须让马丁一家明白，哈丽特不过是出于礼貌与他们来往而已。爱玛计划用马车送哈丽特去，让哈丽特在阿比-米尔农场下车，她自己则乘马车向前再走一段，然后回来接哈丽特，如此，那家人就来不及耍手段或是重新提起往事，还可以让他们明白，哈丽特与他们不过是泛泛之交。

爱玛想不出更好的办法，她自己也不完全赞同这么做……掩饰是掩饰了，却还是显得忘恩负义。尽管如此，还是得这么办，不然哈丽特会怎么样呢？

05

哈丽特根本没心情去马丁家回访。就在她的朋友去戈达德太太家的半个钟头前，她很不走运地来到一个地方，看到一个大箱子上写着“请交：菲利普·埃尔顿牧师，巴斯怀特哈特”，有人将箱子抬到屠夫的车上，送去运输马车站。就这样，除了那口箱子和箱子被送去的地方，哈丽特的脑袋里再也容不下其他了。

然而，哈丽特还是去了马丁家。马车驶到了农场，哈丽特在碎石路的尽头下了车，那条路宽阔整齐，两边栽着苹果树，直通前门。种种风景在去年秋天给她带来了很多欢乐，此刻再见，她忍不住激动起来。分手的时候，爱玛注意到哈丽特看了看四周，像是既有点儿担心，也有点儿好奇。于是爱玛决定绝不允许这次拜访时间超过原定的一刻钟。她独自乘车向前，利用这段时间去看望一位老用人，那人结了婚，住在唐维尔。

一刻钟之后，爱玛准时回到了白色大门前。史密斯小姐接到召唤，立刻赶了过来，身边并没有会使人担忧的年轻男子陪伴。她一个人沿着砾石道走来。有一位马丁小姐送哈丽特到门口，似乎在非常礼貌地跟她告别。

哈丽特一时无法把回访经过说清楚。她太激动了，不过，爱玛总算从她那里了解了足够多的信息，明白了大致情况以及这次会面给哈丽特带来了怎样的痛苦。哈丽特只见到了马丁太太和两位马丁小姐。她们对她的态度即使谈不上冷淡，也充满了怀疑，从头到尾只是聊着很普通的话题，直到最后，马丁太太才突然说她觉得史密斯小姐长高了，于是众人聊起了一个有意思的话题，她们的态度这才变得热情了一些。去年九月，哈丽特和她的两个朋友在那个房间里量过身高。窗边的护壁板上还留有铅笔记号，边上还做了记录。是马丁负责画的。她们似乎都记得那天的那个时刻，记得他们一群人聚在一起的情形，于是心里产生了同样的感情，都深觉遗憾，似乎很快她们就要和以往一样融洽了。眼瞅着从前的交情即将恢复（正如爱玛猜想的那样，哈丽特是几个人中最热情友好、最开心的），马车就来了，一切都结束了。这次访问的方式和短暂的时间，都给人一种坚决的感觉。六个月前，哈丽特还满怀感激地和这些人度过了六个礼拜，现在却只给了她们十四分钟！爱玛不禁想象着这一切，觉得她们即使有怨气也是理所当然，哈丽特也有理由难过。如此处理这件事，实在糟糕。爱玛愿意付出很大的代价，忍受很大的痛苦，来让马丁一家过上更好的生活。他们有这个资格，只要提高一点儿他们的生活层次，也就够了。不过，她怎么才能办到？根本不可能！她不能后悔。必须将哈丽特和罗伯特·马丁分开。但在这个过程中他们受到了多少痛苦煎熬。这一次，爱玛也很难过，很快就感觉自己需要别人的安慰，于是决定在回家的路上去一趟兰德尔斯寻找慰藉。爱玛十分厌烦埃尔顿先生和马丁一家，去兰德尔斯享用一些茶点，绝对有必要。

这个计划很好，可是，乘马车到了兰德尔斯的大门口，却听说“先生和太太都不在家”，他们出门好一阵子了。接待爱玛的仆人估计他们是到哈特菲尔德去了。

“太糟糕了。”爱玛叫道。马车掉转了车头，“这下见不到他们了。太可气了。我还是头一次这么失望。”她向后靠在角落里，可能是在喃喃地发牢骚，也可能是要自己冷静下来。也许两者都有一点儿：一个没有恶意的人常常都是如此。不一会儿马车停了下来。她抬起头，只见是韦斯顿夫妇叫停了马车，正站在那里等着跟她说话。爱玛一看到他们马上就高兴了，听了他们的话，爱玛更开心了，韦斯顿先生立即过来和她说：

“你好吗？好吗？我们陪你父亲待了一会儿，很高兴看到他身体健康。弗兰克明天要来了——今天早上我收到了一封信，我们明天晚饭时肯定能见到他——他今天在牛津，要来这里住整整两个礼拜，我早料到是这样了。他圣诞节那时来，最多只能待上三天。我一直不太希望他在圣诞节来。现在的天气就很合适，晴朗、干燥，轻易不会变天。我们可以好好招待他了，一切都如我们所愿。”

这样的消息叫人难以抗拒，韦斯顿先生又那么高兴，不可能不受他的影响。韦斯顿太太比较安静，但她的话和表情都证明了她丈夫说的是真的。见到韦斯顿太太也认为弗兰克·丘吉尔要来，爱玛就更相信了，由衷地与他们夫妇一起开心。这件事那么叫人高兴，可以让疲惫不堪的人振作起来。以往的烦恼被即将发生的新鲜事冲淡了。爱玛想了想，没有提起埃尔顿先生。

韦斯顿先生给爱玛讲了恩斯库姆的安排，如此一来，他儿子就有了整整两个礼拜时间可以自由使用。他还讲了弗兰克一路上的路线、出行的方式。爱玛听着，微笑着向他们祝贺。

“我很快会带他去哈特菲尔德拜访。”他最后说。

爱玛似乎看到他妻子听他说到这里，用胳膊捅了他一下。

“韦斯顿先生，我们该走了。”她说，“不要耽误两位小姐的时间了。”

“好了，好了，就走了。”她又转向爱玛，“不过你不要以为会见到一位极为英俊的小伙子。你知道，你只是听过我的描述而已。我敢说，他其实并不出众。”韦斯顿先生此时两眼发光，说明他心里可不是这么认为的。

爱玛装作没看出韦斯顿先生的心思，摆出一副天真无邪的样子，妥帖地做了回答。

“明天下午四点钟左右，想想我吧，亲爱的爱玛。”韦斯顿太太临走时说。她说得有些焦虑，而且只是对爱玛说的。

“四点！他肯定三点就到了。”韦斯顿先生急忙更正说。这次会面到此圆满结束了。爱玛兴高采烈，甚至感觉到了幸福。一切都不一样了，詹姆斯赶的马车似乎也不那么慢了。她望着树篱，心想至少接骨木很快就发芽了。她转向哈丽特，只见哈丽特的脸上荡漾着温柔的笑容，那是春天般的神情。

“弗兰克·丘吉尔先生会去牛津，也会去巴斯吗？”不过，这问题并没有什么用。

不管是哪个地方，还是心神能否平静，都不是一下子可以解决的问题。此时此刻，爱玛觉得总有解决的一天。

人人都翘首以盼的日子终于来了，十点，十一点，十二点，韦斯顿太太忠实的学生都没有忘记要在四点想到韦斯顿太太。

“我亲爱的朋友，你有些急不可耐了。”爱玛心说，她离开自己的房间，走下楼梯，“你总是照顾别人，让他们舒舒服服，却不在意自己是否安适。我看你现在就坐立难安，一次次地去接待他的房间，确保一切都安排妥当。”当她经过大厅时，时钟敲了十二下。“十二点了，四个钟头后，我不会忘记想起你。也许明天这个时候，或者稍迟一些，他们就会来这里了。想必他们很快会把他带来的。”

她打开客厅的门，看见两位绅士和她父亲坐在一起：正是韦斯顿父子。他们才来了不过几分钟。韦斯顿先生尚未解释完弗兰克为什么早到了一天，伍德豪斯先生正极其礼貌地表示着欢迎和祝贺，爱玛就进来了。她十分惊讶，但介绍之后，她也非常欣喜。

人们谈论了那么久、关注了那么久的弗兰克·丘吉尔先生，此刻就在爱玛的面前。爱玛觉得人们对他的赞美并不夸张。弗兰克确实是一位相貌英俊的年轻人，身高、气质和谈吐都堪称完美无缺。他的容貌与他父亲有几分相像，看起来神采奕奕，十分活泼，显得又机敏又聪明。爱玛立刻觉得自己会喜欢他。

他风度从容，是那么有教养，还很健谈，她断定他有意与她结识，他们很快会熟悉起来。

弗兰克·丘吉尔先生是在前一天晚上到达兰德尔斯的。他急于赶到兰德尔斯，因此改变了计划，早点儿出发、晚点儿休息，还加快了速度，这才提早半天到达。爱玛得知后很高兴。

“我昨天就告诉过你们了。”韦斯顿先生无比高兴地叫道，“我告诉过你们，他会提前来。我想起我以前就常这样做。人们出门在外，不能慢慢腾腾，不能不比计划走得快些。在朋友们开始翘首以盼之前就赶到，绝对是一大乐事，就算在路上多花点儿工夫，也值得。”

“能够到一个地方纵情享受，真是一件愉快的事。”年轻人说，“到目前为止我还无法确定能去多少人家里拜访，但既然到了家，我觉得我可以自由自在了。”

听到“家”这个字，他父亲又用自鸣得意的眼光望着他。爱玛一眼就看出他知道怎样讨人喜欢。随后发生的事确认了她的想法。弗兰克·丘吉尔先生很喜欢兰德尔斯，觉得一应布置极为巧妙，地方看起来一点儿也不小。他称赞了一番兰德尔斯的位置、通往海伯里的小路和海伯里，还说他极为喜欢哈特菲尔德，他声称一向都对乡村怀着只有家乡才能激起的浓厚兴趣，满心好奇，很想来看看。爱玛不禁怀疑他根本不可能有如此向往，不过即使他说的是假话，也是很中听的假话，说得很巧妙。他的态度既不做作，也不夸张。瞧他的神态，听他说的话，仿佛他真心感到愉快。

他们谈论的都是初次相识的人常聊起的话题。弗兰克·丘吉尔先生问了一些问题，“你会骑马吗？有没有宜人的骑马道？有没有环境优美的散步小路？邻居多吗？海伯里的社交场合多吗？海伯里和周边地带有几幢非常漂亮的房子。舞会？这里办舞会吗？有没有人会弹琴唱歌？”

弗兰克·丘吉尔先生的问题都得到了满意的答复，他和爱玛渐渐熟了起来。在两位父亲聊得兴起的时候，他找机会说起了他的继母。他将继母大大赞美了一番，非常感激她为他父亲带来了幸福，还热情地招待了他。这证明了他很懂得如何取悦别人，也认为爱玛值得讨好。爱玛认为韦斯顿太太配得上他的每一句称赞，但毫无疑问，他了解的事情并不多。他知道别人爱听什么样的话，除此之外，他几乎什么都不能肯定。“我父亲结婚，是最明智的举动了。”他说，“每个朋友肯定都为他们高兴。他从那家人得到这样的幸福，应该永远记住他们的好。”

他还感谢爱玛让泰勒小姐有这么多优点，但又似乎没有忘记，按一般规律，应该是泰勒小姐塑造了伍德豪斯小姐的性格，而不是正好相反。最后，他仿佛下定决心表达心里的想法，便开始惊叹韦斯顿太太竟如此美丽、如此年轻。

“我早想到她是个优雅、可亲的人。”他说，“不过，我承认，就各方面而言，我以为她年纪不小了，相貌也只能算说得过去，但我真没料到韦斯顿太太居然是个年轻漂亮的女人。”

“从我的感情出发，你再怎么称赞韦斯顿太太十全十美，我也不觉得过分。”爱玛道，“你要是觉得她只有十八岁，我听到也会开心。但她要是知道你这么说，肯定跟你吵一架。可千万别让她知道你说她是个年轻漂亮的女人。”

“真希望我能更了解她一点儿。”他回答说，“放心吧。”他说着殷勤地鞠了一躬，“说到韦斯顿太太，我就知道，不管我怎么赞美她，别人也绝对不会嫌我言过其实。”

等到他们两个熟识了，人们会有怎样的期待？爱玛一直在思索这个问题，很想知道弗兰克·丘吉尔先生是否也想过同样的问题。爱玛还想知道，他的恭维是在表示默许，还是证明了他的不屑。她必须多见他几面，才能了解他的为人。眼下，她只是觉得他们相处得不错。

对韦斯顿先生平时的想法，爱玛倒是很了解。她发现韦斯顿先生那锐利的目光一次又一次投向他们，他的脸上还带着愉快的神情。甚至在他决定不看他们两个的时候，她也确定他在不时留意他们两个说什么。

她自己的父亲对这种事则毫不在意，完全没有这方面的洞察力或猜疑，这正合她的心意。令人高兴的是，他既不赞成婚姻生活，也不会预见谁和谁能成为夫妇。别人准备结婚，他无一例外都加以反对，但他事先根本看不出谁和谁是一对，也就不会烦恼。除非一对男女公布了婚讯，否则他就算看到他们互相了解，也不认为他们会结为夫妇。对于父亲的视而不见，爱玛倒是大呼庆幸。伍德豪斯先生现在不必做出令人不快的猜疑，也不用觉得客人可能做出背叛行为，他只要依照善良和礼貌的天性，在得知弗兰克·丘吉尔先生在路上过了两夜后，热心地询问一路上的膳宿情况，十分焦急地探知他有没有感冒，然而，要再过一个晚上，他才能确定弗兰克真的没有感冒。

时间差不多了，韦斯顿先生要告辞离开。“我该走了。我要去一趟克朗旅店，处理一下干草的事，韦斯顿太太还要我去福特商店办许多差使。不过，我用不着催别人。”他的儿子很有教养，听出父亲话里的暗示，也立刻站起来，说：

“父亲，你现在有事要办，我也想趁此机会去拜访一个人，我总有一天要去拜访，不如现在就去。我有幸认识你的一位邻居。”他说着转向爱玛，“她是一位女士，住在海伯里或附近。她姓费尔法克斯。想必不难找到这家人。不过我相信不该说那家人姓费尔法克斯，他们好像姓贝尔内斯或贝茨。您认识姓这个姓的人家吗？”

“当然认识。”他父亲大声道，“是贝茨太太……我们刚才还从她家路过来着……我看到贝茨小姐就在窗边。不错，不错，你认识费尔法克斯小姐。我记得你是在韦茅斯认识她的，她是个好姑娘。一定要去拜访她。”

“今天上午不必去了。”年轻人说，“还是改天吧。不过，我们对韦茅斯很熟，所以……”

“啊，今天就去拜访吧，今天就去。不要往后拖了。该做的事，越快做就越好。此外，我还得给你一个提示，弗兰克……对待她，你一定要小心谨慎，不可怠慢。你见过她和坎贝尔夫妇在一起，那时她比起任何人来说都不逊色，但在这里，她和上了年纪、手头拮据的外婆同住。你要不趁早拜访，会显得你轻视人家。”

弗兰克·丘吉尔先生看上去被说服了。

“我听她说过你们是认识的。”爱玛道，“她是一位非常文雅的年轻女士。”

弗兰克对此表示认可，却只是回答了一声“的确”，爱玛不禁怀疑他是不是真的同意。不过，简·费尔法克斯的优雅风度要是只能算普通，那上流社会对优雅的评判标准可算非常独特了。

“就算你以前没有为她的万方仪态所折服，我想你今天也会的。”她说，“你会看到她的优点的。你见到她，听到她说话……不，恐怕你根本听不到她说话，因为她姨妈说起话来总是没完没了。”

“你认识简·费尔法克斯小姐，是吗，先生？”伍德豪斯先生说，他总是最后一个加入谈话的，“那么请允许我向你保证，你肯定会觉得她是位非常讨人喜欢的小姐。她现在住在这里，是为了看望外婆和姨妈，她们两位都非常可敬。我与她们是故交了。我肯定她们见到你一定高兴极了。我打发仆人陪你一起去，给你带路。”

“亲爱的先生，这无论如何也不行。我父亲可以给我指路。”

“可是你父亲不去那么远，他只去克朗旅店，就在这条街的那一边。而且，那儿有许多房子，找起来可不容易。路上都是烂泥，除非你一直走小径。不过我的马车夫会告诉你在哪儿过马路最好。”

弗兰克·丘吉尔先生还是拒绝了，他的脸上流露出严肃的神情。他父亲发自内心地支持他这么做，大声道：“我的好朋友，没有必要这样。弗兰克看到水坑会躲着走的，至于去贝茨太太家，他从克朗旅店出发，没一会儿工夫就到了。”

他们终于得到允许，可以自行前往。父子两个一个友善地点头致意，另一个优雅地鞠了一躬，然后，两位绅士告辞了。爱玛对这次的初相识感到非常高兴，现在她可以随时想象他们在兰德尔斯的情形，相信他们一定过得十分顺心。

06

第二天早晨，弗兰克·丘吉尔先生又来了。他是陪同韦斯顿太太一起来的，不管对她，还是对海伯里，他似乎都真心以待。看样子他一直在家里陪着她，后来就到了她往常锻炼的时间。韦斯顿太太要他选择散步的路线，他立刻说去海伯里。“我一点儿也不怀疑，无论朝哪个方向去散步，都会非常愉快的。不过，让我来选，我的选择总是一样的。海伯里空气清新，洋溢着欢乐的气氛，始终吸引着我。”在韦斯顿太太看来，去海伯里就表示去哈特菲尔德，并相信他心里也是这么认为的。于是他们径直来了哈特菲尔德。

爱玛没料到他们会来，因为韦斯顿先生刚才来过，他没有久留，只是想听别人夸他的儿子长得很英俊，他也不知道他们会来。因此，当爱玛看到他们挽着手臂一起朝哈特菲尔德走来时，虽然深感意外，却也极为愉快。她正想再见见弗兰克·丘吉尔先生，特别是见到他跟韦斯顿太太在一起，她正好观察一下他对韦斯顿太太做何态度，再决定自己对他的看法。如果他在这方面有所不足，那是什么都弥补不了的。但是一看到他们在一起，爱玛便觉得十分满意。他尽了自己的责任称赞韦斯顿太太，用漂亮话来恭维她，他对待她的态度再恰当、再合意不过了。由此可见，他想把韦斯顿太太当朋友，希望博得她的喜爱，他这么做，实在讨人喜欢。爱玛有足够的时间做出合理的判断，他们在哈特菲尔德待了整整一上午。他们三个人一起散步了一两个钟头，先是绕哈特菲尔德的灌木林转了一圈，又到海伯里转了转。他无论看到什么都很高兴，对哈特菲尔德大加赞美，伍德豪斯先生若是听到了，一定会心花怒放。他们决定再往前走，他坦言想与全村的人都熟悉一下。他一会儿称赞这个，一会儿对那个很感兴趣，爱玛都没想到他会如此。

弗兰克·丘吉尔先生对某些东西感到好奇，说明他是个内心温柔的人。他请求同伴们带他去看他父亲住过很长时间的那栋房子，那也是他祖父的家。他想起在他小时候照顾过他的一个老妇仍然健在，便从街道的一头走到另一头，寻找她住的小屋。虽然他有时候找的东西或做出的评论没什么意义，可综合起来看，他很喜欢海伯里，这在和他一道散步的人眼里，是一个优点。

爱玛将他的一举一动都瞧在眼里，并断定以他现在表现出的这种感情，若认为他以前是故意不来，可谓有欠公允，而且，他没有装腔作势，也没有虚情假意，奈特利先生对他并不公平。

他们首先在克朗旅店待了一会儿。那家旅馆并不大，不过在当地来说是最大的，店内的两匹驿马主要是为附近一带的人提供方便，而非用来往返各个驿站。他的两位同伴万万想不到他会对这个小旅店产生兴趣，只是在路过时顺便把那栋大屋子的历史讲了一遍。那所房子是多年前建造的，最初是一个舞厅，当时这一带人口稠密，很时兴跳舞，人们常常来这里跳舞，但那种辉煌的日子早已成了过去，如今这栋房子最大的用途，不过是用来招待当地惠斯特牌俱乐部的先生们。弗兰克·丘吉尔先生立即产生了兴趣，吸引他的是这里曾是舞厅。他没有继续往前走，而是在两扇开着的高级框格窗前停了几分钟，向里张望，琢磨里面能容纳多少人，哀叹这里不再是舞厅了。他看不出这个房间有瑕疵，她们所说的那些不足，他都觉得不成问题。不，这栋房子够长，宽度也足够，而且很漂亮。来的人都能在里面舒舒服服地跳舞。冬天，就该每两个礼拜在这里举办一次舞会。伍德豪斯小姐为什么不重现这栋房子昔日的辉煌呢？她在海伯里可以办到一切！爱玛只好解释说，这个地方没有几户人家喜欢跳舞，周边地区的人又不肯来，但他听了并不以为意。他明明看到周围有很多漂亮的房子，绝不相信凑不齐来参加舞会的人。爱玛只得详细介绍了一番，还讲了讲这些人家的境况，可他依然不愿意承认这种人员混杂有多不便，也不认为第二天一早人们重回各自的身份地位有什么痛苦。他拿出了一个热爱跳舞的年轻人的劲头儿，不停地争辩。爱玛惊讶地发现，韦斯顿家的脾性在弗兰克身上是那么明显，甚至压下了他在丘吉尔家养成的习惯。他似乎继承了他父亲的活力，总是那么开朗，喜欢交际，一点儿也看不到恩斯库姆特有的傲慢和保守。他不骄傲，也不看重阶级地位之分，未免有些庸俗。然而，他又评判不了他所轻视的恶行。这只不过是他活泼性格的表现而已。

最后，弗兰克·丘吉尔先生总算听劝，离开了克朗旅店。到了贝茨家附近，爱玛想起前一天他打算来拜访的事，便问他去没去。

“去过了，去过了。”他答，“我正想说这件事呢。这次去非常顺利。三位女士我全见到了。非常感谢你事先的提示。如果我毫无准备就见到了那位健谈的姨妈，真不知道该如何应付了。我迫不得已待了很久。其实最恰当的做法是只待上十分钟。我还告诉我父亲，我一定会在他之前到家，但她说起来不停，我根本插不上话告辞。后来我父亲在别处找不到我，便去了贝茨家，我才惊讶地发现我竟然和她们一起待了将近三刻钟。那位好心的女士根本没给我请辞的机会。”

“你觉得费尔法克斯小姐看起来怎么样？”

“她的气色很不好，如果可以用‘气色不好’来形容一位年轻小姐的话。不过，韦斯顿太太，这种说法很难让人接受吧？女士们永远也不会有病容。说真的，费尔法克斯小姐天生就有些面色苍白，总是看起来不太健康……她的面色真是太差了。”

爱玛不同意这种说法，开始热切地为费尔法克斯小姐的脸色辩护起来。“她的面色的确称不上红润，但平时看起来也没有病恹恹的。她的皮肤柔嫩细腻，给她的面容增添了一种独特的气韵。”他恭顺地听着，承认听很多人说过同样的话。然而，他还是必须坦白说，在他看来，没有健康的容光，是怎样都弥补不了的。哪怕是样貌平平，但只要气色光彩照人，五官看来就很漂亮，而要是五官本就十分出众，那就更……幸好他不用说完，别人也知道他的意思。

“好吧，在审美这件事上，就无须多做争论了。”爱玛说，“至少，除了肤色，你还是很欣赏她的。”

他摇了摇头，大笑几声：“一想到费尔法克斯小姐，我就会想到她的肤色。”

“你常在韦茅斯见到她吗？你们常在社交场合碰面？”

就在这时，他们来到了福特商店，他急忙叫道：“哈！就像我父亲告诉过我的，这一定就是所有人每天都光顾的那家店了。他说了，他自己七天里有六天到海伯里来，而且总要来福特商店买点儿东西。如果你们没有什么不方便的话，我们进去逛逛吧，让我证明一下自己属于这里，是海伯里真正的一员，我一定要在福特商店买些东西。我敢说他们准卖手套。”

“是的，有手套，还有别的东西。你对家乡的这份感情，确实叫我钦佩。你在海伯里一定会得到大家的喜爱的。你来之前很受欢迎，因为你是韦斯顿先生的儿子。现在，你只要在福特商店花上半个基尼，那么大家喜欢你，就是因为你的品德了。”

他们进入店内。店员拿下光滑、包装整齐的“男士海狸手套”和“约克郡鞣革手套”，一一摆在柜台上，弗兰克·丘吉尔先生说：“请原谅，伍德豪斯小姐，刚才我只顾着宣告自己爱乡情切，没听清你和我说的话。请你再说一遍，我不想错过。我向你保证，即使我的名声再好，可要是错失了私下里的乐趣，那也是得不偿失的。”

“我只是问，你在韦茅斯是不是与费尔法克斯小姐和她身边的人很熟？”

“现在我听明白你的问题了，我不得不说你这个问题很不公平。一段交情如何，向来都是由女士来判定的。费尔法克斯小姐一定已经讲过她的看法了。不管她说什么，我都认可，不多添一句。”

“说实话，你的回答也和她一样谨慎。可是，她不管说什么，总是只说一点儿，剩下的都要别人猜测。她这个人太保守了，不肯向别人透露哪怕是一丁半点儿的消息，我真认为你可以毫无顾忌地说说你跟她是不是很熟。”

“我可以吗？那我就说真话了，这正合我意。我经常在韦茅斯见到她。我在伦敦就认识坎贝尔一家了。在韦茅斯，我们又在同一个圈子里。坎贝尔上校为人极好，坎贝尔太太也很友好，是个热心肠。我很喜欢他们夫妇二人。”

“对于费尔法克斯小姐的社会地位，以及她以后注定要走的路，想必你是清楚的吧。”

“是的，”他有点儿迟疑地说，“我想是的。”

“爱玛，你说到了一个非常敏感的话题。”韦斯顿太太笑着说，“记住我还在呢。你谈起费尔法克斯小姐的生活境遇，弗兰克·丘吉尔先生就不知道怎么接了。我现在要往里面去看看。”

"我当她是我最最亲密的朋友。"爱玛说，"除此之外，我可想不起她还有别的身份。"

弗兰克·丘吉尔先生看上去似乎完全理解并尊重爱玛的这种感情。

买好手套，他们走出了铺子。"你有没有听过我们刚才谈到的那位小姐弹钢琴？"弗兰克·丘吉尔说。

"有没有听过！"爱玛重复了一遍，"你忘了她可是海伯里人。自从我们开始学弹钢琴以来，我每年都听她演奏。她弹得非常棒。"

"你是这样认为的吗？我想听听一个有真正品鉴力的人的意见。我觉得她弹得很好，也就是说，她的演奏不落俗套，我自己是一窍不通的。我非常喜爱音乐，但我不会弹琴，也不懂得如何评价别人的演奏是好是坏。我常听人夸赞她弹得出色，我记得有一件事可以证明别人觉得她弹得好：有一个很懂音乐的男人爱上了一个女人，两个人订了婚，马上就要结婚了，只要我们谈论的这位小姐坐下来弹琴，他就不会请自己的未婚妻表演，似乎他一听到费尔法克斯小姐的演奏，就瞧不上未婚妻弹的曲子了。依我看，能让一个有音乐天赋的人如此，足以证明费尔法克斯小姐的琴技了。"

"确实如此！"爱玛说，她觉得这非常有趣，"狄克逊先生很有音乐天赋，是吗？关于他们的事，在半小时内从你这里了解到的，比半年里从费尔法克斯小姐那里得知的，还要多呢。"

"不错，我说的就是狄克逊先生和坎贝尔小姐。我认为这是一个非常有力的证据。"

"当然，这确实是很有力的证据。说实话，如果我是坎贝尔小姐，我是忍受不了的。我不能原谅一个男人看重音乐多过爱情，重视听觉享受多过视觉享受，对动听的声音的敏感甚于对我的感情。坎贝尔小姐怎么会喜欢这样的人呢？"

"你知道的，她是坎贝尔小姐很要好的朋友。"

"这话可不足以安慰人！"爱玛大笑着说，"在这样的情况下，陌生人也强过好朋友。若面对的是陌生人，这种事可能不会再发生。可是，有一个特别要好的朋友一直在身边，这个朋友又处处都更出色，那岂不是太可悲了！可怜的狄克逊太太！我很高兴她去爱尔兰定居了。”

“你说得对。这对坎贝尔小姐而言不是什么可喜的事。但她好像并不介意。”

“这也许更好，但也可能更糟，我也说不清究竟是哪一种。但是，不管她是可爱，还是愚蠢……是因为友谊的敏感，还是因为感觉的迟钝……我想她们之间肯定有一个感受到了这一点，而这个人就是费尔法克斯小姐。她一定感觉到了她们二人之间这种不恰当而危险的差别。”

“说到这里……我可不……”

“千万不要以为我是希望从你或别人口中套出费尔法克斯小姐是怎么想的。我想，除了她自己，谁也说不清。但是，如果每当狄克逊先生要她弹奏她就弹奏，那人们就要随意猜测了。”

“他们三个似乎关系不错……”他立即接口道，但又忍住了下面的话。他随后补充道，“可是，我也不清楚他们真正的关系怎么样……他们私下里怎么样，我就不得而知了。我只能说他们表面上看来还是很和谐融洽的。但是，你从小就认识费尔法克斯小姐，肯定比我更了解她的性格，可以比我更好地判断她在危急情况下会做何行动。”

“我的确从小就认识她。我们少小相识，一起长大成人。大家自然以为我们两个很亲密，每次她去拜访她的朋友们，我们都该走得很近。可事实不是这样的。我也不知道为什么。也许是因为我有点儿顽皮，她的外婆、阿姨和她那个圈子里的人越是把她当心肝宝贝，越是对她赞不绝口，我就越是讨厌她。她太拘谨了，我一向不大喜欢保守的人。”

“这种性情的确使人反感。”他说，“当然，这样的性格往往有一些优势，却从来不讨人喜欢。拘谨的确不会招来危险，但缺乏吸引力。谁也不喜欢拘谨的人。”

“拘谨的人若能不再拘谨，所产生的吸引力会更大。但是，我需要的是朋友，是一个合意的伙伴，不可能辛辛苦苦先帮别人克服拘谨，再把这个人变成我的朋友。我与费尔法克斯小姐是不可能亲近的了。我没有理由轻视她，确实没有，只是她在言谈举止上总是极为小心，不肯清清楚楚地评价任何人，往往就会叫人怀疑她隐瞒了什么。”

弗兰克·丘吉尔完全同意爱玛的看法。他们一起走了那么久，对人和事的看法又如此接近，爱玛觉得自己已经跟他很熟了，简直不敢相信这只是他们第二次见面。他与她料想的完全不一样。从他的某些观念来看，他似乎没有丰富的阅历，不大像个娇生惯养的富家子弟，比她所预料的要出色得多。他的思想较为温和，感情则比较强烈。他不仅去了教堂，还去看了埃尔顿先生的房子，却没有和她们一起挑毛病，这一点，叫爱玛尤为印象深刻。不，他并不认为那栋房子很糟糕，一个人住在这样的房子里，没什么好可怜的。一个男人若是与心爱的女人一起住在里面，他就不认为这个男人需要别人的怜悯。里面的空间肯定足够大，可以让人住得舒舒服服。如果有人还不知足，就太过愚蠢了。

韦斯顿太太笑了，说他不了解人间疾苦。他自己从小到大都住大房子，没有想过大房子有多少好处和便利，并不清楚住在小房子里有多不方便。可是爱玛打心眼儿里觉得他说得很对，表明他有一种很讨人喜欢的倾向：想早点儿安定下来、想结婚，而这完全是出于高尚的动机。他也许没有意识到，女管家没有自己的房间，备膳室糟糕透顶，对一个家庭能否过得平平顺顺有多大影响，但毫无疑问的是，他感觉到恩斯库姆不能给他幸福，等他有了心上人，为了可以早日成家，他一定会心甘情愿放弃丰厚的财富。

07

第二天，爱玛听说弗兰克·丘吉尔仅仅为了理发就跑去了伦敦，对他的好感便少了几分。吃早饭时，他心血来潮，命人备好马车就出发了，计划在午饭前回来，不过他好像并没有什么要紧事，只是为了理理头发。为这么一桩小事来回三十二英里路，似乎没什么害处，但这样的举动实在荒谬，只有纨绔子弟才干得出来，爱玛是不能赞同的。她昨天还觉得他做事有计划，花钱不大手大脚，性格热情无私，今天他就变了个样。虚荣、铺张、性情不定、有失稳重……不论好坏，这一切必定都对他有影响。他完全不顾父亲和韦斯顿太太是否高兴，也不在意其他人对他的这种行为有何看法，就算受到指责，他也不以为意。他的父亲只说他是个花花公子，认为这事很有意思。但是，韦斯顿太太显然对此难以认同，只说了一句“所有年轻人都有自己的小癖好”，便没有再提此事。

爱玛发现，除了这一点美中不足之外，到目前为止，他的来访给她朋友留下的都是好印象。韦斯顿太太夸他细心、与他在一起很开心，还非常欣赏他的性格。他看起来非常坦率，是个既开朗又活泼的人。对于他发表的见解，她不光看不出有何不妥，还非常认同。他很喜欢谈起舅舅，说起舅舅是那么让人敬重。他说，如果舅舅可以自己做主，一定会成为世界上最出色的人。他虽然对舅母的感情并不深，却也十分感激她的善意，谈起她似乎总是尊敬有加。事情在朝着好的方向发展，若不是弗兰克一时兴起去剪头发，倒也有资格得到爱玛在想象中授予他的一项殊荣。这项殊荣就是：即使他还没有爱上她，也对她产生了很大的好感，只是她自己冷淡，坚决不婚，他才止步不前。不过，他们两个共同认识的人，都觉得他是爱玛的良配。

韦斯顿先生给弗兰克增加了一个很有分量的优势。他告诉爱玛，弗兰克极其爱慕她，认为她美丽动人，有着不凡的魅力。弗兰克有许多优点，爱玛觉得不能对他太苛刻，毕竟，正如韦斯顿太太所说：“所有年轻人都有自己的小癖好。”

弗兰克在萨里郡新结识的人中，有一个人可不这样宽厚。一般来说，在唐维尔和海伯里两个教区，人们对他的评价都是非常公正的。面对这样一个英俊的年轻人，那么爱笑，见人就鞠躬，即便他做出一点儿过分行为，人们也会大度地体谅他。但有一个人并没有被弗兰克的鞠躬或笑容打动，反而严厉地斥责了他，这个人就是奈特利先生。他在哈特菲尔德得知了弗兰克去伦敦理发的事，他听了之后沉默不语。但爱玛注意到他一手拿着报纸，自言自语地说：

"哼！我早说他是个又轻浮又愚蠢的家伙。"爱玛想反驳，可转念想想，又觉得奈特利先生只是在宣泄他自己的情绪，并非要激怒她，便没有计较。

韦斯顿夫妇今天上午来访带来的虽然是坏消息，但从另一个方面来说，他们来得也算凑巧。他们在哈特菲尔德的时候，发生了一件事，爱玛需要听听他们的意见。更幸运的是，他们给的建议正合她的心意。

事情是这样的：科尔夫妇在海伯里住了几年了，他们都是很好的人，友好、慷慨，从不装模作样。但是，从另一方面来说，他们出身低微，以做买卖为生，只是略有些斯文气质而已。他们刚搬到这一带的时候，过着与收入相称的低调生活，很少跟人来往，花费也不多。不过最近一两年，他们在伦敦的房子的租金涨了，他们的收入增加了不少，幸运之神在冲他们微笑。有了钱，他们的视野也提升了，想要一栋大一点儿的房子，也想同更多的人交往。他们扩建了房屋，多聘用了几个仆人，在各方面的开销也增多了。到这个时候，在财富和生活方式上，他们仅次于哈特菲尔德。科尔夫妇热衷于交际，他们新布置的餐厅准备好了接纳客人们的到来。他们举办过几次主要由单身男子参加的派对。不管是唐维尔、哈特菲尔德还是兰德尔斯，爱玛估计他们不会冒昧地邀请体面的上流社会人家。即便他们发出了邀请，爱玛也不准备前往。她遗憾的是，人人都了解她父亲的习惯，这样一来，她的拒绝反倒显不出她希望表达的意思。科尔夫妇是体面人，但应该让他们明白，邀请上流人家，需要做好种种安排，可他们根本做不到。爱玛恐怕只能由她来让他们明白这个道理。她不能指望奈特利先生，更不能指望韦斯顿先生。

爱玛在几个礼拜前就决定了如何应对这种傲慢的做法，但是，当羞辱真正到来之际，她发现自己有了不同的想法。唐维尔和兰德尔斯都接到了科尔夫妇的邀请，她和她父亲却偏偏没有。韦斯顿太太对此的解释是："我看他们不敢冒昧邀请你，他们也清楚你不在外面用餐。"但这样的解释对爱玛来说并不够，她希望能有机会拒绝他们。后来，一想到科尔夫妇举办派对，与她一个圈层的人都将前往，爱玛便不确定自己是不是一定会拒绝了。晚上，哈丽特将去参加派对，贝茨一家也会去。前一天在海伯里散步的时候，他们就谈起过这件事，弗兰克·丘吉尔对她的缺席深表遗憾。“晚宴结束后会不会有舞会？”弗兰克这么问。一想到这个可能，她就更添了几分烦躁。她若被排除在外，那就算她高高在上，就算不邀请她实际上是在恭维她，她也感觉不到丝毫安慰。

韦斯顿夫妇在哈特菲尔德的时候，科尔夫妇的邀请函终于到了，爱玛很高兴他们在。尽管爱玛看了邀请后立即表示“自然应该回绝”，却还是马上询问他们的意见。韦斯顿夫妇立即劝说了一番，成效很显著。

爱玛表示，从各方面考虑起来，她并不是绝对不想去。科尔夫妇在请柬里写得很客气，表现得那么体贴，对她父亲也是十分关心。“本应更早地发出邀请，但一直等待折叠屏风从伦敦寄到，愿此屏风可为伍德豪斯先生挡一挡风，因此有幸可以请得伍德豪斯先生大驾光临。”总的来说，爱玛很容易就被说服了。他们很快就确定该如何做，同时还要确保伍德豪斯先生舒舒服服的，得找人陪他，贝茨太太不行，就请戈达德太太。现在还要说服伍德豪斯先生同意女儿近日外出赴宴，一整晚都不能陪着他。爱玛估摸父亲不会去派对。到时候一定会进行到很晚，人也会很多。伍德豪斯先生很快便谢绝了邀请。

“我不喜欢外出用餐。一向都不喜欢。”他说，“爱玛也一样，我们不习惯晚睡。科尔夫妇把宴会安排得这么晚，我真的很遗憾。我想，到了夏天，找一天下午邀请他们来和我们一起用茶点，就太好了。他们下午散步的时候，也可以请我们一起去，他们可以这么做，因为我们的时间都安排得十分合理，到了回家的时候，还不至于沾染傍晚的湿气。夏天的晚上有露水，我可不希望任何人被露水打湿。不过，既然他们非常希望亲爱的爱玛和他们一起吃饭，而且你们两位也都会到场，还有奈特利先生照顾她，只要天气适当，不算潮湿，不刮冷风，我也不愿意阻止她。”他说到这里转向韦斯顿太太，流露出些许责备的神情，“泰勒小姐，你要是没结婚，就可以在家里陪我了。”

“好吧，先生。”韦斯顿先生大声道，“既然是我带走了泰勒小姐，我就有责任找人填补她留下的空缺。如果你愿意的话，我马上就去找戈达德太太陪你。”

但是，想到马上要做什么事情，伍德豪斯先生非但没有冷静，反而更加激动起来。两位女士比较清楚如何缓解他的情绪。韦斯顿先生必须保持安静，一切都要仔细安排。

经过一番劝解，伍德豪斯先生很快镇静了下来，可以照常说话了。“我很高兴见到戈达德太太。我非常尊敬戈达德太太。爱玛写封信邀请她吧，吩咐詹姆斯把信送过去。但是首先，必须给科尔太太写一封回信。”

“亲爱的，你要替我解释一下，一定要客气。你可以说我身体不好，哪儿也去不成，不得不谢绝他们好意的邀请。当然，你在开头要写上我的问候。但是，你凡事都能办得妥当，我不必告诉你该怎么做。我们一定要记得告诉詹姆斯，礼拜二要用马车。有他送你去，我没什么可担心的了。自从新铺了路以来，我们只去过一次。不过，我还是相信詹姆斯会把你安全送到。你到了那儿，一定要告诉他该在什么时候回去接你。你最好安排早点儿回来。你也不喜欢待到很晚。喝完了茶，你肯定就很累了。”

“可是，你总不会希望我还没累就走吧，父亲？”

“不，亲爱的，但是你很快就会累的。那么多人同时说话，你又不喜欢乱糟糟的。”

“可是，亲爱的先生，要是爱玛早走了，派对也就没意思了。”韦斯顿先生嚷道。

“就算是这样，也没什么大碍。”伍德豪斯先生说，“不管什么派对，越早解散就越好。”

“但是你没有顾及科尔夫妇的感受。爱玛喝完茶便走，可就冒犯别人啦。他们夫妇性情温和，没有严苛的要求，但终归还是不乐于见到有人匆匆离开。走掉的是伍德豪斯小姐，可比别人更惹人不快。先生，我肯定你也不希望让科尔夫妇失望，让他们受辱吧。他们非常友好、善良，十年来一直是你的邻居。”

“不，绝对不行。韦斯顿先生，非常感谢你提醒我。要是给他们带来痛苦，我会非常难过。我知道他们是多么可敬的人。佩里告诉过我，科尔先生从不喝麦芽酒。看他的样子，绝想不到他爱发脾气……科尔先生的脾气不太好。不，我不愿意让他们难过。亲爱的爱玛，我们必须考虑这个问题。我相信，你尽管不情愿，还是会多待一会儿，以免惹得科尔夫妇心情不爽。不要考虑累不累了。你知道的，你和朋友们在一起，必定十分安全。”

“是的，父亲。我一点儿也不担心我自己。要不是为你着想，韦斯顿太太待到多晚，我就待到多晚。我只怕你等我回来才肯睡觉。我倒是不怕你和戈达德太太相处不愉快。你知道的，她喜欢玩牌。可她走后，我就怕你不像平时那样就寝，而是一个人坐着等我。想到你会这样，我就没法痛快地玩了。你得向我保证，你不会等我。”

伍德豪斯先生答应了，条件是她得保证，她回来时要是觉得冷，一定要彻底让自己暖和过来，饿了就去吃点儿东西，还要让她的贴身侍女等她回来。此外，就是要吩咐塞勒和管家照例将家里的一切打点妥当。

08

弗兰克·丘吉尔返回了海伯里。即使他让父亲等他吃饭，也没人将此事说给哈特菲尔德知道。韦斯顿太太一心要让伍德豪斯先生喜欢他，便对他的缺点遮遮掩掩，不肯透露半分。

他剪了头发回来，很有风度地自嘲了一番，但对自己的行为似乎并没有真正感到羞愧。他没有理由希望头发再长一些，来遮盖他脸上的慌乱，也没有理由省下这笔花销，让自己开心一点儿。他仍像以往一样无畏、活泼。见到他之后，爱玛在心里对自己进行了一番道德说教：

“我也不知道是不是应该这样，但是，明智的人若是鲁莽地做了蠢事，那么蠢事也就不再是愚蠢的了。邪恶的总是邪恶的，但愚蠢不总是愚蠢。这取决于做事的是什么样的人。拿奈特利先生来说吧，他这个年轻人既不轻浮，也不愚蠢。如果是的话，他做起事来就是另外一种样子了。他要么为自己的成就感到自豪，要么为此感到羞愧，要么像花花公子那样炫耀，要么像一个软弱无能到连自己的虚荣都无法保护的人那样，只会逃避。不，我完全相信他并不轻浮，也不愚蠢。”

随着礼拜二的到来，爱玛又可以愉快地见到弗兰克·丘吉尔了，而且这次见面的时间将比以前更长，她可以判断一下他的言谈举止，并由此推断出他对待她的态度包含什么样的意思。她还要猜测自己应该在什么时候表现冷淡，并想象一下人们第一次看到他们两个一起出现，会有什么看法。

爱玛打算高高兴兴地参加派对，虽然这个派对是在科尔先生家里举办。她不能忘记，即使是在她觉得埃尔顿先生人很好的时候，他有个缺点也惹得她很是不快，那就是他喜欢和科尔先生一起吃饭。

贝茨太太和戈达德太太都能来，她父亲定能安然度过晚上。在离开家之前，爱玛还要做一件哄人开心的事，那就是在他们饭后坐在一起的时候，去问候他们，并且在她父亲怜爱地欣赏她漂亮的礼服之际，尽力补偿两位女士，为她们各切一大块蛋糕，再给她们倒满酒，刚才吃饭时，她父亲为了她们的健康着想，让她们不要吃太多，她们不情愿，却也依着他了。爱玛为她们准备了丰盛的食物，希望能确保她们好好享用。

她来到科尔先生家门口，只见前面还有一辆马车，很高兴发现那是奈特利先生的车子。奈特利先生不养马，没有多余的钱，但是他身体健康，很有活力，又喜欢独来独往，在爱玛看来，他总是喜欢到处去，却没有像唐维尔庄园的主人该有的样子，经常乘坐马车。奈特利先生停下来搀扶爱玛下车，她心中一暖，便趁机表示内心的赞许。

“你就该乘马车来，绅士就该这样。”她说，“见到你很高兴。”

他谢过她，说：“我们能同时到达，实在太巧了。如果我们在客厅里相遇，想必你多半看不出我比平常更有绅士风度。从我的表情和举止中，你大概看不出我是怎么来的。”

“不，我应该能看出来，我相信我可以。人们要是通过与他们身份不相符的方式到了一个地方，脸上总是带着忸怩或匆忙的神色。我敢说，你自以为掩饰得很出色，但你只是在虚张声势，假装漫不经心。我每次在这样的情况下遇见你，总会发现你是如此。现在，你用不着假装。你不怕别人以为你难堪，也不会努力让自己看起来比任何人都高。现在，我真的很高兴能和你走进同一间屋子。”

“你这姑娘，真是口没遮拦！”奈特利先生回答，却一点儿也不生气。

爱玛对奈特利先生感到很满意，也有充分的理由对派对上的其他人感到满意。她受到了热情的款待，人人都很尊重她，她非常开心，而且，她还得到了她所希望得到的一切结果。韦斯顿夫妇到来的时候，向她投来了最亲切的目光，眼神中都饱含着爱意。他们的儿子愉快而热切地走向爱玛，这说明她在他心里十分特殊。吃晚饭时，他就坐在她身边。她坚信，他肯定用了点儿办法才做到了这一点。

派对上宾客云集，来人包括一户乡下人家，这家人很体面，无可非议，科尔夫妇与他们交情深厚。此外还请了海伯里的律师考克斯先生家里的男性成员。地位稍欠尊贵的女宾将与贝茨小姐、费尔法克斯小姐和史密斯小姐，在傍晚前来。可是吃饭时，由于人太多，根本找不到大家都能谈论的话题，等谈论完政治和埃尔顿先生之后，爱玛可以把全部注意力集中在她旁边的人身上，听他们说些愉快的事。她第一次觉得远处的话题有意思，是有人提到了简·费尔法克斯的名字。科尔太太似乎在讲一些关于她的趣事。爱玛听了几句，觉得很值得一听，她那丰富的想象力这下可找到了有意思的素材。科尔太太正说到她去看望贝茨小姐，一进屋就大吃一惊，房间里竟然摆着一架钢琴，非常漂亮，虽谈不上豪华，却是一架很大的方形钢琴。科尔太太惊讶极了，询问是怎么回事，还恭喜了一番，贝茨小姐也做了解释，不过这个故事最重要的一点是，那架钢琴是一天前从布罗德伍德琴行送来的，贝茨小姐和她的外甥女见到钢琴都很震惊，全然没料到会发生这样的事。据贝茨小姐说，简自己一开始也很糊涂，完全想不出是谁订购了钢琴。但现在她们都相信只有一个人可能这么做，这个人就是坎贝尔上校。

“不会有别的可能了。”科尔太太又说，“我只是想不到为什么有人有疑问。不过简最近才收到了他们的信，信上对这件事是只字未提。她最了解他们做事的方式了，但我不觉得他们的沉默就代表礼物不是他们送的。他们也许想给她一个惊喜。”

很多人都同意科尔太太的说法。每个谈到这件事的人都同样相信钢琴一定是坎贝尔上校送的，同样为他送了这样一份礼物而感到高兴，还有很多人要发言，爱玛趁此机会一边思考，一边听科尔太太往下讲。

“我敢说，我从没听过这么叫人满意的事。简·费尔法克斯弹得一手好琴，却没有钢琴，我每次想起这事都很伤心。尤其是考虑到很多人家明明有上好的钢琴，却将其搁在一边，实在是太遗憾了。这就像给我们自己一记耳光！就在昨天，我还对科尔先生说，看见客厅里新买的大钢琴，我真觉得羞愧难当，我连音符也看不懂，而我们的女儿们才刚刚开始学弹琴，也许根本就弹不好。可怜的简·费尔法克斯，她是个音乐天才，却没有任何乐器来消遣，甚至连一架旧的立式钢琴也没有。我昨天就跟科尔先生说过这话，他也很赞同。他只是特别喜欢音乐，才情不自禁地买了一架钢琴，希望好邻居们能偶尔热心地来演奏一下。这就是我们买钢琴的真正原因，不然，我相信我们真应该为此感到羞愧。我们非常希望伍德豪斯小姐今晚能试一试琴。”

伍德豪斯小姐恰当地表示了默许。见科尔太太没有别的消息了，爱玛便转向弗兰克·丘吉尔。

“你笑什么？”她说。

“没什么，你又笑什么？”

“我！我想我是看到坎贝尔上校这么富有，又这么慷慨，才高兴地笑了出来。这可是一份大礼呢。”

“确实如此。”

“我不明白他怎么以前不送。”

“也许因为费尔法克斯小姐以前从没在这儿住过这么久。”

“或者是因为他没有让她使用他们自己的钢琴，那架钢琴现在在伦敦的房子里锁着呢，谁也用不了。”

“那架钢琴太大了，他可能觉得贝茨太太家里放不下。”

“你爱怎么说就怎么说好了，可是你脸上的表情说明，你对这件事的看法和我的非常相似。”

“我不知道。我相信自己没有你称赞的那么机敏。我笑，是因为你笑了，你怀疑什么，我也怀疑什么。但目前我看不出有什么可疑的。如果不是坎贝尔上校，还能是谁？”

“会不会是狄克逊太太？”

“狄克逊太太！很有这个可能。我没有想到狄克逊太太。她应该和她父亲一样，都很清楚送钢琴是很合意的。这份礼物送得神神秘秘，又出人意料，比起一个上了年纪的老人，倒是更像年轻女人的手笔。我敢说，一定是狄克逊太太。我早说过了，你怀疑什么，我就怀疑什么。”

“如果是这样，就应该扩大一下你的怀疑范围，猜想送这份礼物的，也有狄克逊先生一份。”

“狄克逊先生！没错。是的，你这么一说，我就想到一定是狄克逊先生和狄克逊太太一起送的礼物。你知道的，那天我们还谈到他十分欣赏她的演奏。”

“是的，你给我讲的那件事证实了我以前的一个想法。我无意议论狄克逊先生或费尔法克斯小姐的好意。可是我情不自禁地怀疑，狄克逊先生在向她的朋友求婚之后，不幸地爱上了她，或者发现她对自己有意。一个人猜二十件事，也不见得可以猜对一件。不过我肯定，她选择来海伯里，而没有陪伴坎贝尔夫妇去爱尔兰，一定有特殊的原因。她在这里只能过贫困的生活，就跟苦修差不多。可在那里，她可以好好享受一番。至于假称什么呼吸一下家乡的空气，我看不过是个借口罢了。若是夏天，这个理由倒还说得通。可是，在一月、二月和三月，即便是家乡的空气，又能有什么好处？对身体不好的人来讲，温暖的炉火和马车才有好处，我敢说她就是这样。我并不要求你全盘接受我的怀疑，虽然你说过会这样。可是，我还是老实地把心里的怀疑和你说了。”

“依我看，这个可能性是很大的。狄克逊先生喜欢她弹琴胜于喜欢她朋友弹，这一点是毋庸置疑的。”

“还有，狄克逊先生救过她的命。你听说过这件事吗？他们在海上举办派对，她差一点儿就掉到海里了，还是他抓住了她。”

“确实如此。我当时也在场。”

“真的吗？啊！你当时肯定什么都没发现，不然你也不会现在才明白过来。我当时要在，想必会有所发现。”

“我敢说你一定可以。但我思想简单，只看到费尔法克斯小姐被撞了一下，差点儿从船上掉下去，是狄克逊先生一把把她抓住了，这一切都发生在电光石火之间。我们大家都很震惊，全慌了神儿，好半天没缓过来……事实上，我相信过了半个钟头，我们才总算轻松下来，只是我们所有人都是一样的心情，也就看不出哪个人尤为焦急。不过，我并不是想说你不会有发现。”

谈话到这里被打断了。两道菜之间的间隔较长，他们只好和众人一起等待这尴尬的时刻过去，必须讲究礼仪，整齐地坐着。等到餐桌再次摆好，角落里的每一道菜都摆得恰到好处，大家又恢复了悠闲自在时，爱玛说：

“在我看来，钢琴背后一定有故事。我原本想多了解一点信息，但钢琴的事说明了很多问题。放心吧，很快就会听说礼物是狄克逊夫妇送的。”

“狄克逊夫妇若是否认了，就只能断定是坎贝尔夫妇送的。”

“不，我敢肯定不是坎贝尔夫妇。费尔法克斯小姐很清楚不是坎贝尔夫妇，否则她一开始就会猜是他们。她那么肯定的话，就不会迷惑了。也许我还没有使你相信，我自己却深信，这件事就是狄克逊先生一手安排的。”

“你要是以为我不相信你的话，就太伤我的心了。我怎么判断，都取决于你怎么推敲。起初，我以为你觉得送礼的人是坎贝尔上校，我就当这是父亲对女儿的疼爱，觉得这是世界上最自然的事。可你提到了狄克逊太太，我就认为这是女性之间出于动人友情而做出的馈赠。现在呢，我只能将这看成是示爱。”

这事无须再谈了。弗兰克似乎真信了爱玛的说法，看起来真是这么以为的。爱玛没有再说什么，他们聊起了别的话题，晚餐的剩余时间就这样过去了。甜点送上，孩子们也来了，大家像往常一样聊天，间或和孩子们说上几句，夸赞一下他们。人们时而说出几句聪明话，时而迸出几句彻头彻尾的傻话，但大部分时间，他们的谈话内容都很普通，不过是说些日常闲谈，无聊地重复说过的话，要不就是讲起以前的消息，开些无趣的玩笑。

女士们在客厅里没待多久，其他女客便三五成群姗姗来到。爱玛注视着她喜爱的小朋友款款走进来，即便她无法为哈丽特的高贵优雅而欢欣鼓舞，也不能只看重她那甜美的容貌和淳朴的性格，却还是发自真心地欣赏哈丽特那轻松、开朗和不易伤感的性情，正因如此，哈丽特才可以强忍着感情错付的痛苦，寻找各种的乐趣来缓解心伤。此时，哈丽特就坐在那里，谁能猜到她最近掉了多少眼泪？她能打扮得漂漂亮亮，看着其他人也身着盛装，和众人一起参加派对，坐在那里面带笑容，看起来美丽动人，并不开口说话，就目前而言也是够愉快的了。从外表和举止上，简·费尔法克斯的确更胜一筹。但爱玛觉得简也许愿意与哈丽特在感情问题上易地而处，她宁愿像哈丽特那样，满心屈辱地去爱别人，甚至是对埃尔顿先生单相思，也不愿意成为朋友夫婿的倾慕对象，要那种充满危险的乐趣。

在这种大型派对上，爱玛没有必要接近简·费尔法克斯。她不愿意说起钢琴的事，她觉得自己已经掌握了秘密，不愿露出好奇或感兴趣的样子，便有意与她保持一定的距离。但是，其他人几乎立刻就提起了这个话题。爱玛看到她红着脸，忸怩地接受别人的祝贺，一说到“我的好朋友坎贝尔上校”，她更是羞愧得满脸通红。

韦斯顿太太心地善良，又喜欢音乐，对这件事特别感兴趣。爱玛见她没完没了地谈论此事，不禁感到好笑。关于音调、琴键的弹性和踏板，韦斯顿太太有很多话说，有很多问题问，完全没有发现当事人希望尽量避而不谈，爱玛却从那位美丽的当事人的脸上清楚地看到了这一点。

不久，有几位先生走到她们身边。最早过来的是弗兰克·丘吉尔。他第一个过来，样子也是最英俊的。他从贝茨小姐及其外甥女身边走过，问候了她们，然后径直走向另一边，伍德豪斯小姐就坐在那里。直到在爱玛身边找了个座位，他才坐下。爱玛能猜到在场众人在想什么。她就是他爱慕的对象，所有人都看得出来。爱玛把他介绍给自己的朋友史密斯小姐，后来在方便的时候，她听到了他们两个对彼此的看法。“我从未见过这么秀丽的脸蛋，也很喜欢她的天真烂漫。”哈丽特是这么说的，“我现在确定了，大家对他的称赞有些太过了，不过我觉得他的一些表情有点儿像埃尔顿先生。”爱玛克制住心里的愤怒，默默地转过了身。

爱玛和弗兰克·丘吉尔瞥了费尔法克斯小姐一眼，都露出了颇有深意的笑容，不过他们很谨慎，都没有说话。他告诉爱玛，他不喜欢坐太长时间，恨不得离开餐厅。只要有可能，他准是第一个离席的。他还说，他父亲、奈特利先生、考克斯先生和科尔先生忙着讨论教区的事务。他表示他待在那里也很开心，还觉得他们很有风度，很明智。他又把海伯里夸赞了一番，称这里有很多讨人喜欢的人家，爱玛听他这么说，不禁认为自己以前有些过于轻贱这个地方了。爱玛向他打听了约克郡社交界的情况，恩斯库姆与邻居的关系等。从他的回答爱玛可以看出，恩斯库姆与邻里往来不多，只会拜访世家大族，而这些人家并不住在附近。即使定好了日期，也接受了邀请，丘吉尔太太也可能因为身体不适或精神不佳，而不能前往，此外，他们从不与新来的人交往。他虽然有自己的约会，可是要脱身出去，或让熟人在家中过夜，一点儿也不容易，反而要颇费一番周章。

爱玛明白，对一个不愿待在家里却又不得不待在家里的人而言，恩斯库姆难以令人满意，至于海伯里，要是从其最好的方面来看，或许可以叫他高兴。他在恩斯库姆显然十分重要。他在这方面倒是没有吹嘘，事实自然而然地就显现了出来：在有些事情上，他可以说服舅母，而他的舅舅却一点儿办法都没有。等到爱玛笑哈哈地注意到这一点，他就说他相信，只要有足够的时间，除了一两件事外，他可以说服舅母任何事。接下来，他提到了他的影响力无法左右的一件事。他很想出国，还很盼着能去旅行，但舅母说什么也不肯同意。这是去年的事。他说现在不那么想去了。

还有一件事他无法说服舅母，爱玛猜想与对父亲尽孝有关。

"我发现了一件很不幸的事。"他顿了一下说，"到明天，我在这儿就待了一个礼拜了，时间已经过半。我从不知道日子过得这么快，明天就一个礼拜了！我还没开始享受呢，也刚刚与韦斯顿太太和其他人熟悉起来。我讨厌回忆。"

"你的时间本就不多，还出去一整天理发，也许你开始后悔了。"

"不。"他微笑着说，"我一点儿也不遗憾。除非我把自己收拾得利利索索，否则见到朋友们，我也不会开心。"

此时，其他先生来了，爱玛不得不背对他一会儿，去听科尔先生说话。科尔先生走开以后，她收回了注意力，只见弗兰克·丘吉尔正目不转睛地望着坐在房间另一头的费尔法克斯小姐。

"怎么了？"她说。

他吓了一跳。"谢谢你让我回到现实。"他答，"想必我刚才太无礼了。不过，费尔法克斯小姐的头发太奇特了，真的非常奇特，我忍不住盯着她看。我从来没见过这样的发型！看她那头鬈发！一定是她自己设计出来的。我从没见过其他人留她这样的发型。我得去问问这是不是爱尔兰的时尚风格。可以吗？我一定要去，一定，你观察一下她做何反应，看她会不会脸红。"

他立刻走了过去。爱玛很快就看见他站在费尔法克斯小姐面前，跟她说话。可至于这位年轻的小姐做何感受，由于他很不明智地站在了她们中间，正好位于费尔法克斯小姐的面前，爱玛完全看不到。

弗兰克·丘吉尔还没回到座位上，韦斯顿太太就坐了下来。

"可以走近每个人，想说什么就说什么，这就是大型派对的好处了。"韦斯顿太太说，"亲爱的爱玛，我想和你谈谈。和你一样，我也有新发现，打开了新思路。我必须趁我的想法还新鲜，讲给你听听。你知道贝茨小姐和她的外甥女是怎么到这儿来的吗？"

"怎么来的！她们受到了邀请，不是吗？"

"这是当然，可她们是怎么到这儿来的呢？用什么交通方式来的？"

"想必是步行来的。不然还能怎么来？"

“非常正确。就在刚才，我忽然想到，晚上这么冷，简·费尔法克斯深更半夜走回家，该多么令人心疼啊。我瞧着她，虽然我从来没有见过她比现在更出众，可我猛地想到，她此时暖和过来了，就更可能感冒了。可怜的姑娘！想到这里我就受不了，等韦斯顿先生一进来，我就找到他，和他商量了一下马车的事。你或许猜到了，他一下子就应承下来。得到了他的认可，我直接去找贝茨小姐，告诉她在送我们回家之前，我们的马车听凭她的差遣。我觉得她听到这个消息马上就会舒心。多好的人啊！你准以为她一定很感激。‘没人像我这么幸运了！’但是，她感谢了一番后，说，‘就不给你们添麻烦了。奈特利先生打发马车把我们接来，也会把我们送回去。’我太惊讶了，我是很高兴，可也着实吃了一惊。多么周到，多么体贴啊！很少有男人能想到这样的事的。总而言之，我太了解他平常的为人了，我认为奈特利先生是为了她们才会用马车。我怀疑他自己根本用不着两匹马，他坐马车来，只不过是为了帮助她们找的借口而已。”

“很有这个可能。”爱玛说，“完全有可能。据我所知，没有人比奈特利先生更有可能做这种事了……这种对他人有益、体贴又仁慈的事，他最有可能做了。他这个人不爱献殷勤，却很会为别人着想。考虑到简·费尔法克斯身体不好，这么做在他看来是仁善之举。做了好事而不夸耀，我觉得愿意这么做的人，莫过于奈特利先生了。我知道他今天是坐马车来的，我们在门口碰上了，我还嘲笑他来着，但他连半个字都没透露。”

“对于这件事，你把他说得如此单纯无私，如此善良，不过呢，我另有一番看法。”韦斯顿太太笑着说，“贝茨小姐说话的时候，我的脑子里突然产生了一个怀疑，之后一直念念不忘。我越想就越觉得有这个可能。简而言之，我觉得奈特利先生和简·费尔法克斯很般配。看看我和你在一起、受你影响的后果吧！你怎么认为？”

“奈特利先生和简·费尔法克斯！”爱玛高声道，“亲爱的韦斯顿太太，你怎么会这么想呢？奈特利先生！奈特利先生不能结婚！你也不愿意把唐维尔从小亨利手里夺走吧？不不，唐维尔是亨利的。我绝对不同意奈特利先生结婚，我肯定这是不可能的事。你竟然这么觉得，我真的很惊讶。”

“亲爱的爱玛，我已经和你讲过我为什么产生这样的想法。我并不希望这门亲事伤害亲爱的小亨利，只是现在情况如此，我才这么认为。奈特利先生真想结婚的话，你也不能让他为了亨利的缘故放弃吧？毕竟亨利才六岁，对这种事一无所知。”

“是的，我就是要这么做。我不忍心见到亨利被人排挤掉。奈特利先生结婚！不，我从来没有这样想过，现在也接受不了。偏偏还是简·费尔法克斯！”

“不，你很清楚，他一向都对她青睐有加的。”

“可是这门亲事太轻率了！”

“我不是在讨论这门亲事是否谨慎，只是在说有没有这个可能。”

“我看半点儿可能性都没有，除非你有比你所说的更充分的根据。我跟你说过，他心肠好，为人体贴，才会准备马车。他尊重贝茨母女，总是乐于照顾她们，这你是知道的，不过，他这么做，与简·费尔法克斯无关。亲爱的韦斯顿太太，千万不要乱点鸳鸯谱。这件事可不怎么样。简·费尔法克斯，唐维尔庄园的女主人！不不不，听了就叫人反感。为了他好，我也不会允许他做出这么疯狂的事来。”

“恕我直言，轻率是有的，却还不至于到疯狂的地步。除了财产上的不平等，也许还有年龄上的一点儿差距，此外，我看不出他们有什么不相配。”

“但是奈特利先生并不想结婚。我相信他一点儿这方面的想法都没有。不要给他灌输这种念头。他为什么结婚？他一个人多快活，他有农场、羊群和他的藏书，他还要管理整个教区，他非常喜欢他弟弟的孩子们。他不必用结婚来打发时间，也不必从婚姻中寻找心灵的慰藉，所以，他没有结婚的理由。”

“亲爱的爱玛，他若真这样认为，那也没有办法，但如果他真爱上了简·费尔法克斯……”

“不可能！他才不喜欢简·费尔法克斯，我相信他对她没有情爱。他会帮助她或她的家人，但是……”

“哈。”韦斯顿太太笑着说，“也许他能给她们的最大帮助，就是给简一个体面的家。”

“对她而言是好事，我肯定对他来说就是坏事了，这种婚姻很不体面，是在贬低他的身份。贝茨小姐成为他的姻亲，他怎么受得了？让她整天赖在唐维尔，感谢他这么好心娶了简？‘你真是太善良，太乐于助人了！不过你一向都是个好心的邻居！’说着说着，她会突然跑题，转到她母亲的旧衬裙上，‘倒不是说那条衬裙很旧了，还能穿上一段时间呢，我要说，真庆幸我们的衬裙非常结实呢。’”

“呸，爱玛！别学她了。你说的我都开始良心不安了。说实话，我不认为贝茨小姐会给奈特利先生带来多大的困扰。他不会为了点儿小事就生气。她大可以絮叨不停，他有话要说，只会说得更大声，压住她的声音。不过，问题不在于这门亲事对他有没有好处，而在于他是否愿意结这门亲。我认为他是愿意的。我听过他对简·费尔法克斯赞不绝口，你肯定也听过。他对简感兴趣，担心她的健康，担忧她以后是否幸福！我听过他热情地说起这些！他是那么欣赏她的钢琴演奏，那么欣赏她的歌声！我听他说过，他听她演奏，就算听一辈子也不烦。啊，我差点儿忘了，我想到了一个可能，就是有人送了简一架钢琴那事儿，我们都以为那是坎贝尔夫妇送的礼物，但有没有可能是奈特利先生送的呢？我不由自主地觉得是他。我觉得一定是他送的，即便他这么做，也并非出于爱情。”

“那这也不能证明他爱上她了。我倒认为这件事不可能是他做的。奈特利先生绝对不会故弄玄虚。”

“我听过他一再感叹她没有钢琴。通常情况下，我觉得他不该总提这事的。”

“就算他打算送一架钢琴给她，也会知会她一声的。”

“亲爱的爱玛，他说不定是有所顾虑呢。我觉得多半就是他送的。科尔太太吃饭时提起了这件事，他一句话也没说。”

“韦斯顿太太，你想到了一种可能，就开始发挥想象，好多次，你就是这么责备我的。我看不出有什么爱情的苗头。我不相信钢琴是他送的，除非有证据，我才会相信奈特利先生想娶简·费尔法克斯。”

她们就这样又争论了一会儿，爱玛在她朋友的心中渐渐占据了上风。在两人当中，第一个让步的总是韦斯顿太太。不久，房间里出现了一阵忙乱，说明茶喝完了，钢琴也准备好了。与此同时，科尔先生走过来，恳请伍德豪斯小姐赏光试一试钢琴。爱玛只顾着与韦斯顿太太激烈地争论，一直没留意弗兰克·丘吉尔，只知道他坐在费尔法克斯小姐身边，此时，他跟着科尔先生，也来请她弹琴。爱玛喜欢事事争先，便欣然应允了。

爱玛很清楚自己能力有限，只演奏了拿手的曲目。她能把大家都很喜欢的短曲弹得悠扬动听，还可以一边弹一边唱。就在她弹唱的时候，竟然有人随着唱了起来，她惊讶之下不由得心中欢喜。竟是弗兰克·丘吉尔在唱和声，他的声音虽轻，发声却很准。一曲终了，他请爱玛宽恕他的冒昧，接下来一切照常发展。人们都夸他有副金嗓子、对音乐十分在行。他则得体地一一否认，说什么对音乐一窍不通，嗓音也不好。他们二人又合唱了一曲，然后，爱玛让位给了费尔法克斯小姐。爱玛从不否认，费尔法克斯小姐的演奏技艺和歌声都远远胜过她自己。

很多人都围在钢琴边上，爱玛则怀着复杂的感情，在稍远的地方坐下来听。弗兰克·丘吉尔再次演唱。看样子他们在韦茅斯一起唱过一两次。但是，一看到奈特利先生听得入了神，爱玛可就没心思听音乐了。她又琢磨起了韦斯顿太太的怀疑，合唱的两个人的动听歌声只是偶尔打断她的思考。她依然反对奈特利先生结婚，这没有一点儿改变。在她看来，这桩婚事百害而无一利，不仅会使约翰·奈特利先生大为失望，也会叫伊莎贝拉大为失望。真正受伤害的则是姐姐的孩子们，这会给他们带来令人羞愧的变化，让他们遭受物质损失，而她父亲也将跟着操心，不可能有安生日子过了。至于她自己，一想到简·费尔法克斯成为唐维尔庄园的女主人，她简直要抓狂了。就为了一个奈特利太太，她们所有人都要跟着遭殃！不，奈特利先生绝对不能结婚。小亨利依然是唐维尔的继承人。

不一会儿，奈特利先生回头看看，走过来坐在爱玛身边。起初，他们只聊了聊音乐表演。奈特利先生自然大加赞赏，但在爱玛看来，如果不是韦斯顿太太说了那番话，她肯定不会觉得奈特利先生的称赞别有深意。不过，为做试探，爱玛谈起了奈特利先生发善心派马车去接贝茨小姐和她外甥女的事。他应付了几句，爱玛相信这表明他不愿意多说自己做过的善事。

“我常常有点儿担心，每次在这种场合，我都不敢让我们的马车用作他途。”她说，“并不是我不愿意这么做，可是你知道，我父亲肯定觉得不该给詹姆斯派这样的差事。”

“的确如此，的确如此。”奈特利先生答道，“可是我相信，你一定是常常希望这样做。”他笑了笑，似乎对自己坚信这一点感到非常高兴，爱玛只得继续追问。

“坎贝尔夫妇送了一架钢琴，他们真是太好了。”她道。

“不错。”他回答，脸上毫无尴尬之色，“不过，他们还是应该事先通知她一声。给人惊喜，总是很愚蠢的做法。不仅不能让别人更高兴，往往还会造成相当大的不便。我本以为坎贝尔上校是个很理性的人。”

爱玛一听这话，便可以断定钢琴不是奈特利先生送的。但是，他是否全然没有特殊的迷恋，到底有没有心有所属，依然还无法确定。快唱完第二首歌时，简的声音都有些沙哑了。

“到此结束吧。”简唱完后，他高声说，“今晚上你唱得够多的了。可以休息一下了。”

然而，很快就有人恳求她再唱一首。“再来一首吧。他们也不愿意累坏了费尔法克斯小姐，只要求再来一首。”然后，弗兰克·丘吉尔的声音响了起来，“依我看，你唱这首歌，一点儿也不费力。第一部分太弱。第二部分才需要用力唱。”

奈特利先生生气了。

“那家伙一门心思地炫耀他自己的好嗓子。”他气愤地说，“绝不能听之任之。”说到这里时，贝茨小姐正好经过，他碰了碰她，“贝茨小姐，你怕不是疯了，才由着你的外甥女把嗓子唱哑了？你去管一管吧。那些人才不会怜悯她。”

贝茨小姐本就十分担心简，几乎来不及表示感激，便走上前去阻止简唱下去。今晚的音乐演奏到此结束，因为年轻小姐中会弹唱的，唯有伍德豪斯小姐和费尔法克斯小姐两位。但是，过了不到五分钟，就有人提议跳舞，也不知是谁首先提出的，科尔夫妇还是着手准备了起来，一应物件很快就被挪开，腾出了适当的空间。韦斯顿太太擅长弹奏土风舞曲，便坐下来弹起了动人的华尔兹。弗兰克·丘吉尔大献殷勤，走到爱玛身边，拉起她的手，牵着她来到了首位。

在等待其他年轻人找舞伴的当儿，他大大地称赞爱玛嗓音迷人，爱玛一面听着，一面环顾四周，想看看奈特利先生在做什么。这可是一个测试心意的大好时机。总的来说，他并不喜爱跳舞。假使他在追求简·费尔法克斯，他们一起跳舞就必然是一个预兆。但爱玛一时间并没有看出什么异样。他此时在和科尔太太说话，看向众人的目光有些漠不关心。有人邀请简跳舞，他还在与科尔太太聊天。

爱玛不再为亨利担心了，他的利益不会受到威胁。她顿时情绪高涨，开怀地带头跳起舞来。只凑齐了五对舞伴，可正因为舞伴不多，又是临时起意，反而更为愉快，她发现自己的舞伴极为配合。他们这一对跳起来，最为养眼。

不幸的是只能跳两支舞。天很晚了，贝茨小姐挂念母亲，便急着回家。有人要求再跳一曲，却没有成功，众人只得感谢韦斯顿太太，一脸悲伤地离开了。

“如此也好。”弗兰克·丘吉尔护送爱玛上马车时说，“不然我就得请费尔法克斯小姐跳舞了，和你跳过之后，我可欣赏不来她那没精打采的舞姿了。”

09

爱玛屈尊去科尔夫妇家做客，并不感到后悔。第二天她回忆起来，心中充满了愉悦。她本来深居闺中，出门做客会使声誉受损，但她那么受欢迎，也算得到了些许补偿。她一定让科尔夫妇非常高兴，他们都是可敬的人，应该让他们开心！

即使在记忆里，完美的幸福也不常见。有两件事让她心生不安。她把自己对简·费尔法克斯感情状态的怀疑透露给了弗兰克·丘吉尔，不禁觉得自己没有尽责维护同为女人的简。这算不得什么正确的行为，可她当时深信自己的猜测，便不由自主地说了出来。况且无论她说什么，他都点头称是，恭维她观察入微，如此一来，她就很难断定是否应该闭口不言了。

另一件让爱玛觉得遗憾的事，也与简·费尔法克斯有关，这一点毫无疑问。她在演奏和唱歌这两方面都差人一等，不由得发自内心地遗憾起来。她由衷地为自己儿时的懒散和疏于练习感到悲哀，于是坐下来，勤奋地练习了一个半钟头。

后来哈丽特来了，打断了她的练习。如果哈丽特的赞美能使爱玛满意的话，她很快就能得到安慰。

“啊，要是我能弹得像你和费尔法克斯小姐那样出色，该有多好！”

“别把我们相提并论，哈丽特。我的演奏不如她，正如一盏灯在阳光下黯然失色一般。”

“亲爱的，我觉得你们两个比起来，还是你弹得好，我认为你弹得和她一样好呢。我相信我更愿意听你弹唱，昨晚每个人都对你赞不绝口。”

“懂行的人一定听得出其中的差别。哈丽特，说实在的，我的演奏只是略过得去，能得人们的两句赞美，可是简·费尔法克斯的水平就高得多了。”

“我向来都认为你弹得和她一样好，即使你们的水平有高有低，也没人听得出来。科尔先生说你弹得很动人，弗兰克·丘吉尔先生也称赞你弹得动人，说他看重琴声是否动人，甚于指法好不好。”

“可是简·费尔法克斯在这两方面都那么出色，哈丽特。”

“你确定吗？依我看，她的指法的确出众，只是琴声并不怎么能打动人。没有人说她的琴声动听呢，我讨厌用意大利语唱歌，连一个字都听不懂。再说了，你也知道，即使她真弹得那么好，也是应该的，她要去教书的呀。考克斯姐妹昨晚还猜测她能不能到哪个名门望族家里做教师。你觉得考克斯姐妹怎么样？”

“跟平常一样，还是那么粗俗。”

“她们和我说起了一件事。”哈丽特有些迟疑地说，“不过也不是什么要紧事。”

爱玛不得不问她们说了些什么，不过她担心与埃尔顿先生有关。

“她们告诉我，马丁先生上个礼拜六与她们一起用餐了。”

“啊！”

“他有事找她们的父亲，事办完了，她们的父亲便请他留下来吃饭。”

“噢！”

“她们讲了很多关于他的事，尤其是安妮·考克斯。我不知道她是什么意思，但她问我明年还要不要去那里过夏天。”

“她好奇心太盛，又缺乏礼貌，安妮·考克斯就是这样一个人。”

“她说了，那天他表现得很讨人喜欢。吃饭时，他就坐在她旁边。纳什小姐认为，这对姐妹都很乐意嫁给他。”

“很有可能。我认为她们无一例外都是海伯里最粗俗的姑娘。”

哈丽特要去福特商店买东西。爱玛为求谨慎，觉得还是陪她一起去为好。极有可能再次意外撞见马丁兄妹，以哈丽特目前的状态，这可谓非常危险。

哈丽特看见什么都喜欢，别人只要说上两句，她就拿不准主意了，所以她买东西总要花很长时间。趁哈丽特不确定该挑选哪块薄棉布的时候，爱玛走到门口，看看有没有什么好玩的事。这里是海伯里最热闹的区域，却也不要指望能看到多少人。佩里先生匆匆走过，威廉·考克斯先生走进律师事务所，科尔先生拉车的马遛了一圈正好回来，信差骑着一头固执的骡子在游荡，这些就是爱玛期待见到的所有最热闹的景象。然而，当她看到屠夫端着托盘、一个打扮整洁的老妇提着一篮子东西从商店向家中走去、两条杂种狗在争抢一块脏骨头、一群游手好闲的孩子围在面包店的小圆肚窗旁盯着姜饼，她知道自己没有理由抱怨，反倒看得有滋有味，于是一直在门边站着。只要心里充满朝气、轻松自在，即使什么都看不到也无所谓，也不会看到会引起不快的东西。

爱玛朝兰德尔斯所在的那条路望去。那里比较开阔，两个人出现在了她的视线里，是韦斯顿太太和她的继子。他们正朝海伯里走来，目的地自然是哈特菲尔德。不过，他们首先停在了位于兰德尔斯和福特商店之间的贝茨太太家，正要敲门，却瞧见了爱玛。他们立刻穿过马路，来到她面前。昨天相见甚欢，今天再次见面，三人都非常开心。韦斯顿太太告诉爱玛，她要去贝茨家听听新钢琴的琴声。

“我的同伴告诉我，昨晚我答应过贝茨小姐，说今天早上一定去拜访。”她说，“我自己倒是忘了这码事。我好像并没有确定拜访的日期，不过既然他这么说，我去一趟就是了。”

“韦斯顿太太去串门这会儿工夫，我希望可以陪同你们回家，在哈特菲尔德等她。”弗兰克·丘吉尔说。

韦斯顿太太有些失望。

“我还以为你要跟我一道去。她们见了你，肯定会非常高兴的。”

“我！我只会碍事。不过我在这里说不定也一样，伍德豪斯小姐看起来并不希望我陪着。我舅母买东西时总把我打发走，她说我要把她烦死了。伍德豪斯小姐似乎也要说这话了。我该怎么办？”

“我不是来买东西的。”爱玛说，“我只是在等我的朋友。她可能很快就买好了，然后我们就可以回家了。不过你最好和韦斯顿太太一起去听听琴声。”

“好吧，如果你这么建议的话。但是——”弗兰克说着微微一笑，“如果坎贝尔上校委托了一位粗心大意的朋友经办此事，弄得钢琴的音色不太好，我该说什么？我是不会顺着韦斯顿太太说的。所以，还是她自己去比较好。不那么中听的事实经由她的嘴说出来，也会顺耳得多。我这人最不擅长的就是礼貌地撒谎了。”

“我才不信呢。”爱玛答道，“我相信，如有必要，你也会像其他人一样说违心的话。但没有理由认为那架钢琴的音色不准。如果我昨晚对费尔法克斯小姐的话理解得不错的话，事实恰好完全相反。”

“要是不太勉强，你还是与我一同去吧。”韦斯顿太太说，“不会耽搁太久的。出来后，我们就去哈特菲尔德，肯定会与她们前后脚到。我真希望你跟我一起去，那样人家会觉得受到了尊重，我一直都以为你愿意去。”

他不能再拒绝了，只好陪韦斯顿太太一起回到贝茨太太的门口，心想等会儿去哈特菲尔德，定能得到补偿。爱玛目送他们走进去后，来到哈丽特正在挑东西的柜台，她竭力使哈丽特相信，如果她想要素色薄棉布，就不用再看花布了。蓝色的缎带再怎么漂亮，也与她的黄色花布不配套。最后，哈丽特终于选好了要买的料子，连送货的目的地也确定了下来。

“是送到戈达德太太家吗，小姐？”福特太太问，“是的——不——是的，就送去戈达德太太家吧。只有我的花式礼服在哈特菲尔德呢。算了，还是送到哈特菲尔德好了。不过戈达德太太肯定想看看的。我随时都可以把花式礼服带回家。但是，缎带我是马上就要用的，所以送去哈特菲尔德最好，至少把缎带送去哈特菲尔德。福特太太，可以分开送货，是不是？”

“哈丽特，还是不要麻烦福特太太送两个包裹了吧。”

“那好吧。”

“不麻烦的，小姐。”乐于助人的福特太太说。

“不过说真的，我想还是打成一包吧。那就全送到戈达德太太家……我不知道……不，伍德豪斯小姐，我看还是都送到哈特菲尔德，晚上我再带回去。你说怎么才好？”

“对这个问题，就不要再犹豫了。请送到哈特菲尔德去，福特太太。”

“太好了。”哈丽特十分满意地说道，“我一点儿也不愿意送到戈达德太太家。”

这时，店外响起了交谈声，或者更确切地说，是两位女士走了过来，但说话的只有一位女士。她们在门口碰到了韦斯顿太太和贝茨小姐。

“亲爱的伍德豪斯小姐，”后者说，“我是来请你赏光去我家坐坐，品评一下我们的新钢琴……你和史密斯小姐一起去吧。你好吗，史密斯小姐？很好，谢谢你。我还请求韦斯顿太太跟我一起来，保证能劝得动你。”

“希望贝茨太太和费尔法克斯小姐都……”

“都很好，非常感谢你。我母亲身体很好，简昨晚没有感冒。伍德豪斯先生好吗？听到他身体不错，我很高兴。韦斯顿太太告诉我你在这里。我说我一定得去一趟，我相信伍德豪斯小姐一定会应允我的恳求。我母亲见到她一定会非常高兴。家里来了贵客，她听了是不会拒绝的。‘是的，快去吧。’弗兰克·丘吉尔先生说，‘伍德豪斯小姐对钢琴的意见值得一听。’我就说你们两位中得有一个和我一起去，那样我成功的机会就更大了。‘啊。’他说，‘那就等我把手里的活干好吧。’伍德豪斯小姐，他可是全世界最乐于助人的人了，他把我母亲眼镜上的铆钉固定好了。你知道的，今天早上铆钉松了。他真是太热心了！眼镜戴不上，我母亲就没法用了。顺便提一句，每个人都该有两副眼镜，确实应该。这话是简说的。本来早上要做的第一件事，就是拿眼镜去约翰·桑德斯那里修一修，可总被各种各样的事情绊住。一会儿是这事，一会儿是那事，你知道的，我也说不清是什么事。有一次，帕蒂过来说她觉得厨房的烟囱需要打扫了。我就说了，帕蒂，你就不要把你的坏消息说给我听了。你女主人眼镜上的铆钉掉了。过了一会儿，烤苹果就送来了。是沃利斯太太打发她儿子送过来的。他们待我们十分客气，总是帮助我们，沃利斯一家一向都是这样的。我听一些人说，沃利斯太太这人有点儿野蛮，同人讲话总是粗粗鲁鲁，但我们只知道他们对我们很照顾。这倒不是因为我们是他们的主顾，你知道的，我们也吃不了多少面包。我们一家就只有三个人。再说了，亲爱的简现下吃得太少了，早饭只吃两三口，要是你看到了，准会吓坏的。我都不敢让我母亲知道简吃得这么少。我只好东拉西扯，搪塞过去。可是到了中午，简就饿了，她最爱吃的就是烤苹果了。烤苹果对健康大有好处，我是问过佩里先生的。那天，我在街上正好碰见了他。这倒不是说我以前对此有什么怀疑。我常听伍德豪斯先生建议大家吃烤苹果。我想伍德豪斯先生一定觉得只有这样吃苹果，才对身体有益。不过我们常吃苹果布丁，帕蒂做的苹果布丁真是一绝。啊，韦斯顿太太，但愿你已经说服两位小姐答应光临寒舍了。”

爱玛说了几句“非常乐意问候贝茨太太”之类的话，她们终于走出了铺子，但在那之前，贝茨小姐说：

“你好吗，福特太太？请原谅我刚才没看到你。听说你从伦敦进了一批很漂亮的新缎带。简昨天回来的时候高兴极了。谢谢你，手套很合适，只是手腕处有点儿大，不过简正在改呢。”

“我刚才说到哪里了？”等众人都走到了街上，她又说道。

爱玛想想贝茨小姐东拉西扯的一番话，实在无法确定她说到哪里了。

“我也记不起自己刚才说什么来着。啊，对啦，是我母亲的眼镜。弗兰克·丘吉尔先生真是太客气了！‘啊！’他说，‘我想我一定可以把铆钉固定住，我极喜欢做这种活。’你知道，这说明他非常——我以前听说过很多他的事，也做过不少猜测，但我现在必须得说，他真是太优秀了——我衷心地祝贺你，韦斯顿太太。他处处都能讨得最慈爱的父母的喜欢——‘啊！’他说，‘我想我一定可以把铆钉固定住。我极喜欢做这种活。’我永远不会忘记他的举止风度。我从壁橱里拿出烤苹果，希望朋友们赏脸品尝品尝。‘啊！’他马上就说，‘没有比这更好的水果了。我从没见过这么好的自制烤苹果。’你知道的，他这话真的——从他的态度看，我肯定他这么说绝不是在恭维。烤苹果当真让人垂涎欲滴，沃利斯太太做得太好了，可惜我们只烤了两次，伍德豪斯先生还要我们保证烤三次。不过呢，伍德豪斯小姐你人好，是不会提起这件事的。那些苹果拿来烤，是再好不过的了，都是唐维尔栽种的，其中一部分还是奈特利先生的慷慨相赠。他每年都送给我们一麻袋苹果。他有一棵苹果树的果子放很久也不会烂，我想他有两棵这样的树。我母亲说在她年轻那会儿，那个果园就很出名。不过呢，那天我还真挺吃惊的。那天早晨，奈特利先生到我家来，简正好在吃苹果，我们就说到了苹果，我说简很喜欢吃，他就问我们的苹果是不是快没了。‘想必你们没剩多少苹果了。’他说，‘我再给你们送一些来，我还有很多，我自己吃不完。威廉·拉金斯今年让我留得比往年都多。我再送一些给你们，免得白白浪费了。’我请求他不要送了，我们的苹果确实快没了，我绝不能说还剩下许多，其实就还有六个，都要留给简吃。我不忍心让他再送，他已经那么慷慨了。简也是这么说的。他走了之后，简差一点儿和我们吵了起来。不不，也不能说是吵，我们从没吵过架。我承认家里的苹果快没了，她听了很不高兴，希望我能让他相信我们还有很多苹果。我就说，亲爱的，我已经尽可能多说了。然而，就在当天晚上，威廉·拉金斯送来了一大篮苹果，还是那个品种的苹果，至少有一蒲式耳[1]，我感激极了，就下楼去和威廉·拉金斯说话，你可以想象，我把该说的话都说了出来。威廉·拉金斯是老熟人了！我总是很高兴见到他。不过，后来我从帕蒂那里得知，威廉说他主人只有这些了。他把剩下的苹果都送来了，现在他的主人一个都没有了，不能吃烤苹果或煮苹果了。威廉自己似乎并不介意，他很高兴他的主人卖掉了那么多苹果。你知道，威廉把主人的利益看得比什么都重要。但他说，霍奇斯太太见苹果都没了，还老大不高兴呢。今年春天她的主人吃不上苹果馅饼，她想想就难受。他把这件事告诉了帕蒂，但嘱咐她不要在意，千万不要对我们提起，因为霍奇斯太太有时会大发雷霆，况且这么多苹果都卖了，那剩下的苹果是谁吃掉，也就无关紧要了。帕蒂把这话告诉了我，我真的非常震惊！我绝对不愿意奈特利先生知道这件事！他会非常……我本来也想瞒着简。但是，不幸的是，我嘴快，就给说出来了。”

贝茨小姐刚说完，帕蒂就打开了门。客人们上楼时，贝茨小姐没再说什么，只是出于好心，东扯西扯地提醒大家当心脚下。

“请当心，韦斯顿太太，拐弯处有一级台阶。要小心啊，伍德豪斯小姐，我们家的楼梯太暗了，又暗又窄，谁也想不到会有这么糟糕的楼梯。史密斯小姐，请慢点儿走。伍德豪斯小姐，我真担心，你的脚一定撞到了。史密斯小姐，留意拐弯处的那级台阶。”

---

1 英制的重量和容量单位，相当于27.216千克。——译者注

10

众人走进那间小起居室，屋内很安静。贝茨太太并没有做平常在做的事，而是在炉火边上打瞌睡。弗兰克·丘吉尔坐在她身旁的一张桌边，专心致志地修理她的眼镜。简·费尔法克斯背对她们站着，专注地看着钢琴。

年轻人虽然忙着，但再次见到爱玛，还是露出一副喜悦的神情。

“真好，你们来得比我预料的早了十分钟。”他压低声音说，“你看，我是想帮帮忙，你说说你相不相信我能成功。”

“什么！”韦斯顿太太说，“还没弄好吗？你要是做银匠，照你这样的速度，可赚不到大钱了。”

“我不是一直在修。”他回答，“我刚才帮费尔法克斯小姐把钢琴放稳，钢琴有些不稳当，想必是地板不平整吧。你看，我们在一条腿下面垫了些纸。你愿意来一趟，真是太好了。我还怕你急着回家呢。”

他想办法让爱玛坐在他旁边，还为她挑了一个烤得最好的苹果，一会儿让她帮他修理，一会儿让她出主意，然后，简·费尔法克斯准备好，可以再坐下来弹钢琴了。爱玛见简没有马上准备好，便怀疑她心里紧张。钢琴送来不久，她每次碰，肯定还是很激动，必须让自己冷静下来才可以演奏。对于她的这种情绪，不管原因是什么，爱玛都不能不表示同情，还决定不把这件事透露给旁边的男子。

简终于开始了演奏。开头虽然弹得有些无力，可是钢琴的力量逐渐发挥了出来。韦斯顿太太刚才就很高兴，现在听了依然很开心。爱玛也和她一起夸赞了一番。经过鉴赏，那架钢琴被认为是上等货色。

“不管坎贝尔上校委托了什么人，这个人都没有选错。”弗兰克·丘吉尔微笑着对爱玛说，“我在韦茅斯就听很多人称赞坎贝尔上校品位独到。我确信，他和他的朋友们十分重视高音是否柔和。费尔法克斯小姐，我敢说，他要么是给了他的朋友很详细的指示，要么就是亲自给布罗德伍德琴行写了信。你说呢？”

简没有回头。她也没有必要听。韦斯顿太太一直在同她说话。

“这么说不公平。”爱玛低声说，“我只是随便一猜。不要使她难过。”

弗兰克微笑着摇了摇头，看上去似乎没有什么怀疑，也没有什么怜悯心。很快，他又开口道：

“费尔法克斯小姐，你现在这么开心，你在爱尔兰的朋友们一定很为你高兴。我敢说，他们常常念着你，不知道钢琴哪一天送到。你认为坎贝尔上校此时知不知道一切顺利呢？依你看，他是托人经办的，还是只说了个大概，由店家依据实际情况，在方便的时候送货？”

弗兰克顿了顿。简只能听弗兰克的话，也不得不回答：

“除非我收到坎贝尔上校的信，不然，我什么也无法肯定，猜测也算不得准。”她强作镇定地说。

“猜测！啊，人们有时猜对，有时猜错。我希望我能猜出还要多久，才能把这个铆钉安好。伍德豪斯小姐，一个人在努力工作的时候，尽是说废话。想必真正做工的人是不开口的。可我们这样的绅士做起活来，一旦找到个什么词……就像费尔法克斯小姐说的猜测……好啦，完成了。太太……”他对贝茨太太说，“我很荣幸替你修好了眼镜，现在可以用了。”

贝茨母女都对他表示了热烈的感谢。为了摆脱贝茨小姐，他走到钢琴跟前，求仍坐在钢琴前的费尔法克斯小姐再弹一曲。

“如果你同意，”他说，“请弹一首我们昨天晚上跳的华尔兹的舞曲吧，让我再听一次。你不像我那样喜欢听，看起来一直很疲倦。看到不再跳舞了，我想你一定很高兴吧。但只要可以再跳半个钟头，我愿意放弃整个世界。”

简弹了起来。

“能再听到一首使人愉快的曲子，是多么幸福啊！如果我没记错的话，我们在韦茅斯跳过这支舞。”

简抬头看了看他，脸涨得通红，她又弹了别的曲子。弗兰克从钢琴旁边的椅子上拿起一本曲谱，转身对爱玛说：

“这本集子我是头一次看。你看过吗？是克莫雷音乐出版社出版的，收录了一组新的爱尔兰乐曲。从这样一个地方看到这样一本曲谱，也在预料之中。集子是和钢琴一起送来的。坎贝尔上校考虑得很周到，是不是？他知道费尔法克斯小姐在这儿是没有曲谱的。我尤其尊重他在这方面的体贴，说明他是真心地送这份礼物。没有草率行事，也没有半点儿遗漏之处。只有出于真挚的感情，才能办得如此完美。”

爱玛希望他不要说得如此尖锐，但又忍不住觉得好笑。她朝简·费尔法克斯瞥了一眼，发现她脸上还残留着笑容。见到简因为心中暗自高兴而露出笑容，脸上还泛着红晕，爱玛再也没有顾虑，越发觉得好笑，也不会对简感到那么内疚了。简·费尔法克斯纵然和蔼、正直、完美，却显然暗藏着一份应受谴责的感情。

弗兰克把所有的乐谱都拿给爱玛，他们一起看了看。爱玛趁机低声说：

“你说得太直白了，她肯定听出了你的言外之意。”

“我就希望她听出来，我就是要她理解我的言外之意，我对我的意思一点儿也不感到羞耻。”

“不过，说实在的，我真有点儿惭愧。要是我从来没有起过这种念头就好了。”

“我很高兴你先想到了，还告诉了我。对她那些古怪的表情和古怪的行为方式，我现在都能理解了。让她去觉得羞愧吧。她做错了，就该难为情。”

“依我看，她并非全然不觉羞耻。”

“我看不出她有一丝羞愧。她现在弹的是《罗宾·亚岱尔》，是他最喜欢的曲子。”

不一会儿，贝茨小姐从窗口走过，看见奈特利先生在不远处骑着马经过。

“是奈特利先生！如果可能的话，我得跟他说声谢谢。这儿的窗子打不开，不然你们都会感冒的，但是，你们知道，我可以去我母亲的房间。他如果知道谁在这里，我敢说他会进来的。能见到你们大家，我太开心了！我们的小房间真是蓬荜生辉呢！”

她这话还没说完，人就已经到了隔壁房间，她打开了那里的窗子，马上叫住了奈特利先生。他们说的每一句话，其他人都听得清清楚楚，仿佛他们在同一间屋子里。

“你好吗？你好吗？很好，谢谢你。谢谢你昨晚派马车接送我们。我母亲一直在等我们，我们及时回到了家。请进来吧，进来坐坐吧。朋友们都在呢。”

贝茨小姐这么说完，奈特利先生似乎下定决心要让别人听到他的话，极其坚决和威严地说：

“你的外甥女好吗，贝茨小姐？希望你们大家都好，尤其是你的外甥女。费尔法克斯小姐好吗？但愿她昨晚没感冒。她今天怎么样？告诉我费尔法克斯小姐怎么样了。”

贝茨小姐不得不直截了当地回答这个问题，他才肯听她说别的话。听众都觉得很好笑。韦斯顿太太意味深长地看了爱玛一眼。爱玛仍然摇了摇头，坚定地表示怀疑。

“太感谢你了！非常感谢你的马车。”贝茨小姐接着说。

奈特利先生打断了她的话：

“我现在要去金斯敦。有什么事需要我替你办吗？”

“啊，金斯敦……你要去？前几天科尔太太还说想从金斯敦买点儿东西。”

“科尔太太可以派仆人去。你有没有什么事要办？”

“没有，谢谢你，请进来坐坐吧。你猜谁在里面？伍德豪斯小姐和史密斯小姐都在呢，她们真好，来听听新钢琴。你把马拴在克朗旅店，进来坐坐吧。”

“好吧。”他从容谨慎地说，“也许能待上五分钟。”

“韦斯顿太太和弗兰克·丘吉尔先生也在！这么多朋友都在，真是太开心了！”

“不，现在不行，谢谢你。我连两分钟都待不了。我必须尽快到金斯敦去。”

“进来吧。他们见到你一定非常高兴。”

“不，不，你家里有这么多客人了，我还是改天再来听新钢琴吧。”

"那太遗憾了！啊，奈特利先生，昨晚的派对多开心啊！多么愉快！你见过大家这样跳舞吗？很愉快吧？伍德豪斯小姐和弗兰克·丘吉尔先生跳了舞，我从没见过有谁跳得这么好。"

"的确令人愉快。我只能这么说，因为我想伍德豪斯小姐和弗兰克·丘吉尔先生清楚地听到了我们的谈话。而且……"他说着提高了嗓门，"我看不出为什么不夸夸费尔法克斯小姐。我认为费尔法克斯小姐跳得很好。韦斯顿太太弹奏的土风舞曲在英国绝对堪称一绝。现在，如果你的朋友心存感激，一定会大声地向你和我道谢，可惜我是听不到了。"

"奈特利先生，再等一会儿。还有一件重要的事……太叫人震惊了！我和简都对苹果的事感到震惊！"

"怎么了？"

"想想看，你把你存下的苹果都给了我们。你说你还有很多，可其实一个也没有了。我们真的很震惊！霍奇斯太太八成要不高兴了。是威廉·拉金斯在这儿提起这事的。你不应该这么做的，确实不应该。啊，他走了。人家一谢他，他就不好意思了。我还以为他会留下来，如果不提这件事就太可惜了……唉……"贝茨小姐说着回到起居室，"我没能说服他。奈特利先生没时间进来坐坐。他要去金斯敦。他还问我有没有什么事要他代办……"

"是的。"简说，"我们听到他好心的提议了。你们说的话，我们都听到了。"

"是的，亲爱的，我想你们的确听到了。你知道的，门开着，窗子也是开着的，奈特利先生说话声音又大。你们肯定都听到了。'我现在要去金斯敦。有什么事需要我替你办吗？'他是这么说的，所以我就说……噢，伍德豪斯小姐，你一定要走吗？你才刚来呢。谢谢你的好意。"

爱玛觉得真该回家了。她们这次串门待得够久了。韦斯顿太太和她的同伴看了看表，发现上午已经过去了大半，也告辞了。但是，他们只能陪两位年轻的小姐走到哈特菲尔德门口，便得折回兰德尔斯了。

11

人就算一次舞也不跳，也无所谓。年轻人接连好几个月不参加任何类型的舞会，他们的身心也不会受到真正的伤害。但是，一旦开了个头，体会到了快速舞动的妙趣，那只有榆木疙瘩不想再跳。

弗兰克·丘吉尔在海伯里跳过一次舞，便盼着再跳一次。有一天晚上，伍德豪斯先生在大家的劝说下，和女儿一起去兰德尔斯做客，在最后的半个钟头里，弗兰克和爱玛这两个年轻人就盘算着再办一次舞会。首先提出这个想法的是弗兰克，他满腔热情地要办成此事。爱玛最了解办舞会的难处所在，也最关注在哪里办舞会、请哪些人参加舞会。不过，爱玛非常希望让人们再看看，弗兰克·丘吉尔先生和伍德豪斯小姐跳舞是多么赏心悦目。如此一来，再把她自己和简·费尔法克斯相比，她就不需要脸红了。即使只是为了单纯地跳跳舞，没有虚荣心在作祟，她也愿意帮助他。他们先用步子量了量所在的房间，看看可以容纳多少人，又去度量了另一个客厅，虽然韦斯顿先生说这两个房间一样大，但他们还是盼着另一个房间大一些。

弗兰克的第一个提议和请求是，在科尔先生家开始的舞会就该在那里结束，邀请同样的人参加，请同样的人弹奏舞曲，大家都欣然同意了。韦斯顿先生很愉快地接受了提议，韦斯顿太太也一口答应，他们想跳多久，她就可以弹多久。接下来大家做起了有趣的工作：盘算请谁来参加，计算出每一对舞伴要占多少空间。

“你和史密斯小姐，还有费尔法克斯小姐，这是三个人，再加上两位考克斯小姐，就满五个人了。”这句话被重复了许多遍，“除了奈特利先生，还有两位吉尔伯特先生、小考克斯、我父亲和我。不错，这样一来，就可以痛快玩一玩了。你和史密斯小姐，还有费尔法克斯小姐，这是三个人，再加上两位考克斯小姐，就满五个人了。房间里容得下五对舞伴。”

但很快就有人提出了疑问：

"这地方容得下五对舞伴？我看有点儿挤。"

另一个人说：

"只有五对舞伴不够热闹，不值得办一次舞会。认真想想，五对舞伴太少了。只邀请五对舞伴是不行的。若是临时起意，那还说得过去。"

有人说吉尔伯特小姐可能在她哥哥家，必须邀请她一起来。还有人相信，如果那天晚上邀请吉尔伯特太太，她也会跳舞。又有人说也可以算上考克斯家的另一个小儿子。最后，韦斯顿先生说必须邀请一个表亲和他的家人，另一个老相识也不能遗漏。就这样，五对舞伴至少变成了十对，众人又开始兴趣盎然地商量如何招待这些人。

这两间屋子的门正好相对。"可不可以把两个房间都用上，穿过走廊跳舞？"这似乎是最好的计划了，然而，有几个人还是觉得不够好，想要一个更好的计划。爱玛说这样很不方便。韦斯顿太太为晚饭苦恼，伍德豪斯先生认为舞会有损健康，坚决反对。他很不高兴，大家也就无法坚持主张了。

"不行，不行。"伍德豪斯先生说，"这么做实在是太鲁莽了。我绝不许爱玛去！爱玛身体弱，会得重感冒的。可怜的小哈丽特也一样。你们所有人都可能生病。韦斯顿太太，你会卧床不起的。别让他们谈这种荒唐的事了。请不要让他们谈这件事了。那个年轻人……"他说着压低了声音，"……太不顾及别人了。可别告诉他父亲，但那个年轻人实在有欠稳重。今天晚上，他动不动就打开门，总让门一直开着，全然不考虑别人，也不想想风有多大。我并不想让你对他产生反感，不过他确实不怎么稳重。"

韦斯顿太太听到这样的指责，连忙表示歉意。她知道伍德豪斯先生的评价有多重要，便想尽一切办法让他改观。现在，每扇门都关上了，走廊跳舞的计划也放弃了，在他们所在的这个房间跳舞的计划被再次提起。由于弗兰克·丘吉尔的好意，一刻钟以前大家还认为这里容不下五对舞伴，而现在都够十对舞伴跳舞了。

"我们太大方了，留了一些不必要的空间。"他说，"十对舞伴在这里完全待得下。"

爱玛表示反对："那样太挤了，可要人挤人了，要跳舞却连转身的空间都没有，简直糟透了。"

"说得很对。"弗兰克严肃地回答，"确实会人挤人。"但他还是继续量，结果还是……

"我想有足够的空间给十对舞伴。"

"不，不。"她说，"你太不切实际了。站得这么近，可太糟了。挤在一起跳舞，实在没什么意思，况且又是一大群人挤在一个小房间里跳舞。"

"这是不可否认的。"他回答，"我完全同意你的看法。房间小，又挤满了人……伍德豪斯小姐，你很擅长用几句话就把事情描绘得惟妙惟肖。妙，妙极了！不过呢，已经讨论了这么久，谁也不甘愿放弃。我父亲一定会失望的——总的来说，我不知道——我还是认为十对舞伴在这里跳舞不成问题。"

爱玛觉察到，他的殷勤中带着一点儿任性，他宁可反对，也不愿失去和她跳舞的乐趣。但她接受了恭维，对他的其他行为给予了谅解。要是她真打算嫁给他，那她就应该停下来好好考虑一下，弄清楚他的钟情是否值得自己给出回报，他的脾气怎么样。不过，不管他们的相识有何目的，他还是相当讨人喜欢的。

第二天，还没到中午，弗兰克就来了哈特菲尔德。他走进来的时候带着愉快的微笑，可知他是来继续讨论跳舞计划的。很快，他就宣布了一项改进。

"伍德豪斯小姐。"他几乎立刻就开口了，"我想，我父亲的房间虽小，却还不至于让你打消跳舞的念头吧。在这个问题上，我有一个新的建议……其实这个想法是我父亲的，只要你同意，就可以着手安排了。这场小小的舞会将在克朗旅店而不是兰德尔斯举办，而我是否有这个荣幸，可以请你跳头两支舞？"

"克朗旅店！"

"是的。如果你和伍德豪斯先生不反对的话。我相信你们不会的，我父亲希望他的朋友们能去那里。在那里，他可以为朋友们提供更好的场地，朋友们得到的款待也不会亚于在兰德尔斯受到的招待。这是他想出来的主意。只要你们满意，韦斯顿太太就不反对。我们所有人都是这么认为的。你昨天说得对极了！在兰德尔斯的任何一个房间里，要招待十对舞伴都有点儿挤，太不舒服了！我觉得你自始至终都说得很对，可是我太着急了，只想把事情定下来，不肯让步。换个地方，不是很好吗？你同意吗？但愿你会同意。”

“依我说，只要韦斯顿夫妇不反对这个计划，谁也不能说一个不字。我认为这法子不错。就我自己而言，我十分赞同……这似乎是唯一更好的办法了。父亲，你不认为这个办法好很多吗？”

爱玛只得重复一遍，又做了解释，才让伍德豪斯先生理解。这是个全新的主意，爱玛不得不深入讲了讲，才能让她父亲接受。

“不，我说这个主意也没好多少……是个非常糟糕的计划，比之前的糟糕得多。旅馆的房间向来潮湿，还很危险，从来不通风，也不适合居住。一定要跳舞，最好还在兰德尔斯。我这辈子从没在克朗旅店的房间待过，也不认识开旅店的人。不行，不行，这计划太不可取了。在克朗旅店，他们最可能得感冒。”

“我想说的是，先生，”弗兰克·丘吉尔说，“换个地方有一个很大的好处，那就是任何人患感冒的危险都很小，在克朗旅店比在兰德尔斯小得多！佩里先生也许有理由对这一改变感到遗憾，但其他人不该如此。”

“先生，”伍德豪斯先生有些激动地说，“如果你认为佩里先生是那种人，那你就大错特错了。我们任何人生病，佩里先生都非常关心。但我不明白，对你来说，克朗旅店的房间怎么能比你父亲家更安全？”

“那里的房间比较大，先生。我们不必开窗，整个晚上一次也不必开。正是因为开窗的可怕习惯，冷风吹到人们发热的身体上，才会导致感冒，先生，你很清楚这一点。”

“开窗！但丘吉尔先生，肯定不会有人想在兰德尔斯开窗户的。谁也不会这么鲁莽！我从未听说过这样的事。开着窗户跳舞！我相信不管是你父亲还是韦斯顿太太……就算是可怜的泰勒小姐……都不会容忍这种行为的。”

“先生……有时，说不定有哪个考虑不周的年轻人走到窗帘后面，将窗框推上去，谁也注意不到。我自己也常听说有人这样做。”

“真的吗，先生？天哪！我无论如何也想不到有这种事。但我素来很少与人来往，经常对我所听到的事感到惊讶。不过，眼下这件事确实很重要。我们要好好谈一谈，或许……但遇到这种事，一定要考虑周到才行。可不能仓促做决定。如果韦斯顿先生和太太哪天上午可以来一趟，我们可以好好商量一下，看看有什么办法。”

“可是，不幸的是，先生，我的时间有限……”

“啊！”爱玛打断了弗兰克的话，“还有很多时间把所有事谈清楚的。根本不用着急。父亲，选在克朗旅店的话，安置马匹就很方便。那儿距离家里的马厩非常近。”

“的确如此，亲爱的。这倒是一个便利。倒不是詹姆斯有怨言，不过，在我们力所能及的时候，让马儿省省力，也是应该的。如果那里的房间能确保通风……但斯托克斯太太值得信任吗？我对此表示怀疑。我甚至都不认识她，连见都没有见过她。”

“这事我可以担保，先生，因为是韦斯顿太太打理一切。这件事由韦斯顿太太负责。”

“你瞧，父亲！现在你应该满意了吧……我们亲爱的韦斯顿太太是个多么细心的人啊。你不记得很多年前我得了麻疹，佩里先生说的话了吗？‘如果泰勒小姐把爱玛小姐裹起来，你就不用担心了，先生。’我常听你在恭维她的时候说这句话呢！”

“确实是这样的，佩里先生的确这么说过，我永远不会忘记。可怜的小爱玛！你的麻疹太严重了。要不是佩里的悉心治疗，你的病情就要恶化了。在那个礼拜，他每天都来四次。他说你刚得病时情况还算乐观，我们听了总算安慰了一点儿。不过，麻疹还是一种可怕的疾病。等到可怜的伊莎贝拉的孩子们出麻疹，我只希望她能派人来找佩里。”

“此刻，我父亲和韦斯顿太太正在克朗旅店，查看那里适不适合办舞会。”弗兰克·丘吉尔说，“我离开他们两位来到哈特菲尔德，急切地想要争取你的意见，希望你能被说服并去找他们，在现场提一提建议。他们两位都征求我转达这一点。如果你能允许我陪你一起前往，他们将不胜荣幸。你若是不在，他们什么也做不成。”

爱玛受到这样的邀请，感到非常高兴。她父亲答应在她出去这段时间里好好考虑一下这件事，于是两个年轻人立刻动身前往克朗旅店。韦斯顿夫妇在那里，见到她、得到她的称赞，他们都很高兴。他们两个忙得不可开交，也很开心，只是各有各的方式。韦斯顿太太有点儿苦恼，韦斯顿先生则觉得一切都很完美。

“爱玛，”她说，“墙纸比我想象的还要差。你看啊！有些地方真是脏极了。护壁板都发黄了，破破烂烂的，谁能想到会这样呢。”

“亲爱的，你太挑剔了。”她丈夫说，“这有什么要紧的呢？到时候，点上蜡烛，根本看不出什么的。有烛光一照，这里看起来会与兰德尔斯一样干净。俱乐部在晚上聚会的时候，我们可都没注意到这些。”

此时，女士们大概交换了一下眼色，意思是说：“东西脏不脏，男人永远不知道。”而先生们也许也在暗自思忖：“女人就爱为一些无谓的小事瞎操心。”

不过，有一个疑难问题不容两位先生轻视：选在哪里用餐。当初建造这间舞厅的时候，并没有考虑到用餐问题，因此隔壁只有一间小小的棋牌室。该怎么办才好？现在这个牌室还得用来打牌，就算他们四个人决定取消打牌这一活动，也还是太小，无法招待所有人舒舒服服地用餐。还有一个房间比较大，可以用来用餐，只是那个房间位于房子的另一端，要穿过一条很长的通道才能过去。这就有些为难了。韦斯顿太太担心走廊里风太大，年轻人会着凉。但爱玛和男客们都无法忍受晚饭时拥挤不堪。

韦斯顿太太建议晚饭不吃常规的食物，只在小房间里摆一些三明治这样的吃食。不过其他人认为这有失体面。在私人舞会上，若是不坐下来用晚饭，就等于剥夺了客人们应有的权利，是在恶意欺骗。韦斯顿太太不再说这个提议，只得再找其他权宜之计，她望着那个小房间，说道：

“我觉得房间也不是那么小。你们知道的，客人不会很多。”

就在此时，韦斯顿先生迈着大步轻快地穿过过道，大声喊道：

“亲爱的，你说这条走廊太长，不过走起来也不觉得长，楼梯那里一点儿风也没有。”

“但愿我们能知道客人们一般最喜欢哪种安排。”韦斯顿太太说，“我们的目的是让大家都高高兴兴，要是有人能指点指点我们就好了。”

“是的，真是这样。”弗兰克大声道，“真就是这样啊。很有必要了解一下邻居们的意见。我对这一点并不感到奇怪。只要弄清楚主客们的要求就好了，比如科尔夫妇。他们住得不远。要不要我去请他们，还是去找贝茨小姐？她家更近。只是我不确定贝茨小姐是否与别人一样了解大家的喜好。依我看，我们确实需要多找几个人一起拿主意。我去邀请贝茨小姐和我们一起商量，好吗？”

“好吧……如果你愿意的话……如果你认为她能提供有用的建议。”韦斯顿太太十分犹豫地说。

“你从贝茨小姐那儿得不到什么好建议。”爱玛说，“她会非常高兴，也非常感激，却什么也告诉不了你。她甚至不会听你的问题。我看跟贝茨小姐商量，没什么用处。”

“不过她这个人很有趣，非常有趣！我挺喜欢听贝茨小姐讲话。你知道，我用不着把她的家人全都请来。”

这时候，韦斯顿先生走到他们身边，一听到这个提议，就表示坚决赞同。

“去吧，弗兰克。去找贝茨小姐来吧，我们快些解决这件事。我相信她会喜欢这个计划的。要找人帮我们摆脱困难，我不知道还有谁比她更合适。去把贝茨小姐叫来吧。我们有点儿太挑剔了。她是快乐的典范。把她们都找来，邀请她们两位都过来。”

“你说两位，父亲！那位老太太能不能……”

“老太太！不，当然是那位小姐。弗兰克，你只请姨妈，却不请外甥女，我就要认为你是个榆木疙瘩了。”

“啊！对不起，父亲。我一时没想起来。毫无疑问，如果你愿意的话，我一定尽力说服她们两个人。”他说完就跑开了。

在弗兰克请来个子矮小、穿着整洁、动作轻快的姨妈和文雅的外甥女之前，韦斯顿太太便拿出脾气温和的女人和贤惠妻子的样子，又把走廊查看了一遍，发现这里的不足之处远远没有她原来以为的那么多，可以说是微不足道。如此一来，也就不难做决定了。至于其他的问题，至少推测起来，都是很好解决的。桌子和椅子，灯光和音乐，茶和晚餐，这些小事情或是安排妥当，或是留待韦斯顿太太和斯托克斯太太随便找个时间解决，反正都是小事一桩。凡是被邀请的人，肯定都会前来。弗兰克已经写信给恩斯库姆，请求在两周后多住几天，这个要求不可能遭到拒绝。一场令人愉快的舞会即将拉开序幕。

贝茨小姐来了，她极其诚挚地同意一定要按照说好的办。她这个人的确提供不了有用的建议，但她事事都赞同（这么做稳妥得多），也深得大家的欢迎。她称赞起来，说得全面又具体，热情得说个没完没了，人们听了没有不高兴的。众人在不同的房间里又转了半个钟头，有的提意见，有的专心陪伴，都在愉快地畅想着未来。在分手之前，爱玛答应会与舞会的主角跳前两支舞，此外，她还在无意中听到韦斯顿先生对他的妻子说："他邀请她了，亲爱的。这么做就对了。我早知道他会这么做！"

12

对爱玛而言，只要有一件事能办好，那即将举行的舞会就算十全十美了：舞会日期定在弗兰克·丘吉尔获准待在萨里郡的时限内。韦斯顿先生很有把握，可她还是认为，丘吉尔夫妇极有可能只允许他们的外甥待十四天，多一天也不行。但爱玛的想法行不通。准备工作需要时间，必须要到第三个礼拜才能全部安排妥当，还要花几天时间计划、着手办理。各人心里都明白风险很大，不敢抱十足的希望。在爱玛看来，到头来很可能是白忙一场。

然而，恩斯库姆表现得很大度，即使没有在言语上体现出来，但实际行动已经说明一切。丘吉尔夫妇显然对弗兰克想多待一段时间这事并不满意，却也没有反对。一切都很顺利，然而，不顺心的事往往接踵而至，现在舞会的事妥当了，爱玛又开始为另一个问题烦恼：奈特利先生对舞会漠不关心。这可实在叫人恼火。要么是因为他不喜欢跳舞，要么是因为他们定计划时没找他商量，反正他下定决心不关注舞会，不光眼下不好奇，未来也不去玩乐。爱玛主动和奈特利先生提起了舞会，但他只是回答：

“很好。如果韦斯顿夫妇觉得，只为了吵吵闹闹地玩上几个钟头，就值得费这么大力气准备，我倒没什么好反对的，不过他们不能决定我以何为乐。啊，是的！届时我一定到场，毕竟总不好拒绝，还会尽量不睡着，但我宁愿待在家里，查看一下威廉·拉金斯每周做的账目，我承认我宁愿这么做。欣赏别人跳舞！我可没有那个闲情逸致，我从来不看别人跳舞，真不知道有谁喜欢这么做。我相信，优美的舞蹈，就像美德一样，本身也必须是一种奖赏。站在一旁看的人通常都有非常不同的看法。”

爱玛觉得奈特利先生的这番话是冲自己来的，不由得冒起火来。不过，他如此无动于衷，或者说如此愤愤不平，倒不是为了恭维简·费尔法克斯。他并不是被简的情绪所左右，才排斥舞会，简本人是非常高兴可以去跳舞的。念及此，爱玛顿时心情愉快起来，不由自主地说：

“啊！伍德豪斯小姐，但愿不会发生什么意外，让舞会开不成！那将多么令人失望啊！我承认，我怀着极大的喜悦期待着。”

这么说来，奈特利先生不是为了哄简·费尔法克斯高兴，才宁愿和威廉·拉金斯待在家。不！她越来越相信韦斯顿太太完全猜错了。他的确对简很友好，也对她心怀怜悯，却并不存在情爱。

唉！很快就没有空闲时间和奈特利先生争吵了。两天快乐顺当的日子过后，一切都化为了泡影。丘吉尔先生来了一封信，催促外甥立即返家。丘吉尔太太抱恙在身，病得很重，一定要弗兰克在身边陪伴才行。据她丈夫在信中称，两天前给外甥写信时，她就已经很不舒服了，只是她一向不愿意给别人造成困扰，还习惯了从不为自己着想，便没有提起。可是，她现在病得太重，不可再熟视无睹，只得恳求弗兰克马上动身返回恩斯库姆。

韦斯顿太太立即写了一封便笺，将恩斯库姆来信的大意通知了爱玛。弗兰克必须走，这是板上钉钉的事。他其实并不为舅母担心，对她的厌恶也没有减少半分，却依然要在几个小时后起程。他对舅母的病心里有数，知道她只在有需要时才犯病。

韦斯顿太太还称："他只能在吃过早饭后匆忙赶去海伯里，与几个他认为关心他的朋友道别。他很快就到哈特菲尔德。"

看了这张叫人难过的字条，爱玛连吃早餐的胃口都没有了。读完信，爱玛不由得哀叹连连。舞会办不成了，那个年轻人也要带着他的感情离开了！太不幸了！舞会的夜晚，本该多么快活啊！每个人都会开开心心！她和她的舞伴将是最快乐的两个人！我早料到会是这样。爱玛只能这么安慰自己。

她父亲则抱着不一样的想法。伍德豪斯先生最关心的是丘吉尔太太的病情，想知道她接受了怎样的治疗。至于舞会，看到亲爱的爱玛失望了，他很震惊，可又觉得他们都待在家里更安全。

爱玛做好准备，又等了一会儿，她的访客才到。但是，如果这表示他并不急于见她的话，那他来时脸上的悲伤神情和没精打采的样子，也足以弥补。马上要走，他心中难过，连话也说不出来了。他的沮丧是那么显而易见。开始的几分钟，他坐在那里一直在失神。回过神来后，他只说了一句：

"讨厌的事有很多，可最糟糕的还是告别。"

"你以后还可以再来。"爱玛说，"你又不是只来一次兰德尔斯。"

"啊！"他摇了摇头说，"我不知道什么时候能再来！我会尽力要求再来的！我以后关心的事就这一件！要是舅父母今年春天去伦敦，不过我担心——他们去年春天就没去——我担心他们已经放弃这个习惯了。"

"舞会的事，只得算了，真倒霉。"

"啊！舞会！我们为什么要等？为什么不马上行乐？准备来，准备去，快乐常常就是这样泡汤了，太蠢了！你早告诉过我会这样的。啊！伍德豪斯小姐，你为什么总是正确的？"

“确实。这次我对了，但我很遗憾。我宁愿要快乐，也不愿要明智。”

“如果我能再来，我们还要办舞会。我父亲很想办。别忘了你的承诺。”

爱玛亲切地看着他。

“这两个礼拜多么快乐！”他继续说，“每一天都比前一天更珍贵、更愉快！我一天比一天更适应不了别的地方了。能一直住在海伯里的人，该有多幸福啊！”

“你对我们这里有这么大的好感，那么，恕我冒昧地问一句，你当初是否有点儿不情愿来？”爱玛大笑着说，“我们是不是比你预期中要好很多？肯定是的。我相信，你并不以为自己会喜欢我们。如果你对海伯里印象好，就不会迟迟不肯前来了。”

弗兰克不好意思地大笑起来。他虽然不承认是这么想的，但爱玛深信事实确实如此。

“你今天早上就得走吗？”

“是的。我父亲来这儿找我，我们一起步行回去，我得马上起程。恐怕他随时都可能到。”

“就连抽出五分钟去和你的朋友费尔法克斯小姐、贝茨小姐道个别，也不行吗？多不幸啊！贝茨小姐那么有感染力，能说会道，也许可以使你打起精神来。”

“是的，我去过了。经过她们门口时，我觉得还是顺道去一趟比较好。这么做很对。我本来只打算待三分钟，可是贝茨小姐正好不在家，我就耽搁了一会儿。她出门了，我觉得不能不等到她回来。人们嘲笑她，却不愿意忽视她。那么，我去拜访，是很对的……”

弗兰克犹豫了一下，站起来，走到窗前。

“简而言之，伍德豪斯小姐，我想你不是没有怀疑的。”他说。

他看着爱玛，仿佛想探知她的心事。她不知道该说什么才好。这就像一个前兆，预示着要发生一件她不愿意见到的大事。为了甩脱这个想法，她强迫自己开口，平静地说：

“你说得很对。你去拜访，可谓最自然不过的事了……”

弗兰克沉默不语。爱玛觉得他在看自己，大概是在琢磨她说的话，试图理解她的态度。她听见他叹了一口气。他自然觉得他有理由叹息。他并不相信她是在鼓励他。一阵尴尬过后，他又坐了下来，更坚定地说：

“我很愿意把我所有的剩余时间都献给哈特菲尔德。我非常喜欢哈特菲尔德……”

他再次停口，又站了起来，面露尴尬之色。他对爱玛的爱，超出了她的想象。如果不是他父亲来了，谁能说得清眼下的情况将如何收场？伍德豪斯先生很快也跟了过来。要面对他人，弗兰克只得平静下来。

然而，几分钟后，这煎熬的局面结束了。韦斯顿先生遇到事情会时刻保持警惕，对于不可避免的不如意之事，他不会拖延；对于存有疑问的不如意之事，他也不会预言。此时，他只说了句“该走了”，弗兰克叹了口气，虽然不情愿，却还是起身告辞了。

“你们过得怎么样，我都能知道，这是我最大的安慰了。”他说，“这里的一切，我都会知道。我已请韦斯顿太太与我通信。她真是太好了，一口答应了下来。啊！你关心的人不在身边，但能与一位女性通信，简直太幸运了！她会把所有事都告诉我！在她的信里，我将再次回到我热爱的海伯里。”

弗兰克·丘吉尔非常友好地与爱玛握了握手，非常诚恳地说了声“再见”，便关上门离开了。道别是这么短暂，他们只见了这么一会儿，他就走了。对这次的离别，爱玛非常难过，她可以预见，弗兰克的离开，对他们这个小小的社交圈子而言是多么大的损失，她还担心自己也会非常难过，非常伤感。

这是一个可悲的变化。自从弗兰克来了以后，他们几乎每天都见面。两个礼拜以来，他给兰德尔斯带来了极大的活力，制造了一种无法言喻的活跃气氛。爱玛每天早晨都想见到他，也很期待见到他，他是那么殷勤，那么活跃，那么温文尔雅！这两个礼拜充满了欢愉，如今回归哈特菲尔德寻常的日子，一定会感觉十分沉闷。弗兰克有很多优点，最重要的一条是他差一点儿就言明爱上了她。至于他的这份情有多强烈，能持续多久，就是另外一回事了。不过，爱玛目下丝毫不怀疑他热烈地爱慕着自己，已经拜倒在自己的石榴裙下。念及此，又想到他的其他种种优点，爱玛不禁感觉自己也对他产生了些许爱意，虽然她以前一再下决心不对他动情。

“一定是的。”她说，“我现在整个人无精打采，又倦怠又迟钝，不愿意坐下来让自己忙点儿别的事，还觉得家里的一切都索然无味！我一定是恋爱了。若非如此，我必定是这世上最怪的人了，看来这样的情况要持续几个礼拜了。唉，一些人觉得一件事是好事，另一些人却认为是坏事。就算没有人和我一起为弗兰克・丘吉尔的离开而伤心，也会有很多人跟我一起，为了舞会不能举办而扼腕。不过奈特利先生会很高兴的。他愿意的话，晚上就可以和他亲爱的威廉・拉金斯一起度过了。”

然而，奈特利先生并没有表现出得意扬扬的样子。他不能说他为自己感到难过。他真这么说了，他那兴高采烈的表情就会表明他言不由衷，但他还是坚决地表示，看到其他人那么失望，他非常遗憾，并且相当好心地补充道：

“爱玛，你本就没多少机会跳舞，可真是太不幸了。你真不走运！”

爱玛有好几天都没见到简・费尔法克斯，不过据她估计，对这个悲惨的变化，简一定由衷地感到遗憾。但是当她们见面的时候，简那份镇定的样子，却叫爱玛十分讨厌。但是，简近来身体特别不好，头痛得厉害，她姨妈说，即使舞会照常举办，想必简也参加不了。那么，认为简是因为身体不好才无精打采，表现出不恰当的冷淡，是爱玛能给予的最大宽容了。

13

爱玛仍然坚信自己坠入了爱河，只是不确定她的爱有多深。起初，她认为自己爱得很深，后来又认为不过是投入了一点儿感情。她很高兴听别人谈起弗兰克・丘吉尔。为了他的缘故，再见到韦斯顿夫妇，她比以往更开心。她常常想念他，迫不及待地盼望着他的来信，好知道他过得怎么样，精神好不好，他的舅母身体如何，以及他今年春天还能不能再来兰德尔斯。不过，在另一方面，她不允许自己愁眉不展。第一天上午过后，她还不许可自己懒于工作，比平时倦怠。她仍然忙碌着，仍然快乐过活。弗兰克是很讨人喜欢，但在她眼中，他依然有不少缺点。此外，她的确非常想念他，她坐下来画画或做针线活的时候，为他们之间亲密关系的进展和结束，设想出了无数个有趣的场景，她想象他们会进行哪些有趣的对话，编造出他们文雅的通信。爱玛每次想象弗兰克向自己求爱，都以她的拒绝告终。他们之间的感情慢慢变淡，他们将回归朋友的身份。往事种种，温柔迷人，却都是为了纪念他们的离别。他们终归还是要分开。当她意识到这一点，便突然想到，她对弗兰克的感情不可能很深。她早就下了决心绝不离开父亲，绝不结婚，但她可以预见到，如果她对某个人产生了深刻的依恋，心中一定极为矛盾。

“我好像从没用过牺牲这个词。”她说，“我做了那么多机智的回答，又巧妙地回绝了很多次，却从没有暗示要做出牺牲。我确实认为，我是否幸福，他都起不了决定作用。如此便更好了。我自然不会说服自己对他产生更深的感情。我给的爱已经够多了，若是爱得太深，我会难过的。”

至于弗兰克的感情，总的来说，爱玛也同样满意。

“毫无疑问，他深深地爱上了我，所有的一切都表明了这一点，他的爱很深！等他再来，如果他的爱意依然没有消退，那我就该小心谨慎，不要给他任何鼓励，否则就是不可原谅，毕竟，我早就拿定了主意。我想他不会认为我到目前为止一直在鼓励他。我完全没有。他当初若是相信我也有意于他，就不会这么苦恼了。他果真认为自己受到了鼓励，分别时就不会有那种表情，也不会那样说话了。不过，我还是要当心。这是假设他到时候还像现在这样深情款款。不过，我也说不准他会不会如此长情。我觉得他并不是这样的人，我可不指望他的爱历久弥坚，永远都不改变。他的感情的确热烈，但我觉得他是个善变的人。总而言之，思来想去，我还是很庆幸没有把自己的幸福建筑在他的身上。过不了多久，我就会好起来的。到那时，这又会是一件好事了。毕竟人们都说，人一辈子总要爱一次，而我如此容易地就体验了一番。”

弗兰克给韦斯顿太太的信到达后，爱玛看了一遍。她读信时怀着几分喜悦和赞赏。起初，她不禁为自己有如此感情而摇了摇头，以为自己低估了心中的感情的力量。弗兰克的信很长，写得很好，把他在路途中的详细情况和心情感受都写得清清楚楚，表达了他所有的喜爱、感激和尊重，写得真情流露，恰如其分。他还写到了外地和本地的趣事，这些事在他笔下是那么生动、准确。信中没有可疑的花言巧语来表示道歉或关心，弗兰克写得真情实意，流露出对韦斯顿太太的真挚感情。弗兰克还写到了从海伯里到恩斯库姆的过渡，以及两地社交生活的对比，虽然写得不多，却足以表明他有很深的感受，若不是拘于礼节，他还会多写一些。弗兰克的信里当然少不了她的名字。“伍德豪斯小姐”出现了不止一次，每次出现，都伴随着讨人喜欢的亲切感，弗兰克要么是恭维她的绝佳品位，要么就是回忆她说过的话。信中最后一次提到爱玛时，弗兰克虽然写得朴实，没有半点儿殷勤，但她仍然能觉察出她所具有的影响力，认为这是他能给她的最大恭维。在信纸最下方的空白角落里，弗兰克密密麻麻地写道：“你知道，礼拜二那天，我实在抽不出空向伍德豪斯小姐那位美丽的小朋友道别，请代为转达我的歉意和道别。”爱玛十分肯定弗兰克这么写都是因为她。他记得哈丽特，完全是出于哈丽特是她的朋友。他讲到的恩斯库姆的情况和未来的情形，都与爱玛预料的差不多，既没有更好，也没有更糟：丘吉尔太太的病情有所好转，他还不敢确定何时可以再来兰德尔斯，甚至连想象都不能。

弗兰克的信及其传达的感情给人带来了欣慰，也令人鼓舞，但是，当爱玛把信折好还给韦斯顿太太之后，她发现这封信并没有在她心中引起任何持久的情意。写信人不在身边，她依然可以照常生活，他也必须学会在没有她的情况下继续过日子，她的打算没有丝毫改变。爱玛有了一个计划，可以让他在以后获得安慰和幸福，因此她越发坚定地要拒绝他。弗兰克还记得哈丽特，称她为“美丽的小朋友”，爱玛由此想到，可以想办法让弗兰克将对自己的一腔情意转移到哈丽特身上。是不是没这个可能？不见得。论起头脑，哈丽特远远不及他，不过哈丽特长相甜美，性格单纯可人，给他留下了深刻的印象。哈丽特的出身和社会关系也对她有利。而对哈丽特来说，这门亲事大有好处，又令人愉快。

“我不应该再琢磨这件事了。”爱玛说，“不该再想了。我太清楚这样猜测有多危险。但是，更奇怪的事都已经发生了。我们现在不再互相倾慕，反倒可以建立起真正无私的友情，我非常愉快地期盼着与他成为好朋友。”

为哈丽特谋幸福是好的，不过明智的做法是少掺杂一点儿幻想，因为一件不愉快的事眼瞅着就要来了。海伯里人一开始都在谈论埃尔顿先生订婚的事，后来弗兰克·丘吉尔来了，大家的关注点就转移到了他身上，对前者的兴趣就不那么大了，现在他走了，人们又不可抗拒地关切起了埃尔顿先生。埃尔顿先生的婚期已经确定，他很快就将带着他的新娘返回海伯里。人们还来不及讨论从恩斯库姆寄来的第一封信，“埃尔顿先生和他的新娘”就被每个人挂在嘴边，弗兰克·丘吉尔就这样被遗忘了。爱玛一听人们说起这个话题，就觉得心情烦闷。她过了三个礼拜的快乐日子，没有埃尔顿先生在一旁给她平添烦恼。哈丽特不负爱玛的期盼，近来也变得坚强多了。至少还有韦斯顿先生的舞会举办在即，她也没有心思去在意其他事。但是，现在很明显，她还不可能以镇静的心态，应对新马车、教堂钟声等一连串变化。

可怜的哈丽特心情激动，爱玛只得尽力加以劝解和安慰，时时刻刻关心她。爱玛觉得她为哈丽特做再多的事也不过分，哈丽特有权要求她使出浑身解数，付出所有的耐心。只是劝慰收效不大，哈丽特表示认同，却不能与爱玛达成一致意见，因此，爱玛劝起来便感觉很辛苦。哈丽特顺从地听着，然后说：“确实是的，就跟伍德豪斯小姐说的一样……想他们做什么呢，不值得的……我再也不会想他们了。”但是，改变话题也是无济于事，在接下来的半个小时，她还是像以前一样，被埃尔顿夫妇搅得心烦意乱，焦躁不安。最后爱玛只好另寻他法去开导哈丽特。

“哈丽特，埃尔顿先生要结婚了，你整天想着这件事，搞得自己闷闷不乐，这是对我最强烈的责备。对于我所犯的错误，最大的谴责也莫过于此了。

我知道，一切都是我的错。我向你保证，我一辈子也不会忘记这件事。我误导了自己，也误导了你，把你害得这么惨。我这一生，只要想起这件事，就会难过。千万不要认为我会忘掉。”

哈丽特听了大为震动，只能热切地感叹几句。爱玛继续说：

“哈丽特，我这么说，并不是叫你为了我努力振作，也不是叫你为了我而少想埃尔顿先生，少提起他。因为，我希望你为了你自己这样做，为了比我的安慰还要重要的东西，那就是养成自制的习惯，你要考虑自己的责任、注意礼仪，尽量不引起别人的猜疑，你要注意自己的身体，保护好自己的名誉，让内心恢复平静。我一再劝你，就是为了这些目的。这些方面非常重要，我很遗憾你没能有充分的感受，并照此行事。让我不再难过，只是次要的。我希望你能救赎你自己，摆脱更凄惨的痛苦。我有时或许会觉得，哈丽特不会忘记该做什么，或者说，她不会忘记对我好一点儿。”

爱玛的这番话深深地打动了哈丽特，比其他劝解的影响力都要大。哈丽特非常爱伍德豪斯小姐，一想到自己对她不够感激，也不够体谅，一时间心都要碎了。过了一会儿，她的难过稍解，但心中遗留的痛苦依然有足够的影响，推动她去做正确的事，并在相当程度上支撑着她。

“你是我一生中最好的朋友！我却没有感恩的心！你是最重要的！你是我最关心的人！啊，伍德豪斯小姐，我真是太忘恩负义了！”

哈丽特这番真情告白，加上她同样深情的仪态和举止，使爱玛觉得自己从没像现在这样深爱哈丽特，也从没像现在这样重视她的感情。

“温柔的心具有无与伦比的魅力。”后来，爱玛自言自语道，“没有什么可以与之相比。温暖和温柔的心灵，深情坦率的态度，比清醒的头脑更吸引人，我相信一定是如此。我亲爱的父亲之所以受到大家的爱戴，正是因为他有一颗温柔的心，也是这个原因，伊莎贝拉才有那么好的人缘。我就没有满是柔情的心，但我知道如何珍视和尊重这样的心灵。哈丽特拥有温柔的心所具有的魅力和幸福，在这一点上，她比我更出色。亲爱的哈丽特！哪怕是用头脑最清晰、目光最长远、判断最准确的女性来换你，我也不干。噢，简·费尔法克斯是多么冷淡啊！哈丽特强过一百个简。若说当人家妻子，给一个明智的男人当妻子，哈丽特的品格可谓难能可贵。我也不必指名道姓，不管哪个男人选哈丽特而不是爱玛，一定会得到幸福！”

14

埃尔顿太太第一次出现在众人的视野中，是在教堂。新娘坐在教堂的长椅上，的确会打断人们的祈祷，却无法满足众人的好奇心。人们还是要去埃尔顿家拜访，才能确定她是容姿倾城，还是相貌平平。

爱玛下定决心不做最后一个拜访埃尔顿太太的人，她这么做，与其说是出于好奇心，不如说是出于自尊和礼仪。她还坚持要哈丽特一同前往，以便尽快度过最艰难的时刻。

爱玛再次走进牧师住宅，往事一股脑儿浮现在她的脑海里。就在三个月前，她曾借故到这里系鞋带，到头来却是白忙一场。无数恼人的想法一再出现。恭维的话、字谜，还有可怕的错误。可怜的哈丽特也一定会记起种种往事。不过她表现得很好，只是脸色十分苍白，也不大开口。这次拜访自然很短暂，场面尴尬，大家各有各的心事，时间自然不会太久。爱玛对这位女士没有任何看法，只用“穿着考究，非常讨人喜欢”这样毫无意义的字眼形容她。

爱玛并不是真的喜欢她。她并非急着挑毛病，只是觉得埃尔顿太太一点儿也不文雅：从容是从容，却与优雅不挨边。她几乎可以肯定，一个年轻女子来到一个陌生地方，又是刚刚嫁作人妇，她的从容有些太过了。她的样貌的确出众，五官并不难看。但是容貌、神态、声音和举止都谈不上优雅。爱玛想，总有一天，事实一定会证明这一点。

至于埃尔顿先生，他的举止似乎并不……不，她绝不允许自己轻易评价他的举止，或说上几句诙谐的评语。任何时候，在婚礼后接待来拜访的客人，都是一种尴尬的仪式。新郎必须拿出十成的优雅风度，才能应付好这样的局面。新娘就容易一些，她们可以借助华美的服饰，还可以表现腼腆，这是她们的特权。然而，新郎只能依靠自己的良好判断力。爱玛觉得埃尔顿先生不幸极了，与他刚娶的女人、曾经想娶的女人和别人盼着他娶的女人同处一室，因此，他即便看起来不那么明智，甚至有些做作、失了风度，她也必须认为他理应如此。

“啊，伍德豪斯小姐。”她们从牧师公馆出来后，哈丽特等了一会儿却不见她朋友开口，只得说，“伍德豪斯小姐。”她说着轻轻叹了口气，“你觉得她怎么样？难道不是很有魅力吗？”

爱玛的回答有点儿犹豫。

“啊！是的，她——的确——的确年轻，也非常讨人喜欢。”

“我觉得她很美，简直美极了。”

“她的衣服确实漂亮。那件礼服非常好看。”

“她坠入爱河，我一点儿也不惊讶。”

“啊！是没什么可让人惊讶的。她有一笔可观的财富，又邂逅了埃尔顿先生。”

“我敢说……”哈丽特又叹了一口气，答道，“……我敢说，她一定很爱他。”

“也许吧。但并不是每个男人都会娶最爱他的女人为妻。霍金斯小姐也许想要一个家，并认为埃尔顿先生是她能得到的最好归宿。”

“是的。”哈丽特恳切地说，“或许是的，没人能找到更好的归宿了。好吧，我衷心地祝他们幸福。现在，伍德豪斯小姐，我想我不介意再与他们见面了。他一如既往，还是那么优秀，不过你知道的，结了婚的男人就不同了。不，伍德豪斯小姐，你不用担心。我现在可以坐下欣赏他，但不会再伤心了。知道他没有自暴自弃，真叫人安慰！埃尔顿太太看起来确实又年轻又迷人，他就该娶这样的姑娘。他们多么幸福啊！他叫她‘奥古斯塔’。多么美满的一对啊！”

埃尔顿夫妇来回访后，爱玛心里就有了谱。她把埃尔顿太太看得更清楚，也判断得更准确了。当时，哈丽特碰巧没来哈特菲尔德，伍德豪斯先生则与埃尔顿先生相谈甚欢，爱玛便和埃尔顿太太谈了一刻钟，趁机从容地观察她。在那一刻钟的时间里，爱玛确信，埃尔顿太太是个爱慕虚荣的女人，极为自以为是。爱玛看得出来，埃尔顿太太很想让自己看起来出类拔萃，比别人都优秀，只可惜她是在一所二流学校受的教育，缺乏应有的礼貌，举止也有些随便。此外，她的见识也没有超脱她所属的阶层和所属的生活方式。虽然不能说埃尔顿太太愚蠢，但她的确无知，与她结为夫妇，自然对埃尔顿先生没有好处。

哈丽特会是个更称职的妻子。就算哈丽特本人谈不上聪明，也不够文雅，但她能让埃尔顿先生结识有智慧、有风度的人。但是，从霍金斯小姐那副自负的样子来看，完全可以说她在她那个阶层里算是数一数二的。在她所结交的人中，住在布里斯托尔附近的有钱姐夫绝对是最有头脸的，而他之所以有头有脸，靠的则是他的住所和两辆马车。

埃尔顿太太一落座，就聊起了梅普尔格罗夫。她说“我姐夫萨克林先生住在那里”，还把梅普尔格罗夫和哈特菲尔德作了一番对比。哈特菲尔德的庭院很小，但胜在整洁，也很漂亮，房子很现代，建造得很结实。对房间的大小、入口以及她所能看到或想象到的一切，埃尔顿太太似乎都留下了非常好的印象。“真的太像梅普尔格罗夫了！我都吓了一跳呢！那间屋子的形状和大小，都与梅普尔格罗夫的晨间起居室完全一样。我姐姐最喜欢那个房间了。”说到这里，她央求埃尔顿先生附和她，“是不是异常相似？我简直以为自己在梅普尔格罗夫呢。”

“楼梯也很像呢。你知道的，我一进来，就发现楼梯非常像，连位置都是一样的。我真是差一点儿就惊叫出来了！老实告诉你，伍德豪斯小姐，这里能让我想到我特别喜欢的梅普尔格罗夫，我真是高兴极了。我在那里度过了那么久的快乐时光！”她说着伤感起来，“那儿实实在在是个迷人的地方。任谁看了，都会被它的美打动。可是，对我来说，那儿是我的家啊。伍德豪斯小姐，你要是像我这样远嫁他乡，就会明白，若是看到什么东西跟你远离的家乡一样，心里就别提多愉快了。我总说，结婚就是这点不太好。”

爱玛尽量简短地回答了。但对埃尔顿太太来说，这已经足够，她只想一个人滔滔不绝地说下去。

“太像梅普尔格罗夫了！像的不仅是这栋房子。我向你保证，就我所能观察到的情况而言，连庭院也非常相似。梅普尔格罗夫的月桂树和这儿的月桂树一样茂盛，栽种的位置也丝毫不差，就在草坪的对面。我还看到了一棵漂亮的大树，树周围有一条长凳，也勾起了我的回忆！我的姐姐和姐夫一定会被这个地方迷住的。凡是自家拥有宽敞庭院的人，看到类似的庭院，总是很喜欢的。”

爱玛不确定是否真有人这么认为。她倒是觉得，自己拥有宽阔庭院的人，是很少关心别人的宽敞庭院的。但是，对这种彻彻底底的错误，根本不值得反驳，她只回了句：

“等你对这一带有了更多的了解，恐怕就会认为自己对哈特菲尔德的评价有些过高了。萨里郡到处都很美。”

“啊！是的，这我很清楚。你知道，这儿堪称英国的花园，萨里郡正是英国的花园。”

“是的。但是，我们也不能说这份殊荣只属于萨里。我想，有许多郡和萨里郡一样，都有英格兰花园的美誉。”

“不，我想不是这样吧。”埃尔顿太太答，她脸上露出了得意的微笑，“除了萨里郡，我从来没听说过别的郡有这个称号。”

爱玛沉默不语。

“我姐姐和姐夫答应春天来这里看我们，最迟不过夏天。”埃尔顿太太继续说，“到时候，我们要在萨里郡好好游览一番。我敢说，等他们来了，我们会去很多地方呢。他们准会乘四轮四座马车来，车里能舒舒服服地坐下四个人呢。这样的话，我们不必动用自家的马车，就能到各个美丽的地方畅游了。在那个季节，想必他们不会坐双轮马车。真的，到时候，我一定建议他们乘四轮马车，这样才够方便。你知道的，伍德豪斯小姐，人们来到这样一个美丽的地方，自然希望多转一转。萨克林先生非常喜欢游玩。去年夏天，我们去了金韦斯顿两次，玩得十分尽兴，当时他们刚刚买了四轮四座马车。伍德豪斯小姐，想必你们这儿每年夏天都有很多人来游览吧？”

“那倒没有，这附近是没有的。能吸引你说的那些人的美丽地方，距离我们这里太远了。我相信，这里的人都好安静。比起出门玩乐，大家更愿意待在家里。”

“啊！论起舒舒服服的，那还是得待在家里，没人能比我更爱家了。在梅普尔格罗夫，人人都知道我是这样的。塞琳娜在去布里斯托尔之前，就多次说过，‘我是真没办法让这个姑娘走出家门一步。我只好一个人去，哎呀，我真讨厌孤零零地坐四轮马车。不过，我相信，以奥古斯塔那种善良的性格，是绝对不会走出花园围篱的。’她这么说过许多次了。但我并不提倡足不出户。相反，我认为，要是完全不与人交往，实在是一件非常糟糕的事。适当地融入这个世界，既不要太多，也不要过少，那才叫明智。不过呢，”说着，她看向伍德豪斯先生，“伍德豪斯小姐，我完全理解你的处境。你父亲的健康状况一定是个很大的障碍，他为什么不去巴斯呢？真该去的。我向你推荐巴斯。我向你保证，那里对伍德豪斯先生的身体，必定大有好处。”

“我父亲去过不止一次了，只是不见有什么成效。况且，佩里先生也认为现在去没什么好处。说起佩里先生，想必你对他的名字并不陌生吧。”

“啊！那真是太遗憾了。伍德豪斯小姐，我向你保证，只要能适应当地的环境，那里就是个堪称绝妙的地方。我住在巴斯那阵子，就见过不少这样的例子！人待在那个地方，心情是那么舒畅，对伍德豪斯先生的精神必定大有裨益。据我所知，伍德豪斯先生有时十分消沉。至于对你本人的好处，我想就不必详述了。一般人都知道巴斯对年轻人有多好。你一向都不大见人，但我可以把你引入当地的社交圈子，那该有多好啊。我马上就能让你结识当地的上流人士。我写一封信，就能让你认识不少人。我还可以把你介绍给我特别要好的朋友帕特里奇太太，我每次去巴斯，便与她住在一起，她肯定非常乐意关照你的，你出入社交场合，有她陪伴是最好的了。”

爱玛一忍再忍，才能保持礼貌体面。想想看吧，竟然要仰仗埃尔顿太太那所谓的介绍，她才能在埃尔顿太太一个朋友的支持下进入社交圈子，而那个朋友八成还是个粗俗浮夸的寡妇，只得靠招待寄宿者，才能勉强维持生计！那伍德豪斯小姐的名声，哈特菲尔德的尊严，可就毁于一旦了！

然而，爱玛克制住了自己，没说一句责备的话，只是冷冷地感谢了埃尔顿太太。“不过，我们是根本不可能去巴斯的。依我看，那个地方不适合我父亲，也不适合我。”为了避免再勾起怒火，爱玛立即改变了话题。

“我都不用问你喜不喜欢音乐，埃尔顿太太。在这个方面，女士本人还没出现，她们的喜好就首先传开了。海伯里早就知道你弹得一手好琴了。”

“不不，不要这么说。真是谬赞了。弹得一手好琴！我向你保证，我的琴技远远没有这么好。你想想看，你得到的消息可太片面了。我非常喜欢音乐，可以说是狂热了。我的朋友说我并不是完全没有品位，可至于别的方面，老实说，我的琴技实在太平庸了。伍德豪斯小姐，我听说你的琴就是弹得极好的。我向你保证，得知我所要交往的人都爱好音乐，我感到了极大的满足，心里很是安慰，也很高兴。我绝对不能没有音乐。对我来说，音乐是生活的必需品。在梅普尔格罗夫和巴斯，我习惯了与爱好音乐的人士相处，离开他们，可以说是相当大的牺牲了。那会儿埃尔顿先生谈起我未来的家，生怕我嫌弃新家太僻静，我就是这么和他说的。他担心我嫌房子太简陋，毕竟他很清楚我习惯住在什么样的环境里。在他这么说的时候，我说出了我的心里话，我告诉他，我可以放弃这个世界，像什么聚会啦，舞会啦，看戏啦，我统统可以放弃，我并不害怕住在安静的地方。幸运的是，我自己有很多排解的法子，外面的世界对我来说并非不可缺少。就算不社交，我照样可以过得很好。对那些不会自我排遣的人，可就另当别论了。但我有很多方法，所以不会产生依赖。至于现在的房间比以前的小，我是一点儿也不在意的。我希望我完全能够承受这种牺牲。当然，我在梅普尔格罗夫是过惯了奢侈的生活，但我告诉他，我是否幸福，并不取决于拥有两辆马车，也不取决于住在宽敞的房间里。‘但是，’我这么说，‘说老实话，如果周围的人都不喜好音乐，那我是忍受不了的。我没有其他要求。可要是没有音乐，生活对我来说将是一片空白。’”

“想必埃尔顿先生立即向你保证，海伯里的人都很喜欢音乐吧。”爱玛微笑着说，“我希望你不会认为他所言有虚，不肯原谅他，毕竟他有理由这么做。”

“不会的。我对此一点儿也不怀疑。我很高兴能身处这样一个圈子，希望我们能多举办几次美妙的小型音乐会。伍德豪斯小姐，我觉得我和你必须组织一个音乐俱乐部，每周定期在你家或我家聚会。这是不是一个很好的计划？我们只要竭尽全力，我想我们不久就会拥有很多盟友了。这样一来，我的受益是很大的，可以激励我坚持练琴。你知道的，对于已婚妇女，人们有一个很不好的认知，觉得她们太容易放弃音乐了。”

“可是你那么喜欢音乐，自然不会有被误解的危险。”

“但愿不会吧。不过说真的，看着我的熟人，我的心都凉了。塞琳娜已经完全放弃了音乐。她弹得很好，却再也不碰钢琴了。杰弗里斯太太也是如此，她的闺名叫克拉拉·帕特里奇，还有两位米尔曼小姐，她们现在是伯德太太和詹姆斯·库珀太太，全都是这样。这样的例子太多了，我无法一一列举。我敢说，这真叫人害怕。我曾经很生塞琳娜的气。不过，说实在的，我现在开始明白，一个结了婚的女人要关照的事情太多了。今天早上，我想我就跟管家谈了半个钟头。”

“可是对那些事，你很快就能掌握规律了。”爱玛说。

“好吧。”埃尔顿太太笑着说，“那就走着瞧吧。”

爱玛决意不去理会音乐这个话题，便没有再说什么。过了一会儿，埃尔顿太太换了一个话题。

“我们去过兰德尔斯了。”她说，“正赶上韦斯顿夫妇都在家。他们看起来都很友善。我非常喜欢他们。韦斯顿先生看来是个极好的人，老实告诉你，他已经是我最喜欢的人了。韦斯顿太太似乎非常善良，身上散发着充满母爱和善良的气质，人们一见到她，就马上喜欢上她了。我想她是你的家庭教师吧。”

爱玛惊讶得几乎答不上来。但是埃尔顿太太不等她回答就继续说了下去。

“我虽然早就了解韦斯顿太太的事，但看到她这么像贵妇人，我还是不免有些惊讶。她的确是个很有教养的女人。”

“韦斯顿太太向来优雅。”爱玛说，“她端庄、朴素、优雅，是所有年轻女子最可靠的楷模。”

“你猜我们在那儿的时候谁来了？”

爱玛一头雾水。听埃尔顿太太的口气，好像来的是老熟人，她怎么可能猜到呢？

“是奈特利！”埃尔顿太太继续说，“奈特利！是不是很巧？那天他来我家的时候，我正好不在，所以我还没有见过他。他是埃尔顿先生特别要好的朋友，我对他十分好奇。埃尔顿先生常常提到‘我的朋友奈特利’，我确实很想见见他。我必须为我的caro sposo[1]说句公道话，他不必为他的朋友感到羞耻。奈特利是个十足的绅士。我非常喜欢他。我觉得他确实是个很有绅士风度的人。”

幸好这个时候埃尔顿太太该告辞了。他们走了，爱玛总算可以松口气了。

“这个女人真叫人受不了！”爱玛立刻惊叫道，“比我想象的还要糟。实在是无法忍受！奈特利！我简直不敢相信。奈特利！她从未见过他，却直呼他奈特利！还说什么发现他是个绅士！真是个自命不凡的女人，太粗俗了，一会儿说‘埃尔顿先生’，一会儿又说‘caro sposo’，还自称有很多排遣办法，实则无礼又做作，是个没有教养的空架子。居然还发现奈特利先生是个绅士！奈特利先生听到她的恭维，会不会以牙还牙，‘发现’她是一位贵妇。简直不敢相信！她还提议我和她一起组建音乐俱乐部！那别人还不以为我和她是知心密友！她还那么评价韦斯顿太太！得知将我带大的人是个有教养的女人，竟然大惊小怪！太不像话了。我从没见过她那样的人，真想不到她是这种人。拿她与哈丽特相比，真是对哈丽特的侮辱。啊！弗兰克·丘吉尔若在这里，会怎么评价她呢！他肯定非常生气，又觉得好笑！啊！我又来了，我一下子就想到了他。总是第一个想起他！我又犯错了！弗兰克·丘吉尔总是出现在我的脑海里！”

1　意大利语，意为亲爱的丈夫。——译者注

这些念头在爱玛的脑海中转来转去。送别埃尔顿夫妇，大家忙乱了一阵，等到伍德豪斯先生平静下来，准备说话的时候，爱玛的思绪也稳定了很多，可以好好照料父亲了。

“亲爱的，这是我们第一次见她，看来她是一位很漂亮的太太。”他不慌不忙地说，“我敢说，她一定非常喜欢你。她说起话来有点儿快，滔滔不绝的，听着可真刺耳。但我相信我有点儿太不随和了，我不喜欢听陌生人的声音，谁说话也比不上你与可怜的泰勒小姐。可话又说回来，她似乎是一位很热情的年轻太太，看起来规规矩矩的，无疑会成为他的好妻子。不过我还是认为他最好不要结婚。他们结婚，我都没有登门向他们道喜，我已经向他们道过歉了，还说夏天应该可以去。但我早就该去的。不去恭喜新娘，实在是有失体统。啊！这么看来，我是个多么可悲的病人啊！可是我不喜欢牧师住宅巷的那个拐角。”

“我敢说，他们接受你的道歉了，父亲。埃尔顿先生很了解你的为人。”

“是的，可是那位年轻的太太——就是那位新娘——如果可能的话，我应该向她表示敬意的。不去恭贺，实在是不太妥当。”

“可是，我亲爱的父亲，你是不大赞同婚姻的。既然如此，何必急着去恭贺新娘呢？在你看来，这又不是什么值得推荐的事。你这么重视，就是在鼓励人们结婚。”

“不，亲爱的，我从来没有鼓励任何人结婚，我只是向来希望对每一位女士体贴周到，尤其不该忽视新娘。对待新娘子，更要事事周全。你知道的，亲爱的，不管有什么人在场，新娘子总是排在首位。”

“父亲，倘若这都不算鼓励，那我真不知道还有什么算是了。我万万想不到，你竟赞成可怜的小姐们去贪慕虚荣。”

“亲爱的，你还不了解我。这纯粹是出于一般的礼貌和良好的教养，与鼓励结婚无关。”

爱玛没再说话。她的父亲越来越紧张，无法理解她的意思。她的思绪又回到了惹人厌的埃尔顿太太身上，心里的烦恼很久都没有消散。

15

后来的发现表明，爱玛并不需要收回她对埃尔顿太太的坏印象。她的观察相当准确。不管是第二次见面，还是以后每次相见，在爱玛眼中，埃尔顿太太都是这副样子：又傲慢又冒昧，举止放肆，愚昧中还透着缺乏教养。埃尔顿太太的确略有几分姿色，才艺也说得过去，却缺乏判断力，她自以为阅历颇丰，能让这个乡下地方活跃起来，改善这儿的气氛，她还认为自己是霍金斯小姐时就在上流社会里颇有地位，而能超越霍金斯小姐的，只有埃尔顿太太。

没有理由认为埃尔顿先生的想法和他妻子有什么相悖之处。他似乎不仅对她很满意，还以她为傲。看他的神气，仿佛在暗自高兴自己给海伯里带来了这样一个女人，连伍德豪斯小姐也无法与之相媲美。埃尔顿太太新结识的大部分人要么喜欢赞扬别人，要么不善于判断，只是跟着善良的贝茨小姐一味友善地对待埃尔顿太太，还有的认为新娘子自夸聪明又讨人喜欢，一定就是聪明又讨人喜欢。就这样，大家都对埃尔顿太太非常满意，你夸一句，我夸一句，简直是赞不绝口。伍德豪斯小姐不仅没有从中设置障碍，还乐于重复她最早说过的赞美，很有风度地称赞埃尔顿太太“穿着考究，非常讨人喜欢”。

一方面，埃尔顿太太变得比初来时更惹人讨厌。她对爱玛的态度也发生了变化。她上次建议与爱玛一起筹建音乐俱乐部，爱玛却不大在意。她可能心中不痛快，就减少了与爱玛的交往，渐渐地越发冷淡和疏远。这样的结果的确令人愉快，但埃尔顿太太是出于一番敌意才这么做，这就加深了爱玛对她的厌恶。埃尔顿太太和埃尔顿先生都对哈丽特很不友好，又是嘲笑，又是怠慢。爱玛倒是希望如此一来，哈丽特能很快不再伤心难过。然而，促使哈丽特忘情的情绪，却让爱玛和哈丽特都心情沮丧。毫无疑问，可怜的哈丽特的一腔深情成了埃尔顿夫妇谈论的话题，而埃尔顿先生很有可能已经把爱玛极力撮合的事告诉了埃尔顿太太，他讲述时必定不会说她的好话，借此安抚自己的内心。那对夫妇自然都不喜欢她。他们没有别的话题时，辱骂起伍德豪斯小姐来必定信手拈来。他们不敢公开对爱玛表示不敬、露出丝毫敌意，却把气都撒在了哈丽特身上，对她极尽蔑视之能事。

埃尔顿太太从一开始就非常喜欢简·费尔法克斯。她并不是跟这一位小姐合不来，就去夸赞另一位小姐，而是从一开始就很看重简。埃尔顿太太还不仅仅是自然且适度地称赞简，虽然没人求她，她也没有这个特权，她还是愿意帮助简，成为简的朋友。爱玛在尚未失去埃尔顿太太的信任之前，也就是她们第三次见面的时候，就听她说过一番仗义言论。

“简·费尔法克斯实在是迷人呢，伍德豪斯小姐。我真的太喜欢简·费尔法克斯了。她真是个有趣的可人儿。那么优雅，散发着娴熟高贵的气质，还会那么多才艺！我向你保证，我真心认为她是个非凡的才女呢。我可以毫不犹豫地说，她的钢琴弹得棒极了。我对音乐也算在行，绝对可以肯定这一点。啊！她的魅力太大了。你准会嘲笑我对她痴迷，不过呢，说句实话，除了简·费尔法克斯以外，我什么都不想谈。她的处境太惹人怜悯了！伍德豪斯小姐，我们必须想办法为她做点儿什么。一定得让她的日子好起来。像她这样的大才女，可不能埋没了。我敢说，有两句动人的诗句你一定听过：

> 盛放的花儿，没人瞧见她的姿容，
> 沁人的芬芳，空飘荡在荒芜的空中。

我们绝对不能让可爱的简·费尔法克斯落得诗里的下场。”

“我想不会的。”爱玛平静地答，“等你对费尔法克斯小姐的情况有了更深的了解，知道她在坎贝尔上校夫妇家的情况，想必你就不会认为她的才能无人知晓了。”

“可是，亲爱的伍德豪斯小姐，她现在都不大出门了，有谁认识她呢，她这是被抛到一边了啊。不管她和坎贝尔一家在一起时能享有什么样的好处，现在都显然没有了！我想她自己也感觉到了。我肯定她一定感觉到了。她现在是那么羞怯，那么不爱说话。看得出来，她缺乏鼓励。见她这个样子，我对她的好感更胜了。我必须承认，这在我看来是一大优点。我极为赞成人应该羞怯一点儿，而且，会害羞的人并不多见，这我敢肯定。出身卑微的人能有一丝羞怯，的确会给人很大的好感。啊！老实告诉你吧，简·费尔法克斯是个很讨人喜欢的人，我对她有种说不清的兴趣。”

“你似乎真的很喜欢她……可是我不知道，无论是你，还是费尔法克斯小姐在这个地方的熟人，任何比你认知她久得多的人，都非常关心……”

“亲爱的伍德豪斯小姐，敢于行动的人可以成就大事。你和我都不必害怕。如果我们树立榜样，很多人就将尽其所能效仿，虽然不是每个人都有我们这样的条件。我们有马车可以接送她，照我们现在的生活方式，无论什么时候加上简·费尔法克斯，都不会给我们带来丝毫的不便。赖特给我们送上晚餐，简·费尔法克斯即便吃不下我为她要的分量，我也不会后悔。我对这种事一窍不通。我过惯了有排场的生活，确实不可能懂。在打理家务方面，我最大的问题也许恰恰与此相反，就是太讲究了，还不大算计花费。我真该向梅普尔格罗夫多学学了，毕竟我们的收入及不上我的姐夫萨克林先生。不过，我决定要好好照顾简·费尔法克斯。我一定经常请她到我家里来，一有机会就把她介绍给我的熟人，举办音乐派对让她有机会一展才能。我还要时时刻刻留意着，给她找个合适的职位。我的交际面很广，肯定很快就能为她找到合适的工作。等到我的姐姐和姐夫来看我们，我当然要把她介绍给他们。我相信他们一定会非常喜欢她。等她和他们处熟了，她就不会怕了，我的姐姐和姐夫可都是很和气的人。等他们来了，我要常常请她来。我敢说，我们时不时还会请她和我们一起乘坐四轮四座马车，去游山玩水。”

“可怜的简·费尔法克斯！”爱玛心想，“你没理由受这份罪的。你或许不该打狄克逊先生的主意，但这样的惩罚也太重了！竟然要靠埃尔顿太太大发善心，接受她的保护！‘简·费尔法克斯这样！’‘简·费尔法克斯那样！’老天！但愿她没有到处叫我‘爱玛·伍德豪斯’！平心而论，那女人的嘴真没有把门的！”

爱玛再也没有听过这样的吹嘘，那些夸耀的话只对她一个人说，还很恶心地用“亲爱的伍德豪斯小姐”来装饰。没过多久，埃尔顿太太的态度就发生了改变，爱玛也获得了宁静，再也不必被迫与埃尔顿太太交好，也不必在埃尔顿太太的指导下，主动为简·费尔法克斯提供庇护，只需和其他人一样以普通的方式，去了解简有什么感觉，在想什么，做了什么。

爱玛饶有兴味地做着旁观者。见埃尔顿太太对简如此关注，贝茨小姐表示了最诚挚、最热忱的感谢。在贝茨小姐眼中，埃尔顿太太是大贵人，是最和蔼、最友善、最令人愉快的女人，埃尔顿太太正好希望自己在别人眼中是这个样子：不光有修养，还高人一等。只有一件事让爱玛感到惊讶，简·费尔法克斯不仅接受了埃尔顿太太的照顾，还可以容忍她这个人。爱玛听说简同埃尔顿夫妇一起散步，去埃尔顿家做客，还同埃尔顿夫妇度过了一天！简直不可思议！爱玛无法相信，以费尔法克斯小姐的鉴赏力和自尊心，居然能忍受与牧师夫妇交往，和他们做朋友。

“简是一个谜，一个真真正正的谜。”爱玛说，“甘愿一个月又一个月地留在这里，过着清贫的日子。现在，她宁愿选择屈尊接受埃尔顿太太的关照，听她空洞地絮絮叨叨，也不愿回到一直真心诚意地爱她的人身边，那些人可比埃尔顿太太优秀多了。”

简自称只在海伯里住三个月，因为坎贝尔夫妇要在爱尔兰待三个月。可是，坎贝尔夫妇答应女儿至少留到仲夏，于是他们再次邀请简去爱尔兰和他们团聚。据贝茨小姐说——所有消息都来自她——狄克逊太太恳切地请求简去爱尔兰。只要简答应，他们就安排交通工具，打发仆人过来，还可以设法找一些朋友，绝对不会让她在一路上有丝毫不便。但简还是拒绝了。

爱玛得出了一个结论：“她这次拒绝邀请，一定另有动机，不是表面看起来那么简单。她一定是在赎罪，起因要么是坎贝尔夫妇，要么就是她自己。在这件事情上，一定有人怀着恐惧、谨慎和极大的决心。她不被允许和狄克逊夫妇待在一起。肯定有人下过这样的命令。可是，为什么非答应与埃尔顿夫妇来往呢？这件事也是个谜。”

爱玛在少数几个了解她对埃尔顿太太看法的人面前说出了自己的疑惑。韦斯顿太太为简说起了好话。

“亲爱的爱玛，我们也不好断定她在牧师住宅里开不开心，但总比老待在家里强。她的姨妈是个好人，只是朝夕相处下来，必定十分无趣。在我们因为费尔法克斯小姐所去的地方而批评她品位不佳之前，我们必须考虑一下她离开的是什么环境。”

“你说得对，韦斯顿太太。”奈特利先生热切地说，“费尔法克斯小姐同我们任何人一样，能够对埃尔顿太太产生公正的看法。她倘若能选择与谁交往，是一定不会选择她的。但是……”他说着对爱玛露出了责备的微笑，“只有埃尔顿太太关照她，别人都不把她当回事。”

爱玛感到韦斯顿太太瞥了自己一眼，又被奈特利先生热切的语气触动了。她脸红了，立刻回答：

“要我说，像埃尔顿太太那般殷勤，哪里会使费尔法克斯小姐感到满足，只会惹她厌恶而已。我看哪，埃尔顿太太的邀请并不诱人。”

“如果费尔法克斯小姐的姨妈急切地要她接受埃尔顿太太的关照，那她不得已做出违心的事，我也不会觉得奇怪。”韦斯顿太太说，“可怜的贝茨小姐很可能已经把她的外甥女托付给埃尔顿太太了，还催促简表现得亲密一些。简自然希望生活中有一点儿变化，但出于理智，她却不愿表现得如此亲密。”

爱玛和韦斯顿太太都急于再听听奈特利先生的看法，沉默了几分钟后，他说：

“还有一件事需要考虑。埃尔顿太太当面对费尔法克斯小姐说的话，与在她背后说的可不一样。我们都知道代词‘他’‘她’或‘你’之间有什么区别，说话时经常用到。人和人打交道，除了通常的礼貌行为，我们都能感觉到有一个因素在产生影响，这是一种早就根植在我们骨子里的东西。就算我们不喜欢一个人，在同那人说话的时候，也绝不可以流露出半分。我们的感觉各有不同。除此之外，按照常理，可以肯定埃尔顿太太很敬佩费尔法克斯小姐，无论是在才智还是在举止上，简·费尔法克斯都比埃尔顿太太优秀。面对面的时候，埃尔顿太太对她尊重有加，以前大概从未见过她这样的女人，即使埃尔顿太太有再强的虚荣心，也不能阻止她承认自己相形见绌，哪怕她还没意识到这一点，在行动上也表现了出来。”

“我知道你对简·费尔法克斯评价很高。”爱玛说。她想到了小亨利，立即机警起来，惊慌之下，不知该说什么才好。

“是的。”他答道，“人人都知道我很欣赏她。”

“可是……”爱玛愁眉苦脸地赶忙说道，但很快住了口。但是，她转念一想，坏消息还是马上知道为好，便继续说道：“可是，也许你自己都没有意识到你有多欣赏她。总有一天，你对她的高度评价，就连你自己也会大吃一惊的。”

奈特利先生正在费力地系着他那厚皮绑腿的下摆纽扣，也许是因为太过用力，也许是为了别的什么原因，反正他回答的时候满脸通红。

“是吗？你说得太晚了。科尔先生在六个礼拜前已经暗示过了。”

奈特利先生顿了顿。爱玛感到韦斯顿太太踩了一下她的脚，一时间不由得心绪复杂。过了一会儿，他继续说：

“不过，我可以向你保证，那样的事永远不会发生。我敢说，就算我向费尔法克斯小姐求婚，她也不会答应。况且，我很肯定我不可能请她嫁给我。”

爱玛饶有兴味地也踩了一下她朋友的脚，高兴地大声道：

“你真的一点儿也不虚荣，奈特利先生。在这一点上，我还是要为你说句公道话的。”

他似乎没有听见爱玛的话，一直若有所思，没过多久，他有些不悦地说：

“这么说，你一向都认为我应该娶简·费尔法克斯了？”

“不，真的，我没有。你总是怪我给别人做媒，我又哪里敢给你牵线搭桥呢。我刚才只是随便说说而已。人们说这样的话，自然不是当真的。啊！不。说实话，我一点儿也不希望你娶简·费尔法克斯或别的姑娘。你要是结了婚，就不能过来这么惬意地和我们闲聊了。”

奈特利先生又沉思起来。他沉思的结果是这样的：“不，爱玛，我是欣赏她，但我并不认为这种欣赏会让我自己大吃一惊。我向你保证，我对她从没有过男女之情。”过了一会儿，他又说，“简·费尔法克斯确实是一位非常迷人的姑娘，但就连简·费尔法克斯也谈不上十全十美。她有缺点。她这个人有欠坦诚，而男人都希望自己的妻子性格坦率。”

爱玛听到简也有缺点，不禁心生愉悦。

“好吧。”她说，“我猜你马上就反驳科尔先生了。”

“是的。他刚一暗示，我就说他弄错了。他请求我的原谅，便没有再说什么。科尔不愿意表现得比邻居们更聪明或更幽默。”

“在这方面，亲爱的埃尔顿太太可是大不一样的。她总想比全世界的人都更聪明、更风趣！我不知道她是怎么评价科尔夫妇的，也不知道她怎样称呼他们。她这么一个粗俗的人，会对他们使用什么样的称呼？她叫你奈特利，会叫科尔先生什么呢？因此，简·费尔法克斯接受了她的客套话，同意跟她来往，也就不足为奇了。韦斯顿太太，你的看法对我很重要。比起相信费尔法克斯小姐在才智上优于埃尔顿太太，我更愿意相信她是想要远离贝茨小姐。我不相信埃尔顿太太会承认自己在才智、谈吐和行为上差人一等，我觉得除了那一点点良好的教养，她是不会守其他规矩的。想必简到了她家里，她定然不断地赞美和鼓励简，不光殷勤周到，还要滔滔不绝地详细讲述她那些宏伟的计划，像什么为简争取一个可以做一辈子的职位，又像是带简乘坐四轮四座马车，快快乐乐地去各地游玩。”

“简·费尔法克斯是有感情的。”奈特利先生说，“我绝不会指责她缺乏感情。照我估计，她的感情很强烈，她还很擅长忍耐，有耐心，也很有自制力，只是不够坦率罢了。她很保守，我想她比以前更内敛了，而我本人欣赏的则是坦率的脾性。不，如果不是科尔提到我有意于她，我还不会有这样的想法。我见到简·费尔法克斯，同她交谈，总是那么欣赏她，和她在一起也很愉快，但绝没有男女之间的情爱。”

“韦斯顿太太，现在你对奈特利先生和简·费尔法克斯的事，还有什么可说的？”他离开后，爱玛得意扬扬地说。

“哎呀，亲爱的爱玛，要我说，他现在一心一意以为自己不会爱上她，可到最后，他要是拜倒在她的石榴裙下，我也不会奇怪。不要与我辩了。”

16

无论是海伯里，还是周边的区域，每个去拜访埃尔顿先生的人，都向他恭贺了新婚之喜。许多人邀请他和他太太参加宴会和晚会。请帖接二连三地送来，很快，埃尔顿太太在高兴之余不免心中忐忑，担心连一天的空闲也没有了。

“我明白了。”她说，“我现在知道和你们在一起，我要过怎样的生活了。我敢说，这完全是闲游浪荡的生活。我们都成风云人物了。住在乡下是这样过日子的，倒也没什么可怕。从礼拜一到礼拜六，我向你保证我们一天也不得闲！就算是财力不如我的女人，也不需要不知所措。”

凡是送来的邀请，她一一接受。她在巴斯养成了习惯，参加晚会对她来说是再自然不过的事了，而且，梅普尔格罗夫的生活也让她喜欢上了宴会。看到这里的人家没有两间客厅，派对上的糕点不像样子，打牌的时候没有冰激凌招待，她有点儿吃惊。贝茨太太、佩里太太、戈达德太太和其他一些人，对外面的世界都不甚了解，不过她很快就向她们说明应该怎样安排一切。到了春天，她一定要举办一场盛大的派对，以答谢大家的盛情。届时，每张牌桌都要按规矩摆上蜡烛和未拆封的新牌，除了家中的用人，还要多雇几个人侍候，茶点也要在适当的时间按适当的顺序供应。

与此同时，爱玛认为不得不在哈特菲尔德为埃尔顿夫妇办一次派对。他们不能落于人后，否则准会遭到可憎的怀疑，别人会以为她心怀怨恨。因此，非得举办一次派对不可。爱玛解释了十分钟后，伍德豪斯先生便没有了不情愿，只是照例要求不坐桌尾的位置，也像往常一样，很难决定由谁来替他坐在那个位子上。

邀请哪些宾客，则不需要费什么脑筋。除了埃尔顿夫妇，肯定还要邀请韦斯顿夫妇和奈特利先生。请这些人都是理所当然的，此外还少不了可怜的小哈丽特，第八位宾客就是她了。但向哈丽特发出邀请的时候，爱玛并没有表现得很满意，而且，见哈丽特一再请求不去赴宴，爱玛心中反倒十分高兴。“如果可以，我实在不愿意与他在同一场合出现。看到他和他那位迷人又幸福的妻子在一起，我心里就不舒爽。伍德豪斯小姐，你不介意的话，我宁愿待在家里。”这正合爱玛的意。她为她的小朋友如此坚韧而高兴，她知道，正是因为这种坚韧的性格，哈丽特才放弃聚会待在家里。如此一来，爱玛就可以邀请她真正想邀请的第八位宾客了，这个人就是简·费尔法克斯。自从上次同韦斯顿太太、奈特利先生谈过以后，她比以往更觉得愧对简·费尔法克斯。奈特利先生的话一直在她的脑海里盘旋不去。他说，没有人关心简·费尔法克斯，她只能接受埃尔顿太太的关照。

“确实是这样的。”爱玛心说，“至少在我身上正是如此。奈特利先生这话完全是冲我来的，真是太丢脸了。我同她年龄相仿，一向与她相熟，更应该与她做朋友。她现在不会再喜欢我了。我忽视她太久了。但我更要多多关照她。”

每一份邀请都得到了肯定的答复。受邀的人都有时间，接到爱玛的邀请后也都十分开心。然而，就在这次宴会的筹备过程中，发生了一件相当不巧的事。春天，奈特利家的两个大孩子要来看望外公和姨妈，住上几个礼拜，两个孩子的父亲便提出亲自送他们来，这样便要在哈特菲尔德住上一整天，而那一天正好是举办派对的日子。他的职业不容许他将行程延后。伍德豪斯先生和爱玛父女俩都被这件事搞得心神不安。伍德豪斯先生觉得一桌最多坐八个人，不然他就精神紧张，而现在就要有九个人了。爱玛则担心，这第九个人在哈特菲尔德还待不到四十八个小时，却要参加宴会，一定心情不爽。

爱玛无法安慰自己，却很好地劝慰了父亲。她说，虽然约翰·奈特利先生要参加宴会，可是他很少说话，不会使场面更为吵闹。至于她自己，约翰总是神色严肃，不爱攀谈，让他而不是让他哥哥坐在自己对面，她觉得自己太惨了。

事情朝着对伍德豪斯先生有利的方向发展了，对爱玛而言却不尽如人意。约翰·奈特利来了，韦斯顿先生却突然有事去了伦敦，宴会当天只得缺席了。他也许能在晚上赶回来，但肯定赶不上晚餐了。伍德豪斯先生放松了下来。看到父亲这样，再加上两个外甥到了，姐夫知道要参加宴会，竟表现得十分随和，平静以对，爱玛的烦恼便大大减轻了。

宴会的日子到了，客人们准时齐聚一堂，约翰·奈特利先生似乎早早地就拿出了讨人喜欢的姿态。在等待饭菜上桌的时候，他没有把哥哥拉到窗前聊天，而是和费尔法克斯小姐说起了话。埃尔顿太太身着镶有花边的服装，佩戴着珍珠饰品，除了花边和珍珠的雅致，她没有半分优雅之气。约翰·奈特利先生默默地看着她，只想观察一下，好回去讲给伊莎贝拉听。但费尔法克斯小姐是老相识了，还是个文静的姑娘，他可以同她聊上几句。他在早饭前带孩子们去散步，回来时正好遇到了她，当时刚刚开始下雨。他为表礼貌，自然要问候几句，便说：

“费尔法克斯小姐，希望你今天早上没有走得太远，否则一定淋湿了，我们就险些没能及时到家。但愿你马上就折回去了。”

“我只去了趟邮局。”她说，“雨尚未下大，我就到家了。我每天都去一次的。我住在这里的时候，取信的差事都是我的。这样省去了很多麻烦，我还能趁机出去转转。早饭前散散步，对我有好处。”

“想必在雨中散步对身体没好处吧。”

“是的，不过我出门那会儿并没有下雨。”

约翰·奈特利先生笑了笑，答道：

“这么说，你是想出门散散步，当我有幸遇见你的时候，你离你家门口还不到六码远。雨下得太大了，亨利和约翰都数不清雨点儿了。在我们人生的某个时期，邮局是一个很有吸引力的地方。等你到了我这个年纪，就会开始认为不值得冒雨取信。”

她脸红了一下，答道：

“我可不奢望自己将来有你这样的好条件，每一位至亲都环绕在身边，因此，即便年纪大了，也不会对书信漠不关心。”

“漠不关心！不……我从没想过你会变得漠不关心。对于信件，其实谈不上在意与否，说它是祸根还差不多。”

“你说的是商务信函，我说的是朋友们写来的信。”

“我常常认为朋友们的来信更糟糕。”他冷冷地说，“你知道，做生意还能赚钱，友谊却不能带来金钱。”

“啊！这肯定不是你的真心话吧。我太了解约翰·奈特利先生了……我相信他和任何人一样，都很清楚友谊的价值。我相信，信对你来说无足轻重，你不像我把信看得这么重。但这并不是因为你比我大十岁，这与年龄无关，而是环境使然。你最亲的人都在你身边，而我也许再也不可能有如此好运，所以，除非有一天我变得无情无爱，否则即使遇到比今天更糟糕的天气，想必邮局也能吸引我出门。”

“一年又一年，人随着岁月的流逝而发生变化。”约翰·奈特利说，“我的意思是，时间久了，环境通常也会改变，我认为世事都是相辅相成的。一般来说，一旦没有天天见面，人们之间的感情就逐渐淡了，但我认为你不会遇到这种变化。作为老朋友，费尔法克斯小姐，我总是希望，十年后你像我一样，拥有很多关心你的亲人。”

这话说得很亲切，没有半点儿冒犯。简高兴地说了声“谢谢”，似乎要对这个话题一笑而过。但她的脸变得通红，嘴唇颤动着，眼睛里含着泪水，可知她有所触动，根本笑不出来。就在这时，她的注意力被伍德豪斯先生吸引了过去。伍德豪斯先生按照自己在这种场合的习惯，周旋于宾客之间，对女士们尤为殷勤，最后轮到和简打招呼。伍德豪斯先生极其温文尔雅地说：

“费尔法克斯小姐，很遗憾听到你今天早上淋雨了。年轻的女士们应该照顾好自己。年轻的小姐娇娇嫩嫩，要注意自己的健康和面色。亲爱的，你换袜子了吗？”

“是的，先生，已经换了。你对我如此关心，我非常感谢。”

“亲爱的费尔法克斯小姐，小姐们肯定会受照顾的。希望你的外婆和姨妈都很好。他们是我的老朋友了。但愿我身体健康，可以做个更好的邻居。我相信你今天的到来，让我们蓬荜生辉。我和我的女儿都很清楚你是个善良的人，能在哈特菲尔德见到你，我们都很荣幸。”

这位好心肠、有礼貌的老人终于可以坐下了，他觉得自己尽了责任，与每一位美丽的女士都打了招呼，让她们感觉宾至如归。

这时，简淋雨的事传到了埃尔顿太太的耳朵里，她开始规劝简。

“亲爱的简，怎么会发生我听说的事呢？你竟然冒雨去邮局！我向你保证，这么做可不成。你这个可人疼的姑娘，你怎么能做这样的事？这说明我当时不在场，没能好好照顾你。”

简很有耐心地告诉她自己没感冒。

“话可不要说得太早。你真是个招人疼的姑娘，都不知道怎么照顾自己。竟然去邮局！韦斯顿太太，你听说过这样的事吗？我和你必须管一管她了。”

“我的确很想提提建议。”韦斯顿太太和蔼而有说服力地说，“费尔法克斯小姐，你不能冒这种风险。你本就容易患重感冒，应该格外小心才对，尤其是在每年的这个时候。我一直认为人在春天更需要多加小心。就算等上一两个小时，甚至半天，再去取信，也好过再次咳嗽。现在你有没有要咳嗽的感觉？是的，我肯定你是个通情达理的人。看来你不会再做这种事了。”

“啊！她不会再这样做了。”埃尔顿太太急切地答，“我们不会允许她再做这种事了。”她说着意味深长地点点头，“必须想个办法，一定得好好安排才行。我要跟埃尔顿先生谈谈。每天早晨都有人去给我们取信……是我家里的一个仆人，不过我忘了他叫什么名字了……我吩咐他也去取你的信，取好了给你送去。你知道，这样能免去很多麻烦。亲爱的简，我真心认为你不要有顾忌，只管接受我们的帮助就好了。”

“你真是太好了。”简说，“但我早晨不能不去散步。医生建议我尽可能多去户外。我总得走去某个地方，而邮局是个不错的目的地。说实话，我还从来没有遇到过像今天早晨这么不好的天气呢。”

“亲爱的简，别再说了。就这么决定了。”埃尔顿太太装模作样地大笑两声，说，“这件事我就做主了，不必征得我夫君的同意。你知道的，韦斯顿太太，我和你在说话时必须小心。不过，亲爱的简，我认为自己的影响力还没有完全消失。只要不出现无法克服的困难，这件事就算说定了。”

“请原谅。”简诚恳地说，“对这样的安排，我是绝对不能同意的，怎么可以平白给你的仆人添麻烦。我若是不想取信，就还让我外婆的仆人去，我不在这儿的时候，这事总是她做的。”

“老天，但帕蒂要做的事太多了！让我们的仆人做点儿事，也是好事一桩呢。”

看简的神气，像是打定主意不会妥协。她没有接埃尔顿太太的话，又开始和约翰·奈特利先生聊了起来。

“邮局是个很棒的机构啊！”她说，“正规，速度又快！想想他们要处理多少信件，还做得井井有条，简直太惊人了！”

“的确很正规。”

“还很少出现疏忽或错误！全国各地有成千上万封信往来邮寄，甚至没有一封被送错地方，我想，丢失的情况，更是一百万封信里也不会有一封！字迹各种各样，还有的写得很糟糕，需要仔细分辨，想到这些，就觉得更不可思议了。”

“职员们干惯了，都成了行家里手。他们本来就是眼快手也快，经过练习，速度就更快了。如果你想要更多的解释，那就是他们做这份工作，是有薪水拿的。”他微笑着继续说，“他们之所以能处理这么多信件，这才是关键。公众付费，也必须得到良好的服务。”

他们又谈到了各种各样的字迹，说了一些平常的看法。

“我听说一家人的笔迹往往很相似，这也不奇怪，毕竟是同一个老师教出来的。”约翰·奈特利说，“可因为这个，我倒认为这种相似应该主要发生在女性身上，男孩只在小时候学写字，大了以后就随意写，久而久之形成了自己特有的笔迹。我觉得伊莎贝拉和爱玛的字就很像。我一直分不清她们两个的笔迹。”

“是的。”他哥哥犹豫地说，“确有相似之处。我知道你的意思，但爱玛写的字很有力道。”

“伊莎贝拉和爱玛的字都很漂亮。”伍德豪斯先生说，“一向都是如此。可怜的韦斯顿太太也一样。”他说着轻轻叹了一声，朝她微微一笑。

“我从没见过哪位先生的字比……”爱玛说着也看了看韦斯顿太太，却见韦斯顿太太在听别人说话，便顿了顿。这一停顿给了她时间思考。“现在，我该怎么说起那人呢？我不好在这么多人面前一下子就说出他的名字吧？是否有必要换一个模棱两可的说法？你在约克郡的朋友？约克郡那位与你通信的人？我想，要是我有什么私心，才会这么说。不，我可以直接说出他的名字，心里不会有一丝苦恼。我肯定越来越好了。现在就说吧。”

韦斯顿太太此时不再听别人说话，于是爱玛继续说：“我也见过一些绅士的字，写得最好的，当属弗兰克·丘吉尔先生。”

“我可欣赏不来。”奈特利先生说，“他的字迹太小，缺乏力量感。像是出自女人之手。”

两位女士都不同意他的说法，她们都为弗兰克辩护，否定这种低劣的中伤。“不，绝不缺乏力量感。他的字的确不大，但很清晰，当然也很有力。韦斯顿太太有没有带着他的信，拿出来给大家看看？”可是韦斯顿太太没带，她最近才收到他的一封来信，回复后就把信收了起来。

“如果我们在另一个房间，”爱玛说，“如果我的写字台就在身边，我肯定能拿出他的一封信来。我有他写的一张便条。韦斯顿太太，你还记得有一天你请他为你写信吗？”

“他很乐意为我效劳。”

“好，好，反正我有那张便条，可以在晚饭后拿给奈特利先生看看，让他相信。”

“像弗兰克·丘吉尔先生这样爱献殷勤的年轻人，给像伍德豪斯小姐这样美丽的小姐写信，当然会倾尽全力。”奈特利先生冷冷地说。

晚餐已经摆好。埃尔顿太太没等别人请，就已经做好了准备。伍德豪斯先生还没走到她跟前，请求允许带她到饭厅，她便开口道：

“我一定得先走吗？总是走在前面，真有些难为情呢。”

简坚持亲自取信这件事没有逃过爱玛的注意。爱玛全听到了，也全看到了，她有点儿好奇，想知道简早上冒雨出门取了什么信。她估摸简肯定收到一直在等的信了，如果不是一心盼望收到某个亲近的人的来信，她绝不会非去取信不可，而且肯定没有空等一场。她觉得简似乎比平时快乐很多，脸色红润，精神也不错。

爱玛本想问问简去邮局的事，再打听一下爱尔兰的邮费，话都到嘴边了，她又收了回去。她已经打定主意，不说任何伤害简·费尔法克斯感情的话。她们手挽着手，跟着其他女士走出了房间。她们表现得亲密友好，与她们的美貌和优雅十分相称。

17

晚饭后，女士们回到客厅，爱玛发现几乎不可能阻止她们分成两组。埃尔顿太太总爱评判别人，做事没有礼貌，一直拉着简·费尔法克斯不放，却不把爱玛放在眼里。爱玛只好和韦斯顿太太在一起，时而聊上几句，时而默不作声。埃尔顿太太让她们别无选择。就算简不时让她安静一会儿，她马上又滔滔不绝地说起来。她们两个一直在低声耳语，埃尔顿太太尤为如此，但还是能听到她们主要在谈什么：邮局、感冒、取信，以及友谊。她们就这样聊了很久，随后谈到了一个至少是简不愿意谈起的话题：埃尔顿太太问简有没有找到合适的职位，还趁机宣布她都做了哪些打算。

“现在都四月了！”她说，“我很担心你。眼瞅着就到六月了。”

“但我从来没有确定非要在六月或哪个月做什么，只是说夏天而已。”

“你真的什么消息都没有吗？”

“我还没开始找工呢。我暂时没有这个打算。”

“亲爱的，越早开始越好啊。你都不晓得找一份合意的工作有多难。”

“我不晓得！”简摇摇头说，“亲爱的埃尔顿太太，还有谁能比我更清楚？”

“可是你哪里像我这样见多识广呢，你都不知道会有多少人去争取一个好职位。我在梅普尔格罗夫那一带见这种事见多了。萨克林先生的堂姐布拉格太太就收到了很多的申请。她经常出入上流社会，人们都想去她家里做工。教室里会点蜡烛呢！你可以想象这样的工作环境有多好！这个国家有那么多人家，我最希望你能去布拉格太太家里做工。”

“坎贝尔上校夫妇在仲夏前就回伦敦了。”简说，“我到时候一定要陪他们一段时间。我相信他们也希望这样。从那之后，我就可以办自己的事了。不过我希望你暂时先不要费心去打听。”

“费心！是的，我知道你顾虑什么。你怕给我添麻烦。可是我告诉你，亲爱的简，坎贝尔夫妇可不如我对你关心。这一两天我就写信给帕特里奇太太，责成她留心挑选合适的职位。”

“谢谢你，不过我希望你不要向她提起这件事。时候还没到，我不想打扰任何人。”

“可是，亲爱的，时间很紧迫了。现在是四月，转眼就到六七月了，我们有许多事情要做。你真是毫无经验啊，这也太好笑了！与你相称的职位，你的朋友会为你寻找的职位，不是每天都有的，就算有这样的职位，也不是马上就能争取到的。真的，我们必须马上着手了。”

“对不起，夫人，我无意于此。我自己不去打听，也不希望朋友们替我打听。等我确定了时间，我倒是不怕长期找不到工作。伦敦有很多职位，去事务所找工作，很快就会有消息，那些事务所售卖的不光是体力劳动，也有脑力劳动。”

“啊！亲爱的，体力劳动！你吓到我了。如果你是要抨击奴隶贸易的话，我可以向你保证，萨克林先生一向赞成废除奴隶制。”

“我不是这个意思，我没有想到奴隶贸易。”简答道，“我向你保证，我所考虑的只是做家庭教师。当然，对于做家庭教师的人，他们的罪过是完全不同的。至于吃苦头更大的受害者，我也说不清是哪个行当。不过，我只是想说，有些事务所可以替人刊登求职广告，我去找他们，必定很快就能找到合适的工作。”

“合适的工作！”埃尔顿太太重复了一遍，“是的，你自己谦逊，便以为那些工作适合你。我太清楚你是一个多么谦虚的人了。可是，你的朋友们肯定不愿意看到你找一份不入流的普通差事，落入既不合群又生活拮据的人家里。”

“你太客气了。不过我无所谓。我不是很想去有钱人家工作，我想，那样我只会更委屈。跟他们比较，怕是要更难受了。我只想去一个有教养的人家，这就够了。”

“我了解你，我太了解你了。你什么都能接受，我可要挑剔一点儿才行，我相信善良的坎贝尔夫妇会站在我这一边的。你才情出众，完全有资格出入上流社会。光凭你在音乐上的造诣，你就有资格挑拣，想住多少房间就住多少房间，想怎么融入主人家里，就可以怎么融入。怎么说呢——我不知道——要是你会弹竖琴，我相信就更稳妥了。但你可以边弹钢琴边唱歌。是的，我确实相信，即使你不会弹竖琴，你也可以提要求。你一定得找份体面的工作，快活舒服地过日子，那样我和坎贝尔夫妇才能放心。”

“舒服、体面、快活……你完全可以认为有这样的职位，这几点都是同样重要的。”简道，“不过，我真的不希望现在别人替我做什么，这是我的真心话。我非常感谢你，埃尔顿太太，任何同情我的人，我都心怀感激，但我确实希望等到夏天。我还要像现在这样，在这里再待上两三个月。”

“我也是当真的。”埃尔顿太太快活地说，“我决定时刻留意着，也请我的朋友们留意，这样才不会错过真正无可挑剔的职位。”

她就这样没完没了地说着，直到伍德豪斯先生走进房间，她才住口。她的虚荣心有了新的目标，爱玛听到她同样压低声音对简说：

“来了，那位惯会献殷勤的老先生来了！想想看，他那么殷勤，其他几位先生还没来，他就先到了！他是个多么可爱的人啊！告诉你吧，我非常喜欢他，很欣赏他那种古朴老式的礼貌，比现代绅士们的悠闲风格更合我的口味。现代的悠闲风格常常使我厌恶。可是这位好心的伍德豪斯老先生，我真希望你在晚饭时听到了他对我说的那些殷勤话。啊！说实在的，我都开始觉得我的caro sposo要忌妒了，我想我都成了他的宝贝了。他注意到了我的礼服。你觉得怎么样？是塞琳娜选的，我觉得很漂亮，不过不知道点缀物是不是太多了。装饰一多，我可就不喜欢了，华丽的东西招人讨厌。我现在必须佩戴几件饰物，谁叫别人都希望我这么做呢。你知道，新娘就得有点儿新娘的样子，但是我天性喜欢淳朴。简单的服饰比华丽的服饰好得多。但我相信我属于少数，似乎很少有人欣赏朴素的衣着，对他们而言，炫耀和华丽才是最重要的。我想给我那件银白府绸衣服也加上这样的装饰物。你觉得好看吗？”

客人们都回到了客厅，这时，韦斯顿先生赶来了。他很晚才回来，吃过晚饭便来了哈特菲尔德。很多人都算准了他会来，因此不觉得惊讶，大家见到他都很高兴。伍德豪斯先生若是在用餐前见到他，心里一定很不舒坦，现在见到他，却十分开心。约翰·奈特利见此情形，只是惊讶得说不出话来。一个人在伦敦忙了一天，晚上本该在家里清清静静地休息，却再次出门，走上半英里路到别人家，只为了和其他人一起度过晚上剩下的时间，还要努力表现文雅，忍受吵闹的环境。这样的行为让约翰·奈特利大为震惊。从早晨八点起就一直忙碌不停，本该歇一歇了，说了那么久的话，也该闭口安静一会儿，接触过那么多人，现在则应该独处一阵！这样一个人，竟然不独自在自家的炉火边享受宁静的时光，反而在这个四月的寒冷夜晚走出家门！他若是立即将妻子接走，倒也说得过去。可他这么一来，派对不仅不会散，反而有可能延长。约翰·奈特利惊奇地看着韦斯顿先生，耸了耸肩膀，说：“即使是他，我也不相信他会做出这种事。”

与此同时，韦斯顿先生完全不知道自己引起了别人的不快，他像往常一样开心，由于外出了一整天，他有权成为谈话的中心，便开始侃侃而谈，讨得众人的喜欢。他回答了妻子关于他享用晚餐的问题，并向她保证，家仆没有忘记她的细心嘱托，然后，他讲了讲在外面听到的新闻，随即便谈起了家里的事。他的话虽然主要是对韦斯顿太太说的，但他十分肯定房间里的每个人都感兴趣。他把一封信交给韦斯顿太太，是弗兰克写给她的，他在路上拿到信后就拆开看了。

“读读，读读吧。”他说，“你会很高兴的。只有几行字，不会花你很长时间。读给爱玛听听。”

两位女士一起看了看弗兰克的信。他微笑着坐在那里，一直在跟她们说话，他虽然压低了声音，但人人都听得见他说话。

“你们看，他要来了。我想这是个好消息。好吧，你觉得怎么样？我经常和你说，他肯定很快就会回来，是不是？安妮，亲爱的，我一直这样对你说，你还不相信我，是不是有这回事？你看，我敢说最迟下个礼拜就到伦敦了。丘吉尔太太有什么事要办，会像恶魔一样急不可耐。很可能他们明天或礼拜六就到了。至于她的病，当然不是很严重。不过，弗兰克又能和我们在一起，而且就在伦敦这么近的地方，真是太好了。他们到了之后会住上一段时间，他有一半时间可以和我们在一起。这正合我意。是个好消息，不是吗？你们看完了吗？爱玛都看过了吗？把信收起来，收起来吧，我们以后再谈这件事，现在还是不要说了。我向其他人稍提一下就好了。”

韦斯顿太太非常高兴。她的神态和言语都没有掩饰这一点。她很开心，她知道自己很开心，也知道自己应该开心。她的祝贺热情又坦率，但是爱玛恭贺起来就不那么流利了。她忙着弄清楚自己的感受，试图理解自己有多激动，她认为自己是很激动的。

然而，韦斯顿先生太心急了，没有心思去观察别人的感受，只管滔滔不绝地说着，不希望别人插嘴，他对韦斯顿太太所说的话非常满意，很快就走开，把全屋人都听到的消息又讲了一遍，让其余的朋友也跟着高兴一下。

幸亏他认为所有人理所当然都该高兴，否则他就不会认为伍德豪斯先生或奈特利先生尤为开心了。继韦斯顿太太和爱玛之后，韦斯顿先生把这个消息通知了他们两位，好让他们也一起开心。接下来，他本该去通知费尔法克斯小姐。但是，她正和约翰·奈特利谈得起劲，不该打断他们。他发现自己离埃尔顿太太很近，而她又没在和人交谈，便与她说起了这件事。

18

“希望不久之后，我能有幸把我儿子介绍给你。”韦斯顿先生说。

埃尔顿太太十分乐于将这样的希望看成是对她的恭维，非常优雅地笑了笑。

“想必你一定听说过弗兰克·丘吉尔。”他接着说，“你也肯定知道，他不随我的姓，但的确是我儿子没错。”

“啊，是的，我很高兴能和他结交。我相信埃尔顿先生会不失时机地去拜访他。要是能在牧师住宅里见到他，我们都会很高兴的。”

“你太客气了。相信弗兰克会非常高兴的。他最迟下个礼拜就到伦敦了。我们今天收到了一封信，信里是这么说的。今天早上我在路上收到了信，一看到我儿子的笔迹，我就把信拆开了，虽然信不是写给我的，而是写给韦斯顿太太的。我跟你说，弗兰克通常都是写信给她，几乎没怎么给我写过。”

“这么说，你打开了给她的信！噢，韦斯顿先生，那我可要提出抗议了。”埃尔顿太太做作地笑了起来，“真是一个相当危险的先例啊！我恳求你不要让你的邻居有样学样。说实话，如果我也遇到这种事，我们这些结了婚的女人可就要拿出点儿手段了。啊，韦斯顿先生，我真不敢相信你会这样做！”

“是啊，我们男人都是些荒唐的家伙。你可得小心了，埃尔顿太太。那封信很短，写得很匆忙，只是为了通知我们一声。他说，他们很快就到伦敦了，他们这次出门是为了丘吉尔太太，她整个冬天身体都不舒爽，认为是恩斯库姆太冷的缘故。就这样，他们必须立刻到南边来。”

“确实！我想他们是从约克郡来的吧。恩斯库姆在约克郡？”

“是的，离伦敦大约一百九十英里，相当远啊。”

“是的，要我说，的确是很远。比从梅普尔格罗夫到伦敦还远六十五英里，但是，韦斯顿先生，对富有的人来说，远一点儿又算什么呢？你若是听说我姐夫萨克林先生四处旅行，一定会大吃一惊。你也许不相信我的话，但有一次，他和布拉格先生赶着四匹马，一个礼拜去了两次伦敦。”

“恩斯库姆离伦敦这么远，有一点很不好。据我们所知，丘吉尔太太已经有一个礼拜没能从沙发上起来了。”韦斯顿先生说，“弗兰克在最后一封来信里说，她抱怨身体太弱，必须由弗兰克和他舅舅一起搀扶，才能到暖房去。你知道的，这说明她的身体太弱了。可是她现在急着去伦敦，还只打算在路上睡两夜，弗兰克在信上就是这么说的。当然，纤弱的女人都有非常特别的体质，埃尔顿太太。对这一点，你得承认。”

“不，我是不会承认的。我总是支持女性的，我确实是。告诉你吧，在这一点上，你会发现我是一个强大的对手。我总是站在女性这一边。我向你保证，如果你了解塞琳娜住客栈的感受，就不会对丘吉尔太太竭力避免住客栈感到奇怪了。塞琳娜说那种经历对她而言太可怕了。我相信我受她影响，也有点儿挑剔。她每次出门总是自己带床单，这是一个很好的预防措施。丘吉尔太太也这样做吗？”

“毫无疑问，别的贵妇人怎么做，丘吉尔太太也怎么做。丘吉尔太太不会逊于这个国家的任何一位贵妇，因为……”

埃尔顿太太急切地插嘴说：

“啊，韦斯顿先生，别误会我的意思。告诉你吧，塞琳娜可不是什么贵妇人。你别想岔了。”

“不是吗？那就不可以用她的标准来判断丘吉尔太太了，她绝对是一位十分讲究的贵妇人。”

埃尔顿太太开始觉得不该这么着急否定。她绝不愿意让人家认为她姐姐不是贵妇人，可她缺乏勇气，不敢假称姐姐是个贵妇。就在她琢磨怎样才能适当地把话收回来，韦斯顿先生则接着说了起来。

“你也许能想到，我并不是很喜欢丘吉尔太太。但就当这是我们之间的秘密吧。她很喜欢弗兰克，因此我不会说她的坏话。再说了，她现在身体不好。但事实上，据她自己说，她的身子向来都是这样。我不会对任何人都这样说的，埃尔顿太太。不过，要我说，丘吉尔太太压根儿就没病。”

“韦斯顿先生，她真病了的话，为什么不去巴斯？就算不去巴斯，去克利夫顿也可以呀。”

“她觉得恩斯库姆太冷了，她受不了。依我看，她其实是在恩斯库姆待腻了。她这次在那里住的时间比以往都长，就想换个环境。那个地方太僻静了。好是好，就是太过偏僻。”

“是呀，我敢说就跟梅普尔格罗夫差不多。没有哪个地方比梅普尔格罗夫更远离大路了。四周是望不到边的大农场！住在那儿，似乎与世隔绝了，太偏僻了。丘吉尔太太可能不像塞琳娜那样健康，也没有那样好的精神，可以享受闭塞的生活。或者，也许她自己没有足够的排解方法，适应不了乡村生活。我总是说，一个女人拥有的排解方法再多也不嫌多。我这么会自我排解，不去社交也无所谓，对此我非常感激。”

“弗兰克二月在这儿住了两个礼拜。”

“我记得我听说过这事。他再来时，会发现海伯里的社交界多了一个新成员。我是说，如果我可以冒昧地称自己是新成员的话。不过，他也许从来没有听说过我。”

她这么说显然是要别人恭维她，人们自然不可能漏掉，韦斯顿先生立刻很有风度地大声道：

“亲爱的太太！除了你自己，不会有人觉得这种事有可能发生。没听说过你！我相信在韦斯顿太太最近的信里，除了埃尔顿太太以外，几乎不会提到别人。”

他已经尽了责任，可以回到他儿子的话题上了。“弗兰克走的那会儿，我们还不能确定什么时候能再见到他，如此一来，听到今天的消息，就更叫人高兴了。”他继续说，“真的太出乎意料了。我总是坚信他很快就会回来。我确信一定会出现有利的局面，可就是没人相信我。他和韦斯顿太太都非常沮丧。‘我怎么来呢？舅父母怎么可能再放我出来？’等等。我总觉得我们能心想事成。你看，事实的确如此。埃尔顿太太，我常说，哪怕这个月发生了不好的事，下个月情况也会好转。”

“非常正确，韦斯顿先生，你说得太对了。我以前就对一位先生这么说过，他当时在向一位姑娘求婚，却不太顺利，进展不像他盼望得那么快。他很绝望，说照此速度，他肯定就算到了五月，婚姻之神许门的藏红色长袍也落不到他们身上！唉！我颇费了一番力气，才让他打消了那些忧伤的想法，让他乐观起来！马车……我们对马车很失望……我记得有一天早上，他来找我，那样子绝望极了。”

她轻轻地咳嗽了一声，话头便给打断了，韦斯顿先生立即抓住机会，说起了他的话题。

“你刚才说到五月。丘吉尔太太或许是听从别人的建议，或许是自作主张，反正要在五月去一个比恩斯库姆暖和的地方，简而言之，就是到伦敦去。这样的话，我们就可以愉快地期待弗兰克在整个春天里经常过来这里了，一年里，人们只喜欢在春天走亲串友，春季的白天最长，天气又温和宜人，总能吸引人们到户外去，还不会让人觉得太热而不愿走动。他以前来，我们就尽力把时间都利用起来，可天气太潮湿了，总是阴天下雨的。你知道，二月的天气就是这样。我们连一半的计划都没做到。这次正是好时候，一定可以玩得痛快。我们不确定能不能见着他，总是期望他今天、明天或任何时候能来，比起他真的到了家里，我不知道这么盼着是不是更叫人高兴。我认为是的。依我看，这样的心情最能让人打起精神，让人快乐。我希望你会喜欢我的儿子。不过，你可不能指望见到的是个天才。人们大都认为他是个优秀的青年，但别以为他是个天才。韦斯顿太太很喜欢他，你可以想象，我真是欢喜极了。她认为没有人能比得上他。”

“韦斯顿先生，我向你保证，我一定会喜欢他，这绝没什么可怀疑的。我听过许多对弗兰克·丘吉尔先生的赞扬。说句公道话，我这个人看人一向很准，绝对不会被他人影响。告诉你吧，我看到你儿子是怎么样，就怎么样评判他。我来不了阿谀奉承那一套。”

韦斯顿先生沉思起来。

“但愿我对可怜的丘吉尔太太没有太过苛刻。”过了一会儿，他说，“她要是果真病了，我很难过冤枉了她。但是，她这个人性格古怪，我谈论起她来，总是难以按照我所希望那样抱着宽容的态度。埃尔顿太太，你不可能不知道我和这家人的关系，也不可能不知道我受到了怎样的对待。我们私下说，这件事的全部责任都应该在她身上。就是她一直在煽风点火。如果不是因为她，弗兰克的母亲绝不会受到轻贱。丘吉尔先生是很骄傲。不过，比起他太太来，他的骄傲根本微不足道。他的傲慢带着几分温顺和懒散，他本人倒也不失为一位绅士，对任何人都构不成伤害，只会使他自己有点儿无助，有些招人讨厌罢了。但她是十足的傲慢，自大且无礼。她没有高贵的出身。丘吉尔先生娶她为妻的时候，她不过是个很普通的人，勉强算得上是一位绅士的女儿。但自从她当上了丘吉尔太太，就趾高气扬，把丘吉尔家的人都握在了手心里。但是，和你说吧，就她自己而言，她不过是个自命不凡的人而已。"

"想想看吧！多叫人生气！我很讨厌有人自命不凡。在梅普尔格罗夫那会儿，我就对这种人深恶痛绝。那一带有一户人家老爱装腔作势，搞得我姐姐和姐夫恼火至极！你说到丘吉尔太太的事，我马上就想起了他们。那家人姓塔普曼，是最近才搬去的，有许多下等阶层的亲戚，不过他们整天摆出一副很了不起的样子，希望和那些有名望的家族攀上关系。他们顶多在韦斯特霍尔宅第住了一年半。没人知道他们是怎么发财的。他们一家子来自伯明翰，你知道的，韦斯顿先生，在那种地方是没什么出路的。人们对伯明翰不抱太大希望。我总是说，伯明翰这个名字听起来就凄凄惨惨的。关于塔普曼一家人，除了这以外，就没什么准确消息了，不过我保证，有许多事情都很可疑。可是，从他们的态度来看，他们显然认为自己可以和我姐夫萨克林先生平起平坐，而萨克林先生正好是他们的近邻。这太糟糕了。萨克林先生在梅普尔格罗夫都住了十一年了，他父亲也是住在那里的……至少我是这么认为的。我几乎可以肯定，老萨克林先生在去世前已经买下了那栋房子。"

他们被打断了。茶点端了上来，韦斯顿先生把想说的都说了，便立即趁此机会走开了。

喝完茶，韦斯顿夫妇和埃尔顿先生坐下来与伍德豪斯先生打牌。剩下的五个人各行其是，爱玛不确定他们是否能相处融洽。奈特利先生似乎不大愿意聊天。埃尔顿太太希望别人听她侃侃而谈，而别人又不愿意听她说起来没完没了，她心绪不佳，宁愿不开口。

事实证明，约翰·奈特利先生比他哥哥更健谈。第二天一大早他就要离开，于是马上开口道：

“爱玛，对孩子们的事，我想我不必再嘱咐什么了。你已经收到了你姐姐的信，毫无疑问，她样样都写得很详细。我要说的比她简洁得多，所抱的态度可能也不一样。我要嘱托的只有两点，一是不要溺爱他们，二是不要随便给他们吃药。”

“但愿我能使你们两个都满意。”爱玛说，“我将尽我所能让他们快快乐乐的，这对伊莎贝拉就足够了。而要过得快乐，就必然不可以骄纵他们，胡乱给他们吃药。”

“如果你觉得他们麻烦，就送他们回去。”

“这倒是很有可能。你是这么想的，是不是？”

“我担心他们太吵，你父亲受不了。他们还可能成为你的累赘，毕竟最近你的应酬会越来越多。”

“越来越多！”

“当然了。你应该意识到，这半年来你的生活方式发生了很大的变化。”

“变化！不，没那么回事。”

“毫无疑问，你现在的社交活动多了很多。这次可是我的亲眼所见。我只不过来一天，你就在举办晚宴！以前什么时候发生过这样的事，或者之类的事？你的邻居越来越多，你也越来越频繁地与他们交往。前不久，你每次给伊莎贝拉写信，都讲到你参加了什么社交活动，像是去科尔先生家吃饭，又像是克朗旅店的舞会。光是与兰德尔斯的交往，就对你的行为产生了很大的影响。”

“是的。”他哥哥马上说，“都是因为兰德尔斯。”

“没错。想必今后兰德尔斯的影响也不会比以前小，爱玛，我觉得亨利和约翰有时可能让你不方便。如果有这种情况，我求你把他们送回家。”

“不。”奈特利先生大声道，“也不一定非要送他们回去。可以把他们送到唐维尔去。我一定有空。”

“说真的，你这话说得实在有意思！”爱玛叫道，“我真想知道，我举办了多少次派对，而你是没有出席的？为什么会有人认为我没有空闲时间照顾孩子们？我参加的那些令人惊异的派对，都是些什么派对呢？去科尔家用餐，谈到办舞会，结果没有办成。我明白你的意思……”爱玛说着向约翰·奈特利先生点点头，“你能在这里一下子遇到这么多朋友，心里一高兴，就觉得经常有派对。可是你……”她转向奈特利先生说，“你知道的，我哪怕是离开哈特菲尔德两个钟头的情况都很少，你怎么能预言我以后经常玩乐，我真想象不出来。至于我亲爱的外甥们，我得说，要是爱玛姨妈没时间陪他们，我想他们跟奈特利大伯在一起也不会好过多少。爱玛姨妈出门一个钟头，奈特利大伯就得出门五个小时，而他在家的时候，不是顾着读书，就是要算账。”

奈特利先生似乎在竭力忍住不笑。这时，埃尔顿太太开始跟他说话，他毫无困难地成功忍住了笑。

第二卷　完

第三卷

正是因为有了你的全力帮助，才抵消了别人对我的纵容。我怀疑，如果没有你，凭我自身的理智能不能纠正我自己。

01

爱玛只消稍稍平静地想一想，就可以判断出，在听说弗兰克·丘吉尔即将到来的消息后，她心里有几分激动。她很快就明白了，她不是为了她自己担心或尴尬，而是为了他。她对他的爱意早已消失殆尽了，根本不值得去想。毫无疑问，他一直是他们二人里爱得比较深的那个，他这次回来，对她的感情若是依然与他走时一样强烈，就太叫人烦恼了。如果两个月的分离还不能使他的爱情之火平息，那么摆在她面前的就是危险和罪恶了。他和她自己都必须小心谨慎。她不想再使自己的感情陷入混乱，她一定不可以再给他任何鼓励。

爱玛希望能阻止他向自己求爱。他们目前的关系若是就这样走向终点，必定叫人十分心痛。然而，她还是觉得会发生什么重要的事。她感觉好像今年春天一定将出现一场危机，一件大事，而她目前的平静生活也将随之改变。

没过多久——虽然比韦斯顿先生预料的时间长了一些——爱玛就有机会判断弗兰克·丘吉尔的感情了。恩斯库姆的那家人并没有像想象中那么快来到伦敦，但他们到了伦敦没几天，弗兰克就来了海伯里。他是骑马来的，骑了几个小时，不可能再快了。他去过兰德尔斯后，马上直奔哈特菲尔德，爱玛于是可以运用敏锐的观察力，迅速判断出他对这段感情的付出，以及她自己该采取什么对策。他们见面的气氛极其友好。毫无疑问，他见到她非常开心。然而，她几乎立刻就感觉到，他不像以前那样关心她，对她那么温柔了。她仔细注视着他。很明显，他心中的爱意减弱了。分开了那么久，再加上他认为爱玛无意于他，会出现这样的结果，也是理所当然的事，而这正中爱玛的下怀。

弗兰克整个人喜气洋洋，像往常一样喜欢聊天、大笑，似乎很高兴谈起他上次来海伯里的事，很享受重温昔日的时光，可见他并不是不激动的。爱玛不是从他的镇静中看出他相对冷淡了。他并不镇静，他的情绪显然很乱，一副心神不定的样子。他很活跃，但这种活泼似乎并不能使他自己满意。他只待了一刻钟，就匆匆到海伯里去拜访别人了，因此，爱玛更加坚信自己的判断没有错。“我来的时候，在街上碰到了一群老熟人，我只是停下来和他们打了个招呼，并没有多做停留。不过我的虚荣心认为，我不去拜访他们，他们准会失望。我很想在哈特菲尔德多待一会儿，不过我还是得赶快走了。”

爱玛毫不怀疑他的情意已然消散，可是他那激动的心情和匆匆忙忙的离去，似乎都称不上十全十美的灵丹妙药。她愿意相信，这表示他害怕受她影响，心中的爱火将重新燃起，只得慎重地决定减少与她相处的时间。

在十天当中，弗兰克·丘吉尔只来了这么一次。他常常盼望着能来，也打算要来，但总是没能成行。他的舅妈受不了他离开她身边。这是他在兰德尔斯亲口承认的。倘若这是真话，倘若他真想去哈特菲尔德，那么可以推断，丘吉尔太太这次来伦敦，对她的任性和紧张情绪毫无帮助。她确实病了，这是千真万确的。弗兰克在兰德尔斯宣称对此深信不疑。虽然不免有几分无病呻吟，但他十分肯定，回想起来，她的身体确实不如半年前了。他相信，只要精心护理，再服用药物，她的病定然可以好转，他还相信她至少并不会不久于人世。不管他父亲有什么怀疑，他都不会承认，丘吉尔太太是没病装病，或是和以前一样强壮。

很快，丘吉尔太太就发现伦敦并不适合她。她忍受不了伦敦的吵闹，神经经常受到刺激，觉得非常痛苦。到了第十天头上，她的外甥在给兰德尔斯的信中提及计划有变。他们将立即起程前往里士满。有人向丘吉尔太太推荐了那里一位医术高明的名医，此外，她本人对那个地方也很有兴趣。他们在一个不错的地点租了一幢带现成家具的房子，盼着换个地方，能让丘吉尔太太的病好起来。

爱玛听说，弗兰克在信中提到这一安排的语气十分欢喜，还觉得很幸运，因为他有两个月的时间可以住得离许多朋友很近，他们租房子的时限是五月和六月。爱玛还听说，他在信中很有信心地表示可以经常跟他们在一起，想常见面就能常见面。

爱玛看出韦斯顿先生如何理解这种愉快的前景。他认为所有的快乐都是爱玛带来的。她反倒希望不是这样。未来两个月一定会带来证明。

韦斯顿先生的幸福是毋庸置疑的。他开心极了。这正是他所希望看到的情况。现在，弗兰克真的离他们不远了。对一个年轻人来说，九英里路算得了什么呢？骑上马，一个钟头就到了。他可以经常过来。里士满和伦敦在这方面有很大的差别，在里士满，他们可以经常见到他，而在伦敦，他们就见不到他。十六英里路……不，是十八英里……到曼彻斯特街肯定有十八英里了，可谓一个很大的障碍。即使弗兰克有时间，往返一次也需要一整天。他住在伦敦并没有什么消遣，还不如在恩斯库姆。但是里士满很近，来往很方便。再近一点儿，反倒没有这么便利了！

这次丘吉尔一家搬去另一个地方，立即促成了一件好事：克朗旅店的舞会终于可以举办了。大家都没有忘记舞会的事，只是很快意识到无法把时间定下来。现在舞会终于可以举办，一切准备工作重新拉开了序幕。在丘吉尔一家搬去里士满后不久，弗兰克写来了一封短信，称舅母搬到新地方后好了很多，他随时都能来和他们待上二十四个小时，让他们把舞会时间尽可能定得早一点儿。

韦斯顿先生的舞会即将举办。再过几天，海伯里年轻人的快乐时光就要到来了。

伍德豪斯先生表示不会前往。每年的这个时节，他都觉得轻松一点儿。在各个方面，五月都强过二月。爱玛约好了贝茨太太，请她在舞会当天晚上来哈特菲尔德陪伴伍德豪斯先生，还嘱咐詹姆斯照应好家里。詹姆斯乐观地希望，在爱玛出门的这段时间，亲爱的小亨利和小约翰可以乖乖听话。

02

舞会举办前，没再发生意外。那一天渐渐近了，终于到了。众人焦急地等了一个上午，弗兰克·丘吉尔终于在晚宴前到达了兰德尔斯，一切都已准备就绪。

自上次见面以来，这是弗兰克和爱玛第二次相见。克朗旅店的舞厅将见证这一幕，不过这个场合总比平时那种很多人参加的派对要好。韦斯顿先生恳求她早点儿来，她若能在韦斯顿夫妇到后立即来到旅店，就可以趁其他宾客到达前，请她品评一下各个房间布置得是否得体舒适。爱玛无法拒绝韦斯顿先生，到时候就只得不时地与弗兰克安静地相处。爱玛去接哈丽特，她们乘马车及时来到克朗旅店，而兰德尔斯的一家人刚好比她们早来了一会儿。

弗兰克·丘吉尔似乎等了很久了。他没有说什么，但从他的眼神里可以看出，他打算痛痛快快地玩一个晚上。他们一起转了各个房间，确保一切都已准备妥当。过了几分钟，又来了一辆马车，爱玛起初没有听到马车声，所以当车里的人来到他们身边，她有些惊讶。“怎么这么早！”她差一点儿惊叫出来，但马上发现来的是一家老熟人，他们和她一样，也是特地赶来帮韦斯顿先生品评的。紧跟着又来了一辆马车，车上坐的是韦斯顿先生的表亲，他们也是在韦斯顿先生的恳求下早点儿来，执行同样的任务，这么看来，很快就要凑齐半数宾客前来查看准备工作了。

爱玛意识到，韦斯顿先生并不止依赖她一个人的品鉴。她觉得，一个人有那么多知己和至交，那么作为他的宠儿和密友，并不是什么很光荣的事。她喜欢他直率的性格，但如果他稍微有所保留，就能使他的性格变得更为高尚。对世人皆有一颗仁善之心，而不是与任何人都结交为友，才是男人该有的样子。她喜欢那样的男人。

大家走来走去，这看看，那看看，还称赞了一番。过了一会儿，他们无事可做，便在炉火边围成半圈，有一搭无一搭地说着眼下虽然已是五月，但傍晚生火还是很暖和舒适，等别人提起新话题。

爱玛发现，私人顾问的人数并没有增加，并不是韦斯顿先生的错。大家都曾在贝茨太太家门口停下，打算接上贝茨小姐和简一起来，但她们表示要等埃尔顿夫妇来接。

弗兰克站在爱玛身边，看起来犹犹豫豫。他一副六神无主的样子，可知他心里很不安。他左看右看，向门口走去，还留意着其他马车驶过来的声音。他不是盼着舞会赶紧开始，就是害怕在她身边。

大家提到了埃尔顿太太。“我想她一定很快就到了。”弗兰克说，“我很想见见埃尔顿太太，我听说过很多关于她的事。想必她用不了多久就会到的。”

有马车声从外面传来。他立即向外走去，却又走了回来，说：

“我忘了我并不认识她。我既没见过埃尔顿先生，也没见过埃尔顿太太。不该由我去迎接他们。”

埃尔顿夫妇出现了。大家笑着互致问候。

“贝茨小姐和费尔法克斯小姐呢？”韦斯顿先生环顾四周说，“我们还以为你们会把她们接来。”

这不过是个小错误。已经派马车去接她们了。爱玛很想知道弗兰克对埃尔顿太太的第一印象。对她刻意追求优雅的穿着打扮和亲切的微笑，他有何看法。介绍过后，弗兰克对她加以留意，很快就有了自己的看法。

几分钟后马车回来了。有人说外面下雨了。“我去找人准备几把伞，父亲。”弗兰克对父亲说，“可不能把贝茨小姐忘了。”说完他就走开了。韦斯顿先生跟了过去。不过埃尔顿太太叫住了他，想谈一谈她对他儿子的看法。她马上就说了起来，弗兰克尽管走得很快，也必定可以听见。

“你儿子真是个英俊的年轻人，韦斯顿先生。我坦率地告诉过你，我有自己的意见。现在，我很高兴地说，我非常喜欢他。我说的可是大实话，我从不恭维人。我觉得他长得俊朗不凡，他的风度恰是我所喜欢和赞许的类型……堪称真正的绅士，一点儿也不自负、傲慢。要知道，我十分厌恶骄傲的年轻人，他们真的很讨厌。梅普尔格罗夫可容忍不了这样的人。我和萨克林先生对他们是半点儿耐心都没有的。我们有时说话很尖刻。塞琳娜就过于温和，对他们宽容得多。”

在埃尔顿太太谈弗兰克时，韦斯顿先生专注地听着，可当她的话题转到了梅普尔格罗夫，他就想起来了有女宾到了，需要他去接待，便笑着快步走开了。

埃尔顿太太转向韦斯顿太太。“我毫不怀疑，一定是我家的马车把贝茨小姐和简接来了。我们的车夫驾的马车快得很呢！我相信我们的马车比别人家的都快。派马车去接朋友，是一件多么愉快的事啊！我知道你提出去接他们是好意，不过下次没有必要了。请你放心，我会一直照顾她们。”

贝茨小姐和费尔法克斯小姐在两位绅士的陪同下走进了舞厅。埃尔顿太太似乎认为自己和韦斯顿太太一样，有责任去接待她们。她的姿态和动作，任何像爱玛这样在一旁观看的人都看得清楚明白。可是，她的话，以及每个人说的话，很快就被贝茨小姐滔滔不绝的言语淹没了。贝茨小姐边走边说，在被带到火边众人身边时仍没有说完。门一打开，大家就听到了她的声音：

“你们都太好了！连个雨点儿都没有呢。没什么大不了的。我自己怎么样是无所谓的。我穿着厚鞋子呢。简刚一进门就说，‘啊！这里真是太棒了！好极了！灯火通明的！’简，简，快看啊！你以前见没见过呢？啊，韦斯顿先生，你一定有阿拉丁的神灯。好心的斯托克斯太太再也不认得自己的房间了。我进来时看见她了。她就站在入口处。‘啊！斯托克斯太太。’我是这么说的，可惜我没时间多说几句。”这时韦斯顿太太来迎接她了。“很好，谢谢你，太太。希望你身体很好。很高兴听到这个消息。真怕你会头疼！我常看到你路过，知道你有很多事要做。很高兴听到这个消息。啊！亲爱的埃尔顿太太，太感谢你派马车。马车来得正好，我和简刚准备好，并没有让马车久等。马车太舒适了。啊！韦斯顿太太，我相信我们还是应该感谢你。埃尔顿太太非常好心地给简送了张条子，否则我们就坐你的车了。一天有两次别人提出用马车接送我们！这样的好邻居实在少见。我对母亲说，‘准没错，母亲……’谢谢你，我母亲很好，这会儿去伍德豪斯先生家了。我让她戴上围巾，晚上还有些凉意，那条围巾是新的，很大，是狄克逊太太结婚时送来的礼物。她能想着我母亲，真是太好了！你知道，那条围巾是在韦茅斯买的，由狄克逊先生亲自挑选。简说他们一共买了三条，他们还犹豫了一段时间。坎贝尔上校更喜欢橄榄色。亲爱的简，你肯定你的脚没弄湿吗？雨虽然不大，我还是很担心，但是弗兰克·丘吉尔先生实在是太……他还找来一块垫子让我们踩。他这样礼貌，我是一辈子也不会忘记的。啊！弗兰克·丘吉尔先生，我必须告诉你，从那以后，我母亲的眼镜再也没有坏过，铆钉再也没有掉出来。我母亲常说你善良，是不是，简？我们不是常谈到弗兰克·丘吉尔先生吗？啊！伍德豪斯小姐也在呢。亲爱的伍德豪斯小姐，你好吗？我很好，谢谢你，很好。现在简直像在仙境里聚会呢。这儿的变化太大了！我知道的，不可以恭维……”她说到这里，非常得意地看着爱玛，“那样不礼貌。不过，说真的，伍德豪斯小姐，你一定要看看……你觉得简的头发怎么样？你的评价最公平了。简的发型是她自己做的。她的头发梳得好极了！我想，就算是伦敦的理发师，也不见得能做到。啊！那一定是休斯医生，还有休斯太太。我得去和休斯医生夫妇聊聊。你们好吗？你们好吗？我很好，谢谢。今天真开心啊，不是吗？亲爱的理查德先生在哪儿？啊！他在那里。别去打扰他了。最好还是跟年轻的小姐们谈谈。你好吗，理查德先生？前几天我看到你骑马进城了。奥威太太！还有善良的奥威先生，奥威小姐，卡罗琳小姐。这么多的朋友呢！还有乔治先生和亚瑟先生！你们好吗？你们好吗？我很好，非常感谢你。好极了。我好像听到又有马车来了。是谁呢？很可能是尊敬的科尔夫妇。说真的，跟这么多朋友在一起，真的是太有意思了！多么旺的火啊！太暖和了。不了，不要咖啡，谢谢你。我从不喝咖啡。不麻烦的话，过一会儿给我来点儿茶吧。不急。啊！茶来了。这儿样样都那么好！”

弗兰克·丘吉尔回到爱玛身边。贝茨小姐刚静下来，埃尔顿太太和费尔法克斯小姐之间的谈话就飘到了爱玛的耳朵里，她们二人就站在爱玛后面不远处。弗兰克正在沉思。爱玛不确定他是否也听到了埃尔顿太太和费尔法克斯小姐说的话。埃尔顿太太先是恭维了一番简的衣服和外表，简也轻声细语，得体地接受了她的恭维。埃尔顿太太显然也盼着得到简的恭维，便说：“你看我的礼服怎么样？镶边好看吗？我的头发是赖特给我梳的，漂不漂亮？”她又问了很多之类的问题，简耐心而礼貌地回答了。接着，埃尔顿太太说：

“一般来说，没人比我更不看重穿着了。只是现在这样的场合，每个人的目光都在我身上，也为了向韦斯顿夫妇表示敬重……我丝毫不怀疑，他们举办这次舞会主要是为了我……我才不希望自己逊色于人。在这里，除了我，就没见有别人佩戴珍珠呢。听说弗兰克·丘吉尔的舞跳得不错。我们来看看我们的风格是否适合。弗兰克·丘吉尔真是个英俊的年轻人。我很喜欢他。”

这时，弗兰克开始滔滔不绝地说起话来，爱玛不禁认为他是听到有人夸奖他，不想再听下去，才开口讲话。两位女士的说话声被淹没了一会儿，等弗兰克停了口，埃尔顿太太的声音才又清晰地传来。埃尔顿先生刚走到她们身边，他的妻子就大声道：

“啊！我们在这么隐蔽的地方，你终于找到我们了？我正跟简说，我想你八成是在迫不及待地找我们呢。”

“简！”弗兰克·丘吉尔重复道，脸上带着惊讶和不快的表情，“这么说也太随便了。不过我想，费尔法克斯小姐不会反对。”

“你喜欢埃尔顿太太吗？”爱玛低声说。

“不喜欢。”

“你真是忘恩负义。”

“忘恩负义！什么意思？”弗兰克说完，紧皱的眉头便舒展开，微微一笑说，“不，别告诉我，我不想知道你是什么意思。我父亲在哪儿？什么时候开始跳舞？”

爱玛简直搞不清他心里在想什么，他整个人怪怪的。他走开去找他的父亲，但很快又与韦斯顿夫妇一起回来了。他遇到他们时，他们碰到了一点儿小麻烦，一定要征求爱玛的意见。韦斯顿太太忽然想到，必须请埃尔顿太太来给舞会开场，而埃尔顿太太本人也希望如此。可这与他们的愿望相悖，他们本想将这个荣誉给爱玛。爱玛带着刚毅的神情，听着这个令人伤心的事实。

“我们上哪里给她找个合适的舞伴呢？”韦斯顿先生说，“她准认为弗兰克会邀请她跳舞。”

弗兰克立刻转向爱玛，要求兑现她先前的诺言。他声称已经有了舞伴，他的父亲对此十分赞赏。接着，韦斯顿太太似乎想要韦斯顿先生亲自与埃尔顿太太跳，爱玛和弗兰克就跟着帮腔，埃尔顿先生很快便答应了。韦斯顿先生和埃尔顿太太走在前面。弗兰克・丘吉尔先生和伍德豪斯小姐紧随其后。爱玛不得不屈居埃尔顿太太之后，尽管她一直认为这次舞会是为了她而办。现在，她也有点儿想结婚了。

这一次，埃尔顿太太无疑占了上风，虚荣心完全得到了满足。埃尔顿太太本打算与弗兰克・丘吉尔跳第一支舞，但就算换个舞伴，对她而言也没什么损失。韦斯顿先生可能比他儿子更好。爱玛尽管遇到了这样一个小小的障碍，还是开心地笑了。她高兴地看着跳舞的人排成长长一队，心想可以痛痛快快地玩上几个钟头，而这样的欢乐时光并不多见。她最担心的不是别的，而是奈特利先生并没有跳舞。他与不跳舞的人站在一起，但他不该站在那里，也应该跳舞才对。他不该把自己与那群丈夫、父亲和打牌的人归为一类，那些人本来还假装对跳舞很感兴趣，可牌桌一搭好，他们就忘记跳舞这回事了。奈特利先生看起来是那么年轻！他站在那里，比在其他任何地方都更为出众。他高大、结实，他的身材是那么挺拔，在周围一群肥胖、佝偻的老人的衬托下，爱玛觉得他一定会吸引所有人的目光。除了她自己的舞伴以外，在整个一排年轻男子中，没有一个能比得上奈特利先生。他又向前走了几步，那几步足以证明他若肯跳舞，他的舞姿必定非常高雅，可以散发出自然而然的优雅之态。每当爱玛与他目光相遇，都能让他微微一笑。但总的来说，他看上去很严肃。她真希望他能更喜欢舞厅，更喜欢弗兰克・丘吉尔。他似乎一直在观察她。她可不能自以为是，以为他是在端详她的舞姿。但如果他是在批评她的行为，她并不感到害怕。她和她的舞伴并没有调情。他们两个看上去更像是相处愉快的好朋友，而不是情人。弗兰克・丘吉尔对她的情意不如从前，这一点毫无疑问。

舞会进行得很愉快。韦斯顿太太一直劳心劳力，事事关照，收效非常显著。每个人似乎都很开心。人们去参加舞会，即便玩得开心，也要到舞会结束才夸奖几句，但现在，从舞会一开始，大家就都赞不绝口。比起这类活动，这次舞会也没有很多值得记录的重要时刻。然而，有一件事让爱玛觉得很特别。

晚宴前的最后两支舞开始了，哈丽特没有舞伴，在年轻的女士中，只有她还坐着。舞伴都是成双成对的，形单影只的情况实在少见。可是，看到埃尔顿先生一个人走来走去，爱玛就不觉得奇怪了。他能避就避，绝不肯请哈丽特跳舞，她肯定他不会，而且，据她估计，他随时都会逃到牌桌室。

然而，逃跑并不是他的计划。他走到围观者所站的地方，和几个人聊了起来，在他们前面走来走去，好像是要展示他此时很自由，并决心维持这样的自由。他有时也会走到史密斯小姐的面前，或者跟她身边的人谈话。爱玛看着这一切。她暂时还没有跳舞，正从队伍的最后向前走，因而有时间环顾四周，她只稍微转了一下头，就能看到这一切。当她走到队伍中间的时候，埃尔顿先生等人就在她的后面，她没法再看了。不过埃尔顿先生离她很近，他和韦斯顿太太的对话，她一字不漏地都听到了。爱玛发现站在她前面的埃尔顿太太也在听，还投去意味深长的目光鼓励他。善良、温柔的韦斯顿太太离开座位，来到他身边，问道："埃尔顿先生，你不跳舞吗？"他当即回答说："韦斯顿太太，如果你愿意跟我跳支舞，我很乐意。"

"我！啊！不，我给你找个比我更好的舞伴吧。我可不会跳舞。"

"如果吉尔伯特太太想跳，我一定非常乐意奉陪。"他说，"我现在觉得自己是个结了婚的老头子，跳舞的日子也到头了，但是，在任何时候，能和吉尔伯特太太这样的老朋友一起跳舞，我还是会感到不胜荣幸。"

"吉尔伯特太太并不想跳舞，可是有位小姐这会儿没有跳，我倒很想看她跳呢。就是史密斯小姐。"

"史密斯小姐……啊！我都没有注意。你真是太好了……如果我不是结了婚的老头子……不过韦斯顿太太，我跳舞的日子已经到头了。请多多原谅吧。如果是别的事，我很乐意听你的吩咐……不过我跳舞的日子已经到头了。"

韦斯顿太太没有再说下去。爱玛可以想象得到，她回到座位上时一定感到非常惊诧，屈辱万分。这就是埃尔顿先生！就是那个和蔼可亲、乐于助人、温和有礼的埃尔顿先生。她向四周看了看，只见埃尔顿先生走到不远处奈特利先生的身边，准备聊一聊，同时，他看向他妻子，两人朝对方得意地笑着。

爱玛不想再看了。她的心在发烫，她担心自己的脸也变得滚烫。

又过了一会儿，她看到了一个令人愉快的情形：奈特利先生牵着哈丽特走向了跳舞的队伍！她从来没有像此刻这样惊讶，也很少像此刻这样高兴。她心里充满了愉悦和感激，既是为哈丽特，又为她自己，恨不得马上过去感谢他。她虽然离得太远无法说话，可是一与他目光相遇，她的表情便传递了她的心思。

果然不出她所料，奈特利先生跳得非常好。若非哈丽特刚才的处境那么可怜，此刻的表情表示她是那么快活、那么深感荣幸，那她完全堪称幸运了。她没有逆来顺受，反而舞起来比刚才更欢快，还轻快地跳到了中间，脸上始终挂着微笑。

埃尔顿先生回到了打牌房，爱玛觉得他看起来愚蠢极了。她并不认为埃尔顿先生像他妻子那样铁石心肠，虽然他越来越像她了。埃尔顿太太向她的舞伴大声说出了自己的感觉：

“奈特利很同情可怜的小史密斯小姐呢！要我说，他还真是好脾气。”

晚餐要开始了。众人纷纷准备用餐。从这一刻起，可以听到贝茨小姐没完没了地说着，直到她坐到桌边，拿起汤匙为止。

“简，简，亲爱的简，你在哪儿？你的披肩在这儿呢。韦斯顿太太恳求你穿上披肩。她说她担心走廊里有风，虽然能做的都做了，有扇门钉牢了，还铺了许多席子。亲爱的简，你必须戴好围巾。丘吉尔先生，啊！你真是太好了！你给她披上了围巾！太高兴了！舞跳得太棒了！是的，亲爱的，我跑回家去了，我说过要服侍外婆上床睡觉，回来后，没人发现我离开过。正如我告诉你的那样，我没招呼一声就回去了。外婆很好，跟伍德豪斯先生度过了一个愉快的夜晚，他们聊了很久，还玩了双陆棋。在她离开之前，楼下已经沏好了茶，准备了饼干、烤苹果和葡萄酒。她有几次掷骰子，运气好得很呢。她还问了许多关于你的情况，你玩得高兴吗，都和谁跳舞了。‘啊！’我说，‘我是不会先简一步跟你讲的。我走的时候，她正跟乔治·奥威先生跳舞。她肯定很乐意明天亲自把这一切告诉你。她的第一位舞伴是埃尔顿先生。我不知道接下来是谁邀请她，也许是威廉·考科斯先生。’亲爱的先生，你太好了。大家肯定都称赞你。我还没到需要帮助的地步。先生，你太客气了。一只手挽着简，另一只手挽着我！停一下，停一下，我们往后站一点儿，让埃尔顿太太先走。亲爱的埃尔顿太太，她看上去多优雅啊！花边真漂亮！现在，我们都跟在她后面。她就是今晚的女王！好了，我们到了走廊了。有两级台阶呢，简，小心这两级。啊！不，只有一级。明明有人告诉我有两级。太奇怪了！我以为是两级，可现在只有一级。我从来有见过这么舒适、这么时尚的地方……到处都是蜡烛。我刚才跟你说起了外婆，简……有一件小事叫人很不满意。你知道的，烤苹果和饼干，味道很不错。不过，先端进来的是美味的炖羊杂芦笋，好心的伍德豪斯先生以为芦笋煮得不够烂，便命人把这道菜端走了。外婆最喜欢吃的就数这道炖羊杂芦笋了，所以呢，她非常失望。不过我们说好不对任何人说起这件事，怕传到亲爱的伍德豪斯小姐的耳朵里，会让她不安心。这太棒了！我太吃惊了！真是出人意料呢！高雅，应有尽有！我从没见过这么气派的地方。那么，我们坐哪儿呢？我们坐哪儿？随便什么地方都可以，只要别让风吹到简。我坐在哪里并不重要。啊！你是说这边吗？好吧，丘吉尔先生，我相信……只是看起来太好了……不过，就按你的意思好了。在这座房子里，按你说的做，肯定不会错的。亲爱的简，菜太多了，给你外婆讲的时候，我们能记住一半就不错了。还有汤！老天！我不应该这么快就吃的，但闻起来实在太香了，我忍不住要开动了。”

直到吃过晚饭，爱玛才有机会同奈特利先生说话。但是，当大家又都来到舞厅里时，她向奈特利先生投去了一个不可抗拒的目光，示意他过来接受她的谢意。他很气愤地谴责了埃尔顿先生的行为，认为埃尔顿先生极其无礼，不可原谅。埃尔顿太太的神情也受到了应有的指责。

“他们的目的不只是伤害哈丽特。”他说，“爱玛，他们怎么会与你对着干？”

他带着洞察的微笑望着爱玛，见她没有回答，便又说道：“我认为，不论埃尔顿先生如何，埃尔顿太太总不该生你的气。对于这种推测，你自然不会说什么。不过，爱玛，你得承认，你确实撮合过他和哈丽特。”

“是的。”爱玛回答，“所以，他们不能原谅我。”

他摇了摇头，脸上却带着纵容的微笑，只这样说：

“我不会责备你的。还是你自己好好想想吧。”

“你相信我会奉承别人吗？我这么自负，会承认自己错了？”

“你是自负，但你也很正直。即便自负把你引向错误，我相信你正直的天性也会向你道出真相。”

“我得承认，我看错了埃尔顿先生。他这个人气量太小了，你发现了这一点，我却没看出来，还相信他爱上了哈丽特。真是一个荒谬的错误连着另一个荒谬的错误！”

“你肯承认自己错了，那我要替你说句公道话，你为他选的人，比他为自己选的人好多了。哈丽特·史密斯具有一些相当出众的品质，埃尔顿太太则完全不具备。哈丽特·史密斯不装腔作势，为人单纯，是个天真烂漫的小姑娘，任何有见地、有品位的男人肯定都会选她，而不是埃尔顿太太这样的女人。我发觉哈丽特比我预料的还要健谈。”

爱玛非常满意。就在这时，韦斯顿先生要大家重新开始跳舞，他们的对话便被打断了。

“来吧，伍德豪斯小姐，奥威小姐，费尔法克斯小姐，你们都在干什么？来吧，爱玛，给你的同伴们做个榜样。大家太懒了！都要睡着了吧！”

“只要有人要我跳，我随时准备着。”爱玛说。

“你打算跟谁一起跳？”奈特利先生问。

爱玛犹豫片刻，这么答道：“你邀请我的话，我就和你跳。”

“可以和我跳支舞吗？”他说着伸出手来。

“当然可以。你明明跳得很好，况且，你也知道我们不是兄妹，一起跳舞不会不成体统。”

“兄妹！自然不是。”

03

与奈特利先生聊过之后，爱玛感到相当愉快。这是舞会上愉快的回忆之一，第二天早晨爱玛在草坪上散步，开始回想这次简短的交谈。她非常高兴他们在埃尔顿夫妇的问题上达成了共识，对这夫妇俩的看法又是如此一致。他赞扬了哈丽特，对爱玛做出了让步，爱玛欢喜极了。埃尔顿夫妇唐突无礼，有那么一段时间，差一点儿毁了她整个晚上的好心情，如今却有了一个最为令人满意的结局。爱玛还期待着能有另一个好结果：哈丽特可以不再痴心错付。从离开舞厅前哈丽特谈及当时情形的神态来看，可能性还是非常大的。这就好像哈丽特的眼睛忽然睁开了，她能看到埃尔顿先生并非如她所相信的那样是一个极为出众的人。炽热的情感消逝了，爱玛无须担心埃尔顿先生再乱献殷勤，惹得哈丽特心跳加速。她相信，埃尔顿夫妇有心使坏，今后必定还将怠慢哈丽特，而要让哈丽特死心，这或许是必不可少的。哈丽特不再沉迷于苦恋，弗兰克·丘吉尔并没有对自己投入一片深情，奈特利先生也不想和她吵架，在爱玛看来，这个夏天该是多么幸福！

她今天上午没见着弗兰克·丘吉尔。他告诉过她，他中午时分必须到家，无暇来哈特菲尔德拜访。她对此并不觉得遗憾。

爱玛在心中整理了所有这些事，又一一思考，觉得事事都妥当了，便精神饱满地转身返回屋内，去照顾两个小外甥和他们的外公，就在此时，大铁门开了，两个她绝对想不到会在一起的人走了进来。一个是弗兰克·丘吉尔，哈丽特则靠在他身上。没错，就是哈丽特！片刻后，爱玛就意识到出事了。哈丽特脸色苍白，一副受了惊吓的样子，而弗兰克正竭力安慰她。铁门和房子的前门相隔不到二十码，他们三个很快走进了门厅，哈丽特随即瘫倒在一张椅子上，晕了过去。

年轻的女士昏倒了，必须将其救醒，再询问事情的始末，将受惊吓的理由查探清楚。这样的事非常有趣，但悬念维持不了多久。不过几分钟后，爱玛就了解了全部情况。

史密斯小姐和比克顿小姐一同去散步。比克顿小姐同在戈达德太太家寄宿，也参加了舞会。她们走的是通往里士满的路，这条路还算热闹，也很安全，可惜她们还是受了惊。在过了海伯里大约半英里的地方有个急转弯，路两边栽种着榆树，树荫蔽日，有相当长的一段路非常偏僻。两位年轻的小姐往前走了一会儿，突然看到前面不远的地方有一群流浪的吉卜赛人。那些人待在路旁的一片大草地上。一个放哨的孩子过来向她们乞讨。比克顿小姐吓坏了，大叫一声，招呼哈丽特跟她一起，她跑上一段陡峭的堤岸，穿过顶部的一小片树篱后抄近路返回了海伯里。但是，可怜的哈丽特没能跟上。她跳完舞后出现了严重的抽筋，爬河岸时再度抽筋，双腿没有了半点儿力气，再加上心里害怕，便在原地动弹不得了。

若是两位年轻的小姐更勇敢一些，流浪汉会做出什么样的事，根本无法预料。但哈丽特弱质纤纤，他们自然不会放过这个大好机会，要好好欺负她一番。哈丽特很快被五六个孩子围在了当中，领头的是一个粗壮的女人和一个大男孩，这些人个个又吵又闹，举止粗野，虽然他们并没有说什么粗鄙的话。哈丽特越来越害怕，立即答应给他们钱，她拿出钱袋，给了他们一个先令，请求他们不要再索要钱财，也不要再欺负她了。这时，她已经能走路了，虽然走得很慢，她还是一点点走开。然而，她的恐惧和她的钱包太诱人了。那帮人跟着她，或者说围着她更恰当，找她要更多的钱。

弗兰克·丘吉尔就是在如此情况下遇到哈丽特的，她浑身颤抖，苦苦哀求，吉卜赛人则大声嚷嚷，无礼至极。所幸他走得晚了，才在关键时刻解救她于危难之中。这天上午天气宜人，弗兰克信步前行，让他的马在过了海伯里一两英里的另一条路上等他。他前一天晚上从贝茨小姐那儿借了把剪刀，却忘了还回去，不得不去一趟贝茨小姐家，进去待了一会儿。就这样，他出发的时间比原打算的晚了一些。他徒步而行，一直走到跟前，那群吉卜赛人才注意到他。那个女人和男孩之前把哈丽特吓得魂不附体，如今轮到他们自己害怕了。弗兰克把他们吓得屁滚尿流，哈丽特急切地紧紧抓住他，几乎说不出话来，她硬撑着往哈特菲尔德走，刚一到精神就崩溃了。送哈丽特来哈特菲尔德是弗兰克的主意，他一时根本想不到别的地方。

事情的经过便是如此，弗兰克讲了一些，哈丽特恢复意识马上也讲了一些。见哈丽特恢复如初，弗兰克就决定告辞。他耽搁了这么久，不能再延误了。爱玛保证会将哈丽特平安的消息告知戈达德太太，并通知奈特利先生这一带有一群吉卜赛人，又为她朋友和自己感谢了弗兰克一番，然后，弗兰克便出发了。

这绝对是一场历险，一个俊朗的青年和一个美丽的姑娘以这样的方式产生了交集，即使是最冷酷的心和最镇定的头脑，也不可能不浮想联翩。至少爱玛是这样认为的。若是语言学家、语法学家甚至数学家，能看见她所看到的一切，目睹他们两个一起出现，听说他们一起经历的事，难道不会认为是命运使然，让他们两个对彼此产生特别的兴趣吗？像她这样充满想象力的人，更是会大加猜测，大加预测了！尤其是她早就想过这种可能。

这件事太不可思议了！在她的记忆中，当地的年轻小姐们从来没有遇到过这样的事。没有这样的遭遇，也没有如此的惊慌。而现在，这件事恰巧发生在一位女士身上，而一位男士正好路过，英雄救美！真是太不寻常了！爱玛很清楚这两个人目前怀着什么样的想法，便觉得更有可能撮合他们了。弗兰克希望抹去自己对爱玛的爱慕，哈丽特则要忘记对埃尔顿先生的迷恋。似乎一切都顺理成章，预示着一桩大好姻缘。这件事不可能不让他们互相倾心。

在哈丽特处在半昏迷状态的时候，爱玛与弗兰克聊了一会儿，他饶有兴味地说哈丽特紧紧抓着他的胳膊，看起来是那么害怕，那么天真，那么激动，他说这话时显得很开心。后来，在哈丽特讲完经过之后，他又对比克顿小姐可憎又愚蠢的行为表示了强烈的愤慨。然而，在这件事上，只能任其自然发展，不可以推波助澜。她不会采取任何行动，也不会做出半点儿暗示。不，撮合别人的事她已经干得够多了。在心里盘算一下没什么害处，只是想想，而不付诸行动。不过是个良好的祝愿而已。除此之外，她什么也不会做。

爱玛一开始决定不把此事告诉父亲，免得他焦虑、惊慌，但她很快就感到瞒不下去了。不到半个钟头，消息就在整个海伯里传开了。爱嚼舌根的人恰恰最喜欢谈论这样的事。当地所有的年轻人和仆人很快便喜滋滋地聊起了这个可怕的消息。昨晚的舞会似乎都不及那群流浪者有吸引力。可怜的伍德豪斯先生坐在那里，浑身哆嗦个不停，正如爱玛所料，他一定要她们答应绝不走出灌木林的范围，不然就不肯罢休。使他感到安慰的是，在这一天其余的时间里，有许多人问候他和伍德豪斯小姐（邻居们都知道他喜欢别人的问候），以及史密斯小姐。他很高兴地告诉别人他们都不太好。事实并非如此，她身体很好，哈丽特也不错，但爱玛并没有反驳。作为这样一个男人的孩子，一般情况下，她的身体状况自然不会好，虽然她并不知道自己有什么病。如果他不给她编造出什么病症，她就不能大放异彩了。

流浪者可没有等着接受惩罚，早就匆匆逃走了。海伯里的年轻小姐们还来不及惊慌，就又可以安全地外出散步了。这件事很快被抛到了脑后，只有爱玛和她的两个外甥还记得。哈丽特遭流浪者袭击的事件始终萦绕在爱玛的想象中，亨利和约翰仍然每天问起。即便她讲的与第一次有哪怕一点儿不同，他们也会固执地纠正她。

04

这次历险的几天后的一个早上，哈丽特拿着一个小包来找爱玛，她坐下，犹豫了一会儿，还是开口道：

“伍德豪斯小姐…… 如果你有空的话，我有件事和你说，算是我的忏悔吧。然后，你知道的，一切就都结束了。”

爱玛很惊讶，但还是求她快点儿说。哈丽特的神情极为郑重，说起话来也很严肃，爱玛估摸她要说的事一定非同寻常。

“在这件事上，我愿意对你毫无保留，我也有责任这么做。”哈丽特继续说，“在一方面上，我很幸运完全变了一个人，你知道了一定很满意。我不想说不必要的话，我以前太失控，现在想来真是羞愧极了，想必你是理解我的。”

“是的。”爱玛说，“我想我可以。”

“那么久了，我居然一直不切实际……”哈丽特激动地大声道，“我简直疯了！现在，我真看不出他有什么过人之处。我不在乎能不能见到他，我宁愿不见他。说实在的，只要可以躲开他，我哪怕绕远路也无所谓。但是我一点儿也不羡慕他的妻子，我不再像从前那样，对她又是羡慕又是忌妒了。我相信她很有魅力，但仅此而已。我觉得她这个人脾气很坏，不讨人喜欢，我永远忘不了那天晚上她的那副样子。不过，伍德豪斯小姐，我向你保证，我对她并没有恶意。没有的。就让他们幸福地白头到老吧，我再也不会伤心了。为了让你相信我说的是实话，我现在就毁掉我本就不该保留的东西，其实我早该毁掉了。这点我非常清楚。”哈丽特说到这里脸红了，“我现在就毁掉，还特别想当着你的面这样做，好让你看看我有多理智。你猜不出这包里装的是什么吗？”她说着露出了忸怩的神情。

“一点儿也猜不出。他送过你什么东西吗？”

“没有……我都不能称之为礼物，可我一直非常珍视它们。”

哈丽特把包递给爱玛，爱玛看到最上面写着“最珍贵的珍宝”几个字。她的好奇心马上点燃了。哈丽特打开小包，爱玛焦急地看着。在很多层银箔纸里面，有一个漂亮的滕布里奇小盒。哈丽特打开盒子，盒子里衬着极为柔软的棉布，除了棉布，爱玛只看到一小块鱼胶贴膏。

“这会儿你总该想起来了吧。”哈丽特说。

“不，我真想不起来。”

“老天！真想不到你竟然忘了。我们最后几次在这个房间里见他的时候，有一次，他贴了鱼胶贴膏。就在我嗓子疼的前几天，也就是约翰·奈特利夫妇来之前。我想就是那天晚上吧。你不记得了吗，他被你的新铅笔刀割破了手指，还是你推荐他贴鱼胶贴膏的？你身边没有，但你知道我带了，就让我拿给他。我把我的鱼胶贴膏拿出来，给他剪了一块。不过那块实在太大，他剪小了一些，把玩了一会儿剩下的那块才还给我。我那时太荒唐了，情不自禁地把它当成了宝贝。于是，我把鱼胶贴膏收了起来，再也没有用过，时不时拿出来看看，心里还喜滋滋的。”

“我最亲爱的哈丽特！”爱玛大声道，她用一只手捂着脸，跳了起来，“你真让我羞愧难当了。记得吗？是的，现在我全记起来了，只是不知道你把这个东西当纪念品留了起来。我到现在才知道这件事。我记得他割破了手指，我要他贴鱼胶贴膏，还说我身上没有。啊！都是我的错，我的错！我的衣兜里向来都装着很多啊！我这愚蠢的把戏。我活该一辈子惭愧。好吧……”爱玛说着又坐了下来，“你接着说吧，接下来怎么样？”

“你真带着吗？我真的一点儿没有怀疑，你表现得太自然了。”

“所以，你真为了他，把那块贴膏收藏了起来。”爱玛说，她此时不再羞愧，只是觉得又惊讶又有趣。她偷偷在心里说：“天哪！我什么时候能想到把弗兰克·丘吉尔把玩过的贴膏用棉布包起来收藏呢？我绝对做不出这种事。”

“你看这个。”哈丽特又转向小盒子，继续说，“还有一件更珍贵的东西……我的意思是，那东西以前对我来说很珍贵……因为这是真正属于他的东西，贴膏则不是。”

爱玛很想看看更珍贵的宝贝是什么。原来是一支连铅芯都没有的旧铅笔头。

“这的的确确是他的东西。”哈丽特说，“你不记得那天早晨了吗？不，我敢说你不记得了。有一天早晨……我忘记确切日期了……也许是在那天晚上之前的礼拜二或礼拜三，他要在本子上记点儿东西，是关于奈特利先生跟他讲的酿造云杉啤酒的事，他想把他们说的话记下来。但是，他拿出铅笔后发现铅头剩得很少，他削了几下就削没了，铅笔没法用了，你就借给了他一支，这支铅笔头没了用处，便被丢在了桌上。但我一直盯着它看，我鼓足勇气，把它捡了起来，从那一刻起一直保存着。”

“我记得这件事。”爱玛大声道，“我记得很清楚。是关于云杉啤酒。

啊！是的。我和奈特利先生都说我们很喜欢云杉啤酒，埃尔顿先生似乎下定决心也要学着喜欢这种啤酒。我记得相当清楚。等等。奈特利先生就站在这儿，对吗？我印象中他就站在这里。”

“我不知道。我想不起来了。真是太怪了，可我就是想不起来。我记得当时埃尔顿先生坐在这里，就跟我现在坐的地方差不多。”

“好吧，接着往下说吧。”

“没有了。我没有别的东西给你看，也没有其他要说的了，不过现在，我要把这两样东西都扔到火里，我希望你能看着我这么做。”

“可怜的哈丽特，亲爱的！你珍藏了这些东西，真的从中找到快乐了吗？”

“是的，我太傻了！我现在简直羞愧得无地自容，但愿我能像烧掉这些东西一样，轻易忘掉他。你知道的，他都娶妻了，我不应该还保留任何回忆。我知道这是错的，却偏偏下不了决心扔掉。”

“可是，哈丽特，有必要把贴膏也烧掉吗？你要烧那一小截旧铅笔，我无话可说，但贴膏一定有用处。”

“我情愿把它烧掉。”哈丽特答，“我看到它就讨厌。我必须把所有东西都处理掉。与埃尔顿先生有关的一切，都结束了，谢天谢地！”

“那与丘吉尔先生的关系，什么时候开始呢？”爱玛心想。

不久以后，爱玛有理由相信，这段关系已经开始了。她自己没算过命，但还是希望那些吉卜赛浪人能给哈丽特带来好运。在遇袭的大约两个礼拜后，情况变得明朗起来，而且一切都是在不经意中发生的。爱玛当时并没有意识到，所以她得到的信息才更有价值。她只是在闲聊时说了一句“好吧，哈丽特，无论你什么时候结婚，我一定会给你一些好建议”，便没有多想。沉默了片刻之后，她听到哈丽特用非常严肃的语气说：“我永远不会结婚的。”

爱玛抬起头，立刻明白了是怎么回事。她考虑了一会儿，琢磨是不是应该将哈丽特的话当真，然后答道：

“永远不结婚！你做了一个新的决定。”

“然而，我永远不会改变这个决定。”

爱玛又犹豫了一会儿，说：“但愿这不是因为……但愿你不是为了埃尔顿先生才这样的？”

“为了埃尔顿先生！”哈丽特气哼哼地喊道，“啊！不！”爱玛只听到她说，“埃尔顿先生哪里有这么优秀！”

爱玛思索了很久。该不该追问下去，还是顺其自然，表现得好像并没有起疑？她如果这么做，哈丽特说不定会以为她很冷淡或是生气了。她一句话也不说，也许只会使哈丽特没完没了地说下去，并要她听。于是，爱玛决定不像从前那样毫无保留，不再坦率而频繁地谈论希望和机会。她相信更明智的做法是，立刻把想说的说出来，把想知道的打听清楚。坦诚永远都是最好的办法。她早就想好了如果哈丽特有这类的问题向她请教，她该如何把握分寸。尽快经过思考而做出明智的判断，对她们两个而言都大有好处。她下定了决心，便说：

“哈丽特，我不想假装听不懂你的意思。你之所以下定决心永远不结婚，或者不如说你希望如此，是因为你认为你所倾慕的那个人比你的地位高太多，绝不可能喜欢上你，是不是？”

“伍德豪斯小姐，请相信我，我没有胆量去幻想什么……真的，我并没有那么荒唐。不过，能远远地爱慕着他，想着他比这世上的其他人都出色，我就很荣幸了。对他，我心里尤其充满了感激、惊奇和敬畏。”

“你这样想，我是一点儿也不惊讶的，哈丽特。他这么帮你，你心里感激他，也是应该的。”

“何止帮我！他对我的恩情太大了！每次回想起当时的情形……我看着他朝我走过来，心里思绪万千……他的神态是那么高贵，他解救我之前，我都要难过死了。后来情况完全转变了！一瞬间，就全变了！从伤心到开心！”

“这很应该。很应该，也很值得尊敬。是的，我认为，选择得如此恰当，你又如此感激，是很值得尊敬的。不过，我不能保证，你这样选择就能有好结果。哈丽特，我劝你不要陷得太深了。你能否得到回报，我可保证不了。好好想想你要怎么做。也许趁早控制自己的感情，才是最明智的做法。无论如何，不要投入太多的感情，除非你相信他也喜欢你。你要好好观察他。看看他会怎么做，再决定你自己的感情。我现在这么提醒你，是因为我以后再也不会与你谈起这个问题了，我决定不再插手你的事。从现在起，我完全不知道这件事。从我们的嘴里，再也不要说出任何人的名字。我们以前都错得很离谱，现在要多加小心。毫无疑问，他的确比你优秀，肯定会有人强烈反对，也将出现不少障碍。可是，哈丽特，这世上有很多不可思议的事。差距更大的人都结为了夫妇。但你要留神。我不希望你太乐观。可是呢，不管结局如何，请相信，你对他产生了好感，说明你的品味十分高雅，我将永远看重你的品味。”

哈丽特沉默而恭顺地吻了吻爱玛的手，表示感谢。爱玛很肯定，这份爱慕对她的朋友而言并不是坏事。这将提高她的心智，陶冶她的心灵，必然使她远离堕落的危险。

05

哈特菲尔德在计划、希望和默许中迎来了六月。总的来说，对海伯里而言，六月没有带来实质性的变化。埃尔顿夫妇还在谈论萨克林夫妇的来访，以及如何乘坐他们的四轮四座马车去游玩。简·费尔法克斯仍住在外祖母家。坎贝尔夫妇从爱尔兰回来的日子再次推迟，定在了八月，而不是原来说的仲夏，因此，简·费尔法克斯可能要在这里再住上两个月，不过前提是她能说服埃尔顿太太别给她找差事，以免她违心地匆忙接受什么如意的职位。

奈特利先生出于他自己最清楚的某种原因，早就对弗兰克·丘吉尔有些反感，现在越来越讨厌他了。他开始怀疑弗兰克在追求爱玛的同时，背地里还在搞一些见不得人的勾当。爱玛是他的目标，这一点似乎毋庸置疑。一切都表明了这一点。他本人大献殷勤，他父亲给出了诸多暗示，他的继母也在谨慎地默许此事。所有的一切都显示了同一个结果。言语，行为，无论是谨慎还是轻率，都说明了同样的意图。但是，就在很多人觉得弗兰克与爱玛是天生一对、爱玛要把弗兰克与哈丽特凑成一双的时候，奈特利先生却开始怀疑他在玩弄简·费尔法克斯。奈特利先生弄不懂这是怎么回事，但种种迹象都表明，弗兰克和简·费尔法克斯两个人之间确实存在暧昧，至少他是这么认为的，从一些迹象中可以看出，弗兰克肯定对简有意思。他观察到了这一点，就不能说服自己相信这些痕迹毫无意义，不过，他并不愿像爱玛那样，犯想当然的错误。奈特利先生最初起疑的时候，爱玛并不在场。他当时正与简、兰德尔斯的一家人在埃尔顿夫妇家吃饭。弗兰克经常看向费尔法克斯小姐，而作为伍德豪斯小姐的倾慕者，弗兰克这么做似乎有点儿出格。后来他又和他们两个在一起时，不禁想起了之前所看到的情形，便又观察起来。至于观察的结果，除非像考伯在黄昏时站在火边那样——我创造了我所见到的一切——否则，他越发怀疑弗兰克·丘吉尔和简暗地里互生了好感，甚至还在私下里达成了某种默契。

有一天晚饭后，奈特利先生像往常一样步行前往哈特菲尔德，去那里消磨夜晚的时光。爱玛和哈丽特要去散步，他和她们一起去了，回来的时候，他们碰到了几个人，那些人和他们一样，觉得快下雨了，还是及早去锻炼为妙。韦斯顿一家三口散步的时候偶然碰到了贝茨小姐和她的外甥女，于是合并一道去散步。来到哈特菲尔德的大门前，爱玛知道父亲一定很高兴这些人去家里做客，便极力劝说他们进屋与她父亲一起喝茶。兰德尔斯的一家人马上就答应了。虽然没有人听，贝茨小姐还是啰里啰唆地说了很久，最后，她也觉得可以接受伍德豪斯小姐的诚挚邀请。

就在这些人向庭院走的时候，佩里先生正好骑着马路过。绅士们都谈起了他的马。

“顺便说一句，佩里先生置办马车的事怎么样了？”弗兰克·丘吉尔对韦斯顿太太说。

韦斯顿太太看上去很惊讶，她说：“我都不知道他有这个打算呢。”

“不会吧，我还是从你那儿听来的。三个月前，你在信里和我说起过。”

“我！不可能的！”

“的确是这样。我记得很清楚。你说得好像他很快就会买马车似的。佩里太太很高兴地把这件事告诉了别人。这主意还是她出的，她认为佩里先生在恶劣的天气里外出，对他的身体很不好。你现在一定想起来了吧？”

“我敢保证，我现在才听说这件事。”

“从来没听说？真的从来没听说？老天！怎么可能？那我一定是在梦中知道的，但我完全相信了……史密斯小姐，你走起路来好像很累。回到家好好歇歇吧。”

“什么？什么？”韦斯顿先生嚷嚷道，“佩里要买马车？佩里要买马车了吗，弗兰克？我很高兴他能买得起马车。你是听他本人说的吧？”

“不是的，父亲。”他儿子大笑着回答，“我也说不清是从谁那里听说的了。太奇怪了！我记得就是韦斯顿太太几个礼拜前在给恩斯库姆的信中提到了这件事，这些细节都是她在信里说过的……不过，正如她说的，她从来没有听说过这回事，那就一定是一场梦喽。我这人就爱做梦。我走后，梦见了海伯里的每个人。等我把我的好朋友都梦了一个遍，就开始梦见佩里先生和佩里太太了。”

“不过这可真奇怪。”他父亲说，“你居然会梦到你在恩斯库姆不大可能想起的人。佩里要置办马车了！他的妻子终于为了顾全他的健康，劝他这么做了……我相信他们迟早会买的。只是有点儿早了。梦有时真的会变成现实！而在另一些时候，梦又是多么荒谬！好吧，弗兰克，你的梦显然表明，你就算人不在海伯里，心里也挂念着这里。爱玛，我觉得你也爱做梦，是吧？”

爱玛没有听到韦斯顿先生的话。她已经跑到客人前面，去安排她父亲出来见客的事了，韦斯顿先生的暗示并没有传到她的耳朵里。

“啊，说句实话吧。”贝茨小姐大声道，她之前一直想说话，可惜没人听她的，“对于这个问题，如果非要我说几句，那不可否认，弗兰克·丘吉尔先生可能——我并不是说这事不是他梦见的，我相信我有时也做过世上最奇怪的梦——但如果问我的话，我必须承认，佩里夫妇春天确实有过这样的打算。佩里太太亲口跟我母亲提起过，我们和科尔一家都知道……但这是一个秘密，其他人都不知道，而且只持续了大约三天。佩里太太非常希望佩里先生有一辆马车。一天早上，她兴高采烈地来找我母亲，说她已经劝动了佩里先生。简，你还记不记得，我们回家后，外婆把这件事讲给我们听了？我忘了我们当时去哪儿散步了……很可能是去了兰德尔斯。是的，我想是兰德尔斯。佩里太太一直特别喜欢我的母亲……实际上我不知道有谁不喜欢她……佩里太太是私下里跟我母亲说的。她自然不反对我母亲把这件事告诉我们，可是她不想别人知道。从那天起直到现在，我从没对任何一个我认识的人提起过。可是，我也不肯定自己是不是绝对没漏过口风，我知道我有时确实会脑袋一热，就把话说了出来。你们知道的，我这个人话多，而且是相当多。有时候我可能说出不该说的话。我不像简，我要是能像她就好了。我可以担保，她从来都不会说漏嘴。她去哪儿了！啊！在后面呢。我清楚地记得佩里太太来过。真是个神奇的梦啊！”

一行人走进门厅。奈特利先生注意到贝茨小姐瞥了简一眼。通过弗兰克·丘吉尔的表情，他感觉弗兰克似乎是在压抑内心的慌乱，也像是在强颜欢笑，以驱散恐惧，然后，他不由自主地开始观察简。不过简在后面，正忙着整理披肩。韦斯顿先生已经进去了，另外两位绅士在门口等着让简先走。奈特利先生怀疑弗兰克·丘吉尔想要引起简的注意……他似乎正目不转睛地注视着她……只是，即便他想这么做，也是白费了一番力气。简从他们中间走进了门厅，并没有看他们中的任何一个。

没有时间再评论或解释了。梦的事只好以后再说，奈特利先生必须和其他人一起，在一张现代大圆桌前落座。这张桌子是爱玛买来的，只有她有能力把这张桌子弄到哈特菲尔德，并说服她父亲也使用这张圆桌。毕竟四十年来，伍德豪斯先生的每日两餐都摆在一张折叠桌上，那张桌子很小，摆上碗碟就变得满满当当。大家愉快地喝完了茶，似乎谁也不急于离开。

“伍德豪斯小姐，”弗兰克·丘吉尔看了看身后的一张桌子说，他坐着就可以够到那张桌子，“你的外甥们把他们的字母……就是那盒字母拿走了吗？以前就放在那里的。哪儿去了？今天晚上有些闷，很像是冬天，哪有点儿夏天的样子。有一天早晨，我们玩那盒字母玩得很高兴。我想再出题让你猜。”

爱玛觉得这个主意不错。她拿出字母盒，字母很快就被摆了满桌，似乎谁也没有他们两个玩得起劲。他们很快就摆出单词让对方或其他人来猜。大家一玩游戏就安静了下来，这正合伍德豪斯先生之意，韦斯顿先生偶尔组织大伙儿玩的游戏很吵闹，搞得他很是心烦。现在，韦斯顿先生开心地坐在那里，时而有些忧郁地哀叹“可怜的小家伙们”都走了，时而拿起散落在他面前的字母，温柔地称赞爱玛的字有多漂亮。

弗兰克·丘吉尔在费尔法克斯小姐面前摆了一个词。她瞟了一眼桌边众人，便埋头思索起来。弗兰克坐在爱玛身旁，简在他们对面。奈特利先生的位置很有利，正好可以看到他们三个人。他意欲仔细观察一番，但又不可以让别人看出来。简想到了答案，露出淡淡的微笑，把字母推开了。如果她想把这些字母立刻和其他字母混在一起，不让别人看到，她就应该看着桌子确定混好了，可她看向了对面，并没有注意到那些字母并没有和其他字母混合。每次出现一个新词，哈丽特都很想猜，却一个也猜不出，这会儿，她一把拿起简猜过的字母，想了起来。哈丽特坐在奈特利先生边上，便转身找他帮着想。那个词是“错误”，就在哈丽特兴高采烈地宣布答案之际，简脸上一红，可见这个词另有深意。奈特利先生把这件事和弗兰克的梦联系了起来。但是这一切究竟是怎么回事，他却百思不得其解。他心爱的人是多么敏感，多么谨慎，却完全没有注意到！他担心此事另有内情。他只要稍加留意，就能看到虚伪的一面。那些字母不过是弗兰克用来献殷勤、耍诡计的工具罢了。弗兰克·丘吉尔竟用小孩子的玩具，来掩饰他自己那些蕴含深意的把戏。

奈特利先生心中愤愤，继续观察弗兰克，同时也在观察弗兰克那两个不知情的同伴，心里充满警惕，觉得不可置信。他看到弗兰克为爱玛准备了一个短词，还朝爱玛投去一个狡黠和假装正经的神眼。他看到爱玛很快就猜了出来，她开心之余又觉得应该指责两句，便说：“胡说！不害臊！”他注意到弗兰克·丘吉尔看了简一眼，听见他说：“让她也猜猜这个，可以吗？”他还清楚地听到爱玛一边笑着一边强烈反对：“不，不，绝对不可以。你不可以。”

然而，弗兰克还是让简猜了那个词。这位爱献殷勤的年轻人似乎想爱而又不愿意投入感情，想使自己受欢迎而又不愿意迁就，他直接把那个词递给费尔法克斯小姐，恳求她好好思考，态度特别稳重而端庄。奈特利先生非常想知道那个词究竟是什么，一有机会就试着瞧个究竟。没过多久，他便看到那个词是“狄克逊[1]”。简・费尔法克斯似乎与他同时猜了出来。对于这五个字母如此排列，她自然能够理解其隐蔽的含义和高超的智慧。她显然心有不悦，她抬起头，见有人看着自己，登时满脸通红，只说了一句“竟然还可以猜姓氏呢”，便气冲冲地把字母推开，看样子是下定决心不再猜了。她别开脸，面朝姨妈，不再看那些对她不怀好意的人。

“是啊，完全正确，亲爱的。”简一句话没说，她的姨妈却大声喊道，“我猜也是这个。我们真得走了。天快黑了，外婆在等我们。亲爱的先生，你太好了。我们真得和你说再见了。”

简的动作很快，证明她果然如她姨妈所预料的，很想赶快走人。她立刻站起来，想离开桌边。可是大家都告辞要走，她一时间没法走开。奈特利先生好像看到弗兰克焦急地将一组字母推到简面前，但简看也没看，就一把把字母拂到了一边。过了一会儿，她去找披肩，弗兰克・丘吉尔也在找。天渐渐黑了，屋里一片混乱。奈特利先生没看清众人是怎样分手的。

众人都走了，奈特利先生还留在哈特菲尔德，满脑子想的都是他所看到的一切。蜡烛点亮了，他必须——是的，作为爱玛的朋友，而且是一个焦急的朋友，他一定要——给爱玛一些暗示，问她一些问题。他不能眼睁睁地看着她置身于如此危险的境地，却不出手保护。这是他的责任。

“爱玛。”他说，“我能不能问问，你和费尔法克斯小姐猜的最后一个词，是什么这么好笑，又为什么那么叫人难过？我看到了那个词，很想知道为什么你们一个会觉得有趣，另一个却感到很痛苦。”

爱玛一时慌了神。她还不能把真正的答案告诉他。她仍然有所怀疑，却因为将心里的怀疑泄露给了别人，而感觉十分羞愧。

1　即Dixon。——译者注

“啊！”她嚷道，显然极为尴尬，“没什么，只不过是个玩笑罢了。”

“这个玩笑似乎只有你和丘吉尔先生明白。”他严肃地答道。

他希望她能再开口讲讲，但她没有。爱玛什么都愿意做，就是不想说话。他迟疑地坐了一会儿。各种不愉快的猜测掠过他的脑海。他现在就算插手此事，也只会白费心思。爱玛的慌张，以及明显的亲密关系，似乎都表明她已经心有所属了。但他还是要把事情说出来。为了她，哪怕被当成多管闲事，他也在所不惜，只要她不受伤害就好。他什么都愿意面对，但以后不能为了自己的疏忽而后悔。

“亲爱的爱玛，”他终于极其亲切地说道，“你是不是认为你完全了解，我们所说的那位先生和小姐之间的关系到了什么程度？”

“你是说弗兰克·丘吉尔先生和费尔法克斯小姐？啊！是的，非常了解。你怎么会有这种怀疑？”

“你从来都不觉得他爱慕她，或者她爱慕他吗？”

“从来没有，一点儿也没有！”她急切地叫道，“我从没想到过这种可能。你怎么会这么想呢？”

“我最近似乎注意到一些迹象表明他们两个对彼此很有好感。比如某些表情，我想他们并不希望公开。”

“你说的这些实在很有意思。你居然也会发挥想象力了，我真高兴。可惜还不行……你这才第一次尝试，就要被我制止了，但的确不可以的。我向你保证，他们两个之间没有男女之情。引起你注意的那些迹象，不过是发生在某种特殊的情况下，是性质完全不同的感情：根本无法确切地解释清楚。太荒唐可笑了。不过，有一点可以肯定，这世上没有什么人比他们两个更不可能互相爱慕欣赏了。我认为简是这样，弗兰克也是如此。我确定，那位先生对简根本无意。”

爱玛言之凿凿，奈特利先生听了只觉得极为震惊，她那得意的口吻也使他无言以对。爱玛兴致勃勃，很想多聊一会儿，好听他详细说说他的怀疑，讲讲他们如何互送秋波，以及都在什么地方发生了什么，她对这些都很感兴趣。可惜奈特利先生并没有她那份好心情。他觉得自己一点儿忙也帮不上，深受刺激后也不想说话。伍德豪斯先生习惯一年到头每晚都在家里生火，奈特利先生担心自己烤了火，心中的怒火也会燃烧起来，便很快匆匆离开，步行回家，让自己沉浸在唐维尔庄园的凉爽和孤独中。

06

长期以来，海伯里人都以为萨克林夫妇很快就会来访，后来听说他们要到秋天才能成行，不免失望至极。目前，没有这类新奇的事来丰富居民们的精神生活。他们每天闲聊，只好再次谈起其他在一段时间内与萨克林夫妇来访有关的事，比如丘吉尔太太最新的消息，她的身体状况似乎每天都有不同的说法；又比如韦斯顿太太的情况，一个孩子即将降临人世，给她的幸福增添了几分圆满，她所有的邻居也为那孩子降世的日子越来越近而开心。

埃尔顿太太非常失望。她本想好好玩乐一番，炫耀一番，现在只得推迟。她所要做的介绍和推荐，只好放一放，每个她计划举办的派对，仍然只能停留在空谈阶段。起初她便是这么认为的。不过她转念又想，觉得并不是所有事都得延后进行。萨克林夫妇是没来，那他们为什么不去博克斯山游览游览呢？等他们在秋天来访，他们还可以一起再去一次。就这样，众人决定前往博克斯山。人家早就知道要去那里游玩，而这也促成了另一个活动。爱玛从未去过博克斯山。她想看看大家都觉得值得欣赏的景色，于是与韦斯顿先生商定，找个晴朗的早晨，乘马车到那儿转转。在他们选定的人中，有两三个与他们同行，他们决定悄悄出门，不装模作样，但要讲究、高雅，比起埃尔顿夫妇和萨克林夫妇吵吵嚷嚷的准备工作，又吃又喝，还安排野餐，要强过许多。

爱玛和韦斯顿先生本来都商量好了，可韦斯顿先生说他向埃尔顿太太提议，既然她的姐姐和姐夫不能来，他们两拨人应该合在一起，埃尔顿太太欣然同意了。如果爱玛不反对，事情就这么办了。爱玛听了，惊讶的同时甚至还有些不满。爱玛就算反对，也是因为对埃尔顿太太没有好感，而韦斯顿先生肯定早知此事，既然如此，也就没有再提起的必要了。若是提起，自然免不了责备，只会叫他太太伤心。就这样，爱玛不得不应承了一项她会竭力避免的安排。她接受了，就会被人说与埃尔顿太太往来，因而颜面尽失！爱玛感觉自己受到了极大的冒犯，她表面上答应了，心里却埋怨韦斯顿先生是个不辨是非的老好人。

“你赞成我的做法，我很高兴。”他非常满意地说，“不过我早料到你会的。像这样的计划，人少了就不好玩了。人越多就越热闹。人多了，玩起来才有趣。再说了，她是个性格温厚的女人，总不能将她排除在外。”

爱玛并未出言反对，但在心里也没有表示赞同。

现在是六月中旬，天气风和日丽。埃尔顿太太急着定下具体日期，和韦斯顿先生商量鸽肉馅饼和冻羊羔肉的事，可恰在此时，一匹拉马车的马弄瘸了腿，把一切都搅乱了。要那匹马再拉车，可能需要几个礼拜，也可能只要几天。但是，不可能在不确定的情况下就进行准备工作，一切又都陷入了叫人烦闷的停滞中。埃尔顿太太尽管有很多办法，却也应付不来这样的难题。

“奈特利，你说这是不是太叫人伤脑筋了？”她大声说，“天气这么好，多适合出去游玩啊！可现在一推再推，一次次叫人失望，实在太讨厌了。我们该怎么办？照这样下去，这一年转眼就过去了，什么也做不成。告诉你吧，就在去年，还没到现在这个时候，我们一群人就从梅普尔格罗夫去了金斯韦斯顿，高高兴兴地玩了一场呢。”

“你可以去唐维尔玩玩。”奈特利先生回答说，“没有马也能去。来尝尝我的草莓吧，草莓熟得很快。”

即便奈特利先生最初提议时可能没当真，后来也不得不认真了。埃尔顿太太非常开心，一口答应下来，她态度明确，也说得明明白白：“啊！真是太好了。”唐维尔的草莓园远近驰名，这似乎只是邀请的托词而已，但其实没必要找借口。即使是卷心菜园，也足以吸引这位太太了，她只是想出去游玩而已。她一次又一次地答应会去，她答应的次数太多了，他毫不怀疑她一定会去。埃尔顿太太觉得这是亲密的证明，是与众不同的恭维，满意极了。

“你大可以把心放在肚子里。”她说，“我一定会去的。你定个日子，我就去。我能不能带简·费尔法克斯一道去？”

“我想安排几个人见见你，我得先和他们谈谈，才能定下具体的日子。”奈特利先生说。

“啊，都交给我吧。全权委托给我，就可以了。这个聚会可是由我发起的，这你是知道的。是我的派对。我要带朋友们一起去。”

“我希望你把埃尔顿带来。”奈特利先生说，“至于邀请其他人，就不劳你大驾了。”

“啊，你可真狡猾。你还是再考虑一下吧。你尽管放心交给我办，我又不是娇生惯养的小姐。你知道的，结了婚的女人办起事来稳妥着呢。这是我的派对，交给我吧。由我来邀请你的客人。”

“不。”他平静地答道，“世界上只有一个结了婚的女人，她愿意请什么客人去唐维尔，我就允许她请什么客人，她就是……”

“想必是韦斯顿太太吧。”埃尔顿太太打断了他的话，感觉受到了很大的羞辱。

“不，我指的是奈特利太太。但在她出现以前，我要亲自料理这些事。”

“你真是个怪人！”她嚷道，发现并没有人比她受偏爱，心里很满意，“你太幽默了，爱说什么就说什么。真是个幽默家。好吧，我带简和她姨妈一起去，剩下的就交给你了。我不反对与哈特菲尔德的那家人见面。你不用犹豫，我知道你喜欢他们。”

“我劝得动的话，你自然会见到他们。我在回家路上去拜访贝茨小姐。”

“完全没有这个必要。我每天都见到简，不过随你的便吧。奈特利，你知道的，这次聚会只有一个上午，很简单的。我要戴一顶大软帽，胳膊上挎个小篮子。对了，说不定就带那个有粉色缎带的篮子。你看，再简单不过了。简也会带个篮子。不搞特殊的形式，也不炫耀，就跟吉卜赛人的聚会差不多。我们就在你的园子里转转，自己摘草莓，再在树下坐一坐。无论你还要安排什么活动，都要在户外。在树荫下摆一张桌子，你知道的。一切都要尽可能自然而简单。你是不是也是这么打算的？”

“不完全是。把桌子放在餐厅里，才是我所认为的简单和自然。在我看来，先生们和女士们，他们的仆从，再加上家具，要让这一切体现出简单和自然，最好是通过室内用餐。在园子里吃厌了草莓，就可以进屋吃冻肉。”

“好吧，随你喜欢。只要不铺张就成了。顺便问一下，需不需要我或我的管家帮你出出主意？你有事尽可以直言，奈特利。你要是需要我跟霍奇斯太太谈谈，或者检查……”

“谢谢你，不必了。”

“如果有什么问题，我的管家非常聪明。”

“我可以向你担保，我的管家也觉得自己十分聪明，对别人的帮助一概拒绝。”

“要是有驴子就好了。简、贝茨小姐和我……我们几个应该骑驴子去，我的caro sposo步行。我真得和他谈谈，应该买头驴的。依我看，在乡下生活，必须得有头驴子。一个女人即便有再多排遣的办法，也不可能永远关在家里。你知道的，要是走很长的路，夏天就满是尘土，到了冬天，地上就很泥泞。”

“在唐维尔和海伯里，并不会有你说的这两种情况。唐维尔巷从不尘土飞扬，现在路面很干燥。不过，如果你喜欢骑驴的话，就骑吧。你可以找科尔太太借。我希望事事都能尽量合你的意。”

“我相信你说的是真心话。我的好朋友，我对你是很公正的。表面上你的态度很怪，冷淡又生硬，但我知道你是个热心肠。正如我对埃尔顿先生说的，你这个人很幽默。是的，相信我，奈特利，我完全感受到了你在整个计划中对我的关心。你正好找到了使我高兴的事。”

奈特利先生不愿把桌子摆在阴凉处，还有另一个原因。他想说服伍德豪斯先生和爱玛一起来。他知道，让他们中的任何一个坐在外面吃饭，都会害得伍德豪斯先生得病。绝不能为了早上乘马车去唐维尔玩一两个小时这种貌似适当的事，给伍德豪斯先生徒增痛苦。

伍德豪斯先生受到了真诚的邀请。不存在什么潜在的危险，也就无从责备他的轻信。他欣然答应了。他有两年没踏足过唐维尔了。“找个晴朗的早晨，我、爱玛和哈丽特完全可以去一趟。我可以静静地与韦斯顿太太坐着，亲爱的姑娘们去园子里逛逛。我看大白天她们是不会沾染湿气的。我非常想再看看那栋老房子，也很高兴见到埃尔顿夫妇和其他邻居们。我、爱玛和哈丽特在一个晴朗的早晨去，我看没什么不妥。奈特利先生邀请我们，真是太好了，他实在是太善良、太明智了。这可比出门用餐聪明多了。我不喜欢出去吃饭。”

奈特利先生运气好，每个人都接受了邀请。他的邀请在各处都深受欢迎，似乎他们都像埃尔顿太太一样，把这个计划看作对自己的一种特别的恭维。爱玛和哈丽特都表示到时候一定非常好玩。韦斯顿先生主动提出，如果可能，他会叫上弗兰克过来和他们一起玩。此举体现了韦斯顿先生的认同和感激，但其实无须如此。奈特利先生只好说欢迎弗兰克前来。韦斯顿先生立即动手写了信，想尽办法劝说弗兰克来。

在这段时间里，那匹瘸腿马恢复得很快，众人便又愉快地考虑起了去博克斯山游玩的事。最后，他们商定一天去唐维尔，转天去博克斯山。看起来天公也很作美。

在快到施洗约翰节的一天，正午的阳光明亮耀眼，伍德豪斯先生安全地上了马车，拉下一扇窗子，去参加露天聚会。他被安置在庄园最舒适的一个房间里，为了他，那里的炉火烧了一个上午，他很开心，待得很自在，他准备好高高兴兴地聊一聊做好的安排，还建议所有人都进屋坐下，以免中暑。韦斯顿太太是步行过来的，她似乎有意让自己累一点儿，其他人或被邀请或说服到外面去，她仍然陪着伍德豪斯先生，耐心地倾听他说话，支持他。

爱玛很久没来这里了，她一把父亲舒舒服服地安置好，就高兴地走开到处转转。她和她的家人对这里的房子和庭园都很感兴趣。爱玛急着仔细观察，好留下新的回忆，并把记忆中的错漏纠正。

房子很大，十分气派，所处的位置适宜又特殊，坐落在一个低洼而隐蔽的地方，种植园很大，一直延伸到牧场，牧场边上有一条小溪。唐维尔庄园并不注重观景，从房屋所在的地方几乎看不到溪流，除了小溪，牧场边还长着成排的树木，有着丰富的木料，这里的人没有因为追求时尚或是过度采伐，而将这些树木连根拔起。爱玛看着这一切，念及自己与这个地方当下和未来的业主的关系，不禁感到发自内心的骄傲和满足。这栋房子比哈特菲尔德大，却没有半点儿相似之处。它占地很大，格局并不规则，有许多舒适的房间，还有一两个房间十分美观。房子建造得恰到好处，爱玛对房子的敬意越来越深，住在里面的人家是真正的上流阶层，血统和智慧都未曾受过半点儿污染。约翰·奈特利的性格是有些缺陷，但伊莎贝拉与他结为夫妇，却是无可指责的。无论是亲属、名誉还是地位，她都没有给奈特利家带来任何耻辱。爱玛心情愉快，这走走，那转转，最后不得不和其他人一样去采草莓。所有的人都到齐了，只差弗兰克·丘吉尔一个，他随时都可能从里士满赶过来。埃尔顿太太带上了所有她喜欢的东西，她戴着一顶大软帽，挎着篮子，随时准备带头去采草莓、接受别人采的草莓，或者谈论草莓。现在可以想到或谈起的，只有草莓了。“草莓是英格兰最好的水果了——就没有人不喜欢——总是有益健康。这里的草莓园是最好的，草莓的品种也是一流的。亲手采摘，实在是乐趣无穷——只有这样，才能真正品尝出草莓的美味。早上绝对是采摘的最佳时间……不会累——每个品种都很好……麝香草莓好很多……没得比……其他的根本难以下咽……麝香草莓很少……更喜欢红辣椒草莓……白木草莓的味道最好……伦敦的草莓是什么价……布里斯托尔的草莓产量大……梅普尔格罗夫……栽培……草莓园翻新……种草莓的人有不同的想法——没有一般规律——种草莓的人绝对不会让步……美味的水果……只是太甜了，不能吃太多……比如樱桃……黑加仑吃起来爽口多了……采草莓只有一点不好，就是得猫腰——阳光太刺眼了——累死了……撑不住了……必须得去树荫下坐坐了。”

众人这样聊了半个钟头，只被韦斯顿太太打断了一次。她挂念继子，便出来问问他来了没有。她有点儿不安，担心他的马有问题。

大家在阴凉处各自落座。爱玛不得不听埃尔顿太太和简·费尔法克斯之间的谈话了。现在有一个非常理想的职位。埃尔顿太太是早上接到的消息，真是高兴极了。既不是去萨克林太太家，也不是去布拉格太太家里，但论起家世，这个去处只是稍逊一筹。聘人的是布拉格太太的一个表亲，与萨克林太太也是老相识，梅普尔格罗夫都认识这位夫人。她很讨人喜欢，有魅力，极为出众，出入一流的社交圈子，社会地位也很高贵。埃尔顿太太恨不得让简马上接下这个职位。她是那么热心、活跃，得意扬扬，不肯让她的朋友拒绝此等好事，将从前催促简接受工作的理由重复了一遍，虽然费尔法克斯小姐一再向她保证目前无意工作。然而，埃尔顿太太依然坚持要简同意她在第二天写信接受职位。简怎么能忍受得了，爱玛实在觉得不可思议。她看上去确实有些烦恼，说的话也很尖锐。最后，简做出了一个她很少会做的果断行动，她建议再去走走。“我们为什么不去转一转呢？奈特利先生可不可以带我们去逛逛所有的园子？我想每个地方都看看。”她的朋友如此顽固，她似乎也受不了了。

天太热了，大家都分散开，在园子里逛了一会儿，有的是一个人，有的是两个人，几乎没有三个人一起。他们不知不觉地相继走到一条又宽又短的大道上，那儿种满了欧椴树，树荫下十分宜人。这条林荫大道在草莓园的另一边，与河水平行，似乎处在可以游玩的场地的尽头。林荫大道的尽头什么也没有，只能看到一道低矮的石墙，墙边建有高大的立柱，建造立柱似乎是为了显示那里是房子的入口，虽然房子并没有建在那里。这种建筑模式的品位或许值得商榷，林荫大道却着实漂亮，周围的景致可谓美不胜收。那里有一个很大的斜坡，庄园就位于斜坡的底部，出了庭园的范围，斜坡越来越陡峭，在半英里外形成了一道相当壮丽险峻的堤岸，上面长满了绿树。阿比-米尔农场就在这道堤岸的最下面，地理位置非常优越，不受风雨侵袭，前面是大片的草地，小河环绕着农场蜿蜒流淌，风景秀美至极。

这里风光无限，不仅赏心，还很悦目。英国式的青葱草木，英国式的农耕文化，英国式的舒适生活，灿烂骄阳下，丝毫没有沉重之感。

走着走着，爱玛和韦斯顿先生发现其他人都聚在了一起。爱玛向农场方向看去，立刻看到奈特利先生和哈丽特十分显眼，正安静地走在最前面。奈特利先生和哈丽特！这两个人竟在亲密地谈话，真是太奇怪了。不过见此情形，爱玛倒是很开心。有那么一段时间，奈特利先生对哈丽特没有好感，不愿意与她来往，见到她，就会毫不客气地转过身去。现在他们似乎聊得很愉快。还有一段时间，爱玛很不希望看到哈丽特去距离阿比-米尔农场这么近的地方。但此时，她没什么可担心的了。可以让哈丽特看看农场，看看周围迷人的美景，肥沃的牧场，大群大群的羊群，正在开花的果园，袅袅上升的细小烟柱，不会有任何问题。爱玛走到墙边，来到奈特利先生和哈丽特的身边，发现他们聊得正兴起，并没有在欣赏风景。他正在给哈丽特介绍农业生产方式之类的事。他冲爱玛笑了笑，仿佛在说："这就是我的营生。我有权说这些话题，不会被人怀疑是在她面前说罗伯特·马丁的好话。"爱玛并没有怀疑。那件事早就成为过往云烟了。罗伯特·马丁说不定早就不再念着哈丽特了。他们一起沿着小路转了几圈。树荫下最令人心旷神怡，爱玛觉得这一天中就数这个时候最愉快了。

接下来，众人进入屋内用餐。他们一一落座，每个人都很忙，不过弗兰克·丘吉尔依然没来。韦斯顿太太不时向外张望，却是白等一场。他父亲不承认自己心慌，还嘲笑妻子多虑。然而，她还是盼着弗兰克骑的不是那匹黑色母马。弗兰克很肯定地表示一定会来。"舅母的身体好多了，我肯定可以赶去。"不过，正如许多人已经提醒她的那样，丘吉尔太太的健康状况可能突然发生变化，他外甥自然要照顾她，不得不爽约。韦斯顿太太终于听劝，相信丘吉尔太太准是突然发病，他被绊住了。趁大家讨论这件事的时候，爱玛一直在端详哈丽特。她表现得不错，没有泄露内心的情感。

吃完了冻羊羔肉，大家又到外面去欣赏尚未看过的风景，也就是庄园的鱼塘。他们也许还去远处的三叶草地，那里的三叶草明天就要割掉了，至少可以体会一下酷热难耐后凉爽下来的乐趣。伍德豪斯先生已经在园子的最高处转了一圈，就连他自己也觉得不会沾染小河的湿气，然后，他就不想再动了。他女儿决定和他待在一起，让韦斯顿先生说服韦斯顿太太出去转转，看她的样子，像是需要舒缓一下心情。

奈特利先生尽其所能来款待伍德豪斯先生。他为这个老朋友准备了很多版画画册、好几抽屉的奖章、浮雕宝石、珊瑚、贝壳，以及陈列柜里的其他家庭收藏品，好叫伍德豪斯先生消磨掉早晨的时间。奈特利先生的好意有了很不错的回报。伍德豪斯先生非常高兴。韦斯顿太太把这些东西全拿给他看了，现在他也要带爱玛看看。幸运的是，除了对他所看到的东西完全缺乏鉴赏力之外，他没有其他地方像个孩子，因为他迟钝、固执，有他自己的一套规矩。不过，在伍德豪斯先生开始第二次欣赏藏品之前，爱玛便走进门厅，要好好看看这栋房子的入口和园子，她刚走到门厅，就见简·费尔法克斯快步从园子走了进来，像是在逃离什么。她没料到突然遇到伍德豪斯小姐，一下子有些吃惊。但伍德豪斯小姐正是她要找的人。

“有人问起我的话，能不能请你告诉他们我回家去了？”她说，“我现在就要回去了。姨妈不知道天很晚了，也不知道我们出门这么久了。可我相信外婆需要我们，我一定得马上走了。我没告诉其他人，不然只会造成麻烦，让别人烦心。有些人去了鱼塘，还有些人去了欧椴树大道。等他们都回到屋里，才会发现我不见了，到时候，就请你告诉他们我回家了。”

“如果你愿意的话，当然可以。可你要一个人步行回海伯里吗？”

“是的，会有什么危险呢？我走得快，走上二十分钟就到家了。”

“不过，一个人走实在是太远了。让我父亲的仆人送你回去吧。我去叫他们备马车，五分钟就好。”

“谢谢，谢谢你。但是不必了。我还是走路回去吧。我不怕一个人步行！我也许很快就要给别人当陪护了！”

简说得十分激动。爱玛满心同情地答道：“这也不能成为你现在置身险境的理由。我得吩咐马车过来。光是天这么热，就已经够危险了。你已经很累了。”

“是的，”她回答，“我是很累，但还不至于筋疲力尽，再说了，快速走一走，能帮我打起精神。伍德豪斯小姐，我们都知道有时心累是什么感觉。我承认，我在精神上已经相当疲倦了。你要是想帮我，最好由着我按自己的想法去做，在必要时说一声我回家去了即可。”

爱玛没有再反对。她都明白了，与简感同身受，催促简赶快出门，以一个朋友的热情目送着她平平安安地走远。简在临别时露出了感激的神色，这样说："啊！伍德豪斯小姐，有时独处，真是惬意极了！"这句话仿佛是从一颗负荷过重的心里冒出来的，多少说明她一直都在隐忍，甚至是在忍耐最爱她的人。

"这样一个家！这样一个姨妈！"爱玛说着，转身回到了大厅，"你真够可怜的。你越是敏感，不想泄露出心里的恐惧，我就越喜欢你。"

简走了还不到一刻钟，伍德豪斯父女刚刚看过了威尼斯圣马可广场的版画，弗兰克·丘吉尔就走了进来。爱玛并没有想到他，甚至忘了去想他，不过见到他还是很开心。韦斯顿太太的一颗心总算放了下来。黑色母马没有问题。大家认为是丘吉尔太太绊住了他，事实的确如此。她病情加重，突发神经性癫痫，这次发病持续了好几个钟头，他以为根本不能来了，直到很晚才确定可以成行。要是他早知道一路骑马过来这么热，匆忙赶路却还是到得这么晚，他很可能就不来了。天太热了，他从没遭过这么大的罪，真希望能待在家里，这炎热的天气使他难受极了。他不怕冷，却受不了热天。他坐下，尽可能远离伍德豪斯先生那堆炉火的余烬远一点儿，看起来惨兮兮的。

"你坐着别动，很快就凉快下来了。"爱玛说。

"等我凉快一点儿，就得回去了。我是真没空，可大家又盼着我来！想必你们很快就要走了。聚会都要散了。我来的时候就看到了一个人……这种鬼天气，人都疯了！发疯了！"

爱玛听着弗兰克·丘吉尔说话，端详着他的表情，很快就发现，用火冒三丈来形容他此时的心情，是再贴切不过了。有些人总是一热就生气。他的体质或许就是如此。她知道，人们偶尔这样发牢骚，让他们吃点儿东西，喝点儿东西，往往是最好的办法。于是，爱玛建议他去吃些点心，告诉他餐室里什么都有，还体贴地指了指餐厅的门。

"不，我不想吃东西。我不饿，吃东西只会更热。"可是，过了两分钟，他就对自己产生了怜悯之心，嘟囔着要喝云杉啤酒，便走开了。爱玛把注意力都转回到父亲身上，心说：

"我真高兴我不再爱他了。这种男人，不过是早上天气太热，就这么烦躁不安，我可不喜欢。哈丽特脾气好，人也随和，是不会介意的。”

弗兰克去了很久，想必是舒舒服服地用了一餐，回来时好多了，也凉快了下来，恢复了往常彬彬有礼的模样，能够拉过一把椅子坐在他们身边，不仅对他们所做的事产生了兴趣，还很通情达理地表示很遗憾这么晚才来。他现在的精神状态谈不上最好，但他似乎在努力让自己振作起来。最后，他终于可以愉快地闲聊一番了。他们一起看瑞士的版画。

“我舅母一好，我就出国。”他说，“我一定要亲眼看看那些地方，不然我总是不能甘心。总有一天，你会看到我的素描，我的游记，或者我的诗。我一定要大显身手。”

“可能吧……不过不会有瑞士的素描，你绝不可能去瑞士的。你的舅父母肯定不许你离开英国。”

“也许可以劝说他们同我一道去。医生可能提议温暖的气候对舅母的身体有好处。我很期望我们全家一起出国。我真是这么想的。今天早晨，我很有信心我很快就能到国外去了。我应该去旅行。我厌倦了无所事事。我想换个环境。我这是真心话，伍德豪斯小姐，不管你那双锐利的眼睛传递着怎样的含义，我都对英国厌倦了……如果可能的话，我明天就想走。”

“你是厌倦了现在这种富有放纵的日子。你就不能给自己找点儿事做做，安分地留下来吗？”

“我厌倦了富有放纵的日子？你完全弄错了。我既不认为自己富有，也不认为自己放纵。不管在什么事情上，我就没有不受挫折的。我一点儿也不觉得自己是个幸运儿。”

“不过，你也不像刚来的时候那么惨了。去吧，再吃点儿东西，喝点儿饮料，到时候就好了。再吃一片冻肉，再干一杯兑了水的马德拉白葡萄酒，你差不多就和我们大家一样了。”

“不……我不想动。我就在你旁边坐着。对我来说，你就是灵丹妙药。”

“我们明天去博克斯山，你和我们一起去吧。那里虽然不是瑞士，但对于一个非常想要改变的年轻人来说，也是个绝妙的地方。你能不能住一宿，明天和我们一起去？”

“不行，肯定是不行的。傍晚天气凉快一点儿，我就要回去了。”

“那你可以趁明天早晨凉爽的时候再来。”

“算了，不值得跑这一趟。我要是来，还会心烦气躁。”

“那就请留在里士满吧。”

“如果是那样，我就更要心烦气躁了。一想到你们都去了，偏偏我没有，我会受不了的。”

“这些困难你必须自己解决。你有多烦，有多气，都得由你自己决定。我不再逼你了。”

其他的人陆续回来了，很快聚在了一起。有些人一见到弗兰克·丘吉尔，就开心至极，其他人则反应平平。但是，听说费尔法克斯小姐回家了，所有人都很难过。现在派对也该散了。最后，他们简要地安排了一下第二天的活动，便各自回家去了。弗兰克·丘吉尔本就不愿意被排除在外，现在更想与众人一起出游，于是，他最后这样告诉爱玛：

“好吧……如果你希望我留下来，明天一起去玩，我只好遵命了。”

爱玛微微一笑，表示赞同。除非里士满有事急招，否则，他要在第二天晚上才回去。

07

去博克斯山那天，天公作美，各项安排都很不错，住宿条件好，大家也很守时。韦斯顿先生负责指挥，他往来于哈特菲尔德和牧师住宅，稳妥地做好了准备工作，最后大家准时集合。爱玛和哈丽特同乘一辆马车，贝茨小姐和她的外甥女与埃尔顿夫妇乘一辆马车，绅士们骑马而行。韦斯顿太太留下来陪伴伍德豪斯先生。一切都已准备就绪，只剩下去目的地痛痛快快地玩乐了。他们一共走了七英里路，一路上都期待着能拥有愉快的旅程，刚到的时候，所有人都对眼前的美景赞叹不已，但总的来说，那一天还是有所欠缺的。每个人都有些无精打采，少了些精气神，相处也不算融洽，这样的情况始终没能改善。大家三五一群，埃尔顿夫妇走在一起，奈特利先生负责照顾贝茨小姐和简，爱玛和哈丽特则与弗兰克·丘吉尔一道。韦斯顿先生试图使众人和谐一些，但没有成功。起初，人们散开似乎只是偶然，但这样的情形一直没有改变。埃尔顿夫妇并没有表现出任何不愿与别人一起游玩的意思，也尽可能表现得讨人喜欢。但在山上的两个小时里，大家似乎就是不愿意合并在一起，就算风景再美丽，甜点再美味，韦斯顿先生再逗趣，他们也不愿意。

起初，爱玛觉得无趣极了。她从未见过弗兰克·丘吉尔如此沉默、如此愚蠢。他说的话没一句是值得听的，他看到了周遭的景色，却缺乏欣赏之心，他嘴里连连赞美，却言之无物，他倒是在听爱玛说话，却一只耳朵进另一只耳朵出。他如此沉闷，也就难怪哈丽特也很沉闷了。他们两个都叫人难以忍受。

等大家都坐下来以后，情况才有所好转。反正爱玛觉得好多了，因为弗兰克·丘吉尔变得健谈了，也快活了，所说的每句话都离不开她。他把全部的关注都放在了她身上。他一心逗她开心，要讨她的喜欢，爱玛很高兴能活跃一下，便享受起他的奉承，也变得快活和轻松了。爱玛给了他友好的鼓励，由着他大献殷勤。在他们刚刚认识并且关系最亲近的时候，她也曾这样鼓励过他。但是，此时此刻，在她看来，这一点儿意义也没有，不过在大多数在场的人的眼里，用调情这个词来形容他们，最合适不过了。“弗兰克·丘吉尔先生和伍德豪斯小姐常常调情呢。”人们这样编派他们，一位女士在给梅普尔格罗夫的信中写到了这句话，另一位女士则在写给爱尔兰的信中提到了这件事。这倒不是说爱玛很快活，她其实并没有自己想象中的那么开心。她因为失望才大笑。她很喜欢他的殷勤，认为他的殷勤无论是出于友谊、爱慕，还是只是在开玩笑，都非常明智，可他再怎么献殷勤，也无法重新赢得她的芳心了。她还是打算把他当朋友。

“你今天叫我来，我真的太感激了！”他说，“如果不是你，我就不能和大家一起出来玩了。我当时都下决心回去了。”

“不错，你当时很烦躁。我也不知道你是怎么回事，想必是你来得太晚，错过了最好的草莓。我这个人真算得上个好朋友。但你太谦虚了。你苦苦哀求，要我命令你来。”

“不要说我烦躁了。我只是累了，天太热，怪难受的。”

“今天更热。”

“我倒是不这么觉得，我今天感到非常舒服。”

“你很舒服，是因为你接受了命令。”

“你的命令吗？是的。”

“也许我是有意让你这样说的，可是我的意思是要你自制。昨天你有点儿越界了，自己都控制不了自己。不过今天你已经恢复如初，我不能永远和你在一起，你最好还是相信，你的脾气由你自己控制，而不是受我左右。”

“这是一回事。没有动机，我就没有自制力。不管你说不说话，我都听凭你的命令。你可以永远和我在一起啊，你永远和我在一起。”

“从昨天三点开始。我对你的恒久影响不能比这更早，否则你也不会那么焦躁了。”

“昨天下午三点？那就是你的时间。我还以为我在二月就认识你了呢。”

“你的恭维真叫我不敢当。但是……”爱玛压低声音说，“这会儿只有我们两个在说话，别人都不吭声。我们胡言乱语，好娱乐七个沉默的人，也太过分了。”

“我可没说过什么叫自己羞愧的话。”弗兰克神气十足、无礼地答道，“我第一次见到你是在二月。如果可以的话，就让山上的人都听听我的话吧。让我的声音传到麦克勒姆，传到道格吧。我第一次见到你是在二月。”接着，他又低声说道，“我们的同伴全都傻呆呆的。我们怎样才能唤醒他们呢？说什么废话都可以。就是要逗他们开口。女士们，先生们，伍德豪斯小姐命令我告诉你们，她想知道你们大家在想什么。不管伍德豪斯小姐在哪里，她的话都是命令。”

有些人笑了，愉快地做了回答。贝茨小姐聒噪地说了好一阵。埃尔顿太太听说伍德豪斯小姐的话就是命令，心里的气就不打一处来。奈特利先生的回答是最特别的。

“伍德豪斯小姐真想听听我们大家的想法吗？”

“啊，不，不！我可不想听。”爱玛叫道，尽量漫不经心地笑着，“这是我现在最不愿意做的事了。让我听什么都可以，就是别告诉我你们心里在想什么。不过我不是全都不想听。也许有那么一两位……”爱玛说着瞥了一眼韦斯顿先生和哈丽特，“……我是不怕知道他们的想法的。”

“这种事，我认为自己无权过问。”埃尔顿太太断然嚷道，“不过，作为这次聚会的负责人，我从来没有加入过什么圈子，不管是游玩团——闺秀的圈子，还是已婚女士的圈子。”

她主要是向她丈夫发牢骚，埃尔顿先生低声答道：

“很对，亲爱的，很对。的确如此……听都没听过……但有些女士什么话都说得出来。你权当是笑话听就好了，不用深究。大家都知道该尊重你。”

“这可不行。”弗兰克低声对爱玛说，“大多数人都觉得被我们冒犯了。我还是要继续说下去。女士们，先生们，伍德豪斯小姐命令我告诉你们，她现在不想知道你们大家在想什么，只要求你们每人讲一段有趣的话。这里有七个人，我本人除外——她很高兴地表示我已经很有趣了——她对你们每个人的要求是，如果你们说的话非常有趣，比如散文或诗歌，你们自己编写的可以，引用别人的也可以，说一段就够了。如果你们说得比较有趣，要说两段才合格。要是你说的话极为无趣，就得说上三段。她听了一定会大笑。”

“啊！好吧。”贝茨小姐嚷道，“那我用不着担心了。‘三段无趣的话。’你知道，那对我正好合适。我一开口，准会说三段无聊的话，是不是？”她很和气地看了看众人，觉得大家都会赞同，“你们认为我不行吗？”

爱玛忍不住了。

“啊！女士，这可能有点儿困难。对不起，数量是有限制的，一次只能讲三个。”

贝茨小姐被她假装礼貌的仪态欺骗了，一开始没有领会她的意思。后来，她突然明白过来了，虽然没有生气，脸上却微微泛起了一阵红晕，可见她心里很不是滋味。

“啊！嗯……这是当然。是的，我明白她的意思了。”她扭头对奈特利先生说，“我会尽量闭嘴的。我一定是太招人烦了，否则她不会对一位老朋友说出这种话。”

“我喜欢你的计划。”韦斯顿先生嚷道，“同意，同意了。我会尽力的。我来出个谜语吧。一条谜语怎么算？”

“不行，父亲，这也太糊弄了。”他儿子答道，“不过我们会宽容点儿，尤其是对第一个行动的人。”

“不，不。”爱玛说，“这不算糊弄。韦斯顿先生出一个谜语，他和他旁边的人就算过关了。来吧，先生，请说来给我听听吧。”

“我自己也说不准我的谜语是不是巧妙。”韦斯顿先生道，“我只是讲事实罢了。不过我还是说说吧。字母表中哪两个字母能诠释完美？”

“哪两个字母能诠释完美？我真猜不出。”

“你绝对猜不到的。你……”他对爱玛说，“我肯定你绝对猜不出来。我来告诉你们吧。两个字母是M和A。合在一起就是Emma——爱玛。明白了吗？”

爱玛明白了，感觉很满意。这也许是一个相当一般的谜题，爱玛却觉得很有意思，极为喜欢。弗兰克和哈丽特也是这么认为的。这道谜语似乎并没有带给其他人同样的感觉，奈特利先生严肃地说：

“这说明我们的确需要点儿绝妙的东西，韦斯顿先生说得很好。但他肯定把其他人都难住了，不应该这么快就把最好的说出来。”

“你们就放过我这一回吧。”埃尔顿太太道，“我真不会说……我对这类事一点儿也不感兴趣。有一次，我收到一首用我的名字写的离合诗，可我一点儿也不喜欢。我知道那首诗是谁写的。一个讨人厌的家伙！你知道我说的是谁吧？”她说着向丈夫点点头，“过圣诞节的时候，人们围坐在火炉旁，说这些东西倒也说得过去。但是，在我看来，夏天在乡间游玩的时候，可就完全不合时宜了。伍德豪斯小姐，请你允许我这次就不参加了。我不是那种一听别人的命令，就能妙语连珠的人。我才不会假装自己是个聪明人。我的活力有我自己的风格，但什么时候该说话，什么时候该闭嘴，可一定得由我自己来判断了。不要算上我们了，丘吉尔先生。埃尔顿先生、奈特利、简，还有我自己，你就不要算我们三个了。我们没有什么有趣的话可说……都没有。”

“是的，是的，不要算我了。”她丈夫也说道，语气中含着一丝讥讽，“我没有什么话可以哄伍德豪斯小姐或其他小姐开心。我就是个结了婚的老头子，一无是处。我们去走走吧，好吗，奥古斯塔？”

“我非常乐意。在一个地方玩这么久，我都有点儿腻了。来，简，挽住我的另一只胳膊。”

然而简拒绝了，这对夫妻便独自走开。“多么幸福的一对啊！”他们一走远，弗兰克·丘吉尔就说，“他们真般配！太幸运了，他们在公共场合认识后就结了婚！想必他们在巴斯才认识几个礼拜！特别幸运！不管是在巴斯，还是在任何公共场合，要真正了解一个人的脾性，都是不可能的。什么都了解不到。还是要看女人在她们自己的家里和圈子里是什么样，才能判断出她们的人品。若非如此，只能靠猜测、凭运气了，而且一般只会有坏运气。有多少人相识不久就结为了夫妻，却落得终身悔恨的下场！”

费尔法克斯小姐除了与亲近的人说话外便很少开口，现在却发表了意见。

“毫无疑问，确实有这种事。”她咳嗽了一下，停了下来。弗兰克·丘吉尔扭头看着她，听她说。

“你有话说。”他严肃地说。她又说了起来。

“我只是想说，不管男女，有时确实会遇到这种事，但我想这样的情况并不多。对一个人的爱慕可能是鲁莽而草率的，但事后通常都有时间来补救。我的意思是，只有软弱、优柔寡断的人，才会终身饱受不幸的婚姻带来的不便和苦恼，他们的幸福总是取决于偶然的机会。”

弗兰克没有回答。他看着费尔法克斯小姐，顺从地鞠了一躬。过了一会儿，他活泼地说：

“我对自己的判断缺乏信心，所以无论我什么时候结婚，都希望有人能为我挑选妻子。你会吗？”他转向爱玛说，“你会为我选一位妻子吗？你相中的姑娘我都喜欢。你知道的，你给我们家选过一个好妻子。”他说着对他父亲微微一笑，“那也给我找个好妻子吧，我不着急。你可以收养她，调教她。”

“调教得像我一样。”

“当然可以，如果你能做到的话。”

“很好。我接受你的委托。你一定会有一位迷人的妻子。”

“一定得是个活泼的姑娘，有一双淡褐色的眼睛，不然我可不喜欢。我要到国外去住几年，等我回来了，就找你要妻子。记住了。”

爱玛不会忘记的，这项任务很对爱玛的心思。哈丽特不正符合他的描述吗？只是没有淡褐色的眼睛而已，再过两年，哈丽特定将可以出落成他所希望的样子。此刻，他甚至想到了哈丽特。谁说得准呢？他让她去调教，似乎就在暗示这一点。

“姨妈，我们去找埃尔顿太太吧。”简对姨妈说。

“好吧，亲爱的。我很乐意。我已经准备好了。我本来准备和她一起走的，但现在这样也不错。我们很快就可以赶上她。她就在那里……不，不是她。那是乘爱尔兰马车来的一位女士，一点儿都不像她。啊，我说……”

她们走开了，很快，奈特利先生也跟了过去。留下的只有韦斯顿先生、他儿子、爱玛和哈丽特。那个年轻人活跃到了几乎令人不快的地步，就连爱玛也终于厌倦了恭维和嬉笑，宁愿和别人一起安静地散散步，或者在没人陪伴的情况下独自坐着，静静地欣赏脚下的美景。仆人们过来告知马车准备好了，爱玛听了十分欢喜。即便是匆忙收拾东西准备离开，埃尔顿太太着急地想让她自己的马车先走，爱玛都开开心心地忍耐了，她知道马上就可以安静地乘马车回家，结束这本是出来玩乐却毫无乐趣的一天。她只盼着以后再也不上当受骗，同这么多话不投机的人一起活动。

等马车时，爱玛发现奈特利先生走到了自己身边。他看了看四周，像是在确定附近是否有人，然后说：

“爱玛，我之前与你谈过一次，现在还得再和你谈谈。或许我的特权不是要你允许，而是要你忍受。但是，我还是要使用这个特权。我不能眼睁睁地看着你做错事，却不出言规劝。你怎么能对贝茨小姐那么无情？你怎么能用你的智慧，无礼地对待一个她那样性格、年龄和地位的女人？爱玛，我没想到你会这样。”

爱玛回想了一下，不禁脸红了，心里很抱歉，但还是希望大事化小。

“不，我怎么能忍住不说呢？没人能忍住的。事情也没那么糟糕。我敢说她不一定听得懂我的话呢。”

“我向你保证，她听懂了，她明白你的全部意思。之后，她说起了这件事。我真希望你能听听她是怎样坦率而大度地谈论的。我希望你能听听她说她自己很讨人厌，而你和你的父亲却那么关照她，她还大大地赞美了你的宽容。”

“啊！”爱玛叫道，“我知道世界上再没有比她更好的人了。但你必须承认，有一点很不幸，她身上既有善良的一面，也有好笑的一面。”

“我承认确实如此。”他说，“如果她是个有钱的女人，你多看看她好笑的一面，而忽略她的善良，我绝不会计较。如果她很富有，我才不管她那些无伤大雅的可笑行为，也不会为了你的无礼态度而与你争论不休。假如她的家世地位与你一样……可是，爱玛，想想你们两个之间有多大的差距。她很穷，她出生时家境还算富裕，可后来家道中落了。她到了晚年，生活一定更为贫困。她的处境应该能博得你的同情才对。你做得太不妥当了！她看着你出生，看着你长大，那时候，能得到她的关照还是一项殊荣呢。可你现在倒好，那么不顾及他人的感受，一时傲慢起来，就嘲笑她、贬损她，还当着她外甥女的面，当着那么多人的面，而那些人——自然会有一些——学着你的态度来对待她。爱玛，这话你听起来刺耳，我也不会觉得顺耳，但我必须也一定会在可能的时候和你说一说实话。我会给你发自真心的建议，以此证明我是你的朋友，我相信，你现在虽然听不进去，但过一段时间，你一定可以更好地理解我的意思。”

他们一边谈着，一边向马车走去。马车已经准备就绪，爱玛还没来得及开口，奈特利先生就搀扶她上了马车。爱玛一直别开脸不看奈特利先生，也不说话，他误会了她。爱玛其实只是在生自己的气，她很羞愧，深深地自责着。她说不出话来。一走进马车，她就向后一靠。她责怪自己没有与他告别，没有感谢他，就这么怏怏不乐地上了车。她连忙向外望去，想喊住奈特利先生，伸手表示自己真正的态度。但一切都太迟了。他转过身去了，马儿也走了起来。她继续向后看，但已经无济于事了。马儿似乎跑得比平时快，他们很快就到了半山腰，一切都被远远地抛在了后面。她的烦恼难以言表，几乎难以掩藏。她这辈子还从没有为任何事感到如此激动，如此羞愧，如此伤心。她太难过了。奈特利先生说的是事实，不容否认。她是发自真心这样认为的。她怎么能对贝茨小姐这么残忍、这么狠心！她怎么可以让自己所看重的人对自己有这么不好的评价！她没有说过一句感谢的话，没有认错，甚至连客套话都没说，他就这样走了，心里一定很难过！

时间并没有使她平静下来。她越想就越感觉难过。她从来没有这么沮丧过。幸亏没有必要说话。车上只有哈丽特，她的心情似乎也不好，整个人很疲惫，一副不愿意说话的样子。在回家的路上，爱玛感到眼泪顺着脸颊淌了下来，尽管很奇怪，她却没有控制住自己的泪水。

08

整个晚上，爱玛满脑子想的都是博克斯山之行叫人难过的情形。其他人怎么想，她无从得知。他们也许在各自的家里，以不同的方式，怀着愉悦的心情回忆那次旅行。可是她觉得这一个上午完全浪费了，当时不觉得好玩，回想起又叫人如此厌恶。她和父亲玩了整整一晚上的双陆棋，觉得很幸福。这确实带给了她真正的快乐，她把二十四小时中最美好的时光用来陪伴父亲，带给他安慰。她觉得自己不配得到父亲如此的宠爱和信任，但她也认为，一般来说，她的行为不应该受到严厉的责备。作为女儿，她希望自己并不缺乏孝心。她希望不会有人对她说："你怎么能对你父亲这样绝情呢？我必须也一定会在可能的时候和你说一说实话。"贝茨小姐再也不……永远不会了！如果未来的关心能挽回过去的错误，她或许可以得到宽恕。她的良心告诉她，她过去常常怠慢别人，不过往往只是在心中怠慢，而没有采取实际行动。但她狂傲，很没有礼貌。她不应该再这样下去了，她要怀着真诚的悔悟之心，在第二天一早就去拜访贝茨小姐，从此以后，她要在平等和友好的基础上，与贝茨小姐常常走动。

第二天一大早，她的决心依然很坚定，很早便出了门，以免被任何事情绊住。她想，她在半路上可能碰见奈特利先生。或者，她在贝茨小姐家的时候，他也可能去串门。她对此并无异议。她不会因为被人看到她去表示悔过就感到羞耻，她应该忏悔，而且是真心改悔。她一路上都留意着唐维尔，但没有见到他。

"女士们都在家。"这是她第一次在听到这声音时感到开心，她以前走进这家人的过道，走上楼梯，从没想过要使她们高兴，只想尽义务而已，她也没想过从这家人身上得到快乐，还会在之后嘲笑一番。

她走近，只听房内十分忙乱。有人在来回走动，还有人在说话。她听见了贝茨小姐的声音。好像她们急着办什么事，女仆显得又害怕又尴尬，希望爱玛稍等片刻，可很快又带她进了屋。贝茨小姐和简似乎逃进了隔壁房间。她只来得及看了简一眼，却看得十分清楚，简的气色不太好。在隔壁房间的门关上之前，她听到贝茨小姐说："好吧，亲爱的，要我说，你就在床上躺着吧，我敢肯定你病得很厉害。"

可怜的贝茨太太还是像往常一样谦恭有礼，看上去似乎不太明白发生了什么事。

"恐怕简身体不太好吧，我也不知道。"贝茨太太说，"她们告诉我她很好。我想我女儿马上就来了，伍德豪斯小姐。我希望你能找把椅子坐下。要是海蒂没走就好了。我都不能……你找到椅子了吗，小姐？你坐得舒服吗？我相信她就来了。"

爱玛真心希望贝茨小姐马上就来。有一会儿，她害怕贝茨小姐在躲她。但是贝茨小姐很快就出现了。“非常高兴，也非常感激。”爱玛的良心告诉她，贝茨小姐不像以前那样愉快健谈了，神色和举止也少了几分轻松。她希望通过非常友好地问起费尔法克斯小姐，能唤回旧日的情谊。这个办法似乎马上就奏效了。

“啊，伍德豪斯小姐，你真是太好了！我想你已经听说了，就来和我们一起开心。说实在的，我觉得这也没什么可开心的。”贝茨小姐眨了眨眼，流下了一两滴眼泪，“她住了那么久，现在要跟她分开，我们心里难过极了。她整整写了一上午信，刚才头痛得厉害。你知道的，她给坎贝尔上校和狄克逊太太写了那么长的信。‘亲爱的。’我说，‘这样你的眼睛就要废掉了。’她的眼睛里一直含着眼泪。难怪，难怪啊，这变化太大了，不过她的运气真好。我想，年轻的姑娘第一次出去工作，是不可能碰到那样好的职位的。不要以为我们不感激，伍德豪斯小姐，运气实在是太好了……”她说着又哭了起来，“……可是，可怜见的，看看她的头有多疼啊。一个人处于极大的痛苦中，就算遇到天大的好事，也高兴不起来。她的情绪很不好。看她那个样子，谁也想不到她得到这样一个好职位是多么高兴和幸福。请原谅她没有出来见你，她不能来，回自己房里去了。是我要她躺在床上休息的。‘亲爱的。’我说，‘要我说，你就在床上躺着吧。’可是她没有。她在房间里走来走去。不过，现在她写完了信，她说她很快就会好的。她见不到你会很难过，伍德豪斯小姐，但你心地善良，一定可以原谅她。刚才一直让你在门口等着，实在太不好意思了。但不知怎的，刚才这里乱糟糟的。我们并没有听到你敲门。直到你上了楼梯，我们才知道有人来了。‘准是科尔太太。’我说，‘不会有错的。别人不会这么早来。’‘啊。’她说，‘早晚都得去，不如就趁现在吧。’但这时帕蒂进来说你来了。‘啊！’我说，‘是伍德豪斯小姐，我想你一定愿意见见她。’‘我什么人也不见。’她说着站起身来就走。就这样，我们让你等了这么久，我们非常抱歉，非常不好意思。‘如果你非要走，亲爱的，那就走吧。’我说，‘我会说你在床上休息了。’”

爱玛产生了兴趣。她对简的态度越来越温和了。一想到简眼下遭的罪，爱玛从前那些狭隘的猜疑一下子不见了，只剩下一腔怜悯之情。爱玛想到自己以往对简那么不公正、那么不温柔，就只得承认，简当然宁愿与科尔太太或任何其他可靠的朋友来往，也不愿意与她打交道。爱玛怀着真切的歉意和关切，表示真心希望贝茨小姐所提到的雇主，对费尔法克斯小姐来说是个好去处，可以使她舒舒服服地生活。“这对他们所有人来说一定都是个严峻的考验。她原以为会推迟到坎贝尔上校回来的时候。”

“你真是太好了！”贝茨小姐答道，“不过你一向都那么善良。”

爱玛觉得“一向”这两个字有些刺耳。为了不让贝茨小姐一直感谢下去，爱玛直接问道：

“请问，费尔法克斯小姐要去哪儿就职？”

“斯摩赫奇太太家。她是个迷人的女人，很出色，简负责照管她的三个小女儿，孩子们可爱极了。没有比这更舒适的职位了，也许萨克林太太家和布拉格太太家除外，但是斯摩赫奇太太和这两家来往很密切，住在同一个街区。她住的地方离梅普尔格罗夫只有四英里。简离梅普尔格罗夫只有四英里呢。”

“想必是埃尔顿太太为费尔法克斯小姐介绍的这个职位吧……”

“是的，正是亲爱的埃尔顿太太。她是我们最有耐性、最真诚的朋友了。她不愿接受拒绝。她不许简说‘不’，简第一次听说这件事——是在前天早晨，当时我们在唐维尔——简第一次听说就已经决定不接受，为的就是你提到的那些原因。就像你说的，她打定主意等坎贝尔上校回来，目前不接受任何工作。她也是这样一遍又一遍地向埃尔顿太太解释的，我真想不到她会改变主意。不过好心的埃尔顿太太一向都很明断，她的眼光比我远得多。又不是每个人都如她这样体贴，不肯接受简的答复。她昨天明确地说，她绝对不会照简的意思写信拒绝。她表示愿意等，果然，就在昨天晚上，简决定接受职位。我真是大吃了一惊呢！我一点儿也不知道！简把埃尔顿太太叫到一边，立刻告诉她，考虑到斯摩赫奇太太家的职位有那么多好处，她决定接受。事情都定下来了，我才知道。”

“你们昨晚和埃尔顿太太在一起？”

“是的，我们都是。是埃尔顿太太请我们去的。我们和奈特利先生在博克斯山散步时，就约定好晚上见面。‘你们大家晚上一定要来我家。’她说，‘我要你们大家务必赏光。’”

“奈特利先生也在吗？”

“不，奈特利先生没去。他从一开始就拒绝了。我以为他会来的，因为埃尔顿太太说不让他拒绝，但他还是没来。可是我、我母亲和简都去了，我们度过了一个非常愉快的夜晚。你知道的，伍德豪斯小姐，与这样的好朋友在一起，总是心情愉快，虽然上午出去玩了一趟，每个人好像都累坏了。你知道，即使是享乐，也会使人感到疲劳。况且，我也不能说大家都玩得很开心。不过，我会永远认为那是一次很有意思的聚会，感谢诸位邀请我一起参加。”

“我想，虽然你没有留意，但费尔法克斯小姐一整天都在考虑该如何决定吧。”

“我敢说是的。”

“不管她哪一天离开，她自己和她的朋友们肯定都很伤心。可是，我希望那份工作很好，能够带来一些慰藉。我的意思是说，但愿那家人的品德和举止都很出众。”

“谢谢你，亲爱的伍德豪斯小姐。是的，只要是能使她快乐的，那家人都不缺。除了萨克林一家和布拉格一家，在埃尔顿太太的熟人当中，再也找不到比这家更好的育儿室了，真是又宽大又讲究呢。斯摩赫奇太太是最最讨人喜欢的了！她家的生活方式与梅普尔格罗夫差不多呢。至于孩子们，除了萨克林家和布拉格家的孩子，再没有更可爱更文雅的孩子了。简会得到尊重，他们一定会对她很好！她一定会过得很快乐，拥有快乐的生活。还有她的薪水……我实在不敢向你透露薪水是多少，伍德豪斯小姐。就连你这样有钱的人，也会很难相信像简这样的年轻人能拿到这么多的工钱。”

“啊，小姐，”爱玛高声道，“要是别的孩子也像我记忆中的自己一样调皮，那就该把我听过的这一行的薪水加上五倍。”

“你真有见地。”

“费尔法克斯小姐什么时候走？”

“很快，真的很快，这可太糟糕了。两个礼拜之后吧。斯摩赫奇太太很着急。我可怜的母亲都受不了了。我就盼着她不要老惦记这事，对她说，‘好了，母亲，我们别再想了。’”

“她的朋友们与她分开，必定很难过。坎贝尔上校夫妇要是发现她在他们回来之前就找了工作，会不会伤心？”

“是的。简说了，她相信他们一定很难过。但是，她觉得自己没理由拒绝这个职位。简第一次把她对埃尔顿太太说的话告诉我的时候，埃尔顿太太正好也来向我道贺，我简直大吃一惊呢。那是在喝茶之前——等一下，不，不可能在喝茶之前，因为我们正要打牌——不过还是应该在喝茶前，我记得我当时在想——啊，不，现在我想起来了，我记起来了。喝茶之前发生了一些事，但不是这件。喝茶之前，埃尔顿先生被叫出了房间，老约翰·阿布迪的儿子有话和他说。可怜的老约翰，我非常敬重他。他给我可怜的父亲当了二十七年的书记员。现在，可怜的老人，他卧床不起了，患上了严重的关节风湿性痛风……我今天一定要去看看他。我相信，如果简能出门，她也会去的。可怜的约翰的儿子来跟埃尔顿先生谈从教区领救济的事。你知道，他在克朗旅店里做工，工头是他，马夫是他，反正这一类的活都是他做，他自己能养活自己，可要是没有救济，他就养不活他父亲了。埃尔顿先生回来后，他把马夫约翰告诉他的事向我们转述了一遍，又说到派马车去兰德尔斯把弗兰克·丘吉尔先生送回里士满。这些都是喝茶前发生的事。喝完茶，简才去找埃尔顿太太聊工作的事。”

爱玛很想说她还是头一次听说弗兰克已经走了，可贝茨小姐没有给她插口的机会。贝茨小姐觉得爱玛肯定知道弗兰克·丘吉尔先生已经离开了，便没当回事，一股脑儿全说了。

埃尔顿先生从马夫约翰那里打听来的情况，不光包括马夫自己的亲眼所见，还有他从兰德尔斯的仆人那里得来的消息。简单来说，众人从博克斯山回来没多久，里士满就差人送信来了。至于信是谁写的，可以说是在意料之中。

丘吉尔先生给他的外甥写了一封短信，大意是丘吉尔太太身体还好，不过还是希望他明天一大早就回来，不要耽搁。但是，弗兰克·丘吉尔先生不想等，决定立即起启程，可他的马好像着凉了，便马上打发汤姆去叫克朗旅店的马车，马夫约翰正好站在外面，看着马车驶过，马车夫赶车赶得飞快，不过马车走得还算稳当。

这件事没什么可叫人惊讶的，也没有半点儿趣味。只是在爱玛将此事与她正在琢磨的问题联系起来，才有所留意。丘吉尔太太在社会上的地位与简·费尔法克斯形成了鲜明的对比。一个拥有一切，另一个一无所有。爱玛坐在那里沉思起了女人的命运各有不同，微微有些出神，还是贝茨小姐开口，才让她回过神来：

"我知道你在想什么，你准是在琢磨那架钢琴。该怎么处理呢？实在是伤脑筋。可怜的简刚刚还说到了这件事。'不得不把你送走了。'她说，'你和我不得不分开了。你在这里也没有用处了。不过，让它留在这儿吧。'她说，'在坎贝尔上校回来之前，就把它放在屋里吧。我会跟他谈这件事的，他会为我安排妥当。他会帮助我摆脱所有的困难。'我相信她到今天也说不准，钢琴是他的礼物，还是他女儿送来的。"

现在，爱玛不得不思考起钢琴的事。她回想起自己从前胡思乱想，不公平地胡乱猜测，感觉很难受。她马上就觉得待得够久了，便大胆地把一番衷心的祝福重复了一遍，就起身告辞了。

09

爱玛徒步往家走，一路上都在沉思默想，没人打断她。可是一走进客厅，她就发现自己必须打起精神。她不在的这会儿，奈特利先生和哈丽特来了，此时二人就坐在她父亲身边。奈特利先生立刻站了起来，用一种明显比平时严肃的态度说：

“我马上要出一趟门，不过不见你一面，我也走得不安。我很赶，现在就得上路了。我要去伦敦，到约翰和伊莎贝拉家里住几天。除了问候他们，你还有没有什么东西或什么话，要我带到？”

“没有。但你走得太突然了。”

“是的……相当突然……我并没有考虑太久。”

爱玛确信他没有原谅自己。他看起来有些不一样了。不过，她想，过一段时间，他一定会再次与自己交好。他站在那里，好像要走，但又还没走，这时候，她父亲问道：

“亲爱的，你去的时候一路上顺利吗？我那位可敬的老朋友和她女儿怎么样？你去看望她们，她们一定非常感激。亲爱的爱玛去拜访贝茨太太和贝茨小姐了，奈特利先生，我跟你说过了。她对她们总是那么周到。”

爱玛听了父亲的赞扬，觉得愧不敢当，脸马上红了。她笑了笑，摇了摇头，望着奈特利先生，一举一动都饱含着深意。他似乎在顷刻间就对她产生了好感，仿佛他的眼睛从她的眼里接收到了她的心里话，而她的真情实意也都被他注意到了，并赢得了他的尊重。他注视着爱玛，炯炯的目光中流露出敬意。爱玛感觉温暖而满足，过了一会儿，他做了一个超乎普通友谊的举动，她的满足感因而更强烈了。奈特利先生握住爱玛的一只手。爱玛不确定是不是自己先伸出了手……也许是她先伸手的。他拉住爱玛的手握了握，肯定是要将她的手拉到他的唇边。可就在这时，不知他想到了什么，突然松开了她的手。她弄不明白，他为什么如此犹豫不决，为何明明就快吻上了，却又改变了主意。她想，如果他没有停下来，就能做出更好的判断了。然而，他的意图是不容置疑的。不管是因为他平时就不喜好向女人献殷勤，还是别的什么原因，她都认为他这么做再合适不过了。他就是这样，那么单纯，却又那么高贵。她回想起他想做的那个举动，不禁感到非常满意。由此可见，他们之间的关系完好无损。随后他马上就离开了，没做片刻的停留。他做事总是很机敏，既不会犹豫不决，也不会拖延，但他这次走得似乎比平时都突然。

爱玛并不后悔去见贝茨小姐，但她真希望能从贝茨小姐家里早出来十分钟。那样一来，能跟奈特利先生谈谈简·费尔法克斯的职位，一定非常开心。他此去布伦瑞克广场，她并不感到遗憾，她知道他将过得很愉快，不过他完全可以选个更好的时间，早点儿通知她，就更令人顺心了。不过好在他们临别前已经重归于好。他的表情所传达出的深意，还有他那未完成的殷勤举动，她绝不会看错。这一切都使她确信，她再次博得了奈特利先生的好感。她发现他在哈特菲尔德待了足足半个钟头。很遗憾她没有早点儿回来。

奈特利先生突然骑马去伦敦，爱玛知道这很危险，伍德豪斯先生也十分担心，爱玛为了安抚父亲，便说起了简·费尔法克斯的事，效果果然很不错，她父亲不再烦恼了。伍德豪斯先生对此事很感兴趣，又没有不安。他早就清楚简·费尔法克斯会去当家庭教师，所以可以高高兴兴地谈论这件事，而奈特利先生去伦敦，却是个突如其来的打击。

“亲爱的，听到她找了一个这么好的雇主，我太高兴了。埃尔顿太太脾气好，和蔼可亲，我敢说，她的朋友一定很不错。但愿她去的地方气候干燥，主顾家能好好照顾她的身体。这可是最最要紧的事了，我相信可怜的泰勒小姐跟我在一起的时候，我就是这么照顾她的。你知道的，亲爱的，她要与那位新结识的女士相伴，就像泰勒小姐与我们相伴一样。但愿她在某个方面表现更好，不要待了很久之后又要离开。”

第二天从里士满传来了一个消息，相比之下，其他的一切都显得不重要了。一份快件到达兰德尔斯，带来了丘吉尔太太的死讯。她外甥并不是特地为了她赶回去的，但他回家后才刚三十六个小时，她就与世长辞了。她突然发了病，这次与以前的病症都不一样，她只挣扎了一会儿，便没了气息。贵妇人丘吉尔太太就这样去世了。

这件事引起了应有的反应。每个人都心情沉痛，伤心不已。他们缅怀逝去的人，关心仍在世的朋友。过了一段时间，大家又关心起她将安葬在何处。戈德史密斯告诉我们，当可爱的女人堕落到了愚蠢的地步，那她只有死路一条。当她堕落到了招人讨厌的地步，也只有死亡才能清洗她的恶名。丘吉尔太太不讨人喜欢至少有二十五年了，但现在人们谈起她，总会怀着怜悯与体谅。她在一件事上说的是实话。她的确患了重病。由此可见，她并不是胡思乱想，不是出于自私自利而没病装病。

“可怜的丘吉尔太太！毫无疑问，她遭受了很大的痛苦，她的病比任何人想象的都要严重。病痛持续不断地折磨她，她的脾气才这么坏。这件事太可悲了，带来的打击太大了，她的确有很多缺点，可她不在了，丘吉尔先生该怎么办？丘吉尔先生失去得太多了，他永远也不可能忘记自己的妻子。”就连韦斯顿先生也摇了摇头，神情严肃地说：“唉，可怜的女人，谁能想到呢！”他决定穿上尽可能漂亮的丧服。他的妻子穿着带有宽下摆的衣服坐在那里，叹息着，讲着道德教训，心中充满了真切而坚定的同情，同时又不失理智。他们夫妇二人一得到丘吉尔太太的死讯，就考虑了弗兰克会受到的影响。爱玛也早早地对此事有所思考。丘吉尔太太的性格、她丈夫的悲伤——爱玛深深地思考了这两个方面，心中涌起敬畏和同情，她又想到了这件事对弗兰克有哪些影响，能给他带来什么好处和多大的自由，她的心情不由得放松了下来。所有可能的好处马上就在她面前显现了出来。现在，他若是爱上了哈丽特·史密斯，可不会有任何阻碍了。丘吉尔太太这一去世，就不再有人怕丘吉尔先生了。他这个人容易相处，耳根子软，他外甥劝上两句，不管什么事，他准会同意。爱玛此时只盼着弗兰克确实对哈丽特有意，爱玛虽然希望是一片好心，却并不确定弗兰克有没有动心。

哈丽特这次表现得非常出色，显现出了很强的自制力。无论她对未来有多大的向往，她都没有表露出来。爱玛看到她的性格越发坚强，心里很是高兴，她尽量不做任何暗示，以免破坏哈丽特的决心。因此，谈到丘吉尔太太去世的事，她们都很谨慎。

兰德尔斯收到了弗兰克的一封短信，他在信中提及了他们目前要做哪些重要的事，有什么要紧的计划。丘吉尔先生的状态比预期的要好。葬礼将在约克郡举行，从那之后，他们首先要到温莎拜访一个老朋友，十年来，丘吉尔先生常说要去看望这位朋友。目前，弗兰克并没有做什么与哈丽特有关的事。爱玛只能寄希望于美好的未来了。

有件事更着急，就是向简·费尔法克斯表示关心。哈丽特的前途一片光明，简的未来则已经尘埃落定。简接受了工作，海伯里人都希望立即向她道喜，这也是爱玛目前最想做的事。爱玛过去对简那么冷淡，现在则后悔不已。她几个月来一直忽视的人，现在却是她最尊敬和最同情的人。她希望能为简做点儿事，想要表现出她很珍视与简的友谊，证明她尊重和关心简。她决定说服简到哈特菲尔德待上一天，就写了一张便条发出邀请。但是，爱玛的邀请被拒绝了，对方只是传来了口信。“费尔法克斯小姐身体不适，无法回信。”同一天早晨，佩里先生造访哈特菲尔德，爱玛这才得知简病得很重，佩里先生未经简的同意，就去给她诊病了。简头疼得厉害，还得了热病，佩里先生估计她根本不可能按照约定的时间去斯摩赫奇太太家里就职。这一次，简的病势很猛，食欲全无，虽然没有令人担忧的症状，也没有患上她家人害怕的肺病，但佩里先生还是很担心她。他认为她的心理负担太重，她自己也认识到了，却不肯承认。她的精神似乎垮掉了。佩里先生注意到，对于一个神经失调的人来说，她目前所在的那个家没有一点儿好处，毕竟活动范围只有一个房间，他很希望这种情况能有所改善。还有她那位好心的姨妈，虽说她是他的老朋友，但他也得承认，她并不适合照顾这样的病人。贝茨小姐的确关心简，也在照顾简，只是她过于热心了。佩里先生非常担心费尔法克斯小姐不仅不会好转，病情反而会加重。爱玛听着，真切地关心着简，越来越为她感到伤心，她环顾四周，急于想找个好办法帮助简。把简从家里带出来，远离她的姨妈，哪怕只是一两个钟头，也能让她呼吸一下新鲜空气，换换环境。安安静静地跟简聊一聊，哪怕只聊一两个钟头，也对她有好处。于是，第二天早晨，爱玛又写了一封信，用最有感情的词句表示，只要简愿意，她可以在任何时间乘马车去接她，她还提到，佩里先生明确表示，出门活动一下对病人有好处。简的回复很简短：

“费尔法克斯小姐深表感激与感谢，但现在还不能活动。”

爱玛觉得她的信应该得到更有诚意的回复，可又不能写信去争论，简的字迹歪歪斜斜，可见她确实病得厉害。简不愿意见人，也不愿意接受别人的帮助，爱玛只好想别的办法，让简放弃这样的念头。因此，爱玛不顾简的回复，依然吩咐马车送她去贝茨小姐家，希望能劝动简和她一起出门转转，却还是白忙一场。贝茨小姐走到马车门前，连连感谢，表示很赞同爱玛的主意，认为呼吸一下新鲜空气对简有好处，可她劝说了半天，却是白费唇舌。贝茨小姐力劝不成，便回到马车前。简说什么也不肯答应。光是提议出门，简的病情似乎就更重了。爱玛希望能和简见上一面，亲自劝一劝她。但是，她还没说出这个想法，贝茨小姐就表示，她已经向外甥女保证，绝不会让伍德豪斯小姐进去。“说真的，可怜的简确实见不了人，什么人都见不了，埃尔顿太太不接受拒绝……科尔太太一定要见她……佩里太太说了很多话……但是，除了她们，简什么人都不见。”

爱玛不愿被归入埃尔顿太太、佩里太太和科尔太太之流，这些人不管什么事都要掺和一脚。她也不觉得自己有什么优先权，只好顺从，又向贝茨小姐打听了一下简的胃口好不好，吃得多不多，表示希望能够在这个方面帮上忙。说到这个问题，可怜的贝茨小姐难过极了，滔滔不绝地说了起来。简几乎什么都吃不下。佩里先生建议吃一些有营养的食物，但她们有的食物都不合简的口味（谁也没有这么好的邻居了）。

爱玛一到家，马上吩咐管家去查看一下家里储存有哪些食物，还打发人给贝茨小姐送去一些上等的葛根粉，并附上了一封非常友好的短信。半个钟头后，葛根粉被退了回来，贝茨小姐表示万分感谢，可是“亲爱的简一定要还回去，她无论如何也不能接受，还坚持说什么也不缺”。

爱玛后来听说，就在简·费尔法克斯以不能活动为借口，断然拒绝与爱玛一起乘马车出门的那天下午，有人看到她在距离海伯里不远的草地附近散步。爱玛把所有的情况都串在一起，发现简是下定决心不肯接受她的任何好意了。爱玛很难过，心中充满了苦涩。简情绪激动、行为前后矛盾、地位与她悬殊，爱玛为此痛心，觉得简更可怜了。让爱玛觉得难堪的是，简并不相信她的真挚情谊，不把她当朋友看待。但是，有一点让爱玛很安慰，她知道自己是真心对待简，她能对自己说，奈特利先生要是知道她多次尝试帮助简·费尔法克斯，甚至能看到她的真心，那这一次，他就没什么可责备她的了。

10

丘吉尔太太去世大约十天后的一个早晨，爱玛被叫下楼见韦斯顿先生，他“待不了五分钟，不过有件事一定要找爱玛聊聊”。他在客厅门口迎接她，用他那天生的声调和她问了好，就立刻压低了声音，免得被她父亲听到，他说：

“今天上午你能来兰德尔斯一趟吗？如果可以的话，你一定要来。韦斯顿太太想见你。她必须见你一面。”

“她不舒服吗？”

“不，不是的，她只是有点儿激动。她本想乘马车来见你的，但她必须单独和你见面，你知道的……”他说着朝她父亲一点头，“你能来吗？”

“当然。如果你方便的话，现在就去吧。你这样来找我，我不可能拒绝，但出了什么事？她真的还好吗？”

“放心吧，别再问了。到时候你就知道了。简直太不可理喻了！不过你还是别问了！”

就连爱玛也猜不出到底出了什么事。看韦斯顿先生的神态，事情似乎非同小可，但是，她朋友韦斯顿太太既然身体很好，她也就没什么可担心的了。于是，她和父亲商量好她现在出门散步，便跟着韦斯顿先生一起走出家门，快步前往兰德尔斯。

“好了。”爱玛说，这时他们离哈特菲尔德有一段距离了，“好了，韦斯顿先生，现在可以说说出了什么事吧。”

“不，不行。”他严肃地回答，“别问我。我答应过我妻子，让她来和你讲。她肯定说得比我清楚。你别急，爱玛。很快就知道了。”

“告诉我吧。”爱玛叫道，吓得一动不动地站在原地，“老天！韦斯顿先生，马上告诉我吧。肯定是布伦瑞克广场出事了。我知道一定是的。告诉我吧，我要你马上告诉我。”

“不，你真的弄错了。”

“韦斯顿先生，别跟我开玩笑。想想看，我有多少最亲密的朋友都在布伦瑞克广场。是哪一个？我很严肃地要求你别瞒着我。”

“我保证我说的是真的，爱玛。”

“你保证！为什么不用你的名誉担保！你用你的名誉担保，他们都好好的。老天！那家人究竟怎么了？”

“我以我的名誉担保，这件事和他们没有关系。”他一本正经地说，“这件事跟任何姓奈特利的人都毫无关系。”

爱玛总算恢复了勇气，继续往前走。

“我刚才说有事找你，我不该这么说的。”他继续说，“我错了。这件事其实与你无关，是我的事……但愿只是我的事。哼！总之，亲爱的爱玛，你不必这么担心。我没说这是一件叫人不高兴的事，只是情况可能会变得很糟。我们走快点儿吧，很快就到兰德尔斯了。”

爱玛知道只能耐心等待了，反正现在也没什么可焦心的了。她没有继续追问，而是发挥起了想象力，马上觉得可能和钱有关。由于最近里士满发生的事，韦斯顿夫妇准是发现他们的财政出现了问题。她开始天马行空地展开想象。也许丘吉尔先生有六个亲生子女，可怜的弗兰克就这样失去了继承权！这虽然不是什么好事，但也不值得她难过，反倒让她有点儿好奇。

“马上的那位绅士是谁？”他们走着走着，爱玛问道。爱玛只是随便问问，更多是为了帮助韦斯顿先生保守秘密。

“不知道。可能是奥特维家的人吧。不是弗兰克。我向你保证不是弗兰克。不可能见到他的，这会儿他已经在去温莎的路上了。”

“如此说来，你儿子刚才来过？”

“啊！是的，你不知道吗？算了，算了，无所谓了。”

他沉默了一会儿，然后用更谨慎、更严肃的语气，又说道：

“是的，弗兰克今天早上来过，就是来看看我们好不好。”

他们快步赶路，很快就到了兰德尔斯。“好啦，亲爱的。”一进屋，韦斯顿先生就说，“我把她带来了，希望你快点儿好起来。我不打扰你们两位了。

拖延没有半点儿好处。如果你需要我，我就在不远的地方。”在他离开房间之前，爱玛清楚地听见他低声又说道，“我做到了承诺的事。她一点儿也不知情。”

韦斯顿太太脸色很不好，看上去十分忧虑，爱玛的心里又开始忐忑起来。只剩下她们两人的时候，爱玛马上急切地问：

“怎么了，我亲爱的朋友？想必是发生了非常不愉快的事。你务必对我如实相告。我一路走过来，一颗心一直悬着。我们都不喜欢提心吊胆。不要再让我着急了。不管你的苦恼是什么，都说出来吧，这对你有好处。”

“你真的不知道？”韦斯顿太太用颤抖的声音说，“亲爱的爱玛，你猜不出我要对你说的是什么事吗？”

“我想是与弗兰克·丘吉尔先生有关。”

“你猜对了。确实跟他有关，我还是直接告诉你吧。”韦斯顿太太又埋头干起针线活，似乎下决心不再抬头了。

“他今天早上来过一趟，是为了一件最最离奇的事情。我们听了之后，简直惊讶到了极点。他来跟他父亲谈一件事……声称他有了心爱之人……”

韦斯顿太太说到这里停顿了一下，好喘口气。爱玛首先想到的是她自己，随即又想起了哈丽特。

“不，他不光宣称有了心爱的人。”韦斯顿太太接着说，“他还说他订婚了，真的订婚了。弗兰克·丘吉尔和费尔法克斯小姐订婚了，而且是在很久以前就私订终身。爱玛，你现在知道了，你怎么说？别人又会怎么说呢？”

爱玛吃惊不已，甚至都跳了起来。她惊诧地叫道：

“简·费尔法克斯！天哪！你不是认真的吧？你该不会是在开玩笑吧？”

“你是一定会吃惊的。”韦斯顿太太说，她仍然没有直视爱玛，只是急切地往下说，好给爱玛时间冷静一下，“你的确有理由惊讶。但这就是事实。十月，他们就在韦茅斯正式订婚了，从那之后，他们一直对这件事秘而不宣。除了他们自己以外，没有一个人知道，坎贝尔夫妇、简的家人、弗兰克的家人，谁都不知道。说来也怪了，我完全相信事实如此，却又觉得很不可思议。我简直不敢相信。我还自以为很了解他呢。”

爱玛几乎没听见韦斯顿太太的话。有两个念头在她的脑海里打转：第一，她以前同弗兰克议论过费尔法克斯小姐；第二，她对可怜的哈丽特充满了怜惜。有那么一会儿，她只能叫嚷着一再要求得到确认。

“好吧！”爱玛终于说道，竭力使自己镇定下来，“这件事我至少得思考上半天，才能想清楚。什么！他们两个来海伯里前就私订终身了，一整个冬天都是如此？”

“他们是在十月订的婚，而且是私下里订婚的。爱玛，这太叫我伤心了，简直伤透了我的心，也同样伤害了他的父亲。我们不能原谅他的某些行为。”

爱玛想了一会儿，答道：“我不想假装不懂你的意思。你放心吧，我向你保证，他虽然对我大献殷勤，但并没有产生你所担心的那种结果。”

韦斯顿太太猛地抬起头来，不敢相信爱玛的话。但爱玛说话镇定，表情也很沉着。

“我说我不在乎，你可能难以相信。”爱玛继续说，“那我和你说吧，在我与弗兰克刚认识的时候，有那么一段时间，我确实喜欢他，也愿意将自己的心献给他，不，应该说我确实把心交给过他，但至于我怎么会收回自己的感情，就非常奇怪了。不过，所幸我收回了。已经有一段时间，至少有三个月了吧，我都不怎么在意他了。韦斯顿太太，你完全可以相信我。我说的是事实。”

韦斯顿太太吻了吻爱玛，高兴得淌出了眼泪。当她能开口说话的时候，她向爱玛保证，这番话带给她的好处胜过世界上任何其他东西。

“韦斯顿先生必定会和我一样，感觉松了一口气。”她说，“在这件事情上，我们都很难过。我们衷心希望你们两个能相爱，我们也相信你们相爱了。想想看，我们有多担心你啊。”

“我逃过了一劫，我没有陷入这段感情，对你们，对我自己，都是一个值得感激的奇迹。但这并不能证明他是无罪的，韦斯顿太太。我必须得说，我认为这事最该怪的人就是他。他爱上了别人，私订终身，凭什么还来到我们之间，装得好像他是个单身汉？他已经心有所属，凭什么还去取悦别的年轻姑娘，不停地献殷勤？他难道不清楚自己在制造麻烦吗？他难道不清楚他会令我爱上他？他真是大错特错，错得离谱了。”

“从他说的话来看，亲爱的爱玛，我想他……”

“她怎么能容忍这种行为呢？她看着这一切发生，却还如此沉着！她眼睁睁看着他对另一个女人不断地献殷勤，心里却没有半点儿怨恨。还真是冷静啊，对她这种行为，我既理解不了，又无法抱有尊重。”

“他们之间有些误会，爱玛。他说得很清楚。弗兰克没有时间多做解释，毕竟他在这儿只待了一刻钟，他有点儿激动，就是待在这里的这一点儿时间，他也没有说什么，不过他很明确地说他们两个有些误会。就因为误会了，他们才闹得很不愉快。而之所以有误会，很可能是因为他的行为有失当之处。”

“行为失当！啊！韦斯顿太太，这样的指责太轻了。远远不止是行为失当那么简单！我看错他了！他在我心里的位置简直一落千丈。他真不是个男人！一个男人，在人生中的方方面面都应该正直诚实，严格遵守真理和原则，蔑视卑鄙的诡计，可他一样也不具备。”

“不是的，亲爱的爱玛，现在我得为弗兰克说几句话了。他这次的确是错了，可是我认识他这么久了，可以负责任地说，他有许许多多优秀的品质，而且……”

“老天！”爱玛叫道，没有注意听她的话，“还有斯摩赫奇太太！简正准备去她家当家庭教师呢！他这样不慎重，究竟是要干什么？由着她去找工作，甚至让她想到这种办法！”

“弗兰克对此一无所知，爱玛。在这个问题上，我可以说他是无辜的。这是简一个人决定的，没有同他商量过，至少没有和他明说。我知道，在昨天以前，他都被蒙在鼓里，不清楚她的计划。我不晓得是通过什么途径，也许是写信或传了口信，反正他突然得到了消息。正是因为发现了她要做什么，知道了她的计划，他才决定立即采取行动，向舅舅坦诚一切，请求他的原谅。简而言之，他不想再隐瞒了，要结束这持续已久的痛苦。”

爱玛开始认真听韦斯顿太太的话。

“我很快就会收到他的信。”韦斯顿太太接着说，“他临走时对我说，他不久就会写信来。他说这话的时候，好像是在向我许诺到时候会解释许多现在无法说明的细节。所以，我们一起等待这封信吧。说不定他有很多苦衷。也许很多现在无法理解的事将变得容易理解，也可以原谅。我们不要太严厉，不要急于谴责他。多拿出一点儿耐心吧。我必须爱他。我认定了这一点，这一点很重要，所以我急着要一切都好起来，并希望一切都能好起来。他们一直遮遮掩掩的，肯定吃了不少苦。”

“他即便受了苦，似乎也没给他带来多大的伤害。”爱玛冷冷地回答，“丘吉尔先生是怎么说的？”

“弗兰克没怎么费力，就说服了他。想想那家人一个礼拜遇到了多少事！我想，在可怜的丘吉尔太太在世的时候，这件事是没有半点儿希望和可能的，一丁点儿机会也不会有。但她的遗体刚刚入葬家族的墓穴，她的丈夫就经人劝说，做出了她肯定不会同意的事。人活着就算有再大的影响力，死了以后也烟消云散了！丘吉尔先生很快就答应了。”

“啊！”爱玛心想，“就算是哈丽特，他也会同意的。”

“这件事是在昨天晚上定下来的，今天天一亮，弗兰克就出门了。他先来了海伯里，想必是去贝茨家待了一会儿，就来了这里。可是他急着回舅舅那儿，现在他舅舅比以往任何时候都更需要他，所以，正如我告诉过你的，他只能在我们这儿待 刻钟。他非常激动，还很焦躁，看起来与我认识的弗兰克不一样了。再说了，他发现简病得很重，这可是大大出乎他的意料的，看样子他非常担心。”

“你真的相信他们的关系没有露出过半点儿马脚吗？坎贝尔夫妇、狄克逊夫妇……他们谁也不知道订婚的事？”

爱玛一提起“狄克逊”这几个字，就不禁脸红了。

“不知道，没人知道。他肯定地说，除了他们两个人，世上没人知道。”

“好吧。”爱玛说，“我想我们渐渐地就会接受这件事了，我也祝他们幸福。可是，我将始终认为这种做法极其恶劣。这不就是虚伪和欺骗吗？一会儿暗中试探，一会儿背信弃义。来到我们之间，装得那么率真，那么单纯，暗地里却联合在一起，对我们所有人评头论足！整个冬天和春天，我们都被蒙在鼓里，满以为我们都很诚实，都讲道义，但我们中间偏偏就出了那么两个人，他们和其他人结交，把别人做比较，对别人下评断，别人不想让他们知道的看法，不想让他们听到的话，全都被他们知道了，也听了去。要是别人对他们中的一个有微词，却被另一个知道了，那后果也该由他们自己来承担！”

“我在这个问题上倒是很放心。”韦斯顿太太答，“我敢说，我从来没有在他们中的一个面前说过另一个的坏话。”

“你很幸运。你只犯过一次错，你以为我们的一个朋友爱上了那位小姐，不过好在你只对我讲过。”

“确实如此。不过我一向对费尔法克斯小姐很有好感，绝对不会犯愚蠢的错误，说她的坏话。至于说弗兰克的坏话，那就更不可能了。”

这时，韦斯顿先生出现在离窗口不远的地方，显然是来看看她们两个谈得怎么样了。他妻子看了他一眼，示意他进屋。趁他转弯向屋里走的时候，韦斯顿太太又对爱玛说：“现在，亲爱的爱玛，我恳求你说些好话，不要流露出鄙夷的神色。请你安慰安慰他，让他对这门亲事感到满意。我们就泰然处之，尽力而为吧。事实上，几乎每个方面都可以说对她有利。这桩婚事确实谈不上十全十美。不过，若是丘吉尔先生都不反对，我们又有什么好阻拦的呢？现在的情况对他来说是非常幸运的……我是指弗兰克。毕竟他爱慕的姑娘不光拥有沉稳的性格，头脑也很好。我一向都这样赞扬她，她这一次虽然做得离谱，我依然这样夸奖她。以她那可怜的身世，即便犯了错误，也可以谅解！”

“可以谅解，确实！”爱玛充满感情地叫道，“如果一个女人有什么理由只为自己着想，那必然是处在简·费尔法克斯那样的处境了。对于这种人，我们完全可以说，‘世界不是他们的，世界的法则也不是他们的。’”

韦斯顿先生一进来，爱玛就朝他笑了笑，大声说道：

“说真的，你还真是会耍把戏呢！我看你就是想用这个法子戏弄我的好奇心，锻炼我猜测的才能。但你真把我吓坏了，我还以为你起码丢了一半的财产。可现在呢，这件事不仅没什么可烦忧的，还值得祝贺。我衷心恭喜你，韦斯顿先生，你马上就要有一位堪称全英国最可爱、最多才多艺的姑娘做儿媳妇了。”

韦斯顿先生和他的妻子对视了一眼，终于确信，一切都如爱玛的这番话，已经顺利解决了，他马上高兴了起来。他的神态和声音恢复了往日的轻快。他满心感激地握着韦斯顿太太的手，谈起了这件事，由此可见，只要假以时日，经过别人的劝说，他一定会觉得这门亲事还不赖。他的两位同伴一直在为弗兰克的轻率辩解，让他不要反对此事。他们三个人结束谈话之后，韦斯顿先生在送爱玛回哈特菲尔德的路上，又把这件事与爱玛聊了一遍。到这个时候，他已经完全妥协了，几乎就要认为这是弗兰克能做的最好的事了。

11

“哈丽特，可怜的哈丽特！”爱玛不停地念叨着。这句话里充满了痛苦。爱玛思绪万千，心里很是难过，却没法不去想，对她而言，在弗兰克的事情上，真正苦恼的根源就在哈丽特身上。弗兰克·丘吉尔行为恶劣，亏欠她很多——他在许多方面都亏欠了她——但是，她之所以这么生他的气，与其说是因为他的行为，倒不如说是为了她自己的行为。正是因为弗兰克，她在哈丽特的问题上再次陷入了困境，因此，他的冒犯才变得那么叫人深恶痛绝。可怜的哈丽特！再一次被她的错误想法和恭维话欺骗了。奈特利先生早有预言：“爱玛，你真不能算是哈丽特·史密斯的朋友。”她担心自己带给哈丽特的唯有伤害。的确，她这次不必像上次那样，责怪自己是恶作剧的唯一始作俑者，责怪自己激起了哈丽特从未有过的感情，因为爱玛尚未有所暗示，哈丽特就承认对弗兰克·丘吉尔产生了爱慕之情。但是，爱玛仍然内疚不已，因为在哈丽特本该压抑心中感情的时候，她却鼓励了她。她本来可以阻止这种感情的放纵和加深。她对哈丽特有很大的影响力。现在她意识到她应该阻止哈丽特的。她觉得自己没有分毫把握，就拿朋友的幸福去冒险。按照常理，她应该告诉哈丽特，绝对不可以想着弗兰克，他爱上她的可能性可谓微乎其微。她转念又想，“不过，恐怕我并不会按照常理行事。”

爱玛非常生自己的气。若是不能生弗兰克·丘吉尔的气，就太糟糕了。至于简·费尔法克斯，爱玛眼下倒是不必那么挂怀了。光是哈丽特一个人，就够她操心的了。她不必再为简的事而烦心。简的烦恼，简的身体问题，自然是同一个原因引起的，也必将一一好转。她卑微且不幸的生活即将结束了。她很快就会好起来，等着她的是幸福与富贵的日子。爱玛现在能明白，为什么自己的关心一再受到简的怠慢了。这一发现让许多小事变得明朗起来。毫无疑问，正是忌妒心在作祟。在简的眼中，爱玛是情敌。因此，不管她提供什么样的帮助，表达什么样的尊重，都必然遭到拒绝。乘坐哈特菲尔德的马车去兜风，就如同上了拉肢刑具，来自哈特菲尔德储藏室的蕨根粉，必定与毒药无异。爱玛现在全明白了。她平息了怒火，摆脱了不公正和自私的想法，便不禁承认，简·费尔法克斯嫁入这样一个好人家，获得如此幸福的生活，都是她应得的。然而，照顾可怜的哈丽特，是她的责任！她没有闲情去同情别人了。爱玛担心这次的失望比第一次更为严重。考虑到这次的对象如此优秀，哈丽特必然失望至极。这个对象对哈丽特的心情有着更强大的影响，使得她如此保守，如此自我克制，由此判断，哈丽特肯定会大失所望。尽管如此，她还是必须尽快地把这个痛苦的事实告知哈丽特。韦斯顿先生临别时要爱玛对此事守口如瓶。“目前，这件事还是要保密。是丘吉尔先生要求的，以示对他刚刚去世的妻子的尊重。大家都承认这是活人应尽的礼貌。”爱玛答应了韦斯顿先生，不过还是不能瞒着哈丽特。爱玛有责任。

爱玛尽管烦恼，却还是不禁觉得荒唐可笑，她居然要像韦斯顿太太之前对她一样，向哈丽特履行同样叫人苦恼而又棘手的职责。韦斯顿太太焦急地向她宣布了那个消息，现在她也要焦急地向另一个人宣布了。听到哈丽特的脚步声和说话声，爱玛的心就开始飞快地跳动起来。之前她快到兰德尔斯的时候，想必可怜的韦斯顿太太也怀着同样的心情。这两次揭开信息，要是有同样的结果就好了！不幸的是，绝对没有这个可能。

“伍德豪斯小姐，有件事真是顶顶奇怪了，你说是不是？”哈丽特一边喊，一边急切地走进屋来。

“什么事？”爱玛答道，无论是看表情，还是听声音，她都猜不出哈丽特是否已经收到了消息。

“是简·费尔法克斯的事。你有没有听说过这么奇怪的事？啊！你不必害怕同我讲，韦斯顿先生刚才亲口和我说过了。我刚才碰到他了。他告诉我这事是个大秘密。因此，除了你以外，我不会对任何人提起这件事的，可是他说你已经知道了。”

“韦斯顿先生跟你说了什么？”爱玛仍然很是不解。

“啊！他把事情原原本本都告诉我了。简·费尔法克斯和弗兰克·丘吉尔先生要结婚了，他们在很久以前就私下里订了婚。真是太奇怪了！”

的确很奇怪。哈丽特的行为极为古怪，爱玛不知道该如何理解。她的性格似乎完全变了。在得知此事之后，她似乎并不打算表现得激动或失望，也不打算显得特别在意。爱玛看着她，说不出话来。

“你能想到他的心上人是她吗？”哈丽特嚷道，“也许你想到了。你……”她说着脸红了，“……你能看穿每个人的心思。但是别人就没这个能耐了……”

“说实话，我都开始怀疑自己有没有这种才能了。”爱玛说，“哈丽特，你是在认真地问我，在我——即便没有大张旗鼓，也是心照不宣地——鼓励你顺从自己的感情时，有没有料到他爱着另一个女人？直到一个小时之前，我都没有想到弗兰克·丘吉尔先生会对简·费尔法克斯有好感。你可以相信，我要是想到了，一定会提醒你的。”

“我！”哈丽特红着脸，惊奇地喊道，“你为什么要提醒我？你该不会以为我对弗兰克·丘吉尔先生有意吧？”

“我很高兴听到你谈论这个问题时能这么坚定。”爱玛微笑着回答，“可是，你不会是要否认，曾经有过一段时间——就在不久以前——你还让我有理由觉得你倾心于他吧？”

“他！从来没有的事，从来没有。亲爱的伍德豪斯小姐，你怎么能这么误会我？”哈丽特说完就难过地别开了脸。

“哈丽特，你这是什么意思？”爱玛顿了顿，叫道，“老天！你是什么意思？误会你！难道说……？”

爱玛说不下去了。她的声音消失了。她坐下来，惊恐地等着哈丽特的回答。

哈丽特站在一段距离之外，背对着爱玛，并没有立刻答话。当她开口说话时，她的声音几乎与爱玛的一样激动。

“真想不到你会误解我！”她说，“我知道我们说好了不提他的名字，可是，考虑到他比任何人都出色很多，我怎么也想不到你会误以为说的是别人。弗兰克·丘吉尔先生，哎呀！要是他与那人在一起，我真不知道有谁会把目光投向他。我的品位还是不错的，怎么会爱上弗兰克·丘吉尔先生，和那人一比，他真的太不起眼了。你竟然会如此误解，简直不可思议！我肯定，要不是我以为你完全支持我，真心鼓励我仰慕他，我从一开始就会觉得自己配不上他，根本不敢把他放在心里。一开始，倘若你没有告诉我，这世上有很多难以想象的事，差距更大的人都结为了夫妇——这正是你的原话——我是不敢任由自己的感情发展的，我绝不会认为自己有高攀上他的可能。但是，你都认识他这么久了……”

“哈丽特。”爱玛镇定下来，大声说道，“我们还是把话挑明了吧，不要再误会了。你说的人是……奈特利先生？”

“当然是他。我永远也不会爱上别人了，我还以为你都明白呢。我们谈到他的时候，是再清楚不过了。”

“那可未必。”爱玛强作镇静地回答，“你当时说的那番话，在我看来，指的完全是另一个人。我几乎可以断定，你说的就是弗兰克·丘吉尔先生。我相信你说的是他把你从吉卜赛流浪汉手里救出来的事。”

“唉，伍德豪斯小姐，你的记忆力可不太好！”

“亲爱的哈丽特，我当时说过些什么，我全都记得清清楚楚。我告诉过你，我并不奇怪你会爱上他。毕竟他帮了你很大的忙，这是非常自然的事，你同意我的话，非常热情地表达了你对他的帮助有什么感觉，甚至还提到了你看到他过来救你时你的感受。当时的情形在我的记忆中留下了深刻的印象。”

“天哪。”哈丽特叫道，“现在我终于明白你的意思了。但我当时想的完全是另一件事。我指的不是吉卜赛流浪汉，也不是弗兰克·丘吉尔先生。不是的！”哈丽特提高了嗓音，“我心里想的可是另一件更珍贵的事，那就是奈特利先生走过来邀请我跳舞，当时，埃尔顿先生不愿和我一起跳，房间里也没有别的人可以和我跳。他这么做实在是太善良了，他是那么仁慈，那么大方。正是他那次帮助我，我才开始感到他比世界上任何一个人都优秀。”

“天哪！”爱玛叫道，“这就是个错误，太不幸、太可悲了！该怎么办呢？”

“那么说来，如果你知道我说的是谁，你就不会鼓励我了。不过，现在其实还好，如果是另一个人，我可就糟了。现在……有可能……”

哈丽特停了一会儿。爱玛说不出话来。

“伍德豪斯小姐，”哈丽特接着说，“无论对我，还是对任何人，你感到他们两人之间有很大的差别，我一点儿也不觉得奇怪。你一定认为他们的社会地位比我高得多。不过，伍德豪斯小姐，我希望，假如……如果……听起来可能很奇怪——但你知道你说过，这世上有很多不可思议的事。比我和弗兰克·丘吉尔先生之间差距更大的人，都结为了夫妇。因此，即使是这样的事情，似乎以前也可能发生过。亲爱的伍德豪斯小姐，如果我有这份好运——如果奈特利先生真的——如果他不介意这种差距的话，我希望你不要反对，不要从中作梗。不过，我相信你是个好人，不会做出这种事的。”

哈丽特站在一扇窗户边上。爱玛转过身，惊惶地看着她，急忙说：

“你认为奈特利先生也对你有情？”

“是的。”哈丽特谦卑地回答，但并不害怕，“我得说是这样的。”

爱玛立刻收回了目光。她默默地坐在那里沉思了几分钟，身体一动不动。这几分钟足以让她了解自己的心意了。像她这样的人，一旦产生了怀疑，就会迅速追究下去。她触及了——她承认了——她承认了全部的真相。为什么哈丽特爱上奈特利先生，比爱上弗兰克·丘吉尔更糟糕呢？为什么哈丽特觉得有可能得到爱的回报，会更加令人不快呢？一个念头犹如一支箭，飞快地穿过她的脑海：奈特利先生不可以娶别人，只能娶她！

就在这一会儿工夫，她的种种行为，她的内心想法，全都展现在了爱玛的面前。她把这一切看得清清楚楚，这可是从来没有过的事。她对哈丽特所做的一切，是多么不恰当！她的行为是多么轻率，多么不得体，既没有理智可言，又十分残酷！她竟如此盲目、如此疯狂地引导哈丽特！爱玛感觉自己像是受到了沉重的一击，恨不得将自己臭骂一顿。然而，尽管她有这么多的过失，却还是要保存一部分对自己的尊重，要注意她自己的体面，还要对哈丽特公平（根本没必要去同情一个相信自己赢得了奈特利先生的爱情的姑娘，但是，公平起见，现在还不可以对她冷漠，以免惹她不开心）。于是，爱玛决定冷静地坐着，继续忍受，还流露出了和善的神情。的确，爱玛为了自己的利益，也应该问清楚哈丽特为什么觉得奈特利先生也有意于她。一直以来，都是爱玛主动关心哈丽特，如今，哈丽特并未做错什么，不该失去爱玛的爱护，甚至被一直引她入歧途的人轻贱。爱玛从沉思中回过神来，控制住自己的情绪，再次转向哈丽特，以更为热情的语气重新开始了谈话。至于引起这一切的话题，也就是简·费尔法克斯的奇妙经历，早就被她们两个抛到了脑后。她们的心里只有奈特利先生和她们自己。

哈丽特一直站在那里，沉浸在愉悦的幻想中，此时，伍德豪斯小姐这样一位有判断力又愿意鼓励她的朋友将她拉回现实，她非常开心。爱玛只是稍加询问，哈丽特就原原本本地讲了为什么认为奈特利先生也爱她，她说的时候，竟欢喜得浑身颤抖。爱玛时而问问题，时而听哈丽特讲述，虽然掩饰得比哈丽特好，但她抖得与哈丽特同样厉害。她的声音听不出半点儿异样，她的内心却乱成了一团。她的感情发生了这么大的变化，令人费解的情感来得如此猝然，让她感受到了威胁，她会心乱如麻也是很自然的。她听着哈丽特细细讲述，内心却备受煎熬，表面上还要装出很有耐性。不可能指望哈丽特讲得有条有理、层次分明，然而，排除了没有意义的话和无谓的重复部分，听了哈丽特的话，爱玛的一颗心还是不由得往下沉，尤其是她记得奈特利先生对哈丽特有所改观，这更是确凿的证据。

自从那两支决定性的舞蹈之后，哈丽特就觉察出奈特利先生的态度有了变化。爱玛也知道，在跳舞的时候，他发现哈丽特比他想象的优秀得多。从那天晚上起，或者说至少从伍德豪斯小姐鼓励哈丽特爱慕奈特利先生的时候起，哈丽特就开始感觉到他跟自己说话的次数比平时多得多，对她的态度也完全不同了，变得亲切友好了。近来，她越来越清楚地感觉到了这一点。很多人在一起散步的时候，他常常过来走在她身边，愉快地与她谈天说地！他似乎是有意与她熟络起来。爱玛知道情况正是如此，她经常都能看到这种变化。哈丽特把他对自己的赞许和夸奖重复了好几遍，爱玛觉得这些话与她所知道的他对哈丽特的看法极为一致。他称赞哈丽特从不做作，单纯、诚实，心地也很宽厚。爱玛知道他的确从哈丽特身上看到了这些优点，还不止一次地向她提起过。哈丽特记得许多事，他对她投入的关注，比如一个眼神，说过的话，更换椅子，委婉的恭维，以及暗示的偏爱，这些小细节都刻在了她的记忆中。爱玛从未想到哈丽特对奈特利先生有情，所以并没有注意到这一切。有些事可以讲上半个钟头，其中有许多证据爱玛都亲眼看到过，现在听到了，才发现自己当时虽然看到了，却根本没有留意。最近发生的两件事让哈丽特觉得最有希望，这也没有逃过爱玛的眼睛。第一件是，在唐维尔的欧椴树林荫大道上，他们两个避开其他人，独自散步。爱玛过去找他们两个之前，他们走了好一会儿了，她还相信他是颇费了一番力气，才把哈丽特从其他人那里拉到他身边去的。他从一开始就用比以往任何时候都特别的方式与她说话，确实特别！哈丽特每每回想起当时的情形，都情不自禁地满脸通红。他像是很想问她有没有心爱的人。但一见到伍德豪斯小姐要过来，他就改变了话题，聊起了农场的事。第二件事是，在他最后一次来哈特菲尔德的那个早晨，那时爱玛去贝茨家还没回来，尽管他刚进来时还说只能待五分钟，却坐下来与哈丽特聊了将近半个钟头，他告诉哈丽特，他虽然不想离开家，却必须去伦敦一趟。爱玛觉得他对自己说的话可没对哈丽特说的那么推心置腹，可见他更信任哈丽特，念及此，爱玛难过极了。

爱玛稍稍思考了第一件事，大胆地提出了这样一个问题："会不会是那样？你认为他想打听你是否有喜欢的人，可不可能是在暗指马丁先生？他会不会是想把马丁先生推荐给你？"但是哈丽特坚决地否定了这种怀疑。

"马丁先生！不可能！他连提都没提过马丁先生。我相信我现在理智多了，不会喜欢马丁先生，但愿也不会有人怀疑我喜欢他。"

哈丽特说完了这些证据，便恳求亲爱的伍德豪斯小姐说说，她有没有可能得到奈特利先生的心。

"要不是你，我从一开始就不会动情。"她说，"你告诉我要仔细观察他，看他的态度如何再决定自己是否投入感情。我就是这么做的。但现在我觉得自己也许配得上他。要是他真的选择了我，也没有什么特别奇怪的。"

哈丽特的这番话在爱玛的心里勾起了涩涩酸楚，爱玛一忍再忍，才给出了回答：

"哈丽特，我只能冒昧地说一句，奈特利先生若是对一个女人没意思，就绝对不会故意让她以为他对她有情。"

见朋友说了一句令人如此满意的话，哈丽特简直都要崇拜爱玛了。恰在此时，伍德豪斯先生的脚步声响起，爱玛这才不必看哈丽特那狂喜的样子，免去了残酷的折磨。她父亲正穿过门厅走过来。哈丽特太激动了，不便见他。"我一时半会儿还冷静不下来，伍德豪斯先生见了，会大吃一惊的，我还是走吧。"在朋友的热烈鼓励下，她从另一扇门离开了。哈丽特刚一走远，爱玛就不由自主地说出了心里的感受："老天！要是我没见过她该有多好！"

那天剩下的时间，爱玛都在苦苦思索，却还是觉得时间不够用。过去几个小时内发生了那么多事，她一时间有些不知所措。意外一桩接着一桩，每一次都会使她蒙羞。要如何理解这一切呢！她怎样才能理解她对自己的欺骗，怎样才能在这种欺骗之下过活！她失去了理智，看不到自己内心的感受，铸成了多少大错！她时而静静地坐着，时而走来走去，她去了自己的房间，又去灌木林转了转，在每个地方，不管是站还是坐，她都觉得自己表现得太软弱了。她受了别人的欺骗，感觉是那么屈辱，她也被自己欺骗，更是叫她难堪。她觉得自己很不幸，也许还会发现今天只是不幸的开始。

爱玛首先要彻底了解自己的心。只要父亲不需要她的陪伴，只要她不自觉地心不在焉，她就在想这件事。

现在，她的种种感情都表明她爱上了奈特利先生，可她倾心于他，有多久了呢？他对她的影响力，是从什么时候开始的？弗兰克·丘吉尔曾在一段很短的时间里占据了她的心，而奈特利先生是从什么时候取而代之的呢？她回想往事，将他们两个比较了一番。她比较了从她认识弗兰克起这两个人在她心里的地位，要是她有幸能早点儿想到把这两个人做个比较，该有多好，她本来可以随时对比的。她意识到自己向来都认为奈特利先生更为出色，他对她也亲切得多。她发现，在她想入非非、只顾着说服自己做出与内心相反的举动之际，她其实完全沉浸在幻想当中，忽略了自己真正的心意，总之，她从来没有真正喜欢过弗兰克·丘吉尔！

她在最初的思考中得出了这一结论。她是在思索第一个问题时，对自己有了这些了解，而且很快就得出了结论。她又是悔恨，又是气愤，为自己的每一种感觉而羞愧难当，只除了让她意识到她爱着奈特利先生的那种感觉。她的其他心绪，都叫人讨厌。

出于叫人无法容忍的虚荣心，她竟然相信自己可以看穿每个人不为人知的内心世界，又因为不可饶恕的傲慢，她妄图安排每个人的命运。事实证明，她简直错得离谱。她并不是什么都没做，她一直在帮倒忙。她伤害了哈丽特，伤害了自己，还担心会伤害奈特利先生。倘若这极不般配的两个人真的结为夫妇，那她必须承担全部的指责，毕竟是她开了头。她相信，奈特利先生的爱慕，必定是在意识到哈丽特的感情之后才产生的。即使并非如此，若不是因为她的愚蠢，他也不可能认识哈丽特。

奈特利先生和哈丽特·史密斯！跟这桩婚事比起来，其他夫妻的结合就算再奇怪，也不足为奇了。比较之下，弗兰克·丘吉尔和简·费尔法克斯相爱，就显得普通乏味，没什么稀奇的，不会叫人感到惊讶，看不出明显的差异，也没什么可议论、可思考的了。奈特利先生和哈丽特·史密斯！哈丽特高攀了！奈特利先生要娶一个门不当户不对的妻子！一想到人们会为了这件事轻视他，一想到他可能遭到的嘲笑，爱玛就难受极了。他弟弟很可能因为觉得这门婚事很丢人而瞧不起他，他自己也很可能遇到很多的麻烦。有这个可能吗？不，绝不可能，却又并非一点儿可能也没有。一个能力不凡的男人，被一个资质平庸的女人吸引，难道是什么新鲜事吗？一个男人忙到没时间去追求所爱，但被一个追求他的女人迷住，难道是什么新鲜事吗？这世上有那么多不般配、不适宜、不协调的事，际遇和环境（作为第二原因）支配着人类的命运，难道是什么新鲜事吗？

啊！要是她从不曾关照哈丽特就好了！要是她由着哈丽特待在她该待的地方就好了！奈特利先生就说过她应该这么做。要是她没做出过那种难以言表的愚蠢行为，没阻止她嫁给那个大好青年就好了！那个年轻人一定可以让她在她所属的生活中过得幸福体面，那样的话，一切都会好好的，也不会有后面可怕的事了。

哈丽特怎么如此胆大包天，竟然妄图得到奈特利先生！她怎么敢认为，这样一个出众的人会拜倒在她的石榴裙下，除非她已经有了把握！但是，哈丽特不像以前那样自觉卑微，也不像以前那样有所顾虑了。无论是在才智上还是在社会地位上，她似乎都不觉得自己低人一等了。她以前觉得埃尔顿先生娶她是纡尊降贵，现在奈特利先生娶她，她却不会这么认为。唉！这难道不是爱玛一手造成的吗？唉！除了她本人，还有谁煞费苦心地给哈丽特灌输自尊自大的想法呢？除了她自己，还有谁教过哈丽特一有可能就要提高自己的地位，还有谁说过哈丽特很有可能进入上流社会呢？哈丽特若是真的不再谦卑，变得越发虚荣，那也是爱玛的错。

12

爱玛现在有可能失去幸福，才意识到她的幸福竟如此依赖于奈特利先生是否认为她最重要，是否关心她、喜爱她。她本来相信的确如此，感觉这是自己应得的，因而未加深思便享受着这份幸福。如今她害怕被人取代，这才发现奈特利先生是如此重要。很久以来，她都觉得自己在他心里绝对是第一位的，他没有女性亲戚，只有伊莎贝拉可以与她相比，而她一向清楚地知道他对伊莎贝拉的爱和尊敬有多深。在过去的许多年里，她一直是他最重要的人。她不配如此，她经常粗心大意，一意孤行，总是不在乎他的意见，甚至任性地与他作对，对他的很多优点视而不见。就因为他不赞成她傲慢地高估自己，她还与他吵架。然而，因为两家人是世交，也是出于习惯和高贵的心灵，他依然喜爱她，看着她从一个小女孩长大成人，努力让她变得更好，盼着她做正确的事，在这个方面，没有人能比得上他。尽管她有种种缺点，她知道奈特利先生依然对她很好。他难道不是对她掏心掏肺吗？然而，在希望出现的时候，她却不能沉迷于希望当中。对于奈特利先生那特别、专一又深切的爱意，哈丽特·史密斯也许认为自己并非不配得到，爱玛却不能这么想。她不能自以为是地以为他盲目地爱着自己。最近就有证据证明，他对她并不存在偏爱。见到她那样对待贝茨小姐，他大为震惊！在谈这个问题的时候，他说得那么直接，语气是那么激烈！他的语气相较于她的过错，其实并不算太重，但是，如果他只想仗义执言，出于好意和清晰的判断力劝说她，那他的语气就过重了。她不指望，也不应当指望他对她心怀爱慕，她现在对此毫无把握，但她希望（有时微弱，有时强烈）哈丽特也许是在自欺欺人，高估了他对她的好感。为了他，她必须这样希望着，至于结果如何，对她本身而言都是无所谓的，只要他独身一辈子。只要能确保他不娶任何人，她相信自己就可以心满意足了。让他对她和父亲而言还是那个奈特利先生，让他对全世界来说还是那个奈特利先生。让唐维尔和哈特菲尔德继续保持珍贵的交往，将友谊和信任维持下去，如果是这样，她的平静生活就算保住了。事实上，婚姻并不适合她。一旦结了婚，她就不能孝顺父亲了。什么也不能把她和父亲分开。即使奈特利先生向她求婚，她也不会结婚。

她满心盼望哈丽特会大失所望。她希望，到下次见到他们两个在一起的时候，至少能弄清楚他们相爱的可能性有多大。从今以后，她要密切观察他们二人。尽管到目前为止，她都很差劲，看不准她所要观察的人，但她不知道为什么自己对这两个人的事没有半点儿察觉。爱玛每天都盼着奈特利先生回来。届时，她善于观察的能力很快就会显现出来，只要她的思路是正确的，她马上就能展现观察力。她决定在这段时间里不再见哈丽特。再谈起这件事，对她们二人都没好处，对这件事也不会有好处。她打定主意，对于还存在疑问的地方，她绝不轻易下结论，她没有权利破坏哈丽特的信心。说话只会找气受。因此，爱玛给哈丽特写了一封信，语气亲切而坚定，请求她暂时不要来哈特菲尔德。她在信中坦言，她相信有个话题最好不要私下里继续谈论，希望这几天不要见面……她只是觉得她们两人不便私下碰头……要是有人在场，她们还是可以相见……这样她们或许就能忘掉了昨天的谈话。哈丽特依从了，很赞同爱玛的主意，还很感激她。

爱玛刚安排好这件事，就有人来了哈特菲尔德，总算让她稍稍忘记过去二十四小时里，无论睡觉还是醒着，都搅得她心绪难安的那件事。来的是韦斯顿太太，她刚刚看望完未来的儿媳妇，回家路上便来了哈特菲尔德，一方面是尽责来看看爱玛，另一方面是散散心，把刚才见面的趣事给爱玛讲讲。

是韦斯顿先生陪她去了贝茨太太家，十分慷慨地表达了必不可少的关心。他们在贝茨太太家的客厅坐了一刻钟，感觉很是尴尬，后来韦斯顿太太说服费尔法克斯小姐跟她一起出去兜风，回来后就有了更多的话可说。

爱玛不禁生出了一点点好奇心。在她朋友讲述事情经过的时候，她充分利用了自己的好奇心。韦斯顿太太出发时心里十分忐忑。她当时本不愿前往，希望只给费尔法克斯小姐写封信，将此次隆重的探访向后稍稍推迟一段时间，等到丘吉尔先生愿意将婚事公开再说。从各方面考虑，她认为他们去拜访，总不免引起人们的议论。不过韦斯顿先生的想法有所不同。他急于向费尔法克斯小姐及其家人表示对这桩婚事的认可，并不认为会引起任何怀疑。即便引得议论纷纷，也无所谓。他说，“这种事情总会传开的”。爱玛微微一笑，感觉韦斯顿先生有充分的理由这么说。总之，他们夫妇二人还是去了。费尔法克斯小姐看起来极为忧虑，还很慌张。她几乎说不出话来，从她的每个眼神和每个动作，都可以看出她很害羞。贝茨太太感到由衷的满意，但一直保持安静，贝茨小姐则是一副欢天喜地的模样，她太开心了，甚至都不像平常那样絮叨了，这样的场面看着很喜人，几乎让人动容。她们两个的幸福实在可敬，每一种感情都公正无私。她们想到了简，想到了所有人，就是没有想到她们自己，他们心里充斥着热烈的感情。费尔法克斯小姐最近生病，韦斯顿太太有充足的理由邀请她出去兜风。起初，简有些退缩，便推辞了，但在韦斯顿太太的一再劝说之下，她只好让步。在她们乘马车兜风的时候，韦斯顿太太温和地鼓励简，化解了她的很多尴尬，她们这才可以谈论那个重要的话题。简一上来先是为自己的无礼道了歉，称不该第一次接待韦斯顿夫妇就一声不吭。接着，她还热情地表达了对韦斯顿夫妇一贯的感激之情。说完了心声，她们聊了很多订婚的事，比如现在怎么样，未来怎么样。简长久以来把所有事都闷在心里，现在能谈一谈，一定非常开心。韦斯顿太太相信简一定有种如释重负的感觉。

“这件事瞒了这么久，她心里一定不好受，可见她是个坚强的人。”韦斯顿太太又说，“她说过这么一句话，‘我不会说我订婚以来没有过幸福的时刻，但我可以说，我从来没有一时半刻的安宁。’爱玛，她说出这句话的时候嘴唇一直在哆嗦，我打心眼里相信她说的是实话。”

“可怜的姑娘！”爱玛道，“这么说，她认为自己同意私下订婚，是错了？”

“错！我相信，谁也不会比她自己更想责备自己。‘结果呢，我每时每刻都在受痛苦的煎熬。这都是我活该。’她说，‘行为不端，必定会受到惩罚，但不端行为还是不端行为。承受痛苦，并不是在赎罪。我不可能是无可指责的了。一直以来，我在做的事都违背了我的是非之心。一切都朝着好的方向发展，大家都对我很好，但我的良心告诉我，我不应该这样幸运。’她接着说，‘太太，不要以为我被教坏了。不要认为将我抚养长大的朋友们有失原则，对我漠不关心。错全在我自己。我目前的情况的确给了我很多借口，但说句实话，我还是害怕把这件事告诉坎贝尔上校。’”

“可怜的姑娘！”爱玛又说，“这么说来，想必她爱他爱得非常深了。她必定对他情深似海，才会与他私订终身。她的感情一定战胜了她的判断力。”

“是的，我毫不怀疑她非常爱他。”

“恐怕我常常惹得她不高兴。”爱玛叹了口气说。

“亲爱的，你是无心的。不过，当她提到弗兰克以前暗示过的那些误会时，她心里大概也有这种想法。她把自己卷入了这件有害的事，她自己成为一个不可理喻的人，也是很自然的结果。”她说，“她意识到自己做错了，就此陷入了无尽的焦虑之中，她变得挑剔，又爱发脾气，肯定让他难以忍受，事实必定也是如此。‘我本来应该体谅他的，可我没有。’简说，‘他性格活泼，讨人喜欢，是个很开朗的人，要是在其他情况下，我肯定会像一开始那样，一直为他倾倒。’然后，简聊起了你，说在她生病期间，你一直对她很好。她说这些话的时候脸都红了，我看她这样，就明白了她的心思，她希望我只要有机会，就代为转达她全新的谢意，谢谢你为她所做的一切，谢谢你对她的良好祝愿。她很清楚，她一直没有好好地向你道谢。”

“她的良心是不好过，不过我知道她现在很幸福。”爱玛严肃地说，“如果不是这样，我真的受不起她的感谢。啊，韦斯顿太太，要是把我对费尔法克斯小姐做的好事和坏事都说出来——算了，事情过去就过去了。”爱玛说到这里，强忍激动的情绪，尽量表现得活泼一些，“你真是太好了，给我讲了这些有趣的细节，把她的情况说得清清楚楚。我相信她很好，我希望她幸福。简是个德行出众的姑娘，弗兰克很富有，他们两个非常般配。”

面对这样的结论，韦斯顿太太不可能毫无反应。在她眼里，弗兰克几乎每个方面都很优秀，更重要的是，她非常爱他，因此会很认真地为他辩护。她讲得很有道理，怀着深厚的感情，可是她说起来没完没了，爱玛的注意力就难以集中了。很快，她的思绪就时而飘向布伦瑞克广场，时而飘向唐埃尔，都忘了要留意听。韦斯顿太太最后说："我们一直盼着收到的那封信还没有到，但我希望很快就能收到。"爱玛听了，不禁顿住了，一时回答不出来，最后她只得随便应付几句，才想起他们在盼着哪封信。

"你还好吗，爱玛？"韦斯顿太太临走时，这么问道。

"非常好。我一直都很好，你知道的。你收到信，一定要尽快告诉我。"

与韦斯顿太太谈过之后，爱玛对费尔法克斯小姐愈发尊敬和同情了，也愈发觉得过去不该对她这么不公平，就这样，她越是想这件事，就越不开心。爱玛很后悔没有与简更为亲近，一想到自己在一定程度上正是出于忌妒才与简疏远，就不禁羞得满脸通红。要是她当初听从奈特利先生的建议，多多关心费尔法克斯小姐就好了，从每个方面来说，简都应该得到她的关心。要是她试着多了解了解简，努力与简交好，与她成为朋友，而不是与哈丽特·史密斯成为好友，那该多好。那么，她多半也不用像现在这样苦恼了。从出身、能力和受教育程度来说，她们二人中的一个正合适做她的朋友，而她也应该对此心怀感激。至于另一个人……她是谁呢？就算她们从未成为亲密的好友，就算费尔法克斯小姐没有把订婚这么重要的事告诉她——很有这个可能——凭借她对简应有的了解，她也不该卑劣地怀疑简对狄克逊先生有不该有的感情。她不但愚不可及地产生了这样的猜测，竟然还不可原谅地将这件事告诉了别人。弗兰克·丘吉尔既轻率又粗心大意，爱玛真担心自己的猜测会给本就感情脆弱的简带来很大的伤害。在爱玛看来，简到海伯里来所受的种种伤害中，她制造的伤害肯定是最严重的。她像是成了简永远的敌人。每次他们三个人在一起，她必定千百次地伤透简·费尔法克斯的心。在博克斯山上，简多半是难过到了极点，再也忍受不下去了。

这天，哈特菲尔德的夜晚格外漫长，笼罩着一层忧郁的气氛。天气阴沉，使得本就阴郁的氛围更为凄楚。暴风雨一下，感觉非常阴冷，狂风吹动着乔木和灌木林，白昼的时间虽然变长了，却只是让人们多了一些时间去看这凄凉的景象，除此之外，再也没有什么七月该有的景致了。

坏天气对伍德豪斯先生产生了很大的影响。只有女儿时时刻刻陪在他身边，耗费比平常都多的力气对他百般照料，他才觉得舒服一点儿。这使她想起了韦斯顿太太结婚那天晚上，他们父女俩第一次无人陪伴的情形。不过那天，喝完茶没多久，奈特利先生就来了，他的到来驱散了所有的愁思。唉！这样的探访证明哈特菲尔德还有吸引力，只是这样的吸引力或许很快就将消失殆尽了。当时，她将即将到来的冬天描绘得那么凄惨，后来证明她是错的。没有朋友抛弃他们，快乐也没有离他们远去。但是，她担心，对她眼下的预感，并不会出现类似的相反结果。现在的前景不容乐观，威胁尚未完全消除，甚至连一点儿希望都没有。如果朋友们的生活纷纷出现势必会出现的变化，哈特菲尔德准会变得冷清。她心里感觉幸福要坍塌了，却还是要哄父亲开心。

等到韦斯顿太太的孩子在兰德尔斯出生之后，她对那孩子肯定比对爱玛更亲近，整颗心和时间都会被孩子占据。到时候，他们就会失去韦斯顿太太，而在很大程度上，她丈夫或许也要受冷落了。弗兰克·丘吉尔再也不会重回他们身边了，有理由相信费尔法克斯小姐很快就会离开海伯里。他们将喜结连理，在恩斯库姆或恩斯库姆附近定居下来。一切美好都将消失，而在失去这么多之后再与唐维尔断绝往来，他们还有什么开朗而理智的朋友呢？奈特利先生再也不会来哈特菲尔德，舒舒服服地消磨夜晚的时光！再也不会随时都可能走进来，倒是很像把哈特菲尔德当成了他自己的家！那可叫人怎么受得了呢？如果奈特利先生为了哈丽特而放弃了他们，如果从今往后他认为有了哈丽特的陪伴就有了一切，如果哈丽特成了他的心上人、最重要的伴侣、最亲最好的朋友、最最中意的妻子，那么每每想到这都是她自己一手促成的，那还有什么能使她更痛苦呢？

念及此，爱玛不禁吓了一跳，重重地叹了口气，甚至在屋子里来回走了一会儿。唯一能给她安慰或使她镇静下来的，就是她下定决心做更好的自己，希望不管在来年冬天还是以后的每个冬季，不管她的精神有多消沉，有多不快乐，她都要更理性，更了解自己，不做让自己后悔的事。

13

第二天整个上午，天气还是非常糟糕。孤独仍在，忧郁仍在，哈特菲尔德依然被笼罩在沉郁的氛围中。但到了下午，天放晴了，风也小了，乌云都散开了，太阳冒出了头，夏天又回来了。天气一好转，爱玛就坐不住了，决定尽快去外面转转。暴风雨过后，风景秀丽，空气中弥漫着一股芳香的气味，感觉是那么美妙。天地间一派宁静，气候十分暖和，灿烂的美景从来没有像现在这样吸引着她。她渴望体验一下风和日丽的天气渐渐带来的宁静。午饭后不久，佩里先生来访，爱玛有一段时间不必照顾父亲，她马上出发，去了灌木林。她总算恢复了一些精神，思想上的负担也稍稍减轻了，她转了几圈，忽然看到奈特利先生穿过花园大门，向她走了过来。她这才知道他从伦敦回来了。她刚才还惦记他来着，认为他肯定还在十六英里之外。她抓紧这片刻的时间，飞快地整理了一下思绪。她必须镇静。他们很快就来到各自跟前，轻声地互致了问候，都显得有些不自然。她问起了他们共同的朋友好不好，从他口中得知朋友们都很好。他什么时候回来的？当天早上。他一定是冒雨骑马回来的。是的！她发现奈特利先生想和她一起走走。“我去过餐厅了，那里不需要我，我还是喜欢待在外面。”看他的神情，听他的口气，她发觉他有些不快。爱玛有些担心，首先想到的原因是他把自己的计划和弟弟说了，见弟弟坚决反对，心里很不痛快。

他们走了起来。奈特利先生一直不吭声。爱玛觉得他不时盯着她看，像是想把她的脸看得更清楚些。想到这里，她又担心起来。也许他想跟她谈谈他对哈丽特产生了爱慕。他可能在等爱玛给出鼓励才会开口。她不会也不能挑起这个话题。这事得由他自己来。然而，她受不了这种沉默。他这个样子，实在太不寻常了。她考虑了一下，下了决心，勉强露出一个笑脸，说：

“现在你回来了，我有个消息要告诉你，你听了一定会大吃一惊。”

“是吗？”他望着她平静地说，“什么事？”

“啊，是一件很好的事，有人要结婚了。”

奈特利先生等了一会儿，好像是在肯定她还打不打算说下去，这才答道：

“如果你指的是费尔法克斯小姐和弗兰克·丘吉尔，我已经听说了。”

“这怎么可能？”爱玛一边嚷道，一边扭头看着他，她的脸红扑扑的。就在她说这话的时候，她突然想到，他可能去了戈达德太太家。

“今天早晨韦斯顿先生给我写了一封信，说了几件教区的事，他在末尾简略地提了一下这件事。”

爱玛松了一口气，稍稍镇定了下来，立刻说：

“你大概不会像我们那么惊讶，毕竟你已经有所怀疑了。我还记得你曾经提醒过我。要是我当时听你的就好了……可是……”爱玛重重地叹了口气，她的声音低了下去，“我看人一向不准。”

有那么一会儿，他们两个都没有说话，爱玛并不认为自己的话会引起特别的兴趣，可过了一会儿，她发现奈特利先生拉起她的胳膊，紧贴在他的心口上，还听到他饱含感情地低声说道：

“我最亲爱的爱玛，时间会治愈一切创伤。你有很好的判断力，你很孝顺你的父亲，我知道你不会允许自己……”他更用力地把爱玛的手臂按在自己的胸口上，用低沉的声音，继续断断续续说道，“最热烈的友情……很愤怒……可恶的无赖！”最后，他抬高嗓音，比较镇定地说，“他很快就要走了。他们很快就会去约克郡。我真为她感到遗憾。她值得一个更好的归宿。”

爱玛明白他的意思。他对她如此温柔，为她着想，她高兴得心花怒放，等她缓过神来，便回答道：

“你真好，可是你弄错了，我一定要纠正你。我并不需要你的同情。我对这一切缺乏洞察，所作所为让我自己一辈子都感到羞愧，我真是太愚蠢了，我说了那样的话，做了那样的事，搞得别人产生了不愉快的猜想，不过我没有其他理由后悔没早点儿知道这个秘密。”

“爱玛，你说的是真的吗？”奈特利先生急切地望着她，高声道，不过马上又平静了一些，“不，不，我理解你——请原谅我——我很高兴你能这么说。一点儿也不值得为了他感到惋惜！我希望，用不了多久，你就可以不止在理智上承认这一点。幸亏你在感情上尚未陷得太深！老实说，通过你的态度，我真看不出你对他的感情有多深——我只能肯定你对他有好感。我认为他不配得到你的好感。他是男人里的耻辱。他配得上那个可爱的姑娘吗？简，简真是可怜啊。”

“奈特利先生。”爱玛说，她努力表现得活泼些，心里却很困惑，“我正在一个非常特殊的处境里。我不能让你误会下去。不过，既然我的态度给你留下了这样的印象，我也有理由羞于承认我从未喜欢过我们现在谈到的这个人，正如一个女人会不好意思承认爱上了某个人。但我真的对他没有感情。”

他静静地听着。她希望他说话，但他没有。她估摸自己还得多说几句，才能得到他的宽宥。不过她也不可轻贱自己在他心里的地位。然而，她还是说了下去：

“对于我自己的所作所为，我没什么可说的。他一直向我献殷勤，我受到了诱惑，就表现得很得意。这不是什么新鲜事了，太常见了，以前很多女人都遇到过。但是，像我这种自以为聪明的人还会这样，就不可原谅了。很多条件都助长了这种诱惑。他是韦斯顿先生的儿子，他常来这里，我一直都觉得他这个人很有意思。总之——”爱玛说着叹了口气，“我就算列举出再多的理由，也都要归结为一点。我的虚荣心得到了满足，就纵容他一再向我献殷勤。然而，最近有一段时间，我觉得他向我献殷勤，并没有什么深意。在我看来，这就是他的习惯，是他要的把戏，我不必当真。他欺骗了我，但并没有对我造成伤害。我从没喜欢过他。现在我可以理解他的行为了。他从未想过要得到我的心。这就是一个障眼法，用来掩饰他与另一个女人的关系。他的目的是瞒过他身边的所有人。我敢肯定，没有人比我更容易受欺瞒了，只是我并没有受蒙骗，这么看我太幸运了。简单说吧，我在这件事上全身而退了。”

她说到这里，本来希望奈特利先生能应声，说她的行为至少是可以理解的。但他还是不作声。据她判断，他正在沉思。最后，他用平常的口吻说：

“我对弗兰克·丘吉尔的评价一向不高。不过，我想我可能低估了他。我和他不过是泛泛之交。即使到目前为止我没有低估他，他也可能会很好。和这样的女人在一起，他还是有机会的。我并不是希望他没前途。为了简，我自然也会祝他一切都好，毕竟他品性良好，行为端正，她才有幸福可言。”

“我相信他们在一起一定会很幸福。”爱玛说，“我相信他们是真心地爱着对方。”

“他真是个幸运的男人。”奈特利先生劲头十足地回答道，“这么年轻，只有二十三岁——一个男人如果在这样的年纪选妻子，通常都选不到贤妻。他在二十三岁就能得到这样的奖赏！可以算算，还有那么多年的幸福时光在等着他！得到这样一个女人的芳心——简·费尔法克斯拥有无私的爱，她有那样的性情，必定会有一份无私的爱情。好处全让他一个人占了——地位相当——我的意思是社会地位，以及所有重要的习惯和举止。他们两个在每个方面都很登对，只有一点除外。她心地纯洁，这是毋庸置疑的，这会使他更加幸福，而她缺少的有利条件都将从他那里得到。男人娶了女人，带她们离开从前的家，所以总想给她们一个更好的家。我想，如果一个男人能够做到这一点，并得到女人的赏识，那他一定是最幸福的人。弗兰克·丘吉尔的确是幸运之神的宠儿。一切都对他有利。他在海滨遇到了一个年轻姑娘，得到了她的垂青，即便他有所疏忽，她的爱也没有消减半分。即使他和他的家人去全世界为他找完美的妻子，也找不到更好的人选了。他的舅母一定会从中作梗，但他的舅母去世了。他现在只要说一声，他的朋友们就会急着成全他的幸福。他亏欠每个人，可大家都很乐得原谅他。他真是个幸运儿！”

“你说得好像你很羡慕他似的。”

“我确实羡慕他，爱玛。在一件事上，我确实很羡慕他。”

爱玛说不出话来。奈特利先生似乎下一句就要提起哈丽特了，她立刻就想避开这个话题。她盘算了一下，想把谈话引到完全不同的主题上，比如布伦瑞克广场的孩子们。她刚要喘口气挑起话题，奈特利先生却突然开口，吓了她一跳：

“你不会问我羡慕他什么的。我知道，你打定了主意不怀一点儿好奇心。

你很明智，我却做不到明智。爱玛，我必须说出你不想问的事，虽然我下一刻可能就会后悔说出来。”

“那就不要说了，别说了。”她急切地大声道，“好好考虑一下，不要着急。”

“谢谢你。”奈特利先生带着一种极其难堪的声调说，随即便沉默下来。

爱玛不忍心让他心痛。他希望向她吐露心声……也许是有事想和她商量商量。她不管付出什么代价，都会听他诉说。她或许可以帮他做决定，或者让他甘心接受。她或许可以赞美哈丽特一番，或者告诉他可以自己做主，帮助他不再犹豫不决，以他现在的心情，优柔寡断必定极为难以忍受。他们走到了屋前。

“想必你要进去了。”他说。

“不是的。”爱玛答道，他说话时仍然神情沮丧，她愈发觉得自己做得对，“我想再转一圈。佩里先生还没走。”她走了几步，又说，“我刚才要你不要说，实在很失礼，奈特利先生，恐怕叫你难受了。但是，如果你希望像朋友那样与我坦诚地谈一谈，或者想问问我对你正在考虑的事有何意见，那么作为朋友，你完全可以提出来。不管你说什么，我都愿意倾听，也会对你讲我真实的想法。”

“作为朋友！”奈特利先生重复道，“爱玛，这个词让我担心。不，我不希望如此。等等，我有什么可犹豫的？我说得太多了，心事已经瞒不住了。爱玛，我接受你说的话，虽然看起来很不寻常，但我还是接受，并且把自己当成你的朋友。那么，请告诉我，难道我没有成功的机会吗？”

他停下了脚步，提出这个问题的时候，他的眼中流露出热切的目光，让爱玛有些不知所措。

“我最亲爱的爱玛，”他说，“无论我们这次谈话结果怎么样，你将永远是我最亲爱的爱玛，我最爱的爱玛……马上告诉我吧。如果你要拒绝，就说‘不’吧。”爱玛一句话都说不出来，“你不说话。”他激动地叫道，“你一个字也不说！我暂时不会再问了。”

爱玛一时间激动不已，感觉自己要昏倒了。她此时最明显的感觉是生怕会从最幸福的美梦中醒过来。

“爱玛，我不会哄人。”他很快又说了下去，他的语气诚恳、坚决，是那么温柔，颇有说服力，“如果我对你的爱能少一点儿，也许我就能更多地谈论这件事。但你知道我是个什么样的人。你从我这里听到的只会是事实。我责备过你、教训过你，你都容忍了，换作英国的其他女人，肯定不耐烦了。最亲爱的爱玛，你一定要忍受我即将向你坦白的真心话，就像你以前忍受我说的别的话。你看我的态度，或许觉得我说的不是实话。天晓得，我表面虽然冷漠，可我的心里藏着炽热的爱意。但你了解我。是的，你了解我的感情。如果可以，你会回报我。现在，我只想再听一次你的声音。”

他说话的时候，爱玛的大脑一直在运转，以惊人的速度思考着，她能够理解奈特利先生全部的真心话，一个字也没有漏掉。她发现哈丽特的希望根本毫无依据，是个错误，是错觉，就像她自己以前一样。她还发现，奈特利先生心里只有她一个人，没有一点儿位置留给哈丽特。她说过的有关哈丽特的话，只是折射了她自己的感觉。她的激动、怀疑、勉强和气馁，都是源自她的沮丧。爱玛不仅有时间想到这一切，不仅被幸福的感觉包围，她还有时间庆幸她没有透露哈丽特的秘密，并且决定不需要也不应该将哈丽特的秘密说出去。对于她那位可怜的朋友，她现在能给予的帮助就这么多了。她可没有那种英雄气概，会去恳求奈特利先生将对她的一腔深情转移到哈丽特身上，而在她们二人当中，哈丽特更有资格得到奈特利先生的爱。她有没有崇高的精神，可以不说明动机就彻底拒绝她，因为他不能把她们两个都娶了。她很同情哈丽特，为她难过，还有些悔不当初。但她还没有大方到疯狂的地步，不顾一件事是否可能，是否合理。她把她的朋友引入了歧途，她将永远受责备。但是，无论是从判断力，还是从感情出发，她一向都反对哈丽特与奈特利先生这门亲事，觉得他们并不般配，只会有辱他的身份。她的道路一片开阔，尽管不是很平坦。接下来，在奈特利先生的恳求之下，她终于开口了。她说了什么？当然是她应该说的话。淑女总是该这么说。她说了很多，足以表明他不必感到绝望，还要他多说几句。他曾经一度感到绝望。她刚才要他谨慎一点儿，不要说话，他的希望就此全部破灭了。她一上来就拒绝听他讲话。此时的变化来得那么突然……她竟然提议再转一圈，又挑起了她截断的对话，这也许有点儿不寻常。她觉得自己有点儿前后矛盾。不过奈特利先生人很好，默默忍受了，没有追问她、要她解释。

人在透露心事的时候，很少会把事实全部说出来，也很少会不稍加掩饰，或者不被误解的。但是，这一次，尽管对行为存在误解，在感情上却没有误会，如此便没有严重的影响。奈特利先生无法奢望爱玛有一颗极为宽容的心，接受他的一片深情。

事实上，奈特利先生完全没有想到自己有这么大的影响力。他跟着爱玛走进了灌木林，并没有想过要示爱。他不过是急着来看看她对弗兰克·丘吉尔订婚的事有何反应，并没有任何自私的想法，他其实没有任何想法，只想如果她给他机会的话，就尽力安慰安慰她，或者给她出出主意。至于后面的事，都是他听了爱玛的话，按照内心的感情做出来的。他很高兴她对弗兰克·丘吉尔没有感情，没把弗兰克放在心上，因此，他才有了希望，盼着有朝一日，他或许可以得到她的芳心。不过他并不希望马上就博得爱玛的心，可急切的心情战胜了判断力，他希望她告诉他，她允许他的追求。但这份希望越来越大，越发叫人沉迷。他本来只想请求爱玛允许他对她好，可现在他已经成为爱玛的心上人了。不过是半个钟头的工夫，他的痛苦忧愁就烟消云散了，现在他沉浸在完美的幸福中，对于他现在的心情，只有用“完美”两个字形容最恰当了。

爱玛的心情也经历了同样的变化。在这半小时里，两人都确定了对方对自己珍贵的爱，不再对彼此的心意一无所知，消除了两人同样程度的忌妒和不信任。自从弗兰克·丘吉尔来到海伯里，甚至是从知道他有可能来的时候，奈特利先生就对他产生了妒忌。大约在同一时期，他爱上了爱玛，开始妒忌弗兰克·丘吉尔，也许正是忌妒心让他意识到了自己对爱玛的爱。正是因为忌妒弗兰克·丘吉尔，他才离开了郡里。博克斯山的聚会让他下定决心一走了之。他再也不要看爱玛允许，甚至鼓励弗兰克·丘吉尔献殷勤了。他离开，是为了忘情。可惜他去错了地方。他弟弟家里处处洋溢着家庭的欢乐，而女人在这样的背景里看起来是那么亲切。伊莎贝拉太像爱玛了，只是在某些方面明显比不上爱玛，而正是这些方面才使爱玛在他面前显得那么光彩夺目，这样一来，他在弟弟家里待得越久，就越觉得煎熬。然而，他还是坚持着，住了一天又一天，直到今天早晨，他在信中看到简·费尔法克斯与弗兰克·丘吉尔订婚的消息。他感觉高兴极了，毕竟他向来都认为弗兰克·丘吉尔配不上爱玛。他太牵挂爱玛，为她担心，再也住不下去了，便冒雨骑马赶回家，吃过饭后就立即步行来到了哈特菲尔德，要看看爱玛对这件事的反应。尽管爱玛有着种种缺点，但她依然是最可爱、最出色的女人。

奈特利先生发现她很激动，情绪也很低落。弗兰克·丘吉尔是个坏蛋。他听她说她从来没有爱过弗兰克·丘吉尔。弗兰克·丘吉尔还谈不上无药可救。当他们回到屋里的时候，爱玛已经属于他了。如果他这时能想起弗兰克·丘吉尔，也许会认为他这个人还是有可取之处的。

14

爱玛回屋时的心情，与她出门时完全不同！当时，她只盼着心里的痛苦能稍微减轻一点儿，现在她整个人沉浸在幸福之中，一颗芳心怦怦直跳，她认为，等她的心不再狂跳，幸福的感觉会更强烈。

他们坐下来喝茶，还是同一群人围着同一张桌子，他们一起聚会过多少次啊！她的目光多少次落在草坪的灌木上，多少次欣赏着美丽绝伦的夕阳！只是从来不是带着现在这样的心情，不是沉浸在现在这样的幸福之中。她费了好大的劲才恢复到平常的样子，再次拿出周到的女主人甚至是孝顺女儿的姿态。

可怜的伍德豪斯先生根本想不到，他如此诚挚地欢迎的那个人，如此急切地希望不会因骑马而着凉的那个人，反倒在心里盘算着一个对他不利的计划。伍德豪斯先生若是能看穿那个人的心，就不会关心他会不会得肺炎了。但他压根儿就没有想到危险就在眼前，没有觉察出爱玛和奈特利先生两人的神情或行为有丝毫异样，还兴高采烈地把他从佩里先生那里听到的消息说了一遍，然后，又十分满足地说起了别的事，完全没想到他们会向他宣布什么消息。

奈特利先生在的时候，爱玛的心情一直很激动。等他走了，她才稍稍恢复了平静，也能克制自己的感情了。她失眠了一整夜。她傍晚的时候如此激动，夜里自然睡不着。她发现有一两件事很重要，得考虑清楚才行，不禁感觉幸福也减少了几分。她既要考虑父亲，也要顾及哈丽特。她情不自禁地认为自己对他们两个都有责任，琢磨着怎样才能让他们最大限度地过得舒心。她父亲的问题很好解决。她还不清楚奈特利先生会有怎样的要求，但她只是稍加思考，便庄重地决定绝对不会离开父亲。甚至一想到要离开父亲，她就觉得那是一种罪过，不禁潸然泪下。在父亲在世期间，她只会订婚。不过她满意地想到，只要不会失去她，这件事反倒会使父亲更舒心。至于如何为哈丽特做一个最好的安排，则比较难以抉择了。如何才能让哈丽特免受不必要的痛苦，如何才能弥补她，如何才能让她不成为情敌？爱玛思考着这些问题，只觉得苦恼至极，心烦到了极点。爱玛一次又一次地严厉责备自己，她的心里充满了悔恨，十分难过。她最后只能下定决心，还是要避免同哈丽特见面，需要讲什么，就写信告诉她。让哈丽特离开海伯里一段日子，也是个绝妙的办法。爱玛想到了一个计划，几乎已经下定了决心邀请哈丽特去布伦瑞克广场。伊莎贝拉很喜欢哈丽特，在伦敦住上几个礼拜，一定可以带给哈丽特不少乐趣。在她看来，依照哈丽特的性子，到时候去到一个新奇、花样多的环境里，去大街小巷转转，到商店里逛逛，看顾一下孩子们，一定大有好处。无论如何，这都可以证明她关心哈丽特，对她很好，会给她应得的一切。她们一定得暂时分开，避免那个再见的日子。

爱玛很早就起来了，给哈丽特写了一封信。写了信，她感觉有些神伤，心中也很难过，正好在这个时候，奈特利先生到哈特菲尔德吃早饭。饭后，爱玛偷闲半小时，和他一起去同一个地方又转了一圈，重温了昨天傍晚的幸福感觉。

奈特利先生刚走、爱玛还没有时间想起别人的时候，兰德尔斯打发人送来了一封信。那封信很厚。爱玛已经猜到了信的内容，认为没有必要去看。她现在已经不怪弗兰克·丘吉尔了。她不需要任何解释，她只希望可以一个人把自己的事考虑清楚。至于要理解他写的任何东西，她肯定自己无能为力。然而，她还是得看那封信。她拆开信，果然不出所料，里面装着弗兰克给韦斯顿太太的信，还附着一封韦斯顿太太写给她的字条。

亲爱的爱玛，我非常荣幸地把所附的信寄给你。我知道你会十分公正地处理这件事，我也相信，这封信一定可以叫你满意。我认为我们再也不会为了写信人产生分歧了。我在此也不多说了，免得耽搁你读信。我们都很好。收到这封信，我最近的紧张情绪终于不见了。你礼拜二那天的神色让我很担心，但那个早晨天气很不好。尽管你不会承认是受天气影响，但我想每个人都感受到了东北风。礼拜二和昨天早晨都下了暴雨，我很为你亲爱的父亲担心，昨天听佩里先生说他并没有生病，不禁深感安慰。

此致，

A. 韦斯顿

致韦斯顿太太

温莎，七月

亲爱的夫人，

要是我昨天把话说明白了，你肯定在等我的这封信。但是，不管你是否在等，我都知道你会以公正和宽容的态度来看我的信。你是一个好人，我相信你不得不以自己的全部善心，才能宽恕我过去的一部分行为。但是，我已经得到了一个更有理由埋怨我的人的宽宥。我写着这封信，勇气在一点点增加。一个人顺风顺水，就很难保持谦逊了。我两次请求别人的原谅，都取得了成功，现在也妄想得到你以及你那些被我冒犯的朋友的宽恕。请你们务必理解我刚到兰德尔斯之际的处境。你们一定要考虑我有一个大秘密，就算不惜一切代价，我也不能让这个秘密被别人知道。事实就是如此。至于我是否应该向别人隐瞒这件事，则是另一个问题了，在这里就不多做讨论了。要想知道我为什么认为这么做是正确的，那就请所有苛责的人去看看海伯里的每一栋砖房，看看房子的框格窗和铰链窗。我不敢公开向她示爱。大家都很清楚我在恩斯库姆的困境，用不着解释。在我们在韦茅斯分手之前，我很幸运地说服了这世上最正直诚实的姑娘屈尊，答应同我私下里订婚。她若是拒绝，我只怕会发狂。但你一定会问：你这么做，有什么目的？你在期待什么？我期待着一切：时间，机会，环境，缓慢的影响，突然的爆发，毅力和疲劳，健康和疾病。一切的美好都可能展现在我的面前，最初的幸福已经被我牢牢握在手中，她答应只爱我一个人，并与我通信。如果你还需要进一步解释的话，那么，亲爱的夫人，我有幸是你丈夫的儿子，继承了他那乐观的性格，总是怀着好的期望，哪怕是继承了房子或土地，都不能与之相比。你看，我就是在这种情况下，第一次来到了兰德尔斯。说到这里，我觉得我错了，因为我早该来了。你想想以前的事，就会想到我是在费尔法克斯小姐到海伯里后才来的。在这一点上，我很对不起你，请你马上原谅我。但是，我必须唤起我父亲的同情，我要提醒他，由于我一直没有去过他家，也就无缘与你相识。我与你们一起度过了愉快的两个礼拜，但愿除了一件事外，我的所作所为无可指摘。现在，我要说到最重要的一件事了，这也是我和你们住在一起时，我的行为中唯一重要的部分，这件事使我焦虑，需要我非常慎重地加以解释。现在我要提到伍德豪斯小姐了，此刻，我的心里怀着最崇高的敬意和最深刻的友谊。也许我父亲认为我还应该带有最深切的羞耻。昨天他不过随口说了几句话，就传递出了这个意思，我承认自己确实应该受到谴责。我相信，我对伍德豪斯小姐所做的一切实在有些过分。为了掩饰那件对我来说极为重要的事，我过分地利用了我们从一开始就形成的亲密关系。我不能否认，表面看来，伍德豪斯小姐确实是我的追求对象。不过我肯定你会相信一点：我若不是相信她对我毫无感情，我绝对不会自私地继续下去。伍德豪斯小姐那么和蔼可亲，讨人喜欢，但我从来不觉得她是一个会恋爱的年轻姑娘。我一方面相信她完全不可能爱上我，一方面又希望她如此。面对我的殷勤，她表现得轻松、友好、幽默，显然只当是玩笑，而这正合我意。我们似乎很了解对方。从我们相处的处境来说，她值得我向她献殷勤，人们也感觉是如此。那两个礼拜过去后，我也说不准伍德豪斯小姐是否真的开始了解我。我去跟她告别的时候，我记得我很想向她坦白真相，当时我觉得她并非没有起疑。但我毫不怀疑，从那以后，她至少在一定程度上对我起了疑心。她或许没有猜出全部事实，但她是如此机敏的一个人，肯定已经洞悉了部分真相。你会发现，不管这个秘密什么时候公开，她都不会大吃一惊。她给过我很多次暗示。我记得她在舞会上对我说，我应该感谢埃尔顿太太对费尔法克斯小姐如此照顾。我希望你和我父亲了解我为什么这么对她，会认为我并没有犯太大的过错。只要你们觉得我得罪了爱玛·伍德豪斯，我就无法得到你们的原谅。现在就原谅我吧，还请在可能的时候，代我请求爱玛·伍德豪斯的宽恕，请求她给予我良好的祝愿。我当她是我的手足，希望她和我一样，也能体验幸福的爱情。不管我在那两个礼拜内说了什么奇怪的话，做了什么奇怪的事，你们现在都可以理解了。我的心在海伯里，所以，我会想尽一切办法，在不叫人起疑的情况下，把我的身体多多送去那里。如果你还记得我有什么奇怪的地方，就当成是恰当的行为吧。至于大家经常谈论的那架钢琴，我觉得有必要说一说，我订购了钢琴，而费尔法克斯小姐毫不知情，如果要她选择，她绝不会让我把钢琴送去。亲爱的夫人，在订婚这段时间，我真的无法解释她是一个心思多么细腻的人。我真诚地希望，你很快就能对她有彻底的了解。任何语言都无法将她形容清楚。你必须亲自去了解她是怎样一个人，但不是用言语，因为没有人会像她那样故意贬低自己的优点。我动笔写这封信后——所用时间比我以为的要长——我收到了她的信。她在信中称她身体很好，但是，她向来报喜不报忧，我并不相信她的话。我想听听你觉得她气色如何。我知道你很快就会去看望她，而她生怕你去探望她。或许你已经去过了。请马上回复我吧，我渴望听到很多的细节。你要记得，我只在兰德尔斯待了一会儿工夫，还那么迷惘，那么疯狂。我也好不到哪儿去。现在，一方面是出于幸福，另一方面是出于痛苦，我现在依然疯疯癫癫的。一想到我收获的善意和偏爱，想到她是那么优秀那么有耐心，想到舅舅的慷慨，我就高兴得发狂。但是，当我记起我给她带来的种种不安，想到我根本不配得到宽恕，我就气得发疯。我要是能再见到她，该有多好！不过我现在还不能这么提议。舅舅对我那么好，我不愿给他添麻烦。这封信很长了，但我还要继续写。有些事你还应该听一听。昨天我无法提供任何相关细节。但这件事发生得太突然了，从一个方面来说也不合时宜，所以我需要解释一下。正如你所推断的那样，尽管二十六号的事让我的未来一下子变得美好起来，我还是不该这么早就采取行动，可我的情况特殊，我连一个小时都不能耽搁了。我不该这么草率行事，她也会以加倍的力量和教养来感受我的每个顾虑。但是我别无选择。她很仓促地答应去那个女人家里做家庭教师。写到这里，亲爱的夫人，我不得不突然停笔，让自己冷静一下。我去乡间溜达了一圈，但愿现在我有了足够的理智，可以把信写完。事实上，这对我来说是最屈辱的回忆。我表现得无耻。有一点我可以承认，我对伍德豪斯小姐的态度让费尔法克斯小姐很不高兴，我这么做实在应该受责备。她不赞成，这就够了。我说这是为了隐瞒真相，她觉得这个借口并不充分。她很不满意。我觉得她没有理由这样认为。在我看来，她在很多场合都表现得谨小慎微，其实完全没有必要。我甚至还认为她很冷淡。但她总是对的。如果我听从她的意见克制自己的情绪，保持理智，也就不用像现在这样承受我所经历过的最大不幸了。我们吵了起来。还记得在唐维尔度过的那个上午吗？以前种种微小的不满演变成了一场危机。我当时之所以迟到了，是因为我正好碰见她一个人走回家，就很想送她回去，但她不同意。她断然拒绝了，我当时觉得她这么做很没有道理。然而，我现在觉得她只是一贯谨慎而已，是很自然的事。我为了不让大家知道我们订了婚，刚刚还令人反感地去讨好另一个女人，难道她会同意我的提议，从而让她以前的谨慎都付诸东流？如果我们步行在从唐维尔回海伯里的路上被人撞见，那么，我们的关系，一定会被人怀疑。然而，我当时很生气，不免生出了怨气，就怀疑她对我是否真心。第二天在博克斯山，我更加怀疑了。我一时负气，就如此可耻且无礼地忽略她，当着众人的面去讨好伍德豪斯小姐，任何一个有见识的女人都受不了，她用我一听就明白的方式说出了她心里的怨恨。简言之，亲爱的夫人，我们吵架，她一点儿错也没有，可我就非常恶劣。当天晚上我就回了里士满，虽然我本可以和你们待到第二天早上，而这仅仅是因为我生她的气了。即使在那个时候，我也没有傻到不打算及时和好。但是，我感觉自己受到了伤害，被她的冷漠伤到了，于是我一走了之，决定让她先向我示好。你没有参加博克斯山的聚会，我总会因此为自己感到庆幸。要是你亲眼见到了我在那儿的行为，我想你就很难再对我有好感了。这件事让她立即下定了决心。她一发现我真的离开了兰德尔斯，便接受了爱管闲事的埃尔顿太太的提议。顺便说一句，埃尔顿太太对她的态度让我又气又恨。我不能和一个对我如此宽容的人争吵，不然的话，我一定会抗议那个女人这么多事。‘简’！你也看到了，即使是对你，我都没有这么称呼过她。想想看，听到埃尔顿夫妇这么叫她，我心里有多不是滋味，他们毫无必要地一再这么叫她，是那么粗俗，还带着几分自以为是的优越感。请耐心地听我讲下去，我就快写完了。她接受了埃尔顿太太的提议，决定跟我一刀两断。第二天她写信来，告诉我再也不要见面了。她觉得这婚约给我们两个人都造成了悔恨和痛苦，她要将其解除。在我可怜的舅母去世的当天早上，我收到了她的断情信。不到一个钟头，我就回了信。但是，当时我脑子里一片混乱，手头上有很多事要同时处理，我的回信并没有和那天的其他信件一起寄出，而是被我锁在了书桌里。我虽然只写了几行字，但我相信我写得很好，足以使她满意，因此心里并没有感到一丝不安。从那之后，我没有立即收到她的回信，还颇感失望。但是我替她找了很多借口，我自己也很忙，而且……我可以补充一句吗？……我也很乐观，就没有过分苛刻。我们搬到了温莎。两天以后，我收到了她寄来的包裹，她把我的信都退回来了！同时，我还收到了她的一封短信，她说她没有得到我的回信，感觉非常诧异。她还说，我在这件事上保持沉默，意思已经表现得很明确了，她还觉得我们双方都希望尽快将剩下的事安排好，所以她现在通过安全的途径把我的信件都退还给我，并要求我如果不能立即按照她的要求去做，在一个礼拜之内将她的信寄到海伯里，以后也一定要还给她。简而言之，我在她的信上看到了斯摩赫奇先生在布里斯托尔附近的地址。我听说过那个人，知道他住的那个地方，我对那家人很熟悉。我立刻就明白了她打算做什么。我很了解她的性格，知道她做得出来。她在上一封信里并没有提到此事，足见她虽然心急，但仍然考虑周全。无论如何，她也不愿意表现得像是在威胁我。想象一下我当时受的打击吧。想象一下，在我真正意识到自己的错误之前，我是如何对邮局咆哮，说一定是他们搞错了。该怎么办呢？只有一个办法。我必须去找舅舅，把这件事说清楚。没有他的同意，她是不可能再听我的话的。我向舅舅老实交代了，情况对我有利。最近发生了那样的事，他不再那么骄傲了，比我预料中更快地妥协，答应了我的要求。可怜的人！

最后，他深深地叹了一口气，说他希望我的婚姻也能像他那样幸福。我觉得我的婚姻幸福与他的不同。我和他谈起这件事时心里有多难过，一切都悬而未决的时候我有多提心吊胆，你会因此而怜悯我吗?不，在我去海伯里、看看我把她害得有多苦之前，你都不要同情我。在我看到她苍白的病容之前，都不要怜悯我。我知道她们吃早饭吃得很晚，就在那时候来到海伯里，肯定能单独见到她。我果然如愿以偿了。最后，我去海伯里的目的也达到了。她有很多合情合理的不满，我劝说她把这些事都忘了。事情就这样解决了，我们重归于好了，感情比以前更深了。我们再也不会闹矛盾了。现在，亲爱的夫人，我不再吵你了，但我必须把我要说的话说完。你对我那么好，我在此向你敬上万分的感谢。你还发自内心地关心她，我更要加倍地感谢你。如果你认为，从某个方面而言，我不配得到这样的幸福，那我完全同意你的观点。伍德豪斯小姐说我是命运的宠儿。但愿她是对的。从一个方面来说，我的确非常幸运，因为我能说自己是。

你亲爱的儿子

心怀感激的F. C. 韦斯顿·丘吉尔　敬上

15

这封信必然会打动爱玛。尽管她本无意如此，但不出韦斯顿太太所料，她还是认认真真地看了信。她一看到自己的名字，就忍不住读了下去。与她有关的每一句话都很有趣，几乎每句话都很合乎心意。等到这种吸引力消失之后，她仍然对这封信感兴趣，她对写信的人自然又恢复了昔日的尊敬，此外，在这个时候，任何对爱情的描绘都对她有着很强的吸引力。她一口气读完了整封信。虽然不可能不认为他有错，但他的错误倒也不像她以为的那么严重。他吃了很多苦，还非常抱歉。他是那么感激韦斯顿太太，那么爱费尔法克斯小姐。爱玛现在也很幸福，也就没有必要那么严厉了。如果现在他走进来，爱玛一定会像以前一样，衷心地与他握手。

她认为这封信写得非常好，等到奈特利先生再来的时候，她希望他看一看。她确信韦斯顿太太也乐意让别人看这封信，特别是像奈特利先生这样认为弗兰克应受谴责的人。

“我很乐意看一看。”他说，“只是信太长了，我带回家晚上再看。”

不过这可不行。韦斯顿先生晚上要来拜访，她必须把信还给他。

“我宁愿和你聊聊。”他回答说，“但既然应该看，那就现在看吧。”

他看了起来，但很快就停了下来，说道：“爱玛，如果几个月前有人要我看这位先生写给他继母的信，我是不会这么漠不关心的。”

奈特利先生轻声念着，又看了一会儿。他微笑着说：“哼！一上来就满口恭维。但他的风格历来如此。一个男人的作风不一定是另一个男人的原则。我们还是不要太严苛了。”

“对我来说，一边看一边大声说出我的意见，是很自然的。”过了一会儿，他又说，“这样做，我会觉得自己就在你身边，也不会浪费太多时间。但如果你不喜欢……”

“没有的事。我倒希望如此。”

奈特利先生心里喜滋滋的，又看了起来。

“他在这里说到了诱惑，就有点儿轻浮了。”他道，“他知道自己错了，也提不出合情合理的理由。太坏了。他就不应该订婚。‘我父亲的脾气……’可是，他对他父亲不公平。韦斯顿先生生性乐观，为人是那么正直可敬，但他并没有付出多大的努力，就得到了现在的幸福。确实如此。他是在费尔法克斯小姐来之后才来的。”

“我还记得，你当初言之凿凿，他要是愿意来早就来了。”爱玛说，“你这个人很大方，没有对这件事多做评价，不过你全说对了。”

“我的判断并不十分公正，爱玛。不过，我想，要不是这件事与你有关，我还是不会信任他。”

当他看到与伍德豪斯小姐有关的内容时，就忍不住把与她有关的部分大声读了出来。他根据信里的内容，一会儿笑笑，一会儿看爱玛一眼，要不就是摇摇头，或是表示赞同，或是表示谴责，又或者只是表达对爱玛的爱慕。然而，经过认真的思考，他得出了这样的结论：

“太坏了……也许有可能更坏。他这等于是在玩火。他为了给自己开脱，便把责任推到了这件事上。他没有评价他对你的态度。事实上，他只想着他自己想干什么，他只顾着自己方便，其他什么都不管。他还以为你已经洞悉了他的秘密！这是很自然的！他自己满脑子阴谋诡计，竟怀疑别人也是如此。神神秘秘的……只会耍手段……他们一点儿也不互相了解！我的爱玛，难道这一切不是越来越证明，你我之间坦诚相见，是那么美好吗？”

爱玛对此表示赞同。想起哈丽特，她不禁脸红了，她无法为哈丽特的事做出任何真诚的解释。

“你还是继续看吧。”她说。

他照做了，但不一会儿又停下来，说：“钢琴！啊！只有小年轻才干得出这种事，这种人太年轻，压根儿不会考虑这么做带来的不便，要远远超过所带来的乐趣。真是个幼稚的计划！我真搞不明白，一个男人明明知道一个女人绝对不肯接受他的示爱，却偏要这么干！他心里明白得很，如果可以，她一定会阻止他把钢琴送来。”

从这以后，奈特利先生一直在看信，没有再停顿。看到弗兰克·丘吉尔承认自己的行为很可耻，他才多评价了几句。

“我完全同意你的看法，先生。”他这样评论，“你的行为确实很可耻。你写的这句话最真实了。”弗兰克·丘吉尔接下来在信中写到了他与简·费尔法克为什么闹矛盾，一直在做与她的是非之心截然相反的事。奈特利先生看完这一部分，停下来说：“真是太坏了。他引诱她为他把自己推向了一个艰难的境地，整天都忧心忡忡。让她不受不必要的煎熬，是他的首要目标。为了一直通信，她要面对的困难，肯定比他多。即使她有不合理的顾虑，他也应该尊重，更何况她的顾虑都是合情合理的。我们必须注意到她的缺点，还要记住，她同意订婚是个错误，就该受这样的惩罚。”

爱玛知道他马上就要看到博克斯山聚会的那部分了，感到很不自在。她自己的行为太不得体了！她深感羞愧，有点儿害怕他再看她。不过，他还是把信都看完了，他看得很专心，没有发表一句评价。奈特利先生生怕招惹爱玛伤心，只看了爱玛一眼，马上就收回了目光。他似乎不记得博克斯山的事了。

“信里提到我们的好朋友埃尔顿夫妇的体贴周到，倒是并不过分。”他接下来说，“他那么认为，也是合情合理。什么！竟然决定和他一刀两断！她觉得订婚对他们两个来说都是悔恨和痛苦的根源，便要解除婚约。由此可见，她对他的行为是多么清楚！他一定是一个非常特别的……”

“不，不，继续看吧。你会发现他是多么痛苦。”

“但愿如此。”奈特利先生冷冷地答道，又开始看信，“斯摩赫奇？这是什么意思？怎么回事？”

“她答应去给斯摩赫奇太太的孩子们当家庭教师。斯摩赫奇太太是埃尔顿太太的好朋友，梅普尔格罗夫的邻居。顺便说一句，这次事情告吹了，不知道埃尔顿太太会做何反应。”

“亲爱的爱玛，你叫我读的时候，你什么也别说，也不要提起埃尔顿太太。只剩下一页了。我很快就看完了。这个人写的信太长了！”

“我希望你能带着更宽容的心读这封信。”

“这封信确实传递出了他的感情。他发现她病了，似乎很难过。当然，他对她的爱意，我丝毫不怀疑。‘感情比以前更深了。’这次他们和好了，我希望他能长久地珍惜。他动不动就向人道谢，什么千般感谢、加倍感谢的。‘不配得到这样的幸福。’得了吧，他总算对自己有所了解了。‘伍德豪斯小姐说我是命运的宠儿。’伍德豪斯小姐说过这样的话，是吗？结尾不错，我总算把信看完了。‘命运的宠儿！’你这么称呼他吗？”

“看来你并不像我对他的信那么满意。但你一定要——至少我希望你一定要——对他改观。我希望这封信能让你对他好一点儿。”

“是的，当然是这样的。他犯过很多严重的错误，他太粗心了，不够体贴。他说他不配得到这样的幸福，对此，我倒是很赞同。然而，他对费尔法克斯小姐是真心的，很快就会与她长相厮守了，我相信他的性格将逐渐变好，从她那里学到他所欠缺的稳重和谨慎。现在我们来说点儿别的吧。我一直惦记着一个人，没法再想弗兰克·丘吉尔了。爱玛，自从我今天早上离开你以后，就一直在绞尽脑汁琢磨一个问题。”

他们谈起了这件事，使用的是朴实、自然的绅士英语，奈特利先生甚至对他深爱的女人也是这样说话。他们聊的是她如何嫁给他，而又不至于让她父亲有半点儿不自在。爱玛马上就回答了。“只要我亲爱的父亲还活着，就不可能做出任何改变。我永远不会离开他。”可是，爱玛的回答只得到了部分认可。奈特利先生和她一样，也坚决认为她不能离开她父亲。至于不能做出其他改变，他就无法认同了。他一直在非常仔细地考虑这件事。起初，他想说服伍德豪斯先生同她一起搬到唐维尔。他本来相信这个办法可行，只是基于对伍德豪斯先生的了解，他无法长时间欺骗自己。现在，他承认，要是说服她父亲搬家，不仅会让他过得很不舒服，还可能危及他的生命，绝不能冒这么大的风险。让伍德豪斯先生搬离哈特菲尔德！不，他觉得不该这么做。他不打算用这个法子，便另想出了一个计划，他相信他亲爱的爱玛无论如何也不会反对。这个计划就是他搬到哈特菲尔德？为了她父亲的幸福，换句话说，为了她父亲的生命，她必须一直住在哈特菲尔德，那他也会把那里当成自己的家。

爱玛早就想过她和父亲都搬去唐维尔这个可能性了。像奈特利先生一样，她也考虑过这个计划，只是将其否决了，却没有想过这样一个替代办法。她明白这个办法传递出的一片深情。在她看来，他离开了唐维尔，势必会牺牲很多独处的时间，也要放弃很多习惯。要一直与她父亲住在一起，还不是住在自己的房子里，肯定有很多负担。她答应再考虑一下，也建议他再好好想想。但是他完全相信，无论再怎么思考，也改变不了他在这个问题上的愿望和意见。他可以向她保证，他已经冷静地考虑了很久了。整个上午，他都远离威廉·拉金斯，独自思考这件事。

“啊！还有一件事没有解决。”爱玛嚷道，“我敢肯定威廉·拉金斯会不高兴的。你在征得我的同意之前，必须先征得他的同意。”

不过，她答应再考虑考虑。而且，她也觉得这是一个很好的办法。

值得注意的是，爱玛现在从许多方面想到唐维尔庄园，从来没有想过外甥亨利的利益会受到损害，从前，她一直都当他是唐维尔庄园的准继承人，保护他的种种权利。她应该想到，她的婚事会给那个可怜的小男孩带来不同。然而，她只是俏皮而忸怩地笑了笑。她以前强烈反对奈特利先生娶简·费尔法克斯或其他人，当时只以为自己身为妹妹和姨妈应该关心，现在发现了真正的原因，她不禁觉得好笑。

奈特利先生的提议既能让他们两个结婚，也能让爱玛父女继续住在哈特菲尔德，她越想就越觉得满意。这个计划对他的不利之处似乎少了，对她自己的好处似乎增加了，对他们两个共同的好处超越了所有的缺点。以后，遇到了焦虑和沮丧的时刻，会有这样一个伴侣陪在她的身边！她要肩负很多责任和重担，而随着时间的流逝，愁思势必会越来越多，有这样一位伴侣，该有多好！

要不是念着可怜的哈丽特，她就要被幸福淹没了。但是，她自己的每一件好事似乎都与她朋友的痛苦有关，甚至还加剧了这份痛苦。哈丽特现在甚至被排除在了哈特菲尔德之外。爱玛为自己创造了一个愉快的大家庭，而出于仁慈的谨慎，她必须与可怜的哈丽特保持距离。哈丽特在各个方面都将是个失败者。即便以后再也见不到哈丽特，爱玛也不会深感遗憾，毕竟她自己的欢乐不会因此减少一分一毫。在这样一个圈子里，哈丽特只会是一个累赘。但对这个可怜的姑娘本人而言，让她受不该受到的惩罚，似乎特别残忍。

当然，等时间一长，哈丽特就会忘记奈特利先生，会有人取代他在哈丽特心里的位置。但这样的事不可能很快发生。奈特利先生与埃尔顿先生不一样，他不可能行为不端，可以让哈丽特嫌弃进而忘记情伤。奈特利先生总是那么和蔼可亲，那么富有同情心，对任何人都真心体贴，无论什么时候都值得尊敬。即使是哈丽特，要她在一年之内爱上三个以上的男人，也过于不现实了。

16

爱玛看到哈丽特和自己一样，也都尽量避免见面，不由得松了一口气。光是书信往来，已经够令人痛苦的了。若是见面，那该多么煎熬！

可以想象，哈丽特表达出了心里的想法，没有责备，也没有直言自己很受委屈。然而，爱玛还是觉得哈丽特的信里传递出了一丝怨气，字里行间夹杂着一股近乎怨恨的感觉，如此一来，暂时不见面就是更可取的办法了。这可能只是爱玛自己的想法，但似乎只有天使受到这种打击才不会心生愤恨。

她很轻松地就让伊莎贝拉邀请哈丽特去伦敦小住。幸运的是，她有充分的理由提出这个要求，而不用编造借口。哈丽特有一颗牙出了问题。哈丽特真的很希望去看牙医，她想去看牙医已经有段时间了。约翰·奈特利太太很乐意为她效劳，只要有人身体不好，她都乐意效劳。她虽然不像喜欢温菲尔德先生那样喜欢牙医，却十分乐意照顾哈丽特。爱玛与姐姐说定了，就向她朋友提出了建议，发现很容易就把哈丽特说服了。哈丽特将前往伦敦，受邀在那里住上两个礼拜。她会乘坐伍德豪斯先生的马车去。一切都安排好了，都完成了，哈丽特顺利地到达了布伦瑞克广场。

现在，爱玛可以好好享受奈特利先生来访的时光了。现在她无论说话还是倾听，都沉浸在真正的幸福之中，不会感觉很不公平，不必心有内疚，也不会觉得痛苦。曾几何时，只要想起身边有个人被她引入歧途，眼下正在不远的地方黯然神伤，爱玛就备感折磨。

哈丽特在戈达德太太家和在伦敦不一样，这在爱玛的感情上造成了一种不合情理的不同。可是，她觉得哈丽特在伦敦不可能不产生好奇，不可能不找点儿事做，而这肯定可以使她忘记过去，摆脱痛苦。

不再为哈丽特的事心烦，爱玛也不允许自己为其他事情心焦。眼下有一件事只有爱玛才能胜任，那就是向她父亲承认她订婚了，但她暂时还没有这个打算。她想好了，要等到韦斯顿太太平安生产，再公布自己的婚讯。在此之前，不应该给她心爱的人们多添事端，也不该时候未到就给自己找麻烦。她之前经历了更为强烈也更激动的快乐，现在，她至少可以带着平和的心境，轻轻松松地过上两个礼拜。

爱玛很快决定，从这段平静的日子里抽出半个钟头，去拜访费尔法克斯小姐，她这么做，既是出于责任，也是为了消遣。她应该去的，她很想见她。她们目前的处境十分相似，爱玛就更想跟她成为好友了。爱玛只是在心里对此感觉满意。她很清楚她们两人有着类似的前途，因此，不管简说什么，她都会很感兴趣。

爱玛去了。她曾乘坐马车去过费尔法克斯小姐家，但自打从博克斯山游玩回来的第二天上午以来，爱玛还未去拜访过。那时候，可怜的简正遭受着痛苦的折磨，爱玛虽然不清楚什么事惹她这么难过，却十分同情她。爱玛生怕自己仍然不受欢迎，虽然确定贝茨一家人都在家里，她还是在走廊里等着，吩咐人先去通传一声。她听见帕蒂报告她来了，但接下来并没有出现可怜的贝茨小姐以前宣称的忙乱。并没有。她只听到有人马上回答："请她上来。"片刻之后，简亲自下楼梯来迎接她，简走得很急，仿佛其他接待她的办法都不合适。爱玛从来没有见过她如此精神焕发，如此可爱迷人。简有些忸怩，却热情活泼。她的面容和举止中不再缺少从前缺乏的东西。她伸出一只手，走上前来，用一种低沉但充满感情的语气说：

"你真是太好了！伍德豪斯小姐，我无法表达——希望你能相信——请原谅我有点儿语无伦次了。"

爱玛听得很高兴，如果不是埃尔顿太太的说话声从起居室里传来，让她无法说出心里话，她很快就会表明自己不是说不出话了。于是，她只好把友好的情谊和美好的祝福都凝聚在二人真挚的握手之中。

贝茨太太陪着埃尔顿太太。贝茨小姐不在家，所以刚才才那么安静。爱玛或许希望埃尔顿太太不在这里，可是她此时心情舒畅，对任何人都有耐心。埃尔顿太太以异常亲切的态度接待了她，她希望这次见面不会对她们有什么害处。

爱玛很快就相信自己看透了埃尔顿太太的心思，明白了她为什么会像自己一样兴高采烈。费尔法克斯小姐把订婚的事告诉了她，她以为自己知道了别人仍被蒙在鼓里的秘密。爱玛立刻从她脸上的表情中看出了迹象。爱玛向贝茨太太问好，还装着在仔细听那位老妇的回答，与此同时，她看到埃尔顿太太急急忙忙、神秘兮兮地把显然刚才正读给费尔法克斯小姐听的一封信折起来，放回她身边一个金色和紫色相间的网袋里，意味深长地点了点头，说："你知道的，我们再找时间把信读完吧，机会多的是。事实上，你已经听到了所有重要的内容。我只是想向你证明，斯摩赫奇太太接受了我们的道歉，并没有生气。你看，她的信多么令人愉快。她真是一个可爱的人儿！你如果去了她家，一定会喜欢她。不过别再多说了。我们要谨慎行事……要注意保持良好的行为。嘘！你还记得那几句吗？那首诗是怎么说的来着？对了，是：因为有一位女士在场，你知道的，其他一切都得让位。亲爱的，就我们的情况来说，'女士'这个词还真是合适呢，别说话，小心泄密！聪明人自然明白。我现在心情很好，不是吗？可是我想让你别为了斯摩赫奇太太的事担心。你瞧，只要我开口，保准她不计较。"

趁爱玛转头看贝茨太太的毛线活儿，埃尔顿太太又低声说了一句：

"你注意到了吧，我没提名字。不！我和国务大臣一样谨慎。我做得非常好。"

爱玛毫不怀疑。这明显是在炫耀，在每个场合都是如此。她们融洽地和韦斯顿太太谈了一会儿天气，然后，埃尔顿太太突然对爱玛说：

"伍德豪斯小姐，你不认为我们这位漂亮的小朋友已经好了吗？你不觉得佩里治好了她，说明他的医术很高明吗？"她说到这里，意味深长地瞥了简一眼，"我敢说，佩里在极短的时间内就把她医治好了！啊，要是你能像我一样见过她病得最重的样子就好了！"趁着贝茨太太跟爱玛说话时，她又小声说，"对佩里得到的帮助，我们一个字也没提，对从温莎来的某位年轻医生，也是一个字都没提。不，所有功劳都归佩里。"

"伍德豪斯小姐，自从博克斯山之行以来，我很少见到你。"她很快又开口说，"那次聚会真是非常愉快。但我总觉得缺了点儿什么。事情似乎并不……这么说吧，有些人总是少了几分精气神。至少我觉得是这样的，也可能是我弄错了。我觉得那次游玩还说得过去，足以吸引人们再去一次。趁着天气好，我们聚齐上次那些人，再去博克斯山玩玩，你们说怎么样？一定是同一群人，你知道的，一个不能多，也一个不能少。”

过了一会儿，贝茨小姐回来了，爱玛发现她第一次回答时有些困惑，不禁觉得很有意思。她猜想这是由于贝茨小姐一时不知道该说什么，可又急着把一切都说出来。

“谢谢你，亲爱的伍德豪斯小姐，你真是太好了。很难说——是的，说实在的，我十分理解——亲爱的简的未来——我不是这个意思。但她的身体已经大有好转了。伍德豪斯先生好吗？我太高兴啦——完全超出了我的能力范围——你看我们几个人多么开心啊。是的，的确。迷人的年轻人！那倒是——非常友好。我是说好心的佩里先生！他对简那么照顾！”埃尔顿太太来了，贝茨小姐比往常都要高兴，都要感激。爱玛从这一点上猜出，牧师住宅之前对简有些许不满，而现在问题已经解决了。埃尔顿太太小声说什么，爱玛听不清。过了一会儿，埃尔顿太太提高了声音说：

“是的，我来了，我的好朋友。我待了很久了，换作在别的地方，我想我早该走了。可是事实上，我在等我的丈夫。他答应到这儿来找我，也问候问候你们。”

“什么！我们有幸要接待埃尔顿先生吗？真是太荣幸了！我知道绅士们不喜欢早上串门，埃尔顿先生又总是那么贵人事忙。”

“确实如此，贝茨小姐。他真的从早到晚都忙个不停。人们总是来找他，不是为了这事，就是为了那事。地方长官啦，监察员啦，教堂执行专员啦，他们常常来听取他的意见。没有他，他们似乎什么也干不了。‘老实说，埃尔顿先生，我常说，幸好是你，而不是我。哪怕只有一半的人来找我，我也没法画蜡笔画，也弹不了钢琴了。’不过已经够糟的了，我在这两方面都荒废了，到了不可原谅的地步。我相信两个礼拜以来，我连一个小节都没有弹过。不过，他就要来了，我向你们保证。是的，他是专程来问候你们大家的。”她举起一只手放在嘴边，以免被爱玛听到，“你知道，他是来道喜的。啊，是的，这个礼数不能少。”

贝茨小姐高兴地看了看四周。

“他答应一离开奈特利那儿就过来。但他和奈特利有事要好好谈谈。埃尔顿先生可是奈特利的得力助手呢。”

爱玛无论如何也笑不出来，只是说：“埃尔顿先生是步行去唐维尔的吗？那路上很热啊。”

“不，他们在克朗旅店见面，他们常在那里见面。韦斯顿和科尔也会去。不过人们往往只会说到领头的人。我想埃尔顿先生和奈特利先生无论做什么事都有他们自己的办法。”

“你没有弄错日子吗？”爱玛说，“我几乎可以肯定，他们是明天在克朗旅店见面。奈特利先生昨天来哈特菲尔德时说礼拜六才见面。”

“不，肯定是在今天。”埃尔顿太太唐突地回答道，表明她不会弄错。“我相信，”她继续说，“这个教区的麻烦事最多了。我们在梅普尔格罗夫从未听说过这种事。”

“那里的教区很小。”简说。

“说实话，亲爱的，我也不知道，我从没听人这么说过。”

“不过，那里的学校很小，就是个证明了。我听你说过，那所学校是你姐姐和布拉格太太资助的。只有那么一所学校，学生还不到二十五人。”

“啊！你真聪明，确实是这样的。你的脑筋转得真快！我说，简，我和你的长处结合在一起，那该多么完美啊！我活泼，你沉稳，合在一起就是完美无缺。我并不是冒昧地暗示，有些人可能认为你还不够完美。但——嘘！请什么也别说了。”

这样的谨慎似乎完全没有必要。简很想对伍德豪斯小姐说话，而不是对埃尔顿太太说，这一点爱玛看得很清楚。简显然是要为了礼貌起见，才对埃尔顿太太表示尊敬，虽然往往简只会用眼神来传达这个意图。

埃尔顿先生来了。他太太欢快地迎接他。

“真是太好了，先生。你打发我来这里，让我成为朋友们的累赘，你自己却姗姗来迟。你要知道你面对的是一个多么忠诚的人。你很清楚，我等不来我的丈夫，就不会走。我都在这儿坐了一个钟头了，让年轻的小姐们知道夫妻之间的顺从是什么样的，你知道，谁能说得清她们什么时候需要这样的能耐呢？”

埃尔顿先生又热又累，也顾不上在意这番风趣的话了。他还得向其他几位女士客套寒暄。随后，他开始抱怨天很热，他又白白走了那么远的路。

“我到唐维尔时，连奈特利的影子都没见到。”他说，“太怪了！简直莫名其妙！今天早上我差人给他送了一张条子，他也回了我一封信，说他会在家里待到一点钟。”

“唐维尔！”他的妻子叫道，“亲爱的埃尔顿先生，你没有到唐韦尔去吧？你不是说要去克朗旅店吗？你是在克朗旅店和他们见了面，才过来的吧？”

“不，不，那是明天。我就是为了这件事，今天才专门去见奈特利的。上午天太热了！我是从田野穿过去的，这就更热了。”埃尔顿先生很痛苦地说，“结果却发现他不在家！我向你们保证，我很不高兴。竟然连个道歉都没有，也没留个条子给我。管家说她不知道我会去。太不可思议了！没有人知道他去了哪里。也许是去了哈特菲尔德，也许是去了阿比-米尔农场，要不就是去了他的树林。伍德豪斯小姐，这可不像我们的朋友奈特利的作风。你能解释一下吗？”

爱玛也说这实在是太奇怪了，并没有为奈特利先生辩解。

“确实无法想象。”埃尔顿太太嚷嚷道，作为妻子，她也觉得受到了侮辱，“我真想象不出他怎么偏偏对你做出这样的事！忘了谁都可以，就是不该忘记你！我亲爱的埃尔顿先生，他一定给你留了口信，我相信他一定有。即使是奈特利，也不会如此古怪。一定是他的仆人忘记了。毫无疑问，情况准是这样的，唐维尔的仆人做得出这种事的，我经常看到他们笨手笨脚的，又很粗心。我敢肯定，我无论如何也不会让哈里那样的人负责我们的餐柜。至于霍奇斯太太，赖特很瞧不起她。她答应给赖特一张收据，可一直没有送来。”

“快到他家的时候，我碰见了威廉·拉金斯。”埃尔顿先生继续说，“他告诉我他的主人不可能在家，我还不相信来着。威廉似乎不大高兴。他说，他不知道他的主人最近怎么了，他几乎听不懂他说的话。威廉有什么事都与我无关，但我今天一定要去见奈特利，这可是非常重要的。这么热的天，我白跑了一趟，确实很麻烦。”

爱玛觉得自己最好马上回家。奈特利先生十之八九正等她回去。她或许可以让奈特利先生不继续惹埃尔顿先生不高兴，虽然她在是不是惹威廉·拉金斯生气的事情上，起不了什么作用。

她告辞离开，很高兴看到费尔法克斯小姐决心送她出房间，甚至陪她下楼。这给了她一个机会，她马上趁机说：

“我刚才没机会和你说话，不过这或许更好。如果不是有其他朋友在场，我可能会忍不住提出一件事，问你很多问题，说一些不太恰当的话。我觉得那就太唐突了。”

“啊！”简红着脸叫道，她犹豫了一下，爱玛觉得这比她平时那种镇定沉着的风度更适合她。“没什么了。唯一的问题就是我害怕招你厌烦。你这么关心我，我真的非常高兴。真的，伍德豪斯小姐……”她平静了下来，说，“我很清楚自己有失当的行为，非常不得体，不过特别叫我感到欣慰的是，一些朋友并不觉得我的行为非常恶劣，我最看重他们对我有没有好感了……时间有限，我想说的话连一半都没有说出来。我想道歉，我想说一说我的理由，我想为自己辩解几句。我觉得我应该这么做。但是，不幸的是……总之，如果你并不同情我，不能做我的朋友……”

“啊！你太谨小慎微了，确实太谨慎了。”爱玛一边热情地高声说，一面拉住她的手，“你用不着向我道歉。每个你觉得亏欠的人都很满意，都很高兴……”

“你太好了，不过我知道我以前是怎么待你的。太冷漠，也太虚伪了！我从未以真面目示人。我每一天都在欺骗别人！我知道我一定使你反感了。”

“请不要再说了。我觉得应该道歉的人是我。让我们彼此原谅吧。我们必须尽快做该做的事，我想我们在感情上也不想浪费任何时间。但愿你从温莎那儿得到了愉快的消息，有吗？”

“的确有很好的消息。”

“我想，接下来的消息就是你要离开我们了，可我才刚开始了解你。”

“啊！现在还没有考虑那么远的事。我会一直住在这里，直到坎贝尔夫妇接我回去。”

“也许事情暂时尚未最终定下来。”爱玛微笑着回答说，“不过，对不起，总还是要好好考虑一下。”

简也笑着回答：

“你说得很对。已经考虑过了。告诉你吧……想必你不会说出去……我们会和丘吉尔先生一起住在恩斯库姆，这件事已经定下来了。至少要服重孝三个月。时间一过，我想就不需要再等了。”

“谢谢，谢谢。我正想知道这个消息。啊！我就喜欢所有事都清清楚楚的！再见，再见吧。”

17

韦斯顿太太平安地生下了孩子，朋友们都为她感到高兴。爱玛撮合了这对夫妻，本就对自己的善行很满意，现在得知韦斯顿太太生了一个女孩，她就更满足了。爱玛一直盼着有一位韦斯顿小姐。她不愿承认，她是想把韦斯顿小姐与伊莎贝拉的一个儿子凑成一对。她相信，女儿最孝顺父母。韦斯顿先生年纪渐长……十年后韦斯顿先生就不年轻了……到时候要是有个孩子永远不会离开家，在火边玩呀闹呀，不光调皮，还想象力丰富，制造出非常活跃的气氛，无疑是一个莫大的安慰。对韦斯顿太太来说也是如此，没有人怀疑她最需要一个女儿。这么一个会教书的人，要是不能再次施展才能，就太可惜了。

“你知道，她有个优势，在我身上已经尝试过了。”爱玛继续说，“就像德·让利斯夫人在《阿德莱德和西奥多》里写的那样，阿尔曼男爵夫人在奥塔利斯伯爵夫人身上做尝试。现在我们可以看到她用更完美的计划教育小阿德莱德了。”

“那就是说，她会很宠她，比宠你更甚，还相信根本没有娇惯她。”奈特利先生答道，“这将是唯一的不同。”

“可怜的孩子！”爱玛喊道，“那样一来，她会成什么样呢？”

“没什么不好的。成千上万的孩子都是这样。小时候令人讨厌，长大后自己就会改正了。我最亲爱的爱玛，对那些被宠坏的孩子，我现在没那么讨厌了。我现在这么幸福，都是因为你，要是我对他们苛求，不是太不知感恩了吗？”

爱玛大笑起来，回答说：“可是，正是因为有了你的全力帮助，才抵消了别人对我的纵容。我怀疑，如果没有你，凭我自身的理智能不能纠正我自己。”

“是吗？我对此倒是没有疑问。你天生就是个理智的人，泰勒小姐又教会了你什么是原则。你一定可以很好。我插手，是有可能带来好结果，但也可能造成伤害。你自然会说，他有什么权利教训我？你要是觉得我很讨人厌，恐怕也合情合理。我相信自己并没有给你带来什么好处。把你塑造成了我倾心爱慕的可人儿，一切的好处都是我的。一想起你，我的心里就充满了浓浓的爱意，我爱你的缺点，爱你的一切。正是觉得你做了那么多错事，我才从你十三岁起就爱上了你。”

“我肯定，你对我有很大的帮助。”爱玛高声道，“我常常在你的影响下纠正自己的所作所为，这样的情况比我当时认为的还要多。我很确定你带给我的都是好处。如果可怜的小安娜·韦斯顿被宠坏了，你以前怎么为我，就怎么为她，那就是最仁慈的了，只是千万不可以在她十三岁时爱上她。”

“你小时候常常带着你那俏皮的表情，对我说，‘奈特利先生，我要做这件事，我要做那件事，父亲都同意了。’要不就是说，‘我已经征得泰勒小姐的同意了。’你知道那些事都是我不赞成的。在这样的情况下，我出面管束你，会让你加倍不高兴。”

“我当时真可爱！怪不得你对我说过的话，总是那么念念不忘。”

“‘奈特利先生。’你总是叫我‘奈特利先生’。根据习惯，你这么叫并不是很正式，可听起来却很正式。我希望你用别的称呼叫我，只是我也不清楚想让你叫我什么。”

“我还记得，大约在十年前，有一次我亲切地叫你‘乔治’。我这么叫，就是想气气你。看到你没有反对，我就再也没有这样叫过你了。”

“你现在就不能叫我乔治吗？”

“不可能！我只会叫你‘奈特利先生’，别的什么也不会叫。我甚至不能保证像埃尔顿太太那样，优雅简洁地称呼你为奈先生，但我保证……”过了一会儿，爱玛又说，她笑了笑，脸红了起来，“我保证可以叫一次你的教名。我不说在什么时候，但也许你能猜到是在什么地方。就是在那栋会说到‘不论好坏’这句话的建筑里。”

爱玛有件事无法对奈特利先生言明，心里十分难过。这就是她任性地与哈丽特·史密斯来往密切的原因。奈特利先生更有见地，曾建议她不要犯身为女人最糟糕的错误。这个问题过于棘手，她没法与奈特利先生谈起。他们之间也很少说起哈丽特。他很可能根本就没有想起哈丽特。但是，爱玛不提，则是因为这个问题太麻烦，她认为从表面看来，她怀疑她们二人之间的友谊渐渐淡漠了。她自己知道，她们若是在别的情况下分隔两地，通信的次数肯定更频繁一些，现在她完全通过伊莎贝拉的信件，才能知道哈丽特的近况。奈特利先生或许已经看出来了。不得不对他遮遮掩掩，爱玛很难过，并不亚于惹哈丽特伤心时所体会到的痛苦。

伊莎贝拉果然详细介绍了那位访客的情况。她觉得哈丽特刚来的时候有些郁郁不乐，这似乎很正常，毕竟她得去看牙医。但看完了牙医，她似乎并不觉得哈丽特有任何改变。当然，伊莎贝拉不是个善于观察的人。然而，如果哈丽特不和孩子们一起玩，伊莎贝拉就不会看不出来了。哈丽特原本只住两个礼拜，但她要多住一阵子，至少待上一个月，爱玛感到非常安慰，心里充满了希望。约翰·奈特利夫妇打算八月来哈特菲尔德，便邀请她一直住到那时候，与他们一起回来。

“约翰甚至没有提到你的朋友。”奈特利先生说，“你想看的话，这是他的回信。”

弟弟在信中回复了奈特利先生打算结婚的事。爱玛急切地接过信，迫不及待地想知道他怎么说。即使听说信中对她的朋友只字未提，她也丝毫不觉得扫兴。

“约翰是我的亲弟弟，他为我高兴。”奈特利先生继续说，“不过他不是一个善于恭维的人。我知道他对你情深如手足，可他不会说什么华丽的辞藻，其他年轻女人或许认为他很冷淡，不会称赞别人。我倒是不怕让你看他的信。”

“从他的信就能看出他很有头脑。”爱玛看完信后答道，“他的真诚难能可贵。很明显，他认为我们结婚，是我交了好运，不过他也希望我将来变得更好，值得你付出一腔情意，而你早就认为我配得上你的深情以待。要是他不这么说，我反倒不相信了。”

“我的爱玛，他不是这个意思。他只是说……”

“我和他的看法没有什么不同。”她严肃地一笑，打断了他的话，“要是我们能不拘礼节，毫不保留地谈谈这个问题，那我们的分歧会比他所料想的小得多。”

“爱玛，我亲爱的爱玛……”

“啊！”她嚷嚷道，高兴了起来，“要是你以为你弟弟对我不公平，就等我亲爱的父亲知道了这个秘密，再听听他是怎么说的吧。你放心好了，他会对你更不公平。他准认为在这件事上，你是最幸福的，好处都让你占了，而所有的优点都在我的身上。但愿我不会立刻沦落成他口中的‘可怜的爱玛’。对命运不济的人，他的同情充其量也只是如此了。”

“啊！”奈特利先生嚷道，“希望你父亲能有约翰一半那么容易说服，乐意相信我们两个是天生一对，可以在一起幸福地生活。约翰的信里有一段很有意思，你注意到了吗？他说，我的消息并没有使他大吃一惊，他早就料到会有这样的事。”

“如果我对你弟弟还算了解的话，那他的意思只是说你有意结婚。他根本想不到你的结婚对象是我。他似乎对此毫无准备。”

“是啊，不错……可是，我觉得很有趣的是，他居然能看透我的心思。他是怎么判断出来的？我觉得我的情绪和我说的话，都没什么不对劲，他怎么就能认定我想结婚？但我想应该是这样的。我敢说，前几天我和他们住在一起时，我跟平时不太一样。我想我没有像平时那样经常哄孩子们玩。我记得有一天晚上，可怜的孩子们说，‘大伯现在好像总是很累。’”

现在该公布结婚的消息了，也好看看其他人的反应。等韦斯顿太太的身体一恢复，可以接待伍德豪斯先生的来访，爱玛就准备温柔地劝说一番，首先在家里宣布婚讯，然后在兰德尔斯公开。可是，最终该怎么把这事告诉她父亲呢？她找了个奈特利先生不在场的时机，亲自告诉父亲，否则她一旦失去了勇气，肯定一拖再拖。可是，奈特利先生偏偏在这个关键时刻来了，顺着她挑起的话题往下说。她不得不说话，还得说得兴高采烈。她不可以用忧郁的语气，以免让父亲更痛苦。她一定不能表现得好像她自己也觉得这是件不幸的事。她鼓起全部勇气，让他做好心理准备听一件怪事，然后，她只用三言两语就告诉父亲，如果他同意，她准备与奈特利先生结婚，并相信他一定会满口答应，因为这个计划可以让所有人都得到幸福。也就是说，奈特利先生从此以后都住在哈特菲尔德，陪伴他们父女俩，而她知道，除了两个女儿和韦斯顿太太，他最喜欢的就是奈特利先生了。

可怜的人！起初，伍德豪斯先生大为震惊，真心真意地劝女儿不要嫁人。他一次又一次地提醒女儿，她常说永远不会结婚，独身对她而言好得多。伍德豪斯先生还说起了可怜的伊莎贝拉和可怜的泰勒小姐。只是他的话没有起半点儿作用。爱玛亲昵地依偎在他身边，脸上带着灿烂的笑容，说自己一定要结婚，并且告诉他不可以把她和伊莎贝拉、韦斯顿太太混为一谈，她们在婚后就离开了哈特菲尔德，这才引起了伤感的变化。但她不会离开哈特菲尔德，她永远都在这里，家里的人数不光不会减少，反而要增加，他们舒适的日子不仅不会改变，还会更幸福。她敢肯定，只要父亲接受了，有奈特利先生常伴身边，他一定更加快乐。他难道不是很喜欢奈特利先生吗？她非常肯定他不会否认这一点。除了奈特利先生，他有事还想找谁商量呢？还有谁能帮上他的忙，还有谁乐意替他写信，还有谁这么乐于帮助他？还有谁能哄他开心，对他那么周到，与他这么投缘呢？难道他不喜欢奈特利先生一直常伴左右吗？是，确实如此。奈特利先生不可能来得太勤，而他很高兴每天都见到他。可他们现在已经每天都能见到他了。为什么就不能维持现状？

不可能这么快就劝动伍德豪斯先生，但最难的问题已经解决，婚讯已经公开了。剩下的就是花时间向不同的人重复这个消息了。在爱玛做了一番恳求和保证之后，奈特利先生充满浓情蜜意地赞美了爱玛一番，伍德豪斯先生听了，就更开怀了。很快，他习惯了爱玛和奈特利先生一有机会就与他谈起此事。他们得到了伊莎贝拉的大力相助，她写了很多封信，表示十分赞同这桩婚事。韦斯顿太太在第一次见面时，就准备从最有利的角度来考虑这件事。首先，这件事已经确定，不可能有任何改变，其次，这是一桩好事，她很清楚，能不能说动伍德豪斯先生，这两点几乎同样重要。大家一致认定这是一桩美满姻缘。对他影响最大的几个人都向他保证这是为了他的幸福。他自己也感觉到了，几乎也要承认事实确实如此，于是他开始觉得他们再过一两年结婚，也许没那么糟糕。

韦斯顿太太劝说伍德豪斯先生赞成婚事，她的情感都是真实的，没有丝毫假装的成分。爱玛第一次向她谈起这件事时，她感到极为惊讶。可是她觉得这样一来，大家都更幸福，便毫不犹豫地尽全力劝伍德豪斯先生接受。她非常尊重奈特利先生，认为他甚至配得上她最亲爱的爱玛。从各个方面而言，这桩婚事都堪称良配，是完美无缺的。而且在一个方面，在一个极为重要的方面，他们两个结婚，可以说特别适合，特别幸运，爱玛如果与别人结为夫妇，可能不会有好日子过。韦斯顿太太觉得自己很傻，竟然没有早点儿料到此事，没有早点儿祝福他们。一个有身份地位的男人竟然愿意为了爱玛放弃自己的家，而搬去哈特菲尔德，这是多么罕见的事！除了奈特利先生，还有谁会这么了解和容忍伍德豪斯先生，做出这样称心如意的安排呢！她和丈夫有意撮合弗兰克和爱玛，但如何安置可怜的伍德豪斯先生，对他们而言始终是个难题。既要照顾恩斯库姆的需要，又要满足哈特菲尔德的要求，一向都是很大的障碍，在这一点上，韦斯顿先生并不如她看得明白，但思来想去，他最后也只能说："总会有解决办法的。年轻人会有办法的。"现在无须对未来进行无端的猜测了。爱玛与奈特利先生很登对，是一对佳偶，谁也不会有所牺牲。这真是极其幸福的结合，不存在真正合理的理由来反对或拖延这桩亲事。

韦斯顿太太将孩子抱在膝头，心里想着这些事情，真是世界上最幸福的女人了。如果说有什么能使她更高兴的话，那就是她看到孩子长得很快，最开始做的帽子都小了。

婚讯无论传到哪里，听说的人都很惊讶。韦斯顿先生也震惊了足足五分钟。但五分钟一过，思维敏捷的他就接受了。他看出了这门婚姻的种种好处，像他妻子一样为他们高兴。他很快就不再惊讶，一个小时后，他几乎相信自己早就料到此事了。

"要我说，这件事还是要对外保密。"他说，"在传得尽人皆知以前，这样的事向来都是秘密。告诉了我，就等于允许我说出去。不知道简有没有看出来。"

第二天早晨，他去了海伯里，把这件事彻底弄了个明白。他把消息告诉了简。她难道不像他的长女吗？他必须把这件事告诉她。贝茨小姐当时也在。她自然立刻就把这件事说给了科尔太太、佩里太太和埃尔顿太太。两位当事人对此早有心理准备。从兰德尔斯得知这个消息开始，他们就计算过传遍海伯里要多久。他们十分睿智地想到，他们会成为许多家庭在傍晚谈论的话题。

总的来说，人们都认为他们两个是绝配。有些人觉得奈特利先生更有好处，有些人觉得是爱玛走运。有人说他们应该全都搬到唐维尔，把哈特菲尔德留给约翰·奈特利一家。还有人预言他们的仆人会合不来。但是，总的来说，众人都没有坚决反对，但有一家人除外，那就是牧师住宅。除了惊讶，在那里找不到丝毫满意。比起妻子，埃尔顿先生倒是不怎么在意。他只希望“那位年轻小姐的自尊心现在可以得到满足了”，他还认为，“她一直在找机会嫁给奈特利”。至于住在哈特菲尔德的问题，他竟然大胆地这样说：“换了我，可不会那么做！”埃尔顿太太却心神难安。“可怜的奈特利！可怜的人！他可真惨。我很替他担心。他这个人怪是怪了点儿，但也有不少优点。他怎么这么容易就被骗了？我一点儿也不会认为他是恋爱了，一点儿也不。可怜的奈特利！我们与他来往，本来挺愉快的，现在是到头了。我们以前每次请他来用餐，他都高高兴兴地来！但现在一切都结束了。可怜的人哪！再也不会为了我召集众人去唐维尔了。不。现在有了一位奈特利太太，所有事情都办不成了。真讨厌！不过我倒是不后悔那天骂了那个管家。他们居然要生活在一起，真是个不可思议的计划。绝不可能行得通。我知道梅普尔格罗夫附近有一家人也尝试过，可惜还没到一个季度，就分开了。”

18

时间一天天过去。再过几天，住在伦敦的人就要回来了。这是一个令人担忧的变化。一天早晨，爱玛正在想这件事，心想一定会搞得心烦意乱，苦恼至极。这时候，奈特利先生走了进来，悲伤的想法一下子被抛到了脑后。他们先是愉快地聊了一会儿，奈特利先生便沉默了下来。然后，他用更为严肃的语气，说：

“我有事告诉你，爱玛。有件事。”

“好事还是坏事？”她马上抬起头看着他说。

“我不知道算好还是算坏。”

“我敢肯定是好事。我从你的脸上看出来了。你在强忍着不笑。”

“我很担心。”他让自己的脸色沉静下来，“亲爱的爱玛，恐怕你听到这个消息，会笑不出来。”

“是吗？但是为什么呢？如果一件事能让你高兴或感兴趣，我想象不出为什么不能让我高兴。”

“有一件事。”他答，“我希望你我只在这一件事上看法不同。”他停顿了一会儿，又笑了起来，一直注视着她的脸，“你没有想到吗？你不记得了？和哈丽特·史密斯有关。”

爱玛一听到这个名字，脸颊就出现了两朵绯红，她有些害怕，却不知道自己在害怕什么。

“你今天上午收到她的信了吗？”他朗声道，“我相信你肯定收到了，也知道了整件事。”

“不，我没收到。我什么也不知道。请你告诉我吧。”

“我看你已做好了最坏的准备。这个消息的确非常糟糕。哈丽特·史密斯要嫁给罗伯特·马丁了。”

爱玛吓了一跳，这个消息太出人意表了。她急切地凝视着奈特利先生，说：“不，这是不可能的！”但她的嘴唇紧闭着。

“这是千真万确的！”奈特利先生接着说，“我是从罗伯特·马丁本人那里得知此事的。我和他不到半小时前才分手。”

她仍然极其惊讶地望着他。

“你不赞成这件事，我的爱玛，看来我的担心没错。但愿我们的意见可以一样，但迟早都会一样的。你可以相信，时间长了，我们两个中必定会有一个改变想法。在这段时间里，我们不必多谈这个问题。”

“你误会我了，你完全误会我了。”爱玛激动地答道，“我现在不会为了这种事不高兴了，我只是太惊讶了。这根本不可能呀！你是说，哈丽特·史密斯接受了罗伯特·马丁？你的意思是他又向她求了一次婚，还是说他只是有意这样做？”

“我的意思是，他已经求婚了，哈丽特也接受了他的求婚。”奈特利先生笑着回答，但语气很坚定。

“天哪！”爱玛高声道，“好吧！”接着，她低头看着针线筐，掩饰自己高兴的神情，她知道自己一定显出了这种表情，她又说，“好吧，现在把一切都告诉我吧，让我明白明白。怎么会这样呢？快把一切都告诉我。我还从没这么惊讶过……但我向你保证，我并没有不高兴。怎么会……怎么可能？”

“事情很简单。三天前，他去伦敦办事，我托付他把一些文件给约翰送去。他把文件送到了约翰家，约翰请他当天晚上去阿斯特利剧场看马戏。他们打算带着两个大儿子一起去。他们一行人包括我弟弟、你姐姐、亨利、约翰以及史密斯小姐。我的朋友罗伯特无法拒绝。他们是在去的路上邀请他的，他们都玩得开心。我弟弟邀请他在第二天与他们一起用餐，他应邀去了。据我估计，他就是在这个时候找机会与哈丽特说上了话。他的口舌没有白费。哈丽特答应了他的求婚，他开心极了，虽然他绝对配得上她。他是昨天乘马车回来的，今晨一吃过早饭就来见我，报告他所办的事情，先说了我的事，又说了他自己的事。我知道的经过就是这样。等你见到你的朋友哈丽特，她会详细给你讲的。她会把所有细节都告诉你，这种事只有从女人嘴里说出来才有意思。我和罗伯特只是说了个大概。我必须说，罗伯特·马丁非常高兴，要我说，他的幸福都要溢出来了。他提到了一件和他们订婚无关的事，从剧场包厢里出来的时候，我弟弟负责照看约翰·奈特利太太和小约翰，史密斯小姐带着亨利跟在后面。有那么一会儿，周围很挤，史密斯小姐感到很不安。”

奈特利先生停住了。爱玛不敢马上搭腔。她只要一开口，肯定会暴露她的开心，但这很不合情理。她必须再等一会儿，否则他会以为她疯了。她的沉默使他不安。他观察了她一会儿，接着说：

“爱玛，亲爱的，你刚才还说不会因为这件事不高兴来着。我担心你也没料到自己会这么难过。他的社会地位是不高，但你必须认为你的朋友对此很满意。等你了解他了，就会越来越觉得他这个人不错。他明智，很有原则，你一定会喜欢的。单说他这个人，你的朋友可找不到更好的对象了。如果可以的话，我愿意改变他的社会地位。爱玛，这已经算了不起了。你嘲笑我太器重威廉·拉金斯，但我也很看重罗伯特·马丁。”

他希望爱玛抬起头来笑笑。这时她已经可以忍住不开怀大笑，只是愉快地回答道：

“你不必费心劝说我同意这门婚事。我觉得哈丽特做得非常好。她的家世或许还不如他。就品德方面来说，毫无疑问她的亲属就不如他的亲属。我刚才不说话，只是因为我太惊讶了。你无法想象这件事对我来说有多突然！我一点儿心理准备也没有！我有理由相信，她最近比以前更讨厌他了。”

“你应该最了解你的朋友。”奈特利先生回答道，“不过，我得说，她是个好脾气、心肠软的姑娘，对于任何一个向她示爱的青年，她是不可能真心讨厌的。”

爱玛忍不住笑了起来，答道：“说实话，我相信你和我一样了解她。但是，奈特利先生，你能绝对肯定她真的接受了他吗？我想她会答应，只是需要时间，但她真的答应了？你有没有误解他的意思？你们两个在谈论别的事情，生意啦，家畜展览啦，买新的播种机啦，事情这么多，乱糟糟的，你会不会误解了他的意思？他肯定的并不是哈丽特会嫁给他，而是名品公牛的身高体重。”

奈特利先生和罗伯特·马丁在仪容和风度上有很大的差别，此时，爱玛清楚地感受到了这个区别，清晰地回忆起了哈丽特最近的反应，爱玛的记忆是那么清晰，哈丽特强调的话仿佛言犹在耳：“不，我想我还不至于去考虑罗伯特·马丁。”她真希望这个消息多多少少会被证明是假的。不可能有别的结果。

“你怎么这么说？”奈特利先生嚷嚷道，“你竟然认为我是个大傻瓜，连别人说了什么都不知道？你怎么这样？”

“啊！我一直是这样，永远值得最好的对待，因为我从不忍受别人。因此，你必须给我一个直截了当的回答。你肯定了解马丁先生和哈丽特现在的关系吗？”

“我完全肯定。”奈特利先生清清楚楚地说，“他告诉我她已经答应了。他的用词没有含糊不清，也没有任何存疑的地方。我想我可以向你证明事实就是如此。他向我请教他现在该怎么做。他只可以向戈达德太太打听她有什么亲戚或朋友。我除了让他去找戈达德太太，还能给他什么合适的建议？我告诉他我没有别的办法。他还说他今天会去见她。”

“这就好了。”爱玛微笑着回答，“我衷心祝愿他们幸福。”

“自从我们以前谈过这个问题以来，你变了很多。”

“但愿如此……我当时就是个傻瓜。”

“我也变了。我现在真心认为哈丽特身上的优点都是你塑造出来的。为了你，也为了罗伯特·马丁——我始终都有理由相信他依然深爱着她——我费了不少劲去了解她。我经常和她聊天。你一定也看到我这么做了。有时，我真以为你有点儿怀疑我在为可怜的马丁说好话，不过不是这样的。根据我的观察，我相信她是一个天真、友善的姑娘，很有见识，非常有原则，认为家庭生活是幸福的来源。我相信，她能这么优秀，在很大程度上都要感谢你。”

“我？”爱玛摇着头大声道，“可怜的哈丽特！”

不过，她忍住没有往下说，默默地接受了她有些不配得到的赞美。

不一会儿，伍德豪斯先生进来了，他们的谈话就此结束。爱玛并不感到遗憾。她很想一个人待会儿。她现在又是兴奋又是惊讶，无法镇定下来。她很想唱歌跳舞，大声叫嚷。她一直在走来走去，自己对自己说话，时而大笑，时而沉思，做不出任何理智的行为。

最近，他们每天都去兰德尔斯。她父亲过来是宣布詹姆斯正在备马车。爱玛有理由可以马上出门了。

可以想象，爱玛现在有多高兴，有多感激。对于哈丽特的幸福，唯一的障碍就这样消失了，爱玛简直欣喜若狂。她有什么希望呢？没有，只盼着自己可以变得更好，能配得上奈特利先生，他的意图和判断力向来都比她高明。她只希望从过去的愚蠢经历中吸取教训，以后可以做到谦逊和谨慎。

爱玛真心感激不尽，也是认真地下定了决心，然而，她还是忍不住大笑，有时，就是在心怀感激和下决心的时候，她依然会笑出来。她笑，肯定是为了这样一个结果。她愁了五个礼拜，沮丧了五个礼拜，现在结局却是如此……这样一份感情……这样一个哈丽特！

现在，哈丽特要回来了，爱玛很开心。一切都是那么令人满意。她也将认识罗伯特·马丁，这也是件好事。

在爱玛看来，有件事最幸福，那就是她很快就没有任何事瞒着奈特利先生了。她不喜欢掩饰，不喜欢说话含糊其词，也不喜欢做事神神秘秘，她很快就不必这样了。现在，她可以期盼对他毫无保留，以她的性格而言，这是她最乐意接受的一种责任。

爱玛兴高采烈地跟着父亲出发了。对父亲说的话，她并没有一直在听，却一直在表示赞同。不管是说话还是沉默，她都听凭父亲的劝说，认为他每天都得去兰德尔斯，否则可怜的韦斯顿太太就要失望了。

他们到了兰德尔斯。韦斯顿太太一个人在客厅里。韦斯顿太太说了孩子的情况，又贴合伍德豪斯先生的心思，感谢他前来探访，她话音刚落，他们就从百叶窗之间的缝隙看到有两个人从窗边走过。

"是弗兰克和费尔法克斯小姐。"韦斯顿太太说，"我正打算告诉你，他是今天一早到的，给了我们一个惊喜。他要待到明天才走，还说服了费尔法克斯小姐今天和我们待在一起。想必他们就要进来了。"

他们很快就进了房间。爱玛见到他非常高兴，不过他们两人都有些不知所措，回忆起往事不免觉得尴尬。他们欣然见了面，全都面带微笑，不过他们有些不好意思，一开始很少有人开口。众人重新落座后，一时间没有人说话，爱玛早就想再见到弗兰克·丘吉尔，想看到他与简在一起，可现在她不禁开始怀疑，这份快乐是不是要打折扣。然而，等到韦斯顿先生来了，也把婴儿抱了过来之后，他们就不缺话题了，气氛也变得十分活跃。弗兰克·丘吉尔鼓起了勇气，瞅准机会来到爱玛身边，说：

"我必须感谢你，伍德豪斯小姐，韦斯顿太太在信中提到你人很好，已经原谅了我。虽然过了一段时间，但我希望你现在不会不愿意原谅我。我希望你不会收回你当时说的话。"

"不。"爱玛朗声道，她很开心可以说话，"不会的。见到你，同你握手，亲自祝福你，我非常高兴。"

他衷心地感谢了她，接着又怀着感激和幸福说了一会儿。

“她看上去气色不错吧？”他看向简说，“是不是比从前好多了？你瞧，我父亲和韦斯顿太太多喜欢她。”

不过弗兰克·丘吉尔很快又振作起来。他笑着说坎贝尔夫妇就要回来了，还提到了狄克逊夫妇。爱玛不禁脸色发红，不许他提起“狄克逊”几个字。

“我一想起这件事，就感到万分羞愧。”她嚷道。

“羞愧的是我，或者说应该羞愧的是我。”他回答说，“但你真的一点儿都没怀疑？我是说后来你没有起疑吗，我知道你一开始的确没有。”

“我向你保证，一点儿也没有。”

“简直不可思议。有一次我差一点儿就……要是我那么做就好了。肯定会比现在这样好。不过我总是做错事，那些错事非常糟糕，对我自己一点儿好处也没有。如果我不保密，把一切都告诉你，我也不会错得那么离谱。

“现在没什么好后悔的。”爱玛说。

“我有可能说服舅舅来兰德尔斯。”他继续说，“舅舅很想见见她。等坎贝尔夫妇回来了，我们就去伦敦与他们会合，我想我们会在那里住上一段时间，那之后我就带她去北方。可是现在，我离她这么远，实在是一种煎熬，你说对吗，伍德豪斯小姐？自从我们那天和解以来，我们今天早上还是第一次见面。我是不是很可怜？”

爱玛非常亲切地表达了她的怜悯之情，他突然想到一件愉快的事，便叫道：

“啊！顺便说一句。”他说着压低了声音，故作正经地说道，“希望奈特利先生一切都好。”他停顿了一下。爱玛脸红了，哈哈笑了起来。“我知道你看过我的信了，我想你也许还记得我对你的祝福。我也要向你道喜。我向你保证，听闻消息之后，我很关心，也很高兴。他非常好，我甚至都不敢冒昧地赞美他。”

爱玛心中欢喜，只希望他用同样的腔调继续说。可是接下来他的心思却立刻转到了他自己和简的事情上，他说：

“你见过这样好的皮肤吗？如此光滑，如此柔嫩，却又谈不上白皙。谁也不能说她有白皙的皮肤，她的肤色很罕见，她的睫毛和头发都是黑色的……那么独特的肤色！女士有这种肤色，实在特别。她的肤色恰到好处，美极了。”

“我一向都觉得她的肤色很好看。”爱玛调皮地答道，“可是我没记错的话，你以前还挑剔她的脸色太苍白？那是我们第一次谈起她。你忘了吗？”

“没有！我以前真是个放肆无礼的家伙！我怎么敢……”

可是他一想起这件事，就放声大笑起来，爱玛禁不住说：

“你当时那么迷茫，想必骗骗我们大家，你觉得很有意思。我相信一定是的。我相信这对你一定是一种安慰。”

“不，不，不！你怎么能这么怀疑我？我当时太可怜了。”

“那也不至于惨到连开玩笑都不会了吧。你把我们都骗了，我肯定你觉得这很有趣。也许我更愿意这样怀疑，说实话吧，换了是我，我也会觉得这很好玩。我觉得我们两个有点儿像。”

他鞠了一躬。

“即使我们两个在性格上不像，我们的命运也有几分相似。”她立刻补充道，脸上流露出感性的神情，“命运把我们和两个比我们优越得多的人联系在了一起。”

“不错，一点儿不错。”他热情地回答，“不，对你来说并不是这样。没有人能比你优秀，但我确实如此。她完全是个天使。看看她。她的一举一动，不都很像天使吗？仔细看看她的喉咙动起来的样子。你看看她抬头看着我父亲时的眼神。”他低下头，严肃地沉声说，“舅舅打算把我舅妈的珠宝都送给她，你听到这个消息，一定很高兴吧。我会把珠宝重新镶嵌一下，做几件头饰。她的黑发配上头饰，很美吧？”

“一定会很美。”爱玛答。她说得那么亲切，他立即感激地脱口而出：

“再次见到你，我真是太高兴了！你的气色真好！我无论如何都不会错过这次见面的机会。要是你不来，我一定会到哈特菲尔德拜访你。”

其他人一直在聊孩子的事，韦斯顿太太说昨天晚上孩子看起来不太舒服，她有点儿惊慌。她认为自己很傻，不仅慌了神，还想派人去请佩里先生。也许她应该感到羞愧，可是韦斯顿先生几乎和她一样不安。不过，不到十分钟，孩子就完全恢复了。韦斯顿太太讲了这些情况，伍德豪斯先生听了尤为感兴趣，称赞她想到派人去找佩里，但很遗憾她最终并没有这么做。“孩子稍有一点儿不舒服，哪怕只是一会儿，你也应该叫佩里来。你再怎么惊慌也不是问题，叫佩里来多少次也不过分。他昨天晚上没有来，真是件憾事。孩子现在看起来健健康康，但如果佩里看过了，孩子可能会更好。”

弗兰克·丘吉尔听到了佩里的名字。

“佩里！”他对爱玛说，一面说，一面想引起费尔法克斯小姐的注意，“我的朋友佩里先生！他们为什么说到佩里先生？他今天早上来过这里吗？他现在怎么出门？他置办好马车了吗？”

爱玛马上就想起了那段往事，领会了他的意思，跟着他笑了起来。看简的脸色，她虽然装着没听到，却显然听见了他的话。

“我做了一个多么不寻常的梦啊！”他高声道，“我一想到那件事就觉得好笑。她听到了，她听到我们的话了，伍德豪斯小姐。看她的脸，她的微笑，她想皱眉却没有成功，都能看出这一点儿。看看她吧。你难道没看出来，此时，她在给我的信里写到那件事的段落就从她眼前闪过，整个错误就展现在她的面前，她是假装在听别人说话，却留意不到其他事了？”

简忍不住笑了。她扭头看着他，脸上还挂着笑容，用低沉的声音，有些忸怩却沉着地说道：

“你怎么还记得这些事，我真的很吃惊！记忆有时的确会自己浮现来，但你怎么可以主动勾起回忆呢？”

他回答了很多话，说得很有趣。但是，对他们两个的争论，爱玛主要还是偏向简。离开兰德尔斯以后，爱玛很自然地将两个男人做了一番比较，她见到弗兰克·丘吉尔很高兴，认为他是自己很好的朋友，但她还是头一次感觉到奈特利先生的人品是那么优秀。爱玛这天过得非常开心，现在经过这番对比，又想到了奈特利先生的种种好处，这一天就更完满了。

19

如果爱玛依然不时为哈丽特担心，怀疑她是否真的不再爱慕奈特利先生，是否真心接受了另一个男人，那过不了多久，她就不必一再因为没有把握而烦心了。几天后，姐姐一家和哈丽特从伦敦回来了。她刚与哈丽特单独待了一个钟头，就感到十分满意，尽管这件事实在匪夷所思。罗伯特·马丁已经完全取代了奈特利先生，她把自己的幸福寄托在了他的身上。

哈丽特有点儿苦恼，起初看上去确实傻傻的。但是，她一旦承认她以前是那么狂妄、愚蠢和自欺，她的痛苦和困惑似乎就消失了，她对过去不再在意，对现在和未来充满了欢喜。爱玛向哈丽特致以了最热烈的祝贺，送上了她作为朋友对这桩婚事的赞同，立即就打消了哈丽特在这方面的担忧。哈丽特兴冲冲地讲述了在阿斯特利剧院的那个晚上以及第二天宴会上的每个细节。她可以怀着极大的喜悦细说这一切。但这些细节说明了什么？事实上，正如爱玛现在所承认的那样，哈丽特一向很喜欢罗伯特·马丁。他也一直深深爱着她。如果不是这样，爱玛一定永远无法理解这件事。

不过，这还是一件非常令人高兴的好事。每一天，她都有新的理由这样想。哈丽特的身世浮出了水面。她是一个商人的女儿，这个商人还算身家丰厚，有能力供她过以前那种舒适的生活，他为了顾及体面，便一直对哈丽特的身世遮遮掩掩。哈丽特果然出身上流阶层，爱玛一直都是如此担保的！她的血统很可能与许多有身份的人一样没有污点。但是，对奈特利先生、两位丘吉尔先生，甚至是埃尔顿先生，她能带给他们什么样的亲属好友！若是没有贵族的身份或财富来掩盖，私生女的身份确实是一大污点。

哈丽特的父亲并没有反对这桩婚事，罗伯特·马丁受到了很好的对待。一切都水到渠成。罗伯特·马丁被介绍给了哈特菲尔德，爱玛与他逐渐熟悉起来，发现他这个人很聪明，人品也很出众，与她的小朋友很相配。她相信，哈特利与任何好脾气的男人在一起都会幸福。但与罗伯特·马丁在一起，住在他为她提供的家里，她将更幸福，过上更稳定的生活，还会越来越好。她将与爱她的人生活在一起，那些人比她更有见识。她会为了安全而闲下来，为了开心而忙碌。她永远都不会受诱惑，也不会主动寻找诱惑。她会受人尊敬，被幸福包围。爱玛承认她是世界上最幸运的人，能让这样一个男人对她产生如此坚定不渝的爱情。或者说，即使哈丽特不是最幸运的，也只是稍逊于爱玛而已。

哈丽特势必要常去马丁家，去哈特菲尔德的次数将越来越少了，不过这没什么好遗憾的。她和爱玛以前虽然亲密，但一定会渐渐疏远。她们的友谊会变淡。幸运的是，应该做的和必须做的事情似乎已经开始了，而且是以最自然的方式逐渐推进的。

快到九月底的时候，爱玛陪哈丽特去了教堂，非常满意地看着她向罗伯特·马丁伸出了手，即使回想过去，甚至那些往事与站在她面前的埃尔顿先生有关，也不能使她感到扫兴。也许爱玛当时看见的并不是埃尔顿先生，而只是一个接下来要站在圣坛上为她自己赐福的牧师。罗伯特·马丁和哈丽特·史密斯是三对情侣中订婚最晚的一对，却是结婚最早的一对。

简·费尔法克斯已经离开了海伯里，回到了她热爱的坎贝尔家，过着舒适的生活。两位丘吉尔先生也在伦敦，都在等十一月。

爱玛和奈特利先生尽其所能，选定在十月结婚。他们决定趁约翰和伊莎贝拉还在哈特菲尔德的时候把婚事办了，这样一来，约翰和伊莎贝拉才可以按照计划去海滨游玩两个礼拜。约翰、伊莎贝拉，以及其他所有的朋友都表示赞同。但是，怎么才能说服伍德豪斯先生同意呢？他每次提起他们结婚，总以为那是很久以后的事。

第一次说起这个话题，他是那么痛苦，爱玛和奈特利先生的心一下子都凉透了。第二次提到的时候，伍德豪斯先生倒是没那么难过了。他开始认为他们必定会结婚，他也阻止不了，这是非常有希望的一步，表示距离他应允的日子不远了。然而，他并不开心。不，他看起来很不开心，他的女儿都失去了勇气。她不忍看他难过，不愿让他以为自己受到了忽视。两位奈特利先生都保证婚礼一结束，他很快就不会难过了，她虽然勉强认同，却还是犹豫不决，不敢着手准备婚事。

就在一切悬而未决的时候，转机突然出现了。不过不是因为伍德豪斯先生突然想通了，也不是因为他的神经系统出现了奇妙的变化，而是因为他的神经系统遇到了别的难题。一天晚上，韦斯顿太太家鸡舍里的火鸡都被人偷走了，一看就是很机灵的人干的。这一带的其他养禽场也纷纷失盗。伍德豪斯先生吓坏了，在他看来，偷窃与入室行窃没什么两样。他心中忐忑，要不是意识到有女婿保护，他这一辈子每天晚上都得在惊恐中度过了。奈特利两兄弟身体强健，行事果断，他可以完全依赖他们。只要他们中的任何一个保护他和他的家人，哈特菲尔德就很安全。但是，十一月的第一个礼拜一过，约翰·奈特利先生就得回伦敦了。

这一不幸事件的结果是，伍德豪斯先生乐呵呵地主动提出赞成爱玛结婚，而他女儿万万没想到他会这么痛快地同意。就这样，爱玛确定了结婚日期。在罗伯特·马丁夫妇成婚的一个月后，埃尔顿先生再次受招，主持了奈特利先生和伍德豪斯小姐的结婚仪式。

这场婚礼和其他不讲究华丽服饰或排场的婚礼差不多。埃尔顿太太根据她丈夫的详细描述，觉得婚礼办得太寒酸，不如她结婚时气派。“没有白色缎子，也没有带花边的面纱，简直太可怜了！塞琳娜听说了，准会很吃惊。”尽管有这些不足之处，尽管只有为数不多的真心朋友参加了婚礼，但他们所送上的祝福和祝愿，以及他们很有把握的预言，都在这桩美满的婚姻中一一实现了。

全书完

经典就读三个圈　导读解读样样全

三个圈
独家文学手册

导　读

《爱玛》，一个时代的缩影，一位女性的“觉醒”

作者：祝羽捷
（知名作家、策展人，英国旅游局中国区社交媒体影响力友好大使。）

“关于简·奥斯汀的每一条信息、每一次阐释，都是国家大事。”伦敦大学女教授卡洛琳·斯珀津用这句有力的话回应了那些视简·奥斯汀小说为“茶杯文学”“庄园文学”的言论。过去人们普遍认为，婚姻是简·奥斯汀所有小说的中心主题，她不写历史事件，不写战争，只是痴迷于创作与金钱、爱情和婚嫁相关的凡人琐事。这些年重读她的作品，我们越来越发现人类的情感是隽永的主题，并不比历史题材缺少书写的价值；更何况简·奥斯汀的作品中其实也从未缺少历史因子，她描写的社会缩影与经济、政治有着深刻的联系，平凡人的故事也因此更加丰富，更有力量。

奥斯汀生活的时代，英格兰由国王乔治三世掌权，社会正在发生巨变。尽管她在世只有42年，但她活着的时候经历了包括法国大革命、拿破仑战争、特拉法加战役、英国废除奴隶贸易等在内的重要历史时刻。

正如她被历史事件包围的一生，她笔下的人物所面临的困境也是在这种历史背景和社会因素下产生的。她用自己独特的幽微笔触，含蓄地描写出时代变化对社会阶层的各个方面的影响。尽管她描写的是自己熟悉的中等阶层圈子里的生活，但让我们看到了当时人们所思所想的真实一面，揭示了等级制度、财富、人际关系对人们生活的驾驭和影响。她的作品还像浮世绘那样，记录着婚丧嫁娶的社会习俗、宗教信仰、经济、农业、交通、娱乐、饮食、服饰、疾病等方面的细节——好的作品总会提供不同的门径邀读者进入，像百科全书那样展现一段历史的方方面面。英格兰社会图景在奥斯汀的小说中徐徐展开，她绝不仅仅是用女性的声音讲述一个简单的浪漫故事而已。

一部杰作的曲折出版

奥斯汀一生都在一个对女性有着僵化期望的社会中写作，这期间现代女权主义奠基人玛丽·沃斯通克拉夫特出版了《为女权辩护》这一女权主义著作。彼时的英国，女性不但没有投票权，没有享受公共教育的权利，更没有财产自主权，只能在经济上依附男性，不平等的观念牢牢占据着人们的意识。在认为女性的最终归宿只有家庭的年代里，奥斯汀没有受过多少正规教育，在父亲的藏书中完成自我学习和教育。她终身未婚，坚持自我，匿名出版自己的作品，成为第一位被列入英国文学经典的女性，也是英国唯一一位能与莎士比亚媲美的女性作家，可见她对英国文学和文化的影响有多么重大。

《爱玛》的出版颇费周折。1815年秋，奥斯汀将《爱玛》交给伦敦出版商约翰·默里。默里向奥斯汀出价450英镑，以换取《爱玛》及其前两部小说《理智与情感》和《曼斯菲尔德庄园》的版权。面对这个出版条件，奥斯汀称默里为“流氓”，决定自己保留版权。默里最终分三卷出版了《爱玛》，首印2000本，但奥斯汀自己支付了广告费。1815年12月，这部小说的第一版在书店上架。和她以前的小说一样，《爱玛》也是匿名出版的。

《爱玛》继承了奥斯汀一贯的优美风格，又保证了每一部作品都有自己的独特性，为读者提供了精彩的阅读体验。爱玛这个角色与之前奥斯汀创作的角色有明显的反差——是一个不怎么让人愉快的角色——用奥斯汀的话来说是“一位除了我自己以外没人会喜欢的女主角”。不仅如此，在故事情节上奥斯汀还加入了侦探小说才有的悬念感，因果关系隐藏在幕后，仿佛侦探破案一般，爱玛通过对身边人物和事件的观察和分析，逐渐让人物情感关系浮出水面。得知真相后，作为读者的我们不得不倒回去重新发现早已埋藏好的伏笔——那些我们跟随爱玛一起错过的线索。

200年过去了，简·奥斯汀的小说跨越世纪，跨越国界，经久不衰。重读经典，不只是重温时代的风尚和耐人寻味的故事，我们还可以打开自己，不断刷新习以为常的认知，激发新的阅读体验和思考。尽管《爱玛》可能不如《傲慢与偏见》名气大，但越来越多的文学评论家认定这是奥斯汀的杰作。

也许奥斯汀不会想到，现代读者爱上了那个她觉得无人喜欢的爱玛，甚至爱上了她身上的缺点——爱玛被看作独立勇敢的现代女性典型，会学习、会思考、会推理、会成长。在爱玛的故事里，我们会和奥斯汀的思想相遇——女人的前途和幸福并不取决于婚姻，女性应该被允许有缺点或犯错。在现实生活里，每个女性都可以成为爱玛，而不必成为令所有人喜欢的完美女人。

常常犯错的爱玛——简·奥斯汀笔下最具特色的角色

爱玛是奥斯汀笔下最不拘一格的女主人公。伊丽莎白[1]从一开头就聪明清醒，接近完美，遇到事情懂得深思熟虑，不会像爱玛一样冲动；埃莉诺[2]理智谨慎，懂得控制自己的感情，比爱玛更懂得设身处地地考虑别人的需求；安妮[3]更加成熟年长，深谙世俗人情，在家中没有得到爱玛拥有的宠爱，却能帮助家庭渡过困境，对朋友也非常有同情心。爱玛身上有明显的缺陷，不恪守淑女的行事准则，这是一种反男性视角的叙事方式，为小说增添了几分独特的魅力。

伍德豪斯是书中首屈一指的名门望族，爱玛·伍德豪斯含着金汤匙出生，可以说是海伯里村最富有、最聪慧的姑娘。“爱玛·伍德豪斯长得十分标致。她天资聪颖，家境优渥，生性乐观，人世间的美好似乎全都降临在了她身上。她在世上生活了将近二十一年，很少遇到难过和烦心的事。（P3）”母亲很早去世，她被彻彻底底地宠坏了，就像所有恃宠而骄的年轻人一样自信不疑，傲慢不逊。

父亲年迈且神经质，尤其害怕改变和孤独，爱玛在姐姐嫁人后下定决心不结婚，要陪在他身边。她虽然善良热心，开朗乐观，但很爱管闲事，自认为是

1 《傲慢与偏见》女主人公。——编者注

2 《理智与情感》女主人公。——编者注

3 《劝导》女主人公。——编者注

一位出色的红娘，以为自己可以通过观察人们的情感来为他们配对，自以为是地将她的家庭教师泰勒小姐和鳏夫韦斯顿先生的好姻缘归功于自己的撮合。

她与天真的17岁女孩哈丽特·史密斯成为密友，武断地包揽哈丽特的终身大事，劝哈丽特拒绝向她求婚的富有农民罗伯特·马丁——虽然哈丽特是私生女，住在当地的女子寄宿学校里，但爱玛确信自己可以改造她，把她引入上流社会。奈特利先生为此和爱玛发生了激烈的争吵。

奈特利先生是伍德豪斯家族的好友，是爱玛姐夫的哥哥，比她年长，熟知她的个性。父亲和奈特利先生告诫爱玛不要再干涉别人的婚姻，爱玛异想天开，乱点鸳鸯谱，一意孤行地鼓励哈丽特爱上牧师埃尔顿先生，极力撮合他们。直到埃尔顿明确表示他爱的是爱玛而不是哈丽特，爱玛才又羞又恼地明白了真相，是自己完全忽略了埃尔顿心中的算盘。埃尔顿认为他和哈丽特小姐之间地位悬殊——“我还不必绝望到认为自己找不到门当户对的对象，要自降身价接受史密斯小姐！（P100）”

韦斯顿先生的儿子弗兰克·邱吉尔在伦敦由舅舅和舅妈抚养长大，舅舅和舅妈把他视作他们的继承人，他回到海伯里看望父亲，立刻成为人人喜欢的人物。爱玛很享受弗兰克的调情，认为是自己的魅力吸引了他，将弗兰克视为潜在的追求者。舞会后，弗兰克从吉卜赛乞丐手中救出了哈丽特。当哈丽特告诉爱玛她爱上了一个比她社会地位更高的男人时，爱玛认为她指的是弗兰克，并为他们打起了算盘。奈特利再次试图警告爱玛，他猜测到弗兰克和简·费尔法克斯有隐情。

习惯了万千宠爱、听惯了奉承的爱玛对奈特利的建议和分析总是嗤之以鼻。这看似混乱的情感关系直到弗兰克的舅妈去世才终于真相大白——弗兰克和简·费尔法克斯早已秘密订婚。他与爱玛的暧昧一直是掩饰他秘密的屏障，现在弗兰克终于可以娶简·费尔法克斯为妻了。

爱玛担心哈丽特会再次受到打击，然而哈丽特承认自己爱上的其实是奈特利先生，并非爱玛猜测的弗兰克，因为奈特利先生在最近的一次乡村舞会上主动请她跳舞，使她免于被埃尔顿先生和他新婚妻子冷落的尴尬。这时爱玛才意识到她也爱着奈特利先生。爱玛在为自己的判断错误懊悔时，意外得知哈丽特决定嫁给罗伯特。整部小说以三段婚姻的圆满收场结束：简·费尔法克斯和弗兰克、哈丽特和罗伯特以及爱玛和奈特利先生。

独立坚强的爱玛——一个“觉醒”的女性世界观

《爱玛》是简·奥斯汀创作的唯一一部用女主角名字命名的小说，与她其他的小说一样，这部作品本质是保守的，爱玛最关注的还是婚姻和阶级问题。《爱玛》的情节围绕着女主人公的择偶展开，展现了那个时代女性的生存危机和局限。19世纪英国的社会地位是由多种因素共同决定的，这些因素包括家族姓氏、性别、出生权、名誉和财富等——很大程度上决定了一个人的一生。

当时英国社会潮流中，女子以婚配作为自己寻求经济保障、提高社会地位的路径，上流社会的家庭重门第，不顾女子感情，不鼓励跨阶级的通婚行为。女性的经济困境是导致自己被迫结婚的重要原因，简·奥斯汀总在小说中强调物质基础对女性婚姻和生活的重要性，爱玛的经济条件让她拥有了当时普通女性所望尘莫及的特权——独立自主，不把幸福寄托于婚姻。

爱玛并不是一个传统意义上18世纪末的端庄淑女，她因为母亲的缺席、父亲的软弱而无人管束，父亲默许她年仅十二岁的时候就俨然家中女主人，处处拿主意——这培养了她的自信和主见，又让她兼具行动力和领导力。她在家中接受教育，不顾身份等级与家庭教师交朋友，同情弱者，与其他女性互助，试图积极地影响周围的人。但在当时的社会，这些特质放在男性身上是优点，放在女性身上就不总是被鼓励了。

她很早就声称自己不会结婚，不被社会对女性的期望所困扰，在奥斯汀生活的时代这是一种大胆激进的态度。爱玛可以完全地掌握自己的生活，不需要男人在经济上照顾她，也不需要男人来让她变得完整。当哈丽特担心爱玛不结婚会造成不良的后果时，爱玛说：“既然我没有爱慕的对象，那改变我的现状，岂不是太愚蠢了。财富，我不缺；工作，我不需要；上流社会的社会地位，也不是我心之所系。我相信，我在哈特菲尔德当家做主，没有几个结了婚的女人在夫家能像我一样说了算。我永远、永远也不会指望自己得到如此真心的疼爱，拥有如此重要的地位。别人的男人不会像我父亲那样，始终把我放在第一位，觉得我干什么都是对的。（P65～66）”

当看到埃尔顿的婚姻完全是一种社会地位和经济的交换时，爱玛是非常不屑的。简·费尔法克斯和弗兰克私订终身却隐瞒实情，弗兰克还把爱玛作为烟幕弹，利用了身边的人。他们这对心里藏着难言之隐的可怜恋人，屈服于当时的阶级差别和社会舆论压力，也让我们看到了不平等不只存在于男女之间，也广泛存在于社会中。他们的爱情也冲击了爱玛原本僵化的阶级观念，她逐渐意识到社会差别并非人根本的差别，也不是法律规定的差别。

虽然爱玛最终违背了最初的不婚誓言，但她没有像她那个时代的许多妇女迫于经济原因走入婚姻，而是爱情至上，按照自己的意愿，选择一个与自己智力相当，尊重她、平等待她的丈夫。结婚之后，她无须带嫁妆去丈夫的老家生活，为适应丈夫去改变生活；她也无须离开哈特菲尔德，完全不顾社会上普遍存在的那种妻子是丈夫“附属品”的恶习。

除了婚姻上的自主和平等，爱玛的行事风格也超越了时代：她从不自我噤声，总是像男人一样说出自己的想法，也不以“贤惠”“忍耐”这些贤妻良母式的标签规训自己。爱玛还可以平等地与男性辩论，尽管奈特利先生也常常有正确的判断，但是奥斯汀还是让我们看到她不断挑战以奈特利先生为代表的男性权威，在辩论中训练了自己的理性思维。

小说中不同的女性角色，都在这个不为女性设计的世界中努力与森严的等级制度和父权社会抗争，努力得到更好的生活。爱玛代表了坚强而独立的女性形象，小说从她的视角出发，展示了一个觉醒的女性世界观，挑战沉默的规则，而这些困难如今还存在于许多当代女性的生活里。

在爱玛身上，我们可以看到一个自发性女性主义者得以存在的条件，她的勇敢、个性，还有她面对的困难和局限。她拥有一定的物质条件，不同于当时的其他女性，她不需要为了钱去跟男人结婚，不需要通过结婚来改变阶级；她的父亲非常软弱，母亲又早逝，所以她很早就获得了自主性，家人默许她去管理家庭——这在当时也是不常见的。客观条件充足了，人都会追求平等、自由，虽然她的"觉醒"是一种无意识的，不完全出于女性主义，但是她依然超越了时代，掌舵着自己的命运，摒弃了许多在她那个时代不利于女性的男性价值观，是一位值得尊敬的模范女性。

不断自我成长的爱玛——懂得反思、敢于自省

这部小说也是爱玛的学习和自我成长史。良好的出身和社会地位给爱玛带来经验上的局限，因为没有经历过现实生活的磨难，爱玛经常被指控傲慢、自负、控制欲强、自恋、嫉妒心强。比如，爱玛不喜欢简·费尔法克斯，觉得简太过拘谨寡言，可爱玛无法设身处地地体会她作为一个寄人篱下的孤儿的处境，即她没有可以支配的财产，也没有得到足够的爱。

清醒理智的奈特利先生总是直言不讳地指出爱玛成长过程中存在的问题，比如家庭教师能给予的不够多以及爱玛在读书上虽有很高的品位，但并没有坚持："爱玛从十二岁起就一直想多读书。我见过她在不同时期列了许多书单，说是要常常看里面的书，书单很不错，里面的书都是精挑细选出来的，书名排列整齐，有时按字母顺序排序，有时按别的什么规则。她十四岁时写了一张单子，我记得我当时认为那张单子证明她很有判断力，就把书单保存了一段时间。我敢说她现在也列了一个不错的清单。但我可不指望爱玛能坚持读书。任何需要勤奋和耐心的事，她都做不成的，她现在满脑子幻想，不可能定下心来学习。以前泰勒小姐都无法激发她，我肯定现在哈丽特·史密斯也不行。你怎么也劝不了她的，你希望她读的那些书，她能看上一半就很好了。你知道你管不了她。（P26～27）"

好在爱玛不断检视自己的行为，是一个懂得反思、敢于自省的人。周围的

人总是对她所做的一切赞不绝口，她一开始自满于自己的钢琴水平，但当她听到简·费尔法克斯的演奏后，立刻意识到自己的弹奏和演唱不过是刚及格的水准。“她在演奏和唱歌这两方面都差人一等，不由得发自内心地遗憾起来。她为自己儿时的懒散和疏于练习由衷地感到悲哀，于是坐下来勤奋地练习了一个半钟头。（P175）”

爱玛撮合埃尔顿和哈丽特失败给朋友带来了伤害，她意识到：“最先犯错的人是她，错得最离谱的人也是她。她如此积极地撮合别人，实在愚蠢，简直大错特错。把本该很严肃的事看得无足轻重，将本来简单的事情看成了诡计，确实太冒险，太自以为是了。她很担心，也很羞愧，决定再也不做这种事了。（P104）”

埃尔顿夫人的出现，给了爱玛一个比她还要虚荣和自恋的对手。埃尔顿太太的确略有姿色和才艺，但无比傲慢，一厢情愿地以为自己的阅历能让海伯里为之一振。作为旁观者，爱玛发现围绕在埃尔顿夫人身边的人热衷赞扬、不善于判断，更让爱玛受到冲击的是，简·费尔法克斯接受了埃尔顿夫人殷勤的照顾——而这种帮助并非出自真正的关心，只是满足自己的自恋和优越感。在埃尔顿夫人身上，爱玛看到了自负的危险。

在野餐会上与弗兰克调情并侮辱贝茨小姐时，爱玛失去了奈特利的认可，并受到了他最严厉的一次批评：“你怎么能对贝茨小姐那么无情？你怎么能用你的智慧，无礼地对待一个她那样性格、年龄和地位的女人？爱玛，我没想到你会这样。（P287）”爱玛在羞耻中幡然醒悟，自己过去常常目空一切，怠慢别人，给别人带去痛苦，这次的调侃的确伤害到了贝茨小姐，她在真诚的悔悟中生出慈悲心。她逐渐意识到每个人都有自己的想法，都有自己的生活方式，都有自己的优点和缺点。

自省是成长的不二法门。爱玛以不完美的姿态出现，她不断改变自己，而非无休无止地在盲目自负中打转，最终从一个以自我为中心的角色演变为一个有同情心且敏感的女性，改掉了自己性格中顽劣的一面，完成了角色的成长和对阶级的反思。

是《爱玛》又不仅仅是“爱玛”——摄政王时期面面观

英国文学评论家玛丽琳·巴特勒曾在《简·奥斯汀及思想的战争》中提出，读者应当从凡世万物的角度理解奥斯汀的作品。我们读到人物在社会背景下的关系和互动，像历史书一样再现了真实的生活，也可以思考当时怎样的价值观赋予了他们如此这般的行为和意义。

阶层差别是最明显的矛盾，但也存在阶级的流动，只是人们认为个人的资产增加并不等于社会地位提高。科尔夫妇“出身低微，做买卖为生，只是略有些斯文气质而已。（P157）”随着他们收入的增加，在生活方式上越来越向上流社会家庭看齐，扩建了房屋，聘用了更多的用人，热爱交际，为人慷慨。可当他们邀请爱玛的时候，她表示不会轻易前往，奥斯汀用一种批判的态度讽刺了这一上流社会普遍存在的偏见和势利。幸运的是，科尔夫妇坚持不懈地努力，不但慢慢被贵族接纳，甚至让大家意识到，科尔夫妇的教养和礼貌比一些贵族出身的人更良好——上层阶级非常注重礼仪规范。

特权阶级也需履行社会责任，比如爱玛会用手臂挎着篮子，走访贫困家庭，送去一些生活必需品，表达上层阶级的关心。比如贝茨小姐在和爱玛聊天时透露，奈特利先生每年会往她家送苹果，“……那些苹果拿来烤，是再好不过的了，都是唐维尔栽种的，其中一部分还是奈特利先生的慷慨相赠。他每年都送给我们一麻袋苹果。（P180）”尽管这种行为也被马克思主义者解读为上层阶级的糖衣炮弹——但它巩固了现有结构的社会秩序。

信件不仅是家庭成员之间的情感联结，也是某些圈子内的共有财产，写给一个人就相当于写给了所有人，主人与访客围坐在一起朗读信件是一项娱乐活动。比如，贝茨小姐总会把简的信念给所有到访的朋友听，也会把信件拿出来让大家欣赏书法。弗兰克给新婚继母写的贺信就被广泛传阅，“现在，弗兰克·邱吉尔先生是时候和他们见个面了，尤其是当人们知道他给继母写了信后，他们就更希望他能来了。有几天，人们每天早晨在海伯里串门，都要提到韦斯顿太太收到的那封大方得体的信。（P12）”

“冬天，就该每两个礼拜在这里举办一次舞会。（P150）”奥斯汀不止一次在自己的小说里浓墨重彩地描写舞会的来往排场和人物的交往，舞会是当时人们最喜欢的社交活动，可以尽情展现一个人的社交礼仪和个人魅力，异性难得可以如此亲密接触，所以舞会也是年轻男女相互试探和求爱的绝佳机会。舞会有公开的也有私密的，通常由富人组织、发出邀请，在私人的空间举行，现场有乐队伴奏。受到邀请的客人总是盛装出席，非常享受跳舞的快乐。“韦斯顿太太建议晚饭不吃常规的食物，只在小房间里摆一些三明治这样的吃食。不过其他人认为这有失体面。在私人舞会上，若是不坐下来用晚饭，就等于剥夺了客人们应有的权利，是在恶意欺骗。（P192）”可以看到私人舞会必须提供可以坐下来享用的晚餐，这也是舞会上补充体力的中场休息。

“人人都喜爱画画像，况且伍德豪斯小姐一定会画得非常好。（P33）”我们还能看到其他娱乐活动，特别是画肖像。音乐、唱歌、玩猜字谜、坐着马车去户外旅行也是当时人们热衷的娱乐和社交活动。奥斯汀对生活的有滋有味的描写，恰好补充了宏大叙事里不曾承载的个人日常，再现了摄政王时期人们的生活情趣，成为珍贵的档案。

人们常说“生活远远比小说精彩”，但在奥斯汀的小说里，逼真的场景、立体的人物形象、耐人寻味的生活和情感组成了鲜活的有机体，无论是情节还是细节都被刻画得栩栩如生，在平常中挖掘出不平常的意义。

随着时间的流逝，无论是奥斯汀小说的价值，还是其在历史上发挥的作用，都越发明显和珍贵。文学的魅力是隽永的，奥斯汀的小说永不过时，她的小说远比我们想象中承载了更为广阔而深厚的信息，小说也可以成为一面镜子，让我们了解生存、人性、社会和我们自身。

图文解读

西方女性成长小说史

成长小说起源于18世纪的德国，是西方近代文学中较为常见的一类小说。这类小说的人物成长模式较为固定，可以概括为：幼稚—遇到挑战—动摇—反思—成熟。这种成长模式往往表现为一种自我救赎，主人公起初对自己的幼稚观念深信不疑，而后在一系列事件中遇挫或遭到他人批评，开始怀疑自己原有的想法并加以修正，从而实现成长，达到思想上的成熟。

女性成长小说是在成长小说范畴内，以女主人公的成长变化为主体的一类小说。

1741年　《帕梅拉》　［英］塞缪尔·理查逊

成长小说兴起之初，绝大部分作品的聚焦对象都是男性，《帕梅拉》是第一本真正意义上的女性成长小说，它用书信体的形式第一次部分地揭示了女性内心的成长历程。

小说在叙写主人公帕梅拉与他人的冲突的过程中，着重探讨了女性面对父权制社会时难以避免的自我与他人、妥协与抵抗之间的关系。

图为1741年出版的《帕梅拉》中的插画

1815年 《爱玛》 [英]简·奥斯汀

奥斯汀是第一位真正以女性视角，从女性内心出发探索女性成长奥秘的女作家。奥斯汀笔下的人物有明显的“奥式成长模式”——在寻找结婚对象的过程中遇挫成长。

爱玛出场时骄纵自负，在一次次撮合他人婚事未成的挫折中逐渐转变了自己的婚姻观与爱情观，最终收获了圆满的爱情，成了一个成熟的女性。

图为简·奥斯汀的侄子詹姆斯·爱德华·奥斯汀-利（James Edward Austen-Leigh）委托詹姆斯·安德鲁斯（James Andrews）所作的奥斯汀水彩肖像

1847年 《简·爱》 ［英］夏洛蒂·勃朗特

《简·爱》突破了既有的哥特式女性小说的局限，冲破了第三人称叙事手法的限制，以自信的第一人称带来了女性作为主体的成长心声。

作者吸收了19世纪女性教育思想兴起的成果，笔下的女主人公简·爱不受传统的约束，虽然围绕她成长的话题仍然是恋爱与婚姻，但真正成长的是简·爱的自我认同。

此后女性主义文学作品的主角多多少少都带有简·爱的影子。

图为企鹅兰登2010年10月20日出版的《简·爱》封面

1860年 《弗洛斯河上的磨坊》 ［英］乔治·艾略特

《弗洛斯河上的磨坊》是一部有自传色彩的小说，女主人公麦琪的成长是十分全面的，小说着重表现了她的精神成长（自我意识与自我实现）和情感成长两个方面。麦琪是一个情感丰沛的女孩，面对个人天性与道德、社会规范的冲突，麦琪感到万分痛苦，但她还是决定正视道德感在自己内心的重要性而做出了取舍，达到了身心和解。

麦琪绝不是时代价值观束缚下的受害者，她更接近一个殉道者。使她放下一部分个人欲望的不是外界的压力，而是她内心滋长的道德感和责任心。小说最后，麦琪从一个自我主义的少女成长为充满利他主义精神的年轻女性。

图为1910年The Jenson Society出版的《弗洛斯河上的磨坊》中的插图，图中是男主人公汤姆和女主人公麦琪

1862年 《莫格森一家》 ［英］伊丽莎白·斯托达特

《莫格森一家》是美国历史上第一部女性成长小说。女主人公与简·爱拥有极其相似的成长过程，最终在婚姻中实现女性自我价值。

1868年 《小妇人》 ［英］路易莎·梅·奥尔科特

《小妇人》是一本女性成长群像小说，马奇家的四姐妹性格各异，每个人都有不同的成长方向。乔是四姐妹中成长轨迹最有戏剧性的一位，她原本就主张独立，与社会要求格格不入，但她也曾一度对自己的信念产生动摇，试图成为一个传统淑女。对梦想和自由的渴望始终让乔无法安于循规蹈矩，也敦促她认清自己的内心和对劳里的真实情感，最终与更适合自己的稳重、睿智的巴尔教授喜结连理。

《小妇人》出版后被多次改编为影视作品，图为1949年由茂文·勒鲁瓦执导的电影版《小妇人》海报

1904年 《绿山墙的安妮》 [加]露西·莫德·蒙哥马利

《绿山墙的安妮》是讲述孤女安妮的成长的小说。安妮倔强又活泼，性格略带叛逆又能说会道，她的到来颠覆了马修和玛丽拉兄妹在绿山墙的原本刻板的生活。在强烈的好奇心的驱使下，安妮不断闯祸，让人忍俊不禁又舍不得责备。勤奋好学的安妮最后顺利拿到了上大学的奖学金，但此时马修突然去世，绿山墙农庄也遇到困难。面对这个艰难的境况，安妮意识到感恩养母、承担家庭责任对她而言是更好的选择，于是毅然放弃了去女王学院的机会，留在当地任教以便照顾年迈体弱的养母玛丽拉。

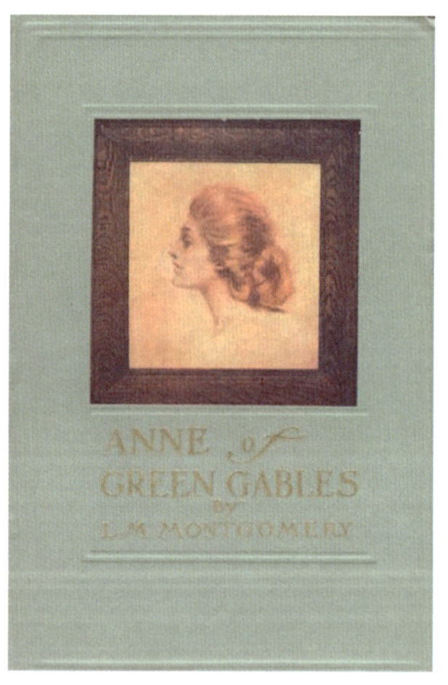

图为1904年《绿山墙的安妮》的初版封面

1915年 《虹》 [英] D. H. 劳伦斯

《虹》被认为是代表了D.H劳伦斯最高成就的作品。《虹》作为一部家族史，花大量的篇幅描写了布兰文家族三代女主人公的生活轨迹。莉迪亚、安娜、厄休拉三人的成长呈现出明显的承继关系，而第三代女主人公厄休拉的成长最为明显，也最为完全。

宗教上，起初厄休拉内心满怀教徒的谦卑，直到一次和妹妹争执时被妹妹打了一记耳光。厄休拉出于谦卑转过另一边脸，却被妹妹当成挑衅，于是又挨了一巴掌。认识到基督教只是让人逆来顺受之后，厄休拉彻底清醒了。在感情方面，厄休拉与安东只是在身体上互相依恋，迟迟无法在精神上产生共鸣，一番挣扎后，厄休拉终于放弃了安东，追求灵肉合一的爱情。工作中，成为小学教师的厄休拉因善良温和招致了同事和学生的双重欺负，她看清了英国教育的本来面目之后，选择了从未设想过的强硬的教育方式。

图为1915年《虹》的初版封面

1937 《飘》 [美]玛格丽特·米歇尔

《飘》通过一系列历史事件展示了女主人公斯嘉丽·奥哈拉16岁到28岁的成长历程。

初登场的斯嘉丽是骄纵自负的美貌少女，因为心上人阿希礼娶了表妹梅兰妮为妻而匆匆嫁人，既没有气到阿希礼，也使自己过早地成了寡妇。回到塔拉庄园的斯嘉丽面对母亲去世、父亲神志不清、经济拮据等多重困难，不得已成为家中的顶梁柱。艰难的生活处境使斯嘉丽忘却了母亲的教诲，为了保住家园不惜出卖自己，甚至抢走妹妹的未婚夫。这种几乎出于本能的实用主义观念支撑斯嘉丽渡过难关，也使她错过了真正与她相配的爱人瑞特。当斯嘉丽终于在梅兰妮的葬礼上意识到自己过去面对感情的不清醒时，瑞特已经决定离她而去。

小说的结尾是成长小说一贯的开放式结局，瑞特是否会回来仍未可知，已经具备坚强的心智和成熟恋爱观的斯嘉丽还将继续努力生活下去。

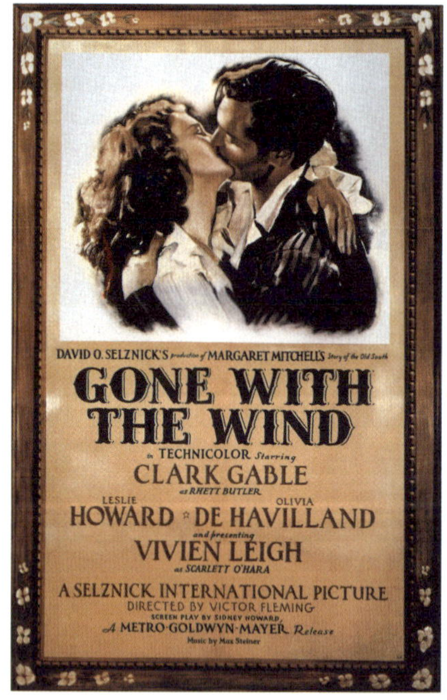

1939年，《飘》被改编为电影《乱世佳人》，由费雯·丽与克拉克·盖博主演，图为电影海报

1946年 《婚礼的成员》 ［美］卡森·麦卡勒斯

《婚礼的成员》以佐治亚州的一个南方小镇为背景，围绕一场婚礼，讲述了12岁少女弗兰西斯短短四天的夏日经历，弗兰西斯的成长围绕自我认同展开。

12岁的弗兰西斯因为身材高大与同龄人格格不入，不同于其他女孩的穿着与行为也使她难以定位自己的性别，对未来充满恐惧。弗兰西斯对自我的认识是通过几次改名表现的，起初弗兰西斯给自己起了男性化的名字——弗兰淇，而后又改为女性化的“弗·洁思敏”，徘徊不定的弗兰西斯经历了反复的内心考量，最终还是用回了“弗兰西斯”。至此，弗兰西斯终于从自我认同的矛盾中解脱，不纠结于表象的改变，实现了内心的成长。

图为1946年《婚礼的成员》初版封面

1973年 《秀拉》 ［美］托妮·莫里森

《秀拉》的作者托妮·莫里森是第一位获得诺贝尔文学奖的美国非裔女作家，这部小说着重叙写了秀拉和奈尔两位非裔女性在阶级歧视、种族歧视、性别歧视等多重压迫下艰难求生的经历。《秀拉》呈现出接近伍尔夫《达洛维夫人》的自我塑造模式，又在自我塑造的要素中加入了“集体感”作为重要成分。

秀拉和奈尔在成长过程中选择了不同的道路，但均以失败告终，秀拉的自我意识一度复苏，发出“我不愿变成另一个女人，我要创造我自己”的呼喊，但脱离集体的她还是回到了传统非裔女性的生存轨迹，最终悲惨地孤独死去。虽然如此，但秀拉的死却唤醒了奈尔，使奈尔成为成长道路上的后继者。

图为1973年《秀拉》初版封面

1982年 《紫色》 ［美］爱丽丝·沃克

《紫色》的出现标志着女性成长小说已经走向繁荣。随着女性主义思想影响的扩大，此时的女性成长已经不需要依靠偏激和扩大化反抗来呈现，可以展开冷静的思考。

《紫色》的主人公是非裔女孩西丽，西丽的成长面对的障碍不仅有父权和夫权，还有种族歧视。然而，西丽的成长过程是相对温和的：西丽受到歌唱家莎格的开导，决定离开无爱的婚姻，在西丽靠开裁缝铺过上独立自主的生活后，她的丈夫幡然悔悟，向西丽诚恳道歉，两人成了知心朋友。《紫色》将富含女性特质的爱与宽容传达给男性世界，试图完成一种困难更少、过程更顺利的女性成长。

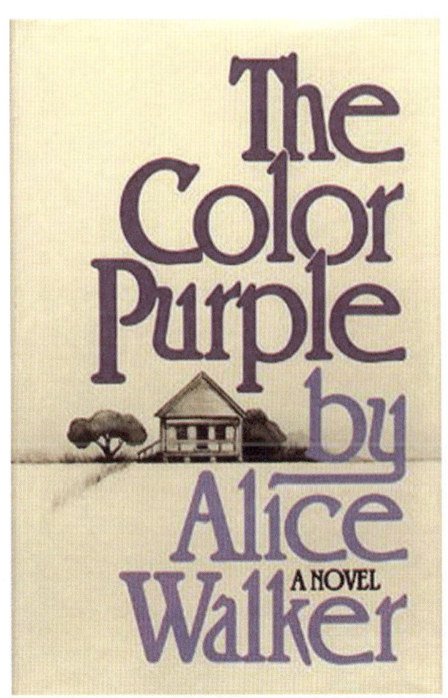

图为1982年《紫色》初版封面

华纳兄弟影片公司曾将《紫色》改编为电影，由史蒂文·斯皮尔伯格执导，1985年12月16日上映。图为该版电影《紫色》的海报

欢迎您从《爱玛》走进
读客三个圈经典文库

亲爱的读者，感谢您选择三个圈经典文库。

我们的封面统一使用“三个圈”的设计，读者可以凭借封面上形式各异的“三个圈”找到我们，走入经典的世界。

书中附赠的《三个圈独家文学手册》由专业团队精心编写，收录专家学者导读和特色图文解读，拉近读者和经典的距离。

跟随三个圈经典文库，认识世界、塑造自我，成为更好的人！

《漫长的告别》

《西西弗神话》

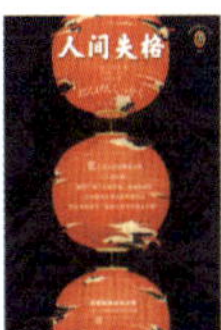
《人间失格》

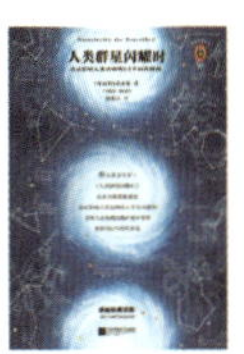
《人类群星闪耀时》

《鼠疫》

《小王子三部曲》

《局外人》

《月亮与六便士》

《基督山伯爵》

《罗生门》

经典就读三个圈　导读解读样样全

- 汇集全球经典文学作品
- 专业团队精选优质译本
- 附赠《三个圈独家文学手册》
- 收录专家导读、图文解读

打开淘宝
扫码购买

三个圈已出版文学书单（持续更新中）

美国文学

- 了不起的盖茨比
- 爱伦·坡短篇小说集
- 小妇人
- 野性的呼唤
- 漫长的告别
- 再见，吾爱
- 长眠不醒
- 欧·亨利短篇小说精选
- 哈克贝利·费恩历险记
- 汤姆·索亚历险记
- 百万英镑
- 老人与海
- 永别了，武器
- 人鼠之间
- 夜色温柔
- 马耳他之鹰
- 在路上

法国文学

- 小王子三部曲（全3册）
- 卡门
- 茶花女
- 人间喜剧（全10册）
- 伏尔泰小说精选
- 包法利夫人
- 羊脂球
- 基督山伯爵
- 三个火枪手
- 红与黑
- 列那狐的故事
- 凡尔纳科幻经典（全8册）
- 海底两万里
- 神秘岛
- 八十天环游地球
- 地心游记
- 巴黎圣母院
- 悲惨世界
- 约翰·克利斯朵夫
- 局外人
- 鼠疫
- 追寻逝去的时光
- 昆虫记

英国文学

- 道林 · 格雷的画像
- 夜莺与玫瑰
- 丛林之书
- 呼啸山庄
- 弗兰肯斯坦
- 月亮与六便士
- 人性的枷锁
- 刀锋
- 面纱
- 雾都孤儿
- 金银岛
- 格列佛游记
- 莎士比亚戏剧集（全8册）
- 虹
- 爱丽丝漫游奇境记
- 简 · 爱
- 鲁滨孙漂流记
- 科幻大师威尔斯精选集（全6册）
- 时间机器
- 隐形人
- 世界大战

爱尔兰文学

- 一个青年艺术家的画像
- 尤利西斯

日本文学

- 人间失格
- 银河铁道之夜
- 枕草子
- 春琴抄
- 刺青
- 罗生门
- 舞姬
- 我是猫

奥地利文学

- 一个陌生女人的来信
- 心灵的焦灼
- 人类群星闪耀时
- 变形记
- 城堡
- 失踪者

德国文学

- 少年维特的烦恼
- 悉达多
- 魔山

苏联文学

- 高尔基自传三部曲
- 童年
- 在人间
- 我的大学
- 日瓦戈医生

俄国文学

- 战争与和平
- 复活
- 安娜·卡列尼娜
- 罪与罚
- 卡拉马佐夫兄弟

其他国家文学

- 伊索寓言
- 走出非洲
- 理想国

中国古代文学

- 聊斋志异（全3册）
- 世说新语
- 菜根谭
- 小窗幽记
- 围炉夜话
- 浮生六记
- 闲情偶寄
- 随园食单

中国现当代文学

- 鲁迅全集（全20卷）
- 呼兰河传
- 四世同堂
- 沈从文作品精选（共4册）
- 受戒
- 人间滋味

激发个人成长

多年以来，千千万万有经验的读者，都会定期查看熊猫君家的最新书目，挑选满足自己成长需求的新书。

读客图书以“激发个人成长”为使命，在以下三个方面为您精选优质图书：

1. 精神成长

熊猫君家精彩绝伦的小说文库和人文类图书，帮助你成为永远充满梦想、勇气和爱的人！

2. 知识结构成长

熊猫君家的历史类、社科类图书，帮助你了解从宇宙诞生、文明演变直至今日世界之形成的方方面面。

3. 工作技能成长

熊猫君家的经管类、家教类图书，指引你更好地工作、更有效率地生活，减少人生中的烦恼。

每一本读客图书都轻松好读，精彩绝伦，充满无穷阅读乐趣！

认准读客熊猫

读客所有图书，在书脊、腰封、封底和前后勒口都有“读客熊猫”标志。

两步帮你快速找到读客图书

1. 找读客熊猫

2. 找黑白格子

马上扫二维码，关注“**熊猫君**”

和千万读者一起成长吧！